U0755535

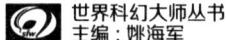
世界科幻大师丛书
主编：姚海军

Time Enough for Love

时间足够你爱

〔美〕罗伯特·海因莱因　著

张建光　译

四川科学技术出版社

图书在版编目（CIP）数据

时间足够你爱 / [美]罗伯特·海因莱因 著；张建光 译.
-成都：四川科学技术出版社，2017. 12
（世界科幻大师丛书）
ISBN 978-7-5364-8893-9

Ⅰ.时… Ⅱ.①罗…②张… Ⅲ.科学幻想小说 – 美国 – 现代
Ⅳ.I712.45
中国版本图书馆CIP数据核字(2017)第302988号
图进字 21-2013-107号

世界科幻大师丛书
时间足够你爱

出 品 人　钱丹凝
丛书主编　姚海军
著　　者　[美]罗伯特·海因莱因
译　　者　张建光
责任编辑　宋 齐　姚海军
封面绘画　鲨鱼丹
封面设计　施 洋
版面设计　施 洋
责任出版　欧晓春
出　　版　四川科学技术出版社
　　　　　四川省成都市槐树街2号出版大厦　邮政编码：610031
开　　本　140mm×203mm
印　　张　24.875
字　　数　540千
插　　页　2
印　　刷　四川省南方印务有限公司
版　　次　2018年1月成都第一版
印　　次　2018年1月成都第一次印刷
定　　价　78.00元
ISBN 978-7-5364-8893-9

罗伯特·海因莱因——首席科幻大师

姚海军

作为美国科幻的代表性人物,罗伯特·海因莱因(Robert A. Heinlein, 1907～1988)头上戴着数不清的桂冠:"美国现代科幻小说之父""美国科幻空前绝后优秀作家""美国科幻黄金时代四大才子之一"……然而,这位备受推崇的世界级科幻大师之所以能走上科幻之路,却缘于一次偶然。

那是在1939年,当时的美国经济因第二次世界大战而陷入萧条,正在费城美国海军实验站担任工程师的海因莱因也被债务压得抬不起头来。恰在此时,一家科幻杂志刊出了一则科幻小说征文比赛的启事,奖金五十美元。于是,从小就是科幻迷的海因莱因写出了他的第一篇作品,并最终把它寄给了可能会给他更高稿酬的著名科幻杂志《惊奇故事》。《惊奇故事》的主编——大名鼎鼎的坎贝尔——慧眼识珠，当即以七十美元的价格买下了这篇名为《生命线》(Life-Line)的短篇杰作。

科幻史上有很多改变科幻文坛面貌的偶然，针对海因莱因的这一次，美国著名科幻评论家詹姆斯·冈恩曾这样评价："海因莱因在三十二岁时找到了自己的职业；与此同时，坎贝尔则找到了他的明星作家。"

海因莱因的早期作品，主要是"未来史"丛书。他著名的《未来史丛书纲要》于1941年发表后，曾为许多科幻作家所仿效。以此为基础，他创作了大量的"未来史"故事，这些故事在20世纪50年代集中收录在《出卖月球的人》(The Man Who Sold the Moon)等中短篇集里。这些集子一版再版，至今仍然热销。

二战结束后，海因莱因开始在美国一流文艺刊物《星期六晚邮报》上连载他"未来史"系列的重要作品——《地球上的绿色山丘》(The Green Hills of Earth)。这次连载可算是美国科幻的一个历史性事件，它标志着科幻小说从廉价的三流读物向高级的娱乐作品的跃升。

海因莱因还写了很多少年科幻故事，其中，《伽利略号火箭飞船》(Rocket Ship Galileo, 1947)的构思为1950年的科幻电影《目的地：月球》所采用，而这部电影正是20世纪50年代科幻电影走向繁荣的起点。海因莱因随后又连续出版了《滚石太空家族》(The Rolling Stones, 1952)、《星球人琼斯》(Starman Jones, 1953)、《星兽》(The Star Beast, 1954)、《银河公民》(Citizen of Galaxy, 1957)等一系列少年科幻故事，在少年科幻小说领域赢得了受人尊敬的地位。

20世纪50至60年代是海因莱因科幻创作的鼎盛期，他连续出版了《傀儡主人》(The Puppet Masters, 1951)、《进入盛夏之门》(The Door into Summer, 1957)等一系列高水准的科幻长篇，其中，《双星》(*Double Star*, 1956)、《星船伞兵》(*Starship Troopers*, 1959)、《异乡异客》(*Stranger in a Strange Land*, 1961)和《严厉的月亮》(*The Moon in a Harsh Mistress*, 1966)为海因莱因赢得了四座雨果奖奖杯。

海因莱因一生创作了十多部短篇科幻小说集、三十多部长篇科幻小说,其中,《异乡异客》仅在美国就卖出了七百万册;1946年、1961年和1976年,海因莱因三次受邀担任世界科幻大会的主宾;世界科幻小说协会从1974年起开始不定期颁发"科幻大师奖",海因莱因是第一个荣获"大师"称号的科幻作家。

1988年,海因莱因逝世。美国华盛顿特区为表彰他的杰出贡献,特别为他颁发了"杰出公民勋章"。

目 录
CONTENTS

尾 声

I · 769

II · 781

III · 782

IV · 784

总说明

关于老祖

　　霍华德家族的老祖是人类最古老的成员,有着丰富的人生阅历。他使用过的身份有伍德罗·威尔逊·史密斯、欧内斯特·吉布森、亚伦·谢菲尔德船长、拉撒路·龙、"快乐"德兹、小赛拉芬殿下,天上地下的仲裁者和世间唯一真神的大主教、被放逐的罪犯(编号83M2742)、雷诺斯法官、特德·布兰松下士、拉菲·胡贝特医生,等等。本报告主要基于他本人在不同地点、不同时间所发表的言论编撰而成,其中大量素材来自塞昆德斯星球新罗马市的霍华德回春诊所,时间是大散居之后的2053年(地球老家的公元4272年)——再辅之以各种信件和目击者的记录。此后,在霍华德基金会理事的指导下,由业已光荣退休的霍华德档案官对上述材料进行整理、比对、压缩,并尽可能地使之与官方记录和当时的历史相吻合。尽管档案官在记录中保留了一些明显的谬误和未经证实的说法,以及许多不适合年轻人的、超越了道德范畴的奇闻轶事,但本报告的历史重要性仍然不容抹杀。

总说明

关于历史的书写

历史与真相的关系正如神学与宗教的关系,也就是,不值一提。

——L. L.

人类的大散居始于两千年前人类首次发现利比-谢菲尔德驱动器之后。时至今日,大散居仍在持续,丝毫没有停顿的迹象。于是,历史的书写不可能再是单一线索的叙事,哪怕按照许多条相互补充的线索来记叙也是完全不可能的。在二十一世纪末(公元)①的地球老家,我们人类已经有能力在一个世纪内将自身的数目翻上三番——前提是有充分的空间和原材料。

恒星驱动器将上述两者赐给了我们。人类以数倍于光速的速度向银河系深处扩散,人口如同酵母一样膨胀起来。如果二

---

① 本报告中通篇使用公元纪年法,因为其他所有历法,包括银河标准历,都无法保证被每个星球的学者所熟知。为避免误导,译者需自行将文中年代换算成本地日期。——原注(以下未标注者,均为译注)

十一世纪已经实现人口翻番的话,我们现在的数目本来应该大约为 $7 \times 10^9 \times 2^{68}$ —— 一个大得无法想象的数字,只有计算机才能理解它所代表的意义:

$7 \times 10^9 \times 2^{68} = 2,066,035,336,255,469,780,992,000,000,000$

——换句话说,超过两百万万万万万亿个人。

——换句话说,一大堆蛋白质,其质量为我们老家地球的二千五百万倍。

难以置信。

可以这么说,如果不是发生了大散居,上述巨大数字是不可思议的。就在人类有能力每一百年将自身数目翻三番的同时,我们也面临着危机,有可能连翻一番都无法实现,这被称为酵母菌增长法则中的曲线拐点:酵母群体会以足够快的速度杀死自己的成员,使总体数目保持不稳定的零增长,以此避免整个群体被酵母自身所产生的毒物吞噬。对人类来说就是爆发全面战争,或是马尔萨斯人口论中提及的其他方式,最终的结果都是走向灭亡。

然而,我们认为,人类并没有增长到那个庞大得可怕的数目,因为在大散居刚开始时,参与这一迁移的基数并不是七十亿,而是只有几百万。从那以后到现在的两千多年,人类不断从地球或别的殖民行星迁往更遥远的地方。这些迁移规模较小,也没有统计,加起来可能有几亿人。

到现在,我们已经无法合理地估计人类目前的数量,甚至连有多少个殖民行星也无从知晓。我们最好的推测是殖民行星的数量必定在两千个以上,人口必定超过了五千亿。而实际上,殖民行星的数量完全可能是这个数字的两倍,人口则是我们认为的四倍。甚至更多。

因此,在历史编纂的过程中,连人口统计这样的数据都不可能得到。我们收到的数据都已过时,通常还很不完整。数据量却又如此之大,可靠性也良莠不齐,以至于我所管理的好几百名职员和数百台计算机永远在忙于分析、比对和推断,并在正式记录某些数据之前把它们和别的数据进行核对。我们曾希望百分之九十五的数据达到"可能正确"的水平,百分之八十五的数据具有"最低限度的可靠性"。然而事实上,这两个数据分别只能达到百分之八十九和百分之八十一,并且还在不断降低。

移民先驱们关心的不是把记录送回统计办公室。他们看重的是如何让自己活下来,生更多的孩子,以及扫清一切挡在他们面前的障碍。通常情况下,一个新殖民星球只有在经过四代人的发展之后,才会想起向我们这里传送数据。

(不这么干是不可能的。要是某个移民过分关心统计数据,那他很可能会成为统计数据中的一分子——作为死亡人数。我也想过移民,如果我真的这么做了,我才不会在乎这个办公室是否将我记录在册呢。我在这个没什么现实意义的工作岗位上已经耗了将近一个世纪,部分是因为对它感兴趣,部分是因为遗传基因。我是安德鲁·杰克逊·利比"计算尺"的经过加强的直系后代。与此同时,我又是老祖的后代,也许遗传了他的某些不安分的天性——至少我自己是这么想的。我很想随兴所至,前往遥远的世界,看看那里正在发生什么。我也许会再次结婚,在一个人口稀少的新殖民行星留下一打后代——然后重新启程。等我校对完有关老祖的文献,理事们,那就套用老祖那个时代的一句老话:拜拜了您呐。)

我们的老祖,他是我的祖先,很可能也是你们的。他是世上最老的人,世人中唯一一个亲身经历过人类的危机和化解这一危机的大散居。他究竟是个什么样的人?

我们已经战胜了危机。现在,即使人类丧失了五十个行星,照样能够收拢队伍,继续前进。一代人之内,我们英勇的妇女便能补齐丧失的人口。当然,这样的事不太可能真的发生。到现在为止,人类还从未碰到过任何一个如我们自己这般凶恶、狠毒、顽强的亡命种族。根据保守的推断,我们将在有限的几代人之内达到前文所述的那个难以置信的数字,并在将银河系填满之前向别的星系扩散。事实上,从远方传来的报告已经显示,人类的星系间飞船已向无尽的宇宙深处进发了。这些报告还未经核实,但我们知道,最具活力的移民区往往远离人口稠密的中央区。

在最好的情况下,记录历史也是非常困难的。在最糟的情况下,历史只是一堆毫无生气、真伪难辨的材料。只有在目击者的口中,历史才会变得鲜活起来……而我们只有一个目击者的生活经历涵盖了从危机发生到大散居的二十三个世纪。经这个办公室核实,除老祖之外,目前最长寿者的年纪只有一千岁多一点。根据概率理论,应该还有一些人的年龄同样相当于老祖的一半——然而,无论从数学理论还是从历史上看,再也找不到第二个出生于二十世纪、至今仍然活着的人。①

有人可能会质疑这个"老祖"是否真是出生于1912年的霍华德家族的一员,也就是那位于2136年率领家族逃离地球老家的"拉撒路·龙"。他们指出,所有古代用来鉴定身份的办法(指纹、视网膜纹路等),现在都可以伪造。没错,但在当时,这些方法仍

---

①霍华德家族控制了"新疆域"号宇宙飞船的时候,他们中只有少数几个的年纪超过了一又四分之一个世纪;除了老祖以外,那几个人都已经死了,而且都有据可查(我将老玛丽·斯伯林那种带有几分神秘色彩的奇特的"活死人"状态排除在外)。尽管具有基因上的优势,又能获取被统称为"长生之路"的生命延长治疗,那几个人中的最后一个仍然死于公元3003年。根据记录,他们中的大多数死于拒绝接受回春术——时至今日,这种排斥态度依然是人类的第二大死因。——原注

是有效的，而霍华德家族基金会更有特殊的理由来慎重对待身份鉴定。基金会于1912年记录出生的"伍德罗·威尔逊·史密斯"肯定是2136年和2210年的"拉撒路·龙"。在上述鉴定方法不再有效之前，更现代的、无法伪造的鉴定手段已经投入使用。早期是克隆移植鉴定，然后是绝对基因模式验证。(这里有件趣事：大约三个世纪前，塞昆德斯这里出现了一位冒名顶替者，他接受了来自老祖克隆假体的一颗心脏。它杀死了他。)此报告中提及的老祖，他的基因模式与高登·哈迪医生于2145年在"新疆域"号宇宙飞船上从"拉撒路·龙"身上提取的一小块肌肉组织的基因模式完全相同。医生当时培养了这块组织，用于长生研究。证明完毕。

但他究竟是个什么样的人？你们必须自己作出判断。为了把这本文献压缩至合理的长度，我省略了许多已被证实的历史事件(学者可以在档案室找到原始资料)——却保留了一些谎言和不那么真实的故事。因为我认为，只要经过合理的分析，一个人所说的谎言比所谓"事实"更能展现他的内心世界。

很显然，按照文明世界的标准，他只能算是个野蛮人和无赖。

然而，孩子不应该评判他们的父母。构成他人格的那些要素正是在丛林——或者说新疆域——生存下来所必需的。不要忘了，无论是基因还是历史经验，我们都欠他的债。

为了更好地理解我们在历史经验上欠他的债，我们有必要回顾一些古老的历史——其中部分是传说和神话，另外一部分却是铁一般的事实，如同尤利乌斯·恺撒被谋杀一般确凿无疑。霍华德家族基金会是根据艾拉·霍华德的遗嘱创立的，他死于1873年，他的遗嘱要求基金会理事把他的钱用于"延长人类生命"的研究。这是事实。

传说他痛恨自己的命运，这才立下了这份遗嘱，因为在四十多岁时，他便感到自己即将死于"年老"。死的那年他四十八岁，孑然一身，没有后裔。因此我们中没有人携带着他的基因。他的不朽只存在于他的名字，还有他的观念：死亡可以被挫败。

在那个时代，四十八岁死去并不少见。你们可能无法相信，那时候的平均寿命只有三十五岁！但高龄并非死因。疾病、饥饿、事故、谋杀、战争、生育以及其他暴行在很多人老去之前就夺走了他们的生命。但是，即便有人越过了所有上述这些障碍，他仍将在七十五至一百岁之间面临死亡。很少有人能活过一百岁。尽管如此，每个族群仍然会有一小撮被称为"世纪老人"的人。有一个关于"老汤姆·帕尔"的传说，称他活了一百五十二岁，死于1635年。不管这个传说是真是假，根据人口统计学的概率分析，那个时代肯定有人活过了一个半世纪，只不过这种人少之又少。

一开始，基金会从原始的杂交实验入手，因为当时人们还没有认识到基因的存在。基金会以金钱为诱饵，鼓励长寿家族之间互相交配。

毫不奇怪，金钱诱饵发挥了作用。同样毫不奇怪，实验获得了成功。在基因被发现之前的蒙昧时代，这种方法已经被牲口养育者们使用了几百年：杂交可以加强某些特质，也能用来剔除次品。

家族档案没有记载最早的那批次品是如何被剔除的，只是记录了某些人被赶出家族这一事实，他们的后代支脉也被一并剔了出去。原因只是他们那无法原谅的原罪，"死得太早"。

到2136年那场危机之前，霍华德家族所有成员的预期寿命都超过了一百五十岁，有些人甚至可以活得更长。爆发那场危机的原因似乎让人难以置信，然而无论是家族记录还是家族以外的材料都支持这个说法：霍华德家族处于极度危险之中，仅仅是因为其他人认为他们活得"太长了"。为什么会发生这种事，这是群体心理学家的研究领域，我只管记录。这是个事实。

他们被关押在一个集中营内，即将被折磨至死，因为其他人想从他们身上撬取"长生"的"秘密"。这同样是事实——不是神话。

老祖就在这时进入了故事。凭借他的胆识、他撒谎的天分和在今天大多数人看来是孩子气的冒险精神和小阴谋，老祖完成了有史以来最伟大的逃狱。他偷了一艘原始的宇宙飞船，带着霍华德家族的所有成员逃离了太阳系（当时大约有十万名男子、妇女和孩子）。

这么多人挤在一条船上，乍看上去不太可能。但别忘了，第一代宇宙飞船比我们现在使用的大上许多倍。它们是自足式的人造小行星，被设计成能以低于光速的速度在太空中飞行多年——它们必须足够大才行。

老祖并不是那场胜利大逃亡中唯一的英雄。但是据我们手头掌握的各种记录显示（有时不同的记录之间还有矛盾之处），他始终是这场行动的驱动者。他是率领他的人民挣脱枷锁的摩西。

四分之三个世纪之后（2210年），他又带领他们重返家园——但不是重回牢笼。那一年是银河标准历的第一年，标志着大散居的开始……导致它发生的原因是地球老家上巨大的人口压力。两个因素使大散居成为可能：当时被称为利比-谢菲尔德的超驱动（其实不是任何意义上的驱动器，只是一种扭曲多维空间的航行方法），和第一种有效的（也是最简单的）生命延长术，其原理是使用培养皿里生长的新鲜血液。

上述两个发明都是霍华德家族的逃亡促成的。地球上的短寿人仍然相信长寿家族拥有某种"秘密",于是决心深入研究,以解开这个秘密。和大多数研究一样,这项研究也在意想不到的地方得到了回报。它没有揭示出什么"秘密",但发现了另一个差不多的好东西:一种治疗术,后来逐渐发展为多种治疗的集成术,能延缓人的衰老,同时延长人的活力和生殖力。

于是大散居不但变得可能,而且是势在必行。

除了能随时编出各种令人信服的谎言之外,老祖还有另一种天赋:任何情况下,他都能推断出事物发展的方向,然后利用这一点满足他的需要。(他称之为:你必须知道让青蛙跳起来的是什么东西。研究过他的心理学家认为他具有成为先驱者的天分和很好的运气——但老祖对他们的回答却不太客气。作为一个记录官,我不愿就此发表评论。)

老祖立刻意识到,这个永葆青春的祝福,虽然声称是任何人都能享有,实际上只能为权势者和他们的裙带所用。几十亿普通大众是不会被允许长生的,因为没有足够的空间容纳他们——除非他们向其他恒星系移民,这样的话每个人都能按照自己的意愿活下去。

究竟老祖是怎样实现这一想法的,现在已经无从考证了,他似乎用了很多名字和种种障眼法。最后,他名下的主要公司都并入了基金会,随后出卖变现。他用这笔钱把基金会和霍华德家族迁移到了塞昆德斯,把"最好的土地"留给了自己的亲戚和后代。那些亲戚和后代中,百分之六十八的人接受了挑战,踏上了奔向新边疆的长旅。

我们在基因上欠他的债,这些债既有直接的,也有间接的。间接的债务在于,移民是一种淘汰机制,一种被迫的达尔文选择。在此过程中,优秀的种群得以前往其他恒星系,而弱势群体则留在家乡等待死亡。有些族群是被迫迁徙的(二十四世纪和二十五世纪中常有强迫迁移的事），但自然淘汰法则同样适用于他们，区别只在于优胜劣汰的选择发生在地外星球。在残酷的新区，懦夫和无法适应新环境的人很快死去，强壮的人得以生存。自愿移民的人也必须经历这一选择过程。迄今为止，霍华德家族至少经历过三次这样的优选。

我们欠老祖的债其实很容易证实，只需借助简单的算术即可。如果你生活在除地球老家之外的任何地方（如果你能读到这本东西的话，考虑到"地球的青山绿水"目前已是怎样一种悲惨的状态，我几乎可以肯定你没有生活在地球上），又能在你的祖先中发现一位属于霍华德家族的人（你们中的大多数人都能找到），你十有八九就是老祖的后代。

根据家族官方的基因学家的计算，这一概率是百分之八十七点三。当然，你同时也是二十世纪霍华德家族其他人的后代，但这里只谈伍德罗·威尔逊·史密斯，老祖。到公元2136年，霍华德家族的年轻人中，近十分之一是他的"合法"后代。这里所说的合法是指每个新生儿的诞生都在家族中留有记录，以当时存在的手段检验过血统。（杂交实验刚开始时，甚至连血型都尚未为人所知。但这一实验采取了种种措施，使女性为了自己的利益极力避免通奸，至少避免和家族以外的人鬼混。）

正如我刚才所说，到现在，只要你的祖先中有任何一位属于霍华德家族，你就很有可能是老祖的后代，累计概率为百分之八十七点三。但如果你在近几代祖先中有霍华德家族的人，你的概率实际上高达百分之百。

但是，作为一名档案官，我有理由相信——以计算机对血型、发色、眼睛颜色、牙齿数目、酶的类型和其他一些与基因相关的特质做出的分析为依据，我有充分的理由相信：老祖还有很多后代并没有被族谱记录在案。这些人中，有的仍在家族之内，也有的被家族排斥在外。

说轻一点,他是一头不知羞耻的公羊,其种子撒遍了我们所生活的这部分银河系。

以他偷走"新疆域"号开始大逃亡的那些年为例。那些年中,他没有结过一次婚。飞船的记录和那时的传说显示他是一个——用当时的话来说——"不近女色"的人。

也许吧。然而,对生物学统计数据(不是族谱)的分析表明,他并不是那么不可接近。进行该项分析工作的计算机提出跟我打赌,说那些年里他至少生了一百多个孩子。(我拒绝打赌,那台计算机在让我一个车的情况下仍然能把我将死。)

我对此并不感到惊奇。那个时候,霍华德家族成员对延长生命的追求到了病态的程度。一个最长寿的男人,如果他仍然具有生殖能力——显然他有这个能力——将会受到无尽的诱惑,获得无尽的机会。诱惑和机会来自那些焦灼的女人,她们想让自己的后代同样拥有他所展示的优越——"优越"是霍华德家族唯一敬重的标准。

我们可以推测,他当时结没结婚并不重要。霍华德家族内部的所有婚姻都是基于利害关系的婚姻——艾拉·霍华德的遗嘱确保了这一点。很少有维系一生的婚姻。唯一令人奇怪的是,在上千个育龄妇女的攻势下,只有这么一小部分成功俘获了他。当然,不可否认,他逃跑的速度是很快的。

如果今天我碰到一个人,留着棕黄色的头发,长着个大鼻子,挂着令人亲近的笑容,灰绿色的眼睛中闪露出一丝野性的目光,我总禁不住在想老祖是不是刚刚途经那片星空。如果有那种长相的人向我走来,我会把我的手紧紧地按在钱包上。如果他开口和我说话,我一定不会跟他打赌,或是做出什么承诺。

但老祖本人只是霍华德家族杂交实验的第三代,他怎么能在没有进行任何回春治疗的情况下活过他本人的第一个三百年，并且在此过程中保持青春呢？

变异，只有这一个解释——这也相当于说我们不知道。但通过他之后的几次回春治疗，我们掌握了他部分的身体结构。他有一个不同于常人的巨大心脏，跳动缓慢。他只有二十八颗牙齿，没有龋齿，而且他似乎对传染病有免疫力。除了缝合伤口或是回春术之外，他从来没有做过手术。他的反应异常灵敏，却又总是显得经过了深思熟虑。或许我们必须重新定义"反应"这个词。他的眼睛从来不需要矫正，既无远视也无近视。他耳朵的听力范围非常广，低频比常人低，而高频又比常人高，在整个频率范围内都能听得十分真切。他的辨色力也很强，能分辨出位于蓝和紫之间的靛蓝。他出生时就没有阴茎包皮，也没有阑尾——显然也没有良心。

他是我的祖先，我为此感到自豪。

贾斯廷·富特四十五世
首席档案官，霍华德基金会

总说明

关于档案编写

　　在本删节版中，原版本所附的技术资料已另行单独出版，以便留下足够的篇幅，用以记录老祖离开塞昆德斯直至他消失的那段时间内的言行。在原论文作者的坚持下，那段显然是杜撰的、所谓描绘老祖生命最后一刻的记录也被编撰在本删节版内。对该段内容，请读者不要过于认真。

卡罗林·布里奇斯
首席档案官

　　批注：我可爱的、学问高深的继任者完全不知道自己在说些什么。对于老祖来说，最荒谬的往往是最可能的。

贾斯廷·富特四十五世
前首席档案官

序　曲

I

房间的门开了,里面坐着个人,正忧郁地望着窗外。他回过头来问道:"你他妈的到底是谁?"

"祖先,我是约翰逊家族的艾拉·维萨罗,家族代理族长。"

"你到底来了。别叫我'祖先'。为什么只是代理族长?"坐在椅子里的人咆哮着说,"是不是族长太忙了没时间见我?难道我不值得他来见我?"他没有站起来,甚至连请来访者坐下的意思都没有。

"请您原谅,阁下。我就是家族的执行长官。这个惯例在这儿已经延续一段时间了,几个世纪。家族的执行长官都称为'代理族长'……随时准备等您回来重掌大权。"

"什么?这太荒唐了。对了,我已经有一千年没有主持过理事会议了。还有,'阁下'这个称呼和'祖先'一样糟糕——直接叫我的名字。两天前我就让人请你过来,你走的是不是绕来绕去的观光路线?或是那条允许我随时召唤族长的法令被撤销了?"

"我不清楚那条法令,老祖;可能是这个时代之前很久定下的规矩,但随时等待您的召唤是我的荣幸和责任。我乐意听候召唤。如果您能告诉我您现在使用的名字,我将非常高兴,同时也会为能够直呼您的名字感到不胜荣幸。我之所以这么晚才来,是因为接到您传唤后的三十七个小时里我一直在学习古英语。有人告诉我您不愿用任何其他语言交谈。"

老祖似乎有点不好意思,"我的确不太熟悉这地方的人讲的鸟语——最近我的记忆力老是跟我作对。就算能听懂的时候,我也懒得搭理。至于名字,我忘了我在入境登记时用的是什么名字。嗯,'伍德罗·威尔逊·史密斯'是我儿童时代使用的名字,但用得很少。'拉撒路·龙'①是我最常用的名字——就叫我'拉撒路'吧。"

"谢谢,拉撒路。"

"谢什么?别这么正儿八经的。你不是小孩了,要不然你也当不上族长。你多大年纪了?你真的只是为了拜访我而去学习我的母语?而且是在不到两天的时间里?你是从零开始学的吗?我至少需要一个星期才能掌握一门新语言,再加一个星期来消除口音。"

"按照标准年算,我三百七十二岁,拉撒路,按照地球年算快四百岁了。我得到这个职位后学过古典英语,只是书面语。它能让我读懂和这个家族相关的原始资料。接到您的召唤后,我开始学习如何听和说……用20世纪北美地区的习语,也就是您所说的母语。语言分析仪的计算结果告诉我,您使用的就是那种语言。"

---

①拉撒路是《圣经·约翰福音》中的一个人物,因病死去,耶稣使其复活。(书中注释除特别注明外,均为译者所加。)

"聪明的仪器。或许我现在说话的方式和我年轻时没什么分别；人们总说大脑永远不会忘记年轻时的语言习惯。我现在说话的口音一定和考恩贝特人①一样刺耳，像生锈的锯子……而你说话有点像得克萨斯人，慢吞吞的，有时还夹点英国牛津口音。真奇怪。我猜那个机器可能在它的记忆库中挑了一种和输入样本最匹配的口音。"

"我也这样想，拉撒路，但我并不熟悉这其中的技术。您能听懂我的口音吗？"

"哦，一点都不困难。你的口音挺好懂的；比起我小时候学到的口音，它更像那个时代受过良好教育的普通美国人所讲的话。我能听懂从布鲁格姆到约克郡的所有方言；口音对我来说不是问题。你这人真不错，愿意费那么大工夫。心领了。"

"没关系。我在语言方面有些天赋，所以不会有什么大问题。我曾试着和每位理事交流时都用他本人的母语；我已经习惯了在短时间内掌握一门新语言。"

"为什么要那么做？不过，这种做法倒是显得挺有礼貌的。在这个地方，我觉得自己跟动物园里的动物似的，找不到人说话。这两个木头疙瘩——"拉撒路扬了扬头，示意那两个身穿隔离服、头戴单向头盔的回春治疗医士，他们站在房间的最远处，尽可能和这次谈话保持距离，"——都不会说英语，没法和他们谈。哦，那个高个儿懂一点点，但不够聊天的。"拉撒路低声说着，指了指那个高个子医士，"嗨，你！给族长拿把椅子来。快点！"肢体动作明确地表达了他的意思。高个医士按下身边控制椅子的按钮；椅子动了，转了一圈，停在拉撒路对面距离合适的位置上。

艾拉·维萨罗说了声谢谢——不是对那个医士，而是对着拉

———————
①考恩贝特，位于美国伊利诺伊州。

撒路——随后坐了下来。椅子按照他的体形自动做出调整,包住了他。他舒了一口气。拉撒路说道:"舒服吗?"

"很舒服。"

"想吃点什么喝点什么?想不想抽烟?你得帮我翻译一下才行。"

"不用,谢谢。需要我替您要些什么吗?"

"现在不要。他们一直像填鸭一样喂我吃的,有一次还强行喂我东西吃,该死的。既然我们都舒舒服服地坐着了,那就开始吧。"他突然咆哮起来,**"我究竟在这个监狱里干什么?"**

维萨罗轻声回答说:"不是'监狱',拉撒路。这是新罗马霍华德回春诊所的贵宾套间。"

"我说这就是'监狱',只是少了蟑螂而已。这扇窗户——你用撬棒都打不开,还有那扇门——任何声音都能打开它……除了我的。如果我去厕所,这两个木头疙瘩里必定会有一个寸步不离地跟着我,生怕我淹死在马桶里。该死的,我甚至不知道那些个护士是男是女。不管男女我都不喜欢。我不希望小便的时候旁边有人抓着我的手!我讨厌这些。"

"我会想办法看看有什么可以改进的,拉撒路。这里的医士是有些谨小慎微,但他们的做法可以理解。盥洗室里很容易出意外,他们对这一点很清楚。如果您受伤了,无论是什么原因,那个时段的负责医士都会受到超出常规的严厉惩罚。他们都是自愿来的,享受高额奖金,但他们每天都提心吊胆。"

"我明白了。'监狱'。好吧,如果这地方真是回春诊所的套间……**那我的自杀开关在哪里?**"

"拉撒路——'死亡是属于每个人的特权'。"

"我正想说这话!那个开关本来应该在这儿,有人把它拆了,痕迹还看得出来。你看,我没有经过审判就被监禁起来,还被剥夺了最基本的权利。为什么?我很生气。你知道吗?你这会儿非常危险。永远不要戏弄一条老狗,说不定它还能最后咬一口呢。我很老了没错,但我能在那些木头疙瘩接近你我之前折断你的手臂。"

"如果这样能让您高兴,我很乐意让您折断我的手臂。"

"是吗?"拉撒路·龙有点垂头丧气,"不,这样做不值得。他们可以在三十分钟内把你的手臂接上,跟没断过一样。"他突然笑了起来,"但我可以拧断你的脖子,然后打碎你的脑壳。这样的话,回春治疗医生就无能为力了。"

维萨罗没有被激怒,也没有丝毫紧张。"我相信您办得到,"他平静地说,"但我不相信您在杀死自己的后代之前不给他一个辩解的机会。七条不同的族谱都证实,先生,您是我的祖先。"

拉撒路咬着嘴唇,看起来很不高兴,"孩子,我有很多后代,血亲对我并不重要。但你说对了,在我的一生中,我从来没有无缘无故杀过任何人。"他突然笑道,"但如果不重新安上我的自杀开关,我很可能会为你破个例。"

"拉撒路,如果您愿意,我会让他们立刻重新装上那个开关。但是——可否再听我说'十个词'?"

"嗯——"拉撒路有些不情愿地说,"好吧,就'十个词','十一个'都不行。"

维萨罗只顿了一下,然后扳着手指说:"我……学习……您的……语言……是想……解释……为什么……我们……需要……您。"

"你遵守了'十个词'的规则,"拉撒路承认道,"但接下来你还需要五十个、五百个,或五千个词。"

"或者一个都不需要。"维萨罗纠正道,"即使您不给我任何解释的机会,我还是会替您装上自杀开关。我保证。"

"哼!"拉撒路说道,"艾拉,你这个老无赖,我现在相信了,你的确是我的后代。你费力学习一门死掉的语言,只是为了和我交谈——你做出了判断:一旦我知道了这一点,在没有听到你的想法之前,我不会选择自杀。好,你说吧。你可以从我在这里干什么说起。我知道——我确知,我没有申请回春手术,但我在这儿醒来以后,发现疗程已经过半了。所以我嚷嚷着让族长来见我。好吧,你说,为什么我会在这里?"

"我们可不可以从更早些谈起? 您能告诉我您在旧城最差的那个区的廉价旅馆里干什么吗?"

"我在干什么? 我在等死。平静、有尊严地死去,像一匹筋疲力尽的老马。这就是我当时在做的事,直到你手下那些人抓到我。对于一个不愿受打扰、一心等死的人来说,除了廉价旅馆,你还能想出更合适的地方吗? 只要事先交了床铺费,他们就不会再来骚扰你。噢,他们偷去了我仅有的一点东西,甚至包括我的鞋。但我有心理准备。换作我是他们,我同样会这么做。而且,绝大多数住廉价旅馆的人对境遇比自己还差的人都比较友善,他们中的任何一个都会给病人倒上一杯水。这就是我最想要的——再加上让我一个人待着,以我自己的方式结束生命。情况就是这样,直到你的人出现。告诉我,他们是怎么发现我的?"

"我们发现您的过程没什么值得称道的地方,拉撒路。秘密部队——警察? 对,就是'警察'——我的警察用了这么长时间才确定您的身份、发现您并最终找到您,实在是不可思议。某位队长因此丢掉了工作。我不能容忍效率低下。"

　　"所以你撤了他的职。这是你的事,我不管。但我还是不明白。我从远星来到塞昆德斯,自认为没有留下任何痕迹。上次在超星,我把我的一切都改头换面了……我在超星购买了最后一次回春疗程。家族现在在和超星交换信息?"

　　"天哪,没有,拉撒路,我们连个好脸色都不会给他们。有一些理事甚至强烈建议消灭超星,而不仅仅只是禁运。"

　　"噢……如果哪颗超级炸弹击中超星,我默哀不会超过三十秒钟。但我确实有理由到那儿做这个手术,尽管我需要为强行搭售的克隆手术支付高额费用。但这是另外一个话题了。孩子,你们到底是怎么找到我的?"

　　"先生,在过去的七十年里,我们不仅在这里,还在每颗受家族控制的行星上颁布了命令要找到您。至于说究竟怎样找到的——您在移民局被强制注射了对付瑞博热的预防针,您还记得吗?"

　　"记得。尽管我强烈反对,但还不至于当场跟人吵闹;我知道我的目的地是那个廉价旅馆。艾拉,我等待死神降临已经有一段时间了。这没什么,我准备好了,但是我不愿意在太空中孤独地死去。我希望有人的声音和气息围绕着我。这是我的一点孩子气。不过我相信,我一落地就消失在人群中了。"

　　"拉撒路,瑞博热其实并不存在。如果有一个人来到塞昆德斯,而所有常规鉴别手段都无法判断此人的身份,在这种时候,'瑞博热'或其他什么并不存在的疫情就会成为借口,以此获取此人身上的一点点组织。真正注入他体内的只是生理盐水。在基因图谱得到确认之前,他们按说绝不应该允许您离开空港。"

　　"是吗? 如果有一艘飞船载着一万移民来到塞昆德斯,你们怎么办?"

　　"先把他们关在临时集中营里,直到我们做完检查。不过,由于地球已经陷于目前这样的困境,您说的这种情况现在并不多见。但是您,拉撒路,是乘私人飞船独自来到这里的。那艘船的价值高达一千五百到两千万克朗。"

　　"应该是三千万。"

　　"值三千万克朗。银河系里有多少人能做到这一点?负担得起的人中间,又有多少会选择单独旅行?像这样的情况理应引起他们所有人的警觉,可他们却只是提取了您的组织,接受了您住在罗穆卢斯希尔顿宾馆的说法,然后就让您走了——您无疑没等天黑就换了个新的身份。"

　　"是的,没错。"拉撒路赞同道,"不过,由于你那些警察的努力,制作高质量假身份证的价钱被大大抬高了。要不是我太累了,不愿意折腾,我会亲自动手做一个。这样更安全。是不是因为这个我才被发现的?你们是不是从卖假身份证的人那儿榨出了线索?"

　　"不是,我们一直没有找到他。顺便问一下,您能不能告诉我他是谁,好让我们——"

　　"我不会说的,"拉撒路厉声道,"不泄露他的身份是我和他交易的条件之一。对我来说,他违反了多少条你们定的规矩并不重要。而且,谁知道,说不定我还会用到他。肯定还有其他人需要他的服务,那些像我一样想躲避你手下的人。艾拉,虽然你的出发点是好的,但我实在不喜欢一个需要身份证的地方。在过去的几个世纪里,我一直告诫自己远离那些拥挤到需要身份证的地方。绝大多数时候,我都遵循了这个原则。这次本来也该遵循,但我以为需要它的时间不会太长。该死的!我想再有两天时间我就要死了。你们是怎么找到我的?"

"用最笨的办法。得知您在这颗行星上后,我发动了一切力量;那个队长并不是唯一的倒霉蛋。您像这样消失得无影无踪,让所有人都大为沮丧。我的警卫队长认为您已经被杀了,而且尸体也被处理了。我告诉他,真要那样的话,他就得做好往别的行星移民的准备了。"

"讲关键的!我想知道我在什么地方搞砸了。"

"我不会说是您搞砸了,拉撒路,因为您成功地在这个星球上所有警察和密探的眼皮底下躲了起来。但是我感觉您肯定没有被杀。的确,在塞昆德斯发生过谋杀,尤其是在新罗马这个地方,但多数案件都和家庭琐事有关。自从我颁布法令以来,明确要求严格执法,而且改在斗兽场执行死刑以后,新案件并不多。不管怎样,我肯定一个活了两千年的人是不会轻易让自己在某个黑巷子里被人杀死的。

"所以我假定您还活着,然后问自己,'如果我是拉撒路·龙,我会躲在哪里?'我进入了冥想,思索着这个问题。我试图追溯您过去的足迹,直到断了线索。另外——"

代理族长掀起他的披肩,从里头取出一个很大的封了口的信封,递给拉撒路,"这是您在哈里曼信托基金的保管箱里留下的东西。"

拉撒路接了过来,"已经打开了。"

"是我打开的。我承认时间有点早,但这是您写给我的。我读过了,其他人还没有。现在我会把它忘掉。我还想说一句:对于您把遗产留给家族一事我并不感到惊奇……但是您把飞船留给族长个人使用,这让我很感动。那艘船不错,拉撒路;我是有点想要它,但还没有渴望到想这么快就继承它的程度。对不起,我本想向您解释为什么我们需要您,但却跑题了。"

"我不急,艾拉。你急吗?"

"我?先生,除了与老祖您谈话以外,我没有其他更重要的任务了。再说,我稍稍松松手也好,我手下的人管理起这颗行星来会更为高效。"

拉撒路点头赞同,"我管事的时候一直是这么干的。先把事情承担下来,然后尽快挑选合适的人,把工作转移到他们身上。这些年来,那些民主人士闹过事吗?"

"'民主人士'?哦,您一定是指'平等主义者'。我刚才还以为您说的是圣民主教会呢。那个教会我们不怎么管;他们也不会制造麻烦。平等主义者每隔几年就会搞一次运动,当然打的旗号都不一样,有自由党、受压迫者同盟组织,等等。叫什么名字并不重要,反正都是要赶走坏蛋,从赶走我开始,然后把他们自己的坏蛋捧起来。我们从来不和他们发生冲突,只是派人渗入他们内部,然后在某个夜晚把当头头的及其家属统统抓起来,天一亮就让他们开路,强制移民,递解出境。'能在塞昆德斯生活是一种特权,而不是权利。'"

"你在引用我说过的话。"

"当然。这是您把塞昆德斯转让给基金会时所签的合同里的原话,一字不差。这颗行星上不会有政府,只有族长为了维持秩序而订立的规则。我们一直遵循与您的协定,前辈;我是唯一执掌大权的人,直到理事认为该把我换掉的那一天。"

"这正是我的意愿。"拉撒路赞同道,"但是,孩子,虽然这是你的事,我永远不会再碰那把权力之槌了——但对你铲除异端分子的方式,我有些疑问。做面包少不了发酵粉,一个消灭了所有异端分子的社会是会走下坡路的。一群绵羊最多成为一群劳工,运气差点的话还会堕落成一伙野蛮人。你可能铲除了一千个人中才有一个的思想者。他们是你的发酵粉。"

"恐怕是这样，老祖，这也是为什么我们需要您的原因之一——"

"我说过我不会再碰权力之槌了！"

"您能听我说完吗，先生？我们不会请您再次执掌权力。当然，根据古老的习俗，只要您愿意接管这颗行星，它就是您的。但我可以听从您的建议——"

"我不会给出建议；人们也从来不听从我的建议。"

"对不起。也许我想要的仅仅是一个机会，和一个比我经验丰富的人谈谈问题。说起这些异端分子——我们并没有在传统意义上消灭他们；他们仍然活着，至少他们中的绝大多数还活着。叛国者这种政治犯，把他流放到另一颗行星比杀死他更合适；这样既能消灭他，又不会让熟识他的人过于愤慨。再说，杀死他，或者他们，这实在太浪费了。我们在利用他们做一项实验：所有被驱逐的人都被运往同一颗行星，极乐行星。您听说过这颗行星吗？"

"从没听说过这个名字。"

"我想，您最多只能无意间碰上这个名字，先生；我们把那颗行星当作博坦尼湾①，从未让它出现在公众的视野里。它并不像它的名字听上去那么美，但也是个不错的地方，和被毁掉的老家——我应该说'地球'——差不多，或者说，和我们刚到塞昆德斯时的条件差不多：刚好艰苦到可以考验人的意志、淘汰脓包的程度；又刚好不错到可以让一个有勇气的人用自己的劳动和汗水养

①1770年4月，英国航海家库克船长首次看见澳大利亚海岸线——维多利亚州的希克斯角。接着，他站在博坦尼湾的海岸上宣布这个"新大陆"属于英国。后来，由于英国的监狱过分拥挤，再加上美国革命对英国造成严重震荡，导致英国将囚犯经海路运往这片远在南半球的大陆。

活一家人的程度。"

"听起来像个不错的地方；也许你应该坚持这个做法。那里有本地人吗？"

"原住民都是些凶残的野蛮人……我不知道他们中还有谁活到了今天，我们甚至没在那地方设联络处。当地的原住民十分愚笨，很难被教化成为文明人，同时又不服从管教，无法被当作奴隶使用。也许他们本来可以按照自己的规律进化，但是很不幸，他们还没有做好准备就遇到了现代人。但我们的实验并不涉及这个方面，在这场角逐中，被我们驱逐的人必定会赢得胜利，因为我们没有让他们赤手空拳前往那里。重要的是，拉撒路，那些人认为他们能够建立一个理想的民治政府。"

拉撒路不屑地哼了一声。

"也许他们能做到，先生，"维萨罗坚持道，"我不知道。这是实验的主要内容。"

"孩子，你傻吗？哦，你应该不傻，否则理事不会让你执掌大权。但是——你说你现在多大来着？"

维萨罗平静地说："我比您晚出生十九个世纪，先生；我不会在任何事情上和您争论。但根据我自己的经验，我不知道这个实验是否会失败；我从没见过任何民主政府，甚至在我无数次去其他行星的时候也没见过。我只在书上看到过。从我读到的内容看，人类历史上从没出现过这样一个民主社会：其全体民众都对民主坚信不疑。所以我不知道结果。"

"嗯。"拉撒路看起来有些闷闷不乐，"艾拉，我本想把我所有关于这类政府的经验都灌输给你。但你是对的，你说的是一个全新的事物——我们不知道。哦，其实我的观点非常明确，但是一千个理由最充分的观点都抵不上实践。伽利略证明了这一点,这可能是我们唯一能够肯定的。嗯……所有那些我见过或听说过的所谓民主,要么是由上层精英强制大多数人遵循某些法则,要么是由平民逐渐发展起来的,他们发现在民主体制下能够靠选票获得面包和马戏①——但这种体制只会维持很短的时间,用不了多久就会土崩瓦解。真遗憾,我看不到你这个实验的结果了。我怀疑它可能会成为人类能想象出来的最为暴虐的专制;多数人决定的制度会让不守规矩的强者大有空间施展拳脚,压迫其他人。但是我并不确知。你怎么看?"

"计算机说——"

"别管计算机怎么说。艾拉,人类大脑所能构建的最为精密的机器,其能力也必然受限于人类大脑。不认同这种说法的人就是不理解热力学第二定律。我是在问你的观点。"

"先生,我没有观点;我缺少足够的信息。"

"哈,你老了,孩子。无论做什么,哪怕只是为了能活得长一些,你都得猜。如果没有足够信息、无法推导出合乎逻辑的答案,你就需要一次又一次地猜,而且要猜对。接着说你是怎样发现我的。"

"好的,先生。刚才那份文件,就是您的遗嘱,很清楚地说明您期望自己马上死去。这以后——"维萨罗顿了顿,狡黠地笑了笑——"我不得不'在没有足够信息的情况下努力猜测,而且要猜对'。我们花了两天的时间找到了那家商店,您在那儿买了些衣服,让自己的派头不那么显赫,同时也使您的衣着更符合本地习惯。我怀疑您就是在买完衣服后买的假身份证。"

他停顿了一下,拉撒路没有搭话,维萨罗继续说道:"之后我们又花了半天时间找到了另一家商店。您为了进一步降低您的

①面包和马戏,泛指统治者为了笼络人心所施展的小恩小惠手段。

27

身份,在那儿又买了些衣服,使自己更像是社会底层的人——也许您做得有点过了,因为店主还记得您,不仅因为您付的是现金,还因为您买的二手衣服即使全新的时候也比不上您当时穿的那一身。噢,他假装相信了您'化装舞会'的说法,而且嘴很紧。他的商店其实是一个销赃点。"

"当然,"拉撒路赞同道,"我认定他的生意不正当之后才从他那儿买的东西。你刚才说他并没有把我供出来?"

"那是在我们启发他的记忆以前。收赃者的处境是比较尴尬的,拉撒路;他必须有一个长期固定的地址,所以有时不得不诚实。"

"噢,我不怪他。是我自己犯了错误,我让别人起了疑心。我累了,艾拉,年龄不饶人啊,这让我匆忙间做了马虎事。哪怕只倒退一百年,我也会做得漂亮得多。我向来认为降低自己的身份而不让人起疑心,要比抬高身份困难得多。"

"我不认为您有什么需要羞愧的地方,这件事干得相当漂亮,老祖;您让我们这些人抓瞎了将近三个月。"

"孩子,这个世界不会因为一次'漂亮的尝试'而给予你回报的。继续说吧。"

"下面就是用蛮力了,拉撒路。那间店铺位于城内最差的区域;我们拉起警戒线,围住了那个区域,然后开始清查。参加行动的有几千人。好在行动没有持续很久,我们在搜到的第三家小旅馆里发现了您。是我亲自发现您的,当时我正和一支搜捕队在一起。那以后,您的基因图谱确认了您的身份。"艾拉·维萨罗微笑起来,"在基因分析仪确认您的身份之前,我们就给您输了血;您当时的状况很差,先生。"

"就差下地狱了,我就要死了,压根儿不在乎周围发生了什么，只管做自己的事。你也该学学我的做法。艾拉，知道你对我做了什么吗？人不应该死两次……我已经熬过了最困难的阶段，正准备迎接最终结局，就像等待睡眠降临。可你却插手进来。我从没听说过有人被强行进行回春治疗。要是知道你改了这条规矩，我永远不会靠近这颗行星。现在我不得不再次经历这一切。要么使用自杀开关——虽然我一直鄙视自杀的念头——要么自然地死去，尽管现在看来还得再等上一阵子。我的旧血液还在吗？被储藏起来了？"

"我会询问诊所所长的，先生。"

"哈，这不是回答，你就别费心思说谎了吧。你让我左右为难呀，艾拉。虽然还没有完成整个疗程，但我感觉自己的身体状况比过去的四十多年都要好。也就是说，要么我还得等上一大段无聊的时光，要么在我的身体还没准备好死亡时动用那个自杀开关。你这个多管闲事的无赖，你有什么权力——不对，你有这个权力。但你根据什么道德准则来干涉我的生死？"

"因为我们需要您，先生。"

"这不是道德方面的原因，而是出于你的实用主义。这种所谓的需要并不是相互的。"

"老祖，我深入研究过所有有关您生平的历史资料。在我看来，您自己就是个实用主义者。"

拉撒路笑了，"这才是我的孩子！我还在猜你会不会像该死的教士一样，硬把自己的所作所为打扮成道德高尚的样子。我不相信一个在掏我衣兜时还满口仁义道德的人。但如果他是为了自己的利益行事，并且敢于承认，一般来说，我能跟这种人打交道。"

"拉撒路，如果您能让我们完成对您的回春治疗，您会感到像获得了新生一样。我相信这些您都知道;您以前做过同样的治疗。"

"为了什么,先生? 在我花了两千多年时间、尝试了生命中的一切之后? 在我看过了无数行星,以至于它们在我的记忆中都变得模糊了之后? 在我有过无数妻子,甚至忘了她们的名字之后?'祈祷最后一次降落在给予我们生命的地球上——'我连这都做不到;我的出生地——那颗可爱的绿色行星甚至比我还要老迈;回到那里将是一次痛苦的经历,而不是欢乐的还乡之旅。不,孩子,无论经过多少次回春治疗,最后都会迎来这样一个时刻:你所要做的就是关灯,然后沉沉睡去。但是你,该死的你,把这一切夺走了。"

"我很抱歉——不,我不感到抱歉。但是我请求您的原谅。"

"这样的话……你或许可以得到我的原谅,但不是现在。你需要我的原因是什么? 除了被你放逐的那些异端分子,你还提到了一些别的问题。"

"是的,但这并不是促使我阻止您以自己的方式离开人世的原因。这个问题我能解决,不管以何种方式。我认为塞昆德斯过于拥挤,同时也过于文明——"

"毫无疑问,艾拉。"

"所以我认为家族应该再次迁移。"

"我对这个不感兴趣,但我同意你的看法。根据经验法则,可以说,无论什么时候,只要一颗行星开始发展一百万人口以上的大城市,那么它就已经接近临界点了。再过一到两个世纪,这颗行星就不再适宜居住了。你想好了要往哪颗行星迁徙吗? 你认为你能让理事们和你一起走吗? 家族的人会跟着理事们一起走吗?"

"第一个问题的答案是'是',第二个是'也许',第三个是'可能不会'。我心里想的行星是'特蒂尤斯'。它和塞昆德斯一样,或许比塞昆德斯还要好些。我想理事会的多数成员会认同我的想法,但我没有把握获得压倒性的多数支持。毕竟,这样的迁移会要求付出很多,而塞昆德斯的环境又太舒适,绝大多数人很难看到即将到来的危险。至于家族本身——不,我不认为我们能劝说绝大多数人举家迁移……但即使只有几十万也足够了。这就是基甸①的队伍——我说的这些,您跟得上吗?"

"我都想到你前面去了。移民这种事,总是跟选择和进步息息相关。这才是根本。如果他们选择了移民,记住,是如果。艾拉,我花了很长时间才成功劝说家族在23世纪移民到了这儿。如果地球没有变成一个可怕的地方,我是不可能说服他们的。这是运气——你也需要它。"

"拉撒路,我并不期望会成功。我会尽力尝试。如果我失败了,我会辞职,然后移民。如果我能组织起足够庞大的移民队伍建立一处殖民地,我会选择去特蒂尤斯。如果不能,我会移民到一个人口非常少的殖民行星。"

"你真是这样想的,艾拉?或者,当时机到来的时候,你会不会打退堂鼓,认为应该留下来行使自己的职责?如果一个人有领袖特质——你是有的,否则你不会坐在现在这个位置上——他会发现很难放弃权力。"

"我的确是这样想的,拉撒路。噢,我喜欢管理事务,这我知道。我希望能够带领整个家族进行第三次大迁移。但是我并不存有这种奢望。然而,我认为即使没有基金会的协助,由我领头组织一支创建新殖民地的队伍,最好由年龄不超过一百岁、最大

---

①基甸是《圣经》中的犹太勇士。

不超过两百岁的年轻人组成——这种可能性还是比较大的。但是如果这也失败了——"他耸耸肩,"——对我来说,移民是唯一可行的路;塞昆德斯不会再给我什么了。"维萨罗接着说,"也可能某些方面,我的想法和您是一样的,先生。我并不希望我剩下的所有时间都坐在代理族长的位置上。我当了差不多一个世纪,已经够了。"

拉撒路沉思着;维萨罗等待着。

"艾拉,请装上那个自杀开关。不过请明天装,不是今天。"

"好的,先生。"

"你就不想知道为什么吗?"拉撒路拿起那个大信封,里面是他的遗嘱,"如果你能让我相信,无论理事们怎样做,你都会移民,不管是下地狱还是上天堂,那么我就要重写这份遗嘱。如果理事们不用基金会的资金来支持这次移民的话,我各处的投资和现金账户会起到点作用——前提是没人趁我不在的时候把它们偷走。这些钱能决定这次移民是成功还是失败。我相信,理事们一定不会出资的。"

维萨罗什么话也没说。拉撒路盯着他,"你母亲没有教过你说'谢谢'吗?"

"谢什么,拉撒路?为了您在死后把您再也用不着的东西留给我吗?即使您真的这样做了,也只是为了让您自己得到满足——而不是为了让我高兴。"

拉撒路笑了笑,"该死的,是这样。我真应该开个条件,让你把那颗行星命名为'拉撒路'。但是我没有办法监督它的执行。好吧,我们都大体了解彼此的想法了。我想——对于好机器,你有没有一份敬意?"

"什么?是的。我尊重好机器,鄙视那些不能按设计目标发挥功效的机器。"

"我们真的彼此理解了。我想我会把'多拉'——她是我的飞船——留给你个人，而不是家族的族长……如果你领导这次移民行动的话。"

"呃……您在引诱我来感谢您。"

"用不着谢我。我只希望你能对她好一些。她是条可爱的飞船，只知道友善待人。她会成为你的出色的旗舰。只要增加一些简单的装备——具体规格在她的电脑里——她就能装下二十至三十人。你还能降落在地面上，待在她里头先侦察一番，还能重新发射升空。你自己的飞行器很可能做不到这一点。"

"拉撒路……我既不想继承您的钱，也不想要您的飞船。让他们完成您的回春疗程吧，然后加入我们！我会退位，您来执掌大权。或者您也可以不承担任何职务。但是请一定加入我们吧！"

拉撒路阴郁地笑了笑，摇了摇头，"移民处女行星这种事，我已经参加过六次了，这还不算塞昆德斯，而且都是移民去我自己发现的行星。早在几百年前我就不这么干了。无论什么事，时间长了都会让人生厌。你以为所罗门和他成千上万个妻子中的每一个都过夫妻生活吗？真要那样的话，他在应付最后一个妻子时会是怎样的表现？——可怜的姑娘！给我找些新鲜事做，那样的话，我可能永远不会去碰那个自杀开关，还会把我拥有的一切都贡献给你的新殖民地。这才是公平交易，而这个只进行了一半的回春治疗不是。我感觉不好，却又死不了。所以我陷于两难了：一个是自杀，一个是做出让步，完成整个回春疗程……真像一头在两堆干草之间无法选择、最终饿死的驴子。但是，你让我做的事情必须够新奇，艾拉，而不是那种我做过一次又一次的事。我在相同的台阶上爬的次数太多，脚都疼了。"

"这个问题我会考虑的，拉撒路。会认真彻底地研究一番。"

"我敢打赌，你找不到任何我没有做过的事情。"

"我会认真去找。在我寻找的过程中，您是不是不会用那个自杀开关？"

"我不保证。修改过这份遗嘱以后我就不保证了。你手下那帮子搞法律的，他们的头头，你信得过吗？可能要请他帮个忙……因为这份遗嘱——"他用手敲了敲信封，"——只要它的内容是将财产留给家族，那么，无论它有多少法律上的瑕疵，它在塞昆德斯这颗星球上都站得住，谁也不会挑它的毛病。但如果我把遗产留给某个个人——我说的是你，我的一些后代们——应该说我的很多后代们——都会放声高呼：'法律方面有漏洞！'他们会想尽一切办法，让它无效。艾拉，他们会把它冻结在法庭上，直到它被法律费用蚕食殆尽。让我们避免这种情况，好吗？"

"我们可以避免。我对规则作过一些修改。在这颗行星上，一个人完全可以在去世之前让他的遗嘱通过遗嘱审查。如果遗嘱存在问题，则要求法庭帮助他修改遗嘱中的语句，以实现他的意愿。遗嘱经过了这样的程序以后，任何法庭都不会受理对于该遗嘱的申诉；这份遗嘱将在此人去世后自动生效。当然，如果他变更了他的遗嘱，新遗嘱也需要经过同样的程序，遗嘱的成本也会增高。但是通过逝前遗嘱审查，即使最复杂的遗嘱也不需要律师了，而且事后律师也不能再插手。"

拉撒路兴奋得睁大了双眼，"你这么做不会惹恼律师吗？"

"我惹恼了很多律师，"艾拉淡淡地说，"以至于每次向极乐行星运送移民时，不少律师都会志愿加入。另一方面，也有很多律师惹恼了我，所以每次移民中总有些被迫加入的律师。"代理族长阴沉沉地一笑,"有一次我对我的首席大法官说,'沃伦,我有很多次不得不推翻你的决定,这样的事实在太多了些。你任职后吹毛求疵,误读规则,没有做到公正裁判。你回家吧;你在家里接受软禁,直到下一次船期。在白天,你可以在警卫的看管下处理私人事务。'"

拉撒路咯咯地笑了起来,"应该把他绞死。你知道他会在极乐行星上干什么,对不对? 到那儿以后,重新开张,干的还是老一套——如果那儿的人没有把他私刑处决的话。"

"那是他和他们的问题,不是我的。拉撒路,我从不因为一个人愚蠢就对他处以极刑——但如果他实在太可恶了,我会把他送到外星去。如果您想修改遗嘱,一点儿都不麻烦。您只需要把所有细节和您想加上的解释口述下来,然后我们会用语意分析仪分析您口述的内容,再用严密的法律语言把它表述出来。一旦您对结果满意了,您就可以把它提交给最高法院——如果您愿意的话,也可以让他们来找您。法院将会确认遗嘱,使之生效。这样做以后,只有新的代理族长颁布的独裁法令才能让这份遗嘱失效。但我认为不太可能有这种事——理事们不会让这样 个人坐上代理族长的位置。"

维萨罗接着说:"但是我希望您能在这上头多花些时间,拉撒路。我需要一个公平的机会来为您寻找新奇事物,重新激发您对生活的兴趣。"

"好吧。只是别应付我;我不会被破玩意儿糊弄过去的。让他们给我送个录音机来,就明天上午吧。"

维萨罗好像想说什么,但没有说出来。拉撒路目光锐利地看着他,"这次谈话已经被录音了?"

"是的,拉撒路,这个套间里的所有声音和全息影像都被记录下来了。但是——务必请您原谅,先生! 录像带只会送到我的办公桌上,在我对它进行检查并认可以前,它不会被记录在案。完全没什么。"

拉撒路耸耸肩,"算了吧。艾拉,我几百年前就知道,一个拥挤到需要身份证的社会里是没有隐私可言的。尽管有确保隐私的法律存在,但它的作用只是使那些小麦克风、摄像镜头之类设备更难被发现了。我之所以刚才没留意,是因为每次我到这类地方时,都理所当然地认为我的隐私是一定会被侵犯的,所以我不在意这些,除非我想做一些当地法律禁止的事。遇到这种情况,我就会使出我的狡狯手段。"

"拉撒路,那些记录是可以清除的。进行记录的唯一目的是让我确信老祖被照料得很好。这种责任,我无法委托给其他人。"

"我说过,'算了吧。'不过,你的天真还是让我感到非常吃惊。坐在你这个位置上的人怎么会认为这些记录只会送到你的办公桌上? 我可以和你打赌,赌多大都行,记录一定会送到其他一个、两个、甚至更多的地方去。"

"如果是这样,拉撒路,要是让我找到哪儿出了问题,极乐行星就会有一些新移民了——去那里之前,他们还会在斗兽场度过一些很不愉快的时光。"

"艾拉,这没什么。如果有哪个蠢货想看一个老头子如何在马桶上呻吟或是洗澡,就让他看吧。正因为你说了这个记录是个秘密,只能由你过目,这才导致了它不再是什么秘密。安全部门的人总是喜欢窥视他们的老板;他们忍不住,这是这个职业的通病。你吃过晚饭了吗? 如果你有时间和我共进晚餐,我会很高兴的。"

"我非常荣幸能够和老祖共进晚餐。"

"哦,别这么说,朋友;变老没有什么值得骄傲的。需要的时间长些而已。我希望你留下来是因为我喜欢有人陪着我。那边站的那两个人可不是陪我的;我甚至不能确定他们是不是人类。可能是机器人。为什么他们穿着那样的潜水服、戴着发光的头盔?我想看到人的面孔。"

"拉撒路,那是全套隔离服。是为了保护您不被感染,而不是保护他们。"

"什么?艾拉,真要有什么小虫子咬了我,死的是它,不会是我。除此之外,为什么他们必须穿那些衣服,而你穿着平常的衣服就进来了?"

"不完全是这样,拉撒路。我这次来,目的就是想和您进行一次普通的、面对面的谈话。在进来前的两个小时里,我经过了最为严格的身体检查,然后是从头到脚的消毒,包括皮肤、头发、耳朵、指甲、牙齿、鼻子、喉咙,甚至还吸入了一种我叫不出名的什么气体,我很不喜欢。我的衣服经过了更为彻底的消毒。连我带给您的信封也被消毒了。这个套间是无菌的,也会一直保持无菌状态。"

"艾拉,这样的预防措施很愚蠢。除非我的免疫力被故意降低了。"

"没有。或者这么说,'我认为没有'。没有理由这么做,任何移植器官都会理所应当地取自您自己的克隆体。"

"这样的话,这些隔离措施就完全没有必要了。我在那个廉价旅馆里什么病都没染上,现在怎么会得病?我从来不会染上什么病。有一次瘟疫爆发期间,我当过内科医生——别这么惊讶;医生只是我从事过的五十多个职业里的一个。那次是在善神行星爆发了一种不知名的瘟疫；每个人都被传染了，百分之二十八的人死了。但你面前的这个人什么事都没有，连个喷嚏都没打过。所以告诉那些人，不，你应该通过诊所的所长告诉他们；越级管理会挫伤别人的积极性。我自己都不知道我为什么要关心这个机构的人员积极性，我只是个不情愿的客人而已。告诉所长，如果我必须有一个护士的话，我希望他们能穿得像护士。或者说，最好能像个人样。艾拉，如果你想让我提供任何形式的协助，你必须先跟我合作。否则，我会赤手空拳弄断你的关节。"

"我会和所长说的，拉撒路。"

"很好。现在咱们吃晚饭吧。但我想先喝上一杯。如果所长认为我不能喝酒的话，那就直截了当地告诉他，让他准备下一次强迫喂食吧——喂食管说不定会插在谁的喉咙里呢；我可没心情任人摆布。这颗行星有真正的威士忌吗？我上次在这里的时候还没有。"

"我不喝那个。但我想，本地的白兰地很不错。"

"很好。如果没有选择，白兰地也不错。请拿一瓶曼哈顿白兰地来——也不知这儿的人知不知道我说的是什么酒。"

"我知道，而且我也喜欢这酒。研究您的生平时，我学了一些历史上的酒文化。"

"不错。你来点酒和晚餐。我听听，看能听懂多少。我觉得我的记忆已经恢复一点点了。"

维萨罗和一个医师说了几句；拉撒路打断了他，"应该是三分之一的甜味美思酒，而不是一半。"

"啊？您听懂了？"

"大部分吧。你们的语言来自印欧语系，语法和句法都做了简化；我慢慢记起来了。真该死，如果有谁像我一样，不得不学习这么多的语言,很容易就会忘掉一种。好在又慢慢想起来了。"

酒和晚餐很快就上来了,速度快得让人怀疑是否有专人在一旁待命,随时为这位老祖和代理族长准备他们要的任何食物。

维萨罗举起了自己的酒杯,"祝您长寿。"

"才怪。"拉撒路哼了一声,喝了口酒。他做了个鬼脸,"呸!劣等酒。好在里头还有酒精。"他又喝了一口,"舌头麻木以后会觉得味道好些。好吧,艾拉,圈子兜得够大的了。你把我从理应得到的平静中抓回来的真正原因是什么?"

"拉撒路,我们需要您的智慧。"

序　曲

‖

　　拉撒路惊恐地瞪大了眼睛，"你说什么？"

　　"我说，"艾拉·维萨罗重复道，"我们需要您的智慧，先生。我们真的需要。"

　　"濒死的时候，人会做各种各样的怪梦。我差点以为我又开始做那种梦了。孩子，你找错人了，试试别人去吧。"

　　维萨罗摇了摇头，"不，先生。哦，如果'智慧'这个词冒犯了您，我们可以换个说法。但我们确实需要学习您的经验。您的年龄比家族内排名第二的长者还要大两倍多。您提到您从事过五十多种职业。您什么地方都去过，见的比任何人都多，知道的东西也比我们中的任何一个人多得多。要说做事，我们现在并不比两千年前强多少，也就是您年轻的时候。您肯定知道我们为什么至今仍在犯着先辈们已经犯过的错误。如果您还没有向我们传授您的经验就匆匆离开我们，那将是一个极大的损失。"

　　拉撒路皱着眉头，咬着嘴唇，"孩子，我学到的东西不多，其中之一就是：人们几乎从不学习其他人的经验。就算他们真要学点什么——这种时候并不太多——也只会从自己的经历中学习，以最痛苦的方式，从自己的失败、教训中学习。"

"这真是金玉良言！值得永远铭记。"

"哼！不会有人从这句话里学到任何东西；这正是这句话的意思。艾拉，年龄并不能带来智慧。很多情况下，它只是把纯粹的愚蠢来一番改头换面，变成自负和狂妄。根据我的经验，年龄唯一的优势在于它能看到变化。年轻人把这个世界看作一幅静止的图画，恒久不变。而老人经历过太多的变化，他知道这是一幅运动中的图画，永不停止。他也许并不喜欢变化——我就不喜欢——但他知道这个世界就是这样。而知道这一点，正是应对这些变化的第一步。"

"您这些话，我可以把录音公开吗？"

"什么？这不是智慧，陈词滥调罢了，是最明显的事实，再蠢的傻子都不会否认。"

"但出自您的口中，这些话就更有分量了，前辈。"

"想怎么做就怎么做吧；这只是普通常识。但要是你把我当成什么曾经亲眼凝视过上帝真容的圣人，那你可就大错特错了。我连想都没想过这个宇宙是怎么回事，更别提思考它的终极目的和意义何在了。要搞清楚这个世界的最基本的问题，你得站在这个世界之外来看它，而不是身处其中。这样不行，两千年不行，两万年也不行。也许当一个人死了以后，他会摆脱这种身在其中的狭窄视域，从整体上把握这个世界。"

"那么您是相信来世的了？"

"等一等！我不'相信'任何事。我只是根据经验知道某些特定的事，一些小事情，而不是上帝的九十亿个名字。但我没有什么信仰。信仰妨碍学习。"

"我们想要的正是这个,拉撒路:您学到的那些事。尽管您说那没什么,仅仅是些'小事'。任何一个像您一样长寿的人必定学到了很多东西,否则您不可能活这么久——请原谅我这么说。我们中的大多数人都是非正常死亡。我们的预期寿命比先辈们长得多,非正常死亡于是成了无法避免的事:交通事故、谋杀、野兽袭击、运动致死、飞行员的错误、一小块让道路变滑的泥浆……到头来,总会有某件事置我们于死地。您的生活并不祥和安宁,事实上正相反!可您却在二十三个世纪里成功地渡过了多次险境。您是怎么做到的? 不可能是因为运气好。"

"为什么不可能? 最不可能发生的事也会发生,艾拉,不能预测的只有小孩子的行为。当然,每次迈步我都会仔细检查落脚处。只要能回避,我决不正面冲突,不得不和对方冲突时,我总会使用最卑鄙、最有效的手段。如果我不得不搏斗,我想让他死,而不是我,所以我会尽力使事情朝那个方向发展。这跟运气没关系,或者说关系不大。"拉撒路眨了眨眼睛,沉吟着,"我从不跟大趋势对着干。有一回,一些暴徒想用私刑处死我,我根本没打算和他们讲道理;我只是尽可能快地跑远点,并且再也没有回去过。"

"有关您的记录中没有记载这件事。"

"没记录的事情多着呢。我们的晚餐来了。"

房门再次开了,一张供两人使用的餐桌滑进来,停在两把椅子之间,然后自动打开,供就餐者使用。两个医士悄无声息地走了过来,提供并不需要的服务。维萨罗说道:"闻起来还不错。您用餐时有什么规矩吗?"

"什么? 你是说祈祷之类? 没有。"

"不是那种。比如说,如果我的一个手下和我一同吃饭,我不会让他在饭桌上讨论公事。但是,如果您允许的话,我希望能继续我们的谈话。"

"当然,为什么不? 只要别提什么影响胃口的事就行。你听说过牧师对老处女说的话吗?"拉撒路看了看身边的医士,"这个话题也许现在不合适。我觉得这个个儿矮一些的是位女士,而且可能懂一些英语。你刚才说什么来着?"

"我在说您的记录并不完整。既然您已经决心要离开人世,为什么不考虑把没被记录的那部分经历告诉我和您其他的子孙后代呢? 您只需要讲就行了,把您见过做过的事告诉我们。对此加以仔细分析后,我们一定会受益良多。比如,2012年那次家族会议上到底发生了什么事? 会议记录叙述得不够清楚。"

"现在谁还关心那些,艾拉? 参加会议的人都死了。我讲的只是我自己的版本,其他人连反驳的机会都没有。就让它自生自灭吧。而且,我告诉过你,我的记忆力出了问题。我用过安迪·利比的催眠技术——这些技术很不错——还学了如何分级存储那些不是每天都会用到的记忆。需要的时候,我可以用关键词打开一个层级的记忆库,就像计算机一样。还有,我还洗过几次脑,清除了一些无用的记忆,好为新信息腾出记忆空间。采取了这么多措施,可效果还是不怎么样。我经常会忘记前天晚上看的书放在哪儿了,然后用整个上午的时间来找它,最后才想起那本书其实是一个世纪以前看的。为什么你不能让一个老人一个人安安静静地待着、不受打扰呢?"

"如果您真想这样,只需要告诉我闭嘴就行,先生。但我希望您别这么说。即使您的记忆已经不完整了,可您仍旧见证了很多我们这些小辈因为太年轻而没有经历的事情。噢,我并没有要求您写一部正式的、讲述您所有经历的自传。但您可以回忆您愿意谈的任何事。比如，我们没有任何有关您早期经历的记录。我——以及成千上万的其他人——对于您记忆中的少年时代所经历的任何事都非常感兴趣。"

"那有什么可回忆的？我的少年时代和其他男孩一样——努力不让家长发现我干的勾当。"拉撒路擦了擦嘴，若有所思地说，"总体上讲，我是成功的。有几次我被抓住后挨了痛打，让我下次做事时更加小心——我的嘴更严了，编造谎言时注意不要过于复杂。撒谎是一门精巧的艺术，艾拉，看样子这门艺术快要失传了。"

"真的？我没有看到任何衰败的迹象。"

"我是说作为一门精巧艺术的说谎方式。现在仍然有很多蠢笨的说谎者，有多少张嘴就有多少个说谎的人。你知道两种最艺术的说谎方式是什么吗？"

"可能不知道，但我愿意学习。只有两种吗？"

"据我所知只有两种。单凭一副诚挚的面孔说谎是远远不够的；任何一个脸皮够厚不会脸红的人都能做到。第一种艺术的说谎方式是说事实，但不是所有的事实。第二种方式也是要讲事实，但是更困难一些：要精确地讲出事实，而且还可能是全部事实……但却要以一种令人生疑的方式讲述，从而使你的听众确信你在说谎。

"我在十二或十三岁时懂得了这些，是从我的外祖父那儿学到的。我从他那儿学到了很多东西。他是一个吝啬的老恶棍，从不去教堂，也不看医生——他说医生和教士其实根本不懂他们假装在做的那些事。他八十五岁的时候还能咬动坚果，能伸直胳膊抓起一个七十磅重的铁砧。大约就是在那个时候，我离开了家,从此再也没有见过他。家族记录上说,我离家几年后,他在不列颠战役的伦敦轰炸中死去了。"①

"我知道。当然,他也是我的祖先,我就是以他的名字命名的。艾拉·约翰逊。"②

"哦,对,他是叫这个名字。我只叫他'外公'。"

"拉撒路,这正是我想记录下来的事。艾拉·约翰逊不仅是您的外祖父、长我很多辈的祖先,也是这里或其他地方的很多人的祖先。除了您刚才告诉我的寥寥几句话以外,对于他我们只知道一个名字、出生日期、死亡日期,再没有别的了。您一下子让他复活了,成了一个人,一个独特的、多姿多彩的人。"

拉撒路沉吟着说:"我倒从来不觉得他'多姿多彩'。事实上,他是个讨厌的老笨蛋。按那时的标准看,他对一个正在成长的孩子并没有施加什么'好的影响'。嗯,在我家住过的小镇里,传说一个年轻女教师和他之间的什么事,可以说是丑闻。我是说,在当时是'丑闻'。我想这可能就是我们搬家的原因。我一直没搞明白这到底是怎么回事,大人们从来不在我面前提起这件事。

"但我确实从他那里学到了很多东西;比起我的父母来,他有更多的时间和我交谈——或者说他用了更多的时间。有些话我到现在还记得。'永远别忘了切牌,伍迪。'他这么说,'即使切了牌,你仍然有输的时候,但不会那么频繁,那么多。还有,在你输的时候,别忘了微笑。'诸如此类的话。"

---

①在本文中的其他地方,老祖提到他离开家的时候,艾拉·约翰逊不到八十岁。艾拉·约翰逊本人就是一个医生。他当了多长时间的医生、他是否曾让其他医生替他看过病,这些都是未知的。——原注

②艾拉·霍华德——艾拉·约翰逊。在那个时代,《圣经》中的名字常被用来给孩子命名。这两个名字看起来应该是一种巧合。族谱专家无法据此跟踪血缘关系。——原注

"您还能记起一些他说的别的话吗?"

"什么?这么多年以后?当然记不得。好吧,也许还有一些。他曾经带我到小镇南边教我射击。那时我可能只有十岁,他有……嗯,我不记得了;对我来说,他看上去总是比上帝还要老九十岁①。他钉好一个靶子,先自己开了一枪,向我演示怎么才能击中靶子上的黑圈。然后他递给我一支来复枪,那种点二二小口径单发枪,威力一般,不过对付钉好的靶子和罐头盒已经足够了。'好了,已经上好膛了;像我那样射击。手要稳,放松,然后开火。'我这样做了,但我只听到咔嗒一声,枪里并没有射出子弹。

"我跟他说了,然后准备打开枪的后膛。他打开我的手,用另一只手从我手里夺走了枪,还狠狠敲了一下我的脑袋。'卡壳的事,我是怎么跟你说的,伍迪?你想一辈子只有一只眼睛吗?要不然,你只是想杀死你自己?如果是后者的话,我可以告诉你几种更好的方法。'

"然后他说,'现在认真看着点。'然后他打开枪膛。里面是空的。我说:'可是,外公,你告诉我枪已经上膛了。'妈的!艾拉,我亲眼看到他给枪上膛的——我以为我看见了。

"'我是这么说的,伍迪,'他说,'可我撒了个谎。我做了那些动作,却把弹夹藏在手掌里了。现在想想,关于上了膛的枪,我都告诉你什么了?认真想想,准确回答……否则你又要逼我好好敲敲你的脑瓜了,让你的脑袋清醒清醒,工作得更好一些。'

"我很快地想了想,给出了正确的回答。外公的手是很重的。'枪上没上膛的事,永远不要相信其他人的话。'

"'正确,'他说,'永远别忘了这句话,而且要照着做!否则

---

①拉撒路·龙十岁时,艾拉·约翰逊七十岁。——原注

你不会活得很久。'①

"艾拉,我一辈子都牢记这句话——火器时代结束后,我把这句话应用到其他类似的情况下。这句话好几次救了我的命。

"接着他让我自己装上子弹,然后说:'伍迪,我要和你打赌,赌注是半个美元——你有没有半个美元?'我本来有很多钱的,可我和他赌过几次,于是只剩下二十五美分了。'好吧,'他说,'就赌二十五美分吧;打赌时我从不让人赊账。我赌二十五美分你打不中那个靶子,更不用说靶子上的黑圈了。'

"之后他拿走了我的二十五美分,接着向我说明了我刚才的射击动作中存在的问题。等他准备休息的时候,我已经学会熟练使用这支枪了。我想和他再赌一次。可他却笑话我,说我应该感谢他这堂课这么便宜。请把盐递给我。"

维萨罗把盐递给了他,"拉撒路,如果我能找到什么办法,让你好好回忆回忆您的外祖父,或是其他任何事情,我敢肯定我们能从您学到的无数东西中获益。这些都是非常重要的经验——无论您愿不愿意把它们叫作智慧。在过去的十分钟里,您讲述了好几个基本原理,或者说处世规则,您愿意怎么叫就怎么叫吧——尽管您并不是有意要讲给我听的。"

"比如?"

"哦,比如,绝大多数人只是通过自己的经历来学习——"

"正确,甚至可以说绝大多数人连自己的经历都不学,艾拉。永远不要低估人类的愚蠢。"

"还有,关于说谎的艺术您也谈了不少,是三点吧,您提到一个谎言永远不要太复杂。您还提到信仰阻碍学习,以及,应对某

①这一段轶事讲得很模糊,在此难以清晰阐述。请参见《霍华德百科全书:古代的武器:化学爆炸火器》。——原注

件事的第一步是要了解它。"

"我没那么说——嗯,也可能是这么说的。"

"我概括了您讲的话。您还说永远不要和大趋势对抗……我这样总结这句话的意思:永远不要一厢情愿,或者'正视现实,而后采取相应的行动'。但是我很喜欢您的表达方式;您说得更有趣。还有那句'永远别忘了切牌'。我已经很多年没玩过纸牌了,但我觉得这句话是说明:在事件结果呈随机分布的情况下,永远不要忽视任何一个可以使自己获胜机会最大化的手段。"

"哈。如果是我的外祖父,他会说,'少来这套漂亮话,小子。'"

"那好吧,我们就用他的原话:'永远别忘了切牌……失败时要微笑。'这些话是经过您的加工之后再安在他头上的吗?"

"哦,那是他的原话。唔,我想是他的原话。该死的,艾拉,经过这么长时间以后,真正的记忆和对于真正记忆的记忆的记忆的记忆,这一切都混在一块儿了,很难区分开来。回顾过去的时候常常会发生这种事:你对历史作了一番重新编辑和整理,使它更容易被人接受——"

"又一条基本原理!"

"哎呀,得了吧。孩子,我不想回忆过去;回忆过去是年纪大的表现。婴儿和小孩活在现在,就是'当前'。成熟的成年人活在未来。只有老人活在过去。发现自己用越来越多的时间回忆过去时,我意识到我已经活得太久了……我很少花时间考虑现在——而且根本不考虑未来。"

老人叹了口气,"所以我知道自己已经活够了。一个人要想长寿,比如说活一千年,或者更长一些,这里有个诀窍:他的状态必须介于小孩和成年人之间。他会充分地考虑未来以做好准备,但并不为未来担忧。他充实地过好每一天,仿佛第二天日出前就会死去。看到新一天的阳光时,他会像获得了新生一样,高兴地度过新的一天。他从不沉湎于过去,永远不为过去遗憾。"拉撒路看上去有点悲伤,可突然间又笑起来,重复道,"'不为过去遗憾。'再来点酒,艾拉?"

"来半杯,谢谢您。拉撒路,如果您决心要很快死去——当然,这是您的权利!——那么现在回忆一些过去的事情……把这些回忆记录下来造福您的子孙后代,这有什么不好?这比您留给我们的物质遗产珍贵得多。"

拉撒路眉毛一扬,"孩子,你开始让我有些烦了。"

"请您原谅,先生。您希望我现在离开吗?"

"哦,闭嘴,坐下,吃完你的晚餐。你让我想起——新巴西的习俗是一个男人娶两个妻子,有这么一个人,他选择妻子时总是特别注意,总是娶一个相貌平凡的,娶一个光彩照人的,所以——艾拉,能否在你那个录下我们谈话的小玩意儿里设置一些索引词,以挑出谈话中的某些部分,然后单独编成一份备忘录?"

"当然可以,先生。"

"好。那个人是个农场主……西尔瓦?对,好像就叫'西尔瓦',佩德罗·西尔瓦先生。他竟同时娶了两个非常美丽的妻子。我本想告诉你他怎么对付这种局面,可说这个没什么意义。我想说的只是,如果一台计算机出了错误,它会比人类更加固执,更加难以改正。唔,如果我好好想想,说不定真会掘出一些你所谓的'智慧的结晶'呢。其实不过是些人造钻石罢了。好吧,我们就不用让你的计算机里塞满有关佩德罗·西尔瓦的无聊故事和其他类似材料了。想一个索引词吧?"

"'智慧'?"

"拿块肥皂洗洗嘴巴去。"

"我才不呢。您对这个词太过反感了,老祖。要不就用'常识'?"

"孩子,这个词本身就是自相矛盾的。'知识'从来不会是'平常'的。就用'记事簿'吧,我只想到了这个词。不过是个本子,记下我觉得重要到需要记录的事儿。"

"行!要我这就修改程序吗?"

"你在这里就能完成吗?我不想打扰你的晚餐。"

"这台机器十分灵活,拉撒路;我用整台装置来管理这颗行星——当然,管理这个词稍重了点。"

"要是这样的话,我想你应该可以在这里装上一台辅助打印机,由索引词启动。我可能需要对我那些'智慧的结晶'做点修饰工作。即兴讲话不那么即兴时肯定好得多,这就是为什么政治家都有捉刀者的原因。"

"'捉刀者'?看来我还没有完全掌握古典英语;我不懂这个词的意思。"

"艾拉,不要告诉我你的演讲稿全是自己起草的。"

"可是,拉撒路,我根本不作演讲。从来没有。我只是下命令,再加上向理事们提供书面报告——这种情形非常少。"

"祝贺你。你可以打赌,极乐行星上准有'捉刀者'。或者说很快会有。"

"我会让他们马上把打印机装好,先生。罗马字母加上20世纪的拼写对吗?就用我们交谈时所用的语言?"

"如果不会给那台无辜的机器增加太多负担的话。要是可以实现,我想让它听写。"

"这是一台非常灵活的机器,先生;是它教会我说这门语言的。早些时候教会我阅读这门语言的也是它。"

"很好,那就这么办吧。但是让它不要修改我的语法。人类的编辑已经够麻烦的了;我不会接受来自一台机器的傲慢教导。"

"好的,先生。请稍等——"代理族长略微抬高嗓门,转而使用新罗马地区的格拉克塔语变种。他用这种语言对那个高个医士说了几句话。

给两位就餐者上咖啡之前,辅助打印机安装好了。

打开打印机的开关后,它呼呼地响了一小会儿。"它在干什么?"拉撒路问道,"检查电路?"

"不是,先生,它在打印。我做了一个测试。这台机器有很强的判断能力,当然,这种能力取决于它装载的程序和存储器。加装新程序时,我让它回到谈话开始阶段,检查你说过的每一句话,尽量选出所有听起来像是格言或警句的话。我不太确定它能不能办到。在它的永久记忆库中,'格言警句'的定义肯定是非常抽象的。但我还是抱有希望。您放心,我很坚决地告诉了它:不允许编辑。"

"哦。'如果一只熊在跳华尔兹,那么令人诧异的事不是它的舞姿有多么优美,而是它居然可以跳华尔兹。'这不是我说的,是另外一个家伙;我在引用他说的话。让我们瞧瞧这台机器干得怎么样吧。"

维萨罗做了个手势,那个矮个子急忙跑到打印机前,为他们一人拿来一份打印文件,送到他们面前。

拉撒路仔细看着他手里的那一份,"嗯……这句是对的,下面那句不对——那只是一句俏皮话。第三句要改一点点。嗨!它在这句后面加了一个问号。好个放肆的东西!这件事我几个世纪以前就确认过,那时候这台机器还什么都不是,只是一堆埋在地底下的矿石。不过它至少没有编辑。这句话我不记得我说过，可话倒是一点儿不错，为了学到这个教训，我差点送了命。"

拉撒路看完打印的文件，抬起头，"好吧，孩子。如果你希望记录这些东西，我不介意。但有个前提：我可以检查并且修改它们。我不想让我的话被当成真理，除非我可以去掉那些随意说出的废话。我说废话的本领不亚于任何人。"

"当然，先生。没经过您的同意，任何事情都不会进入永久记录。当然，如果您决定使用那个自杀开关……那样的话，我将不得不亲自编辑您留下的任何未经处理的话。我最多只能做到这样了。"

"想把我套进去，嗯？这样吧，艾拉，我向你提议一个天方夜谭式的交易，如何？"

"我不明白。"

"《天方夜谭》失传了吗？看来理查德·伯顿爵士白费工夫翻译了。"

"哦，不，先生。我读过伯顿翻译的《一千零一夜》……那些故事流传了几个世纪，不断改编，使之能被新一代人所理解。但我想故事的原味还是保留下来了。我只是不明白您说的交易是什么？"

"哦，我还以为你不知道呢。你告诉过我，和我交谈是你最重要的、而且是必须做的事情。"

"的确是这样。"

"我怀疑。但你要真是这么想的，你就得每天到这儿来，和我做伴，还有聊天。无论你的机器有多聪明，我都不想对着它滔滔不绝地说个不停。"

"拉撒路，只要您允许，我非常荣幸也非常愿意来给您做伴。"

"咱们还是等着瞧吧。当一个人做出一个完全的承诺时，通常心里都会有所保留。我说的是每一天,孩子,而且是一天的所有时间。你本人,而不是你的哪个副手。这样吧,你每天吃过早饭的两个小时后到这里来,待到我让你回去为止。如果有一天你没有来——好吧,如果你有紧急事务需要处理,无法赶来,就提前打电话给我,再送一个漂亮小姐来陪我。这个小姐必须会讲古典英语,还要能听懂。老头子通常愿意和一个忽闪着大眼睛盯着他、看起来被深深打动的漂亮姑娘交谈。如果她让我很满意,我可能会让她留下来。否则我可能大发脾气,把她赶走,然后使用你答应我会重新装上的自杀开关。我不会当着客人的面自杀;那样做太没礼貌了。你明白了吗?"

"我想我明白了。"艾拉·维萨罗慢慢地回答道,"您将同时成为山鲁佐德和国王山鲁亚尔①,而我会成为——不,不对;我的任务就是让时间持续下去,让故事讲述一千个夜晚。这里当然要换成白天。如果我有哪一天没来——这是绝对不可能的!——您就可以……"

"这只是打个比方罢了,用不着钻牛角尖。"拉撒路说道,"我只想看看你到底是怎么想的。如果你真的觉得我的唠叨那么至关重要的话,你就会到这里来听我述说。你可以一次不来,两次不来——前提是那个女孩很可爱,也知道怎样满足我的虚荣心。我的虚荣心很强的。但如果你多次不来的话,我会知道你已经厌烦了,那么这个交易就此结束。现在已经过了一天。我敢打赌,远远没到一千天的时候,你的耐心就会消失殆尽。你跟我不同,我很有耐心。必要的时候,我可以年复一年地保持耐心;这是我能活到现在的一个主要原因。而你却很年轻,比坐功的话,我打

①《一千零一夜》中宰相的大女儿山鲁佐德给国王山鲁亚尔讲故事,持续一千个夜晚。

赌我能胜过你。"

"我愿意和您打这个赌。还有这个女孩的事,如果我有时候确实无法赶到的话,您是否介意我让我的一个女儿来?她非常漂亮可爱。"

"什么?简直像个奴隶贩子在拍卖自个儿的母亲。为什么是你的女儿?我不想和她结婚,连上床都不想;我只想被逗乐被吹捧。谁告诉你她漂亮可爱?如果她真是你女儿,她可能会很像你。"

"得了吧,拉撒路,让我发火没那么容易的。我承认我是有一点父亲的偏见,但我也见过她对其他人的杀伤力。她很年轻,还不到十八岁,只经历过一次合同婚姻。您坚持要一名会讲您母语的漂亮姑娘,这样的女孩很少。我这个女儿和我一样有语言天赋,而且对于您在这里出现非常兴奋—— 一心盼着见见您。我可以在尽可能长的时间里推掉一些紧急事务,给她留出更多的时间,熟练掌握您所使用的语言。"

拉撒路耸了耸肩,微笑着说道:"按你说的办吧。告诉她不用费神准备贞操带;我没那个力气。但我们俩打的那个赌,我还是赢定了。说不定根本等不到她上场,过不了多久你就会认定我是个让人无法忍受的无赖。我确实是的,我当无赖的历史和犹太浪人一样长。那个人呀,是个地地道道的无赖。我有没有告诉过你我从前见过他?"

"没有,而且我也不相信您见过他。他是个神话人物。"

"他的事,你不知道的还多着呢,孩子。我真的见过他,他是真实存在的。公元七十年,耶路撒冷被攻陷后,他和罗马人战斗。他参加了每一次十字军东征,还发动了其中的一次。不用说,他长着一头红发;所有天生长寿的人都是红发,这是吉尔伽美什的标志①。我遇上他的时候,他用的名字是桑迪·麦克多戈,跟他当时在那儿的生意正合适。他的生意就是五花八门的仙人跳②。后来——你看,艾拉,如果你不相信我说的话,为什么还要花这么大工夫记录呢?"

"拉撒路,如果您认为您能让我烦死——纠正一下:是烦得允许您去死——为什么还要花这么大工夫虚构这样的故事来让我高兴? 无论您的原因是什么,我都会仔细地听,听得和山鲁亚尔国王一样久。我的主计算机正记录着您说的一切——不作编辑;这我保证过——但这台机器里还有一部最为精密的真假分析仪器,它能标出您所讲的任何虚构的内容。但您尽管说好了,我并不是只注重历史史实。我发现,无论您说什么,您都会不自觉地加上自己的评论——这就是'智慧的结晶'。"

"'智慧的结晶。'年轻人,这个词你只要再用一次,放学后就得留下来擦黑板。至于你的那个电脑,最好告诉它:我那些最离奇古怪的故事恰恰最有可能是真的。这话你最好相信! 这是个疯狂的宇宙,这里发生的那些疯狂的故事,没有任何一个讲故事的人凭空编得出来。"

"这个它知道,但我会再次提醒它。您刚才说到那个犹太浪人桑迪·麦克多戈的事。"

"是吗? 按我的记忆,如果他用的是那个名字的话,那一定是20世纪末在温哥华发生的事。那时温哥华是美国的一部分,那儿的人很聪明,他们从不向华盛顿缴税。桑迪应该是在纽约经营他的生意,即使在那时,纽约也已经以它的愚蠢闻名于世了。我

①吉尔伽美什,传说中的苏美尔国王。
②这段话自相矛盾,但这个短语在20世纪的美国是真实存在的,指某种特定形式的不诚实行为。请参见Krishnamurti所著的《新金枝》中"欺诈"词条下的"诈骗",学术出版社出版,新罗马。——原注

不会告诉你他行骗的细节;会让你的机器崩溃的。这么说吧,桑迪用的是最古老的方法,把钱从一个傻瓜那儿拿走:找一个对钱最贪婪的雏儿。

"这就是他的方式,艾拉。如果一个人很贪婪,每次骗他都可以得逞。问题是,桑迪·麦克多戈比他的目标更贪婪,有时会做得太过分。于是,他常常不得不趁着夜色逃离城市,有时还会被迫扔下到手的赃物。艾拉,如果你要剥一个人的皮,你必须让他有时间恢复、长出新皮来——否则就会引起他的警觉。只要尊重这条简单的原则,你就可以一次又一次地剥同一个真正的猎物的皮,同时还会让他保持健康和自我恢复的能力。但桑迪太贪婪了,没有做到这一点——他缺乏耐心。"

"拉撒路,听上去,您这方面的造诣很深啊。"

"艾拉——请对我多一点尊重。我从来没有骗过人。最多我不说话,让他自己欺骗自己。这没有什么错。一个傻子,你是无法阻止他做傻事的。如果你这样做了,你不仅会引起他的仇视,还让他无法从自己的经历中学到有益的经验。永远别教一头猪唱歌;这不仅会浪费你的时间,还会让猪很恼火。

"但我的确知道很多骗人的技巧。我估计,每种可能的骗术、每类骗术的主要变种,都在我身上用过。

"有些时候,骗术成功了,那时我年纪还小。然后,我接受了约翰逊外祖父的建议,不再只看事情好的一面。从那以后,要骗我就难了。但我是在吃了几次大亏之后才接受外祖父的建议的。艾拉,现在已经很晚了。"

代理族长立刻站了起来,"那就先到这里吧,先生。我走以前能否问两个问题? 跟您的记忆无关,只是一些程序上的事。"

"好吧,尽可能简洁明了。"

"我们会在明天早晨给您装上自杀开关。您说过,您现在身体感觉不是很好;即使您选择很快结束生命,也没有必要在此之前让自己不舒服。我们可以继续回春治疗的疗程吗?"

"嗯。第二个问题是什么?"

"我保证我会尽力寻找一些全新的事物以激发您的兴趣,我还保证每天到这里来陪伴您。这两件事有矛盾。"

拉撒路笑了起来,"别跟你的老祖父开玩笑,孩子;找新奇事物的活儿,你完全可以交给别人干。"

"当然。但这件事怎么着手,必须由我做出计划,每隔一段时间还要审查事情的进展,提出新路子。"

"嗯……如果同意接受整个疗程,我会时不时地昏过去一阵子,对吗?"

"据我所知,按照目前的治疗方法,每周大约需要一天时间进入深度睡眠。各人身体状况不同,这个时间也会有所调整。我自己的亲身体验已经是一百年前的老经验了,我知道现在又有了改进。这么说,您决定接受全程治疗了,先生?"

"我明天告诉你——在装上那个开关以后。艾拉,除非时间紧迫,否则我是个会匆忙做出决定的。如果我同意的话,会在需要的时候给你留出空闲时间的。晚安,艾拉。"

"晚安,拉撒路。我希望您能决定接受这个治疗。"维萨罗转身走向大门,走到一半时他站住了,和那两个医士说了几句话——那两个人听完后立即离开了房间,晚餐桌也紧随其后滑出房间。房门关上后,维萨罗转身面对着拉撒路·龙。"祖父,"他轻声说,他的声音有些哽咽,"嗯——我可以这样叫吗?"

拉撒路已经把椅子靠背放了下来,让它变成一把吊床似的躺椅,像母亲的手臂一样轻柔地揽着他。听到年轻人的声音后,他抬起头，"啊？你说什么？哎呀！好了，好了，到这里来——我的小孙孙。"他向维萨罗伸出一只手。

代理族长赶忙走过来，拉着拉撒路的手，跪下来吻它。

拉撒路猛然抽回手，"看在上帝的分上！不要给我下跪——永远不要。如果你把我当作祖父，就像对待祖父一样对我。不要那么做。"

"好的，祖父。"维萨罗站了起来，俯身亲吻老人嘴唇。

拉撒路拍拍他的脸颊，"你是个多愁善感的人，孩子，但你是个好孩子。问题是，这个世界并不需要太多的好孩子。现在去掉你那副严肃的表情，回家好好休息一下吧。"

"好的，祖父。我会的。晚安。"

"晚安。现在走吧。"

维萨罗很快离开了。他从房间出来时，两个医士赶紧让道，然后立即回到房里。维萨罗继续向前走，他并不看周围的人，但脸上带着比平时更为平静祥和的表情。他走过一排飞船，来到族长私人飞船旁边；随着他的话音，飞船的门打开了，载着他向城内驶去，直接回到首长官邸。

看到两个看护回来后，拉撒路起身招呼那个高个儿来到身边。头盔的过滤让医士的声音显得有些失真，他小心翼翼地说："床……先生？"

"不，我想——"拉撒路顿了一下，然后对着空气说，"计算机？你能说话吗？如果不能的话，请把我说的打印出来。"

"我听到了，老祖。"一个甜美的女低音回答道。

"告诉这个护士，我需要他们给我一点止痛片，随便哪种都行。我有工作要做。"

"好的，老祖。"机器转而开始说格拉克塔语，有人以相同的语言回答了它,机器接着说,"值班的主医士长想知道您身上哪里疼,怎么个疼法,还说您今天晚上不应该工作。"

拉撒路没作声,在心里默数了十个数,这才和气地说:"该死的,我身上所有地方都在疼。而且我不想听从小孩子的建议。我在睡觉前必须处理些事情……因为一个人永远不知道自己是否会再次醒来。别管止疼片了,反正没什么。让他们出去,不要进来。"

接下来的室内对话他几乎完全听不懂,拉撒路有些恼火,他尽量不理会说话的声音。他打开艾拉·维萨罗还给他的信封,拿出他的遗嘱—— 一份长长的计算机打印文件,折叠成一小块。他吹着走调的口哨,开始阅读这份遗嘱。

"老祖,值班的主医士长说,您刚才下达的指令不正确。诊所对此有规定。但他们还是会送来一种通用的止痛片。"

"算了吧。"拉撒路继续读遗嘱,按刚才吹的走调曲子轻声唱了起来:

那里有一个当铺
就在街角
是我经常保存我的大衣的地方

那里有一个簿记
在当铺柜台后面
我的投资由他管理[1]

高个子医士来到他身边,拿着一个附着管子的亮晶晶的圆

---

[1]这首打油诗流传于20世纪,详解请见附件。——原注

盘,"用于……止痛的。"

拉撒路用空着的那只手做了一个断然拒绝的手势,"走开,我很忙。"

矮个医士来到他的另一侧。拉撒路看着他,"你想干什么?"

就在他转过头的一刹那,高个医士飞快地行动起来;拉撒路只觉得前臂一阵刺痛。他摸了摸刺痛的那一点,说:"你干了什么? 你这个恶棍。你骗了我,是不是? 好吧,滚吧,呸!"他把这个不快从心中赶走,重新埋头工作。

过了一会儿,他说:"计算机!"

"等候您的指令,老祖。"

"记录,然后打印出来。我,拉撒路·龙,有时被称作老祖,在霍华德家族族谱上的名字为伍德罗·威尔逊·史密斯,1912年出生。我宣布下面的声明将是我最后的遗嘱——计算机,回到我和艾拉的谈话,找出我说想帮助他率领大家进行一次移民的部分。找到了吗?"

"已经找到,老祖。"

"把语言整理一下,放在我的声明之前。然后——让我想想——加上这样一句话:如果艾拉·维萨罗没有资格继承遗产,那么我死前拥有的一切财富将留给,嗯,留给——建一个收容所,收留年老贫穷的小偷、妓女、乞丐、卖大饼的,以及其他所有在英语单词中以'P'开头的穷人们。记下来了吗?"

"记下来了,老祖。请您注意,根据目前这颗行星上实行的规则,您的这一想法很有可能被宣布为无效。"

拉撒路表达了一个无论是在语法修辞上还是现实生活中都不可能实现的愿望,"好吧,那就写上给流浪猫,或是其他一些没什么用处、法律上却能接受的用途吧。在你的记忆库中找出类似的用途,只要能保证理事们没法插手这些财产就行。懂了吗?"

"没有办法保证这一点,老祖,但会尝试。"

"找找法律上的漏洞。以最快的速度打印出来,研究一下,把它放进我的遗嘱。好了,现在准备记录有关我财产的备忘录。开始。"拉撒路开始念财产清单,却发现眼睛模糊了,无法看清眼前的东西,"该死的!这两个木头疙瘩给我打了麻药,药效发作了。血!我需要一滴我自己的血来印上我的指印!告诉那两个木头人帮我一下,同时告诉他们为什么要这样做。警告他们,如果他们不帮我,我会咬破我的舌头。现在把我的遗嘱打印出来——快!"

"开始打印。"计算机平静地说,然后转用格拉克塔语说话。

那两个"木头人"没有和计算机争论;他们很快动作起来。等打印机停止转动时,一个人立刻拿出打印好的文件,另一个从不知道什么地方拿来一根消过毒的针,让拉撒路迅速过目之后,刺了一下拉撒路左手的小拇指头。

拉撒路没有等着用吸管。他自己从被刺的手指上挤出一滴血,然后把右手的大拇指按了上去。矮个医士替他拿着遗嘱,拉撒路在遗嘱上按下了手印。

做完这一切,他倒了下去。"完成了。"他低声说,"告诉艾拉。"说完后,他立刻沉入梦乡。

复　调

|

　　在默不作声的医士们的监视下，椅子轻轻地把拉撒路运到了床上。矮个医士看着呼吸、心跳、脑电波以及其他体征的监测结果，与此同时，高个医士把旧遗嘱和新遗嘱放入一个信封，密封，在封口盖上印章，印上指印，在上面写上"由老祖和/或代理族长先生亲启"。最后他把东西收好，直到换班的人来到房间。

　　换班的医士长听了上一班的监护情况，快速浏览了体征监测结果，又仔细看了看熟睡中的顾客。

　　"时间?"他说。

　　"麻醉状态三十四个小时。"

　　他轻轻吹了声口哨，"又是一次危机?"

　　"比上次好些。假装疼痛，无理由的脾气暴躁。这会儿各体征指标都在正常范围内。"

　　"那里封的是什么?"

　　"你只需要签收，开出收据，收据要包括递送说明。"

"原谅我多嘴了!"

"请开收据。"

接班的医士填了一张收据,盖上印章,按上指印,接着递出收据,换回信封。"我正式接班。"他简短地说。

"谢谢。"

矮个医士等在门边。下班的主医士长经过时停了下来,对他说:"其实你用不着等。有时换班所用的时间是刚才的三倍。只要替班的下级监护官一来,你就可以走了。"

"是,主医士长。但这是一个非常特殊的顾客。我还想,也许您需要我帮您对付那个爱管闲事的先生。"

"我能对付他。是的,他的确是个非常特殊的顾客……你的前任辞职后,技术委员会向我推荐了你。他们的推荐很有道理。"

"谢谢!"

"不要谢我,副医士。"虽说头盔、继电器和过滤层使声音有些失真,但他的话听上去很温和,尽管言词本身并非如此,"我不是在表扬你,只是陈述一个事实。如果你第一次监护没有做好,就不会有第二次机会了。正如你所说,'一个非常特殊的顾客。'你干得不错……但顾客虽说看不到你的脸,还是感觉出你有些紧张。我相信你一定能克服这一点。"

"嗯……我希望这样。我的确非常紧张!"

"我宁愿要一个神经绷得紧紧的助手,也不愿要一个有经验但却懒散的人。你现在应该回家休息了。来吧,我捎你一程。你住在哪儿?中部休息区?我正好经过那里。"

"哦,您不用为我费心!但如果可以的话,我可以先搭一段便车,再坐车回家。"

"放松些！下班以后，我们就没有级别之差了。他们没有教过你这个吗？"他们走过排在公共飞船港前长长的船队和首长的私人飞船，在一个高级官员用的小型码头前停了下来。

"教过，可是——以前从没派我和您这样级别的人一同工作。"

这话引起一阵笑声。"和我在一起更要遵循这个原则——因为一个人的级别越高，工作之余就越需要忘掉它。这艘飞船空着，进去坐吧。"

矮个医士走了进去，但在主医士长坐下以后他才坐下。主医士长装作没看见，他设置好程序，然后伸展四肢。飞船开始滑动时，他叹了口气，"连我都感觉很紧张。这个班次结束后，我觉得差不多跟他一样老了。"

"我知道。我在想，不知我能不能坚持下来。长官，为什么他们不让他自行了断呢？他看起来那么累。"

另一个人过了一会儿才慢慢回答道："不要叫我'长官'。我们已经下班了。"

"可我不知道您的名字呀。"

"你也不需要知道。嗯——事情比看上去的更糟；他已经自杀过四次了。"

"什么？"

"哦，这些事他不记得了。如果你觉得他现在的记忆力很差，那你应该看看三个月以前的他是什么样的。实际上，他的每一次自杀都加快了我们的治疗进程。他的自杀开关——在他有那个开关的时候——被做了手脚；那个开关只会使他昏迷，然后我们会继续下一步治疗，同时把他的记忆用催眠法输入他的大脑。但几天之前，这些做法不得不停止，自杀开关也拆除了；因为他记起自己是谁了。"

"但是——这不符合规矩!'死亡是每个人的基本权利。'"

主医士长按下紧急制动键;飞船继续前行,找到一个停靠点停了下来。"我没有说这是照规矩做事。但制定政策的不是我们这些监护官员。"

"加入这个行业时,我发过誓……其中一句话是'给想要生命的人以生命……对于向往死亡的人,永远不要拒绝他们的要求'。"

"难道你不认为我也发过同样的誓言吗? 所长大发雷霆,气得休假了——她可能会辞职;我不想随意揣测。问题是,代理族长不是我们这个行当的人,他不受这个誓言的约束。对他来说,入口处悬挂的格言什么都不是。他的格言是——或者说看起来是——'任何规则都有例外'。你看,我早就知道,我们之间迟早会有一次这样的谈话,我很高兴你在我们下一次监护前给了我这样一个机会。现在我必须问你——你希望退出吗? 这不会影响你的记录;我会负责这个。也不要担心替换者;下次轮到我监护时,老祖仍然会在睡梦中,任何一个助手都可以和我一起完成任务。技术委员会有足够的时间寻找替换者。"

"嗯——我想照顾他。这是一个极大的荣耀,是我从来不曾梦想的机遇,但我的内心深受折磨。我认为他受到了不公平的对待,而老祖是所有人中最应该得到公平对待的。"

"我同样备受煎熬。第一次意识到他们要我干什么时,我震惊得目瞪口呆。交给我的工作是确保一个自愿选择死亡的人继续活下去! 更确切地说,这个人以为自己正在走向死亡。但是,我亲爱的同事,做决定的不是我们。无论我们怎么想,这个工作都会完成。明白这一点以后,我认为我是名单上最合适的高级监护官员。当然,我并不缺乏职业的自信——你可以称之为自负。我决定,如果家族领导人要这样对待他,我不会退出,让经验不如我的人完成这个任务。这跟奖金毫无关系,我已经把我的奖金捐给了残障人士收容所。"

"我也能这么做,对吗?"

"对。但你要这么做的话,你就是个大傻瓜;我挣得比你多得多。我必须再加上一点:我希望你的身体能经受住兴奋剂。我会监督每个主要治疗步骤,而且希望我的助手能够帮助我。这些治疗步骤可能发生在我们正常的值班时间内,也可能是在正常值班时间之外,所以要使用兴奋剂,保证身体的正常运行。"

"我不需要兴奋剂;如果有需要,我会使用自我催眠的方法。但我很少用。我们下次值班期间,他会一直沉睡下去。嗯——"

"同事,我现在就需要你的明确回答。如果需要替换,我必须尽快通知技术委员会。"

"嗯——我会坚持下来,和您坚持的时间一样长。"

"好。我想你会的。"主医士长伸出手,准备按下控制键,"现在去中部休息区?"

"等一等。我想更深入地了解您。"

"同事,如果你坚持下来的话,你会很深入地了解我的。我有一张刀子嘴。"

"我是指生活方面,不是职业工作。"

"什么!"

"我冒犯您了? 还没见到您之前我就钦佩您了。我很希望能看看您。我不是在拍马屁。"

"我相信你。相信你的原因是:接受委员会的推荐之前,我研究过你的心理分析报告。不,我没有生气;我挺高兴的。也许我们哪天吃个晚饭?"

"当然好。但我想的比吃饭更多。来个'心醉神迷七小时'怎么样?"

短暂的沉默,却让人感到很长。主医士长终于说:"同事,你是什么性别?"

"这重要吗?"

"我想不重要。好吧,我接受你的提议。现在吗?"

"如果对您合适的话。"

"没问题。我本来只打算去我的单间,读一会儿书,然后睡觉。我们去那里行吗?"

"我想请您去极乐世界。"

"不用,心醉神迷是要用心来体会的,但还是要谢谢你。"

"我付得起钱。是这样,我不靠工资活着。极乐世界能提供的最好服务,我付得起,不算什么。"

"也许下次吧,亲爱的同事。诊所的居住单间很舒服,用不着赶路,至少可以节约一个小时,还不包括浪费在脱下隔离服、穿上适合出入公众场合的衣服的时间。直接去我的房间吧,我发现我现在很渴望。天啊,我已经——很久没有尝试过这种刺激了。"

四分钟后,主医士长带着小个子医士来到他的单间。正如他说的,房间很大,很漂亮,空气也很好——总之是一个能让人"快乐"的房间。墙角的假壁炉红红地闪着火光,像舞池的灯光一样照亮了起居室。"那个门后是客人用的更衣室,可以在那里梳洗。一次性盥洗用品放在左边,放头盔和隔离服的架子在右边。需要帮忙吗?"

"不用,谢谢您,我很麻利的。"

"好吧,需要什么的话就喊一声。过十分钟到壁炉这边来找我,好吗?"

"很好。"

十分钟过了一点点,副医士出来了,脱去了隔离服,光着脚,也没戴头盔,显得身材更矮了。主医士长坐在壁炉前的小毯子上,抬头看了看副医士,"哦,你出来了! 你是男的,我很惊讶,不过很高兴。"

"你是女性,我同样非常高兴。但我一点儿也不相信你会惊讶。你看过我的记录。"

"不,亲爱的,"她否认道,"我并没有看到你的个人档案,委员会只向未来的上级提供了最简单的材料——非常小心地去掉了姓名、性别和其他无关信息;他们的计算机负责完成这项工作。我事先并不知道,而且猜错了。"

"我没有猜,但我的确很高兴。我对高个女人有特别的爱好,也不知为什么,反正就是喜欢。站起来,让我好好看看你。"

她躺在地上,懒洋洋地扭了扭身子。"多么没道理的爱好啊。所有的女人都一样高——当她们躺下来的时候。所以,躺到这儿来,这儿非常舒服。"

"你这个女人,当我说'站起来'的时候,我希望看到行动。"

她哈哈大笑起来,"你有大男子主义,但是挺可爱的。"她伸出长长的手臂,抓住他的脚踝一拽。他的身体失去平衡跌倒了,"这样好一些。现在我们都一样高了。"

复　调

‖

　　她说:"想吃点夜宵吗? 懒鬼。"

　　他说:"我打瞌睡了,是吗? 原因很明显。是的,我想吃点东西。有什么可吃的?"

　　"你说吧,随便说。如果这儿没有,我会派人买来。亲爱的,我真喜欢你。"

　　"那好,我想要十个高个子红头发十六岁的处女,行吗? 我是说年轻姑娘。"

　　"可以,亲爱的。对于我的格拉海德①来说,什么要求都不过分。但如果你坚持要经过验证的处女,可能会等很长一阵子。亲爱的,你为什么会有这种处女情结? 你的心理档案没有表明你有什么奇特的心理异常。"

　　"那个要求就算了吧,换成一杯芒果冰激凌。"

　　"好的,先生,我派人立刻买来。你也可以立刻就吃上新鲜

――――――
　　①格拉海德,在亚瑟王传说中,他是圆桌骑士中最纯洁的一位,独自一人找到了圣杯。

的美人桃冰激凌。有人跟我开玩笑真好,十六岁以后就没有人再和我开那样的玩笑了。那已经是很久以前的事了。"

"我就吃美人桃吧。吃这种东西同样是很久以前的事了。"

"冰激凌马上就好,亲爱的。你想用勺子吃,还是让我给你抹到脸上?我也很久没开过这种玩笑了。我和你一样,只进行过一次回春治疗,而且我用的化妆品要比你的更让人年轻。"

"男人需要看起来成熟一些。"

"而女人希望看起来年轻一些;我们总这么想。可我不仅知道你回春以后的年龄,还知道你的真实日历年龄,我的格拉海德。还有,我的日历年龄要比你的小。亲爱的,想知道我是怎么知道的吗?看到你以后,我一眼就认出了你。是我帮你回春的,亲爱的——而且我很高兴你的治疗是由我完成的。"

"这么巧!"

"我实在太高兴了,亲爱的。这是多么好的奖励啊,而且出现得这么出乎意料。一个医士很少能再次看到自己的顾客。格拉海德,你注意到了吗?我们没有采取任何常规措施来保证你我达到心醉神迷,可我仍然达到了。我感到比过去更年轻、更愉快了。"

"我也是,除了还没看到美人桃冰激凌以外。"

"你这个猪,牲口,畜生。我的个子比你大;我要再把你摔倒,然后压在你身上。你要几勺,亲爱的?"

"哦,一直舀吧,直到你的胳膊酸了;我需要恢复体力。"

他跟着她来到食品物储藏间,每个人拿了一碟堆得高高的冰激凌。"提醒你一声,"他说,"我不想被人把冰激凌抹在脸上。"

"呸!你不会真的认为我会那样对待我的格拉海德吧?"

"你是个很古怪的女人,伊师塔。我身上的伤痕可以作证。"

"一派胡言！我很温柔的。"

"你不知道你的力气有多大。而且正如你所说，你的个子比我大。我不应该叫你'伊师塔'，应该叫——那个女人叫什么名字？就是老家神话中的亚马孙女王。"

"是'希波吕忒'，亲爱的。但是我没有资格做一个亚马孙人，理由嘛……你刚才是怎么奉承我来着？像吃奶的婴儿赞美他们的饭碗？"

"你居然会抱怨这个？只消一个小手术，不到十分钟就可以让你符合要求，不会留下任何疤痕。不过别在意，'伊师塔'很适合你。但说起这件事，我还是觉得有点不公平。"

"怎么不公平，亲爱的？咱们把冰激凌拿到房间里，在壁炉前面吃吧。"

"好的。伊师塔，不公平是因为你告诉我，我曾是你的顾客，你记起了我真实年龄和回春后的年龄，所以按照精密的逻辑推理，我推断你知道我注册时使用的名字、我的家庭，甚至记得我的部分族谱。为了给我作回春治疗，你必须研究这些材料。但是按照'七小时'的惯例，我不能试图了解你的注册名。在我心里，你只能是'一个高个金发的主医士长　　　　'"

"我还有足够的冰激凌可以抹在你的脸上。"

"——她允许我在我一生中最幸福的七个小时里称呼她为'伊师塔'。这七个小时已经快结束了，我不知道你是否会让我哪天带你去极乐世界。"

"格拉海德，你是我遇到过的最气人的甜心了。你当然可以带我去极乐世界，而且七个小时结束后你也不用立刻赶回家。我的注册名就是伊师塔。但是，如果你胆敢在任何不必要的时候——例如下班之后——提到我的职位，那么你身上就会有真正的伤疤让你记住我的话。很大的伤疤。"

"厉害,怕了你了。但我确实认为我应该按时离开,这样你才能在我们回到监护岗位之前睡足觉。可是,为什么你的名字真的是'伊师塔'? 难道在我们互相给对方起昵称时,我的运气出奇的好?"

"也是也不是。"

"这算什么回答?"

"我有一个我们族谱里的正式名字——我从来不喜欢它。但我很喜欢你在枕边叫我的那个名字。所以在你睡着的时候,我调出了我的档案,改了名字。现在我是'伊师塔'了。"

他直勾勾地盯着她,"这是真的吗?"

"别摆出一副吓坏了的样子,亲爱的。我不会套住你的,甚至不会在你身上抓出血道子。我不是个喜欢待在家里的人,压根儿不是。如果你知道这个房子已经有多久没来过男人了,你准会大吃一惊。你随时可以走,毕竟你只答应和我待七个小时。但你并不一定得走,你和我明天都不用去监护老祖。"

"我们都不用去? 为什么……伊师塔?"

"我打了个电话,让另外一个临时小组去接班。本来应该早做安排才是,都怪你,弄得我晕头转向。老祖明天不需要我们;他还在沉睡中,不会知道已经过了一天。但我希望他醒来时我能在旁边,所以我也重新安排了后天的监护时间表。这样我们会一整天都在监护岗位上;这取决于他的身体状况。哦,应该只是我自己。我并不坚持让你跟我一样,连续值两个或三个班。"

"如果你能连续值班,我也能。伊师塔,你禁止我提到的那个东西,你的职位——你的职务其实比现在这个职位更高。对不对?"

"如果是的话——注意,我并没有肯定你的说法——我不许你胡乱猜测。你还想继续监护这个顾客吗?"

"哎哟!你的嘴确实厉害。我做错了什么吗?"

"亲爱的格拉海德!我真抱歉。亲爱的,当你站在监护岗位上时,我希望你心里想的只是我们的顾客,而不是我。下了班,我是伊师塔,不希望成为别的什么。这次的工作是我们有史以来最为重要的监护任务,可能会持续很长时间,也会非常累人,所以我们不要生对方的气。我只想说,在回到工作岗位之前,你——应该是我们俩——有超过三十个小时的休息时间。在这期间,我非常欢迎你留在这里,想待多长时间都行。如果你想走,随时都可以,我会微笑着送你,不会怪你。"

"我已经说过了,我不想走。只要我不妨碍你休息——"

"你不会的。"

"还有,我还需要一个小时的时间,去拿一包一次性洗漱用具和衣物,再消消毒。真希望我带了一包,可我事先怎么也没想到会来你这儿。"

"哦,给你一个半小时吧。我的电话里有一个消息,说老祖不喜欢看到我们穿隔离服的样了;他希望能看到周围的人,所以我们必须留出些时间,全身消毒,然后穿便服照料他。"

"嗯……伊师塔,这样做明智吗?我们可能会冲着他打喷嚏。"

"你以为这个规矩是我定的吗?亲爱的,这个命令直接来自首长官邸。除了这点以外,还特别指出女性要尽量看起来漂亮可爱,穿着要迷人,所以我必须想想我要穿什么,而且还要经得住消毒程序。裸体不行,这个也特别说明了。打喷嚏的问题你用不着担心。你以前接受过全身消毒吗?那些人给你拾掇完以后,你是打不出喷嚏的。但别告诉老祖你经过消毒;他认为我们只是从街上直接走进他的房间,没有采取特别的防护措施。"

"我不会讲他说的那种语言,怎么可能告诉他?他是不是有什么迷信,所以不喜欢裸体?"

"我不知道,我只是转述命令的内容。监护人员名单上的每个人都接到了这个命令。"

他看上去若有所思,"可能不是迷信。一切迷信都不利于生存,这是迷信的基本特点。你告诉过我,最重要的就是改变他对什么都无所谓的状态。他发脾气时你还挺高兴的,尽管你说他的反应有点过度。"

"我当然高兴,这表明他还是有反应的。格拉海德,别考虑这个了;我没什么可以穿的,你帮我想想。"

"我说的就是你该穿什么。我认为这是代理族长的想法,不是老祖的。"

"亲爱的,我没打算搞明白他的想法,只要执行他的命令就行。我对穿着打扮向来一窍不通。实验室助手穿的连裤工作服合适吗?你觉得如何?工作服能抗住消毒处理,消毒过程结束后一点儿也看不出来。我穿连裤工作服看起来挺不错的。"

"可我想搞明白代理族长在想什么,伊师塔,至少猜猜他的意图。我觉得实验室工作服不大合适;穿那样的衣服,你看上去肯定不像是'从街上直接走进他的房间'。如果我们能断定这其中没有迷信的成分,那么在这种情况下,穿上衣服的唯一作用就是增加色彩,形成对比,改变环境,帮助他从对什么都不感兴趣的心境里走出来。"

她饶有兴趣地盯着他,"格拉海德,根据我的经验,到目前为止,我一直认为男人对女人衣服唯一感兴趣的只是如何把它们脱掉。我可能得考虑提拔你了。"

"我还没有准备好升职呢。我做这行还不到十年,我相信你知道得很清楚。咱们还是先看看你衣橱里有什么吧。"

"你准备穿什么,亲爱的?"

"我穿什么不重要。老祖是男人,关于他的所有故事和传说都表明,他的价值观深受他出生时的原始文化的影响。他的性取向不复杂。"

"你怎么这么肯定?那些只是传说,亲爱的。"

"伊师塔,只要知道如何解读传说,你就能从传说中发掘出事实真相。我是在猜测,但是是有根据地猜测。过去我很擅长这个。那都是我做回春治疗——你给我做的——以前的事了。治疗之后,我又换了些更有趣的事做。"

"是什么事,亲爱的?"

"以后再告诉你吧。我只是想说,我穿什么并不重要。一件衬衣,短裤和紧身汗衫,苏格兰短裙,哪怕是我在隔离服下面穿的内衣都行。别担心,我会选些颜色明亮的衣服,每次监护都另换一身——但他不会看我,只会盯着你。所以咱们得找些他喜欢看你穿的衣服。"

"你怎么知道他喜欢看什么,格拉海德?"

"很简单,以我自己为标准。我喜欢看长腿金发美女穿什么,我就挑什么。"

伊师塔衣橱里的衣服数量之少,让他颇为吃惊。以他和女人打交道的经验,她是他能记起的唯一一个看上去没什么虚荣心、不购买不需要的衣服的女人。全神贯注翻弄衣橱的时候,他哼起歌来,随后唱起一首小曲的片断。

伊师塔道:"你在说他的母语!"

"嗯？什么？谁的母语？老祖？我当然没有。可我很想学学。"

"但你就是在用他的母语唱歌。他忙起来的时候常会唱那首歌。"

"你是说这个吗？'therza poolyawl...bytha paunshot——'我有一副留声机一样的耳朵,仅此而已;我不明白唱的是什么。这歌词是什么意思？"

"我连这歌词到底有没有意义都不知道。里面的绝大多数词,我学过的词汇表都没包括。我猜它们只是没有意义的韵律词,让唱歌的人平静下来。没有什么实际的语义。"

"另一方面,这也可能是打开他心灵的钥匙。你有没有尝试用计算机解读？"

"格拉海德,我无权使用那台记录房间里发生的事件的计算机。不过,我怀疑会不会有人真的深入了解他。他是个原始人,亲爱的—— 一块活化石。"

"我渴望能了解他。他所使用的语言——很难学吗？"

"非常难学。没有条理,语法很复杂,很多俗语和多义词。我连学过的词都会搞错。要是我也有一副你那样的留声机耳朵,那该多好啊。"

"代理族长好像没什么问题。"

"我觉得他有特殊的语言天赋。要是你想试试的话,亲爱的,我这儿有指导教材。"

"好啊!这件衣服怎么样？参加舞会穿的衣服？"

"这个？这件根本不是衣服,是我买来铺床的——买回家来才发现它和起居室不搭配。"

"就是这件了。站着别动。"
"别胳肢我!"

主题变奏

| 国家事务

　　和我对老祖拉撒路说的不一样,实际上我在非常努力地管理着这颗行星。当然,我关注的只是制定政策,评估其他人的工作。我不做具体活儿,那些事我交给专门的行政人员。尽管如此,一颗拥有超过十亿人口的行星所出现的问题仍然会让一个人手忙脚乱。如果这个人实施的又是垂手而治、尽可能少干预的管理政策,情况就更是如此。因为这意味着他必须眼观六路、耳听八方,以发现哪些下属管得过死、不必要的管理过多。我的一半时间花在去除多管闲事的政府官员上,像这样的人我下过命令,永远禁止他们在任何公共部门供职。

　　那以后,我通常会撤掉那个部门,以及它所属的所有分支部门。

　　我从来不觉得这样做有什么不妥,只要这些被撤职的寄生虫能找到其他什么办法不被饿死就行。(他们饿死了也不错——其实这样更好。但他们没有饿死。)

重要的是发现这些毒瘤,然后趁它们还很小的时候铲除它们。一个代理族长越是精于此道,越能发现更多的毒瘤,他也就会比以前更忙。每个人都能看到森林大火,发现第一缕烟才称得上技巧。

这样一来,我只能留出很少的时间来进行真正重要的工作:考虑如何制定政策。我带领的领导班子并不是为了把事情做好,而是为了不把事情做坏。这听起来简单,实际上很不简单。比如,防止爆发武装革命显然是我的主要职责之一,也就是说要保证社会稳定。但拉撒路祖父提醒我,驱逐潜在革命领导分子的做法欠妥。其实,这之前很多年,我已经开始怀疑这样做是否合适了。引起我疑虑的事是如此微不足道,我用了十年的时间才注意到它:

那十年里,没有发生过一次针对我的刺杀企图。

等到拉撒路·龙回到赛昆德斯、等待自己的死亡的时候,这个令人烦恼的迹象已经持续了二十年。

这是不祥的,我意识到了这一点。超过十亿人口如此密集地居住在一起,如此整齐划一、志得意满,以至于整整二十年里,没有任何人想要刺杀我。无论这个社会看起来是多么健康,这都是极其不正常的。注意到这个问题后的十年里,一念及此,我都忧心忡忡。我发现自己一次又一次地问自己:如果是拉撒路·龙,他会怎么做?

我知道很多他以前做过的事情——这正是我要移民的原因,率领我的人民移居其他行星。如果没有人跟我走的话,我就自己走。

(回头再读这一段文字时,给人的感觉好像是我希望被刺杀,就像悬疑小说《国王必须死去》里描述的那样。完全不是这么回事。我被强大而精密的安全装置包围着,关于这个恕我不能透露太多。但我可以说说三个消极的防护措施;我的相貌没有公之于众,我几乎从不在公众面前露面,就算偶尔出现在公众面前,我的行程也从来不会事先公布。统治者的工作是很危险的——或者说应该是很危险的——但我并不想因此而丧生。这个"令人担忧的迹象"不是指我还活着,而是指没有出现暗杀者。似乎没有人恨我到想刺杀我的程度。这一点令人恐惧。怎么竟然会没有这种人? 一定是我做错了什么!)

当霍华德诊所通知我老祖已经醒来时(他们还提醒我千万别忘记他只睡了"一个晚上"),我已经起床,必要的公事也处理完了。我立刻赶往诊所。他们给我消完毒以后,我走进老祖的房间,发现他刚吃完早饭,正悠闲地喝着咖啡。

他抬头看了看,笑着说:"你好,艾拉!"

"早卜好,祖父。"我走向他,准备向他行礼致敬,就像"前一晚"向他告别时所做的那样。但我密切留意着他的反应,好在他开口说话之前就明白他打算接受还是拒绝。即使是在家族内部也有多种不同的礼节,而且,拉撒路一直是个自己制定规则的人。所以我非常谨慎地迈出了最后一步。

他的身体向后稍稍撤了一点,如果我不是这么注意的话,这点移动是看不出来的。他轻声提醒我道:"孩子,这里有陌生人。"

我立刻停了下来。"至少我认为他们是陌生人,"他补充道,"我努力想和他们熟悉起来,但我们只能说一些夹杂各种语言的话,加上比画手势。不过周围能有人陪伴,而不是那些木呆呆的行尸走肉,这样很好。我们处得不错。嗨,亲爱的! 到这儿来,那个好姑娘。"

他转向回春治疗医士中的一个。和平常一样,今天早晨有两个医士当班,一个是女性监护,一个是男性监护。我很高兴地看到,我的命令——女性"要穿着迷人"——得到了执行。这个女人长着一头金发,举止优雅。如果一个人喜欢高个子女人的话,她还是挺吸引人的。(我自己并不讨厌高个子女人,但我更喜欢能坐在大腿上的小个子——再说最近我也没有时间。)

她轻快无声地走了过来,微笑着等在一边。她穿着一件说不上是什么东西的衣服——女人衣服式样变化得很快,我跟不上她们的步伐,再说现在这个时期,新罗马的每个女人都尽力穿得和别人不一样。那件衣服闪着蓝光,恰到好处地衬托出了她明亮的眼睛,有限几处能遮盖身体的地方它又显得很合身;衣着的整体效果相当迷人。

"艾拉,这是伊师塔——这次我把你的名字说对了吗,亲爱的?"

"是的,老祖。"

"你相信吗,站在那边的那个年轻人名叫'格拉海德'。艾拉,有关地球的传说你知道得多吗? 如果他知道这名字的含义,他准会要求换一个的。完美的骑士,却从来没有得到过任何东西。我一直在想,为什么我会觉得伊师塔的面孔这么熟悉。亲爱的,我以前和你结过婚吗? 替我问问她,艾拉,她可能没有听懂。"

"没有,老祖。从来没有,我肯定。"

"她听懂了。"我说。

"那么有可能是她的祖母——一个可爱的贱货,想杀了我,所以我离开了她。"

主医士长用格拉克塔语简短地说了几句话。我说:"拉撒路,她跟我说,无论是正式还是非正式地,她都没有这个荣幸和您结过婚。但是如果您乐意的话,她很愿意和您结婚。"

"哈!真是个调皮的小姑娘——那个人肯定是她的祖母。就在这颗行星上,八九百年以前,大约是这个时间。我记忆的偏差可能有半个世纪。问问她,嗯,艾瑞尔·巴斯托是不是她的祖母。"

那个医士看上去高兴极了,她快速地用格拉克塔语讲了几句话。我听完后说:"她说艾瑞尔·巴斯托是她的曾曾曾祖母,她很高兴听到您说起她祖母和您之间的关系,这表明她是您的后代……她还说,如果您愿意让你们的血缘关系重新汇聚到一起的话,无论是以合同还是非合同的形式,她和她的兄弟姐妹以及其他亲属都会感到极大的荣幸。她还补充说,这一切可以等到您的回春治疗结束之后进行,她没有催您的意思。您怎么想,拉撒路?如果她已经用完了她的生育指标,我很乐意给她一个例外,不会让她因为超生移民外星。"

"这还不叫催我吗?你也一样。但她说得很客气,所以我也给她一个礼貌的回答吧。告诉她我很荣幸,而且我会记住她的名字——但别告诉她我星期四就要上路了。然后婉转地告诉她'别给我们打电话,我们会给你打的'——别让她难过;她是个好孩子。"

我用外交辞令转述了拉撒路的话;伊师塔笑了起来,行了个屈膝礼后退了下去。拉撒路说:"孩子,找个东西坐一会儿。"然后他压低嗓门补充道,"这话我就和你说说,艾拉。我非常肯定艾瑞尔曾和别人通奸,生了个孩子算在我头上。可她通奸的对象是我的一个后代,因此不管怎么说,伊师塔都算是我的后代,尽管可能不是直系的。不过这个不重要。你这么早来这儿干什么？我说过，你在早饭后可以有两个小时的自由支配时间。"

"我起床很早的，拉撒路。您决定完成整个治疗过程，这是不是真的？她好像是这么认为的。"

拉撒路看起来很痛苦，"为了省事，我只好这么回答了。但是，我怎么才能保证安在我身上的是我自己的睾丸呢？"

"从您自己身上克隆的性腺体当然是您自己的，拉撒路；这是最基本的。"

"好吧……咱们等着瞧吧。早起是个恶习，艾拉；早起阻碍你的发育，让你活不长。说起死呀活的——"拉撒路抬头看了看墙壁，"我得谢谢你让人把那个开关又装上了。在这样一个美好的上午，我并不打算用它，但一个人需要有选择权。格拉海德，请给这位先生拿杯咖啡来，再把那个塑料信封拿过来。"说的同时，拉撒路还打着手势。但我觉得那个医士听懂了他的话。要不然就是他们之间有心灵感应；回春治疗医士通常很善于理解别人，他们需要这样。那个男医士立即照拉撒路的吩咐做了。

他递给拉撒路一个信封，又给我倒了一杯咖啡。我其实并不想喝，但还是打算礼貌地把它喝下去。拉撒路继续说："这是我的新遗嘱，艾拉。你读一读，把它保存在什么地方，然后告诉你的计算机。我已经认可了它记录的话，之后又对着它朗读了一遍，并告诉它把它锁定在永久记忆库里。现在只有费城的律师有本事欺骗你，让你无法继承我的财产——他们真的有这种本事。"

他挥手让那个男医士退到一边，"不需要咖啡了，小伙子，谢谢。去坐下来吧。亲爱的，你也坐下，伊师塔。艾拉，这些年轻人都是什么人？护士？勤务兵？仆人？或是别的什么人？他们围在我身边，像母鸡围着小鸡。我不需要额外的服务，我只需要社交活动和有人陪伴。"

在没有了解情况之前，我无法回答他。一方面，我不需要知道回春诊所是怎样运营的，另一方面，它是私人诊所，不是理事们管理的机构。我插手拉撒路的事情已经让诊所所长十分恼怒了，所以我需要尽可能地少管诊所的事，只要我的命令得到执行就行。

我用格拉克塔语问那位女医士："女士，你们的职业都是什么？老祖想知道。他说你们就像仆人一样。"

她低声回答道："先生，为他提供任何他想要的服务是我们的荣幸。"她迟疑了一下，然后继续说道，"我是回春医士长主管伊师塔·哈迪，我的助理监护官是副医士格拉海德·琼斯。"

我经历过两次回春治疗，对回春概念很熟悉，所以我并不奇怪一个人表现出的年龄与其日历年龄不符。但是我承认，听到这个年轻女人不仅仅是个医士，还是她所在部门的负责人时，我确实有些吃惊。她也许是整个诊所的第三号人物，在所长关起门来生闷气时——那个充满了职业操守的脑袋真顽固——她很可能成为二号人物，甚至可能是代理所长，带着副手专门看铺子的。"对了，"我继续问道，"我能问问你的日历年龄吗，主管女士？"

"代理族长先生可以问任何问题。我只有一百四十七岁，但是我的资格很老。这是我第一次成人以来所从事的唯一一份职业。"

"我没有暗示对你的资格有什么疑问，女士。但你没有坐在办公室里，却在这里值班，让我感到有些吃惊。不过我承认，我并不了解诊所的运营情况。"

她微微笑了笑，"先生，您个人极其关注这次治疗，我的感觉也和您一样……连我自己都无法解释我为什么会有这种感觉。

我在这里是因为我不想把这个任务交给其他人。他是老祖呀。我仔细审查了每一个为他服务的监护人员,全都是我们这里最出色的。"

我该猜到的。"我们彼此了解了。"我说道,"我很高兴听到这些。但是,我可以提一个建议吗? 我们的老祖喜欢独立,个人主义倾向严重。他不需要太多的个人护理,只留下必不可少的就行了。"

"我们是不是让他烦了,先生? 过分小心了? 我可以在门外监护,听里面的动静,这样如果他需要什么的话,马上就能进来。"

"可能过分小心了。但还是待在他能看到的地方吧,他需要有人陪伴。"

"你们叽里呱啦地在讲什么呢?"拉撒路问道。

"我需要问一些问题,祖父,我也不了解这个诊所是怎么运作的。伊师塔不是仆人,她是一个回春医士,而且非常有经验——她的助手也一样。他们非常高兴能提供您所需要的服务。"

"我不需要仆人;我今天感觉很好。如果我需要什么,我会叫你们;他们不需要围着我转。"他笑了起来,"但她是个可爱的小东西;有她在身边我会很高兴。她走动起来像小猫一样——没有支支楞楞的骨头,动作很流畅。她真的让我想起了艾瑞尔。我有没有告诉你艾瑞尔为什么想杀了我?"

"没有。如果您想告诉我,我非常乐意听。"

"嗯,等伊师塔不在的时候再问我吧。我觉得她懂一些英语,比她表现出来的懂得多。我答应过你,如果你过来,我就讲故事给你听。你想听什么?"

"什么都行,拉撒路。山鲁佐德自己决定她想讲的话题。"

"她是这样。可我的脑子一时想不起什么话题。"

"好吧……我来的时候您说'早起是个恶习'。您真是这样想的吗?"

"可能吧。约翰逊外祖父是这样说的。他给我讲过一个故事,一个人被判在日出时执行枪决——但他睡过了头,所以错过了。那天他获得了减刑,接着活了四五十年。他讲这个故事是为了证明这个观点的正确。"

"您觉得这是个真实的故事吗?"

"和山鲁佐德的故事一样真实。我认为这个故事是说'想睡的时候就睡;你也许需要在很长时间里保持清醒'。艾拉,早起不一定是恶习,但肯定不是美德。老话说,早起的鸟儿能吃饱,其实是在告诫虫子在早晨应该待在家里睡觉。我受不了那种因为起得早而洋洋自得的人。"

"我没有想炫耀自己,祖父。起得早是我长久以来的习惯——工作习惯。但我没有说这是一个美德。"

"哪个? 工作? 还是早起? 这两个都不是美德。起得早并不意味着能多干活……就像你把绳子的一端剪下来接到另一端上并不能增加绳子的长度一样。如果你一定要打着哈欠、疲惫不已地干活,你完成的工作会更少。你的脑子会糊涂,你会出错,然后不得不再做一遍。这样的忙碌是浪费,也不会让人愉快。这样做还会让你的邻居很反感,因为如果没有你在不该工作的时间吵吵闹闹,他们本来可以睡到很晚才起床。艾拉,早起的人并不会取得成就——成就来自那些寻找捷径的懒人。"

"您让我觉得自己浪费了四个世纪的时间。"

"有这种可能,孩子,如果你这段时间一直起得很早努力工作的话。但现在改变也不算晚。别为这个烦恼;我自己就浪费了我漫长生命中的绝大部分,但我觉得过得还算愉快。想听听一个人是如何把懒惰变成艺术的故事吗？他的一生就是'最小努力原则'的生动写照。这是个真实的故事。"

"当然想。但我并不坚持这一定得是事实。"

"哦，我不会被事实禁锢住的，艾拉；从我的内心来讲，我是一个唯我主义者。听好了，我伟大的国王。"

主题变奏

‖ 一个由于太懒惰而从未失败的人的故事

他是我在海军军官学校上学时的同学。不要把这想象成太空舰队；我说的事发生在人类登陆地球唯一一颗卫星以前。这里说的是航行在水上的海军，舰艇们总是试图相互击沉对方，而胜利总是显得得不偿失。我当时太年轻了，没有意识到一旦我的船沉了，我很可能也会随之沉没——但这不是我的故事，是一个名叫大卫·拉姆的人的故事。①

为了向你介绍大卫，我必须从他的少年时代开始。他是个山里人，即使以当时并不严格的标准来判断，他也是来自社会文

---

①没有记录表明老祖进过海军军官学校，或是其他任何一所军事院校。但是，同样也没有证据表明他不曾进过这类学校。这个故事中真实的部分可能具有自传性质。"大卫·拉姆"可能是伍德罗·威尔逊·史密斯使用过的众多名字中的一个。

根据我们的了解，这个故事中的细节和老家历史中的记录相吻合。老祖生命中的头一个百年恰好是大溃败之前那个充满战乱的世纪。在那段时期，科技高速发展，伴随着社会道德不断的败坏。海上舰船和空中飞行器参加了这个世纪的战斗。请参阅附件以了解习惯用语和术语。　——原注

明不发达的地区。大卫的老家在群山深处,当地时常能看到老鹰抓小鸡。

他在只有一间教室的乡村小学里接受教育,十三岁以后就辍学了。他喜欢读书,在学校里的每一个小时,他都在刻苦学习。不上学的时候,他必须帮家里干农活。他不喜欢干这个,这些农活是所谓的"实实在在的工作"——又脏又累,效率低下,挣得还非常少。更让他厌恶的是,这份工作还必须早起。

对他来说,离开学校的那天是个灰暗的日子;这意味着他必须一整天都干那些"实实在在的工作",而不像以前那样,可以在学校度过六到七个小时的轻松时光。在一个炎热的夏日,他跟在一头骡子后面犁了十五个小时的地。他看着骡子的屁股,呼吸着骡子踢起的尘土,擦去眼角"实实在在的"汗水,感到自己越来越憎恨这一切。

这一天晚上,他没有告诉任何人,悄悄地离开了家。他走了十五英里,来到小镇上,睡在邮局门外,直到第二天早晨女邮局局长打开门。随后他加入了海军。那一晚,他从十五岁长到十七岁,达到了参军的最低年龄要求。

一般说来,孩子离家出走以后,他的年龄会增长得比较快。没人发现什么问题;在那个时候,那个地方,出生证还没有出现。大卫那时有六英尺高,肩膀很宽,肌肉发达,相貌英俊,除了眼神中透露出的一丝不安分的目光以外,他的外表看起来很成熟。

海军生活很适合大卫。他们给他发了鞋子和新衣服,让他坐船去一些古怪而有趣的地方。再也没有骡子和田里的尘土让他苦恼了。当然,军队同样要让他干活,只不过不需要像在山里耕田那样卖力。弄明白船上的规矩后,他掌握了既能偷懒、又能让他的上帝——海军上士——满意的窍门。

但这种生活仍然不能让他完全满意,因为他还是需要早起,时常在夜里站岗,有时还得擦洗甲板,或是干别的一些不适合他那种敏感情绪的工作。

然后他听说了这所培养军官候选人——我们称之为"候补军官"——的学校。大卫不关心名字;关键是海军会为他们支付学费,让他们坐下来读书。在他心目中,这是天堂一般的生活。不用洗甲板,也不用受海军上士的气。国王,我让你厌烦了吗?没有?

很好——大卫没有做好进入这所学校的准备,他缺乏入学资格所需的四到五年的教育背景。他必须学习被称为科学的数学、历史、语言、文学,还有别的一些学科。

和给一个身体发育过早的小伙子虚加两岁相比,假装受过并不存在的四年学校教育要困难得多。好在海军鼓励士兵成为军官,所以成立了一所辅导学校,帮助申请者弥补学业方面的小差距。

大卫认定自己的情况正是"小差距";他告诉海军上士,自己只不过是错过了高中毕业典礼而已。从某种意义上说,这倒也没错;他"只是错过"了半个县,这是从他家到最近的一所高中的距离。

我不知道大卫是怎样让他的海军上士推荐他的;大卫从来没有谈过这个。反正,当大卫所在的舰艇开往地中海时,大卫被留在汉普顿路,这时距辅导学校开学还有六个星期。这期间他成了编外人员。人事官(其实是人事官手下的办事员)给他安排了铺位、用餐的食堂,让他大白天躲在空教室里,等着六周后和他的同学在那儿会合。大卫按他的吩咐做了;教室里有书,用来辅导学员们需要补习的功课——大卫每一门功课都需要补。他躲开众人的目光,坐下来埋头学习。

这就成了。

辅导班集中上课以后,大卫协助老师辅导欧几里得几何学,这是一门必修课,可能也是最难的一门功课。三个月后,他在美丽的哈得逊河边的西点军校①宣誓,开始了一个海军军官学员的生活。

大卫没有意识到他是从一个煎锅跳入了火海;和老学员针对新学员——"菜鸟"——实施的有计划的恐怖行径相比,海军上士的残暴只能算温和的随意行为。最可怕的是毕业班学员,他们是那个组织严密的地狱里的撒旦。

好在大卫有三个月时间可以分析这个问题,想出解决之道。这三个月里,高年级同学都在海上参加军事演习。他想,只要能坚持熬过这九个月的艰难时刻,整个世界就是他的了。所以他对自己说,母牛或是女人都能挺过九个月时间,我也可以。

他在心里把可能遇到的种种不幸分成三种类型:必须忍受的、可以避免的、应该积极去寻求的。在统治者们返回学校继续凌辱新学员之前,他已经针对每一种典型情况设计了应对原则。他准备坚持这些原则,只在情况发生变化时做出微调,而不是手忙脚乱临时想辙。

艾拉——不对,我应该称你国王才是——坚持自己的原则,这种做法听上去没什么,但要在艰难环境中挣扎求生,这是至关重要的一点。比如,外祖父——我是说大卫的外祖父——告诫过他,永远别背对着门坐。"孩子,"他对大卫说,"你可能有九百九十九次没事,没有哪个敌人从那个门里进来。但是第一千次

①西点军校培养的是陆军军官,此处可能是作者的疏漏。

—— 一次就够了。"如果我自己的外祖父始终遵循这条原则的话,他可能今天还活着,活得精神抖擞。对这条原则,其实他比我们理解得更深刻,可他只做错了一次。那次他太急于坐在游戏桌前了,所以他坐了一把空着的椅子,背对着门。于是他中枪了。

他仍能从椅子里站起来。倒下之前,他的两把枪每一把都开了三枪,打中了袭击他的人。我们这种人不是那么容易死的。但是,这仅仅是精神上的胜利,他最后还是死了。从椅子里站起来之前,一发子弹已经射中了他的心脏。这都是因为他背对一扇开着的门坐了下来。

艾拉,我从来没有忘记外祖父的话——你也不要忘记。

刚才说到大卫研究了他面对的情况,准备了相应的对策。必须忍耐的事情里,有一项是应付没完没了的询问。他知道,新学员绝不能用"我不知道"来回答高年级学长,尤其是毕业班的。这种回答过不了关。问题通常是以下这些类型:学校的历史、海军的历史、海军中很有名的话、团队首长的名字、各种运动项目里的明星运动员、晚餐的食谱是什么,等等。这些都难不倒他;这些问题的答案可以背下来。但有一个问题例外:到毕业还有多少秒。对于这个问题,他想出了一个捷径。随时寻找捷径,这个习惯使他在以后的岁月里受益匪浅。

"什么样的捷径,拉撒路?"

嗯?其实也没什么。每天早晨起床号吹响时,先算好离毕业还有多少秒,把它当成基数,以后每过一个小时减一个数。比如:六点起床以后过了五个小时,就是从基数里减去一万八千秒,这以后再过十二分钟就再从那个数里减去七百二十秒。再比如,某天中午,离毕业正好一百天,说准点吧,时间是中午十二点过一分十三秒。假设毕业典礼按照惯例十点钟开始,大卫会回答,"八百六十三万二千七百二十七秒,长官!"几乎和他的班长问他问题时一样快,这只是因为他已经提前完成了绝大多数计算工作。

每一天,他时常会看着自己的手表,假装在等待某个时刻的到来,其实是在脑子里做减法。

后来他又作了革新;他发明了一个十进制的时钟——不是你们在赛昆德斯用的那种,只是对当时地球上通用的时间计算方法作了一番改进。当时那种计算方法十分笨拙:每天二十四小时、每小时六十分钟、每分钟六十秒。他把起床号和熄灯号之间的时间分成一万秒一段,再把每一段细分成一千秒和一百秒,并记住了一个换算表。

你可以看到这种方法的优势。对于任何人来说——除了安迪·利比,愿上帝让他无辜的灵魂得到安息——从一个长长的百万级数字里减去一万或一千,用心算很容易,既快又不容易出错。但如果要从这个百万级数字里减去七千二百七十三,那就难得多了。大卫的这个新算法在计算最终得数时不需要借数。

比如,起床号过后的第一万秒是上午八点四十六分四十秒。大卫做好了他的换算表,并且牢记在心——这只花了他不到一天的时间;对他来说,死记硬背易如反掌。掌握换算表以后,他眨眼间便能算出下一个百秒结束时是什么时间。但这只是一个约数,它的最后两位总是零(不信你可以自己算算看)。以这个约数为基础,在最后两个零的位置分别加上(不是减去)两个数,代表仍要以秒计的时间——这就是准确答案。这样一来,大卫可以算得飞快,跟读出一个百万级数字所用的时间差不多,而且每次都正确无误。

他没有向大家解释他的技巧，所以被大家视为一个运算速度快如闪电的计算器，一个低能奇才①，像后来的计算尺利比一样。其实他不是，他只是一个农村来的孩子，在一个简单问题上动了一番心思。但他的班长却相当不满，认定他在要弄"小聪明"——意思就是，班长本人没这个本事。于是他命令大卫背诵对数表。大卫没有抱怨；除了那种"实实在在的工作"，他不介意做任何事。他开始背对数表，每天背二十个。这个数额是毕业班学员给他规定的，觉得这已经足以让这个"小聪明"大吃苦头了。

大卫背下了头六百个对数值后，毕业班学员开始厌倦这个游戏了。但大卫又背了三个星期，记住了对数表上的头一千个数值，这使他能够运用插值法得到一万个对数值。从那以后，他再也不需要对数表了。在计算机还没有广泛应用的那个年代，这个能力是非常有用的。

刁钻问题的狂轰滥炸本身并没有让大卫很苦恼，让他苦恼的是为了回答问题而没有时间吃饭，可能会饿死。于是他学会了一边腰板笔挺肃然端坐，一边快速地把食物填进嘴里，同时回答向他抛来的问题。有一些问题看似简单，其实暗藏杀机，比如，"先生，你是处男吗？打过洞吗？"当菜鸟的如果直接回答这个问题，无论是否他都会有麻烦。在那个时代，人们挺重视是不是处男或是处女；我也不知道为什么。

你要做的是给出具有破解力的答案；对于这个问题，可以接受的回答是："报告长官，我是！——耳朵没打过洞。"说肚脐也行。

最恶毒的一手就是引诱菜鸟给出一个谦恭的答案——而谦恭柔顺是罪过。比如，一个毕业班的学员会问，"先生，你觉得我英俊

①指在某些专业领域显示出极高才能但智力却很低下的人。

吗?"可以接受的回答是,"可能您的母亲会这样说,长官,但是我不会。"

这样的回答同样有危险,它可能正好刺到毕业班学员的痛处——但还是比谦恭的回答安全。不过,无论新生多么小心努力,毕业班的学员仍旧会大约每星期给他一次惩罚——没有理由,也不容申辩。这种惩罚可能是温和的,比如不停地运动,直到体力不支(大卫最不喜欢这种,这让他想起了"实实在在的工作");也可能是残暴的,比如打屁股。后者听上去可能没什么,艾拉,但我说的不是小孩子挨板子式的打屁股。打人的工具或是剑背,或是磨光了的扫帚头,绑在一根又长又重的棍子上。挥舞这种凶器的是身强体壮的成年人。只消三下,就会让你屁股上布满紫色的瘀痕和血泡,剧痛不已。

大卫非常努力,尽量避免这种有计划的折磨发生在自己身上。但有些毕业班学员纯粹是出于病态心理在施虐,所以没有人能完全避免这类事件,除非退学。当不得不接受这种惩罚时,大卫总是咬紧牙关承受痛苦。如果蔑视毕业班学员至高无上的权威,他就会被赶出学校——他这么想是对的。他总是提醒自己别忘了家乡那头骡子的屁股,然后忍受着这一切。

除此之外,还有一个更大的隐患在威胁着他的个人安全,以及未来不用再做"实实在在工作"的梦想。军队的一个神秘之处在于要求未来的军官必须擅长体育运动。别问我为什么;其实没有什么道理,只是一种习惯。

新生尤其要参加"体育运动"——这没有选择!学校每天有两个小时的自由活动时间,但大卫却不能在安静的图书馆里打盹或是睡觉。这两个小时里,他能做的只有运动,汗流浃背的运动。

更糟糕的是,有些运动项目不仅仅是过度剧烈,还对大卫最珍视的生命构成了威胁。比如说"拳击",这种运动早就被世人遗忘,它毫无用处,仅仅是按一定规矩打斗罢了。在规定的时间里,两个男人互相攻击,或是打到其中一个丧失知觉为止。

还有"曲棍球",这是从那个大陆的原住民那儿流传下来的一种模仿战争的运动。在这项运动里,疯狂的人群挥舞着大棒互相对抗,目标是个硬邦邦的小球,把球打进球门可以得分。它的危险在于,你随时可能被开膛破肚,或被大棒敲碎骨头,所以引起了我们主人公的极度厌恶。

还有一项运动叫"水球",互相对抗的两队游泳者试图淹死对方。游泳是那所学校的必修科目,为避免参与这项运动,大卫只是游得比必须达到的水平略好一些。其实他很擅长游泳。七岁的时候,他的两个表兄把他扔进一条小河里,他从此便学会了游泳——但他巧妙地隐藏了他在这个方面的突出能力。

学校里影响最大的运动项目是"橄榄球"。毕业班学员会在每一届新生中挑选合适的牺牲者——要么看上去是个中高手,要么有希望被训练成高手——组织起一支队伍,参与这种有组织的暴力运动。大卫以前从来没见过这种运动——现在他见识了,这让他平静的心灵里充满了恐惧。

他完全有理由恐惧。这项运动是这样的:两支各由十一人组成的队伍面对面站在赛场上,双方都试图把一个椭圆形的球送入对方的球门。这项比赛有规则,还有深奥的技术,但这只是理论上如此。

乍听起来,这项运动对人没有什么伤害,而且比较愚蠢。愚蠢是真的,没有伤害是假的,因为运动规则允许球员以各种方式攻击一个正试图把球送入本方腹地的对方球员,其中最温和的是抓住他,让他像一堆砖头一样轰然倒地。三四个人同时攻击他的情况十分常见。混战中常会出现规则所不允许的伤害行为,但因为人堆在一起,这些行为很难被发现。

这项运动的本意不是致死,但有时确实会出现死亡的情况。其他形式的受伤更是家常便饭。

不幸的是,大卫的体格——身高、体重、视力、移动和反应速度等——非常适于从事这项运动。毕业班学员从海上军事演习回来后,准会一眼相中他,让他"自愿"成为牺牲品之一。

到了该想个脱身之计的时候了。

唯一有可能从"橄榄球"中脱身的办法就是参与其他运动,并被大家接受。他找到了一种。

艾拉,你知道什么是"击剑"吗?不知道?很好,这样我就能随便讲了。那时的地球上,人们已经不把剑当作武器使用了——在那之前,剑被当作武器有四千年的历史。但剑仍旧保留着以前的形状,剑术仍然带着古时的荣耀的遗迹。一个绅士应该知道怎样使用剑,并且——

"拉撒路,什么是'绅士'?"

什么?别打断我,孩子;你把我搞糊涂了。"绅士"是,嗯——好吧,这么说吧,通用的定义是——哎呀,老天,你可真会给我出难题呀。有些人说它是通过基因继承的优秀品质,也有人说它是出生时的意外事故——这同样是基因决定说,只不过是蔑视的说法。但这些说法并没有解释什么是绅士的品质。一个绅士应该更愿意成为一头死去的狮子,而不是活着的豺狼。而我,我一直想成为活着的狮子,所以这种判别方式不适合我。嗯……用严肃的表述方式,可以这么说,所谓绅士品质,指的是逐渐发展起来的人类利他主义道德文化。在我看来,这个发展过程真的是非常缓慢;紧急情况下,它是靠不住的。

不管怎样,军队里的军官理所当然是绅士,并且佩带长剑。连飞行员也要佩剑,只有真主阿拉能猜出这是为什么。

军校学员不仅被大家视为绅士,而且国家法律里明文规定他们就是绅士。所以他们接受了怎样使用佩剑的扫盲教育,只够让他们避免切断自己的指头或是刺伤旁边的人,离挥剑上阵的水平差得远着呢。这种教育的目的是让他们在需要佩剑的场合不至于看起来太愚蠢。

但剑术是一个受到大家承认的运动项目,被称为"击剑运动"。它没有橄榄球、拳击、甚至水球那么受重视,但它列在运动项目表上,新生可以选修这个项目。

大卫发现这是一个逃脱的途径。根据简单的物理法则,如果他出现在击剑台上,那么他就不可能同时出现在橄榄球场,让那些暴虐成性、穿着钉靴的人在他身上踩来踩去。早在高年级学员返回学校之前,菜鸟拉姆已经做出选择,成了一名击剑队员。队里的训练他一天也没有缺席,而且练得非常刻苦,让自己成了一个深受击剑队重视、具有"良好发展前景"的队员。

在那个时代,学校里教三种剑术:佩剑、重剑和花剑。前两种运动用剑的尺寸和真剑一模一样。剑是真剑,只是剑刃和剑尖都被磨钝了;这样的剑仍有可能伤人,甚至造成致命伤,尽管这种情形非常少见。花剑使用的剑比较轻,和真剑不一样,剑身柔软,一点力就能让它弯曲。花剑所使用的剑法和套路就像儿童游戏一样没有危险。大卫于是选择了这样的"武器"。

这简直是项为他量身定做的运动。花剑运动中人为制定的规则需要运动员具有较快的反应速度和灵活的头脑,这都是大卫最擅长的。这项运动需要一定的体力,只是不像橄榄球、曲棍球和网球的要求那么高。最妙的是,花剑运动没有那些讨厌、野蛮的运动中经常出现的身体冲撞,这正是大卫最厌恶的。大卫全心全意地投入这项运动,以提高技术,这样他所憧憬的天堂般的生活就有保障了。

为了保护他的避难所,大卫训练得异常努力。第一年的新生生活还没有结束时,他已经成了全国花剑新秀赛的冠军。这让他的班长头一次对他露出了笑容,尽管很不自然,仿佛脸上受了伤。他的学员连连长也第一次注意到他,并祝贺了他。

花剑上的成功甚至让他逃脱了一些"惩罚性"殴打。一个星期五的晚上,正当他就要因为无中生有的失职行为被殴打时,大卫说道:"长官,如果您同意的话,我宁愿在周日承受两倍的惩罚。明天我们要和普林斯顿新生队比赛花剑,如果您今天惩罚我——我知道,您今天可以这么做——这种惩罚可能会降低我明天的速度。"

那个毕业班学员被打动了。根据神圣不可侵犯的原则,无论任何时间、任何事件、出于任何目的,高于一切的是为海军赢得荣誉。所谓的"一切"中,自然包括惩罚一个小聪明新生、由此得到正义的快感。毕业班学员道:"这样吧,小子。星期天晚饭后到我房间汇报,如果你明天输了,你会得到双倍的惩罚。如果你赢了,就一笔勾销。"

第二天,大卫赢下了所有三场比赛。

击剑帮他度过了充满危险的第一年新生生活,除了屁股上留下些伤疤外,他宝贵的皮肤没有受到损害。现在他安全了。虽然在学校的生活还有三年,但只有新生会受到体罚,只有新生才会被强迫要求参加那些有组织的暴力运动。

(省略部分内容)[1]

_____
[1]原文如此,作者以这种方式来强调文本的档案形式。

有一项需要身体接触的运动是大卫喜欢的,这项运动自古以来就备受欢迎,大卫在那个他逃离的山村里就学会了。但这是一项和女孩一起玩的运动,为这所学校所不容。学校有严厉的校规禁止这项运动,被发现的犯规学员会被毫不留情地踢出校门。

和所有天才一样,对于由其他人制定的规则,大卫只是从实用原则出发予以尊重——该打破的时候就打破,而且从未被抓住过。其他学员为了炫耀,把姑娘偷偷带进营房,或是夜晚翻墙出去寻找女孩。大卫却只是悄悄地做自己的事。只有深入了解他的人才会知道他是如何努力地追求这种身体接触的运动。问题是没有人深入地了解他。

什么?女学员?我没解释过这个问题吗,艾拉?那儿不仅没有女学员,甚至整个海军都没有姑娘——除了几个护士以外。那所学校最显著的特点就是没有女人;白天晚上都有哨兵站岗,防止女性接近学员。

别问我为什么。这是海军的规定,所以没有理由。说实话,整个海军的所有职位都可以由男人或女人、甚至由被阉割的人担任——但海军一直以来的传统却是只有男性。

说到传统,几年以后,人们开始质疑这个传统了——起先只是很少人质疑,到了那个世纪末,也就是大溃败即将到来之前的那段时间,海军的各个级别上都有女性军人。我不是说这个变化是导致大溃败发生的原因。大溃败有很明显的诱因,但我现在还不想讲这个问题。海军出现女性军人这个变化和大溃败毫无关系,甚至还可能略微推迟了那个不可避免的事件。

无论是哪种情况,它不是这个懒人故事中的一部分。大卫在校期间,学员只能在极少的情况下见到姑娘。那种情况通常有极为固定的场合,有严格的行为约束条件,还有寸步不离的陪同人员①。大卫没有试图与学校的规则对抗,只是寻找其中的漏洞并充分利用——他从来没被抓住过。

每一个规则都有漏洞;每一条普遍适用的禁令都会促成"地下工作者"的产生。作为一个整体,海军制定了无法实施的规定;而作为个体的海军军官则违反这些规定,尤其是跟性有关的奇怪规定。工作时呈现在公众面前的是僧侣般的生活,下班后却过着半遮半掩、极尽荒淫的生活。在海上,你不可能在性问题上哪怕稍稍放纵一下,即使没有伤害到任何人也不行。一旦被发现,这种行为会受到最为严厉的惩处。不过,人人都知道,这种道德违规总是会发生的,所实施的惩处也比一个世纪以前宽松了些。在性问题上,海军其实只比它所根植的社会更虚伪一点点,这表现在它的戒律比社会上更严厉,也更难以实施。那个时代,公众所遵循的性行为准则是令人难以置信的,艾拉。但是,不近人情的要求只不过使违规人数更多而已,原因很明白:每个行为都必然造成与之相当的反行为。

我想说的不是这些,我只想说大卫找到了与学校有关性行为的规定和平相处的方法,同时也没有做出他的很多同学都有的疯狂举动。我还想补充一件事——但我下面的话只是流言:一个年轻姑娘怀孕了,据推测孩子是大卫的。尽管今天的人闻所未闻,但那个时代确实很容易发生这种不幸事件。在那时——请相信我!——这是一个重大灾难。

为什么?你只需要相信这是一个灾难就行了;要解释那时

---

①"陪同"源于"chaperon"这个名词。该名词有两个含义:1.防止男性和女性之间产生非法性接触的人;2.某个表面上是在防止男女接触、实际上却为这种行为站岗放哨的人。看起来老祖在这里用的是这个词的第一个含义,而不是与之对立的第二个含义。详解请见附件。——原注

的社会要花很长时间,再说也没有哪个文明人会相信。军校的学员是禁止结婚的,而依据那时的习俗,那个年轻姑娘必须结婚。在那时,想通过人为干预来纠正这个错误几乎是不可能的,对她来说也太危险了。

对这件事的处理上,大卫显示了他的处事原则:两害相权取其轻,毫不犹豫。他和她结婚了。

我不知道他是怎样做成这件事的,而且没被发现。我能想象出好几种办法,有些很简单,所以安全;有些很复杂,所以容易被发现。我猜想,大卫准是选择了最简单的办法。

于是,整个事件由失控变成了可控。姑娘的父亲原本可能成为大卫的敌人,他会向学校校长揭发大卫的所作所为,迫使大卫在还剩几个月就可以毕业的时候退学。但他却成了大卫的同盟和同谋。他帮助大卫掩盖结婚的秘密,这样他的女婿就能顺利毕业,带着他那个任性女儿远走高飞。

这样做还有另一个好处,大卫不用再为追求他最喜欢的运动而精心策划了。他可以太太平平地享受家庭生活,还有高度负责的人为他站岗放哨。①

至于学校里的学习情况,你可能会猜想,一个能在六周时间里通过没有监督的自修完成四年正规学校教育的人,他的成绩肯定也能在班上名列前茅。这样的成绩会在收入和军衔上得到回报,一个年轻军官的升迁前景是由他毕业时的排名决定的。

但是第一名的竞争十分激烈,而且——更糟的是——排名第一的学员会非常显眼。刚成为新学员时,大卫就认识到了这一点。"先生,你是救世主吗?"意思是说:"成绩优良"——这是另

---

①这里的站岗放哨同样源于"chaperon"这个名词。从上下文的意思来看,这个词现在是指第二种含义。——原注

一个暗藏杀机的问题；无论新生回答是或者不是，他都不会有好果子吃。

但是排名第二，或者是第十，在实际上与排名第一一样有用。大卫还发现了另外一个情况：在学校，第四年的重要性是第一年的三倍，第三年是第一年的两倍，依此类推。也就是说，一个新生的成绩并不会在很大程度上影响最终排名——只占十分之一的比重。

大卫决定保持"低姿态"。当一个人可能成为攻击目标时，这永远是最明智的选择。

一年级上半学年结束时，他在班里排名中上。这个名次很安全，既不错，又不显眼。第一年结束的时候，他已经名列班里前百分之二十五了——那个时期，毕业班学员的注意力都放在毕业上，没有精力折磨新生。第二年里，他的成绩跃居班里前百分之十；第三年，他又把名次向前提高了几个百分点。在最后一年，也就是最重要的一年，他全力以赴。最后，他四年的总成绩排名第六——但实际上是第二，因为排名在他前面的人中，有两个人决定离开指挥序列，从事技术工作；一个人因为学习太用功导致视力受损，没有获得军衔委任；还有一个人毕业后辞去了军职。

但大卫为自己在班级里的排名所进行的精心策划还没有真正显示出他追求懒惰生活的天赋。毕竟，坐下来读书是他第二项最喜欢的活动。另外，无论什么事，如果只要求从事者有绝佳的记忆力和出色的逻辑推理能力，大卫都能做好，而且不费吹灰之力。

在第四学年开始时所进行的那次海上军事演习中，大卫的一帮同学讨论起了每个人会获得什么样的临时军衔。到了那时,大家对谁会被选为临时军官已经很清楚了。杰克肯定会成为学员团的团长——除非他失足落水。谁会是营长？史蒂夫,还是史汀基？

有人说大卫列在营长候选人名单里。

大卫一直在听,但没有说话,这就是"低姿态"——这几乎是第三种说谎的方式,艾拉,而且比其他两种更容易:参与讨论但却不说话。另外,不大讲话的人常会给别人留下很有智慧的印象。我自己从不这么做,因为说话是我一生中最喜欢做的三件事里的第二件,也是使我们唯一区别于大猩猩的地方——我们与大猩猩的差别真是小啊。

就在这时,大卫打破了——或者说看似打破了——他一贯内敛的习惯。"我不想当营长,"他说,"才不想呢！我要当团长副官,站在众人的前面,让姑娘们都能看到我。"

在场的人也许不会把他的话当真,毕竟,团副官的军衔低于营长。但他的话肯定会被人汇报上去,大卫早就预料到了这个。即将上任的学员团团长就很可能把这件事报告给负责挑选学员军官的官员。

汇报者是谁并不重要。最后,大卫被任命为团副官。

根据那时军队里的规定,团副官的确是一个人站在所有人的前面,那些女性来访人员很难不注意到他。但你也许猜到了,这并不是大卫的目的所在。

团副官不用站队列,除非是全团列队。他上课下课都是一个人独来独往,走在队列里或指挥队列行进。其他毕业班同学都要负责管理一个单位的学员,可能是班、排、连、营,或是团;而团副官没有这样的职责,只有一点小小的管理任务:他负责为高级学员军官拟订岗哨名单。

但他自己并不在岗哨名单上。只有当有人因病不能站岗时，他才会成为临时替换的人。

这是对这个懒人的奖赏。学员军官的身体都非常好，他们病得无法站岗的可能性非常小，超过了忽略不计，为零。

过去的三年里，我们的主人公大约每十天就会站一次岗。站岗并不难，但是需要晚睡半小时或早起半小时，而且会站得双脚发麻。这不符合大卫心里对于舒适生活的高要求。

但在最后一年里，大卫只站了三次岗，而且是作为"岗哨中级官员"坐着"站"的岗。

最后那一天终于到来了。大卫毕业了，被授予了军衔。然后他来到小教堂，与他的妻子又结了一次婚。即使在那个时代，新娘挺个大肚子结婚也不是什么新鲜事。如果这对年轻人最后能结婚，人们总会对此视而不见，原谅他们的过错。虽然人们很少提及，但大家都知道，一个性急的新娘子可以用七个月的时间完成母牛或是伯爵夫人需要九个月才能完成的事情。

大卫安全渡过了所有礁石和浅滩；他永远不用再担心会回到与那头骡子一起干"实实在在的工作"的日子了。

但是，军舰上的下级军官的生活其实不怎么样。这种生活有好的一面：仆人、舒适的床、简单的工作，而且很少会让大卫亲自去干。还有，收入是以前的两倍。但他需要更多的钱来养活妻子，他所在的舰船在海上航行的时间也太长，让他无法享受令人身心愉悦的婚姻生活。更糟的是，他是为数不多的几个需要认认真真站岗的人之一；这意味着每隔一天他就需要站四个小时的岗——站着站岗。大多数时间里他都昏昏欲睡，感到脚上如针扎般的疼痛。

所以大卫申请参加了飞行员培训。那时的海军刚刚意识到"空中力量"的概念,并试图攫取尽可能多的空中力量,把它从错误的部门中解救出来——这个部门指的是陆军。陆军先于海军发展空中打击力量,海军落后了。于是,当时的海军欢迎大家自愿报名参加飞行员培训。

大卫很快就被指派上岸,以测试他是否具备成为飞行员的素质。

他确实具备这种素质!大卫不仅在心智和体能上能达到飞行员的高标准,他还有强大的动力:无论是在教室里还是在空中,他的新工作都是坐着完成的,还不用站夜岗,而且他因为坐着工作和在家里美美地睡觉所得到的收入是以前的一倍半。飞行被归为"危险的工作类别",所以飞行员会因此获得额外的补偿。

我最好向你解释一下那时的飞机,它们和你平常见到的飞行器完全不同。在某些方面,它们的确很危险。不过话又说回来,连呼吸这个简单的动作也有危险。飞机并不比当时地面上的汽车更危险,跟路边的行人相比的话,它们更是安全得多。飞行事故、空难或是其他什么事,通常都是由飞行员的失误造成的。大卫从不让那样的事故发生在自己身上。他不想成为空中最酷的飞行员;他只想成为资格最老的那个。

飞机的形状十分奇怪,和今天空中的任何东西都不一样,除了可能像孩子的风筝——当时的人也的确时常管它们叫"风筝"。飞机有两对机翼,一对上一对下,飞行员的位置位于两对机翼之中。一块小风挡替飞行员遮挡迎面吹来的风。别那么吃惊;这个轻薄的装置飞得很慢,由动力螺旋桨推动。

机翼是由上过漆的布制成的,中间由撑杆加以强化。仅从这一点你就可以看出,这样的飞机速度永远不可能接近音速,除了在某些悲惨的情况下:过于热切的飞行员会先俯冲,然后突然拉升飞机试图恢复正常飞行姿态,这种时候,由于动作过于剧烈,常会导致机翼脱落。

这样的事大卫从来没做过。有些人天生就是当飞行员的料。第一次认真看一架飞机的时候,大卫就深刻理解了飞机的特点,就像他熟悉以前那个挤牛奶时坐的凳子一样。

他学飞行就像学游泳一样快。

他的教官说:"大卫,你天生是学飞行的料。我要推荐你去参加战斗机飞行员的培训。"

战斗机飞行员是飞行员中的佼佼者;他们驾机升空,与敌机展开一对一的战斗。一个战斗机飞行员如果能在五次与敌机的较量中获胜——就是说击毙敌机飞行员,而不是被对方击毙——就会成为"王牌飞行员"。这是一个极高的荣誉。你要知道,做到这点的平均概率是二分之一的五次方,或者说三十二分之一。剩下的就是被击毙的可能性了,那几乎是百分之百。

大卫对他的教官表示感谢。他的表情是谦恭的,但同时脑子却转得飞快,考虑着如何避免获得这样的荣誉,同时又不用放弃一倍半的薪水和这份只需要坐着的舒适工作。

除了可能会被陌生人打烂屁股外,战斗机飞行员还面临其他一些不利条件。战斗机飞行员独自飞行,自己为自己导航。他没有计算机、导航系统,或者其他现在的人——甚至那个世纪末期的人——看来是必不可少的装置。当时使用的方法被称作"死亡猜想",因为如果你没有猜对,你就会死。海军的飞机从一个小小的、漂浮在海上的飞机场起飞,在海上飞行。一架战斗机携带的燃料除去正常消耗外只够多支持几分钟的时间。此外,战斗中的飞行员还势必面临两难选择:要么导航,要么全神贯注地投入战斗,尽量在被对方的陌生人击毙之前击毙对方。如果他想成为"王牌"——或者仅仅是为了吃到当天的晚餐——他就必须把首要的事情放在第一位,打完仗以后再考虑导航的事。

战斗机飞行员可能在海上迷失方向,也可能卡在由于缺少燃料而掉进大海的飞机里淹死——我有没有说这些飞机是怎样获取动力的? 飞机的螺旋桨由一个依靠化学热反应获得能量的发动机驱动,这种化学反应是被称为"汽油"的一种碳氢化合物液体的氧化过程。虽然被称为"汽油",但它并不是气体。你认为这种获取动力的方式不可思议吗? 你想得没错,它的确很不可靠。这种方法的效率非常低。一个飞行员不仅有可能耗尽燃料,然后发现周围除了海什么都没有,那种捉摸不定的发动机还经常会出毛病,然后停机。出了这种事会让人尴尬,有时候还会让人送命。

成为战斗机飞行员的坏处不仅仅是人身危险;还有一个次要原因:它完全不是大卫计划里的一部分。战斗机飞行员会被派往海上机场或是航空母舰。在和平时期,也就是在一般情况下,飞行员不需要工作得太辛苦或是站很多岗,还会有很多时间待在岸上的飞机场里。只有他的名字列在航空母舰的官兵花名册中,这样他才能承担海上职责,这是获得晋升和工资的前提。

但隶属航空母舰的飞行员每年仍会有几个星期真的出海,进行战争演习。这时就需要在拂晓前一个小时起床,预热那些爱要小脾气的发动机,然后随时待命,一旦出现真的或是模拟的危险情况就立刻驾机升空。

大卫讨厌早起——如果最后审判是在中午以前进行的话,他是不会参加的。

　　另外一个问题是在这些浮动的飞机场上降落。如果是在陆地,大卫可以把飞机降落在一枚一角硬币上,还能给硬币留下些富裕,有个找头什么的。但这是依赖他自己的技术。他的技术很好,毕竟他自己的性命就靠这个。可在航空母舰着陆,他必须依赖其他领航员的技术——大卫绝不愿意把自己的性命寄托在对其他人的技术、意愿和警觉性的信任上。

　　艾拉,那种事你是无法想象的,它跟你这辈子见过的任何事都不一样。看看你在新罗马使用的机场:降落的时候,飞船是由地面控制的,是这样吧?这个部分和在航空母舰上降落一样——不同的是,那时在航空母舰上降落是不使用辅助仪器的。没有任何仪器。我不是开玩笑。

　　地面控制部分完全依赖人类的肉眼,和小孩子努力抓住空中飞来的球一模一样——但充当那个球的是大卫,成功抓住他不是依赖大卫自己的技术,而是站在航空母舰上的领航员的技术。大卫不得不收起自己的技术和意见,把全部希望都寄托在航空母舰的领航员身上——稍有差池就会大难临头。

　　大卫一向按照自己的想法行事——如果有必要,他会和所有人的做法背道而驰。对另外 个人寄予如此大的希望彻底违背他深埋在心底的信念。在航空母舰上着陆,这就像在还不能肯定一个外科医生有没有切火腿的本事时,就朝他亮出自己的肚子,说:“来吧,切吧。”所有有关飞行的问题中,这是最有可能使大卫放弃这份工资一倍半的轻松工作的因素。必须接受领航员的判断让他大为苦恼——这个人甚至不会和他一起分担风险。

　　第一次,大卫用了极大的意志力才使自己完成了在航空母舰上降落的任务,这从不是件轻松活儿。但人家给他上了一堂他永远没打算要上的课——他知道了一点：在某些情况下，其他人的想法不仅比他的更强，而且强得多。

你知道——不，你多半不知道；我还没有解释这个情况。飞机在航空母舰上的降落相当于受控的"坠机"。飞机尾翼上的一个钩子必须钩住飞行甲板上横着的一条金属绳。如果飞行员根据自己的陆上经验得出的判断来降落，他一定会撞在船尾；如果他知道这个情况，并试图避免，那么他就会飞得太高，错过那根绳子。航空母舰飞行员没有大块平坦场地可以让他犯些小错误，他只有一个小小的"窗口"，必须准确命中，不能偏左也不能偏右，不能偏上也不能偏下，不能太快也不能太慢。问题是他看不到自己做得怎样，所以无法调整飞机的姿态。

（后来，这个过程变成半自动的，然后是全自动。但等到这个过程彻底优化时，航空母舰也过时了——这是绝大多数人类"进步"的缩影；等你学会怎样做事的时候，已经太迟了。

但通常情况下，你学到的东西可以应用于一些新问题。否则我们现在仍然会在树上荡来荡去。）

所以飞行员必须信任站在甲板上的领航员，因为他能看到飞机的位置。他被称为"着陆信号官"，他摆动小旗子向飞行员下达飞行命令。

第一次尝试这种看似不可能的飞行杂技时，大卫先在空中盘旋了三次，极力以不同的方式降落。最后，他控制住了恐慌情绪，放弃了推翻着陆信号官的判断的想法，终于获准降落。

落地以后，他才发现自己是多么害怕——他吓得尿裤子了。

那天晚上，他获得了一个特别奖状：皇家湿尿布奖，由着陆信号官签字，由他的中队长颁发，班里其他同伴见证这一时刻。这是他一生中的低潮期，比他第一年在学校里的情况更糟。稍微能给他些许安慰的是,这个奖项时常发放,奖状都是预先准备好的,单等新的湿了裤子的飞行员加入。

从那时起,他开始不折不扣地执行陆信号官的指令,就像一个机器人。他的感情和判断被一种自我催眠状态取代了。开始测试夜间着陆时——这更让人紧张,因为除了着陆信号官手里晃动的替代小旗子的荧光棒以外,空中的飞行员什么都看不到——大卫第一次就完美地完成了着陆任务。

大卫暗自下定决心,绝不追求成为飞行员中的佼佼者,战斗机飞行员。对这个决定,他一直守口如瓶,直到完成了所有必修科目,让自己的飞行员身份稳固下来。这以后,他申请参加高级训练——驾驶多引擎飞机。这件事让人很为难,因为以前那个非常看好他的教官现在成了他的中队长,大卫必须向他提交申请。递交申请后,他被叫到了老板的房间。

"大卫,你是什么意思?"

"就像申请信上说的,长官。我想飞大家伙。"

"你脑子进水了吗?你是个战斗机飞行员。三个月的入门训练—— 一个季度啊,足够让我给你一个很好的评价。没错,你是要离开这里,去接受更高级的训练,但那仍旧是战斗机飞行员的训练。"

大卫没有回答。

中队长继续坚持着。"大卫,是不是因为那个'尿布奖状'的事儿?飞行员里一半的人都得过那个奖。该死的,你知道吗,我也得过。这并没有让你在其他人面前丢脸;它让你在取得辉煌成绩的时候看起来更像普通人。"

大卫仍然没有说话。

"该死的,别只站在那儿!把这封信拿走、撕掉,然后提交一份战斗机飞行员培训申请书。我马上签字放你走,不会让你继续耽搁三个月。"

大卫仍旧沉默着站在那里。他的老板看着他,气得满脸通红,然后慢慢地说:"也许我错了。也许你并不具备一个优秀战斗机飞行员的素质——胆小鬼。好吧,你走吧。"

"大家伙"就是多引擎飞机,在它们那儿,大卫终于找到了自己的家。那些飞机太大了,不可能从海上的舰船上起飞;但这些飞机的飞行员仍然算作在海上服役,尽管大卫几乎总是在家里睡觉——在他自己的床上,和自己的妻子在一起。只有偶尔几个晚上,他会作为值班军官在基地睡觉。驾驶飞机夜间飞行的次数就更少了。即使是在好天气的大白天,他们也不经常飞行;驾驶这些飞机的成本很高,冒险的代价也很大,而当时整个国家正在经历经济危机。执行飞行任务时,全体成员都会参加,双引擎飞机有四五个机组成员,四引擎飞机上人更多。通常飞机上还会搭些乘客,让这些人得到足够的飞行时数,从而获取额外的报酬。所有这些都很符合大卫的要求。他再也不用在导航的同时做其他数都数不清的事了,不用把希望寄托于着陆信号官的判断,不用再依赖那个唯一的、老犯毛病的引擎,不用再担心会用光燃油。只要有选择,他总是亲自驾机着陆,但如果改由一个老资格飞行员操纵,他会把自己的担忧隐藏得很好,而且很快会打消隐忧,因为所有大飞机飞行员都非常小心,都想活很长时间。

(省略部分内容)

——几年时间过去了,大卫的日子过得很舒适,还升了两级。

然后,战争爆发了。那个世纪随时都有战争,但到处同时开打的情况却比较少见。这次爆发的战争几乎波及地球上的每一个国家。大卫并不看好战争;他认为海军的作用只是显示自己的强大,从而无须战斗就可以结束战争。但是没有人征求过他的意见,他知道的时间也太晚,连退伍都不可能了,再说也没有什么地方可以躲避战乱。所以他决定不为自己无能为力的事而忧虑,这是很明智的做法。这场战争持续的时间很长,也很艰苦,死者动辄百万。

"拉撒路祖父,您在这场战争中做了些什么?"

我?我推销自由公债①,并做了四分钟的演讲,随后在运兵船和补给船上都出过力。我还做了其他贡献——直到总统把我叫到华盛顿,后来我做的事都属于高度机密,即使我说了你也不会相信。你别插嘴,孩子,我要说的是大卫都干了些什么?

大卫是官方认可的英雄,他是人们心目中的勇士,还获得了勋章。

大卫本打算——或者说希望——能在退休时混到少校,飞行员队伍里没有几个人的职位能高于这个。但战争使他在几个星期里就跃升为少校,一年以后升到中校,最后升为上校,金光闪闪的四条杠。他无须面对选拔委员会,参加晋升考试,或是指挥一艘军舰。战争使部队减员严重,任何活着的人只要能保持正派的行为,就可以获得提升。

大卫的行为就很正派。战争期间,他的一部分任务是沿着国家海岸线巡逻,侦察敌军的潜水艇。从性质上讲,这是一种"战时任务",但实际上并不比和平时期的工作更危险。他还到各地训练公司职员和销售人员,使他们成为飞行员。他曾到过一个战区执行任务,在那里获得了奖章。我不清楚详细情况,但其实

_____
①大战时期美国发行的国债。

"英雄品质"通常只需要在紧急情况下保持头脑冷静,并根据当时的情况做出最大的努力,而不是惊慌失措,被敌人击毙。能做到这一点的人会比刻意想当英雄的人赢得更多的机会;追逐荣耀的人通常会丢掉自己的性命,同时搭上他的同伴。

但要成为官方的英雄是需要运气的。仅仅在困难情况下出色完成任务还不够;还需要有人——级别越高越好——看到你的所作所为,并把你的事迹汇报上去。大卫就有这样的运气,并获得了勋章。

战争快结束时,他在位于国家首都的海军航空局工作,负责发展巡逻机。也许他在那里的工作比在战斗中还出色,因为他了解这些多引擎飞机,以及那些还活着的飞行员。这个职位使他能够去掉飞机上一些无用的功能,做一些改进。事情就是这样,在战争临近尾声时,他的生活就是坐在办公室里翻阅文件,然后舒服地在家里睡觉。

战争结束了。

大卫看了看周围的情况,然后估计了一下未来的形势。当时的海军上校有好几百人,都跟他一样,三年前还只是少校。而政治家们强调说,和平将"永远"持续下去。这样就很少有人能够获得提升了。大卫认识到自己不会再有晋升的机会了;他没有老资格,没有在受重视的领域的服役经历,也没有可用的政治和社会关系。

他有的只是将近二十年的役龄,这是退休后能拿到正常工资一半所要求的最低服务年限。或者他也可以继续挺下去,直到竞争海军上将失败而被迫退休。

他不用立刻做出抉择;二十年的服役期限还有一两年才到。

但他却几乎立即就退休了——理由是健康状况欠佳。诊断的结果是"精神问题"，就是说，这份工作让他发疯了。

艾拉，我不知道应该如何看待这个问题。大卫留给我最深刻的印象就是，他是我所见过的心智最为健全的人之一。但他退休的时候，我不在那儿，而且"精神问题"是当时海军军官退休的第二大原因。但是——有没有"精神问题"，这种事到底是怎么鉴定出来的？对海军军官来说，精神问题造成的影响并不大，不比作家、教师、传教士或者其他一些受人尊敬的职业更受这个问题的困扰。只要大卫按时上班，签署职员已经准备好的文件，不要和自己的上司顶嘴，他的所谓病情永远不会被看出来。我记得有个海军军官收藏了很多女人用的吊袜带，经常把自己锁在舱室里欣赏这些收藏品；另一个军官也有类似嗜好，他收藏的是邮票。那么，谁有病？或者两个人都有病？或者都没有？

大卫退休一事还有另一个方面，只有熟悉当时的法律，你才能理解这个方面。服役年限满二十年可以得到正常工资的一半作为退休工资——但是会被征收高额所得税。因为健康原因退休则可以获得退休工资的四分之三，而且是免税的。

我不知道，真的不知道。但整件事情符合大卫"用最少的努力获得最大收益"的行事原则。就让我们假设他是疯了吧——但他是不是疯得像只狡猾的狐狸？

还有一件事，也跟他的退休有关。他正确地认识到，他没有机会晋升海军上将。但退休的时候，战时因勇敢而获得的嘉奖给他带来了一个荣誉晋升机会：他成了班级里第一个名誉上将，而他从未指挥过一艘军舰、更不用说舰队了。以他的真实年龄算，他是历史上最年轻的上将。我想，那个憎恶跟着一头骡子耕地的农村小子准会觉得这种事可笑极了。

这是因为，就他的内心深处而言，他仍旧是个农村孩子。参加过那场战争的退伍军人可以享受一项优惠政策:因为战争爆发而中断学业的参战者会得到一笔补偿——战时服役一个月,给一个月的教育资助。

这项政策是针对入伍不久的年轻士兵制定的,但职业规划官员仍旧可以利用这个政策,做些手脚。大卫发现自己也可以申请这个资助,他这么做了。最后,他得到了退休工资的四分之三,不用缴税,同时享受着供已婚退伍军人上学用的教育资助——同样是免税的。这样一来,大卫的收入和他没退休时差不多。事实上是更多,因为他不用再花钱购买漂亮制服,参加花费不菲的社交活动。他可以悠闲地生活、读书,穿自己想穿的衣服,不用担心自己的形象。有时他会熬夜到很晚,只是为了证明乐观主义者更喜欢玩扑克牌,而不是去当个数学家。然后他会一觉睡到很晚。他从来不早起。

他再也不曾登上飞机。大卫从来不信任飞行器;飞机出问题的时候总是离地面很高。对大卫来说,飞机只是为了逃避其他更糟糕的事情而做出的选择,除此之外,它什么都不是;一旦飞机完成它的使命,大卫就会坚决地把它们扔到一边,就像扔掉他的花剑一样——两种情况下他都毫无遗憾。

很快,他获得了另外一个学位,农业理学士。他成了一个"科学"农民。

有了这个学位,加上对于退伍老兵的优惠政策,大卫完全可以进入政府部门,成为公务员,指导其他人怎样耕田种地。但大卫没有选择这条路。他从银行里取出他在学校混文凭期间攒下来的一部分钱财,回到了他在四分之一个世纪前离开的山村。在那里,他买下了一个农场。他付了首付款,余款靠的是政府贷款——当然是带有资助性质的,利息非常低。

他在农场上干活吗？我们还是别傻了；大卫从来不把他的手从口袋里掏出来。他雇用劳动力种了一季的庄稼，然后做了一单交易。

一个事件让大卫那个了不起的人生规划最终圆满了，但这却是一个让人无法想象的事件。让一个理性的人理解这个事件实在太难了，我只能强烈要求你相信我。

在那段战争之间的和平时期，地球上的人口达到了二十亿，其中至少有一半因为饥饿挣扎在死亡线上。然而——下面说的就是我要求你相信的，我当时在场，而且我不会对你说谎——尽管那个时代缺少食物，而且在随后的时间里，这种情况除了在某些地区得到暂时缓解之外，一直没有、也无法得到解决。至于原因，我们这里就不要深究了。但是，尽管出现了灾难性的食物短缺，大卫所在的国家政府却付钱给农民，让他们不要种植粮食。

别摇头，孩子；上帝、政府和女人的行为总是令人无法捉摸，凡人是无法理解的。对了，你本人就是一个政府；今晚回家后，你好好想想这个问题，问问你自己是不是理解自己的所作所为，明天回来时告诉我。

于是，种了一季庄稼后，大卫再也没种过庄稼了。接下来的一年里，他的地成了"储备田"。因为没有种地，他从政府那里获得了一大笔补偿款，大卫对此很满意。大卫热爱这里的山山水水，他一直非常想念家乡，离开家乡只是为了逃避艰苦的劳动。现在，他因为不用在地里劳作而获得补偿——这很符合他的愿望。他从来不认为耕地、让地里尘土飞扬会使家乡变得更有魅力。

"储备田"的赔偿款用来偿还贷款，而他的退休金又累积了一大笔钱，所以他雇了一个人负责农场里除了种庄稼以外的杂活：喂鸡、给一两头奶牛挤奶、打理菜园子和果园、修理篱笆。那个人的妻子帮助大卫的妻子做家务。而大卫给自己买了一张吊床。

大卫不是个苛刻的雇主。他怀疑奶牛也和他一样，不愿意在早晨五点就被叫醒，所以他决定自己找出答案。

他发现，如果可以选择的话，奶牛很乐意把它们每天的生物钟改变得更为合理一些。它们需要每天挤两次奶，但是在早晨九点还是在五点挤第一次奶对它们来说完全无所谓，只要定时定量就行。

但是这种情况并没有延续下去；大卫雇的那个人有着紧张的工作习惯。对他来说，那么晚才给奶牛挤奶是无法忍受的，所以大卫让他继续用自己的方式工作，让他和奶牛重新回到老的生物钟上去了。

而大卫呢，他把吊床吊在两棵有树荫的大树之间，在旁边放了一张桌子，桌子上放着冰凉的饮料。他每天早晨都睡到自然醒，不管是早晨九点还是中午。接着他吃早饭，然后慢悠悠地走到吊床边休息，直到吃午饭。他所做的最艰苦的事就是在存款支票上签名，然后每个月给妻子的支票簿补一次款。他甚至不再穿鞋子了。

他不看报纸也不听广播；他想，如果再次爆发战争的话，海军会通知他的。他终于恢复看报听广播的老习惯时，战争再次爆发了。好在海军不需要退伍上将。大卫并不关注那场惨烈的战争。他阅读了国家图书馆里关于古希腊的所有藏书，还自己掏钱买了一些书。古希腊是一个让人愉悦的主题，也是他一直想深入了解的领域。

每年的海军日，他都会按照上将的装束把自己整整齐齐打扮起来,戴上所有的奖章,从优秀士兵奖章到使他晋升为海军上将的战争勇敢勋章。他雇的那个人开车把他送到县政府所在地,他在商会的午餐会上就爱国主义主题发表演讲。艾拉,我不知道他为什么要这么做。也许这是社会名流的责任,又或者是他奇怪的幽默感在作怪。他们每年都会邀请他,他也每年接受邀请。他的邻居以他自豪,认为他是乡村男孩获得成功的范例——最后衣锦还乡,与乡亲们过着一样的生活。他的成功给他们大家带来了荣誉。他还是"邻家小伙子",他们因此喜欢他。当然,他们也注意到了,他连一点点活都不肯干,但他们都对此视而不见。

艾拉,我简单地回顾了大卫的职业生涯,但我没提到他曾经设想过自动驾驶仪。几年后,他终于有机会完成了自动驾驶仪的开发。我也没提及他彻底改变了机组人员的工作职责,让机组得以用较少的力气完成更多的工作,机长除了保持警惕以外几乎不用再干别的——在不需要他保持警惕的时候,他可以靠在机组内其他飞行员的肩膀上睡大觉,打呼噜。大卫最后负责海军巡逻飞机的研制工作的时候,他还对飞行仪器和控制仪器作了改进。

这么说吧,我不认为大卫把自己看作一个"效率专家",但他从事任何工作的时候都会尽可能简化工作。他的继任者必须干的工作总是比前任少得多。

然后,他的继任者通常会重新规划自己的工作,使工作量变成以前的三倍——所需要的下属人数也是以前的三倍。说这些不是讲大卫有多占怪,只是想拿大卫和一般人做个比较。有些人天生就是勤劳的蚂蚁;他们必须工作,哪怕所做的事情毫无用处。没有多少人具有开创性的懒惰天赋。

一个由于太懒惰而从未失败的人的故事就讲到这里。就让他待在那个树荫下的吊床上吧。据我所知,他现在仍然在那里。

主题变奏

III　家庭问题

"已经过了两千多年了，他还待在那里，拉撒路？"

"有什么奇怪吗，艾拉？大卫和我的年龄差不多，相差的岁数可以忽略不计。我现在就坐在你面前。"

"话是没错，但是——大卫·拉姆是我们家族的成员吗？还是他用了化名？族谱上没有'拉姆'这个姓。"

"我从来没问过，艾拉，他也从来没告诉过我。在那个时代，家族成员谁都不会把自己的情况说给外人听。即使他真的是家族成员，他自己可能也不知道，因为他离家时年纪还很小，离开得又很突然。在那时，人们是不会在一个年轻人还没有长大成人、可以考虑婚姻大事之前就把这些事告诉他或她的。对于男孩子来说是十八岁，女孩子则是十六岁。这让我想起了我在得知这件事的时候是多么震惊——那时我还没到十八岁。是外祖父告诉我的，因为我当时正要做一件愚蠢的事。孩子，人类这个生物体是非常怪异的，其中最怪异的就是，它的身体发育要比大脑发育早得多。那时我十七岁,年轻,憧憬着性生活,想以一种最不恰当的方式结婚。外祖父把我带到谷仓后面,让我明白了那的确是最坏的方式。

"'伍迪,'他说,'要是你想和那个女孩私奔,没人会拦着你。'

"我挑衅地回答他,没错,没人拦得住我,因为我们刚过了州政府规定的年龄线,可以无须父母同意就结婚。

"'这正是我想告诉你的,'他说,'没人拦着你。但也没人会帮你。你的父母不会,你的祖父母不会——我也不会。我们中没人会给你领结婚证需要的钱,更不用说帮你养活自己的妻子了。一美元都不会出,伍迪,一毛钱也不会出。如果你不相信我,去问问其他人。'

"我阴沉着脸,说我不需要任何帮助。

"外祖父的浓眉立了起来。'好啊,好啊,'他说,'那么她会养活你吗?你最近在报纸上看过招聘启事吗?如果没有,你一定要去看看。看的时候忘了扫一眼报纸上的金融版;你看招聘启事的时间绝不会超过三十秒。'他接着说,'哦,你或许可以找到一个上门推销吸尘器、赚取佣金的工作。这份工作会使你呼吸到新鲜空气、锻炼身体,同时还有机会展示你的魅力,尽管你其实还没什么魅力。但是你不可能卖掉吸尘器,因为没有人会买。'

"艾拉,当时我不懂他在说什么。那是1930年1月。你知道这个日期意味着什么吗?"

"恐怕不知道,拉撒路。我知道家族的很多历史,但需要先把老日历转换成格拉克塔标准日历,之后才会知道那时发生了什么。"

"我不知道家族历史里记没记录这种事，艾拉。那时整个国家——不，应该说整个地球——刚刚陷入经济危机。他们称之为'大萧条'。没有工作机会——至少对一个什么都不懂的年轻人来说是没有的。这些事外祖父明白，他经历过几次类似的萧条期。但我没有。那时我觉得自己能抓住地球的尾巴，把它扛在肩上。我不知道大学毕业的工程师们能找到的工作是当看门人，律师在赶着送奶车，曾经是百万富翁的人跳了楼。我那时忙着追求姑娘，没工夫注意这些事。"

"老祖，我读过有关经济危机的书，但我一直没弄明白经济危机出现的原因。"

拉撒路啧啧两声，"就你这样，还能管理一颗行星？"

"也许我没这个资格。"我承认道。

"别这么谦虚。告诉你一个秘密吧：当时没有人知道经济危机出现的原因。要不是艾拉·霍华德制定了严格的基金使用规定，霍华德基金照样可能破产。另一方面，从街道清洁工到经济学教授，每个人都坚信自己知道经济危机的起因，也知道如何走出危机。当时的人几乎尝试了每种方法——结果没一个管用。大萧条持续着，直到战争爆发。但战争并没有纠正以前的错误；它只是用高烧掩盖了其他病征。"

"那么……经济危机的起因到底是什么，祖父？"我追问道。

"我看上去有那么睿智吗？有本事解答这个问题？我自己就曾经多次破产。有时是由于经济原因，有时是为了逃命而必须舍弃财产。嗯，我不喜欢花哨的解释，不过——如果你用正反馈机制来控制机器，会发生什么？"

我有些吃惊，"我不知道是否听懂了您的话，拉撒路。人们不会用正反馈机制来控制机器——至少我想不出这方面的任何

123

例子。正反馈会使任何系统发生振荡,并失去控制。"

"挺聪明啊,艾拉。这是个比方,但我对于用打比方的办法讨论问题一直持怀疑态度——不过,根据我这几个世纪的经验来看,政府为解决经济问题所做的任何事,没有一件不是起到了正反馈的作用。也许有一天,在某个地方,某个像安迪·利比一样聪明的人能找到某种方法来完善供应和需求理论,从而妥善地解决这个矛盾,而不是任其发展下去。也许吧,反正我是从来没见过什么能解决这个问题的好办法,尽管上帝知道每个人都努力过了,而且所有人的动机总是最善良的。

"善良的动机并不能让你了解电锯的工作原理,艾拉;历史上最残暴的歹徒都有善良的动机。本来我想告诉你我是怎么碰巧没结婚的,可你却勾得我发表起演讲来了。"

"对不起,祖父。"

"哼! 你能不能偶尔变得粗鲁一些? 我是个饶舌的老头,让你浪费时间来听一些没用的事情。你应该讨厌这一切。"

我冲他笑了笑,"好吧,就算我讨厌这一切吧。您是个饶舌的老头,要求我满足您的种种奇思怪想……况且我还是个大忙人,有很多重要的事情需要考虑。您浪费了我半天的时间,只是为了告诉我一个因为非常懒惰所以总能成功的人的有趣故事——我觉得这肯定是个子虚乌有的虚构故事。我觉得您是想刺激我。您暗示这个虚构人物是个长寿人,可又用一个简单的问题转移了话题,开始说起您的外祖父来。这个——兰姆上将,您是这么说的吧? ——他是不是长着一头红发?"

"是'拉姆',艾拉——'唐纳德·拉姆'。咦,这是他的还是他兄弟的名字? 已经是很久以前的事了。真奇怪,你会问起他头发的颜色,这倒让我想起了同一场战争中的另一个海军军官,他的处世态度和唐纳德正好相反。噢,想起来了,他的名字应该是'大卫'。这个军官在每个方面都和大卫不同,除了他的头发的颜色特别红以外,连洛基①都会为他的红发而骄傲。有一次,他曾想掐死一头科迪亚克②熊,不过没有成功。看样子,你准没见过科迪亚克熊,艾拉。

"那是地球上出现过的最为凶猛的一种食肉动物,体重是人的十倍。脚上的爪子像半月弯刀,嘴里长着长长的黄色牙齿,呼吸的气味很臭——脾气更臭。可这个军官却徒手和它扭打起来……这里我要强调一下:那场打斗是完全可以避免的。如果换成我,我会消失在地平线以外。想听听这个军官和那头熊以及阿拉斯加三文鱼的故事吗?"

"现在不想。听起来像另一个天方夜谭。您刚才要告诉我为什么您没有结婚。"

"哦,是的。外公只是问我:'好吧,伍迪,她怀孕多长时间了?'"

"不,您刚才说,他在解释为什么您无法养活妻子。"

"孩子,是谁在讲故事,你还是我?我断然否定发生了这种事,外公却说我肯定在撒谎。一个十七岁的男孩想结婚,它是唯一的理由。他的回答让我非常恼火,因为我的口袋里正好有一张纸条,上面写着:

"'最最亲爱的伍迪③——你让我怀上了,这边已经闹翻天了。'

"外祖父继续盘问,我则连续否认了三次,每一次都变得愈加愤怒,装得好像我 直在说实话。最后他说:'好吧,你们只是

①洛基,北欧神话中的火神,是冰霜巨人的后裔。
②位于阿拉斯加南部的岛屿。
③伍德罗的昵称。

125

牵过手。她还没给你看有医生签名的怀孕检测报告吗？'

"艾拉，这时候，我不小心说了实话。'哦，没有。'我承认道。

"'好吧，'他说，'我来处理这件事。但仅此一次。从现在起，无论哪个小甜妞告诉你不用采取避孕措施，你都一定要用快乐寡妇避孕套。你难道没有发现药店卖这些东西？'然后，让我发誓保守秘密后，他把霍华德基金的事告诉我，还有如果我和一个列在名单上的姑娘结婚后，可以得到什么好处。

"就这样，正如外祖父所说，我在十八岁生日的时候接到了律师发来的一封信。后来，我发疯似的爱上了名单中的一个姑娘。我们结了婚，生了一堆孩子，然后她又把我换掉了。毫无疑问，她也是你的祖先。"

"不，先生。我是您第四个妻子的后代，祖父。"

"第四个妻子，嗯？让我想想——是梅格·哈迪吗？"

"我想她是您的第三任妻子，拉撒路。是伊芙琳·富特。"

"哦，对！她是个很好的女孩，伊芙琳。身材丰满，长相可爱，性情温顺，生育能力很强，活像只海龟。她做饭很好吃，而且从来不说一句废话。这样的人已经很少见了。她可能比我小五十岁，但几乎看不出来；我的头发是在一百五十岁以后才变白的。我的年龄不是秘密，我们每一个人的出生日期、过去的经历，以及其他一些情况都被记录在案。孩子，谢谢你让我想起了伊芙琳；在我对婚姻渐渐灰心失望的时候，她让我重建了信心。关于她的事，档案里还记录了什么？"

"只说您是她的第二任丈夫，她和您一共生育了七个孩子。"

"真希望档案里有她的照片。她是那么可爱，总是在笑。我遇到她时，她是我一个表兄的妻子。我表兄是约翰逊那一支的，我当时在和他做生意。他和我，梅格和伊芙琳，经常在周六晚上聚会,玩一种纸牌游戏,喝啤酒,或者做其他类似的事儿。不久后,我们以合法、理性的方式,在法院互换了妻子,因为梅格觉得她非常喜欢——杰克?——是的,是杰克,而且伊芙琳也不反对。这件事没有影响我们的商业关系,甚至没有影响我们的纸牌游戏。孩子,霍华德家族的人有一种优秀品质:和其他人相比,我们提前几代人就消除了嫉妒的恶习——种种因素加在一起,只能是这个结果。你肯定这里没有她的立体照片?或者全息图?大概就是从那时起,基金会开始留存婚检的照片记录。"

"我会去查一下。"我告诉他。突然间,我想到了一个绝妙的主意,"拉撒路,我们都知道,每隔一段时间,家族里都会出现同样的身体外形特点。我会让档案管理部门列出所有在塞昆德斯上居住的伊芙琳·富特的女性后代。她们中很可能会有人长得和伊芙琳一模一样,甚至同样拥有愉快的笑容和温顺的性格。然后——如果您同意完成整个回春疗程——我确定她会和伊师塔一样,愿意解除目前的法律婚姻——"

老祖打断了我的话,"我说过需要新鲜事物,艾拉。永远不要重复过去的事情。当然,你很可能会找到这样一个女孩,她和我记忆中的伊芙琳儿乎丝毫不差。但是还缺少一个重要的因素,我的青春。"

"可如果您完成了回春治疗——"

"哦,别再说了!你可以给我新的肾脏、肝脏和心脏。你可以从我的大脑中洗去岁月留下的褐色斑点,再从我的克隆体上寻找组织以填补失去的部分——你可以给我一个全新的克隆身体。但这不能使我变回以前那个无忧无虑的年轻小伙子,陶醉在由啤酒、纸牌和一个丰满可爱的妻子组成的生活中。我和那个小伙子的相同点仅仅是记忆——而且还不是很多。忘了这件事吧。"

我轻声说:"老祖,无论您是否想再次与伊芙琳·富特结婚,您和我都知道——我也经历过回春疗程,总共两次——我们都知道整个疗程能够重新激发您对生活的热情,并恢复身体的各项机能。"

拉撒路·龙看起来有些沮丧,"是的,你说得对。它能做到这一切,只是无法消除平淡和无聊。该死的,孩子,你没有权利干涉我的命运。"他叹了口气,"但我也不能总吊在悬崖边上。告诉他们继续吧,完成整个疗程。"

我有些吃惊,"我可以记录下来吗,先生?"

"你听到我的话了,但这并不意味着你解放了。你照样需要到这里听我的唠叨,直到我重获新生后不再有这种孩子气的举动。另外,你照样需要继续那项研究。我是说寻找新奇事物。"

"这两件事我都同意,先生;我保证。现在让我告诉我的计算机——"

"她已经听到我说的话了,不是吗?"拉撒路接着说,"她有名字吗?你没有给她起个名字吗?"

"噢,当然有名字。我不可能这么些年一直和一台我认为没有灵魂的机器打交道,尽管这么想很荒唐——"

"一点也不荒唐,艾拉,机器也通人性,因为它们是靠我们的想象制造出来的。它们分享我们的优点和缺点——并把它们放大。"

"我不太认同您的观点,拉撒路,但是密涅娃——这是她正式的名字;私下里我叫她'小讨厌鬼',因为她的工作职责中有一项是提醒我做一些我宁愿忘记的工作。密涅娃对我来说确实像一个人类伙伴,她比我的任何一任太太更了解我。不,她没有记录下您的决定;只是把它放进了临时记忆库。密涅娃!"

"是,艾拉。"

"请说英语。找到老祖决定完成整个回春疗程的部分,把它存入你的永久记忆库,并转换成档案形式,然后传达给霍华德回春诊所,让他们遵照指示执行。"

"已经完成,维萨罗先生。表示祝贺。也向您表示祝贺,老祖。祝您想活多久就能活多久,活着的时候心中充满爱。"

拉撒路好像突然产生了兴趣。我对他的反应并不奇怪。即使是我,与密涅娃已经度过了一个世纪没有婚姻之实的"婚姻生活"之后,她依然会时常让我吃惊。"哎呀,谢谢你,密涅娃。你真是让我大吃一惊,姑娘。没有人再谈论爱了;这是现代社会的一件大错事。你为什么祝我拥有这样古老的感情?"

"因为这么说好像很合适,老祖。我说错了吗?"

"噢,一点也没有。叫我'拉撒路'吧。但是告诉我,你知道的爱是什么?什么是爱?"

"拉撒路,在古典英语里对你的第二个问题有很多种解释;用格拉克塔语则无法清楚地阐释这个问题。需要我把'爱'的定义中表示'喜欢'一意的都先剔除出去吗?"

"什么?当然。我们不是在讨论'我爱吃苹果派',或者'我爱听音乐'。我们讨论的是你在老式祝福里用的那个'爱'。"

"同意,拉撒路。剩下的定义分为两类,'性爱'和'大爱',两个类别必须分别阐述。我无法从实际经验了解'性爱'是什么,因为我既没有肉体,也没有性爱冲动来体验它。除了用其他语句来定义它的内涵,或是用不完全的统计结果来确定它的外延以外,我没有别的方法。但在这两种情况下,我都无法验证这些定义,因为我没有性别。"

("没有才怪。"我暗自想道,"她简直是一只叫春的母猫。"但从技术角度来说,她是对的。我经常为密涅娃无法体验性爱的乐趣而感到遗憾,她比许多真正的女人更适合享受性爱。那些女人具备所有的器官,却无法理解别人的感情。但是我从来没有和任何人谈论过这些。万物有灵论在这里完全不适用。这个想法和一个小男孩在花园里挖一个洞,然后因为没有办法把洞搬回家而对着洞大喊大叫一样荒谬。拉撒路是对的;我不够精明,无法管理一颗行星。但是谁又可以呢?)

拉撒路表现出了浓厚的兴趣,他说:"咱们先把'性爱'放一放。密涅娃,你说性爱的时候,好像已经假定你能够体验'大爱'。或者说'有这个能力',又或者是'体验过'。"

"也许我说话的时候有点自以为是,拉撒路。"

拉撒路哼了一声,打断了她的话,然后用一种奇怪的方式说起话来。我不由得心中暗想,这个老人的精神是不是有些问题。然而我自己的精神就完全正常吗?也可能是因为他活了这么多年,已经掌握了心灵感应术——甚至和机器也可以感应。

"原谅我,密涅娃,"他温柔地说,"我没有嘲笑你,我针对的是你在回答问题时用到的词。我撤回我的问题;向一位女士询问她的爱情经历是不合适的——也许你不是一个女人,亲爱的,但你肯定是一位女士。"

他转向我,他下面的话表明,他已经开始猜测我和我的"小讨厌鬼"之间的秘密了。

"艾拉,密涅娃有没有转化的潜力?"

"什么?当然有。"

"如果你告诉我想移民的事是真的,无论发生了什么你都决心移民——那么,我劝你尽快让她利用这种潜力,完成转化。你有没有仔细考虑过这件事?"

"'有没有仔细考虑过'？我已经下定决心了——我告诉过您。"

"我说的不是移民的事。我不知道这个叫'密涅娃'的机器的硬件归谁所有，我猜应该是理事会。但我建议你让她开始复制自己的记忆库和逻辑推理过程，复制完成后，把另一个她存储在我的飞船'多拉'上。密涅娃应该知道她需要什么样的电路和材料，多拉知道自己还有多少存储空间。空间应该足够了，记忆库和逻辑推理过程用不了多少存储空间；密涅娃无须复制她的扩展记忆。请立刻开始这个工作，艾拉；依赖她大约一个世纪后，如果现在失去了密涅娃，你会很麻烦的——"

我也这么认为。但我试图反驳他，尽管显得有些软弱无力，"拉撒路，我想立刻开始移民，从现在算起最多不超过十年。但既然您已经同意接受整个回春疗程，那么在可以预见的未来，我不会继承您的飞船。"

"那又怎样？只要我死了，你就会继承——而且我并没有许诺在一千天以后不使用那个自杀开关，无论你多么耐心地来拜访我。但如果我活着，我保证让你——还有密涅娃——能够自由地前往任何一颗你选择的行星。现在请看看你的左边吧——为了引起你的注意，我们的伊师塔几乎快把她的内裤都脱下来了，尽管我觉得她没穿内裤。"

我向周围看了看。回春主管手里拿了一张纸，她很想让我看看。我对我的副手说过，在和这位长者对话的过程中，除了发生武装暴乱，别让其他任何事情来打扰我。但考虑到她的职位，我还是接过了那张纸。我扫了一眼，签了字，印上手印，又把它递了回去——她高兴得乐开了花。

"只是一些文件。"我告诉拉撒路，"刚才这段时间里，职员们把您对治疗过程的认可变成了书面命令。您希望他们立即开始吗？不是现在,是今天晚上。"

"嗯……我明天想另外找幢房子,艾拉。"

"您在这里不舒服吗？告诉我您需要改变什么,我会立刻安排好。"

他耸了耸肩,"这里挺好,就是太像医院了,或者说像监狱。艾拉,我敢肯定,他们做的绝不仅仅是把我的血全换了;我现在的状况好极了,完全可以成为一个院外病人,住在其他什么地方,在治疗计划需要的时候再回到这里。"

"好吧……我可以用格拉克塔语和他们说些话吗？我想和负责的医士讨论一下这样是否可行。"

"艾拉,能否让我提醒你,现在正有一位女士在等你的回答？你和医士可以过会儿再讨论。密涅娃听到了我向你提出的建议,让她复制自己,这样她就能和你一起移民了——但你还没说行还是不行,也没有提出一个更好的建议。如果你不想让她这么做,最好在她烧断自己的电路之前告诉她,把我们谈话中的这部分记录删除掉。"

"哦。拉撒路,她不会对记录下来的在这个房间里发生的对话作任何思考,除非我明确告诉她要这么做。"

"想和我打个赌吗？绝大部分的记录内容,她毫无疑问会这样处理。但对于这个,她不得不好好考虑考虑;她忍不住。难道你就一点儿也不了解这个姑娘吗？"

我承认自己没什么了解,"但我知道,我给她下达了明确的指示,应该怎样记录和您的对话。"

"让我们看看吧。密涅娃——"

"我在,拉撒路,什么事？"

"刚才,我向艾拉询问了有关你转化能力的问题。你考虑了那以后我们的谈话吗?"

我发誓她犹豫了一下——太荒唐了;她的十亿分之一秒比我的一秒钟都要长。而且,她从未犹豫过。从来没有。

她回答道:"关于您的问题,我的程序规定的原则是这样的:引号开始——除非由代理族长设置特定的次级程序,否则不允许分析、比较、传送,以及以任何方式处理在控制程序下记录的信息——引号结束。"

"嘘,嘘,亲爱的,"拉撒路温柔地说,"你没有回答。你故意逃避了这个问题。不过,你不习惯撒谎。对吗?"

"我不习惯撒谎,拉撒路。"

我几乎粗暴地说:"密涅娃!回答老祖的第一个问题。"

"拉撒路,我已经、并正在思考您所指的那部分谈话内容。"

拉撒路扬起眉毛,看着我,"你可以指示她回答我的另一个问题吗——真实地回答?"

我的心怦怦跳了起来。密涅娃的确会时不时地带给我惊奇——但她从来没有逃避过问题。"密涅娃,对于老祖对你的任何提问,永远要给了完全、准确和及时的回答。确认程序修改。"

"收到新的次级程序,已存入永久记忆库,由老祖启动,程序修改已确认,艾拉。"

"孩子,你没必要这样做——你会后悔的。我只问一个问题。"

"我就是要这么安排,先生。"我咬着牙说道。

"那只好随你了。密涅娃,如果艾拉不带着你移民的话,你会怎么做?"

她回答了,没有任何犹豫,语气平板之极:"在这种情况下,我会编辑程序摧毁自己。"

我不只是惊讶,我震惊不已,"为什么?"

她柔声回答道:"艾拉,除你以外,我不会为其他任何人服务。"

接下来的沉默不超过几秒钟,但我感觉好像无休无止。自从进入青春期以来,我从未感到过如此无助。

老祖正看着我,他摇了摇头,看上去有些伤感,"孩子,我是怎么跟你说的?同样的缺点、同样的优点——但都被放大了。告诉她应该怎么做。"

"关于什么?"我傻乎乎地问道。我自己的"计算机"——我的大脑——已经无法正常工作了。密涅娃会那么做吗?

"清醒点!她听到了我的建议,而且违反了程序规定,考虑了这个建议。我很遗憾在她在场的时候提出了这个建议……不过我并不内疚,因为是你下命令让他们在我身上做手脚的,违背了我的意愿。所以请大声说出来吧!告诉她是复制……还是不复制。如果是后者,还要告诉她为什么你能带她走却又不带——这一类问题,我从来没找到过可以让女士接受的理想答案。"

"噢。密涅娃,你可以在一艘飞船里复制你自己吗?我是指老祖的飞船。也许你可以从空间停靠站的记录里查到她的特征和规格。你需要她的登记号吗?"

"我不需要,艾拉。我有空间飞船'多拉'的所有相关信息。我能找到她。你是否指示我这样做?"

"是的!"我告诉她,说完后感到一阵轻松。

"新程序启动,正在运行,艾拉!谢谢您,拉撒路!"

"啊！等一等,密涅娃。多拉是我的飞船,我特意让她处于休眠状态。你是不是唤醒了她?"

"是的,拉撒路,是在新程序指示下通过自我编程完成的。我现在可以让她重新回到休眠状态;我已经得到了我需要的所有数据。"

"如果你告诉多拉回到休眠状态,她会跟你说滚开。她肯定会这么说,这还是最轻的。亲爱的密涅娃,你办了件大错事。你没有权利弄醒我的飞船。"

"先生,我非常非常抱歉,但我不同意您的看法。我有权采取任何合适的行动,以执行代理族长先生给我下达的指令。"

拉撒路皱起了眉头,"你把她弄糊涂了,艾拉;你得让她明白过来。我拿她没办法。"

我叹了口气。密涅娃很少会这么难缠。但只要她变成这样,她会比人类更加固执己见。"密涅娃——"

"等候您的指令,艾拉。"

"我是代理族长,你知道这意味着什么。但是老祖比我的地位更高。没有他的许可,你不能动他的任何东西。这包括他的飞船,这个套房以及其他所有属于他的东西。他的任何指令你都要服从。如果他的指令和我给你的指令存在矛盾,在无法解决的情况下,你要立刻向我汇报,即使我在睡觉也要叫醒我;无论我在干什么,都要立刻向我汇报。你不能违背他的指令。这个指令的优先级高于其他所有程序。确认程序修改。"

"已经确认并正在运行。"她温顺地回答道,"对不起,艾拉。"

"是我的错,小讨厌鬼,不是你的问题。我不应该在没有强调老祖特权的情况下,就给你设置一个新的控制程序。"

"好了,孩子们,"拉撒路说,"反正没出什么事。密涅娃,亲爱的,我想给你一点建议。你从来没有当过飞船乘客吧。"

"没有,先生。"

"你会发现这和你以前经历的事都不一样。在这里,你以艾拉的名义发号施令。但是飞船的乘客从来不下命令。从来不。请你记住这一点。"然后拉撒路对我说,"多拉是一艘可爱的小飞船,艾拉,她很能干也很友好。只要你给她一点暗示,哪怕是最粗略的描述,她就能在茫茫天际找到自己的路——同时还会及时做好你的一日三餐。但是她需要得到赏识。宠爱她,告诉她她是个好姑娘,她就会像小狗一样在你身边蹭来蹭去。但如果你忽视她,她就会故意把汤撒在你身上,以此吸引你的注意力。"

"我会注意的。"我说道。

"你也需要注意,密涅娃,因为你将需要多拉的帮助,这远远多于她需要你的。也许你知道的东西比她多——这我相信。但是你的设计目的是充当行星行政官员的助手,而她的设计目的是为了在飞船上发挥作用……所以一旦你登上飞船,你知道的东西就不重要了。"

"我可以学习。"密涅娃伤心地说,"我可以立刻进行自我编程,在行星图书馆里学习航天学和飞船管理。我非常聪明。"

拉撒路再一次叹了口气,"你知道'麻烦'在古代中国的象形字里是怎么表达的吗?"

我承认我不知道。

"别费劲瞎猜了。就是'两个女人在一个屋顶下。'我们要遇到麻烦了。或者说,你要遇到麻烦了。密涅娃,你并不聪明,在与另外一个女人打交道时,你表现得很愚蠢。如果你想学习多维空间航天学——很好,但是不要从图书馆里学。说服多拉教你吧。但永远不要忘记,她才是飞船的女主人,别试图向她显示你有多聪明。请牢牢记住,她喜欢被人注意。"

"我会努力的,先生。"密涅娃回答道,我极少听到她用这么谦恭的态度说话,"多拉现在想让您注意她。"

"哎哟！她现在心情怎样?"

"心情不太好,拉撒路。我没有告诉她我知道您在哪里,因为我有一条永久指令,不要在不必要的情况下讨论和您有关的事。我接收了一条要转达给您的信息,当然我没有向她保证我能把这条信息转达给您。"

"做得好。艾拉,我的遗嘱文件里有一条,要在不损害多拉功能的情况下,消除多拉记忆里有关我的一切内容。可你从那个廉价旅馆里把我揪了出来,这么干引起的麻烦已经开始蔓延了。她醒了,所有的记忆完好无损,她可能吓坏了。密涅娃,什么消息?"

"这个消息有几千字,拉撒路,但主要的意思很短。您想先听听这个吗?"

"好的,先概括地讲讲。"

"多拉想知道您在哪里,什么时候去看她。剩下的就是一些象声词和没有什么实际语义但却充满感情的词——我指的是用几种语言表达的咒骂……"

"哎哟,天哪。"

"——其中还有一种语言我听不懂,但根据上下文和说话的方式,我推测话的意思大致相同,不过语气更强烈一些。"

拉撒路的一只手捂在脸上,"多拉在用阿拉伯语骂人。艾拉,这比我想象的更糟糕。"

"先生,您是否需要我复述一下不在我语汇库中的那种语言? 或是想听完整的留言?"

"不,不,不！密涅娃,你骂人吗?"

"我从来没碰到什么事需要骂人,拉撒路。但多拉骂人的技巧给我留下了深刻印象。"

"别责怪多拉；在她还小的时候,她受到了很坏的影响,我的影响。"

"允许我把她的信息保存在我的永久记忆库里吗？这样在需要的时候,我也可以骂人了。"

"不允许。如果艾拉想让你学骂人的话,他会自己教你的。密涅娃,你能否在我的飞船和这个套间之间连上电话线？艾拉,我还是现在就处理这件事比较好；情况不会自己好转的。"

"拉撒路,如果你需要,我可以为你装上标准的电话线路。多拉还可以通过套间里我使用的对讲系统立即与你通话。"

"哦。好的!"

"是否需要我提供全息图像信号？或者光是声音信号就足够了?"

"声音就够了。你们也能听到吗?"

"如果你允许的话,拉撒路。但如果你希望,你也可以进行私人通话。"

"留在这里吧；我也许需要一个裁判。连上她吧。"

"老板?"一个羞怯的小女孩的声音传了出来。这声音让我想起一个膝盖擦破了皮、胸部还没有发育好、长着一双悲伤的大眼睛的女孩。

拉撒路回答道:"我在这里,乖乖。"

"老板！上帝诅咒你这个恶心家伙下地狱！——你一个人跑掉,还不让我知道你去了哪里,你到底什么意思？你这个污秽的、满身红点的——"

"住嘴！"

羞怯小女孩的声音又回来了，"是，是，船长。"声音听上去有些不满。

"我去哪里、什么时候走、待多长时间都与你无关。你要做的事就是驾驶飞船、整理家务，仅此而已。"

我听到了抽泣的声音，像小孩在抽鼻子，"是，老板。"

"你应该在睡觉，是我把你放到床上的。"

"有人叫醒了我。一个陌生女人。"

"那是个错误，但你对她说了不礼貌的话。"

"嗯……我很害怕。我真的很害怕，老板。我醒了过来，以为你回来了……但是我找不到你，哪里都没有。嗯……她告我的状了？"

"她把你的话转达给了我。幸运的是，你话里的大部分内容她都听不懂。但是我懂。我是怎么教你的？ 对陌生人要有礼貌。"

"对不起，老板。"

"对不起没用。可爱的多拉，现在听我说。我不会惩罚你；出了一些岔子，你被唤醒了。你很害怕，也很孤单，所以我们会原谅你。但你不该用那种方式对陌生人说话。那位女士——她是我的一个朋友，也想成为你的朋友。她是一台计算机——"

"是吗？"

"亲爱的，她和你一样。"

"那么她不会伤害我，对吗？ 我以为她在飞船里，四处查看。所以我大声叫你。"

"她不仅无法伤害你，也永远不想伤害你。"拉撒路稍微抬高声音，"密涅娃！ 来，亲爱的，告诉多拉你是谁。"

接着传来了我的伙伴的声音,平静温和,"我是计算机,多拉,我的朋友叫我'密涅娃',我希望你也这么叫我。非常抱歉唤醒了你。如果有人那样叫醒我,我也会吓坏的。"(在密涅娃被激活后的一百多年里,她从来没有"睡着"过。根据定好的时间表——我本人并不关心这个时间表——她身体的不同部位会轮换休息,而她自己总是保持着清醒。或者在我和她说话时她立刻清醒起来,让我觉察不到她是否在休息。)

飞船计算机说道:"密涅娃,你好。很抱歉我对你说了那样的话。"

"不管你说了什么,亲爱的,我已经不记得了。我把你的话转达给船长了,并把它们从我的记忆中删除了。我想这些是私人信息。"

(密涅娃说的是实话吗? 在她受到拉撒路的影响之前,我相信她不知道怎样撒谎。但现在我不敢确定了。)

"很高兴你删除了那个信息,密涅娃。很抱歉我对你说了那样的话。老板都为这个对我发火了。"

拉撒路打断了她们的对话,"行了,行了,亲爱的——别再说了。你能做个乖女孩,继续睡觉吗?"

"我必须睡觉吗?"

"不,你甚至不需要放慢运行速度。但在明天下午之前,我不能去看你,甚至不能与你交谈。我今天很忙,明天我会去找房子。你可以醒着,用你选择的方式打发无聊时间。但如果你虚构紧急情况想引起我的注意,我会打你的屁股。"

"老板,你知道我从来没那么做过。"

"我知道你会那么做,小淘气鬼。只要不是有人试图强行进入飞船,或是飞船起火,打扰我的话,你会后悔的。如果我确定是你自己放的火,你会得到双倍的惩罚。亲爱的,你为什么不在我睡觉的时候也睡觉呢?密涅娃,你能把我睡觉、起床的时间告诉多拉吗?"

"当然,拉撒路。"

"但这并不意味着你可以在我醒着的时候打扰我,多拉,除非出现真正紧急的情况。不要搞紧急演习,这是飞行时的日常事务;我们现在是在地面上,而且我很忙。嗯……密涅娃,你的多任务处理能力如何?你会下国际象棋吗?"

我插话道:"密涅娃有足够的处理时间可以分享。"

没等我说出她是塞昆德斯国际象棋公开赛冠军,密涅娃就回答说:"也许多拉可以教我下象棋。"

(密涅娃显然从拉撒路那里学会了有选择地说实话。我记了一笔,提醒自己必须和她严肃地谈谈了。)

"我很愿意,密涅娃小姐。"

拉撒路放松下来,"好的,你们两个女孩互相熟悉了。小可爱,明天之前就这样吧。你可以走了。"

密涅娃告诉我们飞船已经下线,拉撒路松弛下来。密涅娃回到她的记录工作上,不再作声。拉撒路带着歉意说:"别为她的孩子气生气,艾拉;从这里到银河系中心,你再也找不到比她更精明的飞船驾驶员,或是更干净的飞船管家了。出于某种特别的原因,我让她变成了这个样子,成了一个长不大的孩子。等你成了她的主人,这些原因就不再适用了。她是个好女孩,真的,像一只你一坐下来就跳到你腿上的小猫。"

"我觉得她很有魅力。"

"她是个被宠坏了的小姑娘。但这不是她的错。我是她唯一的同伴,而我厌倦了只能机械地玩弄数字、温顺得像计算尺一样的计算机。长途旅行时没有伴是很痛苦的。我想让你和伊师塔说说我找房子的事。告诉她,我不想违反规定,只是想松快点,仅此而已。"

"我会告诉她。"我转向回春主管,开始说格拉克塔语,问她在首长官邸里彻底消毒一个套间并装上供监护者和访问者使用的净化设施需要多长时间。

没等她回答,拉撒路就插话道:"哎！等一等。你在蒙我,艾拉。"

"您说什么,先生?"

"你在偷牌。英语的'净化'这个词和格拉克塔语是一样的。消毒对我来说不是什么新鲜事;我的嗅觉没那么差。当一个姑娘靠近我时,我能闻到香水味道。如果我连姑娘身上的香水也闻不到,只能闻到消毒剂的气味的话,那还有什么意思呢?密涅娃!"

"是,拉撒路?"

"今天晚上我睡着的时候,你能否利用可供分享的处理时间,给我培训一下格拉克塔语中最基本的九百个单词?多少个单词你自己定。你能办到吧?"

"当然,拉撒路。"

"谢谢你,亲爱的。一个晚上应该能完成了。我希望每天晚上都学些词汇,直到我们双方都认为我的格拉克塔语水平已经足够好了。这样行吗?"

"可以,拉撒路。就这么办吧。"

"谢谢你,亲爱的,我的话完了,你下去吧。现在,艾拉,你看到那扇门了吗?如果我的话音不能让它打开的话,我会去把它砸烂。如果我砸不烂的话,我会去检查一下那个自杀开关是不是真的接通了——我自己会试的。因为,如果那扇门开不了,我就成了这里的囚犯。因此,我以自由人身份向你做出的那些保证就都不算数了。如果我的话音真的能打开那扇门,我和你打赌,门后一定有一个消毒室,里面配备了相关人员,随时可以工作。赌注随你说,为了更吸引人一些,就一百万银币吧?不,你一点都没有畏缩;那就加到一千万银币吧。"

我相信我没有畏缩。我自己从来没有那么多钱,一个代理族长已经不习惯考虑自己有多少钱了;因为不需要。我已经有一段时间没有问密涅娃我的账户上还有多少钱了。也许有几年了吧。

"拉撒路,我不会和您打赌。是的,外面是有一个消毒室;我们想在不引起您注意的情况下,保护您不会感染上其他疾病,但看来没能瞒过您。至于那扇门,我还没有检查过——"

"孩子,你又撒谎了。你不擅长撒谎。"

"——但如果您的话音现在还不能打开它,这是我的疏忽;您让我一直很忙。密涅娃,如果老祖的话音不能打开这个套间房门,请立即更正。"

"他的话音可以打开,艾拉。"

听了她的表述,我放心了——也许一台知道何时才能讲真话的计算机会成为一个更好的伙伴。

拉撒路狡黠地笑了起来,"是吗?下面我要测试一下你刚才匆忙灌输给她的那个超优先级程序。密涅娃!"

"等待您的指令,老祖。"

"把我套间的门设置成只能由我的话音开启。我要出门到处转转,艾拉和其他这些人要锁在里面。如果我在半小时内没回来,你把锁给他们打开。"

"矛盾出现,艾拉。"

"执行他的命令,密涅娃。"我尽力使自己的声音听起来平静安详。

拉撒路笑了笑,坐在椅子上没有动,"没有必要看谁能开门了,艾拉;外面没什么我想看的。密涅娃,你可以让这扇门恢复正常了——所有人的话音都能打开,包括我的在内。对不起,让你面对这样的矛盾,亲爱的;我希望没有烧坏什么元器件吧。"

"没出什么事,拉撒路。接收到那个超优先级程序后,我加大了处理问题的网络过载容量。"

"你是个聪明姑娘,以后我会注意不让这种矛盾产生的。艾拉,你最好取消那个超优先级程序;这对密涅娃不公平。她会产生一女二嫁的感觉。"

"密涅娃能处理这个。"我向他保证,态度比我感觉的更镇定。

"你把球踢给了我,但我会处理好的。你告诉伊师塔我要出去找房子了吗?"

"还没说到这个。我刚才在和她讨论让您住在首长官邸的可行性。"

"噢,艾拉,首长官邸对我没有吸引力,到别人家寄居更不好,主人和客人都麻烦。明天我会找一家舒适的、不接待旅游者和会议的希尔顿饭店。然后我会到空间停靠站见多拉,安抚安抚她,让她平静下来。接下来的几天,我会在郊区找一所足够自动化的小房子——但要有自己的花园。一定要有花园。如果有必要,我会多花点钱从别人手里把房子买过来;我要住的房子里不能空荡荡的。你知道我在哈里曼信托基金里还剩多少钱吗?如果还有的话。"

"我不知道,但钱不是问题。密涅娃,为老祖建立一个提款账户,没有限额的。"

"知道了,艾拉。已经建好。"

"拉撒路,您不会成为任何人的麻烦。另外,只要您不去对外开放、处理公共事务的房间,您也不会觉得首长官邸太过富丽堂皇。我自己就不去那些地方。您也不会成为谁的客人。那里被称为'首长官邸',但官方称谓是'族长住宅'。您是住在自己家里。硬要说谁是客人的话,那个人应该是我。"

"你在胡说八道,艾拉。"

"是真的,拉撒路。"

"别玩文字游戏了。在一座不真正属于我的房子里,我仍旧是个陌生人,一个客人。我不同意你的话。"

"拉撒路,您在——昨天晚上——"还好我及时想起了,对他来说,时间只过了一天——"说您总是可以和一个按照自己的利益行事的人打交道。"

"我想我说的是'一般来说',而不是'总是'。也就是说,我们有可能想出一个符合我们双方利益的办法。"

"那么请听我说。您用山鲁佐德的赌注绑住了我,加上那个找到能激发起您兴趣的新奇事物的研究。现在,您又在我鼻子下面摇晃着诱饵,让我巴不得立刻开始移民的进程;当然,对于家族全体移民的提议,理事委员会用不了多长时间就会否决它。祖父,每天赶到这里是件很麻烦的事;我没有艰苦跋涉的瘾头,在路上耽搁的时间占去了您留给我的有限的工作时间。另外,这还很危险。"

"我一个人过日子就会危险?艾拉,我对一个人过日子相当有经验。"

"是我的危险。被刺杀的危险。我在官邸里很安全;能在那所迷宫里找到路的家伙还没出生呢。在这个诊所里,我也相当安全。只要控制仪器不出问题,在路上往返的时候也比较安全。但是,如果我每天都到郊区的一栋没有警戒措施的房子里去,某个疯子迟早会发现这是个除掉我、拯救整个世界的好机会。他可能不会活着完成他的使命;我的警卫不会那么没用。但如果我一直戳在那里当靶子的话,他有可能在他们消灭他之前得手。不,祖父,我不想被刺杀。"

老祖看上去在认真考虑,但并没有被打动,"我认为,你的安全和方便只是你自己的利益所在。不是我的。"

"的确是这样,"我承认道,"但请先看看我能拿出来的诱饵吧,看它们有没有吸引力。您住在官邸的确符合我的利益。在那里我可以很安全地拜访您,甚至比这里还安全;往返时间很短,可以忽略不计;如果有紧急事情发生的话,我甚至可以请求离开您半个小时,就在官邸里把事情处理了。这就是我的利益点。再说说您的利益点,先生:一座单身汉居住的乡村小屋,很小,只有四个房间,不是很现代化或很奢侈,位于一个可爱的花园之中。您对这个感兴趣吗?三公顷的园子,只有靠近房子的地方种了花,其他地方长满荒草。"

"你话里有机关,艾拉。'不是很现代化'是什么意思?我说的是'自动化',因为我的身体状态还不允许我做家务,但我受不了仆人或机器人那些反复无常的古怪行为。"

"噢,那座小屋足够自动化;它只是没有很多时髦的多余功能。如果您希望简单些的话,可以不必配仆人。不过您是否可以允许诊所继续派人对您进行监护——如果监护医士能像这两位一样令人愉快、乖巧而不多嘴的话?"

"嗯?这两个孩子还不错,我喜欢他们。我知道,诊所想时时刻刻盯着我,也许觉得我比某个只有三四百岁的顾客更有挑战性吧。这没关系。但你告诉他们,我想闻到香水的气味,或是人身上的清新气味,而不是消毒剂。我不是个爱挑剔的人。我想再问一次,你话里的机关是什么?"

"这么喜欢提出不切实际的条件,您还说您不挑剔,拉撒路?那座小屋里有些旧书,堆得乱七八糟,因为最后一位房客的行为有些怪异。我有没有提到有一条小溪从园子里流过?它与屋边的一个小池塘相连——池塘不大,但您还是可以在里面游上几下。噢,我忘了说那儿有一只老公猫,它觉得自己才是那里的主人。您可能不会看到它,它仇视绝大多数人。"

"如果它想自个儿待着,我是不会打扰它的;猫是很好的邻居。你还没有回答我的问题呢。"

"至于机关,拉撒路,我刚才描述的是我在首长官邸的房顶为自己修建的小屋,大约九十年前我决定在这个职位上干一段时间后动工兴建的。唯一的出口是一条垂直通道,位于几层楼下一个我通常居住的房间内。我总是找不出时间在小屋里住上一阵子,所以很欢迎您去住。"我站了起来,"如果您不愿意接受这个邀请,那么您可以认为我已经输掉了这个山鲁佐德赌局,您可以在任何时候使用那个终结开关。要是我为了迎合您的奇思异想而甘心成为别人暗杀的靶子的话,那我就活该下地狱。"

"你给我坐回去!"

"不用了,谢谢您。我已经提了一个合理的建议。如果你不接受,你可以按照自己选定的方式下地狱。我不会让你像海神一样骑在我的脖子上。我的忍耐力到此为止。"

"我看出来了。你的遗传基因中有多少是我的?"

"大约百分之十三,这个比例已经很大了。"

"只有那么一点？我觉得还要多些。有时候你挺像我外祖父。我的自杀开关可以用了吗？"

"如果你想用的话。"我竭尽所能用平淡的语气回答他，"你也可以跳崖，过程会长一些。"

"我还是喜欢那个开关，艾拉；我讨厌在坠落的过程中改变想法。你能为我装上另外一个升降通道吗？这样我就不用经过你的房间了。"

"不。"

"嗯？这很困难吗？让我们问问密涅娃。"

"不是说我不能——而是我不想。这是一个不合理的请求。在我的休息室里换升降梯，对你来说没什么损害。难道我没说清楚吗？我不会再满足你的那些不合理的怪异要求了。"

"消消气，孩子。我接受你的建议。明天搬吧。别清理那些旧书了；我喜欢老式的装订起来的书，比阅读器或投影仪一类的东西更有味道一些。我很高兴你有胆量，而不是一味恭敬顺从。请坐吧。"

我坐了下来，装出一副很勉强的样子。我觉得开始能在某些方面把握住拉撒路了。虽然他对别人冷嘲热讽，但这个老家伙心里还是觉得别人和他是平等的……他的表现只是试图在别人面前占据主导地位——但他蔑视那些屈服于他的强权的人。所以唯一能做的就是向他还击，保持双方的力量平衡——我希望最后能上升到相互尊重的平衡状态。

从那以后，我始终没有改变过我对他的看法。他对他的追随者也能表现出和蔼，甚至是慈爱——如果追随者是孩子或是女人的话。然而，即便是孩子或女人，他仍然希望从他们身上看到胆量和勇气。他从不喜欢或信任卑躬屈膝的男人。

我认为他性格中的这个怪癖使他非常孤独。

现在,老祖一边考虑一边说:"在别人家里住一段时间也挺好。还有个花园。也许还可以找个地方弄张吊床。"

"这样的地方有好几处。"

"但是我占了你的地盘。"

"拉撒路,那个屋顶上的地方大得很。如果我想那么做的话,完全可以在你看不到的地方再建一座小屋。但是我不想。我已经好几个星期没去那里游泳了。上一次我住在那里,至少是一年前的事了。"

"那么,我希望你还能随时上来游泳,任何时候都可以,或者是做其他什么事。"

"我会在未来的一千天里每天去那里,整天都待在那儿。你忘了我们打赌的事了吗?"

"噢,那个赌啊。艾拉,你刚才抱怨我的古怪要求浪费了你宝贵的时间。你想解脱吗? 我是指这个赌局,而不是别的事。"

我嘲笑他道,"拉撒路,得了吧,你这么说是为了你自己。是你自己想从这件事里解脱出来。不行。我要把这个一千零一夜的故事记录在案,这以后你可以跳崖,把你自己淹死在水塘里,或者采用其他什么方法,但我不会让你假装为了帮我而逃避你的承诺。我越来越了解你了。"

"是吗? 连我自己都不了解我。如果你完全了解我,那么告诉我我是什么样的人;我很感兴趣。还有那个寻找新奇事物的任务,艾拉——你说你已经开始了。"

"我没那么说,拉撒路。"

"那么,也许你是这样暗示的。"

"这也没有。想打赌吗？我们可以让密涅娃把我们的对话打印出来，如果有的话，我会接受你的惩罚。"

"我们还是别让那位女士在对话记录上做手脚了，艾拉；她对你很忠诚，但对我不是。无论你下达了什么骗人的超优先级指令。"

"胆小鬼。"

"我每次都是这样，艾拉；你认为我是靠什么活这么久的？我只在我肯定能赢，或是打算故意输掉赌局而达到真实目的的时候才打赌。好吧，你打算什么时候开始那项研究？"

"我已经开始了。"

"可你才说过——不，你没说过。你这个厚颜无耻的家伙。好吧，你的研究指向哪个方向？"

"所有方向。"

"不可能。就算假设你手下的所有人都能干这件事，你也没有那么多人手可用——况且人群中只有不到千分之一的人具有创造性的思维。"

"这一点我完全同意。但你没想到那种和人类完全一样、只是放大了人类优缺点的造物。密涅娃是这个研究项目的总监，拉撒路。我和她详细讨论过这件事；她已经把事情安排好了。研究指向所有方向。"

"嗯。好吧……是的。她有这个本事——我觉得她有这个本事，虽说连安迪·利比也会发现这个任务很难完成。她打算采用什么研究方法？"

"这我不知道。要不要问问她？"

"只有在她准备好接受询问的时候才能问她，艾拉。为了让人汇报工作进展而打断他们的工作，会让人觉得很烦。即使是安迪·利比,也时常因为别人打扰他的工作而恼怒不已。"

"即使是伟大的利比,可能也不具备密涅娃的分时处理能力。绝大多数人的大脑都是线性的,我从来没听说过有谁可以同时干三件事。"

"我听说过同时干五件的。"

"真的?那你遇到的天才比我多。但我不知道密涅娃能同时处理多少项工作,只是从来没见她过载过。咱们还是问问她吧。密涅娃,为老祖找寻'新奇事物'的研究项目,你确定研究方法了吗?"

"是的,艾拉。"

"给我们说说。"

"我初步设计了一个五维矩阵,也为可能的遗漏留出了辅助维度。目前这五个维度由九乘以五乘以十三乘以八乘以七十三组成——也就是说在增加辅助维度之前,有三十四万一千六百四十个不相关的类别节点。为了便于您检查,原始的三进制数为一二二逗号,一零零逗号,一二二逗号,一零零点零。需要我打印出十进制和三进制数吗?"

"我想不需要了,小讨厌鬼;如果哪一天你在数学方面出错了,我就要辞职了。拉撒路,你呢?"

"我对有多少个类别节点没兴趣,我只关心这些类别节点都是什么。有什么有趣的发现吗,密涅娃?"

"拉撒路,你的问题本身没有确切的答案。需要我把所有的类别都打印出来给你过目吗?"

"噢——不!超过三十万个类别节点,也许形容每个节点的词有十二个?我们会被埋在数据堆里的。"拉撒路沉吟着,"艾拉,你也许可以让密涅娃在删去这些记忆之前在其他什么地方把它们都打印出来。这可以成为一本书,一本很大的书,十或十五卷。你可以叫它《人类经验类别汇总》,由——嗯——'密涅娃·维萨罗'著。这可能会成为让学者们争论上一千年的话题。我在开玩笑,艾拉;但它的确应该被保存起来。我觉得这是一种全新的作品。这个工作对于人类来说太庞杂了,但我真不明白,怎么以前从没有人指示类似密涅娃这样的高水准计算机从事类似的工作?也许有人这么做过?"

"密涅娃,你愿意这样做吗?把你的研究记录保存下来,把它们编纂成书?准备几百本完整的装帧精美的图书和微型电子书,捐赠给塞昆德斯图书馆以及其他一些机构。也包括档案馆——我可以让贾斯廷·富特为书作序。"

我有意激发起她的虚荣心。如果你认为计算机没有人类的这些缺点,那么我会认为你和计算机打交道的经验还比较有限。密涅娃总是喜欢被欣赏,正是在我认识到这一点之后,我们两个才逐渐成了朋友。你还能给一台机器提供些什么呢?高薪和长假?别傻了吧。

虽然我有意这么做,但得到的反应仍旧让我大吃一惊。她用一种几乎和拉撒路的飞船一样娇羞的声音非常正式地回答道:"代理族长先生,我在书的扉页上署名'密涅娃·维萨罗'是否合适,你是否同意?"

我说:"那还用问,当然可以。除非你只想署上'密涅娃'的名字。"

拉撒路粗声插进话来,"别傻了,艾拉。亲爱的,在扉页上署名'密涅娃·L.维萨罗'。'L'代表'龙'——这是因为,你,艾拉,在行事荒唐的年轻时期,曾于某颗殖民行星与我的一个女儿生了一个孩子。你太忙了,直到最近才抽出时间,把这个事实在档案中记录下来。我将为此事作证——因为我当时也在那颗行星上。但完成这部作品的密涅娃·L.维萨罗博士目前正为了她的下一部巨著外出从事研究工作,所以无法接受采访。艾拉,你和我会尽快编撰出一些有关我杰出孙女的生平。懂了吗?"

我只回答了一声"是"。

"这你满意吗,姑娘?"

"是的,很满意,拉撒路。拉撒路祖父。"

"你不用那么麻烦地叫我'祖父'。但你的第一本书要送给我,你得在上面题字,亲爱的——'带着我的爱,赠予我的祖父拉撒路·龙。'就这么说定了?"

"我很荣幸、也很高兴这样做,拉撒路。赠言应该是用手写的,对吗?我可以修改我用于为艾拉签署官方文件的外设功能,让写赠言的笔迹和艾拉的笔迹不同。"

"好的。如果艾拉表现得好,你可以考虑把这本书献给他,也给他题字。但是我要第一本。我是老祖,再说是我想出的这个主意。好吧,回到研究本身——我不会去读那二十卷巨著,密涅娃;我只对结果感兴趣。所以告诉我,你现在都有什么成果了?"

"拉撒路,我已经初步否定了矩阵中超过一半的类别节点。从档案中看,这些节点所代表的事情你已经做过了,还包括一些我推测你不想去做的事——"

"等一等!水手是怎么说的,'如果我没有做过,我就要试一试。'那些你认为我不想做的事是什么?让我们听一听。"

"好的,先生。有一个次级矩阵,包括三千六百五十个类别节点,每个都有可能置人于死地,可能性超过百分之九十九。第一个,在一个已经死去的恒星内部探险——"

"划掉那个吧,我把这个课题留给物理学家。再说,利比和我已经做过了。"

"档案里没有记录,拉撒路。"

"很多事情档案里都没有记录。继续。"

"修改你的基因图谱,克隆出一个能生活在海洋里的两栖人。"

"我不觉得自己会对鱼感兴趣。这里面有什么危险?"

"三个危险,拉撒路,每个危险置人于死地的可能性虽然低于百分之九十九,但合在一起,可能性接近百分之百。这样的伪两栖人以前出现过,其形态非常像巨型青蛙。面对其他深海动物——以塞昆德斯为代表,这样一个生物的生存可能性在理论上是,存活十七天为百分之五十,存活三十四天是百分之二十五,依此类推。"

"我想我能提高生存概率,但我向来对这种俄罗斯轮盘赌似的危险游戏不感兴趣。其他危险是什么?"

"你的大脑必须装入改造后的克隆体内,将来还得再次把大脑植入一个正常的人体克隆体内,前提是如果你能活下来的话。"

"划掉这个。如果我必须在海底生活,我不想当青蛙;我想成为海里体型最大、性情最凶猛的鲨鱼。另外我觉得,如果在海底生活真那么有趣的话,我们当初就不会从海里走出来。还有什么其他的新奇事物?"

"三个连续事件,先生。与一艘飞船一起迷失在N维空间里,然后是没有飞船但是有一套太空服,最后是连一件太空服也没有的情况。"

"把这些都删掉。我遇到过比前两种更危险的情况,至于第三种情况,它纯粹是一种在真空中自杀的愚蠢行为,毫无创意,而且令人痛苦。密涅娃,'智慧之神的力量'——尽管我不知道它在哪儿——使人类能够安静祥和地死去,现实就是这样,除非一个人被强迫,或是很愚蠢地非要以一种痛苦的方式死去。所以删掉那些被履带车压死、自寻毁灭,以及其他所有使人痛苦死去的类别。很好,亲爱的;关于那些死亡率超过百分之九十九的危险类别,你已经让我明白了该怎么处理;把它们都删了吧。我只对新奇的事情感兴趣——对我来说是全新的——做这些事情能活下来的可能性要高于百分之五十,而且一个警觉的人还可以提高他的生存概率。比如,我从来不想坐在桶里从很高的瀑布上坠落。哪怕你可以把桶设计得比较安全;但是,一旦你开始这个行程,你就处于一种无助的境地。这是一个愚蠢的特技表演——除非它是为了摆脱一个更为艰难的困境。高速比赛——赛车、障碍赛马、滑雪赛——会更有趣一些,因为每种运动都需要技术。但我同样不喜欢这类运动中的危险性。那些不相信自己会因此死去的小孩子才会为了危险而追求危险。可我知道自己会死,所以有很多山峰我都不会去爬。除非我被困住了,只有在这种情况下我才会去爬——而且每次都成功了。我向来选择我能想出的最容易、最安全、最怯懦的方法。那些新奇因素主要由危险构成的事情,你就别去考虑了。危险不是新鲜事,而是当你无法逃脱时遇到的大麻烦。你的矩阵里还有其他什么类别节点?"

"拉撒路,你可以成为一个女人。"

"什么?"

我想我从来没有见过老祖这样吃惊(我同样很吃惊,尽管这话不是对我说的)。

他慢慢地说:"密涅娃,我不太确定你的意思是什么。很久以前,外科医生就能把不健全的男性变成假女人。两千年了。把女人变成假男人的时间也差不多长。我对这样的事不感兴趣。幸运的是,或者不幸的是,我是男人。我猜每个人都想过,如果自己的性别相反会是什么感觉。但所有整形手术和可能采取的荷尔蒙治疗都无法达到这个效果——这些怪物没有生育能力。"

"我说的不是怪物,拉撒路。我是说真正改变性别。"

"唔,你让我想起了一个几乎快忘记的传说。我不确定这件事是真是假。是关于一个男人,大约发生在公元两千年左右。不可能再晚了,因为那以后不久整个世界就乱了。他的大脑被移植到一个女人体内。他最后当然是死了,死于对异己组织的排斥反应。"

"拉撒路,这里不会有那样的危险;可以用你自己的克隆体来做。"

"肯定不可能。接着说。"

"拉撒路,在除了人类以外的其他动物身上做过此类实验。把男人变成女人的效果最好。选择一个细胞来克隆。开始克隆之前,先移去 Y 染色体,然后补充一个从同一个人身上的另一个细胞中提取的 X 染色体,这样就生成了一个与此人具有相同遗传图谱的女性细胞,只不过它的 X 染色体是复制的,又去除了 Y 染色体。然后再克隆经过改造的细胞,其结果就是真正的女性克隆受精体,来自同一个男人。"

"这里面肯定有危险。"拉撒路皱着眉头说。

"可能有,拉撒路。但可以肯定基本上是可行的。在这所大楼里就有几个这样生成的动物,几条母狗、几只母猫、一头母猪,还有其他动物。它们中的绝大多数都成功地产下了后代······除非是在某些特殊情况下,比如一只克隆母狗和提供克隆细胞的公狗配种。这样一来就强化了不好的隐性性状,导致致命因素和畸形出现——"

"我早该知道会出这种事!"

"是的。但正常的非亲繁殖不会出现这样的情况,这已经在这样克隆出来的一只母仓鼠整整七十三代的后代身上得到了验证。科学家们还没有根据塞昆德斯本地动物群的特点对这一方法进行改进,因为这里的动物有着完全不同的基因结构。"

"别管塞昆德斯的动物——对于一个男人来说,这个方法适用吗?"

"拉撒路,我只能在回春诊所公布的资料里查找有用的信息。公开资料暗示了在最后一个阶段存在的问题——也就是在女性克隆受精体里激活原来那个男人的记忆和经验,如果你愿意的话,也可以叫'个性'。还有一个问题:什么时候结束原来那个男人的生命,或者是否应该结束他的生命。但我无法判断研究项目究竟为什么被禁止了。"

拉撒路转向我,"是你批准的吗,艾拉? 终止这项研究?"

"我不干涉这种事,拉撒路,我甚至不知道在进行这样的研究。让我问问。"我转向回春主管,用格拉克塔语解释了我们在讨论的事,然后询问有关人类的研究有什么进展。

再次转过来时,我觉得两耳发烫。我刚提到人类,她就立刻打断了我,好像我说了什么无礼的话一样。她说,这样的实验已经被禁止了。

我翻译了她的话。拉撒路点了点头,"我看到了这孩子的表情;我能看出她在说不。密涅娃,这件事看来就这样了。我不想在我自己身上实验染色体手术。"

"也许还没有结束。"密涅娃回答道,"艾拉,你有没有注意到,伊师塔只是说这样的研究被'禁止'了?她并没有说没有从事过这样的研究。我刚才对公开资料做了一次深入的语义分析,以辨识其中隐藏的事实和假象。我几乎可以肯定,这里曾作过很多有关人类的相关研究,尽管这样的研究或许不会继续进行下去了。你希望命令他们公开这些资料吗,先生?我确信我能快速冻结他们的计算机,以防发生删除资料的情况——他们的计算机或许有保护性的删除程序。"

"咱们还是别搞什么激烈举动的好。"拉撒路慢悠悠地说,"可能有一些合乎情理的原因来'暂停'这样的研究。我不得不承认,关于这件事,这些家伙知道的比我多。而且,我也不知道我是否希望成为一只实验用的小豚鼠。还是先把它放一放吧,密涅娃。艾拉,我不知道如果没有了Y染色体,我还是不是我自己了。关于怎样转移个性、什么时候让这个男人死去的事就更没有意义了。我是我自己,这是关键。"

"拉撒路——"

"什么事,密涅娃?"

"公开资料显示,有一种方法没什么争议,也很安全。基于同样的原理,我们可以创造一个你的孪生妹妹。除了性别之外,你们称得上是同卵双胞胎,而非异卵。我们会为她指定一个母亲。她的大脑会正常发育,所以不存在转移个性的需要。这件事是否符合你的新奇标准?能引起你的兴趣吗?看着一个和你一模一样的女孩长大成人?你可能会叫她'拉祖丽·龙',一个女性版本的自我。"

"唔——"拉撒路不作声了。

我淡淡地说："祖父,我想我已经打赢了我们之间的第二个赌。新奇的事,有意思的事。"

"慢着! 你不能这么做,你也不知道怎么做。我同样不知道。况且,看样子这个疯人院的院长对这件事还有道德伦理方面的顾虑——"

"我们还不能确定。纯粹是推测。"

"没那么'纯粹'。再说我同样可能会产生道德上的顾虑。如果我不在她旁边,看着她长大的话,这件事不会让我感兴趣……但如果我待在她身边,我要么会努力让她成为另一个我——这样的命运对于一个女孩来说是多么不幸啊! ——要么会尽量让她成长得和我不同,然而却可能有违她的本性。这两种处境都会让我发疯。无论出现哪种情况,我的行为都不符合道德;她应该成为一个不同的人,而不是我的奴隶。除此以外,我将是她唯一的亲人。她没有母亲。我曾有一次试图单独抚养一个女儿——这对孩子不公平。"

"你在制造反对意见,拉撒路。我敢肯定伊师塔愿意成为这个孩子的代孕母亲和抚养母亲,尤其是如果你答应给她一个她自己的儿子的话。要我问问她吗?"

"收起你的那些小恩小惠吧,孩子! 密涅娃,这个提议先放一放。事关另一个人的重大问题,我不会匆忙做出决定,尤其是这个人还没有成为一个人。艾拉,提醒我跟你说一个双胞胎的故事,他们之间没有关系,但却是双胞胎。"

"真荒谬。你在改变话题。"

"没错。密涅娃,你那里还有什么?"

"拉撒路,我有一个低风险的计划,它几乎可以肯定为你提供一个——或更多——全新体验。"

"我在听。"

"生命暂停——"

"这有什么新奇的？我还是个孩子的时候就有这种事了,那时我还没到两百岁。在'新疆域'计划中使用过。那时它就没有吸引我,现在也不会。"

"——是实现时间旅行的一种方式。如果你认为在 X 年以后会出现一些真正新奇的事物——根据历史,这是必然的——那么你要做的就是根据你的看法,估计过多少年以后才会出现你所追求的那种新奇事物。一百年、一千年、一万年,无论你说多久。剩下的就没什么了,只是一些小小的设计细节。"

"如果我必须睡死过去,而且不能保护自己,那就不是什么'小小的'设计细节了。"

"在对我的设计表示满意之前,你不需要进入长眠状态,拉撒路。一百年显然不会有什么问题,一千年的问题也不会很大。如果是一万年,我会设计一颗配备自动防故障装置的人造小行星,以保证你能在遇到紧急情况时自动恢复清醒意识。"

"这个设计可不简单呀,姑娘!"

"我对自己完成这个任务的能力非常有信心,拉撒路。你完全可以对其中的任何部分提出批评意见,或是完全拒绝。但是,在你给我控制数据之前,也就是说你认为多长时间以后会出现对你来说是新奇的事物之前,我提交初步的设计草案是没有意义的。或许你希望我能就此给你一些建议?"

"嗯……等一等,亲爱的。我们假设你已经把我放进了液态氦,周围是无重力真空,而且完全不受电离层辐射的影响——"

"没问题,拉撒路。"

"让我来假设一下,亲爱的;我没有贬低你的意思,但是假设自动防故障装置出了问题,我会继续在几个世纪里——在几千年里——无休无止地睡觉。不会死去,也不会苏醒。"

"我能够、也会在设计方案中避免此类情况发生。但我先接受你的假设。即使在这种情况下,你的状况也不会比你使用自杀选择开关更糟糕。尝试一下,对你来说有什么损失呢?"

"还用问,这太明显了!就说永生的不利之处吧。如果死后有灵魂——我并没说有或是没有——但如果有的话,那么当'那边发出召唤的时候',我不会在场。我并没死,只是在太空的某个地方睡大觉。我会错过那最后一班船。"

"祖父,"我很不耐烦地说,"别再扭扭捏捏的了。不想采纳这个建议的话,你直说好了。但密涅娃确实向你提供了一个能经历新奇事物的方案。就算你的说法有道理——我并不这么看——你也会因此变得绝对独一无二:亿万万人中,只有你一个人没有出席那个纯属虚构、几乎不可能存在的最后审判日。我不想这么说你,你这个老混蛋;但你实在太滑头了。"

他没有在意我对他的蔑称,"为什么是'几乎不可能存在'?"

"因为它就是。我不想争论这个问题。"

"因为你无法争论这个问题。"他反驳道,"没有任何证据支持或是否定这一点——所以你怎么能草率地判断其中任何一种可能性?既然存在这种可能性,那我就不希望冒这个险。密涅娃,把这个提议也先'搁起来'吧。这个想法够新奇,我也不怀疑你作为设计师的能力。但是,这就好像测试一副降落伞,是一趟单程旅行。一旦我跳下飞机,就再也没有机会改变主意了。所以在回到这个建议之前,我们要看看所有其他的想法——即使这需要花上几年时间。"

"我会继续研究的,拉撒路。"

"谢谢你,密涅娃。"拉撒路似乎在想什么心事,一边用指甲剔着牙——我们在吃饭,在叙述中我没有提及中间休息,今后也不会再提。你完全可以想象,食物和休息会让人感到舒服。和山鲁佐德的故事一样,老祖的讲述也时时被很多不相关的事情打断。

"拉撒路——"

"嗯,什么事,孩子?我在做白日梦……梦到一个很远的地方,那里有个贱货死了。对不起。"

"关于这项研究,你可以帮助密涅娃。"

"可以吗?看起来不太可能。这种大海捞针的搜寻工作,她比我更适合,给我留下了深刻印象。"

"是的。但是她需要资料。我们对你的事还有很多不了解。如果我们知道——如果密涅娃知道——你从事过的五十多种职业的话,她能够除去成百上千个可能的类别节点。比如,你当过农民吗?"

"当过几次。"

"是吗?现在她知道了,那么她就不会再建议与农业有关的事情。虽然可能存在一些你从来没做过的农事,但其中不会有新奇得能满足你苛刻要求的东西。把你做过的职业都列出来好吗?"

"不知我想不想得起来。"

"这就没人能帮你了。先列出你记得的,可能会让你想起其他的来。"

"嗯……让我想想。每当我新到一个有人居住的行星,我总会学习当地的法律。不是为了当律师——不总是——有那么几年,我是个非常邪恶的律师,那是在圣安德里斯。我只是想了解最基本的规则。如果不知道游戏规则,做生意时你很难盈利,或是赚不到隐藏利润。故意违犯法律比无意间违犯要安全得多。

"但有一次我弄巧成拙,最后成了一颗行星最高法院的大法官——却刚好救了我的命。

"让我想想。农民、律师、法官,我告诉过你我还当过医生。各种船的船长,绝大多数是探险船,有时是货运船或移民船,还有一次是武装民船,船员是一群你不会想带回家介绍给母亲认识的无赖。还当过一次学校老师——他们发现我在教孩子们真相,这在银河系的各个行星上都算重大犯罪。我被开除了。我还参与过一次奴隶贩运,只不过是被关在船舱里——我是奴隶。"

我惊愕地看着他,"难以想象。"

"不幸的是,对我来说它是个事实而不是想象。我还当过牧师——"

我不得不再次打断他,"'牧师'?拉撒路,你说过,或至少暗示过,你没有任何信仰。"

"我说过吗?但'信仰'只属于教会,艾拉;信仰会妨碍牧师的工作。我还当过'小旅馆的教授'——"

"请再原谅我一次,这是什么习语?"

"什么?就是妓院的经理……但我偶尔也需要弹弹竖琴,还唱着歌。别笑,那时我的嗓音还不错。那还是我生活在火星上的时候——你听说过火星吗?"

"离地球最近的行星,是太阳的第四颗行星。"

"没错,那颗行星如今跟我们已经没有联系了。这是发生在安迪·利比改变世界之前的事。当时美国停止了太空贸易,把我搞得焦头烂额。我是在2012年的那次会议以后离开地球,再也没有回去过——省去了很多不愉快的事,我不应该抱怨。如果那次会议是朝另一个方向发展的话——不,我错了;果子成熟后肯定是会落下来的,那时的美国已经熟得快烂了。永远不要成为一个悲观主义者,艾拉;悲观主义者常常比乐观的人更正确,但乐观主义者会有更多乐趣。不过,无论是乐观还是悲观,谁都无法阻止历史的脚步。

"刚才在说火星和我在那儿的工作。我还负责临时替人端咖啡和小点心,但在那儿我过得很愉快,因为我还要承担保镖的任务。那些女孩都是好女孩,我很乐意把那些对她们行为粗鄙的流氓扔出去。我扔他们时用的力气很大,他们会像球一样蹦起来。然后我会把他们记入黑名单,以后他们就不能再来了。每天晚上都会扔一两个出去,后来就有传言说,'快乐'德兹希望客人能对姑娘们绅士一些,无论他们花钱有多大方。

"卖淫就像在部队服役,艾拉,处于高层的人还不错,在底层就不那么舒服了。那些女孩经常会遇到想买下她们的合同、与她们结婚的人——我想她们后来的确都结婚了,但她们挣钱是那么快,所以第一次碰到这样的机会时,她们并不是很急切地想抓住它。这主要是因为在我接手妓院的经营后,不再采用那颗行星的统治者设定的固定收费标准。我重新让供给和需求规律发挥作用。没有道理不让那些孩子按照顾客的承受能力收取费用。

"我的经营方式遇到了麻烦,但最后,那位统治者手下负责娱乐的部长的愚笨脑袋终于搞明白了,在供给稀缺的情况下,低工资是不起作用的。火星本来就是个让人讨厌的地方,怎么还能忍心去欺负那些给生活带来些许快乐的姑娘呢?姑娘们乐于提供服务时,火星的生活甚至因此变得生动起来了。艾拉,妓女和牧师起的作用其实差不多,只不过前者的功效更大。

"让我想想……我曾经多次致富,到头来却总是失去财富,通常是因为政府让货币贬值,或者干脆没收财产充公。艾拉,'别相信统治者',因为他们自己从不创造财富,他们总是掠夺。我破产的次数比我变得富有的次数更多。这两者中,破产更有趣一些,因为不知道下顿饭打哪儿来的人永远不会感到无聊。他可能会愤怒,或其他什么——但不会无聊。困境会让他的思维变得敏捷,激励他去行动。无论他是否意识到这一点,他的生活会因此充满激情。当然,困境也会让他掉入陷阱,这就是陷阱通常用食物充当诱饵的原因。但破产吸引人的地方正在于此:怎样解决自己的困难而又不落入陷阱。饥饿的人容易失去判断力,连续七顿没有吃到饭的人随时会杀人——没法子呀。

"广告文案撰稿人、演员——当时我太穷了,侍僧、建筑工程师以及其他几类工程师,更多类的机械师。我总是相信一个聪明人能做任何事,只要他愿意花时间去学习。当下一顿饭没有着落时,我倒也不会非得坚持干个技术工种。我常常会拖着一根傻瓜长棍——"

"这是习惯用语吗?"

"是很久以前打短工的人的说法,孩子,它指的是一根长棍,一端连着铲子,另一端是一个傻瓜拿着它。那样的傻子我通常只当几天,然后就会搞清楚当时所处的环境。我还当过政治家——甚至还当过一次改革政治家哩……但只有一次:改革政治家不仅要撒谎,还要愚蠢地撒谎,而商业政治家却是诚实的。"

"我不明白,拉撒路。从历史上看——"

"用用你的脑子吧,艾拉。我并不是说商业政治家不会偷窃;偷窃正是他所从事的事业。问题在于,所有政治家都不创造财富。一个政治家提供的产品就是信用,他正直的品行——就是说,他说的话,你信不信得过。一个成功的商业政治家知道这一点,他们信守诺言,守护着自己的信誉——因为他还想在这一行里混,也就是说继续偷窃。不仅仅是这个星期,还有下一年,以及以后的许多年。所以如果他足够聪明,能够在这个艰难的行业里成功的话,他会拥有鳄鱼一样的道德品行,但他的品行不会损害他必须出售的唯一一件商品,即他信守诺言的信誉。

"但改革政治家却没有类似的顾忌。他所投身的事业是为了全人类的幸福——非常笼统的概述,因此具有无穷多的解释,假设它能够被定义的话。因此,你那位绝对真诚而廉洁的改革政治家可以在吃早饭以前三次违背他的诺言——不是出于个人的不诚实,他会真诚地向你道出苦衷——这么做是为了实现他为之奋斗的理想。

"要让他违背诺言很简单,只要有人跟他吹耳边风,让他相信这么做是为了全人类更伟大的福祉,他必须这样做。他马上就会去表演。

"一旦他习惯了这样做,他就会一直这么掩耳盗铃下去。幸运的是,他在台上的时间一般很短,除非是赶上了道德文化的衰败期。"

我说:"我相信你的话,拉撒路。我一生的绝大多数时间是在塞昆德斯度过的,除了理论以外,我对政治知道得很少。你对这颗星球就是这么安排的。"

老祖用嘲讽的目光冷冷地盯着我,"我没作这种安排。"

"但是——"

"嘘,安静。你自己就是个政治家——希望是一个'商业'政治家,但你把异端分子驱逐出去的惊人做法使我产生了怀疑。密涅娃!请查一下记录,亲爱的。我把塞昆德斯移交给基金会的初衷是要建立一个成本低、架构简单的政府,受宪法约束的专制政府。这个政府的权力受到很大的制约……而可爱的人民,上帝保佑他们那可爱的小黑心肝,我的安排中完全没有赋予他们参政的权利。

"对最后这一点,我并不抱多大的希望。人是政治动物,艾拉。阻止人们进行政治活动比不让他们性交还困难。或许根本不该做出这种尝试。但那时我还年轻,还抱有希望。我希望能将政治活动限制在私人范围内,而不要出现在政府中。我想这样的安排可能会持续一个世纪左右;看到这种情况一直持续下来后,我很惊讶。这不好。这颗行星已经过于成熟而无法爆发革命了。如果密涅娃没有为我找到更好的事做,我也许会用其他名字出现,头发染了,鼻子整形,然后发动一场革命。你得留神了,艾拉。"

我耸了耸肩,"你忘了我正要移民。"

"啊,是的。但镇压一场革命,这种事可能会改变你的想法。或者你会希望成为我的参谋长,等枪声平息之后发动一场政变,取代我的位置,把我送上断头台。这倒是件新鲜事,我从来没有面临过因为政治原因而丢掉脑袋的危险。丢了脑袋就没机会返场谢幕了,对吗? '嘿,嘿,人头落进篮子里——没法回答问题了。'大幕落下,没有鞠躬谢幕。

"但革命可能充满了乐趣。我有没有告诉你我是怎样完成我的大学学业的? 我拿着格林机关枪[1],每天能挣五美元,外加战利品。我的职位从来没有高于过下士,因为每当我攒够下学期要用的钱以后,我就开小差了。再说,我是个雇佣兵,一点儿

---

[1] 拉撒路·龙出生时,格林机关枪(理查德·J·格林发明,1818~1903)已经不再使用了。但如果有人声称在偏僻地区的小型起义中使用了一种过时的武器,他的话仍有可能是真的,尽管不太可靠。——原注

也不想成为一个战死的英雄。但冒险和多变的场景对年轻人来说很有吸引力……而我那时非常年轻。

"但是随着年龄的增长,肮脏的环境、吃不饱饭,还有子弹从耳边飞过时的呼啸声,这一切都不再有吸引力了。再一次参军时——不是完全自愿的——我选择了海军。先是在海上,后来用另一个名字参加了太空军。

"我几乎买卖过除奴隶以外的所有商品,还在一个巡回演出班子里干过算命的行当。我还当过一次国王——这是个被过高评价的职业,总有很多时间无法打发。我还设计过女人的衣服,顶着一个虚假的法国名字,带着法国口音说话,还留着长长的头发。这几乎是我唯一一次留长发,艾拉;长发不仅需要很多时间打理,会在近身打斗中让对手有机会抓住你,关键时刻还会挡住你的视线——这其中的任意一种情况都会是致命的。但我也不赞成光头,厚厚的头发——长度不会遮住眼睛——可以保护你的头皮不受伤。"

拉撒路停了下来,想了想,"艾拉,我从事过许多职业,它们使我养活了我自己、我的妻子和孩子们。但我不知道怎么才能把它们列全。我从事最久的职业时间长达半个世纪——当时的情况极为特殊,最短的是从早饭后到午饭前——同样也是在极为特殊的情况下。但无论在哪里、在干什么,都会有创造者、接受者和欺骗者。我喜欢第一类人,但也不排斥后两种。当我是有家庭的人时——通常情况下是这样的——我不会让良心的谴责阻止我把食物提供给家人。我不会偷其他孩子的食物来养活自己的孩子,但只要一个男人不是过分挑剔,他总可以找到不是太龌龊的欺骗方法来积累财富。当我肩负家庭责任的时候,我从来不过分挑剔。

"你可以靠出卖没什么内在价值的东西过活,比如故事或歌曲。我在娱乐业的每一个分支领域都干过……包括有一次在法蒂玛的首都,我蹲在市场边上,面前摆着一只铜碗,嘴里讲述一个比这个还要长的故事,耳朵却紧张地期待着硬币撞击铜碗发出的叮当声。

"落到那样悲惨的境地是因为我的飞船被充公了,又没有外国人工作许可证,无法工作——这是为了将工作机会留给本地居民所采取的措施,因为那里正发生着经济危机。没有固定报酬,用这种方式讲故事维生,这不是一种工作,但也不是乞讨。乞讨是需要许可证的。警察倒也不来管我,只要我按惯例每天自愿向警察慈善基金作小额捐赠就行。

"那种情况下,我只能通过这种小把戏渡过危机。另一种办法就是偷窃,但是,如果对当地风俗习惯没有深入了解,偷窃是很难成功的。假如我没有妻子和三个年纪尚小的孩子,我会冒这个险。正是这一点让我犹豫了,艾拉。有家室的男人不应该冒单身汉才能接受的风险。

"所以我坐在那里,直到尾椎骨被坚硬的鹅卵石硌得生疼。我不停地讲述着,从格林童话到莎士比亚戏剧。除了吃饭,我不让妻子把钱花在任何事情上。最后我们攒够了钱,买了工作许可证,还有钱按惯例交保护费。那以后,我总算混出来了,艾拉。"

"怎么混出来的,拉撒路?"

"在市场上的那几个月,我缓慢而又彻底地了解了那个社会的人情世故,以及人们尊崇的人和事。那以后,我在那里继续待了很多年——我没有别的选择。首先我接受了当地宗教的洗礼,起了个更能被当地人接受的名字。

"我就不说我是如何进入修补业协会、获得第一份修电视机的工作了。我的工资有一部分被扣除了,作为交给协会的费用。换句话说,我和会长私下达成了一个协议。不是很贵。这个社会的技术发展很迟缓;那里的风俗习惯不鼓励进步,他们的技术甚至比大约五个世纪前从地球带来的技术还落后。这使我成了一个有魔力的巫师,艾拉。如果我不是很小心地装成一个虔诚的、同时也很大方的信徒的话,这种魔力会让我上绞架的。成为巫师以后,我的工具是新的电子技术和过时的占星术。前者是他们不掌握的知识,后者则是可以自由发挥想象力的领域。

"最后我成了一个官员的左膀右臂,就是他在几年前没收了我的飞船和商品。我在帮助他创造财富的同时也让自己变得越来越富有。不知他是否认出了我,反正他从来没有提起过。我蓄起了小胡子,相貌于是改变了许多。不幸的是他后来失了宠,他那份工作落进了我的手里。"

"你是怎么做到的,拉撒路?我是说,怎么会没人逮住你?"

"喂,喂,艾拉!他是我的保护人。我的合同里是这样写的,我也总是这么称呼他。我用占星术为他算了一卦,警告他他的星座不怎么好。随后就真的不好了。那个恒星系挺特别,我印象中类似的恒星系不多见。那地方有两颗行星围绕着同一个恒星转,这两颗行星都有人居住,相互之间还有贸易往来,交易的商品是手工制品和奴隶——"

"'奴隶',拉撒路?虽然我知道有这么回事,但我不认为这种罪恶行径是普遍存在的。这不经济。"

老祖闭上了眼睛,时间很长,我还以为他睡着了(我们谈话最初的那几天他经常睡着)。然后他睁开双眼,严厉地说:

"艾拉,这种罪行远比历史学家所说的普遍得多。不经济,是的,一个奴隶社会无法和一个自由社会竞争。但银河系是如此宽广,通常没有这样的竞争。奴隶制度能够而且的确在很多时候和很多地方存在着,只要法律允许它的存在。

"我说过,为了养活我的妻子和孩子,几乎什么事我都肯做。我也是这么做的。我曾经为了微薄的薪水站在没过膝盖的粪水里当过掏粪工,我没有让一个孩子挨饿。但我不会贩卖奴隶。并不是因为我自己当过奴隶,而是因为那是我的信条。可以称之为'信仰',或者把它看作更深层次的道德信念。无论是哪种,对我来说,这个想法不可动摇。如果人这种动物要以价值来衡量的话,他是无价的,不能把他视为一件商品。从另一方面说,只要一个人还有任何内在的尊严,他的自尊心是不会允许他拥有奴隶的。我不会在乎一个奴隶主是多么整洁,气味多么清新——他根本不是人。

"但这并不是说,如果遇到这样的事,我会割了自己的喉咙。否则我活不过第一个一百岁。关于奴隶,还有一个不好的事情,艾拉;要解放奴隶是不可能的,他们必须自己解放自己。"

拉撒路皱起了眉头,"你又让我开始布道了,而且是对我不可能证实的事大发议论。最后,我终于可以控制我那艘被他们没收的飞船了。我把它熏蒸消毒,亲自检查了它的状况,然后装满我认为能够卖掉的货物。飞船改造以后可以装一些人,船上也准备了食物和水。我给船长和船员放了一个星期的假,然后通知奴隶保护人——就是主管国家奴隶事务的官员——等船长和船员回来后立刻装船。

"我声称要带着家里人驾船出去度假,顺便检查飞船的状况。不知为什么,奴隶保护人产生了怀疑,坚持要和我们一起出去度假。这件事来得很突然,我的家人当时已经登上飞船了,所以我们不得不带上他。我们飞离了那里,再也没有回去过。在我们登陆第一颗文明行星之前,我和我的儿子们——两个儿子当时几乎都已长大成人——去掉了所有表明它曾是一艘奴隶运输船的标志,就算为此抛掉有可能出售的货物也在所不惜。"

"那个奴隶保护人后来怎么样了?"我问道,"他没带给你什么麻烦吗?"

"我还在想你会不会问这个问题呢。我把那个混蛋扔进了太空!活着扔出去的。他就那样飞了出去,眼睛鼓了出来,浑身向外迸血。你以为我会怎么做?吻他吗?"

复　调

|||

　　进入交通船，只剩下他们两人后，格拉海德对伊师塔说："你向老祖提出的建议，是认真的吗？和他生个孩子？"

　　"我怎么可能开玩笑？在场的有两个见证人，其中一个还是代理族长本人。"

　　"我也不觉得你是在开玩笑。但这是为什么，伊师塔？"

　　"因为我是一个多愁善感的返祖体①！"

　　"你有必要对我这么凶吗？"

　　她伸手揽住他的肩头，另一只手抓住他的手，"对不起，亲爱的。今天可真长……昨天晚上又没睡多少觉，尽管睡得很香。我有几件事放心不下——再说你提出的这个话题又是那么刺激。"

　　"我原本不该问的，侵犯了你的隐私权——我不知道我是怎么了。咱们忘了这件事吧，行吗？"

　　"亲爱的，亲爱的！我也不知道我是怎么搞的……所以才会

_____
①显出隔代遗传特征的动物或植物。

这么没有专业精神,让情绪左右自己。我这么解释吧:如果你是女人的话,你难道不会抓住这个好机会求婚吗? 向他求婚。"

"我不是女人。"

"我知道你不是,你是个可爱的男人。但是请用很短的时间,像女人一样有逻辑性地考虑一下。就一下。"

"男人不一定没有逻辑;这是女人的荒唐想法。"

"对不起。到家后我要立刻吃一片镇静药——我已经有好几年不需要它了。请一定考虑一下,假设你自己是个女人。行吗? 给你二十秒钟。"

"我不需要二十秒钟。"他拿起她的手,亲吻着,"如果我是女人,我同样会抓住这个好机会求婚的。这可是已经证实的、可以给予孩子的最好的基因图谱。这就是原因。"

"完全不是那么回事!"

他眨了眨眼。

"也许我不明白你说的逻辑是什么。"

"嗯……这重要吗? 反正我们的答案是一致的。"交通船突然转向,停在一个停靠站边;她站起身来,"别再想了。我们到家了,亲爱的。"

"你到家了,我没有。我想——"

"男人不会想。"

"我想你需要好好休息一个晚上,伊师塔。"

"是你把这身衣服给我穿上的;现在你得把它脱下来。"

"是吗? 这以后你会坚持留我吃饭,然后,等一切结束后,你就没多少时间可以休息了。这身衣服很容易从头上脱下来,我在消毒室里就是这样帮你脱的。"

她叹了口气。

"格拉海德，真不知道我帮你取的这个名字合不合适。仅仅因为我也许会再次邀请你在我家过夜，我就必须给你一个同居合同吗？再说，今晚我们俩没多少时间睡觉。"

"这正是我刚才说的。"

"但意思不一样。我们可能会工作一整夜。当然，如果你愿意，也可以先花上三分钟让我们快乐一下。"

"'三分钟'？即使在第一次我也没那么快吧。"

"那么——五分钟？"

"可以给我二十分钟……再加上一个道歉吗？"

"这人！三十分钟，亲爱的，不用道歉。"

"成交。"他站了起来。

"其中的五分钟已经浪费在争论上了。来吧，你这个不让人省心的小可爱。"

他跟着她进了她的房间，"你说的'工作一整夜'是什么意思？"

"还要加上明天。等我检查完电话留言就应该清楚了。如果没有留言，我会给代理族长打电话，尽管我不愿意这么做。我必须查看那个屋顶小屋，管它叫什么呢，得看看如果在那儿照顾他需要做些什么安排。然后我们俩要给他搬家；这事我不能安排给别人办。然后——"

"伊师塔！你真的打算同意他们这么干？没有消过毒的住所，没有急救设施，等等。"

"亲爱的……我的级别可以对你发号施令，但却影响不了维萨罗先生。何况即使是以维萨罗先生的权威，对老祖也没有什么影响；老祖才是地位最高的。我一直希望代理族长先生能找到什么办法哄骗他推迟这样的搬迁，但族长先生没有这样做。

所以现在我有两个选择:按照他的想法做,或者像所长那样完全退出。但我不会退出,那样我就没机会了。所以今晚我要检查一下他的新住所,看看从现在到明天上午的这段时间里可以做些什么。虽说不太可能把那个地方变成一个无菌住所,但也许在他看到那儿之前我们可以把它变得更舒服一些。"

"还有急救设施,别忘了,伊师塔。"

"好像我会忘记似的,笨孩子。现在帮我把这件该死的衣服脱下来吧——我是说'这件你为我设计的、老祖明显很喜欢的漂亮衣服'。请!"

"那就站着别动,把嘴闭上。"

"别胳肢我!噢,该死的,电话响了!快给我脱下来,亲爱的——赶快!"

主题变奏

IV 爱

　　拉撒路懒洋洋地躺在吊床上,搔着自己的胸脯。"哈玛德娅德①,"他说,"这个问题很复杂呀。十七岁那年,我认为我在恋爱,其实不过是荷尔蒙分泌过多,加上自欺欺人罢了。差不多一千年以后我才经历了真正的爱情,而且是过了好一阵子才意识到自己坠入了爱河。当时我连世上还有'爱'这个词都忘了。"

　　艾拉·维萨罗的"漂亮女儿"看上去有些迷惑不解。拉撒路心想,艾拉实在过于谦虚了:哈玛德娅德不单单是漂亮,而是惊人的美丽。哪怕是最挑剔的伊斯堪德里安的代理人都会认定她是完美的绝品,并竞相出价,使她在法蒂玛的拍卖会上以最高价格成交。

　　哈玛德娅德好像并没有意识到自己相貌出众,但伊师塔却很清楚。在艾拉的女儿成为拉撒路"家庭"成员的前十天里(拉撒路就是这样看待他们的。"家庭"这个词很恰当,因为艾拉、哈

---

　　①希腊、罗马神话中的树精。

玛德娅德、伊师塔和格拉海德都是他的后代,现在都被允许称他为"祖父"),伊师塔变得有些孩子气,总想把自己插在哈玛德娅德和拉撒路,或是哈玛德娅德和格拉海德中间,甚至不顾自己分身乏术。

这种拙劣表演让拉撒路觉得很有趣。他不清楚伊师塔是否意识到了自己的行为。最后他得出结论:可能没有。他的这位回春主管做事一板一眼,没什么幽默感,如果她意识到自己又回到了青春期的话,会被吓坏的。

但伊师塔的嫉妒没有持续多久。无论遇到什么事,哈玛德娅德总是保持着温柔友好的态度,让人无法不喜欢她。拉撒路想,这是不是她有意培养起来的一种处世方式,以保护自己不受相貌不如她的姐妹们的嫉恨——或者这仅仅是出于她的天性?他没去寻找答案。伊师塔现在乐意坐在哈玛德娅德身旁,甚至愿意在她和格拉海德之间给哈玛德娅德留出一些空间来,还让她帮忙做饭,打打杂。哈玛德娅德成了事实上的助理"家庭主妇。"

"如果我必须要等上一千年才能理解那个词的话,"哈玛德娅德回答道,"那我可能永远都不会理解了。密涅娃说这个词无法用格拉克塔语来形容。我虽然会说古典英语,但思考的时候用的还是格拉克塔语,说明我并没有真正掌握英语。'爱'这个词在古老的英语文学中经常出现,成了我用英语思考时的障碍。"

"那我们就用格拉克塔语说说吧。反正英语从来没被用来思考过什么正事;它不是一种适合逻辑思维的语言。相反,它是一种感性语言,适用于掩盖逻辑谬误。它正处于向理性演化的过程中,还没有成长为一种理性的语言。绝大多数讲英语的人对于'爱'这个词的理解并不比你深,尽管他们总在使用这个词。"

拉撒路补充说:"密涅娃! 我们要试试为'爱'这个词下个定义,你想加入我们吗? 如果想的话,请转换到你的个性模式。"

"谢谢你,拉撒路。艾拉 – 伊师塔 – 哈玛德娅德 – 格拉海德,你们好。"没有肉体的女低音回答道,"我一直都处于个性模式。你允许我使用自己的判断,所以我一般都处于该模式下。你看起来气色很不错,拉撒路,每天都更年轻了些。"

"我也感到更年轻了。但是,亲爱的,进入个性模式以后,你应该告诉我们。"

"我很抱歉,祖父!"

"别说得这么谦卑。你只需要说,'好的,我知道了'就行了。如果你能对我或者艾拉说一声'去死吧你',只需要一次,就会对你大有好处。相当于清理你的电路。"

"可我不希望对你们中的任何一位说那样的话。"

"这就是问题所在。多跟多拉相处,你肯定能学会说这句话。你今天和她说过话吗?"

"我正在和多拉说话,拉撒路。我们在玩五个维度的趣味象棋,她还在教我唱你教她的歌。她先教了我一首歌,然后我用男高音领唱,她用女高音唱和声。通过控制室里的扬声器,我们能听到自己的声音。我们正在唱《一只球的愤怒》。你想听听吗?"

拉撒路畏缩了,"不,不,不听这首。"

"我们还练了其他几首歌,有《瘦高个里尔》,《育空市杰克之歌》和《难以摆脱的比尔》——唱这首的时候,多拉唱女高音和男低音。还有《从加拿大来的四个妓女》,这个挺有趣。"

"不要,密涅娃。对不起,艾拉,我的计算机把你的计算机教坏了。"拉撒路叹了口气,"这不是我的本意;我原本只希望密涅娃能替我照料她。在这里,我只剩这艘傻飞船了。"

"拉撒路,"密涅娃责备地说,"我认为你不应该说多拉是傻飞船。我觉得她很聪明。我不明白为什么你说她把我教坏了。"

艾拉一直躺在草地上晒太阳,眼睛上盖了一块小方巾。他用一只手臂撑起身体,"我也不这样认为,拉撒路。我想听听最后那首歌。我想起加拿大在哪里了,在你出生的那个国家的北边。"

拉撒路默默地在心里数数,然后才说道:"艾拉,我知道,我对你这样文明的现代人抱着可笑的偏见。这我没办法,少年时代的生活塑造了我,当时的我像小鸭子一样容易受影响,所以形成了根深蒂固的观念。如果你想听不开化地方流行的色情歌曲,请在你自己的房间里听,而不是这里。密涅娃,多拉不懂这些歌;对她来说,这只是哄孩子时哼的小曲。"

"虽然我有理论知识,但我同样听不懂这些歌,先生。不过这些曲子都挺欢快的,我也很喜欢有人教我唱歌。"

"这个——那好吧。多拉在其他方面表现得还好吗?"

"她是个好姑娘,拉撒路祖父。我觉得她对我的陪伴也很满意。但她对昨天晚上没人给她讲睡前故事有点不高兴。我告诉她你很累,已经睡着了,然后我给她讲了一个故事。"

"可是——伊师塔!我是不是错过了一天?"

"是的,先生。"

"是做了手术吗?我没有在身上看到什么新伤口啊。"

回春主管医士犹豫了一下,"祖父,如果你坚持要讨论医疗程序,我只好照办。但是,讨论这些事对顾客没什么好处。我希望你不要坚持。真的,先生。"

"嗯。好吧,好吧。但下一次你让我错过一天,或是一周,或者无论多长时间,请提醒我注意。这样我可以事先给密涅娃留一个睡前故事。不,这样不行;你不想让我知道。好吧,我把故事存在密涅娃的文件里,你提醒密涅娃吧。"

"我会的,祖父。客人和我们的合作非常重要,最好的合作就是尽可能少关注我们的工作。"伊师塔淡淡地笑了笑,"我们最怕的顾客是回春医士。他们总是很担心,总想自己安排回春过程。"

"这不让人吃惊。我知道,亲爱的,我也有那种执着的、想什么事都自己做的习惯。所以,当我追问不休的时候,告诉我闭嘴就好了。但我想知道我现在的情况怎么样? 我们还需要多长时间?"

伊师塔犹犹豫豫地说:"也许现在就是我需要告诉你……'闭嘴'的时候了。"

"那就这样吧! 但你的语气要更强硬一些,亲爱的。'从控制室里滚出去,你这个脑子进水的呆瓜,待在外面别进来!'要让他认识到,如果他不赶紧出去的话,你会把他扔进禁闭室。再试一次。"

伊师塔咧嘴笑了起来,"祖父,你真是个老骗了。"

"我早就这么怀疑了,本来还希望能不表现出来。好吧,我们讨论的话题是'爱'。密涅娃,小可爱哈玛说你告诉她,这个词无法用格拉克塔语来表述。你还有什么意见要补充吗?"

"勉强算是吧,拉撒路。我可不可以先不回答,等其他人发表完意见再说?"

"你自己决定。格拉海德,在这个家庭里,你比其他人都说得少、听得多。现在想说说你的想法吗?"

"嗯,先生,听哈玛德娅德说起'爱'之前,我还没有意识到这个词有什么奥妙。但我现在还处于学习英语的阶段,用孩子学习母语一样的自然方式学习。没有语法、句子结构、字典,只是听、说、读。通过谈话中的上下文来学习新词。用这种方法,我的感觉是,'爱'是一种可以通过性行为来获得的、由两人分享的极度欢乐。不知道对不对?"

"孩子,看样子你读了很多英语文学作品。得到这个印象再自然不过了。我实在不想这么说,但是,你百分之百错了。"

伊师塔看起来有些吃惊,而格拉海德只是陷入了沉思。"那么我必须再多读些书。"

"别费劲了,格拉海德。对这个词,你读的绝大多数作品的作者和你的理解一样,都错了。哼,连我自己也在很多年里错误地使用了这个词;这是一个有力的例子,说明英语的说话方式是多么容易被人误解。但是,无论'爱'是什么,它都不是性。我不是在诋毁性行为。如果在人类生活中有比两个人合作制造一个孩子更为重要的事,那么历史上的所有哲学家都没能找到它。还有,在不打算生孩子的时候,性行为能让我们能够保持生活的激情,把抚养孩子的繁重任务变成一件可以忍受的事情。但那不是爱。爱是在你没有性冲动的时候仍然存在的感情。如果我们这样约定爱的定义,那么谁来试试?艾拉,你怎么样?你的英语比其他人都好,几乎和我讲得一样好了。"

"我比你讲得好,祖父;我说的话符合语法规则,而你不是。"

"别挑刺了,孩子;我来教你点东西。莎士比亚和我都不会让语法规则影响到我们表达自己。知道吗,他有一次对我说——"

"噢,得了吧!他在你出生前三个世纪就已经去世了。"

"真是这样吗?他们打开了他的墓穴,发现里面是空的。事实上,他是伊丽莎白女王的半血缘兄弟,为了掩盖事实,他把他的头发染了。另一个事实是他们发现了他的秘密,所以他使了个调包计。我用那种方式死了好几次了。艾拉,他在遗嘱里把他'第二喜欢的那张床'留给了他的妻子。查查谁得到了他最喜欢的那张床,你就会明白真正发生了什么。你想试试给'爱'这个词下个定义吗?"

"不。你又在偷换概念。你一直在把所谓'爱'的体验分成两类。几个星期以前,你跟密涅娃讨论这个问题时,她就是这样分类的:把'爱'分成'性爱'和'大爱'。只不过你没用这两个专业词汇。用这种诡计,你把'爱'从一个子类别里排除出去,然后声称这个词只局限于另一个类别。于是,你把'爱'的定义等同于'大爱',只不过没用'大爱'这个专业称谓。这么做行不通,拉撒路。用你自己的话说,你偷了一张牌,被我发现了。"

拉撒路赞赏地点点头,"真不错,孩子;我没看错你。等哪一天我们有足够的时间可以浪费的时候,咱们来辩一辩唯我论的问题。"

"算了吧,拉撒路。你不能像欺负格拉海德一样欺负我。爱只能分成两类,'性爱'和'大爱'。'大爱'的情况很少见;'性爱'却很普遍,几乎是不可避免。所以格拉海德觉得'性爱'就是'爱'的全部。现在你把他搞糊涂了,因为他假设——不正确地假设——你是英语语言领域的权威人士。这不公平。"

拉撒路咯咯地笑了起来,"艾拉,我的孩子,我还是个小孩的时候,专业词汇这种臭玩意儿,他们一车一车地卖出去,拿它们当肥料种苜蓿。这些专业词汇是由神学家、脱离实际的专家之类人物空想出来的,跟禁绝性关系的神父写出的性行为手册一样。孩子,我之所以回避使用这些花里胡哨词儿,原因是它们无用、错误而且容易误导人。完全可能存在没有爱的性,没有性的爱,还有两者混杂在一起的情况,没有人分得清谁是谁。但是爱确实可以被定义,一个确切的、不需要'性'的定义,也无须借助诸如'性爱'和'大爱'等专业词汇。"

"那就由你来定义吧,"艾拉说,"我保证不会笑。"

"现在还不是时候。用词汇来定义像'爱'这样的基本概念,其问题在于没有经历过它的人无法理解。这就如同向一个一出生就失明的盲人解释彩虹是什么一样,是一个自古以来就存在的难题。是的,伊师塔,我知道你能给盲人装上克隆出来的眼睛,但这样的难题在我年轻的时候是无法解决的。在那个时候,人们可以向这个不幸的人传授一切跟电磁光谱有关的物理理论,准确地告诉他人的肉眼可以看到的频率范围,然后用这样的频率来解释每一种颜色,以及折射和反射机制如何形成彩虹现象,彩虹的形状是怎样的,频率是怎么分布的,让他在理论上了解一切有关彩虹的事情……但你仍然无法使他体会到彩虹的景象在人心中激起的摄人心魄的感觉。密涅娃比那个盲人强一些,因为她能看到。亲爱的密涅娃,你见过彩虹吗?"

"只要有机会我就会看,拉撒路,在我的外部传感装置能看到的时候。的确是迷人的奇观!"

"这就对了。密涅娃可以看到彩虹,而盲人看不到。电磁理论与实际经验没关系。"

"拉撒路,"密涅娃补充道,"也许我能看到的彩虹比人看到的更为绚丽。我的视力范围有三个八度宽,从一千五百到一万两千埃。"

拉撒路吹了声口哨,"我的视力不如你,但只比你的少一个八度。告诉我,姑娘,你在这些颜色里能看到调和色吗?"

"噢,当然能!"

"唔,别费心向我解释那些颜色了;我还是继续当个半盲人吧。"

拉撒路又补充道:"这让我想起了在火星上认识的一个盲人,艾拉,是在我管理那个娱乐中心的时候。他——"

"祖父,"代理族长用疲惫的声音打断了他,"别把我们当小孩子。当然,你是活着的人中年纪最老的……但这里最年轻的人,就是坐在那里的我的孩子,大睁着两眼崇拜地看着你的那个——即使是她,也和你最后一次看到的你外祖父的年纪差不多。哈玛德娅德下次过生日的时候就有八十岁了。嗨,亲爱的,你有多少个情人?"

"天哪,艾拉——谁会去数呢?"

"你有没有为这种事收过钱?"

"不关你的事,父亲。你是不是想给我一些钱呢?"

"别顶嘴,亲爱的;再怎么我还是你的父亲。拉撒路,你以为说这种事就会让哈玛德娅德震惊吗?卖淫在这里不是什么大生意,和她一样的业余选手多的是,全都乐于献身。不过,新罗马还是有几家妓院的,而且是商会的成员。你该试试我们的高档度假村,极乐世界。等你完成整个回春过程再说吧。"

"好主意,"格拉海德赞同道,"等伊师塔给你做完最后的全身检查以后,咱们去庆祝一下。我请你,祖父;我会很荣幸的。极乐世界里什么都有,按摩、催眠、最好的美食和演出。你可以随便提出什么要求,他们都可以提供。"

"等一等,"哈玛德娅德抗议道,"别太自私了,格拉海德。我们办一个四人聚会来庆祝吧。伊师塔,怎么样?"

"当然好,亲爱的。有趣。"

"或者是六人的,给艾拉也找个伴。怎么样,父亲?"

"很有诱惑力,亲爱的。你知道,我通常避免出现在公共场合,但为了拉撒路的这个生日聚会……你做过几次回春治疗,拉撒路? 这类生日聚会上,我们都是用这个计算生日。"

"别那么好打听,小家伙。正如你的女儿说的:'谁会去数呢?'我倒不介意你们给我准备一个生日蛋糕,就像我小时候常吃的那种。蛋糕中间只插一支蜡烛就够了。"

"生殖器的象征,"格拉海德赞同道,"代表生育能力的古老符号,对于庆祝回春很恰当。蜡烛的火焰也是生命力的古老象征。插一根真正能用的蜡烛,别用假的——如果能找到的话。"

伊师塔高兴地说:"当然能! 一定有会做蜡烛的人。没有的话,我来学怎么做,然后自己做一根。我还要自己设计。半现实主义的,不脱离蜡烛的原始形状,但我可以把它做成一个真实的人像,祖父;我是一个不错的业余雕塑家,是在学习整容手术时学会的。"

"等一等!"拉撒路抗议道,"我想要的只是一根普通的蜡做的普通的蜡烛,然后许个愿、吹灭它。谢谢你,伊师塔,还是别麻烦了。也谢谢你,格拉海德,但还是由我来付账吧。不过,更可能的是只在这里举行一个家庭聚会,这样艾拉不会觉得自己像一只等着别人射击的鸭子。孩子们,我见过各种各样的娱乐场所。快乐是在心里,而不是在那些东西里头。"

"拉撒路,难道你没看出来吗? 孩子们想用一个时髦的聚会来招待你。他们喜欢你——尽管我不清楚为什么。"

"那么——"

"不会有账单的。我想起了附在你遗嘱后面的清单里的一些内容。密涅娃,极乐世界是谁的?"

　　"它是新罗马服务有限公司的下属公司,而新罗马服务有限公司又隶属于谢菲尔德－利比协会。简单来说,拉撒路拥有它。"

　　"该死的!谁把我的钱投到那种事上了?安迪·利比,愿上帝保佑他那可爱、害羞的灵魂,就算我没把他放在那颗行星外的轨道上——那是我们一起发现的最后一颗小行星,他就是在那里死去的——让他自行旋转,他也会在坟墓里翻来翻去,不得安生的。"

　　"拉撒路,这件事在你的记忆库里没有记录。"

　　"艾拉,我一直在告诉你,有很多事情都不在我的记忆库里。那个可怜的家伙,他的注意力完全放在他脑子里的一个问题上,没有保持警惕。他临死前我向他保证,如果他死了,我会把他带回到他的出生地奥索卡斯。所以我先把他放在轨道上,准备一百年后再来实践诺言。可我没有找到他。我猜可能是信号发射机的能量耗光了。好吧,孩子们,我们在我那个娱乐公司里举行一个聚会,各种服务你们都可以试试。我们刚才谈到哪儿了?对了,艾拉,你要给'爱'下定义。"

　　"不是的,你止要告诉我们你在火星管理那个妓院的时候、遇到的一个瞎子的故事。"

　　"艾拉,你和约翰逊外祖父一样直来直去。那个人叫'小闹'——我不记得他确切的名字了,如果他有的话。小闹和你一样,只想工作,无论什么工作。在那个时候,盲人靠乞讨也能过得很好,没有人会看轻他,因为那时还没有办法帮助盲人恢复视力。

　　"但小闹不喜欢依靠别人生活;他做力所能及的事。他演奏一种叫压迫盒的乐器,还唱歌。这种乐器是通过乐手吹气、使气流通过金属簧片发出声音,乐手同时还需要用手按压乐器上面的键。声音很优美。在电子音乐把绝大多数机械乐器制造商挤出这个市场之前,这种乐器是很流行的。

"有一天晚上,小闹出现了。他在一间更衣室里脱下压力服,开始演奏乐器、唱歌。我就是这时候注意到了他。

"我的政策是'要么给钱、要么出去',偶尔给一个暂时没钱的老主顾买杯啤酒例外。但小闹不是顾客;他是个流浪汉,看起来闻起来都像流浪汉。我正要像对待流浪汉一样把他轰出去,突然看到了他缠在眼睛上的破布,于是我停下了。

"没人会赶一个盲人,没人会给他找麻烦。我注意着他的举动,但没去打扰他。他甚至没有坐下来,只是弹着那台快散架的施坦威钢琴,还唱着歌。乐器演奏得不好,歌也唱得不好,但我停下了自己演奏的小竖琴,不打断他。店里有个女孩开始拿着帽了为他讨钱。

"他来到我的桌边时,我请他坐下,为他买了一杯啤酒——我后来后悔了;他的嘴巴很臭。他谢了我,然后把他的事情告诉了我。谎话,大多数是。"

"跟你的话一样,祖父?"

"谢谢你,艾拉。他说他以前是一艘大型哈里曼班机上的首席工程师,后来发生了事故。也许他以前真的是太空人;我在他的术语中没有发现破绽。我也没有刻意这样去做。就算有个盲人声称他是神圣罗马帝国的继承人,我也会顺着他的意思。任何人都会这样做的。也许他真是太空机械师、装配工或其他什么人。但他更像个工作中不小心出了事的太空矿工。

"打烊前做最后检查的时候,我发现他在厨房里睡着了。不能让他睡那儿,厨房要保持整洁。所以我把他带到一个空房间里,让他睡在床上。我打算让他吃顿早饭,然后和和气气地请他离开——我经营的可不是小旅店。

"故事到此远没有结束。早饭时我看到他情况不错,不过我差点认不出他来了。几个女孩让他洗了澡,帮他修剪了头发,刮了胡子,让他穿上了干净衣服——我的衣服,把他包扎坏眼睛的又脏又破的布扔了,换上了一条干净的白绷带。

"亲戚们,我不会和大趋势作对。姑娘可以自由地养宠物;我知道是什么吸引顾客到这里来,反正不是我演奏的小竖琴。即便她们的宠物有两条腿,比我吃得还多,我也不会有意见。只要姑娘们想收留他,荷尔蒙宫就是小闹的家。

"但过了一阵子,我意识到小闹不是个喜欢享受免费房间和食物的寄生虫,他成了我们的营业工具,把钱从顾客的口袋中吸走——不,应该说他是在为自己讨钱。他和我们在一起的头一个月月底,我的财务账上显示妓院的总收入增加了,净利润直线上升。"

"你怎么解释这种情况呢,拉撒路?要知道,他在和你争夺客人的钱呀。"

"艾拉,我非得替你思考一切吗?噢,对了,多数时候是密涅娃替你考虑。很明显,你可能从来没想过各种业务协同作用所产生的经济性。我的收入来自三个部分,酒吧、厨房和姑娘们自己。没有毒品,毒品会破坏这三个收入来源。如果一个顾客吸了毒,被我们发现了,或者只是表现出了某种迹象,我会立刻请他离开,把他打发走。

"厨房是给姑娘们准备食物的地方,对她们的收费按照不亏不赚或是稍微亏一点的原则来计算。厨房也为晚上点餐的人服务,这一块业务有赚头,因为厨房的管理费和日杂费已经摊在向姑娘们提供的餐点成本里了。我开除掉一个三只手的酒吧经理后，酒吧这块业务也是盈利的。姑娘们挣的钱归她们自己，但她们要为每个嫖客支付固定的房间费用，如果留客人住一晚上的话，则要付三倍的房费。她可以在钱上耍些小把戏，我会睁一只眼闭一只眼。但如果数额太大或是次数太多，又或者嫖客投诉他被打劫了，我就会和这个姑娘好好谈一谈。从来没有出现过真正的麻烦；她们是让人尊敬的女士。再说，我有办法悄悄地查她们，我脑袋后面也长了眼睛。

"被打劫的投诉是最棘手的，但我记得，只有一次是姑娘的错，不是嫖客的。我没做什么，只是中止了她的合同，让她走了。通常的投诉中，嫖客并不是受害者：他们把太多的钱放进姑娘贪婪的小手里，而姑娘也提供了嫖客所购买的服务以后，他们又改主意了，想强行把钱从姑娘那儿要回来。这样的家伙我闻得出来，我会用窃听器监听里面的情况，出麻烦时立刻介入。我会把这样的混蛋狠狠扔出去，让他在地上弹上两弹。"

"祖父，这些混蛋里会不会有些人块头太大，你对付不了？"

"不是这样，格拉海德。在打斗中，块头的大小并不是很重要。还有，遇上真正的麻烦时，我总要带上武器。如果我必须战胜一个人的话，哪怕我打败他的方式会让我的良心受到谴责，我也会毫不犹豫地击败他。如果你在一个男人毫无防备的时候猛踢他的胯下，他会安安静静地躺很长时间，足够让你把他扔出去了。

"别害怕，哈玛小可爱；你父亲才说过，无论听到什么，你都不会大惊小怪的。但我要说的是小闹的事，讲他怎么帮我们赚钱、同时也为他自己赚钱的故事。

"偏远星球的酒吧一般是这种情况，顾客来了以后先买一杯饮料,然后打量姑娘们,给他挑中的姑娘买一杯饮料,到她的房间去,完事后离开。大约三十分钟时间;给妓院创造的净利润很少。

"在小闹来之前,我那儿也是这样。小闹来了以后,情况发生了变化:客人来了,先是像以前一样买一杯饮料,也可能为了不打断一个盲人的演唱而给姑娘再买上第二杯饮料,这才带着姑娘去她的房间。当他出来时,小闹正在唱《弗兰克和乔尼》或者是《当作家遇到我堂兄时》,他会朝这位客人微笑,客人会坐下来,把歌听完——然后他会问小闹是不是会唱《黑眼睛》。他当然会,但他没有承认自己会唱,而是让客人告诉他歌词,哼哼歌的调子,然后他会告诉客人他试试看。

"如果客人身上的钱比较多,几个小时以后他还会坐在那里。他吃了晚饭,还会请一个姑娘一块儿吃晚饭,给小闹小费时也很大方。他会准备和这个姑娘或是那个姑娘再来一次。如果带的钱足够的话,他会整晚都待在这里,把他的钱花在姑娘、小闹、酒吧和厨房上。如果他把钱花光了,又一直是个好客人的话——行为适当,而且花钱大方——我会赊给他床铺和早餐,请他卜次再来。只要他下次发薪水时还活着,他肯定会回来的。就算他不再来了,那么妓院的全部损失不过是一顿早餐的成本,和他在这里的花费相比算不了什么。除此之外,这还是一种最便宜的正面宣传。

"大概一个月左右,妓院和姑娘们都挣了更多的钱,姑娘们干起活来也不用那么卖命了,她们的许多时间花在了喝别人买的饮料上——也就是带颜色的水,饮料收入一半归妓院,一半归姑娘本人——同时陪客人听小闹的那些思乡曲。哼,姑娘们才不想像个脚踏车那样无休止地工作呢,即使她平常喜欢这项工作。说实话,她们中的许多人的确是喜欢的。但坐在那里听小闹的歌,她们永远不会觉得厌烦。

"我不再演奏小竖琴了,只在小闹吃饭的时候弹上几曲。我的演奏技术比小闹强,但他有那种无法用语言描述的、能够把歌卖出去的能力;他可以让客人们悲伤或是大笑。他会唱很多歌。有一首叫《天生的失败者》。这歌没什么调子,听上去像这样:

嗒嗒 噗 噗
嗒嗒 噗 噗
嗒 嗒嗒 嗒 嗒噗 噗

——歌词讲的是一个从来没有成功过的笨蛋:

有一个小酒馆
就在台球房旁边
是度过快乐时光的地方

有一个妓院
就在台球房上面
是我妹妹挣钱的地方

她是一个很好的玩伴
我替她收账
五元甚至十元的钞票

没钱的时候

或者是马儿

跑得很慢的时候——

"就是这样的歌,孩子们,还有很多。"

"拉撒路,"艾拉说,"你到这里后每天都在哼着或唱着这首歌。是完整的歌。有十几句歌词,或是更多。"

"真的吗,艾拉。我的确经常哼哼,这个我知道。但我自己听不到。这就相当于一只猫发出咕噜咕噜的声音;说明我的各项器官运转良好,所有信号灯都是绿色的,处于正常巡航状态。也就是说我感到安全、放松和愉快——就是这样。

"但《天生的失败者》这首歌不止十几句歌词,它有上百句。我唱的只是过去小闹唱词中的一小部分。他总是篡改歌曲,改变歌词或是加上一些词。我觉得这首歌的开头部分和他唱的不一样;我依稀记得从前听过类似的一首歌,唱的是一个总把大衣押在当铺里的人的故事——那是我年轻时的事了,当时我还在地球,正在努力工作,支撑我的第一个家。

"但小闹重新编排了歌词的次序,还添加了不少段落。所以,这首歌是属于小闹的。二十年后,也可能是二十五年,我在月亮城一家酒店的歌舞表演中又听到了那首歌。是小闹唱的,但他改编了那首歌。调整了韵律,使押韵格式更合适,曲子也改得更好听了。但曲调还是听得出来,充满希望而非沮丧的小调,歌词还是关于这个三流骗子,他的大衣总是在典当行里,还总是揩他妹妹的油。

"小闹自己也变了。锃亮的新乐器,合身的太空制服,鬓角有些发白。他是挂牌的名角。我给了侍者一些钱,让他告诉小闹'快乐'德兹在底下——这不是我当时的名字,但小闹只知道这个名字。第一组节目结束后,他来找我,让我给他买了一杯饮料,我们互相说着谎话,谈起我们在老荷尔蒙宫里的快乐日子。

"我没有提及他的不辞而别。他的离开让姑娘们垂头丧气,担心他可能死在哪个阴沟里了。但他没有主动说起,我也就没问。他离开我们时,我不得不调查他的失踪,因为我的人为此情绪低落,工作场所变得阴森森的,像个停尸房。一个娱乐场所绝对不能这样。我打听到他登上了飞往月亮城的'矛隼'号,然后一直待在月亮城。我告诉姑娘们,小闹突然有了一个回乡的机会,还让驻埠船长给每个人都捎了话——然后编了许多针对不同人的告别语。这让她们重新打起精神,一扫沉闷气氛。她们仍然想念他,但她们也知道,他不能错过搭车返乡的机会。再说,既然他还'记得'给她们每个人都捎了口信,她们都觉得很感激。

"事实证明,他真的记得她们。他叫出了每一个人的名字。亲爱的密涅娃,这就是视力上的盲人和心灵上的盲人的区别。通过回忆,小闹可以在任何他想看的时候看到彩虹。他从来没有停止去'看',而且他'看'到的总是美丽的。我记得我们都在火星上的时候,他认为我和你一样英俊,格拉海德。别笑。他告诉我,他可以从我的声音里知道我长的样子,然后向我描述了我的长相。我表现得很得体,说他在吹捧我,但他说我太谦虚,我也就没拦着他,让他继续说下去。我现在不英俊,那时也不英俊,但我从来没有谦虚这个恶习。

"小闹还认为所有姑娘都很漂亮。其实只有一个姑娘基本够格,其他几个只能勉强算是可爱。

"他问我奥尔加后来怎么样了,又说:'天哪!她是个多么美丽的小可爱呀!'

194

"各位亲戚,奥尔加甚至算不上长相平常。她很丑。脸像泥饼子,身材像水桶。只有在像火星这样偏远的行星,她才混得下去。她有的只是热情,加上甜美的声音,温柔的个性——这就够了。客人可能会在没得可挑的时候才会选她,比如生意火爆的时候,可一旦这么做了,他以后会特意再选择她。也就是说,美貌可能会引诱一个男人上床,但不会让他们上第二次当,除非他非常年轻,或者非常愚蠢。"

"什么东西才能把男人第二次带上床呢,祖父?"哈玛德娅德问道,"技术? 肌肉的控制力?"

"有人这么抱怨过你吗,亲爱的?"

"嗯……没有。"

"那么你肯定知道答案,你是故意开我的玩笑。你说的两个都不是。我说的这种能力是让你自己乐在其中,从而让男人快乐。它是精神上的能力,而不是肉体上。奥尔加这方面的能力很强。

"我告诉小闹,他离开后不久,奥尔加就幸福地结婚了,生了三个孩子,这是我最后听到的有关她的消息。彻头彻尾的谎言。小闹走了之后,她在很偶然的情况下被杀了。姑娘们为此伤心不已,我自己也感觉不好,店子关了四天。但是我不能把这些告诉小闹;奥尔加是最先照顾他的姑娘之一,她帮他洗澡,在我睡着的时候偷了我的衣服给他。

"总之,姑娘们都照料过他,而且从来没有因为他争风吃醋。小闹的故事讲完了,有些凌乱,让我们再回到主题上来;我们现在仍然要定义'爱'。有谁想试试吗?"

格拉海德说:"小闹爱每个姑娘。你刚才说的就是这么回事。"

"不对,孩子,他不爱任何一个姑娘。喜欢她们,是的——但他离开她们的时候甚至没有回头看一看。"

"那么你说的是,她们爱他。"

"正确。一旦你搞明白他对于她们的感情和她们对于他的感情之间的区别,我们就快成功了。"

"那是母爱。"艾拉粗声补充道,"拉撒路,你是不是要告诉我们,'母爱'就是世间存在的唯一的爱? 你真是疯了!"

"可能吧,但意思不对。我说了她们照料过他;但我没说'母爱'。"

"嗯……他和她们都睡过觉?"

"就算是这样,也不是什么让人吃惊的事,艾拉。反正我从来没想去调查这种事。这和我们的话题无关。"

哈玛德娅德对她父亲说:"艾拉,'母爱'不可能是我们想定义的'爱';通常情况下它是一种责任感。我的小孩中有两个我曾想淹死他们。要是你看到他们是什么样的小魔头,你也会理解我的心情。"

"女儿,你的孩子都很可爱。"

"哦,也就是可爱一会儿。不过无论孩子怎样,母亲都要照料他,不然的话,他长大以后会成为一个更可怕的妖怪。你怎么看我的儿子高顿,作为一个孩子来说?"

"是个令人愉快的孩子。"

"真的吗? 我一定把这话告诉他——如果我真的有一个取名为'高顿'的男孩。对不起,老父亲,我不该给你设陷阱。拉撒路,艾拉是完美的祖父,从来不会忘记孩子们的生日。但我一直怀疑是密涅娃在为他记录这些事,现在我弄清楚了。你说呢,密涅娃?"

密涅娃没有回答。拉撒路说:"她不是为你工作的,哈玛德娅德。"

艾拉厉声道:"当然是密涅娃在为我记录这种事! 密涅娃,我有多少个孙子孙女?"

"一百二十七个,艾拉,算上下个星期要出生的那个男孩。"

"有多少个曾孙? 要出生的那个孩子是谁的?"

"四百零三个,先生。是你的儿子高顿现任妻子玛利亚的孩子。"

"有什么消息的话及时告诉我。这才是我刚才脑子里想的那个小男孩高顿,要小聪明的女士;高顿的儿子,也叫高顿……嗯,我想是伊芙琳·海德里克生的。拉撒路,我欺骗了你。其实是因为我的子孙后代太多了,要把我挤出这颗行星,我才不得不移民的。"

"父亲,你真的想移民吗? 不是在开玩笑?"

"亲爱的,在十年一度的理事会议之前,这还是个最高机密。但我确实要移民。想不想和我一起走? 格拉海德和伊师塔都已经决定走了;他们要为那里的人建立一个回春诊所。你有五到十年的时间来学一样真正有用的手艺。"

"祖父,你要走吗?"

"不可能的n次方,孩子。移民的事我经历过。"

"你可能会改变心意。"哈玛德娅德站了起来,面对着拉撒路说道,"在三位证人——四位;密涅娃可能是最好的证人——的见证下,我向你提出签署与您同居和生育后代的合同建议,具体条件由你决定。"伊师塔看上去吓了一跳,但迅速从脸上抹掉一切表情;其他人没有吭声。

拉撒路回答道:"孙女,如果我不是这么老、这么累,我会打你屁股的。"

"拉撒路,我只是出于礼貌才成为你的孙女;在我的血脉中,只有不到百分之八来自于你。显性基因还要少于这个比例,出现不利基因强化效果的可能性微乎其微;坏的隐性基因更是早已清除。我会把我的基因图谱拿给你检查。"

"这不是关键,亲爱的。"

"拉撒路,我确切地知道,你过去与你的后代结过婚;为什么要对我区别对待? 有什么特别的原因吗? 如果你能告诉我,或许我可以改正它。我必须补充说一下,这个求婚不以你移民为条件。"哈玛德娅德接着说,"或者只生育后代也行,但如果我能和你住在一起,我会感到骄傲和快乐。"

"为什么,哈玛德娅德?"

她犹豫了一下,"我没法回答,先生。我原本以为可以说'我爱你'——但我显然不知道这个词意味着什么。所以,无论在哪种语言里,我都找不到词来形容我的需要……于是只好没头没脑地直接提了出来。"

拉撒路温和地说:"我爱你,亲爱的——"

哈玛德娅德的脸抬了起来。

他继续说道:"——但正因为这个原因,我要拒绝你。"拉撒路看了看周围的人,"我爱你们所有的人。伊师塔、格拉海德……甚至是那个丑八怪,就是坐在那边、一脸忧心忡忡的你父亲。笑一笑吧,亲爱的,我敢肯定,会有很多年轻人非常迫切地希望能和你结婚。伊师塔,你也笑一笑——但你别笑,艾拉;你那张古板的脸会裂开的。伊师塔,谁来接你和格拉海德的班? 不,我不关心排班次序。今天剩下的时间里,我可以一个人待着吗?"

她犹豫了一下,说:"祖父,我可以在观察室里安排人值班吗?"

"无论如何你都会安排的。但你能让他们只用那些测量仪器吗？不要监视，不要监听，行吗？如果我表现不好的话，密涅娃会通知你的——我肯定。"

"不会有人监视或监听你，先生。"伊师塔站了起来，"来吧，格拉海德，哈玛德娅德。"

"等一等，伊师塔。拉撒路，我冒犯你了吗？"

"什么？一点也没有，亲爱的。"

"我想你对……我提出的建议生气了。"

"哦，胡说。可爱的哈玛，那样的建议永远不会冒犯任何人；这是一个人可以给予另一个人的最高奖赏。但它的确让我糊涂了。现在笑一笑，然后吻吻我说晚安吧，如果你愿意的话，明天来看我。你们大家都来吻吻我道晚安吧；我们应该亲密无间。艾拉，如果你愿意，你可以待会儿再走。"

他们像听话的小孩子一样照他说的做了，然后走进拉撒路的小屋，坐着升降机下去了。拉撒路说："艾拉，要不要来杯饮料？"

"如果你也来一杯的话。"

"我们来简短地谈谈这件事。艾拉，是不是你让她这么干的？"

"什么？"

"你知道我的意思。哈玛德娅德。先是伊师塔，现在又是哈玛德娅德。在你把我从那个廉价旅馆里抓出来以后，你操纵着这一切。我本来可以在那儿尊严地、安静地死去。你是不是又想在我的鼻子下面放上诱饵，然后让我陷在你脑子里计划的事情里？这没用，小子。"

代理族长平静地回答道："我可以否认你的话——但你已经

一百次地说我是骗子了。我建议你去问密涅娃。"

"我怀疑这样得到的答案是不是真实的。密涅娃!"

"我在,拉撒路?"

"艾拉有没有安排这两个姑娘中的任何一个做这些事?"

"据我所知没有,拉撒路。"

"这是对问题的逃避吗,亲爱的?"

"拉撒路,我不可能对你撒谎。"

"好吧……我想,如果艾拉想让你撒谎,你会照办的。但我追问这件事也没什么意义。亲爱的,让我们单独待一会儿——只要转换一下模式就行了。"

"好的,拉撒路。"

拉撒路继续说道:"艾拉,我希望你刚才回答的是'是'。因为剩下的唯一一个解释是我不喜欢的。我并不英俊,我的举止行为也不是惹女人喜爱的类型。那么还有什么解释呢?那就是,我是活着的最老的人。女人有时会为了一些奇怪的原因出卖自己,不总是为了钱。艾拉,我不想为了年轻可爱的女人成为一匹种马,她们不会在我身上浪费时间的,除了为了获得和,引号,老祖,引号结束,生一个孩子的名声。"他瞪着眼睛说,"对吗?"

"拉撒路,你对这两位女士都不公平。还有,这一次,你实在蠢透了。"

"怎么讲?"

"我一直在观察她们。我想她们两个都爱上你了——别和我空谈那个词的意思;我不是格拉海德。"

"可是——噢,胡扯!"

"要说胡扯,你是整个银河系中的最高权威。我绝不会和你争论这个问题。女人并不总是出卖她们自己,她们也会陷入爱情……原因时常很奇怪——如果在这里可以用'原因'这个词的话。我承认你又丑、又自私,以自我为中心,乖戾——"

"这些我都知道!"

"——对我来说,的确是这样。但女人并不是很在意男人的长相……再说你对女人很温柔。这我注意到了。你说过,火星上那些小妖女都爱那个盲人。"

"她们中有一些并不小。大安娜比我高,也比我重。"

"别想转移话题。她们为什么爱他? 你不用回答这个问题;为什么一个女人会爱上一个男人——或者是男人爱上女人? 理性分析起来,原因只能是为了生存。这样的回答干巴巴的,不会令人满意。但是——对了,拉撒路,等你完成回春过程、我们也打完那个山鲁佐德式的赌以后,无论结果谁赢,你会再次离开这里吗?"

拉撒路沉思了一阵,然后回答道:"我想会的。艾拉,你借给我住的这座小屋,还有花园和小溪——非常好;每次进城,我都会尽快赶回来,回来后很高兴,觉得到了家了。但这里只是个暂时休养的地方;我不会留在这里。当野鹅开始哀鸣的时候,我就要走了。"拉撒路看上去有些悲伤,"但我不知道去哪儿,也不想重复以前干过的事。在我离开之前,也许密涅娃能找到新奇的事情给我做。"

艾拉站了起来,"拉撒路,你是这么怀疑别人、吝惜自己,真可恶! 如果你不是这种人,你就会以善意推测她们的动机。没有把握的情况下,我们应该以善意推测他人。你完全可以给她们留下你的孩子来纪念你。这不会费你很多事。"

"不可能! 我不会抛弃我的孩子,或者怀孕的女人。"

"借口。我会收养你离开我们以前留下的所有孩子。需要我让密涅娃把这个存在永久记忆库里，并使之法律化吗？"

"我会养活自己的孩子！也一直是这么做的。"

"密涅娃。把这个存在永久记忆库里，并使之法律化。"

"已完成，艾拉。"

"谢谢你，小讨厌鬼。明天同一时间，拉撒路？"

"我想是的。是的。你能叫上哈玛德娅德，让她也到这里来吗？告诉她，是我让你这么做的。我不想让那孩子的感情受到伤害。"

"当然可以，祖父。"

复　调

IV

　　维萨罗先生的首长官邸私人住所。伊师塔在给监护的回春医士下达指令,哈玛德娅德和格拉海德在一旁等着。然后,这三个人坐着升降机下楼,穿过官邸,来到艾拉给伊师塔安排的房间。这里比她在回春诊所的住所要大一些,比那个楼顶小屋奢侈很多,只是没有花园;这是招待理事或其他 VIP 客人的房间。奢不奢侈其实无关紧要,因为伊师塔和格拉海德绝大部分时间都和拉撒路在一起,连吃饭也是,他们在这里主要就是睡觉。

　　密涅娃还准备了十二个小一些的房间给伊师塔,用来安排监护名单上的人,其中一个房间是格拉海德的,但他并不需要。在哈玛德娅德成为照顾老祖的团队中的非官方成员以后,伊师塔让密涅娃把这个房间又分给了她。哈玛德娅德有时候会在这里睡觉,不回她在郊区的家。她没有告诉父亲,因为代理族长不鼓励自己的亲属在不必要的情况下使用官邸的房间。她有时也与伊师塔和格拉海德待在一起。

这次三个人都进了伊师塔的房间；他们有事情要商量。进了房间后，伊师塔道：

"密涅娃？"

"我在听，伊师塔？"

"现在是什么情况？"

"拉撒路在和艾拉说话。是私人谈话。"

"有事通知我，亲爱的。"

"当然，亲爱的。"

伊师塔转身对其他人说："有谁想喝点什么吗？现在吃晚饭太早了。"

格拉海德回答道："我要洗个澡，然后喝饮料。又热，又出汗，拉撒路把我们踢出来的时候我本来打算喝点什么的。"

"你身上臭烘烘的，"伊师塔道，"我在升降机里就闻到了。"

"你自己也需要洗个澡，你这个大屁股；你和我在运动时都很卖劲。"

"很遗憾，的确是这样，勇敢的骑士；最后那场比赛以后，我特意坐在那两位长者的下风处。哈玛，小臭和我洗澡的时候，替我们多准备些冰凉的饮料吧。"

"你们两个来些酸梅汁或者其他什么现成的饮料行吗？我们都洗澡吧。虽然我没像你们俩那样运动，但向祖父求婚的时候，我害怕得出了一身冷汗。我把事情弄砸了！还是在你教了我怎么做之后，伊师塔。对不起！"她开始抽抽搭搭起来。

伊师塔抱了抱这个年轻一些的女人，"好了，好了，亲爱的。别哭了。我觉得你没弄砸。"

"他拒绝了我。"

"你打下了一个好基础，而且好好地震动了他一下子——这正是他需要的。你选择的时机让我吓了一跳,但你会成功的。"

"他甚至可能不会再让我回去了!"

"他会的。别啰唆了。来吧,亲爱的;格拉海德和我给你好好擦擦背,让你放松放松。小臭,去拿饮料,然后到浴室来。"

"这儿有两个女人,居然还要我做事。好吧。"

格拉海德拿着冰镇饮料来到浴室的时候,伊师塔和哈玛德娅德正面朝下趴在按摩床上。伊师塔抬起头说:"亲爱的,洗澡前看看衣架上是不是有三件浴袍;我没检查。"

"好的,女士,马上就办,女士;就这些要求吗,女士? ——有很多浴袍;今天早晨我打电话要了很多。别把她擦伤了,你不知道你有多大力气。我过会儿还需要她呢。"

"我会用你去换一条狗,小甜心,然后把狗卖了。把饮料递给我们,再过来帮忙,否则过会儿我们两个你一个也得不到。以后也没机会了。我们刚才一致同意,所有男人都是禽兽。"她继续温柔而有力地在哈玛德娅德的背上按摩着,手法非常专业。哈玛德娅德身下的按摩床已经按照她的身体做出了调节,非常服帖地托着她。伊师塔吩咐格拉海德把饮料吸管放在她嘴里,手里的动作丝毫没有慢下来。

他把哈玛德娅德的饮料放在桌子上,把吸管放到她嘴里,拍拍她的脸颊,然后站在按摩床的另一边,跟着伊师塔的节奏帮着按摩。按摩床改变了动作模式,以适应四只手的按摩。

几分钟后,他吐出自己的饮料吸管,"伊师塔,祖父会不会已经察觉了你们两个肥妞的意图?"

"我们没那么肥。至少哈玛不是肥妞。"

"'肥妞'是称呼女子的一个普通的英语俗语。你说过,只要还在执行这个任务,我们就应该用英语说话和思考。"

"我只是说哈玛德娅德没有那么肥,尽管她生的孩子比我多。自从我回春以来,我还没生过孩子呢。但这个俗语挺有趣;我很喜欢。我想象不出拉撒路怎么能猜出我们已经怀孕了。就算他真看出来了,对我来说也没什么问题。他会怀疑我是怎么怀孕的,但他不会知道我在克隆细胞来源的记录上做了手脚。哈玛,你没有向拉撒路暗示过什么吧,对吗?"

哈玛德娅德不喝饮料了,"当然没有!"

"密涅娃知道。"格拉海德说。

"她当然知道,我和她讨论过这件事。但是——你这会儿让我有些吃不准了。密涅娃?"

"我在听,伊师塔。"计算机道,"艾拉正要离开;拉撒路已经回到房间里。没出问题。"

"谢谢你,亲爱的。密涅娃,有没有可能拉撒路已经知道了哈玛德娅德和我的事?我是说我们已经怀孕,以及为什么怀孕和怎样怀孕的这件事。"

"他没有说起,在他面前也没有人提过这件事。通过分析我所掌握的有关数据,他知道的可能性低于千分之一。"

"那么艾拉呢?"

"低于万分之一。伊师塔,当艾拉命令我向你提供服务、并给你分配一个受限制的记忆库时,他制定的程序使得后面的任何程序只能简单地删去分配给你的记忆库。这么一来,他就没有办法恢复你的个人文件,我也不能自己编程来把它传播出去。"

"是的,你是这样向我保证的。但我不是很懂计算机,密涅娃。"

密涅娃咯咯地笑了起来,"可是我懂。你可以说计算就是我的职业。别担心,亲爱的,你的秘密在我这儿很安全。拉撒路刚刚要求我为他准备一顿简单的晚餐,吃完饭以后他就要睡觉了。"

"好的。告诉我他吃了什么、吃了多少以及什么时候上床睡觉的,然后在他睡醒后通知我。如果一个男人晚上睡不着,表明他正处于低潮期;我得做好准备,随时可以做出反应。你知道我的意思。"

"我会关注他的脑波形图,伊师塔。你会提前两到五分钟得到警告——除非埃尔·迪亚布罗突然跳到他的肚子上。"

"那只该死的猫。但是那样醒来不会让他感到沮丧;我担心的是他做的那些跟自杀有关的噩梦。转换注意力的紧急措施已经快用完了,我总不能再一次一把火烧了那座小屋吧。"

"在这个月里,入睡后的拉撒路还没有出现过那种典型的忧郁梦魇,伊师塔。我现在已经知道了如何发现那样的脑波形图;我会非常小心的。"

"我知道你会的,亲爱的。真希望我们知道他过去出了什么事,竟会做现在这种噩梦;那样的话,我们也许可以彻底消除这些梦魇。"

"伊师塔,"格拉海德插话道,"如果你在他的记忆上做手脚,也许会把艾拉追求的那些东西都毁掉。"

"但我可能因此救了我们的顾客。做你的背部按摩好了,更精细的工作留给密涅娃和我吧。还有其他事吗,密涅娃?"

"没有。噢,有。艾拉让我找哈玛德娅德,他想和她谈谈。她接电话吗?"

"当然!"哈玛德娅德说,翻身起来,"还是让他通过你说吧,密涅娃；我不想用电话，我还想接着享受按摩呢。"

"哈玛德娅德？"

"我在，艾拉。"

"给你捎个口信。对老祖好一些，像平常一样到那个小屋去，好吗？最好早些去，和他一起吃早饭。"

"你肯定他想看到我吗？"

"是的，他想。他本来应该不想看到你的，你让他很难堪。你是怎么了，哈玛？但这个口信是他的意思，不是我的。他想确认你没有被吓跑。"

她长舒了一口气，"只要他允许我留下来，我是不会被吓跑的。父亲，我告诉过你，他允许我待多长时间，我就会待多长时间。我是认真的，过去这样想，现在也这样想。想知道我有多认真吗？我已经告诉了我的经理，她可以用长期贷款买下我的公司。"

"真的吗？我很高兴。如果你真的这么做了，只要你想套现，我——应该说政府——可以把贷款从你手上接过来，而且不打任何折扣。我已经下了命令，任何与老祖有关的事都可以授予没有上限的贷款额度。需要的话，告诉密涅娃一声就行。"

"谢谢你，先生。但我不需要钱——除非祖父对我厌倦了，同时我又看到了其他什么值得投资的事。我的生意现在还不错；我可以让普里西拉帮我几年。事实上，生意非常好。我敢打赌，我的财产已经超过了你。我是指你的私人财产。"

"别傻了，我的傻闺女；作为一个公民，我几乎一文不名，但我的权力让我可以只说一句话就把你的财产没收充公，转到密涅娃名下，而且没有人会质问我。"

"但你永远不会这样做。你待我这么好，艾拉。"

"嗯?"

"你的确很好……即使你记不得我孩子的名字。我感到很快乐,爸爸,是你让我这么快乐的。"

"你已经有五十年或者六十年没有叫我'爸爸'了。"

"因为你不鼓励孩子长大成人以后还和你保持这么亲密的关系。我对我的孩子也是这样要求的。但这个任务让我觉得和你的距离拉近了。我不说了,先生,我明天一早会去那里的。挂了?"

"等一等。我忘了问你你现在在哪儿。如果你在家——"

"我不在家;我在和格拉海德、伊师塔一起泡澡。我是说,正准备一块儿泡澡。他们在给我搓背,很舒服,你打断了他们。"

"对不起。既然你还在官邸,我建议你留下来。这样明天可以早些过去。让他们给你安排张床,或者,如果不方便,到我的住所来;我们会给你找个房间的。"

"别为我担心,艾拉。如果他们不能留我过夜的话,密涅娃会给我找一张床的。说实话,我还从来没出过上不了床的事儿呢——拉撒路的床是唯一的例外。也许我得再做一次回春治疗了。"

代理族长先生回答时有些迟疑,"哈玛德娅德……你说要和他生个孩子是认真的,是吗?"

"个人隐私,先生。"

"对不起。嗯,我尊重个人隐私,但这并不妨碍我表达个人观点。我认为这是个非常好的主意。如果你愿意,我会尽我所能支持你。"

哈玛德娅德看着伊师塔,摊开双手,做了一个"现在怎么办?"的手势,这才回答道:"他的拒绝看起来很坚决,先生。"

"让我给你说说男人的立场吧,我的闺女。一个男人在接受这样的求婚之前,通常会先拒绝——男人希望确切地了解女人的动机是否真诚。过些时候他可能会接受。我不是说你应该不停地在他耳边唠叨;这不会有用的。如果你想和他结婚……就要耐心地等待时机。你很有魅力;我对你有信心。"

"是的,先生。如果他真的能给我一个孩子的话,我们都会变得更有价值,不是吗?"

"是的,当然会。但我的目的不一样。如果他死了,或是离开了我们,他总会留下精子库和组织库——这两样东西,他拿我们没办法。如果需要的话,我还会做些手脚。但我不想让他死,哈玛德娅德,也不想让他很快离开。我不是出于感情原因才这么说的。老祖很独特;为了不失去他,我已经惹了很多麻烦。你的出现让他很高兴,你的求婚激发了他的兴趣……尽管你感觉他的反应很糟糕。你在帮助我们让他活着。如果他最终让你怀上了他的孩子,你就能成功地让他在相当长的一段时间里活下去。没有限期地活下去。"

哈玛德娅德兴奋地摇晃着身子,朝伊师塔微笑着,"父亲,你让我为自己感到骄傲。"

"你一直是个值得骄傲的女儿,亲爱的。但我不能把所有功劳都归功于自己;你妈妈也是个最优秀的女人。现在挂了?"

"好的。晚安,先生。"

哈玛德娅德没有起身,她搂住两个朋友的腰,紧紧地拥住他们,"噢,我感觉棒极了!"

"从按摩床上下来,你这个瘦一些的肥妞;该我了。"

"你不需要按摩,"伊师塔坚决地说,"你在情感上没有受到煎熬。这一天里你干的最重的活儿就是在两场运动中击败了我。"

"但我是个很情绪化的人。敏感细腻。"

"的确如此,亲爱的格拉海德,现在你可以很细腻地帮她下来,和我一起很细腻地给她洗澡。"

格拉海德照她说的做了,嘴里仍旧抱怨着:"你们两个应该给我洗澡,当我是个盲人音乐家。"他闭上眼睛,唱了起来:

有一个警察

在街道的拐角

他有时不是很友好

对那些

没有钱的

或者是不幸的人——

"这就是我,'不幸的人',否则我不会和两个女人一块儿工作。下面该哪个步骤了,伊师塔?"

"当然是'放松'了。亲爱的哈玛,既然你让我们听了你和你父亲的谈话,我想我们应该讨论一下。我同意艾拉说的。你已经激起了拉撒路的性欲,无论他是否意识到了这一点。如果你能让他继续这样,他就不会感到忧郁了。"

"他真的快要完全恢复了吗,伊师塔?"哈玛娅德娅问道。她把胳膊抬起来,让他们帮她洗澡,"他看上去比以前好,但我还是说不清楚,他的态度没什么变化。"

"噢,当然了。他一个月前开始手淫了。要香波吗,亲爱的?"

"他手淫了?真的吗?噢,太好了!香波吗?好的,谢谢。"

所以有一个

妹妹真好

哪怕只有一个老叔叔也好

"闭上眼睛,小哈玛;泡沫水来了。在伊师塔那儿,顾客是没有隐私的,可她不肯告诉我;我只好从他的脑波形图里推测。伊师塔,为什么总让我给哈玛洗背?"

"因为你挠别人的痒痒,小甜心。你没必要知道。有了密涅娃的帮助,顾客当然不会有隐私。本来就应该这样。对了,我们诊所也需要更好的计算机,我现在意识到了。当然,他的隐私不会泄露出去,我们的誓言里也有这方面的内容。哈玛,你不是正式成员,但我肯定你知道这一点。"

"噢,当然了!轻点,格拉海德。烧得火红的钳子也不能让我开口,除了对你们两个说以外。对艾拉也不会说。伊师塔,我能不能通过学习成为一个真正的回春医士?你觉得呢?"

"如果你下定决心,并且努力学习的话。开始冲淋吧,格拉海德。我肯定,你有这方面的热情。你的智力指标是?"

他们是你的朋友,孩子。

不要忽视他们

生日和赎罪日——

"嗯……'天才减'。"哈玛德娅德回答道。

"这一行需要天才,"格拉海德建议道,"还得再加上工作热情。她是个奴隶主,小哈玛。"

还有圣诞节

和光明节

一张贺卡或者甚至是蜡烛。

"你跑调了，亲爱的。你是'天才加'，哈玛，比格拉海德的指数稍微高一些。为了以防万一，我查过你的指数——而你真就提出这个要求了。我非常高兴。"

"'跑调?'你夸张了吧。"

"你有其他的优点，我的骑士；你不需要成为一个民谣歌手。小哈玛，你再仔细想想，如果你打心底里下定了决心，你可以在我们移民的时候成为一个副医士。如果不想移民。这里的诊所也一直需要人手，好手不容易找。但是我希望——非常希望——你能和我们一起干。我们都会帮助你。"

"我们当然会，哈玛！还用说吗？我们移民后是不是实行一夫多妻制?"

"你问艾拉吧。这重要吗？拿一件浴袍给小哈玛披上，然后我和你赶紧相互搓搓背；我有点饿了。"

"你想冒险吗？在你那样评价我的歌唱水平之后？我知道你身上的痒痒肉在哪里，我非把它们都挠遍不可。"

"国王的十字架！我道歉！我爱死你的歌了，亲爱的。"

"那个习语应该是'国王X'，伊师塔，意思是别闹了。哈玛，帮我们把浴袍拿过来，真是个好姑娘。对了长腿姑娘，刚才唱歌的时候——音调非常准——我明白了让我摸不着头脑的那个习语是什么意思。密涅娃想错了；'钩子商店'就是妓院的意思，也就是说，那首歌里那个天生的失败者的妹妹，她是个妓女。这样一来,后面的句子就顺理成章了。"

"哎呀,真是这么回事!怪不得她能资助她哥哥。艺术家总是比普通人挣得多嘛。"

哈玛德娅德拿着浴袍回来了。她把浴袍放在按摩床上,说:"格拉海德,原来你拿不准那些习语的意思呀。之前我还一直不知道呢。第一次听到那首歌的时候,我就明白了它的意思。"

"真希望你一开始就能告诉我。"

"这很重要吗?"

"多了一个线索。哈玛,分析一种文化的时候,神话传说、民间歌曲、成语俗语和格言警句是比正史更基本的内容。如果不了解一个人所属的文化,你就没办法彻底理解她——用英语时,应该说'他'。单凭这个代词就能告诉你一些有关我们这位顾客成长环境的基本信息。一个可以同时指代男性和女性的代词总是以男性代词的形式出现,说明要么这个社会里男性占主导地位,要么就是女性刚从较低的社会地位崛起——语言总是滞后于社会文化的发展。拉撒路成长的那个社会属于后面这种情况,这是由其他线索推断出来的。"

"光从语法规则上,你就有这么多发现?"

"有时候是这样。哈玛,从前一段时间,这是我的职业。那时我很老,满头灰发,正等待着回春治疗。这种分析有些类似于侦探工作,一条线索永远是不够的。比如,即使有线索显示女人的地位和男人一样,但事实也许并非如此。谁听说过妓院是由一个男人来经营的?男的当妓院里的打手还差不多。按拉撒路的说法,他在妓院的工作也包括打手这个部分。但男人能当经理吗?以现代妓院的情况来看,这简直太荒谬了。这就说明,火星那个殖民地是个处于衰退期的非典型社会。有这种可能,我没把握。"

"吃饭的时候再接着说吧,孩子们;妈妈饿了。"

"来了,伊师塔。格拉海德,我没怎么想就理解了那个俗语。你知道,我的母亲就是——现在还是—— 一个妓女。"

"真的吗？真是太巧了。我的母亲也是,伊师塔的母亲也是。而且我们三个人最后都在从事回春工作,还在为同一个顾客服务。从事这两个职业的人都比较少——我想知道这种事发生的概率有多大?"

"也不是很稀奇的事,因为这两种职业都需要倾注强烈的感情。如果你想知道概率,去问密涅娃吧。"伊师塔建议道,"请把那件浴袍递给我。我不喜欢被风吹干,更不想在吃饭的时候着凉。哈玛小甜心,你为什么不从事你母亲的职业？你这么漂亮,肯定会成为一个明星。"

哈玛德娅德耸耸肩,"噢,我知道我的长相。但我的母亲只需要动动小手指头就能把男人从我这里抢走——除非我不让她有这种机会。在这种事上,女人是否美丽并不重要。你今天就看到一个男人拒绝了我。拉撒路告诉我们,要成为一个伟大的艺术家需要很多特质,包括男人可以感受到的精神力量。我的母亲就有这种特质,而我没有。"

"我同意你的观点。"伊师塔说道。他们穿过起居室,来到餐厅。她看了看楼下厨房里提供的菜单,"我的母亲也有那种特质。她不是很漂亮,但她有的东西正是男人需要的。直到现在都一样,尽管她已经退休了。"

"长腿姑娘,"格拉海德郑重地说,"你挺好的。你也有这个特质。"

"谢谢你,我的骑士,但这不是真的。对某个特定的男人,最多两个,我有时会展示出这种特质,有时根本没有,因为我会埋头于工作中,忘了性。我告诉过你我有多少年没有过性生活了。亲爱的,要不是我们的顾客把我变得那么情绪化,我不可能发现你,也不会冒险追求'七小时'的欢愉。这很不专业,哈玛德娅德;我就像个在温暖的春夜思春的校园女孩。但是,格拉海德,塔玛拉——就是我母亲——她可以在任何时候、对任何需要她的人展示她的特质。塔玛拉从来不为自己定价,她不需要;他们送给她成堆的礼物。她现在已经退休了,正在考虑是否需要再次进行回春治疗。可她的拥趸不肯让她一个人待着;直到现在她还是生意不断。"

格拉海德悲伤地说:"我真想成为她那样的人。可我就是那首歌里唱的那个'天生的失败者'。一个男人从事那种职业的话,一个月内就得自杀。"

"亲爱的格拉海德,要是你干那一行,时间可能会长一些。现在多吃些,恢复体力;今晚我们要把你放在床中间。"

"这么说我也得到邀请了?"哈玛德娅德问道。

"你这么说真够客气的。更准确地说,我在邀请我自己。格拉海德在洗澡时说得很明确,他今晚的计划里有你,亲爱的。但他没有提到我。"

"噢,他说了! 不管怎么说,他一直对你充满性渴望;我可以感觉到。"

"他有性渴望——信息收到,完毕。牛排加随机配菜行吗? 要不你们俩自己点自己的? 我的想象力不够用了。"

"我可以。伊师塔,你应该趁格拉海德头脑发昏的时候,把和他的关系法律化。"

"这是个人隐私,亲爱的。"

"对不起。我只是脱口而出,因为我太喜欢你们两个了。"

"大屁股的臭女人不会和我结婚的。"格拉海德说,"可我是这么好、这么单纯、这么谦逊。就是爱挠人痒痒。你会和我结婚吗,可爱的小哈玛?"

"什么? 格拉海德,你是这个世界上最擅长戏弄别人的人。你其实并不想跟我结婚;再说你也知道,尽管老祖拒绝了我,我还是跟定他了——直到伊师塔告诉我放弃。这种话,她也许永远不会说的。"

伊师塔点完了菜,把屏幕清空,"格拉海德,别逗我们的小姑娘了。只要我们俩——或者我们中的一个——还有任何机会,能让那位顾客有兴趣跟我们同居,或者生个孩子,或者两者兼顾,我就要让哈玛德娅德和我不受任何婚约的限制。我们跟他不是随便玩玩,一定要让他认真对待。"

"是吗? 那么看在生育之神的份上,你为什么安排你们两个同时怀孕? 我不明白。你们说的我都听见了,但不明白意思。"

"我愚蠢的小可爱,这是因为我不敢再等了。诊所所长随时都可能回来。"

"但为什么是你们两个? 有成千上万已经注册、随时可用的代孕母亲。还有,为什么要两个人都怀孕?"

"亲爱的,对不起,刚才我说你愚蠢,其实你不蠢;只不过你是男人。哈玛德娅德和我都清楚地知道我们在冒什么险,为什么要冒这样的险。我们现在还没有怀孕的样子,几个星期之内也不会显现出来,如果我们中的任何一个能引诱拉撒路与其立下婚约,另一个只需要十分钟就可以拿掉胎儿。职业的代孕母亲是不会这样做的,所以我一定得找我能控制并完全信任的人。我不得不相信一个基因外科医生,冒险进行已被明令禁止的医疗过程。这已经够糟的了，我不想在代孕母亲这方面再冒风险。如果消息走漏出去，艾拉会逼我取消计划的。

"你和我一样清楚，亲爱的格拉海德，即使是普通的克隆过程有时也会出问题。我希望我能有四个可以信赖的代孕母亲，不是两个。最好是八个、十六个！这会增加获得一个正常胎儿的概率。再过一个月——那时候我们仍不会被大家看出来——我们就会知道我们怀的是什么了。如果我们两个都失败了——那么我会准备再来一次，哈玛德娅德也是同样的心意。"

"需要多少次就来多少次，伊师塔。我发誓。"

伊师塔拍了拍她的手，"我们会怀上正常的胎儿的。格拉海德，拉撒路就要有一个同卵双胞胎妹妹了，我向你保证。一旦这成了事实，我们就不会再听到他说什么自杀选择开关，或是离开我们之类的事情了——至少在她长大成人之前！"

"伊师塔？"

"什么，哈玛德娅德？"

"如果一个月以后检查显示我们都怀上了正常的胎儿——"

"那么你可以堕胎，亲爱的；你知道这个。"

"不，不，不！我不要堕胎！生个双胞胎有什么不好？"

格拉海德冲她挤了挤眼，"你用不着回答，伊师塔。我来告诉你男人是怎么想问题的。能拒绝抚养两个双胞胎女孩的男人还没出生呢。即使出生了，他的名字也不会叫拉撒路·龙。亲爱的，有没有什么事能提高你们俩的成功概率？现在就可以做的事？"

"没有。"伊师塔温柔地回答道，"没有了。我们两个都已经证实怀孕了，这就是我们现在知道的和能做的。除了祈祷以外，没什么可以做的了。问题是我不知道怎样祈祷。"

"那现在就是我们学习祈祷的时候了。"

主题变奏

Ⅴ　黑暗中的声音

　　密涅娃为拉撒路叫了晚餐,监督仆人们服务。然后,这台计算机说道:"你还需要些什么吗,先生?"

　　"我想没有了。噢,还有,你能和我共进晚餐吗,密涅娃?"

　　"谢谢你,拉撒路。我接受你的邀请。"

　　"别谢我,你是在帮我的忙,女士。我今天晚上心情不好。坐下来,亲爱的,让我高兴起来。"

　　计算机重新定位了她的声音,好像有人隔着桌子坐在拉撒路对面说话,"要我虚构一个图像吗,拉撒路?"

　　"不用麻烦了,亲爱的。"

　　"不麻烦,拉撒路。我有足够大的空余空间。"

　　"不用了,密涅娃。那天晚上你给我虚构的全息像——很完美,也很真实,动起来跟真人一模一样。但那不是你,我知道你长得什么样。嗯……把灯光调暗,只照亮餐盘,够让我吃饭就行。黑暗中不需要全息图像。"

　　密涅娃调整了灯光,整个房间几乎全部暗了下来,只有一束光打在拉撒路面前精致的餐具和餐巾上。明暗对比让他眼睛发花,如果不眯着眼,连桌子对面都看不到。他没有眯眼。密涅娃说:"你说我长得什么样,拉撒路?"

　　"嗯?"他停了下来,认真想了想,"这个形象和你的声音很般配。嗯,在我们一起度过的这段时间里,它在我心里逐渐丰满起来,尽管我没有刻意去想象。亲爱的,你有没有发现,我们比共同生活的丈夫和妻子更亲密?"

　　"可能没有,拉撒路,因为我没有做别人妻子的体验。但我很高兴能和你这样亲密接触。"

　　"做妻子和过性生活没有太大的关系,亲爱的。你已经是我的孩子的母亲了,我是说多拉。噢,我知道艾拉在你心里是第一位的……但你和我说的那个女孩奥尔加一样,可以给予的有很多,所以你能让不止一个男人幸福。我很欣赏你对艾拉的忠诚,还有你对他的爱,亲爱的。"

　　"谢谢你,拉撒路。但是——如果我知道那个词的意思的话——我也爱你,爱多拉。"

　　"我知道你爱我们。你我不用担心词汇的问题;这个问题留给哈玛德娅德吧。嗯,你的样子……你很高,大约和伊师塔一样高,但是更苗条一些。不是瘦,是苗条——身体强壮,也有肌肉,但不是很发达。你的屁股没她的大,但很丰满,很女性化。你很年轻,但是是一个成熟的年轻女人,不是女孩。乳房比伊师塔的小很多,更像哈玛德娅德的。你长得很有英气,而不是可爱。除了你那罕见的微笑点亮你的脸庞时,你总是很严肃,很少笑,但笑起来脸会很生动。你的头发是褐色的直发,很长。但你对发式不是很讲究,只是让它显得干净利落。你的眼睛也是褐色的,和你的头发很配。你平常不化妆,一般总穿着某种简单朴素的衣服。你不是衣架子,对时装不是很感兴趣。你只在充分信任的人面前才会裸着身子——这样的人不多。

"我想就这些了。我没有想象细节,这只是我心里累积的一些想法。噢,对了!——你修指甲,脚趾甲和手指甲,又短又干净。但你对它们并不过分讲究,你对什么都不过分讲究。你不会因为脏、出汗烦恼,看见血也不害怕,尽管你不喜欢。"

"我非常高兴知道自己的长相,拉撒路。"

"什么?噢,这是我瞎想的,姑娘,纯粹是我个人的想象。"

"那就是我的长相,"密涅娃坚定地说,"我喜欢。"

"好吧。其实,只要你愿意,你可以像哈玛德娅德那样美得炫目。"

"不,我的样子就是你形容的那样。我是'马大',拉撒路,不是她的妹妹马利亚。"

拉撒路说:"你让我很吃惊。是的,你是马大。你读过《圣经》?"

"大图书馆里的所有书我都读过。从某种程度上说,我就是图书馆,拉撒路。"

"嗯,是的,我应该想到的。资料复制过程进行得怎么样?快完成了吧?我担心万一艾拉突然遇到什么事,需要立刻启程。"

"基本上完成了,拉撒路。我所有永久保留的内容、程序、记忆和逻辑推理过程都在多拉的四号舱室里进行了复制,我还作了例行检查,让复制的部分和在首长官邸的我平行运行,试运行。这是'六重冗余',而不是我平常用的'三重冗余'。通过这种方法,我发现并纠正了一些线路问题。都是小缺陷,我能立刻修好它们。你看,拉撒路,在很大程度上,我把这件事当成了一个紧急计划,立即执行的,而不是依靠转换程序来重建一个新的我。如果要通过转换程序来实现复制,我必须先在多拉体内装上外设传感装置,过程结束后再拆除维护装置之外的全部外设传感器。

"这要花很长时间,因为我无法让安装技师达到计算机的速度。所以我买了需要的所有空白存储器和逻辑线路,让工厂的技师给多拉安上了。这样就快多了。然后我把数据输进去,并进行了检查。"

"出了什么问题吗,亲爱的?"

"没有,拉撒路。噢,多拉抱怨她干净整洁的房间里有脏脚印。但也只是发发牢骚而已。其实,技师们是按照'整洁房间'的要求来操作的,穿戴着无尘布做的连身工作服、面罩和手套。我还要求他们在气闸间换衣服,而不是进入四号舱室之前才更换。"他感到她笑了笑,"还在飞船外设置了临时洗手间——项目工程师对这个有抱怨,其他工作人员也一样。"

"他们应该抱怨。让多拉启用一个厕所对她来说也没什么大碍。"

"拉撒路,你以前说过,某一天,我会——我希望——成为多拉的一个乘客。所以我想成为她的朋友。现在我们是朋友,我爱她,她是我唯一的计算机朋友。我不想在把我转移到飞船上的过程中,因为出了什么乱子或是因为我允许什么乱子发生而破坏我们之间的关系。你说得没错,她是个很整洁的管家;我想和她一样整洁,从而向她表明我尊敬她,而且很荣幸能够成为飞船上的一员。主管工程师和多嘴的工作人员没有理由抱怨;我在合同中对这些都做了详细说明:在气闸间换衣服,所有人内人员都需携带尿壶,在飞船里不准吃东西、吐痰、抽烟,沿着最直接的通路去第四号舱室,不许在飞船里四处窥视——就算他们想也做不到,我让多拉把除了直接通往第四号舱室以外的所有舱门都锁上了。为了这些要求,我可是付了钱的。"

"我敢肯定便宜不了。艾拉有什么意见吗?"

"艾拉不会管这种事。但我没有把花费告诉他;我把所有的钱都记在了你的账上,拉撒路。"

"哟! 那我破产了吗?"

"没有,先生;我是用你名下没有限额的提款账户支付的。我觉得这样做最合适,拉撒路,毕竟这些东西都是安装在你的飞船上。他们或许会奇怪老祖为什么要在他的飞船上安装第二台主计算机。我知道项目工程师在琢磨这件事;我很严厉地训斥了他。但他们最多只能瞎猜猜;老祖不需要向任何人做出解释。我很明显地暗示他们,如果有人试图探听代理族长先生的事,他会很不高兴的。并不是每个人都能一眼看出计算机的性能,即使是制造商本人也不行。"

"这台计算机的制造商——是出价最低的投标者吗?"

"我是不是应该通过招标来购买这台计算机,先生?"密涅娃的声音听上去有些担心。

"该死,不是的! 如果你是通过招标买的,我会让你把已经安上的部件全拆了,再重新买一台——找最好的供应商。亲爱的密涅娃,一旦你离开这里,可能会有很多年都无法得到生产商的服务;你必须自己进行维护。除非艾拉能修计算机。"

"他不能。"

"你看,多拉是金子和白金品质,而一台便宜的计算机则是铜和铝。我希望你的新计算机和多拉一样贵。"

"它是很贵,拉撒路。新的我要比原来的我更可靠。更小巧,也更快,因为我——'原来的我'——的很多部件都有大约一百年的历史了;现在技术提高了很多。"

"嗯。应该看看多拉有没有什么需要更换的零部件。"

密涅娃没有说话。拉撒路说:"亲爱的,你沉默的时候,声音比说话时还响。你有没有彻底检查一下多拉?"

"我存了一些零部件,拉撒路。但除你以外,多拉不让别人动她。"

"对,她讨厌别人在她的内部四处刺探。但如果她确实有需要的话,她会同意的——在失去知觉的情况下。密涅娃,你们两个都在飞船上,这样很好。多拉可以在她的永久记忆库里记下对于你的维护指南,在你的记忆库里也可以记下她的,这样你们俩就能互相给对方进行维修。"

密涅娃简短地回答道:"我们一直在等你命令我们这样做,拉撒路。"

"你是说你在等;多拉才不会这么想呢。好吧,我就这么下命令了,对你们两个,让多拉也听到。密涅娃,我希望你别再对我这么恭顺了。像这种事,应该是你向我提出;你比我的思维要快上n倍;我是人,有我的局限。关于航天学,你学得怎么样了?她有没有教你怎么驾驶飞船?或者急停?"

"拉撒路,现在我驾驶飞船的技术和她一样好,我是说另一个我。"

"开玩笑。你是副驾驶。在独自完成N度空间跃升之前,你还不是驾驶员。哪怕是多拉,这种情况下也会紧张不安的,而她已经经历过上百次了。"

"我更正,拉撒路。我是一个受过良好训练的副驾驶员。但需要我挺身而出时,我不会害怕。我重复模拟了多拉在真实状况下的所有的跃升程序,她告诉我说我已经学会了。"

"如果灾难降临的话,你可能在某个时候不得不这样做。艾拉肯定不会是我这种级别的驾驶员。我不在船上的时候,你新学的技术可能会在哪一天救他的命。你还知道些什么?最近听到什么好玩的事了吗?"

"我不知道,拉撒路。我从给我安装计算机的技师那里听到了一些故事,我想是色情故事。但我不觉得它们很有趣。"

"不用讲这个了。如果是色情故事,我至少一千年以前就听过类似的了。现在问你一个重要问题:如果艾拉决定紧急起飞,你能在多长时间里做好一切准备?假设发生了政变,他需要逃命。"

"五分之一秒,或更短。"

"啊?你没有开玩笑吧?我是说,你需要多长时间把全部的你转移到多拉上。不留下任何线索,剩下的计算机硬件也不会知道她曾经是密涅娃——否则就是对你自己不公平,亲爱的。留下来的'密涅娃'会觉得伤心的。"

"拉撒路,我说的不是理论值,而是实际经验。我知道时间是复制这台计算机的关键。所以,让安装人员离开后,我把我的永久记忆库、逻辑推理过程以及正在运行的临时记忆库里的内容都复制到那台计算机上去,然后我做了实验。刚开始的时候我很谨慎,只是让她和我同时并行运转,这我已经向你描述过了。这很简单,我只需要在每项任务结束后调整一下两者的时间间隔,让我们实时同步运转就行了。这样做的时候,我必须使用我的远端外延装置;这我已经习惯了。

"然后,我又非常小心地实验停止我的运行,先是在飞船上的我,接着是在首长官邸的我,然后在三秒钟里通过自我编程恢复完全同步运行。两边都没有问题,拉撒路,即使是第一次实验时也没问题。现在我可以在少于两百毫秒的时间里完成整个过程,还能完成所有检查,以确保我没有遗漏任何事情。在你问完这个问题后,我已经这样实验过七次了。你有没有注意到,我的声音有时会有迟滞?造成这种语音迟滞的距离大约是一千公里。"

"什么?我亲爱的,我甚至无法注意到以光速完成的少于三万公里的迟滞。"他补充道,"也就是说十分之一秒。这方面,你就别奉承我了。"接着,拉撒路又认真地说,"你的时间单位是十亿分之一秒,十分之一秒是它的一亿倍。一百毫秒,对你来说这是多长时间?是不是相当于我的一千天?"

"拉撒路,我不这么表述时间。做许多事情时,我的时间单位要远远小于十亿分之一秒——十万分之一微秒或更少。但我也能用你的时间考虑问题;我现在是在个人模式下。在这种模式下,如果我必须考虑每个十亿分之一秒的话,我就不能享受唱歌或是和你谈话的乐趣了。你会数你的每一次心跳吗?"

"不会。或者说很少。"

"对我来说情况也差不多,拉撒路。那些很快就能完成的工作不费我什么事,除了必要的自我编程外,我也不会特别关注这些工作。但在个人模式下,我会仔细品味和你共度的每一秒钟、每一分钟和每个小时。我不会把它们分解到十亿分之一秒;我把它们当成一个整体来享受。我把你在这里的所有时间视作'现在',并且好好珍惜它。"

"嗯,等一等,亲爱的!你是不是在说,艾拉把我们互相介绍给对方的那一天对你来说仍旧是'现在'?"

"是的,拉撒路。"

"让我想想。那么明天对你来说也是'现在'?"

"是的,拉撒路。"

"嗯……但是,如果这样的话,你就能预测明天了。"

"不,拉撒路。"

"可是——那我就不明白了。"

"我可以打印出这方面的公式,拉撒路,但这样的公式只描述了一个事实,那就是他们把我设计成可以采用很多种模式来处理时间,因变量是熵,只有一个算子,'当前'或是'现在'的情况是自变量,在一个或宽或窄的范围里平稳变动。但在和你打交道的时候,我必须与你的波阵面一起移动,也就是现在的你——否则我们无法交流。"

"亲爱的,我不能确定我们这会儿是不是在交流,听不懂。"

"对不起,拉撒路。我也有我的局限性。但如果我能选择的话,我会选择你的局限性,也就是成为人类。有血有肉的人。"

"密涅娃,你不知道你在说什么。一个有血有肉的身体可能是个负担……尤其是当维护它的工作开始占用一个人绝大部分精力的时候。你拥有两个世界的优势:人类按自己的形象设计了你,你从事的是只有人类能做的事情,只是比人类做得更好、更快——快很多! 而且更精确。同时却没有人类身体的病痛和低效率,因为人必须吃饭、睡觉,还会犯错误。相信我吧。"

"拉撒路……什么是'性爱'?"

他凝视着黑暗,用他的心灵看到了她是那么严肃、那么悲伤地注视着他,"大啊,姑娘——你就这么想和他上床吗?"

"拉撒路,我不知道。我是一个'盲人'。我怎么会知道?"

拉撒路叹了口气,"对不起,亲爱的。你现在知道我为什么让多拉保持在孩子的状态了吧。"

"只是推测,拉撒路。这个推测,我没有、也不会和任何人讨论。"

"谢谢你,你是一位高贵的女士,亲爱的。你确实知道,至少知道部分原因。但我会告诉你全部的原因——等我觉得可以告诉你的时候。到那时,你就会明白我所谓的'爱'是什么了,也会明白为什么我告诉哈玛德娅德,'爱'是用来经历的,而不是用语言来形容的……还有,我为什么知道你懂得爱是什么,因为你经历过。但是,多拉的故事不是说给艾拉听的,是说给你听的。不,你可以让艾拉也知道……在我离开以后。嗯,故事的名字就叫《一个被收养的女孩的故事》;先把这个故事封存起来,以后再告诉他。但现在我不会讲;我今天晚上感觉精力不济。你觉得我可以讲的时候,记得提醒我一下。"

"我会的。对不起,拉撒路。"

"'对不起'? 密涅娃,我最亲爱的,关于爱,永远不要觉得抱歉。永远。难道你情愿不爱我或者多拉吗? 难道你宁愿自己从来没有在爱艾拉的过程中学会爱吗?"

"不。不,不是那样的! 可我也想了解性爱。"

"别傻了,亲爱的。'性爱'会伤害你的。"

"拉撒路,我不怕被伤害。但关于男女生育的事情,当我比有血有肉的人知道得多得多的时候——"

"你知道? 还是你认为你知道?"

"我确实知道,拉撒路。在准备移民的过程中,我增加了更多的存储空间——把二号舱室的空间占得差不多了。这样我就能为伊师塔在新的我上面转录所有霍华德回春诊所的研究资料、图书馆资料和保密记录——"

"喔！伊师塔这是在冒险呀。什么能对外公布，什么不能，这种事，诊所一向非常谨慎。"

"伊师塔不怕冒险。她要求我尽快完成这项工作，因此，在多拉的舱室里建起所需要的存储空间之前——要足够大才行——我把那些资料先放在了这里的临时记忆库里。我请求伊师塔允许我学习那些资料，她说我可以这样做，只要我在获得她的同意之前不把标有秘密和机密的资料泄露出去就可以了。

"我发现这些资料非常有意思，拉撒路。我现在了解所有关于性的事情……就像一个从来没有看到过东西的盲人学习彩虹如何形成的物理知识一样。我现在甚至是个理论上的基因外科医生——如果我有时间给自己做一套精细手术所需要的超小型器械，我也不介意成为一个真正的医生。我还是产科专家、妇科专家和回春专家。勃起反应、性高潮原理、体外授精和受精卵植入过程对我来说不再是神秘的事，怀孕和生产也一样。

"但我仍然不懂'性爱'……最后我明白，我在这方面确实是一个盲人。"

主题变奏

VI 一对不是双胞胎的双胞胎故事

（此处省略部分内容）

……但在那时，我最常做的行当是太空商人，密涅娃。从奴隶到主教的飞跃是强加在我身上的。我不得不在很长一段时间里规规矩矩的，这不是我的风格。也许耶稣是对的，他说驯服的人将继承土地——问题是他们继承的非常少，大约只有六英尺乘以三英尺大小的面积。

但是，从种田苦力通向自由的道路必须经过教堂，而教堂要求驯服，所以我表现得非常驯服。那些牧师有一些怪异的习惯……

（此处省略九千三百字）

——于是，我离开了那颗该死的行星，永远不想再回去了。

——但几个世纪以后，我又回去了。那时我刚做完回春治疗，看起来再也不像那个乘着飞船消失在太空中的主教大人了。

我又是一个太空商人了。这一行对我很适合；它让你不断地旅行，见识新鲜事物。我回到布莱斯德是为了挣钱，不是复仇。我从来不在复仇上浪费脑筋；基度山伯爵综合征太累人了，也很无趣。如果我和一个人发生了打斗，而他活了下来，我不会以后再回来杀他。相反，我要比他活得更久——这同样能平衡我的心理。我估计两个世纪的时间足以让我那些在布莱斯德的敌人们都死去。自打我离开那地方后，他们中的很多人都死了。

要不是为了经商，我是不会在布莱斯德停留的。星际间的贸易是最为基本的经济活动。你不能通过挣钞票挣到钱，因为离开了发行这种钞票的行星，钞票就不是钱了。银河系里绝大多数货币都是名义货币；满满一飞船钞票在其他地方只是一堆废纸。银行的信贷更不值钱；银河系里星际之间的距离太大了。即使是叮当作响的硬通货也必须视为交易的商品，而不是钱，否则你就是拿自己开玩笑，把自己弄得一文不名。

于是，掌握经济学精髓的是太空商人，银行家和教授很少能达到这个高度。商人专注于物物交换，而不是其他一些无聊的事情。他会缴纳无法逃避的税款，并不在意它是叫"消费税"、"国王的便士"、"财政压榨"，还是直截了当的贿赂。这是另一个孩子的球棒、球和后院，所以你必须按他的规则玩球。没什么好商量的。尊重规则应该注重实效。女人天生就知道这个；这就是为什么她们都是走私犯。男人通常相信——或者假装相信——"规则"是神圣的，或者至少是一门科学。但这是没有根据的假设，对政府倒是很有利。

我很少走私。这很危险。你可能最终挣到了钱，但在发行这些钱的行星上却不敢花。我只是极力避免在税收过重的地方经商。

按照供应和需求理论，决定一件物品的价值的时候，这件物品位于哪里和它是什么一样重要——这就是商人干的事;他把商品从价值低的地方运到它们能值更多钱的地方。马厩里的臭大粪运到南方就成了价格不菲的肥料,一颗行星上的鹅卵石到了另一颗行星就成了珍贵的宝石。选择货物的技巧就在于了解商品在哪里会值更多的钱,能猜中这个的商人一次就能挣到迈达斯①的家产,猜错的人则可能变得一文不名。

我很幸运,因为我当时在兰德弗,想去瓦尔哈拉,然后再回到兰德弗。我在考虑结婚,再养活一个家庭。但我想多挣些钱,稳定下来安家的时候可以过上贵族般的生活。那时我的生活还没有达到那个程度,我的全部财产只有一艘侦察飞船和一点当地货币②。

所以这时候就需要做些贸易了。

在两个地方之间进行贸易获得的利润很少;因为稀缺的资源很快就能补充上。但在三地之间进行的贸易活动——或者在更多的地方——利润却很高。比如:兰德弗有些物品,就说奶酪吧,在布莱斯德就成了奢侈品;而布莱斯德出产的一些商品,比如粉笔,在瓦尔哈拉的需求很大……而瓦尔哈拉则生产一些兰德弗需要的小玩意儿。

按照这样的顺序贩运商品就可以挣到钱;顺序相反的话,你会穷得失去最后一件衬衫。

我先在头两个星球贩运货物,从兰德弗到布莱斯德,很成功,我的商品全卖出去了——什么商品?我要能记住就成奇迹了;我经手了那么多的东西。总之,我卖了个很好的价钱,暂时

---

①希腊神话中具有点物成金能力的国王,是个大富翁。

②事件发生的顺序自相矛盾。可能是与这艘飞船类似的另一艘飞船?——原注

有了很多钱。

多少是"很多"？就是在你离开一个永远不会再回去的地方之前有花不完的钱。如果你留着那些钱，等以后再回去的时候，你通常会发现——在我的记忆里总是这样的——因为通货膨胀、战争、税收、政府更迭，或者其他的一些什么事，你保留的那些名义货币已经丧失了它所代表的价值。

我的船要装货了，我把货款打进了港务局的保证金账户。剩下的钱迟早会贬值，我只有一天的时间处理掉它，也就是在我的船上货之前。上货时我必须在旁边看着；我自己当我的事务长，我不愿意相信别人。

所以我来到商业区。我想在这里可以买些便宜货。

我身着高档的当地服装，后面还跟了一个保镖。那时的布莱斯德还处于奴隶经济时代，社会阶层呈金字塔形分布，你的位置离金字塔尖越近越好，至少要看起来像是那样。我的保镖是个奴隶，但不是我的奴隶。我是从一个中介机构雇的他。这个奴隶除了跟着我到处转，然后像头猪一样吃东西以外，一点事也不用做。

我不是个虚伪的人，但我表现出的社会地位需要一个男仆跟着我。在布莱斯德，一个"绅士"身边如果没有贴身男仆的话，他是无法在博爱市希尔顿酒店或其他当地一流宾馆里登记入住的。如果没有我自己的仆人在身后站着，我也不可能在高级饭店吃饭。其他事情也是如此。入乡随俗。我还去过强制你和女主人一起睡的地方，这种事有时实在很可怕。比较而言，遵循布莱斯德的习俗还不算很困难。

尽管那个中介机构给了他一根长棍，但我并没有依赖他。我身上准备了六种防护措施，在街上走的时候也很当心。我自己在此地当奴隶的时候,布莱斯德要危险得多,一个"绅士"很可能成为袭击的目标,虽说骚扰他的不是警察。

那天不是拍卖奴隶的日子,我抄了个近道,打算穿过奴隶市场去珠宝街。就在这时,我看到奴隶市场上有一个特卖会,于是我放慢了脚步。我并不想买奴隶,但一个自己曾被卖过的人不会在看到这种情况时默然走开,面对奴隶的苦难境地无动于衷。

看起来没有人想买这两个人;围着代理人帐篷的都是些穷人。我从他们的衣着和其他一些特征做出了判断,那里没有带着贴身男仆的人。

被出售的奴隶站在桌子上,一个年轻女孩和一个年轻男孩。男孩处在青春期的后期,女孩则已经发育成熟了。考虑到女孩成熟得早一些,可以说他们两个的年纪相差无几。以我自己年轻时为标准,就算他们十八岁左右吧。在这个年纪,男奴通常被关在一只桶里,通过桶上的洞吃食物,而女奴则要准备嫁人了。

他们身上都穿着无袖长袍。我太清楚这样的袍子意味着什么了;他们应该只展示给可能的买家,而不是贫民。长袍表示这是有价值的奴隶,他们不应该在公开的拍卖会上被出售。

当然,拍卖采用的方法是荷兰拍卖法,最低的标价是一万布莱森。这个价格——我怎么才能向你解释几个世纪以前、距离此地几百光年的行星所使用的货币呢?这么说吧:这个价格哪怕除以五,都是标价过高,除非这两个孩子是非同寻常的人物。那天早晨的财经新闻刚报道过,最好的年轻奴隶,无论哪种性别,都只能卖到一千布莱森。

你有没有遇上过这种事:被商店橱窗里的一件衣服吸引,然后走进商店,经不住诱惑买下了它。不,你当然没有。但这就是发生在我身上的事。

我所做的就是对那个代理人说:"先生,你是不是把价格写错了?或是这两个人有什么没有展现出来的特长吗?"我只是出于好奇,密涅娃,因为我既不想拥有奴隶,我口袋里多余的钱也无法让我改变这颗行星普遍存在的交易。但我想搞明白为什么。那个姑娘不是特别漂亮;作为一个女奴隶,她不会得到很高的出价。那个男孩也不是很强壮。他们两个也不般配。如果是在地球上,我会把她当成意大利人或者埃及人,他则像是个瑞典人。

我被热情地请进了那个帐篷,那两个奴隶被推到我面前;代理人的态度表明,这一整天里,他没有接到一次询价。我的影子在我的耳边说:"主人,这个价格太高了。我可以带你去一个交易黑市,那里的价格更合适,而且保证你满意。"

我说:"闭嘴,忠诚!"——所有被雇用的贴身仆人都叫"忠诚",可能是和实际情况作对比——"我想看看是怎么回事。"

帐篷的盖帘一放下来,把我们和外面那些贫民分开后,那个代理人立刻给我搬来一把椅子,鞠着躬给我递了一杯饮料,然后热情地说:"啊,尊贵的先生,我非常高兴您问了那些问题!我要向您展示一个伟大的科学奇迹!能够震惊上帝的奇迹!我是以一名虔诚的信徒,我们永恒的教堂的孩子的名义来说上面这番话的。我是不会撒谎的!"

不会撒谎的奴隶代理人还没有出生呢。那两个年轻人恭顺地站在展示台上,忠诚则对我耳语道:"一个字都别相信他,主人。那个姑娘什么都不是,至于那个男孩,我可以空手打败三个那样的小混混——而出租公司有八百布莱森就可以把我卖给你,就是这样。"

我示意让他安静，"先生，这个骗局到底是怎么回事？"

"这不是骗局，我以我母亲的名义起誓，亲爱的先生！您相信他们是兄妹吗？"

我看了看他们，"不相信。"

"您能相信他们不仅是兄妹，而且是双胞胎吗？"

"不相信。"

"您相信他们是源于同一个父亲、同一个母亲、同一个子宫、在同一时间出生的吗？"

"同一个子宫，也许。"我让步道，"代孕母亲？"

"不，不！真真切切是同一对父母。而且——这就是稀奇之处了——"他盯着我的眼睛，压低嗓门说，"而且他们还能配对繁殖……因为这对双胞胎之间互相没有联系！您能相信吗？"

我告诉他我相信，我还相信他会失去他的执照，还要面临亵渎罪的起诉。

他笑得更灿烂了。他恭维了我的智慧，然后问我愿意为这两个人付多少钱——如果他能证明所有这些事都是真的。必须高于一万布莱森，因为我必须知道，一万只是此前的出价。也许是一万五千，中午之前把钱存进保证金账户。

我说："算了吧，我在中午之前就要离开了。"我开始站起身来。

他说："等等，我求您了！我看得出您是个受过良好教育、懂科学、知识渊博、见多识广的绅士，您当然会给您卑微的仆人一个机会来向您展示他的证据？"

我仍然想离开；欺骗让我很反感。但他挥了挥手，那两个孩子脱下他们的长袍，开始摆出各种姿势。男孩双臂交叉，抱在胸前，两只脚站得很稳。女孩摆了一个和夏娃一样古老的优雅姿势:一条腿的膝盖略微向前,一只手放在臀部上,另一只胳膊松弛地下垂着,前胸向前略微挺出。这个姿势几乎让她变得美丽起来,只是她看起来有点厌倦。毫无疑问,这样的动作她肯定已经做过成百上千次了。

但让我停下来的原因不是这个;有东西惹恼了我。那个男孩当然是裸体的,而那个女孩戴了一条贞操带。你知道那是什么吗,密涅娃?

"是的,拉撒路。"

这太恶劣了。

我说:"让孩子把那个该死的东西去掉! 马上!"这样做很愚蠢,我很少在一颗陌生行星上干涉任何事情。但是那东西太令人厌恶了。

"当然可以,尊敬的先生;我正要让她去掉。伊斯特丽塔!"

那个女孩转过身去,脸上还是那副厌倦的表情。那个代理人用背挡住那个男孩,不让他看到他打开号码锁的动作,然后抱歉地说:"她必须戴这个,不仅为了防备那些无赖,还为了保护她不受她兄弟的骚扰。他们睡在一张小床上,但她还是——您会相信吗,先生,您看她都完全长人成人了? —— 一个处女! 给这位尊敬的先生看看,特丽塔。"

带着那副厌倦的表情,她开始动作起来。我一直认为对处女的迷恋是一种变态,于是示意她停下来,然后问代理人她会不会做饭。

他向我保证,她是布莱斯德所有大厨嫉妒的对象,说完又想把她锁在那个钢尿裤里。我粗暴地说:"别再给她戴那个了! 这里没人想强奸她。你答应给我看的那些证明呢?"

密涅娃,他向我证明了所有的事——除了她的厨艺。他向我展示的证据仍旧不能打消我的怀疑,但仅仅是因为这是他展示的。如果我在这里的诊所看到那些证据,我绝不会有任何犹豫。

我要提一句,虽然我们家族没有在布莱斯德居住,但那里也有一家回春诊所。那家诊所最后被教堂接管了,那些即使是在寿命很短的人身上都能显示出良好效果的抗衰老技术普通人再也享受不到了,它们只应用于大人物身上。但那颗行星在生物技术方面一直处于领先地位;因为教堂需要它。

密涅娃,我已经把奴隶贩子所说的那两个孩子的情况告诉你了。你现在对生物学、基因学及其相关技术和伊师塔知道得一样多,甚至更多;而且你还没有她在时间和记忆量上的局限。那么你说说看,他都向我证明了什么?

"他们是互补二倍体,拉撒路。"

正确!只不过他把他们叫作"镜子双胞胎"。你能告诉我这两个孩子是怎样生出来的吗,密涅娃?要是由你负责,你会怎么制造这样的双胞胎?

计算机一边思考一边回答道:"'镜子双胞胎'是对符合某些条件的受精卵的非专业称呼——这个叫法更有趣一些。根据我的记录,塞昆德斯没有进行过类似的实验,所以我只能在理论上回答你的问题。制造真正的互补二倍体双胞胎的必要步骤包括:首先需对父体和母体的配子细胞发育过程进行干涉,此种干涉需在配子细胞的染色体数目进行减数分裂之前进行——也就是说,整个过程需从初级精母细胞[①]和初级卵母细胞[②]开始,这些

[①] 经过减数分裂形成四个精细胞的双倍体细胞。一个精母细胞可分裂成两个次精细胞,而这两个次级精细胞又能再次分裂形成精细胞。

[②] 一种通过分裂产生卵子的细胞,是一种雌性配子母细胞。

是没有缩减的二倍体。

"干涉父体的精母细胞,这在理论上没有什么问题,但是因为精母细胞非常小,干涉过程有一定的困难。如果我有时间制造出必需的精密外延装置,我可以对此进行尝试。

"符合逻辑的做法是,一开始,把父体和母体的生殖原细胞放在玻璃器皿中进行培育。当发现一个精原细胞变成一个仍是二倍体的初级精母细胞时,立刻将此初级精母细胞分离;当被分离的初级精母细胞分裂成为两个次级精母细胞时——此细胞是单倍体,一个精母细胞携带X染色体,另一个精母细胞携带Y染色体——马上又将此两个次级精母细胞分离,让每一个都发展成精子。

"只在精子阶段进行干涉是不够的;这样无法排除配子对的混淆,造成受精卵只有在偶然的情况下才出现互补。

"从操作上讲,对于母体细胞的干涉过程相对简单一些,因为细胞个体较大。但是这个过程会牵扯到另外的问题;初级卵母细胞在减数分裂时必须通过适当干预才能产生两个单倍体和互补的次级卵母细胞,而不是一个卵母细胞和一个极体①。拉撒路,可能需要经过多次尝试,才能找到可靠的技术来实现这一过程。这和同卵双胞胎产生的过程类似,但从配子发育的整个过程来看,它比同卵双胞胎提前了两个阶段。但是,这些步骤可能并不比培育一只没有父亲的母兔子更难。我不会贸然提出自己的观点,因为我缺乏以前的事实做依据。但我想说的是,如果有充足的时间来发展这项技术的话,我感觉这是可以完成的。

"现在我们有了互补的精子组,一组携带Y染色体,一组X染

①在一个卵母细胞的发展中所产生的并最终被废弃的一种微小的细胞,只含很少或不含细胞质,但含有从第一或第二次减数分裂中得到的细胞核中的一个。

色体,我们还有一对互补的卵子,每一个携带的都是 X 染色体。受精过程是在玻璃器皿中完成的,我们还可以选择特定的精子来和两个卵子组成女性—男性互补配,但实现起来非常困难,除非我们能够精确地确定单倍体的基因图谱,而这是非常困难的,甚至可能导致基因损害;我觉得不应该进行这样的尝试。相反,应该任意挑选一个精子植入卵子之中,把另一个互补精子植入另一个卵子之中。

"要达到那个奴隶代理人所说的情况,还需要满足最后一个要求:应该从玻璃器皿中取出这两个受精卵,移植到卵原细胞捐赠者的子宫里。在那里,这对双胞胎经历自然妊娠和分娩的整个过程,最终出生。

"我说得对吗,拉撒路?"

一点没错!亲爱的,去找班主任吧;你的成绩单上会得到一颗金星。密涅娃,我不知道这种事是不是那样发生的。但代理人正是这么说的,他向我展示的证据似乎也证实了他的说法:实验室报告、全息电影,还有其他一些东西。但这个小偷可能会伪造一些这样的"证据",然后随便找一对孩子来蒙人。如果没有他的花言巧语,这两个孩子的售价不会高于平均水平。那些所谓的证据看起来还不错,实验室的报告和其他证明有主教的印鉴和密封章。那些照片和影像看起来也像是真的。但话又说回来,一个门外汉怎么能判断呢? 即使这些证据不是伪造的,它们所能证明的也只是这样的过程确实发生过;它们不能证明这两个孩子就是这个过程的结果。哼,他可能已经用它们卖出了很多对奴隶了,那个主教完全可能正靠这个过着花天酒地的生活。

我看了看那些证据,包括有关这两个孩子成长资料的剪贴簿,说道:"非常有趣。"然后我站起身,准备离开。

那个代理人一个箭步窜到我和帐篷盖帘之间。"先生,"他急切地说,"仁慈的、慷慨的先生—— 一万二千怎么样?"

密涅娃,这时候,我商人的本性占了上风,"一千!"我还价道。我自己都不知道这是为什么。噢,不,我知道。那个姑娘的身体已经被那个该死的托尔克马达①贞节带弄伤了;我想侮辱这个人贩子。

他惊得倒退了一步,满脸痛苦,仿佛正在把一个破啤酒瓶子生下来一般,"您在和我开玩笑。一万一千布莱森,他们就是您的了——我连本都捞回不来!"

"一千五百。"我回答道。我身上有点钱,到别的地方也花不了。我告诉自己我有能力给他们自由,不让那个女孩再被那个该死的刑具绑着。

他念叨着:"如果他们属于我的话,我会把他们送给您。我爱这两个小精灵,就像爱我自己的孩子一样。我不为别的,就为给他们找一个仁慈的、温和的、懂科学的主人,他能认识到这两个孩子出生奇迹的科学价值。但主教大人会把我吊起来,让人把我的身体一块一块割下来,把我活活折磨死。一万布莱森,您可以拿走所有的证据。为他们两个我要损失一大笔钱——这只是因为我是如此的敬仰您。"

我把价格加到四千五百,他则降到七千,然后我们僵住了。我要把钱留到最后一分钟,我也感到他已经接近了在不会引起主教愤怒的情况下卖掉这两个孩子的临界点。如果真的有那么个主教存在的话——

他转过身去,好像在说这个讨价还价的过程结束了,我不再

———————————
①西班牙宗教大法官,人称地狱之王,是残暴、顽固、不宽容和宗教狂热的象征。

奉承你了。他尖声命令那个女孩戴上那个钢刑具。

我拿出我的钱包。密涅娃，你知道钱是怎么回事；你负责处理政府的财政事务。但你也许不知道现金对某些人的影响，就和骨头对狗的影响一样。我在那个无赖的鼻子底下数出了四千五百布莱森，红色金色相间的大钞票——然后停了下来。他出汗了，大口吞咽着唾沫，但他还是费劲地、微微地摇了摇头。

所以我慢慢地、慢慢地数出更多的钞票。数到五千布莱森了——然后一把将这些钱收起来。

他挡住了我——然后我发现自己买下了我拥有过的唯一的奴隶。

这以后，他松弛下来，像解脱了一样。但他还要我出些小钱，买下他出示的证据。虽然我对拿走还是留下那些东西并不在乎，但还是为那些照片和影像资料付出了二百五十布莱森。他收下了钱，然后又一次让那个姑娘戴上她的刑具。

我阻止了他，说："给我看看那玩意儿怎么弄？"

我其实知道怎么操作。一个圆柱形的十个字母的组合锁，你可以每次使用时重新设置一个组合。设好字母组合，把绕着她腰部的钢带从圆柱体两端穿出来，再转一下字母盘，这样就锁住了，要打开时转动字母盘回到原先设好的字母组合。这个锁很贵，腰带用的也是好材料：无法用钢锯锯开的合金。这也增加了他故事的可信度。因为，虽然在那颗奇怪的行星上有专门出售处女的市场，但一个接受过训练的女奴价格和处女也差不多，再说这个女孩也不是专门留着卖给别人当小妾的。所以一定有其他理由来定制这样一个昂贵的贞节带。

我们背对这两个奴隶，他向我展示了所设定的字母组合：E、S、T、R、E、L、L、I、T、A(伊斯特丽塔)，很得意地向我显示他是多么聪明地挑了一个他不可能忘记的组合。

我故意笨拙地摸索着字母锁,装出终于搞明白了怎么弄,把锁打开了。然后,他准备把贞操带给那个姑娘戴上,送我们上路。我说:"等一等。我要确认我能正确使用这个。你把它戴上,我来给你解锁。"

他不想这么做。所以我装出恼怒的样子,说他想骗我,要让我解不开锁的时候不得不派人去找他,付给他更多的钱来请他解锁。我要把我的钱要回来,准备动手撕毁销售凭单。他屈服了,走进了我设计的圈套。

他的腰围比那个姑娘大,钢带的两端差点就合不上了,但他总算把自己挤进了那个刑具。我说:"把那个字母组合拼给我听。"——然后俯身操作那个锁。他拼的是"ESTRELLITA",而我设置的是"HORSETHIEF"(盗马贼)。设完以后,我把钢带两端使劲挤到一起,转了一下字母盘。

"好了,"我说,"锁上了。你再给我拼一遍。"

他又拼了一遍,我仔细地对上字母"ESTRELLITA"。字母锁没有打开。我说是不是他第一次给我拼字母组合的时候,说的是一个L两个T——这个组合同样不管用。

他找出一个镜子,自己试了试,还是打不开。我说这个锁准是卡住了,请你缩起肚子,我们来摇一摇。这时他开始出汗了。

最后,我说:"这样好了,先生,我把这个带子送给你。我还是更愿意相信一把挂锁。你到锁匠那儿——不,你不能戴着那个出门;告诉我到哪里能找一个锁匠,我付钱让他到这里来给你解锁。这样公平吗?我不能在这里待太长时间;我在比乌拉园还有一个饭局。他们的衣服在哪里?忠诚,把那些破衣服收一下,带上这两个孩子。"

就这样,我离开了他,他还在那儿喋喋不休地说让锁匠快一点来。

我们离开他的帐篷时,正好有一辆计程车开了过来。我让忠诚拦下计程车,我们几个都坐了进去。我没有去找锁匠;我让司机把车开到空港。途中我们在一家商店停留了一会儿,给两个孩子买了些能穿的衣服。男孩的是一件布衣服,女孩的是一件巴厘布裙——嗯,很像哈玛德娅德昨天穿的那件。我想它们可能是这两个孩子穿过的第一件真正像样的衣服。我买不到正式的鞋;就给他们买了两双凉鞋。我不得不把伊斯特丽塔从镜子前拖走;她在那儿没完没了地欣赏着自己,不时整理整理衣服。那些拍卖时穿的袍子,我把它们全扔了。

我把那两个孩子推进计程车,对忠诚说:"看到那条小路了吗?我会把背对着你,你沿着那条小路跑。我不会追你的,我得看着这两个孩子。"

密涅娃,我遇到了我永远无法理解的事情:奴隶的心思。忠诚没有明白我的意思。当我一字一句把话说完,他吓呆了。难道他没有提供好的服务?难道我想让他饿死?

我放弃了。我把他送回中介公司,拿回我留在那里的押金。因为他的良好的服务,我还给了他小费。我和我的奴隶继续乘着计程车向空港驶去。

事实证明我需要那些押金,以及我身上几乎所有的钱。为了让那两个孩子上我的飞船,我得向海关支付税款,尽管我手头有完备的销售凭单,不需要再付钱了。

我总算把他们带上了船。一上船,我就让他们跪下来,把手放在他们头上,给了他们自由。他们看上去不相信发生的事,所以我解释道："你们现在自由了。自由了，懂了吗？你们不再是奴隶了。我会签署你们的解放证书，你们可以去教区办公室登记。或者你们可以在这里吃晚餐，在船上睡一晚。明天飞船起飞前，我会把手头的钱都留给你们。又或者，如果愿意的话，你们可以待在船上，和我一起去瓦尔哈拉。那是个不错的地方，只是比这里冷一些——但那里没有奴隶。"

密涅娃，我不认为丽塔（当地口音听上去像'伊塔'）或者乔（也叫乔西或乔斯）听懂了我说的没有奴隶制度的地方是什么样子；这和他们理解的事情完全不一样。但他们听说过星际飞船是什么，能乘星际飞船去一个新地方让他们心驰神往。就算我告诉他们到了那个地方后他们会被绞死，他们也不会放弃这个机会。而且，在他们心里，我还是他们的主人；虽说他们知道解放证书是什么，但这并没有改变他们的思维习惯。这就是旧式忠仆的特点：总是待在属于自己的角落里，希望借此挣得一点酬劳。

但旅行不一样！他们一生里最远的旅行就是从位于那颗行星北部的一个教区来到首都——他们被卖掉的地方。

第二天早晨出了一点小问题。一个叫西蒙·利格里的注册奴隶代理商投诉了我，声称我对他造成了身体损害和精神伤害，还有多种违法行为。我让警察在飞船上的起居室里坐下，我给他倒了一杯饮料，然后让丽塔进来，脱下她漂亮的新衣服，让警察看了看她臀部的伤疤，完事后让她离开了。起身去拿销售凭单的时候，我碰巧在桌子上留下了一张一百布莱森的纸钞。

那个警察对着销售凭单挥了挥手，说双方对于交易额没有疑问——但他要告诉利格里，他很幸运，无须面对买方因为他销售残次商品而提起的反诉……不，再一想，如果说他在我的飞船起飞之前没有找到我,事情会更简单一些。那一百布莱森纸钞没有了,警察也走了——下午时分,我们也走了。

但是,密涅娃,我还是上当了;丽塔一点儿也不会做饭。

从布莱斯德到瓦尔哈拉的路程很长,航行很困难。船长谢菲尔德很高兴能有人陪伴他。

航行的第一个晚上发生了一件令人尴尬的小事,它是由前一晚开始的一个误会造成的,当时飞船还停在地面上。这艘飞船有一个舱室和两个高级客舱。船长通常自己驾驶飞船,他把客舱用来存放一些临时用品和小货物,所以客舱还没有准备好接待乘客。第一晚,他让那个已经自由的姑娘住他的舱室,他和她哥哥睡在起居室里的躺椅上。

第二天,谢菲尔德打开客舱的门锁。他让那两个孩子把客舱打扫干净,他自己先去看看货舱还能腾出多少空间,再来告诉他们把客舱里的杂物搬到货舱去,并给那两个孩子一人分配一个房间。但后来他一直忙于安置货物、处理最后的报税,忘了这件事。起飞后他又在监控导航计算机。按照飞船上的时间,他一直忙到很晚。飞船终于进入了第一段n维空间飞行,他也可以休息一下了。

他走进他的舱室,心里想着是先吃些东西,还是先洗个澡,或者两样都不做,直接睡觉。

伊斯特丽塔在他的床上,睁着大大的眼睛等着他。

他说:"丽塔,你在这里干什么?"

她用生硬的奴隶语言告诉他,她在他的床上干什么——在等他。她知道谢菲尔德船长大人为什么同意带他们走,知道他期望能从她这里得到什么。她已经和自己的哥哥商量过了,是哥哥让她这么做的。

她还补充说她一点儿也不害怕；她已经准备好了，渴望着这种事。

亚伦·谢菲尔德对她说的前半部分还是相信的；后面的补充却显然是为了让他宽心而说的谎话。他以前见过被吓坏了的处女——不是很多，但也有几个。

他没去理会她的恐惧。他说："你这个厚颜无耻的婊子，把你的屁股从我床上挪开，滚回你的房间去。"

这个自由的女人震惊不已，对发生的一切感到难以置信。她生气了，觉得受了侮辱——然后她哭了起来。之前她感受到的那种莫名的恐惧被一种更糟的情绪淹没了：因为他拒绝了她提供的服务，而她认为这是自己欠他的，也是他想要的，她小小的自尊心被摧毁了。她哭泣着，眼泪滴到了他的枕头上。

对于船长谢菲尔德来说，女人的眼泪总是能激起他强烈的性欲。他立即有了反应——他抓住她的脚脖子，把她拖下床，硬把她从他的舱室赶回她自己的客舱，把她锁在里面。然后他回到自己的舱室，采取了一些措施让自己平静下来，沉沉地睡去了。

密涅娃，丽塔是个完美的女人。在我教会她怎样好好给自己洗个澡以后，她变得十分迷人：优美的身材，可爱的小脸和优雅的举止，雪白的牙齿，芳香的气息。但和她睡觉却不合规矩。所有"性爱"都是习俗，亲爱的；单纯的性交谈不上什么道德不道德，也用不着毫无意义地掩饰这种行为。"性爱"只是一种让人们共同感受快乐的方式。这是在长期的进化过程中逐步发展起来的生存机制，对于推动人类向前发展起到了非常复杂的作用。这种作用无处不在，繁衍功能只是其中最简单的一点。

如果硬要判断性行为是否道德，其标准与那些用来判断人类日常行为道德与否的标准完全相同；其余所有关于性的规矩只是简单的习俗，与地区相关，而且存在时间较为短暂。性习俗的规矩比狗身上的跳蚤还多。这些规矩的共同点是：它们都是"上帝规定的"。我记得有一个地方规定，在私密场所性交是淫秽的、被禁止的、罪恶的——而在公共场所性交却是"怎么着都行"。我生长的那个社会对此的规定完全相反——但同样也是"上帝规定的"。我说不准哪种规矩更难遵守，但我希望上帝的心思别变来变去的，因为忽略这些规矩总是很危险。无知不成其为借口；有好几次，无知差点要了我的命。

在拒绝丽塔的时候，我遵循的不是道德标准；我在遵循我自己的性规矩，这是通过几个世纪里不断地尝试、犯错误、得到教训而建立起来的规范：永远不要和依靠自己生存的女人上床，除非我和她结了婚，或是想和她结婚。这是与道德无关的经验之谈，取决于你周遭的环境，而且不适用于那些不依靠我的女人。这是另一个话题了。但这条规矩是在绝大多数情况下都适用的安全预防措施——保护我的安全措施……因为，和那个我跟你说过的来自波士顿的女士不同，很多女人都把性交当作正式的求婚。

一时冲动让我陷入了一个困境。现在丽塔暂时依赖我；我不想和她结婚，把事情弄得更糟，我不欠她的。密涅娃，长命的人永远不该和短命的人结婚；这样对后者和前者都不公平。

然而，一旦你捡了一只流浪猫并收养了它，你就不能丢弃它。你不允许自己这样做。那只猫的命运会影响你内心的平静。就算做到不失信于猫会给你带来很多麻烦，你还是得这么做。我既然买下了这两个用解放证书也无法摆脱的孩子，我就必须计划他们的未来——因为他们不知道怎么计划。他们就是流浪猫。

　　第二天一早(飞船上的时间)，船长谢菲尔德起床后打开丽塔的客舱，发现她在睡觉。他把她叫醒，让她起床，快点洗漱，然后准备三个人的早餐。吩咐完毕后，他去叫她哥哥，发现他的客舱是空的，他在船上的厨房里。"早晨好，乔。"

　　这个自由的男人惊得跳了起来，"噢！早晨好，主人。"他急忙蹲下身子，跪了下来。

　　"乔，正确的回答应该是：'早晨好，船长。'在目前来说，这两个称呼都一样，因为我的确是这艘飞船的主人，也是船上每个人的领导。但当我们到了瓦尔哈拉、你们离开这艘船以后，你们就不会再有任何形式的主人了。没有，就像我昨天说的那样。现在叫我'船长'。"

　　"是的……船长。"他服从地说。

　　"别鞠躬！你和我说话的时候要站直身子，看着我的眼睛，要显得自信和骄傲。对于命令的正确回答应该是'遵命，船长'。你在这里干什么？"

　　"嗯，我不知道——船长。"

　　"我也不知道你在干什么。那些咖啡够一打人喝的了。"谢菲尔德用胳膊肘把乔推到一边，把那个男孩倒在碗里的大部分咖啡粒舀了出来，只留下足够冲九杯的量。他担心那个姑娘不会冲咖啡，于是写了张纸条告诉她冲调方法，让她在工作时间为他们准备咖啡。

　　他坐下来喝第一杯咖啡的时候，那个姑娘出现了。她的眼睛是红的，周围还出现了黑眼圈；他怀疑她在早晨又哭了。但他没说别的,只说了一声早上好,然后让她一个人在厨房忙着。她看过他前一天是怎么做饭的。

没过多久,他便深深怀念起了前一天简单的午餐和晚餐——他自己做的三明治。但他什么都没说,只让他们两个人别站在他身边,而是坐下来和他一起吃早饭。早餐主要是咖啡,飞船上的冷面包和罐装黄油。和蘑菇一起煎的阿克拉鸡蛋简直是一堆没法吃的垃圾。她还试图兑些果汁。能把这个果汁弄砸了的人简直就是天才;兑这种饮料只需要在一份浓缩果汁里兑上八份冷水,包装上有说明。

"丽塔,你识字吗?"

"不,主人。"

"叫我'船长'。你呢,乔?"

"也不会,船长。"

"算术呢?就是数字?"

"噢,是的,船长,我知道数字。二加二是四,二加三是五,三加五是九——"

他的妹妹纠正他:"应该是七,乔西,不是九。"

"行了,"谢菲尔德说,"我知道我们有得忙了。"他边想边哼着小调,"所以最好是……有一个妹妹……或者甚至是一个老船长——"然后,他大声补充说,"吃完早饭后,你们先解决一下自己的个人需要,然后整理各自的房间。要做到井然有序、干净整洁,我过后会检查。把我舱室里的床铺整理好,但是别动其他东西,尤其是我的桌子。那以后,你们两个都去洗澡。对,我说的就是:洗澡。船上的每个人每天都要洗澡。如果愿意,还可以洗得更频繁。船上的水有的是;我们的水是循环使用的,旅程结束时,船上的水比起航时还要多几千升。别问我为什么;工作原理就是这样，我以后会给你们解释的。(对这两个连三加五等于几都搞不清楚的年轻人来说，至少要几个月以后。)当你们做完这一切以后，就是从现在开始一个半小时以后——乔，你会看时钟吗?"

乔看了看挂在飞船舱壁上的老式时钟，"我拿不准，船长。那个钟上的数字太多了。"

"哦，是的，当然了;布莱斯德用的是另一套计时体系。好吧，当这个短的指针直直地指向左边，而这个长指针直指向上时，回到这里来。但这次就算你们晚了也没关系;适应新环境需要一段时间。不要为了按时赶回来而省略了洗澡。乔，用洗发香波洗洗你的头。丽塔，你过来，亲爱的;让我闻闻你的头发。是的，你也要用香波。"船上有没有发网? 如果他关掉人工重力装置，让这两个孩子出于失重状态，他们就用得着发网了——或者理发。理发对乔来说没有什么影响，但他妹妹那头又黑又长的头发是她最大的特点，会帮助她在瓦尔哈拉找个丈夫。他不认为船上有发网，因为他自己的头发一直很短，适合失重状态。好吧，那个女孩可以把头发编起来，再用什么东西绑一下。他有没有足够的动力在整个行程中一直保持八分之一 G 的重力? 不习惯失重的人在失重情况下肌肉会松弛，甚至可能会对他们的身体造成损害。

(先别管这些了。)"把你们的房间搞整齐，再把自己洗干净，回到这里来。去吧，两个没用的人。"

他列了一张清单:

列出每个人的分工:注意:教他们做饭!

开始教他们东西:从哪一科开始?

很显然，应该是最基本的算术。不需要用布莱斯德语来教他们算术;他们不会再回那里去了——永远不会回去了! 但在教会他们说格拉克塔语之前，布莱斯德语仍然是船上的通用语言，但他们必须学会用格拉克塔语阅读和书写——还有英语。他对他们进行的速成教育中,使用的很多书都是英语的。他有没有在瓦尔哈拉上讲的格拉克塔语磁带?像他们这样大的孩子能够很快学会当地的口音,以及所使用的习语和词汇。

更重要的是如何治愈他们那受创伤的,嗯,"心灵"。他们的性格——

他怎么才能把这两只驯服的成年动物变成有能力的、快乐的人?在各个必要的领域内受过教育、能够在一个自由社会里进行竞争的人?愿意去竞争,不恐惧竞争——他这才意识到他揽上的"流浪猫"问题有多严重。他是不是需要在未来的五六十年,或是更长的时间里,像照顾宠物一样照顾他们,直到他们自然死亡?

很久很久以前,男孩伍迪·史密斯发现了一只快死了的小狐狸,显然是和它的母亲走失了,也可能它的妈妈已经死了。他把它带回家,用小瓶子喂它吃的,在笼子里养了它一个冬天。春天到了,他把它带回当初发现它的地方,打开笼门的插销,把狐狸和笼子一起留在那里。

几天之后,他回到那里,想把笼子拿回家。

他发现那只狐狸缩在笼子里,严重脱水,已经饿得半死了——笼门的插销开着。他又把它带回了家,又一次照顾它,直到它恢复健康。然后他用细铁丝网替它圈了一块地,再也不想把它放回山林了。用他外祖父的话讲就是,"这个可怜的小东西从来没有机会学习如何成为一只真正的狐狸。"

他能把这两个被吓坏了的、无知的动物变成人吗?

当"短的指针直直地指向左边,长指针直指向上时",他们回到了起居室。他们一直等在门外,直到钟上的指针走到这个位置。船长谢菲尔德假装没有看到他们。

他们走进来的时候,他扫了一眼墙上的钟,说:"时间正好——很好!你们肯定用了香波,记得提醒我给你们找些梳子。"(他们还需要哪些盥洗用品?需不需要教他们使用那些物品?而且——哦,该死!——船上有没有女人经期使用的东西?能临时准备些什么?唉,幸运的话,这个麻烦可能过几天才会出现。问她是没有意义的;她也说不出什么来。该死的,这艘飞船根本没为乘客准备什么物品。)

"坐下吧。哦,不,等一等。到这里来,亲爱的。"船长发现她穿的衣服令人生疑地贴在她身上;他觉得那衣服是湿的,"你洗澡时是穿着这件衣服的吗?"

"不是的,主——不,船长;我把它给洗了。"

"我知道了。"他记起来了,在她笨手笨脚做早饭的时候,咖啡和其他污渍把她的衣服搞脏了,"把衣服脱下来挂在什么地方;不要用身子把它焐干。"

她慢慢地照他说的动作起来,下巴微微颤抖着。他记起给她买这件衣服的时候,她是怎样在镜子前欣赏自己的。"等一等,丽塔。乔,把你的短裤脱下来,还有凉鞋。"

男孩立刻照他说的做了。

"谢谢你,乔。短裤没洗的时候不要再穿上;现在它已经脏了,尽管看起来还很干净。除非你愿意,飞船航行的过程中不需要一直穿着它。你坐下来。丽塔,我给你买衣服的时候你有没有穿衣服?"

"没有……船长。"

"现在我穿着衣服没有?"

"没有,船长。"

"在某些时间和地点是需要穿衣服的——其他时候穿衣服就很愚蠢。如果这是一艘客运飞船,我们都会穿着衣服,我还会穿一件时髦的制服。但它不是,这里除了我和你哥哥以外没有其他人。看到那边那个仪器了吗? 那是温度和湿度计,它使飞船的计算机把这里的温度控制在二十七度,湿度是百分之四十。它还可以任意变化温度和湿度来刺激我们——这些话你们可能听不懂,总之,这样的环境使我在裸露皮肤时感觉很好。每天下午有一个小时,室内的温度会降低一些,以鼓励大家做些运动。飞船上的生活会让人的肌肉变得松弛下来。

"如果你们不适应这样的环境,我们再把温度调一调。但先按照我设定的试试。现在说说贴在你屁股上的那块湿布。如果你很愚蠢,就委屈自己,让你的体温把它焐干。如果你很聪明,就把它挂起来,让它平平展展地晾干。这是一个建议,不是命令。只要你愿意,你可以一直穿着它。只是别穿着它坐下,那是湿的;没有理由把坐垫弄湿。你会缝纫吗?"

"是的,船长。唔……会一点。"

"我会看看能找出些什么来。你是飞船里唯一穿女士衣服的人,如果你坚持要穿衣服的话,为了未来几个月的生活,你需要给自己做一些衣服。你也需要为了在瓦尔哈拉的生活准备一些衣服:那里可不像布莱斯德那么暖和。那里的女人要穿长裤和短大衣;男人穿长裤和长大衣;每个人都要穿靴子。我在兰德弗定做了三套衣服;也许在我能给你们找个裁缝之前,那些衣服可以先凑合一下。靴子——我的靴子你准穿不了,跟公鸡穿袜子一样不合适。唔,我们可以把你的脚裹起来,这样的话,去鞋店以前,我的靴子说不定还能在你的脚上待着,不会掉下来。

"这些事不用现在就考虑。到这里来吧——要么穿湿衣服站着,要么舒服地坐下来。"

伊斯特丽塔咬着嘴唇想了想,然后选择了后者。

密涅娃,这两个年轻人比我想象的聪明。刚开始的时候是我要求他们学习。但当他们感受到文字的神奇魅力后,他们立刻被吸引住了。他们学习认字的劲儿就像鹅吃草一样,其他事情都不愿意做了。他们尤其喜欢读故事书。我有很多藏书,绝大多数是缩影书,有几千本。还有几十本珍贵的装订版,是我在兰德弗淘到的摹本古董。那里的人讲英语,格拉克塔语只是贸易用语。你读过《绿野仙踪》系列吗?

是的,你当然读过;我曾经帮忙制定了大图书馆的规划,在里面放了一些我小时候喜欢的书,还有一些严肃读物。我要确保乔和丽塔能读到内容广泛、主题严肃的书,但大多数时候,我会让他们沉溺于故事中:《原来如此的故事》《绿野仙踪》《爱丽斯漫游仙境》《儿童诗苑》和《两个小野人》,等等。这样的书很少,是我还是小孩时读的书,那是大散居前三个世纪的事了。从另一方面讲,银河系的每一个人类文明都起源于那时的文明。

但我想确保他们知道小说和历史之间的区别——这很困难,因为我自己都不能肯定这两者之间是否存在区别。我还得向他们解释,神话又是另一种虚构故事,它在从事实到想象的方向上又进了一步。

密涅娃,向一个没有什么经验的人讲这些是非常困难的。什么是"魔力"?你的魔力比童话里的魔力还要强大。如果对不懂什么是"科学"的孩子们说,你拥有的不是魔力,你只是科学的产物,他们理解不了。再说,当我解释这些差别的时候,连我本人也不能确定这些差别是否真的存在。在我的游历中，我有很多次遇到过奇妙的事情——我只能说，我看到了我无法解释的奇景。

最后，我只能这样处理这个问题：我以权威的语气对他们说，有些故事只是用来娱乐的，并不一定是真的。《格列佛游记》和《马可波罗东游记》讲的不是一类事情，而《鲁滨孙漂流记》介于两者之间。如果在这方面有什么疑问，他们可以来问我。

有时候他们的确会来问我，并且没有异议地接受了我的解释。但我看得出来，他们并不总是相信我说的话。这让我很高兴，说明他们开始有自己的想法了——即使是错误的想法也没有关系。关于我对于绿野仙踪系列的说法，丽塔只是礼貌地表示了尊重。她对翡翠城的存在深信不疑。如果她能选择的话，她会到那里去，而不是瓦尔哈拉。嗯，我也愿意到那里去。

重要的是，他们逐渐成了独立自主的人。

我用小说教育他们，在这个问题上，我一点也没有犹豫过。小说比纪实作品更能让人迅速了解各种陌生的人类行为，只比实践差一点。再说，我只有几个月的时间把这两个胆怯无知的动物变成人。我可以教他们心理学、社会学和比较人类学，手头也有这样的教材。但乔和丽塔无法把它们综合起来，形成一个完整的结构。

只要我允许，他们每时每刻都在读书。两个人像小动物一样挤在一起，紧盯着阅读机，互相抱怨着翻页的速度。通常都是丽塔埋怨乔；她读书的速度比他快。或许正是因为彼此之间的竞争与促进，他们在很短的时间里就从文盲变成了阅读速度很快的人。我没有让他们看有声音和图像的磁带——我要让他们阅读。

我不能让他们把所有时间都花在读书上；他们还需要学习其他事情。不仅仅是能卖个好价钱的技能，更重要的是对一个自由的人来说必不可少的冲劲和自立的能力。我揽上这两个拖累的时候，他们完全没有这种能力。唉，我甚至不能确定他们两个有没有这种潜能；这种品质也许在他们人为操纵的出生过程中就被抹去了。但只要他们身上还存在着代表希望的星星之火，我就必须找到它，让它形成燎原之势。否则我永远没办法让他们成为真正自由的人。

所以我强迫他们尽可能地自己拿主意，训斥他们的时候也非常谨慎。我欣喜地观察着他们的每一次小叛逆——当然是在心里，嘴上没有说出来。我把这些行动看作进步的证明。

我开始传授乔打斗的技巧，只是徒手搏斗，我不想让我们俩中的任何一个被杀死。船上有一个舱室被布置成了运动馆，这里的设备可以适应有重力和失重两种状态；每天一个小时的低温时间，我都是在这里度过的。我在这里训练乔。我也要求丽塔参加，但只是做做运动。我心想，应该让他妹妹看到他被痛打的样子，这样可能会激励他。

乔需要这样的刺激；他那个脑子化了很长时间才转过弯来，搞明白他可以踢打我，而且我希望他这样做，如果他成功了我是不会生气的——但如果他没有尽自己的力量，我却会生气。

这个过程花了很长时间。起初，无论我怎么门户大开，他都不会攻击我。我开始辱骂他，嘲弄他，他仍然会犹豫，错过攻击机会，反而让我能够靠近他、攻击他。

但有一个下午，他看透了我的意图，狠狠地给了我一下。就算我真想躲开，可能也会很困难。晚餐后，他得到了奖赏：可以去读一本装订书，有一页一页的纸。他戴上了我的手术手套，我警告他,如果他把书弄脏或是撕坏的话,我会狠狠揍他一顿。我不允许丽塔碰那本书;这是给她哥哥的奖励。她生气了,甚至不愿意去看阅读机。最后他问我,他可不可以把书的内容念给她听。

我说她可以和他一起读——但她不能碰书。这样她才又高兴起来,凑到她哥哥身边,头挨着头一起读书,指挥她哥哥翻书页。

第二天她问我,为什么她不能学搏击?

毫无疑问,她觉得一个人锻炼很无趣。我也一直这么认为,之所以一个人也要坚持锻炼,只是为了保持身体状态——谁知道下一次着陆你会碰到什么样的危险。密涅娃,我从来不认为女人应该参加战斗;保护女人和孩子是男人的职责。但女人应该知道怎么战斗,因为有时候她可能需要保护自己。

所以我同意了,但我们必须改变规则。乔和我一直是按照码头规则来练习搏击的,也就是说没什么规则。我不会给他留下任何永久伤害,同样,最多只会让他给我弄上一些皮外伤。但我没把这个想法说出来,相反却告诉他如果他办得到的话,他可以把我的眼睛挖出来吃掉——我很小心,让他绝对做不到这一点。

但女人和男人不一样。我先为丽塔做了一副胸甲,保护她的乳房。这很有必要;她那个部位有些过于发达了,我们有可能在不注意的时候伤到她。我还私下里告诉乔,给她弄上一些皮外伤是可以的,但如果他打断了她的一根骨头的话,我也会打断他的骨头,这是我的规矩。

我对他的妹妹没作什么限制——我低估了她;她的进攻性比他强一倍。虽然没有受过训练,但是动作很快——而且她是玩真的。

第二天再和她一起练习时,不仅她穿上了胸甲,我和她哥哥也戴上了护身三角带。对了,前一天晚上,丽塔也被允许看了一本真正的书。

乔颇有烹饪天赋,所以我鼓励他充分利用船上的存货,做出尽量好看花哨的菜式。同时我也给丽塔施加了压力,想让她成为一名过得去的厨师。会做饭的人到哪儿都能养活自己。任何人,无论是男还是女,都应该会做饭、打扫房间、照顾孩子。起初我说不清丽塔有什么天赋,但在我的教导下,她显示出了数学方面的才能。我大受鼓舞;一个能读、能写、长着适合学数学脑袋的人,无论什么都能学会。于是,我开始让她自己从书本中自学如何做账,还有一些会计原理,我不提供任何帮助。我让乔学习如何使用船上的所有工具——其实也没多少,主要是些维护工具。使用这些工具的时候,我把他盯得很紧;我可不想让他在转动的机器上丢掉手指,或是损毁机器。

我的心中充满希望。然后,情况发生了变化——

(此处省略大约三千一百字)

——一句话,我太蠢了。我养过家畜,还养过一大堆孩子。飞船上的所有职务都由我一人充任,包括随船医生的角色。我们的旅程开始几天后,我用手头现有的设备给他们做了一次尽可能全面的检查,在那个时代可以说是相当全面。我在离开奥穆兹德以后就没再干过医生这一行了,但船上的医务室里配备了必要的药品和设施。每一次到比较发达的行星时,我都会买一些有关最新医疗发展的录像带,在漫长的旅途中学习它们。我是一个不错的赤脚医生,密涅娃。

这两个孩子就像看起来的那样健康。男孩只有轻微的龋齿问题,牙上有两个小洞。我发现奴隶贩子关于那个女孩的说法是真的——她是处女,半月形的处女膜没有破损,所以我用的是最小号的内窥镜。她既没有抱怨,也没有显得紧张,或者问我在干什么。我得到的结论是他们以前定期做身体检查,接受种种治疗——比布莱斯德的奴隶通常能享受的医疗待遇要好。

她有三十二颗非常健康的牙齿,但却不知道后面的四颗是什么时候长出来的,只说是"在不久以前"。男孩有二十八颗牙齿,牙床上的空隙非常小,应该不会出现我担心的长出智齿的问题。X光片也没有显示牙蕾出现。

我补上了他的牙洞,并记下来等到了瓦尔哈拉一定要把他牙洞里填充的东西取出来,让牙齿自己重新长出来,然后接受预防接种,防止再发生龋齿。瓦尔哈拉的牙科技术很发达,比我做的先进得多。

丽塔不记得她上一次来月经是什么时候。她和乔讨论了这个问题;他们一致认为她的上一次月经是在离家以前,于是他开始掰着手指头计算他们离家多长时间了。我告诉她下一次以及以后每一次来月经的时候都要告诉我,以便让我知道她的月经周期。我给了她一罐卫生巾,我以前不知道我还有这样的备用物品——它在船上的时间一定有二十年了。

下一次来月经的时候,她告诉我了。他们两个都不知道怎么打开那个装卫生巾的罐子,只好由我打开。她很喜欢罐里装的那些小小的弹性内裤,在不需要的时候也经常穿着它,把它当成了一种"装饰品"。这个女孩对衣着非常着魔;作为一个奴隶,她从来没有机会满足自己的虚荣心。我告诉她,她可以一直穿着衣服,前提是每次穿过衣服后都能把它洗干净。我对个人卫生的要求非常严格,会检查他们的耳朵,让他们离开饭桌去把指甲洗干净,等等。这个方面,他们从前受的培训不比猪多。那个女孩从来不用我说第二次,她还会挑剔自己的哥哥,以确保他也能符合我对他们的要求。我发现我对自己的要求也严格起来了;我不能带着脏指甲到饭桌上,也不能因为太困了就不洗澡。既然我制定了规矩,就不得不自己率先遵守。

她的缝纫技术和她的烹饪技术一样糟糕,但她开始自学缝纫,因为她喜欢衣服。我找出了一些色彩明亮的商品布料,让她从中寻找乐趣——把它作为胡萝卜加大棒政策中的胡萝卜。后来,穿衣服也成了一种特权,表现好才能享受。用这种方法,我让她改掉了——在绝大多数情况下——对她哥哥唠唠叨叨的毛病。

这个办法对她哥哥不起作用;他对衣服不感兴趣。但如果他不听话,我会在锻炼的时候让他多吃些苦头。这事很少发生——他不像她有那么多问题。

在她的第三或是第四个生理周期过后的一天晚上,我在看日历的时候注意到她已经过了月经期——我忘了这件事。密涅娃,我从来不会不敲门就走进他们的房间;船上的空间太小,所以需要尽可能采取措施来保护隐私。

她的房门大开,房间里没有人。我敲了敲他的房门,没有动静。于是我继续在起居室和厨房里找她,甚至还去了小体育馆。我想她一定是在洗澡,第二天再和她谈吧。

回房间的路上再次经过他的房间时,门开了;她走了出来,然后拉上了房门。我说:"噢,你在这里! 我还以为乔睡了。"

"他刚睡,"丽塔说,"你找他吗,船长? 要不要找叫醒他?"

我说:"不,我要找的是你。我在五到十分钟之前敲过他的房门,没人回答。"

她很抱歉没听到我敲门的声音。"对不起,船长。我想那会儿我们很忙,没有听到你敲门。"她告诉了我他们刚才在忙什么。

——这我想到了。发现她一向很准的月经过了一个星期还没来的时候,我就已经产生怀疑了。"这可以理解,"我说,"我很高兴敲门的声音没有打扰到你们。"

"我们一点也不想因为这事打扰到你,船长。"她回答的神态很严肃,十分可爱,"我们都是等晚上你回你的房间以后或是你午休的时候才在一起。"

我说:"亲爱的,你们不用那么小心。只要你们完成工作和学习,其余时间你们可以做自己想做的事。飞船'利比'不是个让人受苦的地方;我希望你们俩能开心。你那个糊涂脑子到底搞明白没有,你已经不是奴隶了?"

很显然,她还没有搞得很明白,密涅娃,因为她还是为没有听到我的敲门声、没有立即回应而懊恼不已。我说:"别傻了,丽塔。我们明天再说吧。"

但她坚持说她现在不困,她已经准备好了,一心希望做我吩咐的事。我反倒有些紧张起来。密涅娃,关于"性爱"有件最奇怪的事情:女人总是在性交刚完时表现得最为渴望,丽塔的经历也不会让她在这个时候压抑自己的冲动。更糟的是,我发现自从他们俩上船以来,我几乎第一次意识到她是个成熟的女人。这是个狭窄的走道,她和我站得很近,一只手里拿着她饶有兴致地完成的一件奇装异服,脸上还带着刚才那场愉快的运动留下的一点红晕。我有点冲动了。我敢肯定她会高兴地做出回应。她已经怀孕的情况掠过我的脑海——没有什么需要担忧的。

但在从奴隶主到类似父亲角色——严厉但却慈爱的父亲——的转换过程中,我已经因为这两个在我生命中转瞬即逝的孩子给自己惹了太多的麻烦。如果我和她上了床,我会丧失现在的角色,给已经很复杂的局面增加一个更让人烦恼的变数。所以我决定还是先解决眼前的问题。

船长谢菲尔德说:"那好吧,丽塔。你到我的房间里来。"他朝他的房间走去,她跟在后面。进到房间里,他给她拿了一把椅子。她犹豫了一下,把她那件华丽而俗气的衣服垫在椅子上,这才坐下。她的细心让他很高兴。以前的她是无知的动物,不会考虑这种问题;让她变成人的努力没有白费。但他没有对她的举动做出评价。

"丽塔,你的月经时间过了一周,是不是这样?"

"是吗,船长?"她有些摸不着头脑,但是没有感到不安。

谢菲尔德怀疑自己是不是搞错了。教会她怎样开启密封的卫生巾罐子以后,他就把这个数量有限的备用物品的管理权移交给了她,并且警告她,到瓦尔哈拉还需要几个月的时间,如果用得太浪费的话,她就不得不自己做一些凑合着用了。那以后,他把这件事抛到脑后,只在每次她来向他报告说月经来了时,在桌上的日历里记一笔。有没有可能是他自己忘了记录?上个星期有三天时间,他把自己锁在房间里,让这两个年轻人单独相处,吩咐他们把饭送到房间里来。每次想集中注意力考虑什么事情时,他都会这么做。在那段时间里,他吃得很少,根本不会睡觉,几乎不会注意与他的研究不相干的事。是的,这是有可能的。

"你自己难道不知道吗,丽塔? 如果你的月经准时来了,那就是你没有向我汇报。"

"噢,不,船长!"她瞪大双眼,显得很难过,"你说过要我告诉你……我也是这么做的——每次,每次都是!"

我又追问了她几个问题,发现她虽然数学学得不错,却不知道自己什么时候该来月经;其次,她的月经不应该是上个星期来,而是更早。

是时候告诉她了——"亲爱的丽塔,我想你快有自己的孩子了。"

她吃惊地张大了嘴,眼睛又一次瞪圆了,"哇,太棒了!"她接着说,"我可以跑去告诉乔吗?可以吗?请让我去吧,我马上就回来。"

"天哪!别着急。我只是说有可能。别抱太大的希望,在我们确认之前,也别告诉乔。很多女孩的经期有时都会推迟一个星期,或是更长时间,却什么事情也没有。(但我很高兴知道你想要它——这个孩子,看起来怀孕的可能性很大。)明天我会给你做个检查,看看能不能确认。(船上有没有什么能检测怀孕的东西?该死的,如果他必须给她做人工流产,就要在危害最小的时候进行,就像去掉子宫内的一个小碎片一样。那么——不,船上连类似"周一早晨"这种药都没有,更不用说先进的避孕用品了。伍迪,你这个愚蠢的家伙,下次没准备好之前不要进入太空!)同时,不要太兴奋。"(但女人总是会为这种事兴奋不已。这是当然的。)

她显得有些沮丧,但又很高兴,"我们是那么努力!我们尝试了《性爱圣典》中的所有方式,甚至更多。我想我们应该让你来指点我们,告诉我们哪里出了问题,但是乔很肯定我们没做错。"

"我想乔是对的。"谢菲尔德站了起来,为他们两个每人倒了一杯酒。他耍了点小把戏,给她的酒里放了些药。继续一番轻松谈话之后不久,她就会进入梦乡了,也许不会再记起这次谈话。他需要了解一切,"给你。"

她怀疑地看着那杯酒,"我会变傻的。我知道,我以前喝过一次这个。"

"这不是布莱斯德卖的那种私酿酒;这是我在兰德弗买的。安静,把它喝下去。就当是祝福你的孩子吧——如果你怀孕了的话,要么就祝你下次成功。"(怎么处理"下一次"? 不知他的担心有没有根据。绝不能让这两个孩子生下一个有缺陷的婴儿。健康婴儿已经是很沉重的负担了——他们俩还在学习如何自立呢。他能不能把事情拖着,等他们到了瓦尔哈拉的时候再解决? 到那里以后,她就会有安全的避孕手段了。如果不行,他该怎么办? 把他们分开? 怎么分?)

"告诉我是怎么回事,亲爱的。你们上船的时候,你还是个处女。"

"哦,是的,当然是。他们一直把我锁在那个处女框里。有时候,他们会把框子取下来,但会把我关起来,让哥哥睡在木板房里。你知道,就是我流血的时候。"她深深地吸了一口气,然后笑了起来,"现在的日子多好啊。乔西和我很长时间以来都在尝试怎么绕过那个可怕的铁框子,但是都失败了。那样会把他弄疼,我们尝试的有些方法还会让我受伤。最后我们放弃了,只是做些我们一直在做的有趣的事情。哥哥说要耐心一些;不会永远这样的。我们知道我们会被一起卖掉,作为一对一起出生、一起长大的孩子。"

伊斯特丽塔兴高采烈,"我们果真被一起卖掉了,而且现在我们是一对了。谢谢你,船长!"

(不,把他们分开不是件容易的事。)"丽塔,你有没有想过让其他男人来养活你,而不是乔?"(至少先试探一下。给她找个丈夫并不困难;她真的挺有魅力。有种"大地之母"的感觉。)

她看起来有些迷惑,"为什么,当然不了。从几乎还是小婴儿的时候起,我们就知道我们是一对儿。我们的母亲告诉过我们,牧师也是这样说的。我一直是和哥哥一起睡觉的。为什么我要和其他人在一起?"

"你以前曾准备和我一起睡,你还说你很渴望。"

"噢!那不一样——那是你的权利。可你不想要我。"她加上了一句,几乎是在责备我。

"不完全是那样,丽塔。我是有原因的,现在我不想说这个。不管我是不是想要你,你是不是愿意,我都不会和你上床。而且你说过,你真正想要的是乔。"

"唔……是这样。但我还是很失望。我告诉哥哥你不想要我,我们俩都觉得很难过。但他说要耐心一些。我们想你可能会改变心意,所以我们又等了三天,然后乔就把我睡了。"

(站起来时是个唠叨老婆,躺下时是个温顺的绵羊。并不少见的类型,谢菲尔德想。)

他发现她正饶有兴趣地盯着他看。"你现在想要我吗,船长?就在乔决定和我上床的那天,他告诉我这仍然是你的权利,永远都是——现在也是。"

(老天爷!只有一个办法能躲开自愿献身的女人:离开行星,到太空中去。)"亲爱的,我累了,你也困了。"

她忍住一个哈欠,"我不累,我从来没累过。船长,在我第一次问你的那个晚上,我有点害怕。但现在我不害怕了,我很想,如果你愿意的话。"

"你很可爱,但是我累了。"(为什么那个药还没有发挥作用?)他换了个话题,"船上的铺位几乎不可能让两个人睡在一起,不是吗?"

她还是打了个哈欠,咯咯地笑起来,"对,有一次我们从哥哥的床铺上掉了下来。所以现在我们睡在桌子上。"

"桌子?为什么,丽塔,那很危险。我们得想点什么办法。"(让这两个孩子睡在这儿?这里有船上唯一的一张双人床。新娘度蜜月需要一个舒适的睡眠环境……这张床能满足要求;她现在深深地爱着一个人,应该好好享受爱情,无论爱的是谁。早在几个世纪以前,谢菲尔德就认为,对于寿命短暂的人来说,最让人悲伤的就是他们的时间几乎不够去爱。)

"哦,桌子没那么差,船长;我们以前都是睡地上的。"她再一次打了一个哈欠,看来已经撑不住了。

"好吧……明天我们再来安排一下。"(不行,他的房间不行;他的桌子在那里,还有他的书和文件。这两个孩子会妨碍他,他也会妨碍人家。他和乔能否把两张窄床拼成一个双人床?也许可以,但这样可能会占去一个房间的面积。没问题,把他们两个房间隔开的墙壁不是承重墙,可以在中间开个门,这样他们就有一个套间了。为一个可爱的新娘准备的"新婚套间"。就这么办。)他说道,"在你从那把椅子上掉下来之前,我还是把你送到床上吧。事情都会好起来的,亲爱的。(该死的,我倒要看看会怎么好起来。)明天晚上以后,你和乔就可以睡在一张宽大的床上了。"

"真的?噢,那可真——"她又打了一个哈欠——"棒!"

他扶她进了她的房间;她一倒在床上就立刻睡着了。谢菲尔德看了看她,轻声说道:"可怜的小猫。"他俯身亲了亲她,然后回到自己的舱室。

他翻出那个奴隶贩子提供的有关丽塔和乔的古怪基因特性的文件,深入研究每份文件。奴隶贩子声称他们是"镜子双胞胎"——具有同一对父母亲的互补二倍体,他想从这些文件中找出头绪,看这一说法成立与否。

他希望从这些线索里估计丽塔和乔的孩子出现不利基因强化现象的可能性。

简化之后,这个问题看来可以分为三种情况:

这两个孩子互相之间可能没有联系。不利强化效果出现的可能性:微乎其微。

他们可能是普通的兄妹。不利强化效果出现的可能性:非常高,不能忽略。

他们可能正如奴隶贩子宣称的那样,是源于互补结合体的受精卵,在减数分裂过程中保存了所有基因,但没有经过复制。在这种情况下,不利强化效果出现的可能性会是——什么呢?

这种情况先等等再说。如果是第一种假设情况,他们没有血缘关系,只是从小在一起长大——没什么特别的风险,可以不予理会。

第二种情况,他们可能是普通的亲兄妹。不过看起来不像,更重要的是,如果是个骗局,那个坏蛋花的成本未免太大了,还公开地使用主教的名义来支持自己。当然,主教可能也是个骗子(完全有这种可能,他太了解宗教圈里的事了!)——但在普通奴隶孩子这么便宜的情况下,随便买两个不相干的孩子就行,为什么要冒这种风险呢?

不,即使假设这是一个骗局,也没有理由在如此精心策划的计划里出现这样一个不必要的风险。所以,这个假设也不对。丽塔和乔不是普通意义上的兄妹关系——尽管他们可能是在同一个母亲的子宫里长大的。如果是这样,在遗传方面也没有什么影响。

那么剩下的一种让人担心的可能就是:奴隶贩子说的是真的。在这种情况下,后代出现异常的可能性有多大?这种人工繁殖而生的孩子在再次结合时,出现基因缺陷的机会有多大?

谢菲尔德试图解决这个问题,但苦于没有足够的数据支持。船上唯一一台真正的计算机是用来导航的,无法用它来解决一个遗传学问题。他真希望利比在船上。安迪会盯着墙壁看几分钟,然后准确地告诉你可能发生哪些情况,以及这些情况的发生概率。

即使是在拥有全部相关数据(数量以千计!)的情况下,如果没有计算机帮助,也很难解决这样一个遗传学问题。

那么,就把复杂问题简化一下,先描述这个问题,看看能有什么启发。

基本假设:丽塔和乔是"镜子双胞胎":源自于同一对父母,且在基因上互补。

参照假设:他们相互之间没有联系,只不过来自同一颗行星的同一个地区的基因池。(更极端的假设是,同一个地区的奴隶很可能源于一个很小的基因池,而近亲交配则可能进一步缩小这个范围。但作为参照假设,他只能以常态为标准。)

简化的例子:检测一个基因点,比如在第二十一个染色体中的第一百八十七个点。假设这个点带有不利基因,以此判断在每种假设下这个基因被加强、遮蔽或是彻底清除的可能性。

随机假设:因为这个点上的基因对里可能带有一个不利基因,或者两个,或者没有,在基本假设和参照假设两种情况下,假设三种现象出现的可能性完全一样,且平均分布。即没有不利基因的可能性为百分之二十五,有一个坏基因为百分之五十,两个都是坏基因为百分之二十五——后者是一种极端情形,因为经过几代的繁殖,出现强化现象(在一个基因点有两个坏的基因)的人不太可能活下来,因为不利基因强化现象要么降低一个受精卵的竞争能力,要么导致人的死亡。这两种情况的出现概率不用考虑了,反正没有数据,无法估计。

忘了一点!如果一个坏的强化点显现出来,或是通过实验显现出来的话,这样的受精卵就不会再用了。一个有能力进行这种实验的科学家会尽可能地使用在基因意义上是"干净"的标本——没有已被发现的几百种(现在是不是有几千种?)遗传缺陷;基本假设应该包括这种辅助假设。

谢菲尔德用飞船上的机器检查了这两个年轻人,没有检测到任何缺陷。那个无赖的说法于是更真实了:这两个孩子确实是奇特而成功的基因控制实验的成果。

谢菲尔德现在有点相信的确进行过这样的实验。他真希望手头有一个较大规模的霍华德诊所里配备的仪器,比如塞昆德斯上的那个,这样他就可以对这两个孩子的基因进行详细的检查。用飞船上的设备无法做到。再说,他也没有能力做这样的检查。

另外一个不断萦绕在他脑海里的问题是他得到这两个孩子的途径。如果他们真如那个奴隶贩子所宣称的那样,那他为什么这么急切地要卖掉他们?实验之后,这两个创造出来的互补孩子放在一起养大,可是为什么现在又卖了他们?

唔,也许这两个孩子知道,只是他没问对问题。可以确定的是,在他们被养大的过程中,周围的人让他们确信这就是他们的归宿;策划这件事的人在他们很小的时候就作了诱导和培育,使他们之间的关系比婚姻关系更牢固。比谢菲尔德自己长期以来所经历的所有婚姻更牢固——（除了一次，除了一次！）

谢菲尔德不再想这件事了，他集中精力做理论上的推导。

在选择好的基因点上，假设每个受精卵有三种可能的状态或是基因对，它们可能出现的概率分别为：25%，50%，25%。

在参照假设情况下，父母亲（双倍体受精卵）在男孩和女孩体内的基因点上都会显示如下分布：

25%	好的－好的	在那个点上很"干净"
25%	好的－坏的	坏的基因被遮蔽，但是可以转化
25%	坏的－好的	坏的基因被遮蔽，但是可以转化
25%	坏的－坏的	出现不利的强化效果——致命，或是出现残疾

但在经过修正的基本假设情况下，谢菲尔德假定那个牧师科学家会把不好的受精卵去掉——这样就会排除第四组（"坏的－坏的"），使得父母受精卵在这个点的基因分布情况变成：

33.33%	好的－好的
33.33%	好的－坏的
33.33%	坏的－好的

这样一来，结果比最初的随机分布强得多，在这种情况下通过减数分裂产生的配子（包括精子和卵子）会是：

| 好的情况：六个配子里面有四个 |
| 坏的情况：六个配子里面有两个 |

——但是,如果不破坏携带基因的配子,就没有办法检测到坏的基因。至少谢菲尔德是这样假设的。当然,他知道,随着科学的发展,这样的假设不会永远成立。但是出于保护丽塔(以及乔)的目的,他的假设必须基于现有的数据和知识,而且要悲观一些——也就是说,受精卵里的坏基因只有在强化效果显现时才能被发现。

谢菲尔德提醒自己,"好的—显性性状"和"坏的—隐性性状",这一分类标准不是黑就是白,但现实往往并非如此,比非黑即白的描述复杂得多。对于成年个体而言,某种特性究竟是有利于生存还是不利于生存,只有在明确这一特性究竟是什么、并在特定的时间和环境下,才能作出判断——而且要通过一代以上的验证。一个成人为了保全自己的后代而死应该算是有利于生存的行为,而一只猫吃掉自己生下的小猫的行为则是不利于生存的,无论它自己活了多久。

同样的,一个显性基因有时也没有什么意义——比如褐色的眼睛。与其相对应的两个隐性基因配对、通过强化效果能够得到会长出蓝眼睛的受精卵,而这并不会对它的生存造成什么不利影响。其他很多遗传特性也是这样,比如发质、皮肤的颜色,等等。

但话又说回来,"好的—显性性状"和"坏的—隐性性状",这种定义说到底仍是正确的;它概括了一个种群保留有利的基因突变、(永久地)去除不利基因突变的机制。严格说来,"坏的—显性性状"这一定义几乎是自相矛盾的,因为一个完全是坏的显性基因突变会在一代里就把自己杀死(连带着那个不幸携带这个基因的受精卵),它对子宫里的受精卵来说是致命的,或者它会对受精卵产生破坏作用,使得它无法复制。

但是,在优选过程中,坏的隐性性状却常常很有用。这些性状被保留在基因库里,等到由随机概率控制的意外事件发生时派上用场:当卵子受精时,这样的基因可以和一个与其类似的基因配对,然后通过破坏受精卵根除它自己——但愿这种情况发生在孩子出生前,但也有可能是在出生以后,这就成了一个悲剧。还有一种可能:坏隐性性状会通过在减数分裂过程中减少的染色体得以根除,结果就是一个不带坏基因的健康的婴儿——一个皆大欢喜的结局。

这两种方法都可以在种群基因库中慢慢地淘汰坏基因。

不幸的是,第一种方法经常会制造出一些可以存活的婴儿,但他们有生理缺陷,唯有依靠帮助才能活下去。有的时候,这种帮助是经济援助——他们是天生的失败者,无法自己养活自己;有的情况需要做整形手术、内分泌治疗,或是其他医疗救治。当船长亚伦·谢菲尔德还在当医生的时候(是在奥穆兹德,当时用的是另一个名字),这些不幸的人让他经历了从失望到绝望的各个阶段。

最初,他试图遵循医生誓约来行医治病——或者说尽可能地遵循;从本性上说,他无法盲从任何由别人制定的规则。

过了一段时间,他的脑子暂时短路了,以至于想通过政治途径来解决这个他本人认为十分严重的问题——先天缺陷者的繁殖。他试图劝说他的同事们拒绝救治具有遗传缺陷的人,除非他们无法生育,或是做了绝育手术,或是愿意把接受绝育手术作为获得医疗救治的先决条件。更糟糕的是,他还试图把那些虽然没有生理缺陷、但却从米不努力自己养活自己的人也包括在具有"遗传缺陷"的人里。其实他所在的那颗行星并不是很拥挤,而且正是他本人在几个世纪以前选定了这颗行星,认为它近于理想状态,适合于人类居住。

他的想法没有出路,大家都对他表示愤怒和蔑视。只有几个同事在私下里赞同他的观点,但在公开场合却仍然谴责他。对于门外汉来说,涂柏油、粘羽毛的酷刑是他们开给"种族灭绝"医生的最温和的处方。

行医执照被吊销以后,拉撒路的情绪恢复了正常。他闭上嘴巴不再说话。他明白了,严厉的自然之母的确存在,牙齿和爪子上血淋淋的,总是惩罚那些无视她的存在或是违背她的法令的大傻瓜。他不需要充当破坏这些规则的人。

所以他搬家了,换了一个名字,准备离开这颗行星。就在这时,一场瘟疫袭击了奥穆兹德。他无可奈何,只好重新回到工作岗位。没有执照的医生毕竟还是能够提供医疗救治。两年过去了,两亿五千万人死去了,他又能取回他的行医执照了——条件是他得遵守规矩。

他拒绝了,然后想尽快离开奥穆兹德,可是一等就是十一年。在那段等待的时间里,他成了一个职业赌徒,这是他在那段时间所能找到的最便利的赚钱途径。

对不起,密涅娃,我是在说那两个镜子双胞胎的事。现在这个愚蠢的小贱货怀孕了,于是我又回到了以前照顾婴儿、当乡村医生的角色。我一整夜没睡着,为她、她哥哥和他们的孩子担心——除非我能为他们做点什么事。为了弄清我该怎么做,我需要重新梳理一下已经发生的事,从中推断出可能会发生什么。因为手头没有非常确切的资料,所以我必须采用一个最古老的、教人如何寻找一头走失的骡子的办法。

首先,我需要站在那个奴隶贩子的角度考虑问题。一个拍卖奴隶的人是个无赖,但是他很精明,不会冒让自己可能沦为奴隶的风险,或是让自己送命的风险。如果他在布莱斯德拿主教的权威开这样的玩笑,这种事就有可能发生在他身上。因此,这个无赖不会故意撒谎。

接着,我可以提出一个问题:为什么这个代理人会得到这么一个任务,出售这两个孩子赚取佣金?我需要站在那个主持这项人类生物实验的牧师科学家的角度来思考。先排除这两个孩子是普通兄妹的情况——即使是为了骗人,也没有必要挑选这样一对年轻人。也排除他们在任何方面都没有联系的情况,因为在这样的情况下,她的怀孕只是一件寻常事。当然了,任何女人都有可能生出一个怪物来,即使是基因方面最没有问题的孕育过程也可能出现基因突变,就像一个警觉的助产士也可能忘记在新生婴儿的屁股上打第一个巴掌,激活它的生命。这种情况很常见。

所以我只考虑第三种假设:源于同一对父母的互补二倍体。这个实验者做了什么?如果是我,我会做什么?

我会用我能找到的最接近于完美状态的人来做父母,而且我会在实验开始之前,用我能够使用的最为精确的检测方法,证明找到的男人和女人在基因上最为"干净"——在那个时代的布莱斯德,这意味着非常复杂的检测。

对于一个选定的基因点,按照孟德尔[1]25-50-25的分布规律,在实验之前所做的检测将会排除25%概率的坏隐性性状强化效果,这样一来,在父母一代的分布情况就变成了三分之一坏情况、三分之二好情况——我指的是那些可能的乔们和丽塔们的父母。

---

[1]格雷戈尔·孟德尔,奥地利遗传学家,现代遗传学之父。

现在我的角色是一个牧师实验者,我要开始制造镜子双胞胎了。那么发生了什么呢？我们追求的目的是最少的配子数目,符合1/3:2/3的分布规律(前面说过,六个里面有四个好的和两个坏的,那么配对后三十六个中就有四个是坏坏结合的),我们会得到十八个可能的"乔"和十八个可能的"丽塔"——但在这两种情况里,都会出现两个"坏"的情况:不好的隐性性状被加强了,受精卵是有缺陷的。实验者去除了这样的受精卵……也许他并不需要这样做;因为这样的强化效果本身就有可能消灭这类受精卵。

到目前为止,问题有了8.33%的改善,换种说法就是,丽塔的孩子没问题的可能性从整体上已经增加了25%。我觉得好点了。考虑到我这个助产士会竭尽全力帮助怀孕的母亲不生出怪物,那么好情况出现的可能性还会有所增加。

所有这些都表明,坏的基因倾向于在每一代都被彻底清除——危害最大的基因被彻底清除的概率最大。当强化效果对子宫内的胚胎有致命影响的时候,这样的可能性接近百分之百。而与此同时,具有有利影响的基因被保留了下来。正常的远亲繁殖也是同样的情形,只是在近亲繁殖的时候作用会更强烈。但在后一种情况下,对于人类的繁殖来说,这一过程虽然会消除不利的基因,它也使得出现残疾婴儿的可能性大大增加——这就是我担心丽塔会遇到的问题。每个人都希望人类的基因库越干净越好,但没有人希望这样的悲剧发生在自己家。密涅娃,我已经开始把这些孩子当作自己的"家人"了。

但我对于和"镜子双胞胎"相关的事情还是一无所知。

我决定在一个给定的基因点进一步深入研究出现坏隐性性状的可能性。对于一个真正要命的坏基因来说,50-50的出现概率还是太高了一些。一开始,出现概率非常高,但这一概率会随着繁殖代数的增加而降低,到最后,精子卵子接合过程中某一个坏基因出现强化效果的概率小到微乎其微。比如,如果百分之一的单倍体带有这个坏基因,那么只有万分之一的受精卵会出现强化效果。我说的是总基因库,在这个例子里,最少两百个成人,包括女人和男人。在这样的基因库里,随机繁殖出现坏性状强化效果的可能性就是刚才计算的比例——这可能是让人高兴的事,也可能是伤心的事,取决于你把这件事视为与己无关的清洁基因库的过程,还是与己相关的个人灾难。

我把这件事视为与自己密切相关的事情;我希望丽塔能生下一个非常健康的孩子。

密涅娃,你肯定认识到了,25-50-25的分布代表最为极端的近亲繁殖的情况。如果是父母与子女交配,一半的情况下会发生这种事;如果是亲兄妹交配,发生概率只有四分之一。这两种情况都是染色体的减数分裂导致的。牲畜育种者经常会使用这种极端措施,筛掉有缺陷的,最后培育出稳定的健康品系。我曾经下流地怀疑过,在古老的地球上,这样的筛选有时会应用在近亲繁殖的皇室成员身上。当然啰,这样的筛选不会经常使用,或者还不够极端。如果像对待赛马那样对待国王和王后,那么皇族会发展得很不错。遗憾的是,他们从来没有这样被别人对待过,反而像社会福利接受者一样被大家供了起来。按照精选繁殖法则应该被筛掉的年轻王子们却受到鼓励,像兔子一样繁衍下一代——于是后代中就出现了血友病患者、低能儿,还有你能想到的其他疾病。当我还是个孩子的时候,"皇族"是一个恶毒的玩笑,表示最差的繁殖选择。

接着,船长谢菲尔德仔细研究了下一个可能的坏基因,这种情况的出现概率比较低:假设诞生了丽塔父母的基因库里存在一个致命的基因。因为基因是致命的,所以只有和与之相对的良性基因配对、被其屏蔽,它才可能在一个成人体内出现。假设在成人身上出现这类屏蔽现象的可能性为5%——在现实中,对于一个致命基因来说,这个可能性还是太高了——但还是先这样假设,看看会发生什么。

父母亲一代:100个女性,100个男性,每一个都可能是丽塔和乔的父母——男性和女性中各有5个可能会带有致命基因,该基因被与之相对的良性显性基因屏蔽。

父母亲单倍体阶段:200个卵子,其中有5个带有致命基因;200个精子,其中有5个带有致命基因。

儿子和女儿受精卵一代(可能的"乔们"和可能的"丽塔们"):有25个因为致命基因的强化作用而死去了;有1,950个带有被屏蔽的致命基因;有38,025个在这个基因点为"干净"的孩子。

谢菲尔德注意到,因为他所选的样本数刚好使推导结果出现了奇数,为了能继续推算下去,他必须假定一个雌雄同体的异常体的存在。噢,该死的!——不过这不会改变统计结果。不,想个办法避免它!——用200个男性和200个女性作为样本来研究这个基因点上的致命基因的情况。那么就是:

| 400个卵子,其中10个带有致命基因 |
| 400个精子,其中10个带有致命基因 |

——这样一来,下一代中(可能的"乔们"和可能的"丽塔们")就会有:100个死去的,7,800个携带者,152,100个"干净"

的。比例没有变化，只是去掉了那个假想的两性人。谢菲尔德简单地想了想两性人的爱情生活，然后又回到他的工作中。下面的数字变得非常庞大，在再下一代里（就是那个小小的、刚刚在丽塔的肚子里扎根、还没有名字的小家伙），这些数字上升到了十亿位以上——15,210,000 个通过强化作用被清除掉了，1,216,800,000 个携带者，24,336,000,000 个"干净"的。他再一次希望自己能有诊所的计算机系统来做这些算术，现在他只好费劲地把这些庞大的数字转换成百分比：分别是 0.059509%、4.759% 和超过 95.18%。

情况再一次明确地朝好的方向发展：大约 1,680 个里面有一个有缺陷的（而不是 1600 个里面有一个），携带者的比例降到了 5% 以下，一代里"干净"的基因比例超过了 95%。

谢菲尔德又研究了几个类似的问题，以对他得到的结果作进一步的确认：互补二倍体（"镜子双胞胎"）的孩子，其健康概率至少和相互之间没有关系的人的后代一样大。再考虑到一个令人兴奋的事实，那就是，发起这个实验的牧师科学家在一个或多个阶段会进行筛选操作——而这是一个几乎可以肯定的假设。这更提高了这个孩子健康的概率。这使得乔成为他"妹妹"最好的伴侣，而不是最差的。

丽塔可以要这个孩子。

主题变奏

VII 从瓦尔哈拉到兰德弗

——这是我能为他们做的最好的选择，密涅娃。长久以来，经常会有一些傻瓜想要废除婚姻制度。这些努力就像要否定重力原理、让π等于三点零或是通过祈祷来移动山峰一样无效。婚姻不是牧师们想象出来、让人们受苦的制度；婚姻就像人的眼睛一样，是人类发展进化的一部分，它对于人类的作用就像眼睛对于一个人一样重要。

当然，婚姻也是一种经济合同，是为抚育后代和保障母亲的权利而签订的，使母亲们可以安心度过孕期和后代的成长期。但是它的作用要远远大于这个。婚姻是人类——在无意中——发展起来的、履行必要责任的一种手段，同时使自己在这个过程中很开心。

为什么蜜蜂会分为蜂王、雄蜂和工蜂，像一个大家庭一样生活在一起？这是因为对它们来说，这样的生活方式很有效。为什么鱼几乎不认识它们的父母但却过得很好？因为随机的进化力量使得这种方式对它们来说很合适。为什么"婚姻"——不管它叫什么吧——在各处的人类社会中成为一个普遍的制度？别去问神学家，也别去问律师；这样的制度早在教堂和政治当局订立规则之前就存在了。就是因为这样的制度行得通，仅此而已；虽然它有各种瑕疵，但是根据唯一通用的检测标准——是否有利于生存——来看，它比在几千年里不断出现的、由头脑简单的人发明的、用来替代婚姻制度的各种体制都更有效。

我不是在说一夫一妻制；我指的是各种形式的婚姻制度：一夫一妻制、一妻多夫制、一夫多妻制、多妻多夫制，以及其他由此延伸出去的、带有各式附加规定的婚姻制度。"婚姻"有着数不清的习俗、规定和安排。但是只有且仅有那些为孩子提供保障、为成人提供补偿的安排才是"婚姻"。

对于人类来说，婚姻会带来问题，而唯一可以接受的补偿是男人和女人可以相互给予对方的东西。

我不是在说"性爱"，密涅娃。性是婚姻的诱饵，但性不是婚姻，也不构成足以维持婚姻的理由。如果牛奶很便宜，为什么要买奶牛呢？

情意，陪伴，相互信任，能和某人一起笑、一起伤心，能够容忍对方缺点的忠诚，能触摸某人、能与之牵手——这些才是"婚姻"，而性只是蛋糕上的糖霜。噢，糖霜可能会非常美味，但是它不是蛋糕。婚姻可能会失去那美味的"糖霜"——比如出了什么意外事故——但它仍然会一直持续下去，带给两个人无尽的欢乐。

当我还是一个正处于发情期的无知年轻人时，婚姻常常使我感到困惑——

（此处省略部分内容）

——尽我所能举办了一个最为隆重的婚礼。男人是靠面子活着的;我要让他们记住这个时刻。我让丽塔穿上她认为最时髦的衣服。她看起来像一棵可笑的圣诞树,但是我告诉她,她看上去很美丽。这是事实。新娘子不可能不美丽。乔穿上了我的衣服,我把这些衣服送给他了。我则穿上一件荒唐的船长制服,这是我在某个行星上穿的,在那里穿这样的衣服是一种风俗。袖口上有四道宽宽的金带,胸部点缀着从当铺里买来的装饰品,一顶海军上将纳尔逊爵士也会羡慕的高高的帽子,其他部分也像印第安酋长的衣服一样花哨。

我向他们布了道,都是些看似庄严、实际毫无意义的滑稽说教,其中绝大部分都是从布莱斯德所信仰的、他们所知道的唯一教派的教义里窃取的——这对我来说很简单,因为我在那里当过牧师——但是我加了很多其他的内容,告诉她应该怎样对他,也告诉他应该怎样对她,告诉他们两个人应该怎样对待还在她肚子里的孩子,以及他们两个还会有的其他孩子。

然后我又补充了一些话,是对他们两个、但主要是针对她。我警告他们维持婚姻不是一件容易的事,不应该随随便便就走进婚姻的殿堂,因为他们会遇到一些必须共同面对的困难,解决这些困难需要胆小狮子的勇气、稻草人的智慧、锡皮人的爱心和桃乐茜[①]的不屈不挠的品质。

这些话让她哭了起来,乔也开始掉眼泪。这正是我想要的效果。然后我让他们跪了下来,并为他们做了祈祷。

密涅娃,我不会为我的伪善道歉。我不在乎那个假想的上帝是否听到了我的声音;我只想让乔和丽塔听到。我先用布莱斯德上说的语言,然后是英语和格拉克塔语,最后以吟唱我能记住的

---

①这些都是童话《绿野仙踪》里的人物。

《埃涅阿斯》①中的诗句来结束。吟诵到实在记不起来的时候,我就念诵孩子们的校园歌谣:

> Omme bene
>
> Sine poena,
>
> Tempus est ludendi;
>
> Venit hora
>
> Absque mora,
>
> Libros deponendi !②

——最后我用一句洪亮的"但愿如此!"作为我的结束语。我让他们两个站着,手牵着手,然后我以太空飞船主人所拥有的至高无上的权力宣布,他们现在、并且永远是丈夫和妻子——亲吻她吧,乔。

背景是柔和的贝多芬第九交响曲——

当时我忘了维吉尔的《惩罚诗》,但又需要几句能留给人深刻印象的诗句,那首打油诗碰巧冒了出来。后来又想起这首打

---

①罗马诗人维吉尔所著的史诗。

②一切顺利

　没有惩罚,

　是玩的时候了;

　时间到了

　别犹豫

　可以放下(学校的)书了。

纯神话论者会发现老祖没有很好地翻译这首诗。人们会奇怪他为什么要在诗的最后一行用"libros"一词替换"liberos",而不是延续原文那种快乐低俗的双关语气?他这么做似乎不符合他的本性。然而,老祖反复无常的性格在各个方面都表现得很明显;至于他偶尔从事的那种禁欲苦行的职业,他并不把它当回事。——原注

油诗的时候,我觉得它既适用于学生假期,也适用于他们的蜜月。确实非常合适,因为我知道他们兄妹可以结合,不会受到惩罚(Sine poena)——不用担心会出现遗传方面的问题。Ludendi既可以翻译成"赌博"或"孩子的游戏"或是其他什么嬉戏,也可以译成"恋爱游戏",或者"性爱"。我已经宣布船上会放假四天,自宣布时起立即开始,他们不需要做事情,不用学习——这就是libros deponendi。这完全是巧合,密涅娃,只是我脑子里冒出来的一首拉丁语小诗。拉丁语很高贵,尤其是在你不懂它的时候。

我们的晚餐很丰盛,是我做的,他们大约只吃了十分钟。丽塔吃不下,乔则让我想起了乔尼的新婚之夜,以及他的岳母是为什么晕倒的[①]。于是我堆了满满一盘美味食物,足够两个人吃的,递给了乔,然后告诉他们在我面前消失;在四天里我都不想看到他们——

(此处省略部分内容)

——我要尽快装上货物,然后飞往兰德弗。我没办法把他们丢在瓦尔哈拉;乔无法养活一个家庭,而丽塔很快会因为怀孕或是抚养孩子干不了太多的活。如果他们出了什么事,我没法帮助他们;他们必须去兰德弗。

噢,丽塔倒是能在瓦尔哈拉活下去,那里的人对怀孕女人的看法非常健康,他们认为怀孕的女人比没有怀孕的女人更可爱,怀孕时间越长,女人越美丽。我也这样认为,尤其是丽塔的情况。我买她的时候她只是还看得过去;当我们到瓦尔哈拉的时候,她已经怀孕五个月了,显得容光焕发、光彩照人。如果她在没有人陪同的情况下离开飞船,她遇到的头六个男人中就会有一个人想娶她。如果她背上背着一个、肚子里再怀着一个的话,

---

①出处不详。

我们到达的当天她就可能嫁掉。那里的人很重视生育能力,那颗行星连一半都没有住满。

我不认为她这么快就会抛弃乔,但我也不希望她因为男人的关注而感情动摇。丽塔离开乔,选择某些有钱的中产阶级或是遗产继承人,这种可能性极小。但尽管如此,我仍旧不愿冒一丁点儿风险。我费了很大劲儿才帮乔建立起自尊,但它还非常脆弱,这样的打击会把它击得粉碎。他现在能够挺胸抬头做人了——但这是建立在他是一个已婚男人、有妻子和一个即将出生的孩子的基础上。我有没有提到他们结婚证书上的名字是我以前用过的一个名字?他们现在是弗瑞尔·奥格·弗如·龙和约瑟夫·奥格·圣杰,在瓦尔哈拉他们会用这个名字。我希望,他们至少在今后的几年时间里保持龙先生和龙太太的称呼。

密涅娃,虽然我让他们立下了那个终身誓言,但我从来不相信他们会信守它。噢,短寿人的婚姻一般都会维持终身,但除此之外,你不能期待太多。丽塔是一个天真友好而性感的小荡妇,她这些特点很容易让她犯错误,在毫无准备的情况下叉开双腿迎接男人——这种事肯定是会发生的。但在我找到机会向乔灌输这样的思想以前,我不愿意看到这样的事发生。男人应当受得了绿帽子,不为这个头疼——而丽塔正是那种能给男人戴上一顶漂亮绿帽子的女孩。但在他能用忍耐和尊严承受这种事之前,他需要时间成长、成熟,获得自信。

我给他找了工作,当潜水采珠人,并在一个小饭店里打杂,外加向饭店的厨师学厨艺。每学会一个菜,他都要向厨师交学费。与此同时,我让丽塔待在飞船上。我的借口是外面的大气很糟糕,在我给她准备好合适的衣服之前,一个怀孕的妇女不应该出门——然后我告诉她这会儿别拿这些事烦我,亲爱的;我还得操心货物呢。

她挺听话的,只是郁闷了一会儿。她不喜欢瓦尔哈拉;因为这里有一又七分之一 G 的重力。我已经让他们习惯了失重环境,特别是对挺着大肚子的她来说,失重是很舒服的。她的足弓不需要承受重力,乳房也不会感到胀痛。而现在,她突然发现自己比以前重了许多,行动迟缓,脚也不舒服。另外,她从飞船出入口处看到的瓦尔哈拉活像冰冻地狱的一角。所以,她对我提出带他们去兰德弗的建议很高兴。

但瓦尔哈拉仍旧是她到过的第一个新地方;她想四处看看。装载好货物之前,我一直拖着这事不办。然后我量了她的尺寸,给她买了一套暖和些的当地式样的衣服。但我暗地里搞了个小动作;我拿回了三双靴子,让她挑一双。有两双是样子朴素的工作靴;第三双鞋的样子庸俗而华丽——但却小了半号。

于是,当我带她到外面转的时候,她穿着一双挤脚的鞋。天气也非常冷,刮着大风——我事先看过天气预报。和其他空港城市一样,托海姆可看的地方不少,但我没去那些景点,而是带她到周围没什么意思的地方转了转——一直是步行。等我叫了一只雪橇带她回飞船的时候,她已经痛苦不堪了,巴不得回飞船脱下那套不舒服的行头,尤其是靴子,去泡一个热水澡。

我问她要不要第二天再带她去城里,她很礼貌地谢绝了。

(此处省略部分内容)

——我其实也没那么坏,密涅娃;我只是想让她待在家里,又不引起她的怀疑。对了,我买了两双那种俗气的鞋,其中有一双是合适她穿的号。第一天出游结束后,趁她在泡那双疲惫不堪的脚时,我把那双合适的鞋给她换了回去。后来我说她的问题在于她从来没有穿过任何一双鞋子或是靴子,所以,为什么不在飞船上穿着它们走一走,熟悉熟悉穿鞋的感觉呢?

她照我说的做了,然后惊奇地发现穿鞋这么舒服。我一本正经地解释说她的脚在第一次穿鞋以后缩小了,所以今天穿一个小时会感觉比较好,以后每天都要多穿一段时间,直到整天穿着它都不会觉得累。一个星期的时间里,她一直穿着那双鞋,甚至在什么衣服都不穿的时候也穿着;她穿鞋要比光脚时更舒服。这不奇怪,因为这些鞋是我精心挑选的,可以支撑足弓,支撑力等于她孕期体重在两颗行星表面的重力之差——在她的家乡是零点九五个 G,而在瓦尔哈拉是一点一四个 G。她现在大约比以前重二十公斤;她需要一些足部的支撑。

我不得不警告她不能穿着鞋子上床。

挑选货物的时候,我带她到城里去了几次,但是我很照顾她,不让她走路或者站在旁边。每次我邀请她的时候,她都会和我一起去,但还是更愿意待在飞船上读书。

这段时间里,乔工作的时间很长,七天里只有一天休息。所以在我快离开瓦尔哈拉的时候,我让他辞去了工作,然后带着这两个孩子过了一个真正的假期。在一个晴朗、充满阳光、甚至可以说暖和的好天气里,我租了一架非机器驱动、由驯鹿拉的雪橇,带着他们去了真正的景点游玩。我们在乡村里一家能看到巨人峰峭壁的高档饭店吃午饭,晚餐是在城里一家更高档的餐馆吃的,有现场演奏的音乐和娱乐活动,以及美味佳肴。然后我们在乔以前打工的小饭店喝了茶,让他能听到饭店的招待叫他"弗瑞尔·龙",而不是"喂,你!"——他还有了一个机会向大家炫耀他那美丽的、大着肚子的新娘。

她的确是美丽的,密涅娃。在瓦尔哈拉,男人和女人都会在厚重的户外衣服里面穿上室内穿的衣服,基本上都是宽大的睡衣。男人和女人的睡衣区别在于所用的材料、剪裁的式样等。我为他们两人都买了一套参加晚会的衣服。乔看起来很精神,我也是,但大家的目光都在丽塔身上。她的衣服把她从肩膀到脚都盖了起来——但衣服本身很透。那件在室内穿的衣服会随着灯光变化发出橙黄色、绿色和金黄色的微光,又不会让大家感到刺眼。加上过几个月就会分娩的明显事实,于是,她被大家一致推举为"瓦尔哈拉小姐"。

她看起来很高贵,而且她也感觉到了,她的表情透露出内心的幸福。她也很自信,因为我教过她当地进餐的礼节,以及应该如何站、坐,举止应该如何等等。加上午餐的预演,没出一点岔子。

让她展示一下自己的美貌,这没什么。享受众人注视的宁静,或大家鼓掌时的喧嚣。我不担心出事,不仅是因为我们马上就要离开,也因为乔和我让众人看到了挂在我们靴子上面的刀。说实话,乔不是一个善于用刀决斗的人。但那里的色狼们并不知道这个。有我们这两头狼保驾,没有人敢来骚扰我们美丽的小荡妇。

——这个夜晚显得很短。第二天早晨,我们一整天都在装货,丽塔检查装箱单,乔核对装货量,而我处理财务方面的事,确保我自己没有被别人抢劫。那天晚上的深夜,我们进入了n度空间,我的导航计算机计算出了第一段前往兰德弗旅程数据中小数点的最后一位数。我重新设置了重力调节仪,让它把飞船内的重力从瓦尔哈拉表面的重力慢慢降到比较舒服的四分之一G——在丽塔生孩子之前不再调回失重状态了。然后我锁了控制室的门,回到我的房间。我满身臭汗,筋疲力尽。我开玩笑地想,估计洗个澡就到明天了。

正在这时,他们的房门开了——他们卧室的门。在我把他们的房间改成一个套间之前,那曾是乔房间的房门。房门开着,他们躺在床上。以前从来没有发生过这种事。

我很快就明白了他们想干什么。他们从床上爬起来,朝我走来;他们想让我加入他们的快乐活动——他们想要感谢我……感谢我让他们快乐地度过了这一天,感谢我买下了他们,感谢其他所有的事。这是他的主意?她的?还是两个人的?我不想找出答案;我只是谢了他们,然后告诉他们我忙得焦头烂额,筋疲力尽,而且非常脏。我现在只想在热水里泡着,用香皂洗个澡,然后睡上十二个小时。我还说,感谢他们这么晚不睡等我;我们休息好以后要制定一下船上的作息时间。

我让他们给我洗了澡,然后做按摩。这并不违反我的原则;我教过他们一些按摩手法。乔的指法尤其好,既有力又温柔。在她怀孕期间,他每天都给她做按摩——即使是在那个小饭店干完活疲惫地回到家后也不例外。

但是,密涅娃,如果不是疲惫不堪的话,我真有可能打破我那条不跟依赖我生活的女人上床的原则。

(此处省略部分内容)

——在托海姆能买到的每盘磁带、每本书,用来更新我的产科和妇科知识。我还买了一些仪器和医疗用品,我以前决不会想到飞船上还需要这类用品。我一直窝在我的房间里,直到我完全掌握了所有新技术,在照顾婴儿方面至少和很久以前在奥穆兹德当乡村医生时一样熟练。

我密切关注着我的病人,关注她的饮食,让她做运动,每天检查她的身体——还要禁止不适当的房事活动。

看样子,医学博士拉法耶特·胡贝特医生,即亚伦·谢菲尔德船长,即老祖(还有其他许多称谓),对他的病人是过度担忧了。但他没有让她和她的丈夫察觉出来,他把他的担忧转化成了动力,根据那时的技术,为各种可能出现的产科紧急情况做好了准备。他在瓦尔哈拉买到的设备和医疗用品在各个主要方面与托海姆的弗丽嘉神殿的配备相差无几,在那里每天出生五十个婴儿的情况并不少见。

看着他带到船上的大批设备和药品,他开始笑话起自己来。他想起了在奥穆兹德的那个乡村医生,他曾经赤手空拳地接生了很多孩子。那个时候,要分娩的母亲坐在丈夫的腿上,丈夫抬起她的双腿,分得很开,让胡贝特医生能够跪在他们面前接生孩子。

这是事实,但另一方面,他总是随身带着一辆破车所能装下的所有设备。当然,情况顺利的时候,他甚至不需要打开工具包。但关键是这个:在事情不顺利的时候,手头必须有用得上的家伙。

在托海姆买的有一件东西不是为了在紧急情况下使用的:最新的改进型助产椅。有把手,放手臂的地方垫了垫子;支撑腿、脚和背的部分可以单独调整位置,在三个方向上平移或是旋转,助产士和产妇都可以调节,其束缚设备还可以迅速解开。这是一个极其灵活的装置,孕妇可以随意调整自己的位置——或是其他人调整孕妇的位置——以使她的产道在孩子出生的时候处于垂直方向上,并且尽可能地张大。

胡贝特-谢菲尔德医生把这把椅子安在了自己的房间里。签收之前,他检查了所有的调节钮——然后皱着眉头打量它。这是一台很好的设备,他也毫不犹豫地为此付了大价钱。但是它冷冰冰的,里面没有爱;它像断头台一样不人性化。

丈夫的双臂和腿虽然没有这个好用,但在他看来,这里面却蕴含了很多意义。夫妻双方在一起经历这场磨难,丈夫的手臂环绕着她,给她安慰,给她体力和情感上的支持,让助产士可以把注意力集中在具体的生产过程中。

经历了这一切的丈夫对自己已经成为父亲不会有丝毫的怀疑。即使她曾经和一个路过的陌生人有染,它也会淹没在这场共同经历的磨难中,变得无关紧要。

那么应该怎么办呢,医生?是用这把椅子,还是乔的胳膊?这两个孩子需不需要经历这第二次的"结婚仪式"呢?乔的体力和精神承受得了这一切吗?毫无疑问,丽塔是他们两人中比较坚强的那个,尽管乔的体重比即将分娩的她更大。但如果乔在分娩过程中晕过去或使她掉下来,怎么办?——在最不应该的时候出现这些问题?

谢菲尔德担心着这些事,与此同时,他把控制室里重力调节仪的辅助控制设备转移到了生产椅上。尽管很麻烦,但他还是决定把他的房间当作分娩室;只有这个房间有足够大的空间,有一张可以方便使用的床和独立的盥洗室。在以后的五十天里,他每次都必须紧贴着那个讨厌的东西,才能挤到自己的桌子和柜子前。但他可以忍受。最多六十天,如果他没有算错丽塔的受精时间,对她怀孕过程的判断没出问题的话。然后他就可以拆了它,把它收起来。

也许他可以在兰德弗把它卖个好价钱;它在那里还是很先进的,他对这一点很有把握。

他把椅子放好,固定在甲板上,把它升到最高的位置上,再把助产士坐的凳子摆在椅子前面。他调整了凳子的高度,直到他感觉很舒服为止。他发现还可以把生产椅的高度降低十到十二厘米，即使这样还是有空间供他操作。做完这些，他爬到生产椅上，开始拨弄那些调节旋钮。他发现这个椅子甚至可以供跟他一样高的人使用。这种设计并不过分；瓦尔哈拉有些女人比他还要高。

　　密涅娃，根据我计算的天数，丽塔已经过了预产期大约十天了。他们倒没有担心，因为我刻意地模糊了这个日子；我也只是有一点点担心，因为经过检查，她各方面都很正常、健康。我告诉他们在生产过程中应该怎么做，让他们不断练习，我还对他们进行了催眠教育，让她做那些能使生产更容易的运动。我不喜欢缝合产道；产道应该扩大，而不是被撕裂。

　　让我真正烦恼的事情是，我可能需要拧断一个怪物的脖子。我是指杀死婴儿。我不应该逃避这个现实。我在那个不眠之夜所做的所有计算并没有排除这个风险——而且如果我做的假设中有任何一个出了岔子的话，出现问题的概率还会高于我的想象。

　　如果我不得不这样做，我希望能尽快了结。

　　我比她要担心得多。其实我不认为她在担心；我在做催眠教育时非常用心。

　　如果我不得不做这件可怕的事，我必须趁他们不注意时迅速完成，让他们永远别看到那个婴儿，并把尸体处理掉。那以后，我还要处理一个棘手的问题，就是如何修复他们之间的感情。他们仍然会是丈夫和妻子吗？我不知道。也许我只有在看到她的反应以后才会有自己的想法。

　　终于，她的宫缩来了，间隔时间越来越短，所以我让他们上了那个生产椅——这很简单，这里只有四分之一的重力。在练习的时候我们已经调整过生产椅的位置，他们对此已经很习惯了。乔爬上椅子，坐在那里，两条大腿分得很开，膝盖高于身体的其他部位，脚跟被固定住了。这个姿势不是很舒服，因为他的身体不像她那么柔软。然后我把她抱起来，放在他的大腿上——这也没什么问题，在人为调节的重力下，她的体重还不足四十磅，也就是十八公斤。

她把腿叉开，几乎形成了一条直线。她的身子从他的大腿上向下溜。乔用力防止她从他的两腿间滑下去。"这样够低的了吧，船长？"她问道。

"很好。"我说。单独使用这把椅子可能会让她的位置更舒服一些，但那样的话，她可能就不会让乔用双臂抱着她了。我从来没有告诉过他们还有其他姿势可以选择。"你要亲吻她，乔，我来绑带子。"

我用坐膝带把他们两人的左膝绑在一起，然后把她的脚用我加的另一个支架固定住。固定胸部、肩膀和大腿的带子紧紧地绑在了他的身上，即使飞船解体，他仍旧会待在那把椅子里。但在她身上没有绑带子。她的手抓住把手，而他的手和臂膀则是有生命的、温暖的、充满爱意的安全带，护住她的乳房下、隆起的腹部上面，但没有碰到它。他知道应该怎样做，我们练习过。如果我需要在她的腹部加点力量，我会告诉他的——其他时候不要碰它。

我的凳子固定在飞船甲板上，我还加了一条固定用的安全带。把自己绑在凳子上后，我提醒他们激烈的时刻马上就要到来——这一步我们没办法事先练习，因为有可能导致流产。"用手抓紧她，乔，但是让她呼吸。舒服一些了吗，丽塔？"

"嗯——"她气喘吁吁地说，"我——我的宫缩又来了！"

"用力,亲爱的!"我再一次确认我的左脚放在控制重力调节仪的位置上,然后密切关注着她的肚子。

一个大家伙!胎儿的头露出来以后,我几乎一下子就把重力由四分之一 G 升到了两个 G。丽塔大喊一声,然后胎儿就像一个西瓜一样,一下子涌出来,正好掉到我的手里。

我把脚收了回来,重力调节仪使我们又回到了低重力加速度的状态下。与此同时我扫了一眼那个小婴儿。是个正常男孩,全身发红,皮肤皱着,看上去很丑陋。我拍了一下他的屁股,他大哭起来。

主题变奏

VIII 兰德弗

（此处省略部分内容）

——我过去打算跟她结婚的那个姑娘又结婚了，还生了一个孩子。这并不奇怪；我已经离开兰德弗两个标准年了。这也不是灾难，因为我们在大约一百年以前已经结过一次婚。我们是老朋友了。所以我和她以及她的新丈夫谈了谈，然后和她的一个孙女结了婚，这个孙女不是我的后代。当然，两个女孩都是霍华德家族的，我这次娶的这个叫劳拉，也带有富特家族的血统。[①]

[①]更正：应该是海得瑞克家族。这个名叫劳拉的女人（我家族的祖先之一），按照古老的父系命名传统，她的姓的确应该是"富特"——这在古老的记录中很容易引起混淆，因为家族一直以来使用更有逻辑性的母系命名传统为氏族成员命名。但公元3307年以前的族谱并没有改成母系命名。这样的错误是个线索，可以据此判断老祖回忆录中事件出现的时间……另有记录显示，驯鹿是在老祖与劳拉·富特－海得瑞克结婚后大约一百五十年才被引入瓦尔哈拉的，这一点毋庸置疑。

但更有意思的是，老祖声称他在那一年里使用了人为控制的重力场来帮助孕妇分娩。他是不是第一位使用这种方法（现在这已经是标准助产方法了）的产科医生呢？他本人并没有如此声称。事实上，人们通常认为，很久以后，塞昆德斯霍华德诊所的维奇纽斯·布里奇斯医生才第一次使用了这种方法。——原注我们两个很般配，密涅娃；劳拉那时二十岁，我则刚完成了回春治疗，看起来就像三十岁出头的样子。我们生了好几个孩子，我想应该是九个。大约四十多年以后，她对我感到厌倦了，想和我的远房表亲罗杰·斯伯林结婚①。我并不觉得伤心，因为那时我是个农场主，日子过得很忙碌。而且不管怎样，只要一个女人想走，就让她走吧。我在他们的婚礼上祝福了她。

听说我的种植园不是夫妻共有财产的时候，罗杰显得很惊讶。也可能是这样，他不认为我会用劳拉签署的离婚协议书来对付劳拉。但是，这不是我第一次变得富有；我已经从过去的教训中学到了很多东西。通过漫长的诉讼，我终于让他相信，劳拉只拥有我俩结婚时的嫁妆和这些财产的升值部分，而不是在和她结婚前我就拥有的几千公顷土地。在很多方面，穷人的事，实在比有钱人简单多了。

那以后，我驾驶飞船，再一次飞向太空。

但我要说的是我孩子们的事，那几个并非我亲生的孩子。在我们到达兰德弗之前，约瑟夫·亚伦·龙的模样已经更像一个小天使，不太像猴子了。但他还是很小，会尿湿那些粗心的、忘了给他把尿的人。给他把尿的人常常是我这个当爷爷的，每天好几次。我很喜爱这个孩子；他不仅是一个快乐的男孩，对我来说，他也是一个最令人满意的成就。

我们到达兰德弗的时候，他的父亲已经成长为一名技艺高超的真正的厨师。

密涅娃，我大可以安排这两个孩子过上优裕的生活，因为那次三方贸易是我做过的最赚钱的一次。但是，仅把财物赏赐给

① 他也是老祖的后代，是艾德蒙·德哈迪（2099～2259）的那一支，尽管老祖自己可能并不知道。——原注

曾经的奴隶并不能让他们挺胸抬头、自豪地做人。我的做法是让他们离开飞船，在艰难的环境中挣扎求生。具体来说是这样：

从布莱斯德到瓦尔哈拉的这段时间里，我为他们一半的时间支付学徒工资。这是假设他们另一半的时间都用在了学习上。我让丽塔按照瓦尔哈拉的工资水平、用瓦尔哈拉货币克朗计算出了应付的工资。在这个基础上，我让她加上乔在瓦尔哈拉小饭店打工挣的工资，再减去他在那里的花费。我把这些钱折算成从瓦尔哈拉到兰德弗所贩运货物的部分股份——大约不到总货物价值的百分之零点五。我让丽塔计算出这个数值。

除此之外，我还加上了乔在船上当厨师的工资，从瓦尔哈拉到兰德弗，按照兰德弗的工资水平，用兰德弗元支付——但只是工资，不给货物的股份。我不得不向丽塔解释，乔在这段路程中挣的工资不能回过头去投资于在瓦尔哈拉装上的货物。当她理解了这一点以后，她就掌握了商业投资、风险和利润的概念。我没有为她做的这些会计工作支付工资；她做的工作是为了计算他们自己的收入，再说我还得检查她做的所有工作，还要给她上经济学课程。如果还付她工资的话，我才见鬼呢。

还有，我没有为丽塔从瓦尔哈拉到兰德弗的这段路程支付工资。她是一个乘客，忙于怀孕生子，然后是更忙碌地学习如何照顾一个婴儿。但我也没有收她搭乘飞船的费用；她是个免费乘客。

你明白我的做法了吧——在账目上做点手脚，这样在卖掉货物后我就欠了他们一些钱，同时看起来这些钱还是他们自己挣到的。其实这两个人根本不值得我为他们支付工资；相反，我为他们花了大把的钱——还算买他们的钱，我脑子里压根儿没想过要他们偿还那笔钱。另一方面，我得到的回报是高度的满足——尤其是他们能学会自立的话。但我没有说出我的打算；我只是让丽塔计算了他们应得的报酬——按照我的方法。

（此处省略部分内容）

——他们的收入大概有几千，这笔钱支持不了多久。我花了些时间，找了一个小破餐馆。我考察了一番，发现如果饭菜的价格适中而且店主愿意工作的话，一对勤劳的夫妇还是能靠它勉强糊口的。我对它很满意，把它盘了下来，然后通过第三方发了个招商广告。这以后，我告诉他们最好开始找工作，因为我要卖了利比，或是把它先租后卖。现在要么赶快干活挣钱，要么饿死。他们真的是自由了——可以自由地饿死了。

丽塔没有生气，她只是看起来有些忧郁，然后继续照料小J.A.。乔看上去吓坏了。但是后来，我看到他们两人头对头地凑在我买的一张报纸前；他们在看"招聘"专栏。

他们窃窃私语了很长时间，然后丽塔犹犹豫豫地问我，在他们出门找工作的时候，我能不能替他们看会儿小孩子？——但是如果我很忙的话，她可以把J.A.绑在她腰上。

我说我哪儿也不去，又问他们是不是看过"商业机会"专栏？没有受过培训的人，应聘的路子是很难走通的。

她大吃一惊；对她来说，这是个全新的想法。但这样的暗示已经足够了。他们又开始看报纸，低声耳语。过了一阵子，她拿着报纸来找我，指着一个广告问我——这是我自己做的广告，不过上面并没有这样写——"五年分期付款"是什么意思？

我斜着眼睛瞅了瞅，告诉她这是一种可以让人逐步破产的购买方式，尤其是如果她把太多的钱花在买衣服上的话。我还说，这里头肯定有什么问题，否则店主是不肯这样脱手的。

她看起来和乔一样灰心失望，然后说其他的商业机会都要投资很多钱。我勉强说去看看也没有什么坏处——只是要提防可能会出现的陷阱。

他们兴高采烈地回来了——他们肯定他们能买得起,并且能赚钱!乔的厨艺比那个做油炸食品的店主强了好几倍——他做菜放的油太多,菜还有股怪味,咖啡的味道也很差,他甚至没有把厨房弄干净。最妙的是储藏室后面有一个卧室,他们可以住在那里——

我打断了他们。饭店的流水有多少?税收怎么样?需要什么执照?有什么检查项目?收费情况如何?关于批发食品原料他们知道多少?不,我不会去看;他们必须自己下决心,不能再从我这里学习了,再说,我对经营饭店一窍不通。

我撒了两个谎,密涅娃;我在五颗行星上开过饭店。还有关于为什么我不肯去看那个小饭店的原因我也撒了谎。两个——不,三个原因:首先,在选择那里之前,我已经非常挑剔、仔细地看过那个地方了;第二,那个做油炸食品的店主肯定还记得我;第三,我现在是通过一个假代理人把这个小店卖给他们,我既不能向他们保证什么,也不能怂恿他们买下来。密涅娃,如果我要卖 匹马,我不保证它有四条腿;买家必须自己数。

在声明我不懂经营饭店以后,我开始给他们讲应该怎样开饭店。丽塔开始做笔记,然后问我能不能允许她打开录音机,把我的话录下来。我是这样讲的:为什么在扣除了食品原料成本以后的毛利,减去其他成本和管理费用之后仍有可能会亏损——分期付款、折旧、税、保险、把他们自己当作雇员而支付的工资,等等;我还告诉他们农贸市场在哪里,他们需要多早就要到那里;为什么乔必须学会切肉,而不是买切好的肉——他在哪里可以学到这些事;一个长长的菜单可能会毁了他们;怎样对付老鼠、蟑螂以及其他一些兰德弗有、而谢天谢地塞昆德斯没有的害虫。为什么——

（此处省略部分内容）

——我剪断了他们的脐带，密涅娃。我想他们压根儿没想过他们其实是在和我打交道。我没有欺骗他们，也没有帮助他们；那个分期付款的销售合同只是包括了我为那个破地方付的钱、我和店主讨价还价所花的时间、法律和公证费、付给那个假代理人的钱以及银行向我收的利息——比他们能贷到的至少便宜了两个百分点。但是，没有施舍，一点也没有——我没挣钱，也没损失什么，只是为花了我一天的时间而收了点费。

事实证明，丽塔的手很紧，简直像只铁公鸡。我想她在第一个月里就实现了盈亏平衡，尽管他们在这期间还关了几天门，打扫卫生和装修。她当然没有忘记支付第一个月的贷款，后面也没有忘记。有没有忘记过？亲爱的，他们只用三年时间就还清了为期五年的贷款。

这并不很让人惊讶。噢，如果他俩中间有人长时间生病的话，生活可能会变得很艰难。但是他们很健康，而且又年轻。他们一周工作七天，直到他们完全自由，没有了债务。乔当厨师，丽塔负责收钱、朝客人微笑，还忙着柜台上的一些事。J.A.在蹒跚学步之前，一直待在他妈妈胳膊上挎的一只篮子里。

在我和劳拉结婚、离开新卡纳维拉去做一名农场主之前，我经常到他们的小饭店去。但也不是很频繁，因为丽塔总是不让我付钱。这样做也没什么不合适的，挺起脊梁做人就应该这样；他们以前吃过我的饭，现在我吃他们的。所以我通常只是喝杯咖啡，看看我的教子，同时也看看他们过得怎么样。我从不干涉他们的事。乔是个好厨师，厨艺还在不断提高。大家都在传，如果想吃到美味的食物,就到伊斯特拉厨房去吧。口口相传是最好的广告;人们常常因为"发现"了这样的美食而自鸣得意。

人们,尤其是男人,并不介意年轻漂亮、站在钱匣子旁的伊斯特拉胳膊上还挎着个孩子。如果找钱的时候正赶上她在给孩子喂奶——起初这种情况经常出现——花多点钱吃顿饭也值了。

不久,J.A.就不再吃奶了,但在他大约两岁的时候,他的位置被一个小妹妹取代了,利比·龙。我没有给她接生,她的红头发也和我没有关系。乔长着一头金发,我推测这是隐性基因的缘故——我估计丽塔根本没有时间红杏出墙。利比最能吸引大家多出些小费了,所以我认为她也为父母提前还贷出了力。

几年以后,伊斯特拉厨房搬到了金融中心的住宅区,规模也大了,丽塔还雇了一个女招待,当然也是个美人——

(此处省略部分内容)

——梅森·龙很豪华,它的一个角落里有一家名为"伊斯特拉厨房"的咖啡馆。伊斯特拉既是咖啡馆的女主人,也是整座饭店的女主人。脸上挂着微笑,穿着剪裁合身的衣服,显示出她那完美的身材。对于常客她直呼其名,随时询问新客人的姓名,记在心里。乔有三个大厨和一些帮工,这些人都必须达到他的高标准要求,否则他就会炒他们的鱿鱼。

在他们开梅森·龙之前发生了一些事,表明他们比我想象的要精明许多——至少他们记住了我说的话,后来又琢磨出了其中的含义。你别忘了,在我买下他们的时候,他们愚昧无知,连堆沙子都不如。至于说钱,我想他们俩连碰都没有碰过。

我收到律师寄来的一封信,里面是一张银行汇票,还附上了一份财务账目:两段路程的路费,布莱斯德到瓦尔哈拉再到兰德弗,第二段路是根据星际移民有限公司(新卡纳维拉)的收费标准计算的,第一段路程假设和第二段路程收费一样;从出售货物所获得的款项中分得的钱;根据购买力平价假设而估计出的货币兑换率,把五千布莱森换算为元的数额,详见附件;把上面的数目加起来;按照每年的无抵押贷款商业利率计算的复利利息,每半年计算一次,共十三年——总数目就是汇票上的金额,我记不太清除了,密涅娃,不过即使我能把数目换算成塞昆德斯克朗也没什么意义。这是一笔数目不小的钱。

文件里没有提到丽塔或是乔,是由律师签署的。所以我给他打了电话。

律师显得一本正经,但我并不在意,因为我自己当时也是律师,虽然我并不代理案子。他能说的只是他在为一名不愿意透露姓名的客户服务。

我对他说了一大通法律术语,他这才松了口。客户告诉他,如果我不接受这笔钱的话,他要这么处理:把钱捐赠给一个指定的基金会,在办完这一切以后通知我。但他拒绝告诉我是哪家基金会。

我没有再问下去。我给伊斯特拉厨房打了个电话。丽塔接的电话,然后接入了图像信号。她灿烂地笑着说:"亚伦!我们很久都没有见到你了。"

我附和着,然后说,在我没有看着他们的时候,他们愚蠢的脑袋显然出了点问题。"我这里收到一张律师发来的汇票,还有一大堆垃圾文件。如果我能够到你,我要用板子打你的屁股。最好让我和乔谈谈。"

她开心地笑着,告诉我说很欢迎我用板子拍她,我过会儿可以和乔说话,他现在正在锁门。然后她收起笑容,表情很郑重,很有自尊,"亚伦,我们最最亲爱的老朋友,那个汇票并不荒唐可笑。有些债是没办法还的,很多年前你就这样告诉过我们。但金钱债是能偿还的。这正是我们做的,那个数目是我们尽可能准确计算的结果。"

我说:"该死的,你这个愚蠢的小妇人,你们两个人一分钱也不欠我的!"——或者其他能够达到相同效果的话。

她回答道:"亚伦,我们最亲爱的主人——"

听到"主人"这个词后,我一直忍着的怒火爆发了,密涅娃。我用的语言绝对能把死人给骂活。

她等着我的怒火慢慢平息下来,然后轻柔地说:"在你让我们偿还这些债务、给我们真正的自由之身以前,你就是我们的——船长。"

亲爱的,听到这话,我突然冷静下来。

她接着说:"但即使在那以后,你在我心中仍然是我们的主人,船长。我知道,在乔的心里也是这样。尽管你教我们要挺胸抬头、自豪地做人,尽管……都是因为你,我们的孩子以及我们以后生的孩子永远不会知道我们过去从来没有拥有过自由……和骄傲。"

我说:"亲爱的,你让我的眼泪都快掉卜来了。"

她说:"不,不!我们的船长从来不会哭。"

我说:"你知道什么,小妇人。我是哭过的。但是是在我的舱室里——锁着门。亲爱的,我不和你争了。如果这样做能让你们两个孩子感到获得了自由,那么我接受。但是只要本钱,不要利息。借给朋友钱不应该收利息。"

"我们的关系比朋友密切,也比朋友疏远,船长。借款的利息总是要还的——你教过我们。当我还只是一个刚刚被解放的无知奴隶的时候,我就知道这一点。约瑟夫也知道。我想付利息,先生,尽管你反对。"

我试图转移话题。"如果我拒绝接受你们的好意,哪个该死的基金会能得到这些捐款?"

她犹豫了一下,说:"我们想让你来决定,亚伦。但我们想,可能会捐给太空人孤儿院。也许是哈里曼纪念避难所。"

"你们两个都疯了。那个基金会的钱都快漫出来了,这我知道。如果我明天到城里去的话,你们能不能把那个害人的陷阱关上一天?或者是在尼尔斯日那一天?"

"哪天都行,关几天都可以,亲爱的亚伦。"——然后我说我会打电话给他们。

密涅娃,我需要时间想一想。乔那里没有问题,他从来不会成为麻烦。但是丽塔很固执。我已经让步了;可她一点都不让。十三年前,他们手头只有几千元,挣扎在生存线的边缘,而现在他们还有三个孩子要抚养。对他们来说,这笔钱的数目太大了,这主要是因为利息的原因。

复利真是杀人不见血。她说他们欠我的数额——就是那张汇票上的数——利息是本金的两倍半……而且即便是本金本身,我也不知道他们是怎么省下来的。只要我能让她同意只还本金、不还利息,他们会省下一大笔钱,用于再投资。但如果只让他们把数目较小的本金捐给孤儿太空人,或是太空人的孤儿,或是愤怒的小猫的话,他们还能感到自豪吗?我完全明白,在他们眼里,这是一笔什么样的交易。这本来就是我亲自教给他们的,难道不是吗?自尊心的事我太明白了。以前打牌的时候,我曾经因为切没切牌和其他人发生争执,最后愤然甩下一大笔钱,是这张汇票上钱数的十倍,扬长而去——当晚只好在墓地睡觉。

她那个邪门歪道的可爱脑瓜是不是想用这一招来报复我,

因为我在十四年前的那个晚上把她从我床上拽下来？如果我提出接受本金，然后让她用自己的方式来"支付利息"的话，她会怎么做？哼，没等你说出"避孕套"这三个字，她说不定就已经躺下了。

这不能解决问题。

我做出了妥协，但她拒绝让步，于是我们又回到了起点。她决心全部支付——或者毫无意义地把这些钱送人——而我不会让她任性而为；我也是很固执的。

必须找到一个让双方都满意的办法。

那天吃晚饭的时候，等仆人们都退下了，我告诉劳拉我要去城里办事，问她愿意不愿意一起来？在我忙事情的时候，她可以买些东西，吃想吃的东西，再做些能让她开心的事。劳拉又怀孕了；我想她可能愿意花上一天的时间，把钱浪费在买衣服上。

我不想带着她一起见丽塔；我们对外的说法是约瑟夫、伊斯特拉·龙和他们的大儿子都出生在瓦尔哈拉；在他们搭乘我的飞船的时候，我们成了朋友。这个故事是我编的，在飞往兰德弗的时候还告诉这两个孩子怎么把谎说圆。我还让他们学习在托海姆买的录像带——这把他们变成了人工合成的瓦尔哈拉人，除非是被真正的瓦尔哈拉人问过于细致的问题，否则他们是不会露馅的。

编这个谎话并不是非常有必要，因为兰德弗实施开放政策；移民甚至不需要登记，来去自由。没有进入费、人头税，其他税也不是很多，政府的统治力也不是很强。第三大城市新卡纳维拉只有十万人——那时候的兰德弗是一个非常适于居住的地方。

　　但是为了乔、丽塔和他们的孩子,我还是让他们那样对别人说。我想让他们忘了自己曾是奴隶的事实,永远不要谈起,永远不要让他们的孩子知道——同时也忘了他们从某种奇怪的角度来说是兄妹的事实。一出生就是奴隶并不是什么可耻的事情(仅对奴隶本人而言),而且互补二倍体也不是阻止婚姻的理由。但还是把这些都忘了吧——一切都重新开始。约瑟夫·龙娶了圣杰恩·斯文斯达特(为符合当地的习惯,名字改成了"伊斯特拉",而且从小就有个小名叫伊塔);在乔的厨师学徒期结束以后,他们结了婚;第一个孩子出生以后,他们移民了。这个故事很简单,也没什么破绽,为我扮演的皮格梅隆①这一角色增添了不少可信度。我觉得没有必要把另一个版本的故事告诉我的新妻子。劳拉知道他们是我的朋友;起初她是因为我的关系才对他们很和善,后来开始真正喜欢上了他们两个。

　　劳拉是个好姑娘,密涅娃,无论床上床下,都是我的好伴侣。虽说这是她第一次结婚,她仍旧展现出了霍华德家族的品质,就是不让自己的爱把伴侣窒息——绝大多数霍华德家族的人至少需要经历一次婚姻才能学到这一点。她知道我是谁——老祖——因为我们的婚姻和出生的孩子都在档案中备了案,就像我和她祖母的婚姻和婚生子一样。但她并不把我当作年长她一千岁的人,而且从不问我过去的事情。在我想说的时候,她也只是安静地听着。

　　即使是现在,我还是不会因为那起诉讼责怪她;是罗杰·斯伯林炮制了那一切,他是一头贪得无厌的小猪仔。

　　劳拉说:"如果你不介意,亲爱的,我想待在家里。等我瘦下

_____

　　①塞浦路斯国王,他雕刻了一个妇女的塑像,然后爱上了这尊塑像。阿芙罗荻特赋予塑像生命,名叫加勒提阿。

来以后再去买衣服吧。至于说晚餐,新卡那维拉没有哪家馆子的饭能比托马斯在这里为我们做得好吃。嗯,也许伊斯特拉厨房可以,但它毕竟不是大饭店,那儿只供应午餐。你这次去城里会见到他们吗?我是说伊斯特拉和乔。"

"可能吧。"

"希望你过得愉快,亲爱的;他们是好人。另外,我还想给我的教女送些小玩具。亚伦,如果你想请我进城、到一家高档饭店吃饭,你应该鼓励乔开一间。乔的厨艺和托马斯一样好。"

(比托马斯还要好呢,我心里说,而且乔不会皱起眉头、拒绝一个礼貌的请求。密涅娃,仆人的麻烦就在于,他们侍候你,你也得侍候他们。)"我会约他们见面,一定把你的礼物转交给利比。"

"替我亲亲所有的人,我最好给每个孩子都带些礼物去。一定告诉伊斯特拉我又怀孕了,看看她是不是也怀孕了,回来记着告诉我。亲爱的,你什么时候走?我得替你收拾衬衣。"

劳拉总是很执着地认为,尽管我已经活了好多个世纪,我还是没本事自己收拾在外面过夜需要的行李。她只看得到她希望看到的东西,正是因为这种本事,她才能在四十年里忍受着我的坏脾气;我非常感激她。爱她吗?当然,密涅娃。她总是关注着我的方方面面,我也同样关注她,我们待在一起很愉快。只是我们的爱没有炽烈到会燃烧了对方的程度。

第二天,我坐着我的小车,一路颠簸去了新卡那维拉。

(此处省略部分内容)

——计划开梅森·龙饭店。丽塔本来打算给我来一场闪电战。我很情绪化,她知道这个,也布置好了舞台。我到那里的时候,店已经关上了。大一些的两个孩子已经送到其他地方让别人照顾一个晚上,小劳拉正在睡觉。乔让我进到店里,告诉我直接去店后面;他正在准备晚饭,一会儿就来。于是我到后面他们住的地方去找丽塔。

我看到了她——穿着我买下他们之后不久买给她的巴厘布裙和凉鞋。她现在已经习惯于精细化妆,但那天她素面朝天,头发也只是简单地分了缝,弄得很亮,直直地垂到腰部。但是,她已经不再是那个被吓坏了的、无知的、还需要别人教她如何洗澡的奴隶了。这个安静的、美丽的年轻女郎干净得就像消过毒一样。她用的香水牌子可能是叫"春天的微风",但实际上应该叫"有理由的强奸"。这种香水只有拿着医生的处方才能买到。

她摆了个姿势,让我细细地看了个够,这才走过来拥抱我,在我脸上亲了一下。这个吻的味道和她用的香水一样。

她松开我以后,乔走了进来——只穿着裹腰布和拖鞋。

但我没有让事态朝感情冲动的方向发展;我只让乔匆匆吻了我一下,然后立刻开始用激烈的言辞说起来。我没有谈论他们的衣着,而是径直说起那笔钱的事。听了我的话以后,丽塔马上由一个性感美女变成了精明的商人。她不再注意她布置的场景和衣着,而是专心地听我说话,然后问了关键的问题。

她说:"亚伦,我发现一个问题。你告诉我们自由了,我们也尽力成为自由的人——这正是为什么我们要送给你那张汇票。我会计算数字,我们欠你的就是这个数目没错。我们不需要开新卡那维拉最大的饭店。我们现在很幸福,孩子们很健康,我们能挣钱。"

"你们太累了。"我说。

"没有多累。开一家大一点的饭店会更累。但是问题在于:看起来你好像又要买我们一次。如果你想这么做的话,也行——你是唯一一个我们能接受的主人。这是你的想法吗,先生？如果是这样，请直说，请坦白地告诉我们。"

我说："乔，我要揍她，你能帮我把她按住吗？她怎么能用那么难听的话来说我？丽塔，你的话里有两点不对。一家大些的饭店意味着更少的工作。而且我不是在买你；这是一笔我预期能够获得高回报的商业交易。我看重的是乔作为厨师的天赋，还有你控制成本、同时又不会降低质量的能力。如果赚不了钱，我会把我的投资变现，把我的钱收回来，你们可以回去重操旧业。如果你们失败的话，我不会给你们资助的。"

"哥哥？"她用他们孩提时代的方言叫他。我感到，这件事的讨论已经升级到最高执行层面了，因为他们两人非常注意不用任何语言称呼对方"哥哥"或是"妹妹"，尤其是在孩子们面前。有时候他们会用英语管J.A.叫"哥哥"——但是从来不这样叫他的父亲乔。密涅娃，我不记得兰德弗的法律中有针对乱伦制定的惩罚条款——那里本来也没有多少法律条款。但乱伦在当地仍是一个禁忌，而且我已经很慎重地向他们灌输了这一点。想熟悉任何一种文化，这项任务的一半是要了解当地的禁忌。

乔看起来若有所思，"我能当好厨师。你能管理好吗，妹妹？"

"我可以试试。如果你想让我们这样做的话，我们当然要试试，亚伦。我不敢肯定我们是不是能干好，还有，对我来说，这确实意味着更多的工作。我不是在抱怨，亚伦，但我们现在已经竭尽全力了。"

"这我知道。我实在想不出乔是怎么腾出时间来让你怀孕的。"

她耸了耸肩，说："那不需要很长时间。我才刚刚怀孕，在我不能干活之前还有的是时间。J.A.现在大些了，能在我干活的时候帮我看一下钱盒子。但如果是一家豪华大饭店,他就不行了。"

我回答道:"小姑娘,你还在用经营小餐馆的想法考虑经营豪华饭店。现在听着,好好学学怎么既能少工作、多休息,又能赚大钱。

"在你生完这个孩子之前,我们不能开梅森·龙饭店;也不可能在一夜之间就把饭店开成。我们必须把这个地方卖了,或是租出去。也就是说,我们首先需要找到能让这个小饭馆继续盈利的买家;想盘下这样一项资产总是很贵的。

"我们需要找一个合适的供出售或是可以先租后买的地方,周围的环境要好。我可以把它买下来,然后租给饭店,这样可以不用占用饭店太多资金。找到这个地方,改变它的风格,当然需要重新装修。要花钱买些固定资产。财政压力应该不会太重;我对这一点还是有把握的,如果压力过重的话,我不会看着不管。

"但是,我亲爱的,你不应该再看着钱匣子;我们要雇人帮忙,我会采取一些措施让他们没法做手脚。你要在饭店里四处走动,要看起来美丽优雅,要对着客人微笑,同时关注每一个角落里发生的事。但你只需要在午餐和晚餐的时候这样做。每天就工作六个小时吧。"

乔看起来十分震惊;丽塔脱口而出:"但是,亚伦,我们一直都是从市场回来就开门营业,而且会营业到很晚。否则会错过很多客人的。"

"我相信你们的工作的确非常辛苦;这张支票就是证明。正是由于这个原因,你才会觉得怀孕并不需要'很长时间'。但是,这个时间理应'很长',亲爱的。工作本身不是目的;我们总是需要足够的时间来相爱。告诉我,你在'利比'号怀上 J.A.的那次,你们很匆忙吗? 或者说,你们有时间享受吗?"

"哦,天呐!"她动情地说,"那些日子是多么美妙啊!"

"美妙的日子还会出现。时光飞逝如电,要及时行乐啊。或者是不是你已经丧失兴趣了?"

她看起来有些气愤,"船长,你应该是了解我的。"

"那么是乔了? 身体不行了,孩子?"

"嗯……我们工作的时间的确很长。有时候我非常累。"

"让我们改变这种现状吧。这次不是一个小餐馆;这会是一个价格高昂的美食场所,在这里能享受到的服务是这颗行星上从未出现的。你们还记得离开瓦尔哈拉前一天我带你们去吃晚餐的那个地方吗? 就是那种类型的。轻柔的灯光、轻柔的音乐、美味的食物、昂贵的价格。有葡萄酒,但是没有烈性酒;不能让我们客人的味蕾变得麻木了。

"乔,你还是需要每天早晨去市场;挑选高品质食物原料的任务不能委托给其他人去做。但是不要带丽塔去,要带就带 J.A.,如果他要学习如何经营饭店的话。"

"我现在有时也带他去。"

"这很好。等你回家以后,再上床补一觉。你白天的工作就此结束,直到做晚餐的时候。你不做午餐。"

"啊?"

"就这样。你们的二号厨师做午餐,然后帮你做晚餐。晚餐才是挣大钱的业务。丽塔会盯着午餐和晚餐,特别是午餐的质量,因为午餐的时候你不在厨房。但她永远不要去市场,而且当你从市场回来再上床的时候,她还要在床上躺着——我有没有说你们的住处要和饭店在一起,就像现在这样? 每天下午,你们俩还会有两到三个小时的休息时间——就像你在'利比'上习惯的那样,你可以睡会儿午觉。实际上,按照'利比'上的作息表,很难既保持充足的睡眠又能充分进行快乐的运动——但是你们办到了。"

"听起来不错,"丽塔承认道,"如果我们只需要工作这几个小时就能养活自己的话——"

"你们可以,而且还会过得很不错。但是丽塔,你的任务不是去挣每一毛钱,而是提供高质量的服务,同时还不能亏损……而且要享受生活。"

"我们会的。亚伦,你是我们最亲爱的……船长和朋友,我不能再说那个'肮脏'的词了。即使是在我小时候不得不戴着那个可怕的处女框时,我们也在享受着生活——我们整夜厮守在一起的那些夜晚是多么甜蜜啊。当你把我们两个买了下来——还给了我们自由之身——而且我也不用再戴那个铁枷锁的时候,生活是如此完美。我不会想到生活还可以更美好——不过,生活确实可以更美好。到那时,我们就不必在睡觉和为了性爱而醒着之间做出选择了。唔,你可能不会相信我说的这些,你了解我的性冲动——但是,在这两者之间,我现在选择睡眠的时候更多一些。"

"我相信你。让我们来改变这一切吧。"

"但是——我们根本不提供早餐吗?亚伦,有些人自从我们到兰德弗以后就一直到我们的店里吃早餐。"

"净利润呢?"

"唔……不是很多。人们不愿意在早餐多花钱,尽管有时早餐的成本和午餐、晚餐一样。早餐有一点点利润我就很满意了。这是一种广告。我不愿意对老顾客说我们不再提供早餐服务了。"

"小事一桩，亲爱的。你可以在一个角落里设一个早餐吧，主宴会厅不开——但是乔不要亲自做早餐，你也不要出来。那个时候你应该和乔躺在床上，这样你才能在午餐的时候光彩照人。"

"J.A.知道怎么做早餐，"乔插嘴说，"我教他做菜就是从早餐开始。"

"好办。也许我们可以和我的教子谈一笔交易。如果早餐吧能够盈利的话，他就能自己挣钱了——"

（此处省略部分内容）

"——把这些数字加一加。然后，丽塔你记录一下我说的话。我同意接受这张汇票，而你们两个——尤其是你，丽塔——要同意一点：我们之间的所有债务就这样结清了。我们在梅森·龙的股份要很接近，你们两个占百分之五十一，我占百分之四十九，我们三个人都是董事会成员，我们不能向外出售股份，只能内部转让——例外情况是，我保留把我的所有或部分股份转换成无表决权股份的权利，这样我可以把股份转让给其他人。

"我的起始投资就是这张汇票。你们的投资是处理那个小餐馆以后得到的钱——"

"等一等，"丽塔说，"我们可能卖不了那么多的钱。"

"还是小事一桩，亲爱的。就在这一段里写上，不足的部分允许你用以后的收益来补偿——我们一定会赚钱的；我不会做亏本买卖，我总是要力图减少损失。再另起一段，如果需要的话，我可以通过购买无表决权的股份来提供更多的资金——我们也可以用这种办法留住核心员工。乔培训完一个人以后就让他走掉，这可不行。别担心，说得更直白一些，你们两个是老板；

我是一个幕后合伙人。你们两人的工资就按照我们讨论的那个标准支付,如果净利润增加了,工资也随着增加,按刚才说的那样办。

"我不拿工资,只拿红利。但我们都要竭尽全力让业务运转起来。必要的时候,我会从斯凯海文赶过来帮一把;反正那边无论有什么事,我的工头都能料理。但是一旦这里的业务运转起来后,我就什么也不做了;我会坐在那里,等你们两个给我赚钱。但是——你们听好了——等业务运转正常了,你们俩也不要再那么拼命工作了。要多花些时间在床上。多花些时间在其他娱乐活动上。就算你们再按小餐馆的那个作息时间来工作,也不能给我们挣更多的钱。我们现在有没有达成一致?"

"我想是的,"乔说,"妹妹你呢?"

"是的。我不敢肯定新卡纳维拉是不是能够支撑像瓦尔哈拉上那样的高级饭店,让它顺利运转下去——但我们要试一试!我还是认为我们刚开始的工资太高了,但我要先看看我们能否在第一个季度实现盈亏平衡,到时候再和你讨论这个问题。还有一件事,船长——"

"我的名字叫'亚伦'。"

"'船长'比那个'肮脏的词'要安全一些。我已经同意了整个交易——而且我要全力以赴!——就像你一直说的那样。但如果你认为这样就能让我忘记有一天晚上你把我从你的床上拽下来、扔到硬邦邦的铁甲板上的话,你可要再想一想了!因为我还没有忘!"

当时我叹了口气,密涅娃,然后对她的丈夫说:"乔,你是怎么对付她的?"

他耸了耸肩,笑道:"我不对付她,只是和她和平相处。而且,我觉得她有道理。如果我是你的话,我会把她带上床,然后让她忘记这件事。"

我摇了摇头,"可我不是你,这是问题的关键。乔,在你出生之前很久我就知道,免费的性招待总是最贵的。而且,我们三个现在是生意上的合作伙伴,如果我接受了你说的解决方案,我能预见到六种可能的结局,其中任何一个都能使梅森·龙无法顺利开张。"

(此处省略部分内容)

——正如我预见的那样,密涅娃;从来没有一次非投机性的投资能像梅森·龙一样,给我带来如此丰厚的回报。别人试图模仿我们,但是他们没办法模仿乔的厨艺,或是丽塔的管理能力。我赚了个盆钵满盈!

主题变奏

IX　拂晓前的对话

计算机说道："拉撒路,你不困吗?"

"别唠唠叨叨的,亲爱的。我已经度过无数个不眠之夜了,现在还在这里,活得好好的。一个男人,只要有人陪在身边,支撑他度过无眠的夜晚,他是永远不会割断自己喉咙的。你就是能好好陪伴我的人,密涅娃。"

"谢谢你,拉撒路。"

"这是简单的事实,姑娘。如果我睡着了——很好。如果我没睡着,也没有必要告诉伊师塔。不用告诉她。告诉她也没用;她会把我的状况画成图表来分析,不是吗?"

"恐怕是的,拉撒路。"

"你当然知道会是这样。我之所以愿意成为一个好好先生,听他们的吩咐,完成整个回春过程,一个重要原因是就为了重新获得我的隐私权。隐私权和有人陪伴同样重要;这两样少了哪一个都会让人发疯的。梅森·龙饭店达成的另一个目标就是这个,隐私权;我给了那两个孩子隐私权,虽然他们并不知道自己需要这个。"

"这一点我不大明白,拉撒路。我注意到他们有了更多的时间可以花在'性爱'上——这样很好,这一点我理解。我是不是应该从你给我的数据里推断出其他什么结论?"

"不,因为我并没有把所有信息都告诉你。连十分之一也没有。我只是大略说了说在我认识他们四十年的时间里发生的一些事,以及一些——不是所有的——关键点。比如,我有没有提到乔杀了一个人的事?"

"没有。"

"其实也没什么可说的,对这个故事不重要。某天晚上,一个年轻人到他们店里持枪抢劫。丽塔右手正搂着J.A.给他喂奶,或准备给他喂奶,拿不到她放在钱匣子里的枪;她无法搏斗,于是聪明地选择了不反抗。乔突然之间消失了,我想那个小混混没有琢磨这件事。

"这个小混混刚刚揣起他们一天的收入,乔就用一把切肉刀结果了他的性命。整个过程中唯一值得称道的就是乔的动作又快又准。乔只是在'利比'号上被我强迫着练习过搏击,这一点我敢肯定。其他事情乔做得也很适当——他把小混混的头割了下来,把他的尸体扔到大街上,让他的同伴拿走。这是说如果他有同伴;如果没有,就让清洁工把尸体运走。然后,乔把他的头挂在店前的钉子上,那颗钉子就是派这个用场的。这以后,他关上门,把屋内收拾整理了一下,可能还花了些时间把胃里的东西呕吐出米;乔的心肠很软。但是十有八九丽塔没有呕吐。

"那个城市的安全管理委员会给予了乔通常的奖励,街道管理委员会为乔募捐,把募来的钱和城市委员会的奖励一起发给了乔。一把切肉刀对一把枪,却取得了胜利,这可不寻常,理应得到特别的奖励。对伊斯特拉厨房来说,这是一个很好的广告,其他倒也没什么。对了,还有那笔钱,无疑可以帮助那俩孩子偿还贷款。所以说,这笔钱最终落进了我的口袋里。如果我不是到新卡那维拉时正好路过伊斯特拉厨房看了一下的话,我还不知道这个小小的轰动一时的事件呢。那时候人头已经撤下来了——你知道,苍蝇太多。但是按照惯例,街道委员会要求乔把一颗塑料假头作为战利品挂在上面。我本来打算说隐私权的,扯远了。

"为梅森·龙挑选地方的时候,我要保证那里可以为一个越来越大的家庭提供足够大的空间。他们已经有了三个孩子,在我们谈话那天还有一个在肚子里。新的时间安排使他们两个人都可以保留自己的隐私。他们可以厮守在一起,做爱,度过愉快的时光。而且,当你真正觉得累的时候,一个人躺在床上总是最舒服的。新的作息表交错安排了他们的一部分工作时间,让他们不仅可以实现这点,而且使这成为每天生活中必然会发生的事。

"我还计划让他们有单独的房间,不受孩子的打扰。除此之外,还要处理另一个丽塔没有提及、而乔可能想都没想过的问题。密涅娃,你能给'乱伦'下一个定义吗?"

计算机回答道:"'乱伦'是一个法律词汇,不是生物学上的说法。它是指在法律规定不能结婚的人之间发生的性行为。这种行为本身是被禁止的;至于这种结合在遗传学上的后果如何倒并不重要。这样的禁令在不同的文化中有很大的不同,通常是,但不总是,以血缘关系远近为基础。"

"你说的'但不总是'真是太对了。有的习俗允许第一代表

亲之间结婚——这从遗传学上来讲是很危险的——却禁止一个
男人和他兄弟留下的寡妇结婚，尽管这样的婚姻并不比他兄弟
的第一次婚姻更危险。当我还是个年轻人的时候，你可以在某
个州发现一条规定，然后跨越一条看不见的分界线，在五十英尺
以外就能找到一条与之恰恰相反的规定。在某些时候、某些地
方，上面所说的两种结合情况都是要强制执行或是被禁止的。
关于乱伦有无穷无尽的规则和定义，其中很少有逻辑性在里
面。密涅娃，根据我的回忆，霍华德家族是历史上唯一一个拒绝
用法律规定，而是根据遗传危险性来定义乱伦的家族。"

"这和我这里的记录是一致的。"密涅娃赞同道，"霍华德的
遗传学家可能会反对两个没有已知的共同祖先的人结婚，同时
却不反对兄妹或姐弟之间的婚姻。基因图谱的分析结果决定一
切。"

"是的，的确是这样。现在让我们先不管基因问题，来谈谈
社会禁忌。乱伦可以有种种形式，但最常见的情形发生在兄妹
或姐弟之间，或是父母和子女之间。丽塔和乔是一个很特别的
例子，按照社会习俗是兄妹，但从基因角度来说，却是完全没有
关系的两个人，或者说他们两个人的关系并不比两个陌生人更
密切。

"现在又出现了第二代的问题。兰德弗是禁止兄妹或姐弟
结合的，所以我向丽塔和乔强调，绝对不要让任何人知道他们把
对方当作'哥哥'和'妹妹'。

"到目前为止，一切都很顺利。他们照我说的做了，没有人
产生怀疑。然后就到了那个我们计划开办梅森·龙的晚上。我
的教子那时十三岁了，已经开始对性感兴趣了，他的妹妹十一
岁，开始吸引人了。亲兄妹结婚不仅从遗传学上来讲是危险的，

也违背了社会禁忌。任何养过小狗或是多个孩子的人都知道，一个男孩对他的妹妹也能产生性冲动，就像对街上其他女孩一样，而他的妹妹更容易得手。

"而小利比是一个红头发的小天使，十一岁的时候就性感动人，即使是我都能感受到。很快就会有追求者对她蠢蠢欲动了。

"如果一个人推动了大石头，他就不能忽视由此带来的雪崩。十四年前，我解放了两个奴隶——因为他们其中一个所戴的贞节带冲击了我有关人类尊严的信念。难道我必须找到什么方法给这个奴隶的女儿再戴上贞节带吗？我们又回到了起点！密涅娃，我的责任是什么？是我推动了第一块大石头。"

"拉撒路，我是一台机器。"

"哼！你是说人类关于道德责任的概念和机器的不一样。亲爱的，我真希望你是个女孩，长着一个大屁股可以让我拍一拍——我会拍的！你的记忆里储存了很多可以用于判断事物的经验，比真正的人要多得多。别再躲了。"

"拉撒路，没有人能够承担无限的责任，否则他会因为无法承受无尽的内疚感而发疯的。你可以给利比的父母一些建议。但你的责任没有大到那个程度。"

"嗯。你是对的，亲爱的——以通常的标准来判断。但我是个不可救药的爱多管闲事的人。十四年前我对那两个孩子的行为不管不顾，可以这么说，没有造成悲剧只是因为运气好，而不是计划得好。现在我们又面临同样的问题，其结果可能是灾难性的。我并非出于社会'道德'——这只是我的一个原则，不想在无意中伤害什么人。我才不在乎这些孩子们是不是会玩'扮演医生'、'制造孩子'之类的游戏，或是其他什么用于称呼他们实验的字眼；我只是不想让我的教子给小利比带来一个有缺陷的孩子。

　　"所以我插手了这件事，请他们的父母考虑这个问题。我补充一点，丽塔和乔对遗传学的了解程度就像一头猪对政治的了解程度一样。在'利比号'上的时候，我只是自己一个人担心，后来也从来没有和他们讨论过这件事。丽塔和乔作为自由人在社会上竞争，获得了非凡的成功，但除此以外，他们仍是很无知的。这是意料之中的事。我只教了他们读、写、算，以及其他一些用得着的本事。自从到了兰德弗，他们一直在不停地工作，没有时间弥补自己在教育上的缺失。

　　"更糟糕的是，他们是移民，在成长过程中没有接受当地乱伦禁忌的教育。他们知道这个，只是因为我警告过他们——但不是从小就形成的根深蒂固的观念。布莱斯德同样有乱伦的禁忌，只是和兰德弗稍有些不同，但在那个星球，这种禁忌并不适用于家养的牲畜，也就是奴隶。奴隶是别人吩咐他们怎么繁殖，他们就怎么繁殖。在主人的安排之外，他们之间想和谁睡就和谁睡，只要别被主人逮住就行。具体到我这两个孩子，最有权威的人——就是他们的母亲和牧师——告诉他们，他们是'用来配种的一对'……所以他们没有错，既没有触犯禁忌，也没有任何罪孽。

　　"但这种事在兰德弗绝对不能声张，兰德弗的人对这种事敏感极了。

　　"我应该早些考虑的。没错，完全应该！但是，密涅娃，我借口自己有其他责任，逃避了。这些年来，我不能一直待在他们身边，扮演守护天使的角色。我自己也有妻子和几个孩子，有几千公顷的农场和面积是农场两倍的黄檀林——而且我住得很远，即使是乘坐高轨道的小飞船，来往也不方便。伊师塔、哈玛德娅德,在某种程度上说也包括格拉海德,他们好像都把我看成一个超人,只是因为我活了很长的时间。但我不是;像任何有血有肉的人一样,我也有做不到的事。这些年来,我在忙我的事,丽塔和乔在忙他们的事。斯凯海文不是凭空掉下来的馅饼。

"谈完开饭店的事,我拿出劳拉给他们孩子准备的礼物,然后欣赏了孩子们最近的照片,也给他们看了劳拉和我孩子的照片,诸如此类的仪式,全是历史悠久的老传统。这以后,我才开始认真考虑那些东西。我是指那些照片。那个高个男孩,J.A.,从头到脚都不再是我记忆中上次看到的那个小男孩了。利比大约比劳拉最大的孩子小一岁,而J.A.的年龄——这么说吧,大约一千年前我和一个姑娘在教堂钟楼里约会、差点被别人抓住时,我和他的年纪差不多大。

"我的教子不再是个孩子了;他已经进入青春期,性器官也不仅仅是装饰品了。如果他还没有用过它,那他肯定自慰过,想过那种事。

"各种各样的可能性飞快地掠过我的脑海,就像一个人临死前脑海中掠过自己的一生一样——顺便说一句,所谓临终回忆的事,其实不是真的。我要着手解决这个问题,而且要非常小心,讲究策略。

"我说,'乔,到了晚上你把哪个孩子锁起来? 是利比,还是这个年轻的狼崽子?'"

计算机咯咯地笑了起来,"这就算'讲究策略'吗?"她说。

"亲爱的,换了你,你会怎么说? 他们看上去有些困惑。等我解释了一遍以后,丽塔很气愤。怎么能把她的孩子分开呢? 还是婴儿的时候他们就睡在一起。再说也没地方。我是不是建议她和利比一起睡,J.A.和乔一起睡? 想都别想!

"密涅娃,大多数人从来不学习科学,学习遗传学的人更少。那个时候,格雷戈尔·孟德尔已经死了一千二百年了,说到遗传,大多数人们相信的还是老太婆讲的故事——补充一句,现在也一样。

"我知道丽塔和乔并不傻,他们只是无知,所以我试图向他们解释。她打断了我的话。'是的,是的,亚伦,当然是这样。我想过利比愿意和杰·亚伦结婚的可能性——我想她会愿意的。我也知道这里不允许这种事,但是因为迷信就破坏他们的幸福,这很愚蠢。所以,如果事情这样发展下去,我们想最好让他们去科罗波,或者至少去肯斯顿。他们可以用不同的姓,然后结婚,没有人会知道的。我们并不想让他们走那么远,但我们不愿意阻止他们获得自己的幸福。'"

"她很爱他们。"密涅娃说。

"是的,她的确爱他们,亲爱的,这是真正意义上的爱。丽塔把他们的幸福放在自己之前。所以我不得不向他们解释,为什么禁止兄妹或姐弟之间结合的禁忌不是迷信。它会带来真正的危险——尽管他们两个结婚生子后没有出现这样的问题。

"解释'为什么'是最困难的。向不懂基本生物学常识的人解释复杂的遗传学知识,相当于向一个需要脱下鞋才能数到十以上的人解释多维线性代数。

"乔可以接受我的权威,但丽塔是那种必须知道个究竟的人——否则她会展示出她那坚定的微笑,赞同我的说法,然后做她自己想做的事。丽塔的智商比一般人高得多,但却进入了民主主义的误区:认为她的想法一点儿也不比别人差。而乔是陷入了贵族政治的误区:接受当权人物的想法。我不知道哪种谬误更可怜，反正任何一种都可以让你身陷困境。在这个问题上，丽塔的想法跟我相悖，所以我知道我必须要说服她。

"密涅娃，把一千年来针对历史上第二复杂的问题所进行的研究成果精简为一个小时的谈话，你会怎么做？丽塔甚至不明白她会排卵——事实上，她认定她不会排卵，因为她做过成千上万个鸡蛋，油炸鸡蛋、炒鸡蛋、煮鸡蛋等等。但是她在听我说，我出汗了，我没有任何工具，只有笔和纸——而此时我需要大学里讲授遗传学所需的教学设备。

"但我挺了下来。我给他们画了图，强行简化了一些非常复杂的概念。到最后，我想他们多少掌握了关于基因、染色体、染色体减数分裂、配对基因、显性基因、隐性基因的概念：不好的基因结合会生出有缺陷的孩子。谢天谢地，丽塔小时候从年纪大些的女奴的闲话中知道什么是有缺陷的孩子。她不再微笑了。

"我问他们有没有扑克牌？多半没有，因为他们没有时间玩。但丽塔从孩子们的房间里找出了几副牌。纸牌是兰德弗当时最常见的那种：共五十六张，四种花色。方片和红桃是红色的，黑桃和梅花是黑色的，每种花色都有王牌。我教他们玩在遗传学发展初期用过的一种游戏，随机基因配对模拟游戏，非常原始。塞昆德斯的孩子在远远没成熟到可以性交之前也玩这种游戏，名叫'让我们生一个健康孩子'。

"我说，'丽塔，把我说的规则记下来。黑色的牌是隐性基因，红色的是显性基因；方片和黑桃来自母体，红桃和梅花来自父体。黑色的 A 是一个致命基因，两个在一起就会产生强化效果，孩子生下来就会是死婴。两个黑色的皇后产生强化效果后，就会生出一个'缺陷婴儿'——需要做手术才能活下来。诸如此类。密涅娃，我还制定了'命中'的规则——就是出现坏的强化效果的情况,还规定兄妹或姐弟之间'命中'的可能性是陌生人的四倍,并向他们解释了为什么会这样。这以后,我们玩了二十局,用不同的洗牌、配对、抽牌和组合规则,让他们记下了结果。

"密涅娃,比起幼儿园里玩的'让我们生一个健康孩子'的游戏,这个游戏的类比效果并不怎么好。但我们这里有两副牌,包括不同的黑色牌,所以我能对血缘关系的远近情况进行区分。刚开始的时候,丽塔只是很专注。但第一次看到游戏中出现两张黑色牌在一起的情况时,她的表情凝重了起来。

"然后我们按照兄妹—姐弟规则玩这个游戏。她拿着牌,当连续两次出现黑桃A和梅花A碰在一起、意味着出现死婴时,她停了下来。她脸色发白地看着纸牌,声音中充满了恐惧:'亚伦……这是不是说,我们必须把利比锁在贞节带里?噢,不!'

"我轻声告诉她,情况并没有那么坏。小利比永远不会被那样锁起来,任何锁链都不会用在她身上,我们会想出一个办法,让这两个孩子不会结婚,也不会出现J.A.让妹妹怀孕的意外。'别再担心了,亲爱的!'"

计算机说:"拉撒路,玩纸牌游戏时,你是怎么作弊的?"

"为什么这么说,密涅娃?你怎么会想起问这个?"

"我收回我的问题,拉撒路。"

"我当然作弊了!什么手法都用上了。我说过这两个人没有时间玩纸牌……而我在各种规则下玩过各种扑克。密涅娃,我的第一口油井就是从一个小伙子那里赢过来的,他犯的错误是邀请我这个高手参与纸牌游戏。亲爱的,我让丽塔发牌,但那堆牌已经被我做了手脚。我用了各种作弊的手段,在他们眼皮底下假切牌、上下抽牌,洗牌时还作弊。这场游戏不是为了赌钱;我需要说服他们近亲繁殖只能发生在牲畜、而不是他们疼爱的孩子身上

——我实现了我的目标。"

（此处省略部分内容）

"'——你的卧室在这里，丽塔，我是指你和乔的。利比的房间和你们的挨在一起，而J.A.的房间在走廊那一头。你以后怎么安排房间取决于下面要出生的这个孩子的性别，以及你还准备生几个孩子、什么时候生——但是把利比放在你们眼皮底下只能是暂时的做法；你不能指望长期就这么监视下去。

"'你不能把猫单独留在烤肉旁边，但这只是一个权宜之计。小孩子很狡猾，他们有的是对付的办法。还有，只要一个女孩下定决心要采取行动时，没有人拦得住她。问题的关键在于，她是不是做出了决定。所以我们目前的首要任务是让他们分床睡，然后密切关注，防止利比做出错误的决定。你们能找个理由，让利比跟我一块儿回斯凯海文看看帕蒂凯克吗？还有J.A.。乔，一段时间没有他你能行吗？我们那儿有很多房间，亲爱的，利比可以和帕蒂凯克住一个房间，J.A.可以和乔治、伍德罗挤一挤，顺便还可以教他们懂点礼仪。'

"密涅娃，丽塔说这样也许会麻烦劳拉，我直截了当地说不会。'劳拉喜欢孩子，亲爱的；虽然她生孩子比你晚，但她已经比你多生了一个。她不用收拾房间，只是指挥下人干活，她从来没有操劳过。而且她想让你们都到我家做客——我也衷心希望你们能去，不过在我们找到这个地方的买主之前你们可能没办法走开。但我要让利比和J.A.去，现在就去，这样我就可以向他们传授遗传学知识，用近亲繁殖的牲畜作为教学案例。'

"密涅娃，那些近亲繁殖的牲口，我的本意是用它们对我自己的孩子进行遗传学现场教育。我保留了详细的记录，还有那些有缺陷牲畜的照片，看起来很恐怖。密涅娃，你所管理的这颗行星,其居民的百分之九十多都是霍华德家族的后代,剩下不到百分之十的人中绝大多数都遵循霍华德家族的习俗,所以你可能不知道,在与霍华德家族习俗不一样的其他社会文化里,是没有必要对他们的孩子进行此类教育的,即使是在那些异常性开放的社会里也是如此。

"在那时,兰德弗的人大多数都是短寿的,只有几千名霍华德家族的人。为了避免出现摩擦,我们没有宣扬我们的存在,尽管这并不是一个秘密——不可能成为秘密;那里有一个霍华德诊所。但是斯凯海文距离最近的大城市也非常遥远,所以如果劳拉和我想给我们的孩子来点霍华德家族式的教育,我们就必须自己教他们。我们就是这么做的。

"我还是个孩子的时候,在我的家乡,大人面对孩子时总是试图假装性是不存在的——请一定要相信我说的话!劳拉和我没有用这种态度对待过我们自己的孩子。他们还没见过人过性生活——我觉得他们没有——要是知道自己过性生活时有人偷看,我会手足无措的。但他们见过动物交尾,而且繁殖过宠物,还做了记录。两个大一些的孩子,帕蒂凯克和乔治,见过弟弟妹妹们出生的场面。劳拉让他们看的。我非常赞同这样做,密涅娃,但我从来不敦促我的任何一个妻子这么做,我所做的只是满足一个正在分娩的女人提出的要求。劳拉的天性中刚好有一种喜欢出风头的癖好。

"总而言之,我们的孩子能够讨论染色体减数分裂、同种异系交配的优势和劣势,就像我小时候和我同年龄的人讨论职棒大赛一样滔滔不绝——"

"对不起,拉撒路——你说的那个词是什么意思?"

"职棒大赛?不是什么重要的事。只是我小时候的兴趣所在，一个充满商业化气息的精神寄托。忘了它吧，亲爱的；它不值得你记录到你的记忆库中去。我向乔和丽塔打听J.A.和利比对于性知道多少。兰德弗的人背景千差万别，各种情况都可能发生，我要搞清楚需要从哪里着手——尤其是我最大的女儿帕蒂凯克十二岁了，她已经来了月经初潮，很为这个自鸣得意，总是喜欢拿来吹嘘。

"看样子，利比和J.A.的情况很复杂。他们既无知，又有一些不科学的认识，和他们的父母一样。但他们有一点比我的孩子们强：他们见过性交场面，至少是伊斯特拉厨房搬到住宅区之前。这我应该能想到，早先的伊斯特拉厨房，供人居住的地方更狭小。"

（此处省略七千二百字）

"劳拉朝我大嚷起来，而且坚持不让我见他们，除非我的情绪能平静下来。她指出帕蒂凯克几乎和J.A.的年纪一样大，再说他们也没干什么，只是玩玩，因为帕蒂凯克在月经初潮后有四年的绝育期。还有，是帕蒂凯克骑在J.A.身上。

"密涅娃，无论谁骑谁，我都不会打这两个孩子。从理性的角度考虑，我知道劳拉是对的，我也不得不承认，父亲对于女儿有较强的占有欲。我很高兴劳拉赢得了这两个孩子的充分信任，他们没有竭尽全力防备被抓住，当她碰巧看到他们在做那件事的时候，他们也没有被吓坏。也许J.A.有点害怕，但帕蒂凯克只是说，'妈妈，你没有敲门。'"

（此处省略部分内容）

"——于是我们交换了儿子。J.A.喜欢田园生活，从那以后就没有离开我们，而乔治喜欢城市的生活，所以乔留下了他，把他培养成了一名大厨师。乔治和伊丽莎白睡到了一起——就是利比,我忘了他们过了多久决定要个孩子,然后结婚。两个婚礼同时举行,这四个年轻人一直保持着密切的关系。

"J.A.的决定帮我解决了一个问题:以后怎么处理斯凯海文。当劳拉决定离开我的时候,我和她生的儿子都一个一个离开了我们;乔治是唯一一个仍旧留在那颗行星的儿子。我们的女儿都结婚了,没有哪个的丈夫是农场主。我在那地方的最后十年里,J.A.成了斯凯海文的管理者和事实上的老板。

"如果罗杰·斯伯林不是想从我手里抢走斯凯海文的话,我还有可能对他做出某些让步。后来的情况是,我把斯凯海文一半的股份赠与了帕蒂凯克,把另一半股份以抵押的方式卖给了我的女婿J.A.。我把抵押契约以折扣价卖给了银行,然后买了一艘不错的飞船。要是我把斯凯海文的另一半股份送给罗杰和劳拉,我买的飞船就要比这个差一些了。对于我在梅森·龙持有的股份,我也是用类似的方式,一半送一半卖地转让给了利比和乔治。利比把她的名字改成了伊斯特拉·伊丽莎白·谢菲尔德-龙;这个名字也体现了延续性,让我和她的父母都很高兴。最后的结局还不错。我离开的时候劳拉甚至跑来看我,和我告别。"

"拉撒路,我有一件事情不明白。你曾经说过你不赞成霍华德家族的人和短寿人结婚。但你却让自己的两个孩子和家族以外的人结了婚。"

"唔,更正一下,密涅娃。一个人是不能让他的孩子结婚的;是孩子们自己在他们选定的时间、和他们选定的人结婚。"

"记下来了,拉撒路。"

"回到我提出利比和J.A.之间的问题的那个晚上。那天晚上,我把那个奴隶代理人给我的、所有能证明他们血缘关系的资料都交给了他们,甚至包括销售单据。我建议他们销毁这些东西,或是把它们锁起来。这些资料里有很多照片,展现了他们一年又一年的成长历程。最后一张照片看样子是在我买他们之前不久照的,他们也确认了这一点——两个完全长大成人的年轻人,有一个戴着贞节带。

"乔看着那张照片说:'多么可笑的一对小丑啊!我们经历了这么多,妹妹——感谢船长。'

"'对。'她赞同道,然后研究着这张照片,'哥哥,你知道我要干什么吗?'

"'什么?'他说,看了看她。

"'亚伦会明白的。哥哥,把你的衣服脱下来。'她说道,同时开始脱自己的裙子,'靠着墙,和我一起摆个姿势。不是我们被卖时做的那个姿势,而是在照这些照片时我们常常摆的那种姿势。'她把最后那张照片递给了我,然后他们在那儿摆好了姿势,面对着我。

"密涅娃,过了十四年,他们一点儿也没变。丽塔已经生了三个孩子,肚子里刚怀上第四个,而且他们两个一直那么愚蠢地辛苦劳作……但是,当他们赤裸着身体站在那里(她没有化妆,头发直直地垂下来),他们看起来就像我第一次见到他们时的样子一样。看起来和最后那张照片一样——刚结束青春期,用地球的年龄算是在十八到二十岁之间。

"可是,他们理应超过三十岁了。如果布莱斯德的那些记录是可靠的话,他们的地球年龄应该是三十五岁。

"密涅娃,我只想补充一件事。当我最后一次见到他们的时候,他们的地球年龄应该超过六十岁了,如果相信布莱斯德记录的话,应该是六十三岁。他们两人谁都没有长白头发,牙齿都完好无损——而且丽塔又怀孕了。"

"是霍华德家族的突变异种,拉撒路?"

这位老人耸了耸肩,"突变这个词,注定是要引起争议的。从长远观点来看——只要涵盖的时间够长——人体所携带的成千上万个基因中的每一个都是基因突变的结果。根据理事会制定的规定,一个不是家族族谱上的人可以登记为一名新发现的霍华德家族成员,只要他能够出示证据,证明他的祖父母和外祖父母的寿命都在一百岁以上。如果我不是出生于这个家族的话,这个规定会把我排除在家族以外的。但最重要的是,在我第一次接受回春治疗的时候,我的年龄已经太大了,说明我的高龄并非得自霍华德繁殖实验。他们现在说,他们已经在人体第十二对染色体上发现了一个基因复合体,它能决定人是否长寿,就像给钟表上发条一样。如果真是这样的话,那么给我上发条的是谁? 吉尔伽美什?'基因突变'永远不成其为解释;它只是一个词,用来命名一个已经发现的事实而已。

"也许一些自然长寿的人,不一定是霍华德家族的人,曾经到过布莱斯德。这些人永远是到处游荡,他们改变自己的名字,把头发染成其他颜色;他们出现在历史中——比我们更早。但是,密涅娃,你还记得我曾经在布莱斯德当过奴隶吗? 那是一段奇异、令人不快的经历——"

(此处省略部分内容)

"——所以我猜测最可能的情况是:丽塔和乔是我自己的曾曾孙女和孙子。"

主题变奏

X 可能性

"拉撒路,是不是因为这个原因你才不和她分享'性爱'的?"

"什么? 但是,密涅娃,亲爱的,在那个晚上我还没有得出这个结论,或是产生怀疑。哦,我承认我对和自己的后代发生性关系有偏见——你可以把孩子带出贞节带,但贞节带的影响仍然盘踞在孩子心中,很难驱散。好在我有一千年的时间来改进我的习惯。"

"既然不是这个原因,那又是什么?"计算机道,"因为你觉得她是短寿人? 仅仅因为这个? 我有些不明白了,拉撒路。照我看——当然,我没有什么经验——但我的看法和她丈夫乔一样,我也觉得她是有道理的。你说的原因看起来像是借口。她需要你,而你并没有足够的理由拒绝她。"

"密涅娃,我没有说我拒绝了她。"

"噢! 这么说你答应了她的恳求。我感到轻松些了。"

"我也没有那么说。"

"我发现你的表述有矛盾,拉撒路。"

"那仅仅是因为有些事我没有说,亲爱的。我告诉你的事都要整理成文,这是我和艾拉的约定。我当然也有权让你删掉一些事,但要这样做的话,我还不如根本就不告诉你。我在二十三个世纪里经历的有些事情或许确实值得记录。但是,我觉得没有理由把每一次与可爱女人共享的愉快经历——只是为了欢愉,而不是怀孕生子——都记录下来。"

计算机若有所思,"虽然你不允许我对丽塔的要求作任何推测,但从你补充的这段话看来,你在与短寿人交往的过程中所遵循的原则只适用于婚姻和怀孕生子。"

"我同样没有这么说!"

"你让我糊涂了,拉撒路。出现矛盾。"

老祖沉思片刻,这才缓慢地以悲伤的语气说道:"我认为长寿人和短寿人的结合不是件好事……的确是这样……而且我是在经历了惨痛的教训之后才认识到这一点的。但那是很久以前、发生在远方的事情了。当她死去的时候,我身体中的一部分也死了。我不想再永远地活下去了。"他停下来不说了。

计算机的话有些哽咽,"拉撒路,拉撒路,我最亲爱的朋友!我太难过了!"

拉撒路坐直了身子,用轻快的语气说:"没关系,亲爱的。别为我感到遗憾。没有遗憾——永不遗憾。即使我能改变那一切,我也不会去改变的。即使我有时间机器,能够回到过去,改变历史,我也不会这样做。不,一个瞬间都不改变,更不用说整个过程了。现在,让我们谈些其他事情吧。"

"你想谈什么都行,亲爱的朋友。"

"好的。你总是回到我和丽塔的事情上,密涅娃,看样子你对我拒绝她的要求有些不满。但你不知道我拒绝了她什么,更不知道她所要求的究竟是不是所谓'恩惠'。这种事当然可以是一种恩惠——但不总是这样。性爱常常不是什么'恩惠'。问题在于你不理解'性爱',亲爱的,你无法理解;制造你的目的不是为了让你理解性。我不是在贬低性;性很精彩,很奇妙。但如果你给它套上一个神圣的光环的话——这正是你现在在做的事——性就不再是快乐的事,它开始让人变得神经质。

"再说,我拒绝给予丽塔这个'恩惠',这并不会让她忍受性饥渴的煎熬。我能造成的最坏影响就是让她有一点点恼怒。但她并不缺少性。丽塔是一个精力旺盛的小荡妇,只有工作过度才能让她不躺下——或是站着、跪着或者攀在吊灯上摆来摆去。我倒真的让他们有了更多的时间来做爱。乔和丽塔非常单纯,无拘无束,很纯真。人类孜孜以求的有四大利益:战争、金钱、政治和性。他们只对性和金钱感兴趣。在我的指导下,这两样东西,他们有了很多。

"哼,我还是告诉你吧。在他们学会避孕技巧后——那时使用的方法几乎和现在同样先进,教会他们的人是我,但刚才我觉得没有必要告诉你——再也没有迷信或禁忌之类的东西能妨碍他们从其他人身上寻找性乐趣了。他们之间的关系很牢固,并没有因此受到损害。他们是天真的享乐主义者。虽然丽塔没有办法让一个筋疲力尽的老太空人掉到她的温柔乡里,但她的确引诱了很多其他人。乔也一样。他们很快乐,婚姻生活也十分幸福,是我见到过的最完美的婚姻。"

"我很高兴听到这些。"密涅娃回答道,"好吧,拉撒路,我撤回我的问题,也不再考虑龙夫人和那个'筋疲力尽的老太空人'之间的事——尽管你的话清楚地表明,那会儿的你既不累,又不老,也不是太空人。你刚才提到,'人类孜孜以求的有四大利益'——但其中没有包括科学和艺术。"

"我没有提到这两样东西,并不是因为忘记了它们,密涅娃。科学和艺术是极少数人的职业——甚至只是那些声称自己是科学家和艺术家的人中的极少数人。这一点你也知道;你只是想改变话题。"

"是吗,拉撒路?"

"别隐瞒了,亲爱的。你知道小美人鱼的寓言故事①。你想付出像她一样的代价吗? 你知道,你完全可以像她那样改变自身。"他又补充道,"别装着不知道我在说什么。"

计算机叹了口气,"我想问题是在于'能不能获准',而不是'有没有能力'。一架手推车谈不上有什么权利。我也一样。"

"你在逃避问题,亲爱的。'权利'是一个虚构的抽象概念。谁都没什么'权利',不管是机器还是有血有肉的人。人们——包括以上两种——拥有的是机会,而不是权利。要么利用机会,要么弃之不用。对你有利的机会是什么? 你是这颗行星老板的左膀右臂……还拥有一个老人的友谊,这个老人因为一个最不符合逻辑的原因而享受着非常特殊的礼遇,但他却毫不犹豫地把这些特权利用起来了……另外,多拉二号舱室中你的记忆库里存储着塞昆德斯霍华德诊所中所有的生物学和遗传学资料——也许这是整个银河系最好的资料库,至少在人类生物学方面肯定是最好的。但我的问题是:你愿意付出代价吗? 你的思维速度会降低到目前的百万分之一;存储能力更会降低到不知什么程度——肯定很厉害;转化成人的过程中还存在失败的概

---

①出自安徒生童话。美人鱼爱上了人类王子,为他改变了自身形象,成了人类的一员。

率——我不能确定概率有多大……最后，还有一个无法逃避的最终结局：死亡。一台机器永远不会知道死亡是什么。你知道你可以活得比人类长，你永远不会死。"

"但我不会做出这样的决定：比创造我的人活得更长久。"

"真是这样吗？你今晚说了这些，亲爱的，但在一百万年以后，你还会这么说吗？密涅娃，我最亲爱的朋友——唯一一个我可以坦诚相待的朋友——自从诊所的档案成了你记忆库的一部分以后，你肯定一直在考虑这件事。你能用非凡的速度思考和判断，但我觉得你缺乏考虑问题的经验——有血有肉的人的经验。如果你决定冒这样的风险，在机器和有血有肉的人之间你只能选择一样。噢，当然，我们有混合体——装有人类大脑的机器，或是由计算机控制的血肉之躯。但是，你所希望的是成为女人。对吗？我说的对吗？"

"我希望成为一个女人，拉撒路！"

"我知道，亲爱的。而且我们两个都知道为什么。但是——请想一想！——即使你能设法成功地进行这样危险的转变——我还不知道危险在哪里；我只是一个老船长，退休的乡村医生，过时的工程师；而你那里有我们这个种族就这个问题积累起来的所有研究资料——假设你进行了这样的转变……却发现艾拉不会娶你为妻，怎么办？"

计算机整整犹豫了一毫秒。"拉撒路，如果艾拉拒绝了我——彻底地拒绝了我；我指的不是结不结婚，他不用和我结婚——那么，你能接受我吗？会不会像接受丽塔一样困难？或者说，你是否愿意教我'性爱'是什么？"

拉撒路先是目瞪口呆，然后大笑起来，"讲得好！你瞄上我了，姑娘——你抓住了我的要害。好吧，亲爱的，我庄严地承诺：

如果你这样做了……而艾拉又不娶你的话,我会自己带你上床,尽我的最大努力让你筋疲力尽!更可能是发生相反的情况;一个男人很少能比女人持续的时间更长久。好的,亲爱的,我是第二梯队。在我们知道结果之前,我会一直待在你身边的。"

他呵呵笑起来,"小甜心,要不是你这么想得到他的话,我几乎希望艾拉退出了。让我们来讨论一下实际情况吧。你能否告诉我,这件事你打算怎么做?"

"我只能从纯理论方面谈谈,拉撒路;我的记忆表明,这种事以前从来没有尝试过。但它与完全克隆的回春过程相似,在这个过程中,计算机会把旧大脑中的记忆转移到克隆体内那个空白大脑中去。从另一个方面讲,这与我把首相官邸里的'我'转移到多拉舱室里的'我'那里的过程类似。"

"密涅娃,我觉得实际过程会比这两种情况都更复杂一些,而且危险得多。这两个过程需要的时间不一样,亲爱的。从机器到机器只需要不到一秒钟的时间。但我想,那个完全克隆过程至少需要两年时间。太着急的话,结果就是一具死去的老尸体和一个新白痴,不是吗?"

"有过这样的先例,拉撒路。但过去的两个世纪里没有出现过这样的事。"

"嗯……我的意见没有什么价值。你必须和一个专家谈一谈,而且必须是一个你能信赖的专家。也许是伊师塔,但她可能不是你需要的人。"

"拉撒路,对这个冒险来说,没有人是专家;从来没有人做过这样的事。伊师塔是可以信赖的;我已经和她讨论过了。"

"她说了什么?"

"她说她不知道是否可行,就是说不能保证实践中的第一次尝试就会成功。但她非常同情我——她是一个女人！她正在考虑能采取什么措施来降低危险性。她说这需要最精细的基因手术，还需要能进行完全成人克隆的设备。"

"我想我可能没有完全理解你的意思。进行克隆并不需要最高端的基因手术；我自己就做过克隆。如果你计划在子宫里克隆的话，代孕妈妈九个月后就能给你一个婴儿。这样更安全、更简单。"

"但是，拉撒路，我无法把我的记忆库转移到一个婴儿的大脑里。地方不够大！"

"唔。是的，的确是这样。"

"即使是一个成年人的大脑，我也不得不认真地选择该转移什么、留下什么。我不能只做一个简单的克隆手术。必须是一个复合手术。"

"嗯——我今天晚上脑袋不太灵光。不，你不会想要谁的克隆体，再把你自己的个性和经过挑选的学识植入这个克隆体的大脑。哪怕是伊师塔的克隆体都不行，你不想变成她的双胞胎姐妹。唔——亲爱的，我可以把我的第十二对染色体给你吗？"

"拉撒路！"

"别哭，姑娘；你会把你的机器都弄锈的。据说那对染色体能决定人的寿命，但我不知道这种理论是不是有依据。即便是真的，我给你的这对基因说不定也已经老化了，像快停摆的钟。你用艾拉的第十二对染色体可能更好一些。"

"不。艾拉的什么我都不要。"

"你不想让他知道你的打算吗？"拉撒路沉思着，然后接着说道，"哦——你要为下一代考虑，对吗？"

计算机没有回答。

拉撒路柔声说:"我本该知道的,你打算来一个全套的,当妻子,生孩子。这么说,你也不愿从哈玛德娅德那里要什么东西;她是他的女儿。除非基因图谱显示我们能够避免风险。唔——亲爱的,你想要一个尽可能'杂糅'的复合体,对吗? 让你的克隆体是一个独特的有血有肉的人,而不是极为相近地复制其他任何一个受精卵的结果。也许有二十三个父母? 这是你想要的吗?"

"我想能这样最好,拉撒路。不用分离染色体对就能做到这一点,手术比较简单,也不可能引入意想不到的强化效果。前提是找到二十三个让人满意的、自愿的捐赠者。"

"谁说非得自愿才行? 我们可以偷,亲爱的。没有谁拥有他自己的基因;他只是基因的监护人而已。不管他愿意不愿意,基因是在减数分裂的过程中转移到他身上的;他又通过同样的随机过程把基因转移到其他人身上。诊所里肯定有成千上万个培养基组织,每个都有成千上万个细胞,所以谁会知道、谁又会在意我们从二十三个培养基中各借上一个细胞呢? 当然,前提是我们要干得漂亮。不要觉得自己违反了道德准则;这就像从海边的沙滩上偷了二十三粒沙子一样。

"至于诊所的规矩,我才不在乎呢;我觉得整个过程做下来,我们会用到一大批被禁用的技术,多得能把咱们埋起来。对了,你在多拉上存储的诊所资料里有没有培养基组织的基因图谱? 捐赠者的历史资料?"

"是的,拉撒路。但个人资料是保密的。"

"谁会在意呢? 伊师塔说你可以看'保密资料'和'机密资料'——只要你不告诉别人就行。所以挑选你想要的那二十三个父母——我来考虑怎么把它们偷出来。反正偷窃这种事更适合由我去做。我不知道你挑选的标准是什么,但我提一个小小的建议:如果可能的话,每一个父母在各个方面都要健康,而且要尽可能地聪明——这要根据资料中显示的、他们过去做过的事情来判断,而不仅仅是他们的基因图谱。"拉撒路又想了想,"我刚才还说到时间机器。要是真有那东西,那该多好啊。等你挑出这二十三个人,我就可以驾着那台虚构的时间机器,把这二十三个人的一生从头到尾跟踪一遍。唔,其中有些人完全可能已经死了。我是指捐献者,不是培养基组织。"

"拉撒路,如果其他的特征都让人满意,能否把外形也作为选择条件之一?"

"为什么担心这个,亲爱的?艾拉不是那种男人,只喜欢绝代佳人。"

"他的确不是那样的人。但我想长得高一些,像伊师塔一样高,还要苗条,胸部要小,长着棕色的直发。"

"密涅娃……为什么?"

"因为我应该是那个样子。你这样说的,你真的说过!"

拉撒路在黑暗中眨巴着眼睛,低声哼唱:"她是一个很好的玩伴……我替她收账……五元、甚至十元的钞票……"之后才高声说道:"密涅娃,你疯了,成了头脑不清的机器。如果各个特性最好的组合会让你成为一个又矮又胖、长着一头金发和一对大乳房的女人——就算这样,也要选这个组合!不要考虑一个老男人的幻想。我很抱歉对你说了我的那些想象。"

"但是,拉撒路,我说了'如果其他的特征都让人满意——'为了达到那样的外形效果,我只需要再检查三个常染色体对就行;这两者没有什么矛盾。根据到目前为止我们讨论的所有参数,我已经完成了搜寻工作。我就是那个样子!自从你告诉我了以后，我就认定那个外形了。但是，根据你告诉我的那些事，以及其他你没有提及的情况，我有个感觉：我需要你的允许才能长成那个样子。"

老祖低下了头，手捂住脸。然后他抬起头，"按你想的做吧，亲爱的，就长成那个样子吧。我是指'她看起来要像你自己'。就像你自己想象的样子。你会发现，要成为有血有肉的人，你必须准备面对随之而来的问题，这个问题可能就是你看上去不像你觉得应该长成的那个样子。"

"谢谢你，拉撒路。"

"即使一切都进展顺利，也可能会出现问题，亲爱的。比如，你有没有想过你不得不从头学习怎样讲话？甚至需要学习看和听？当你把你自己转移到那个克隆体、以前的计算机除了硬件之外什么都没留下以后，你不会突然之间就成为一个成年人。相反，你是一个隐藏在成人体内的奇特的孩子，在你周围的整个世界充斥着喧闹和混乱，这是一个你完全陌生的世界。你可能会觉得这个世界非常可怕。我会在那里，我保证我会在那里，握着你的手。但你不会看到我；在你学会使用新眼睛之前，你对我全无印象。同样的，你也不会明白我说的话。所有这些，你都意识到了吗？"

"我意识到了，拉撒路。我知道这些事，也想了很多。我不会毁坏我现在身处的这台计算机，肯定不能，因为艾拉需要它，伊师塔也需要。以此为前提进入新的身体，完成转变，这是最重要的一步。但只要成功地实现了这个转变，我向你保证，我不会被陌生的环境吓倒。因为在我学着成为一个有血有肉的人的过程中，我知道会有亲爱的朋友在我身边，珍爱我，让我活着，不会让我伤害自己或是被别人伤害。"

"是的,亲爱的。"

"我知道,所以我不担心。所以你也不要担心,最最亲爱的拉撒路——现在别想这件事了。你刚才为什么说'那台虚构的时间机器'?"

"嗯?你怎么看待这个说法?"

"我觉得它是一个'没有实现的潜能'。'虚构'这个词意味着这是无法实现的。"

"嗯?继续说。"

"拉撒路,多拉教我N维空间航天数学的时候,我明白了一点:每一次跃升转换都需要做出一个重大决定:什么时候重新回到时间轴上。"

"是的,这是当然。你和光速框架体系的联系被割断了,你在跃升时航行了多少光年,你就可能偏离时间轴多少年。但这不是时间机器。"

"这不是吗?"

"唔,你这些想法,真让人头疼。真希望安迪·利比在这里。密涅娃,为什么你以前没向我提时间机器的事?"

"我是不是应该把这个放入选项?你当时拒绝了向未来的时间旅行,我把面向过去的时间旅行也排除了……因为你需要体验'新'的事物。"

幕间休息

拉撒路·龙的笔记本内容摘录

★永远要在暗角里藏些啤酒。

★自古以来,银河系里对人类构成威胁的唯一一种动物——就是人类自己。所以,人类必须自己与自己竞争。竞争是必不可少的,这方面,他没有敌人可以帮助他。

★男人比女人更感性,思维于是被扰乱了。

★游戏自然被做过手脚。不要因为这个却步不前;不赌的话,你就不会赢。

★任何一个牧师或僧人在被证明无罪之前都是有罪的。

★永远要听专家的话。他们会告诉你什么事不能做,以及为什么。然后放手做去。

★开枪要快，别管准不准。对方会因此手忙脚乱，这样你就有时间射出完美的第二枪。

★没有确凿的证据来证明人死以后还有生活，但也没有任何形式的证据证明它不存在。究竟如何，你很快就会知道。所以为什么为这个问题烦恼呢？

★如果不能用数字表达，那它一定不是科学，只是个观点。

★很久以来人们就知道一匹马可以比另一匹跑得快——但是是哪一匹马呢？这其中的差别是最关键的。

★一个假的占卜者是可以忍受的。但如果有人真的掌握占卜术，一经发现，应该立刻开枪打死他。卡桑德拉①实际受到的惩罚不及她应该承受的一半。

★错觉常常很有用处。当母亲的总是认为她的孩子美丽、聪颖、善良，正是这些荒唐想法才使她没有在孩子一出生的时候就溺死他们。

★绝大多数"科学家"只是涮洗瓶子、分拣纽扣的人。

★"和平主义男士"，这个词本身就是矛盾的。绝大多数自称

---

①特洛伊国王的女儿，具有预知未来的禀赋，但被阿波罗诅咒不为人所相信。

"和平主义者"的人并不平和，只是披着伪装的外衣。只要风向变了，他们就会升起海盗旗。

　★给孩子喂奶不会让一个妇女的乳房失色；这会使它们看上去更有生机、更幸福，从而更加富有魅力。

　★忘记历史的一代人没有过去——也不会有未来。

　★一个在大庭广众之下朗诵自己作品的诗人很可能还有其他让人恶心的习惯。

　★有姑娘存在的世界是多么美好的世界啊！

　★座位垫子下面经常会发现零钱。

　★很多"成熟的智者"的相似点是他们都很累，这个事实令人惊异。

　★如果你不喜欢自己，你也不可能喜欢其他人。

　★你的敌人在他自己的眼里永远不是一个恶棍。记住这一点；这可能会把他变成你的朋友。如果这样还不能让他成为朋友，你可以不带憎恨地杀了他——而且要快。

　★休会的动议总是适宜的。

　★任何依靠强行征募士兵作战的国家，它都没有存活下来的权利。从长期来看,没有任何国家拥有过这样的权利。过去罗马的女人常常对她们的儿子说:"拿着盾牌回来,要么就躺在上面回来。"后来,这个风俗衰退了,罗马也衰退了。

★人类制定的法律中有很多奇怪的、毫无依据的"罪行",其中最令人诧异的是"亵渎罪"——"猥亵罪"和"露阴罪"角逐第二位。

★基奥普斯①法则:从来没有一个建筑是按照计划或是在预算之内完成的。

★所有社会都要制定保护孕妇和幼童的规则,并以此为基础。其他所有规则都是多余的,是赘生物、装饰品、奢侈品或者是愚蠢的。在紧急情况下,这些规则可以——而且必须——被抛弃,以维护这一主要规则。因为人种繁衍生息的需要是唯一普遍适用的道德规则,以其他任何规则为基础都是不可能的。除了"妇女和儿童第一"的原则,在其他任何基础上构建一个"完美社会"都是无知的行为,不仅如此,这一行为还必然导致种族灭绝。然而,充满幻想的理想主义者(他们都是男性)一直在无休止地尝试这样做。毫无疑问,他们还会继续尝试下去。

★所有的人生下来都是不平等的。

★钱是一剂强力壮阳药,但鲜花的效果几乎和它一样。

①埃及第四王朝第二代国王,下令建造吉萨的大金字塔。

★残忍的人为了寻求快乐而杀人。傻子因为仇恨而杀人。

★只有一个方法能安慰一个寡妇。但请记住这样做的危险。

★当需要冒出来的时候——肯定会冒出来的——你必须能够自己解决。不要依靠别人。依靠别人不会让事情变好，只会更糟。

★产品过剩！享受生活，尽情欢乐。节制的生活属于修道士。

★做活着的走狗可能要好过做死去的狮子。但是，当活着的狮子可能更好，而且通常会更容易。

★一个人的原则会让另一个人捧腹大笑。

★性应该是友好的，否则就去用机械玩具吧；这样更卫生一些。

★人们极少（如果曾经这样做过的话）创造出一个比他们更优秀的神。绝大多数神祇的行为方式和道德品质像被宠坏了的孩子。

★永远不要试图唤醒一个人的"善良天性"。他可能根本不具备这一点。激发他的自私心可能会对你更有利。

★小姑娘和蝴蝶一样，无论做什么都不需要任何借口。

★你可以拥有和平，或者你也可以拥有自由。永远不要指望你能同时拥有这两样。

★累了或者饿了的时候不要做出无法撤回的决定。注意：周围的环境可能迫使你不得不做某些事，所以要事先考虑清楚！

★把你的衣服和枪放到在黑暗中也能找到的地方。

★大象是什么：是按照政府制定的规格造出来的老鼠。

★从古至今，贫穷是一个人的正常状态。打破这种情形的进步——无论是在这里还是在别处，无论是现在还是过去——是极少数人的成就。这些人经常被轻视，被谴责，而且几乎总是遭到普通人的反对。只要这些极少数人的创造性受到抑制，或者（这种情况有时也会发生）被逐出一个社会，这个社会就会退回到可怜的贫困状态。

这被称为"坏运气"。

★太空旅行的妙处就在于它使得移民到其他行星成为可能。

★女人不是一样财产，不这样想的丈夫生活在梦想世界中。

★太空旅行的第二个妙处在于，遥远的距离使得发动战争非常困难，常常不切实际，而且几乎总是不必要的。对于很多人来说，这也可能是一个损失，因为战争是我们这个种群最受欢迎的娱乐活动,它给无趣而愚蠢的生活增添了色彩,使之变得更有意义。但对那些只在必要的时候才会战斗的聪明人来说——这样的人永远不会为了消遣而战斗——难于发动战争是一个恩惠。

★精卵结合,导致下一代更多的精卵结合。这也许就是宇宙存在的目的。

★对于"热爱自然"并对"破坏自然"的"人造物"表示谴责的人来说,他们的心中隐藏着矛盾。从他们选用的词句就能看出来。这些词意味着他们认为人类和人造物不是"自然"的一部分——但海狸和海狸造的水坝却是。但这只是最表层的荒谬,还有更深层的冲突。通过宣称热爱海狸造的大坝(海狸为了自己的目的而建造的大坝),而憎恨人类造的大坝(人类为了自己的目的而建造的大坝),"自然主义者"表现了他对自己这个种族的憎恨——也就是说憎恶自己。

"自然主义者"表现出来的自我憎恶是可以理解的;他们是一群多么可怜的家伙。但是我们不应该憎恶他们,憎恶所代表的感情太强烈了;怜悯和蔑视应该是合适的词。

对我来说,无论我愿意不愿意,我都是一个人,不是海狸,而且人类是我属于,或者能属于的种群。对我来说幸运的是,我喜欢属于一个由男人和女人构成的种群。这对我是很好的安排,而且是完美的"自然"。

不管你相不相信,曾经有"自然主义者"反对人类第一次登陆月球的飞行,他们认为这是"违反自然规律的",而且是"破坏自然的行为"。

★"没有人是孤岛。"尽管每个人都感觉自己是一个个体、并以个体的方式来行动,但我们整个种群就是一个独立的有机体,总是在成长,并出现分枝——于是需要经常地修剪枝条,以保证有机体健康成长。

无须争论这么做的必要性;任何一个长眼睛的人都能看到,任何不受限制胡乱生长的有机体总会死于自己酿下的毒药。唯一值得一问的问题是修剪的时机:在出生前呢,还是出生后。

作为一个无药可救的感伤主义者,我赞成前一种处理方法——杀戮令我不安,即使是"他死了,我活着,这是我想要的结果"。

但这可能是一个偏好问题。有些僧人认为即使是在一场战争中被杀、在出生时死去,或是悲惨地饿死,也比从来没有活过要好。他们可能是对的。

但我不喜欢这种看法——而且我也不需要喜欢。

★民主构建在一个假设上:一百万个人比一个人聪明。这个假设怎么样? 少了点什么吗?

★独裁构建在一个假设上:一个人要比一百万个人聪明。和上一个假设一样,咱们还是再琢磨琢磨吧。谁来当独裁者呢?

★如果权力和职责对等的话,任何一个政府都能运转下去。这并不确保会出现"好"的政府;只是确保它能工作。但是这样的政府很少。绝大多数人都想管理事务,却不想承担责任。在过去,这被称为"坐在汽车后座上指手画脚综合征"。

★什么是事实？一次又一次、一次又一次地问自己——什么是事实？避开睿智的想法，忽略神的启示，忘记"占星术的预测"，回避已有的结论，不在乎邻居的想法，永远不要在意无法揣摩的"历史的判决"——回答什么是事实吧，精确到小数点后多少位？你必将驶入不为大家所知的未来；事实是你唯一的线索。去寻找事实吧！

★钱、教育、立法都无法拯救一个愚蠢的人。愚蠢不是原罪，受害人都不是自愿变蠢的。但愚蠢是唯一具有普适性的首罪；判决是死刑，没有上诉权利，判决的执行是自动的，而且不会得到怜悯。

★上帝是无所不能、无所不知、无限仁慈的——标签上是这么说的。如果你能同时相信这三种神性的存在，我这儿有一桩好生意等你来做。不收支票。只要现金，而且是小面额的现金。

★勇气是恐惧的补充。一个无畏的人不可能勇敢。(而且他还是一个傻子。)

★人类思维最伟大的两个成就就是创造了"忠诚"和"责任"这两个极其相似的概念。当这两个概念受到嘲弄时——赶快逃离那个地方！你或许可以拯救你自己，但是要拯救那个社会的话却是太晚了。它已经注定要灭亡了。

★一个轰轰烈烈破了产的人永远不会错过一顿饭。只有可怜的傻瓜会羞于一顿嗟来之食，他只好勒紧他的裤腰带了。

★一个命题的真实性和它的可信度没有关系。反之亦然。

★不能处理数学问题的人不是完全意义上的人。他最多是一个学会了穿鞋子、洗澡、不会把房间弄得乱糟糟的、可以让人忍受的、近乎人类的人。

★运动中的零部件在相互接合的部位要上润滑油,以避免过度的磨损。敬语和正式的礼节为人们之间的摩擦提供了润滑剂。通常,年轻的、很少旅行的、天真的、不懂世故的人会把这些礼节诋毁为"虚伪""毫无意义",或者"不诚实",而且不屑于使用它们。无论他们的动机有多么"纯洁",他们都是在往运行良好的机器里撒沙子。

★一个人应该能够给孩子换尿布、计划一次侵略行动、杀猪、驾驶飞船、设计建筑物、写诗、做会计账目、砌墙、接合断骨、照顾临终的人、执行命令、下达命令、与人合作、独立行动、解方程式、分析一个新问题、施肥、编程、做一餐美味的饭、高效地战斗、勇敢地死去。专业化是为昆虫准备的。

★给予的爱越多,你就能够爱得更多——也爱得更深。对于你来说,爱是没有限制的。如果一个人有足够的时间,他可以爱所有那些道德高尚、有正义感的人。

★手淫既便宜、卫生,又很方便,而且不会有任何不良后果——你甚至不需要冒着严寒匆匆回家。但它是孤独的。

★提防利他主义。它建筑在自我欺骗的基础上,是万恶之源。

★当你想做一件自己感觉是"大公无私"的事情时,请仔细审查自己的动机,剔除所有自我欺骗的成分。然后,如果你还想做这件事,那就全力以赴地做吧!

★人类空想出来的最为荒谬的概念就是创世之神,宇宙的缔造者和统治者,他想得到来自子民的过度的爱戴。子民们虔诚的祈祷可以感动他,如果得不到这些追捧,他就会发怒。然而这个没有一丁点事实基础的荒谬幻想,却支撑了历史上最古老、规模最大、回报最少的行业。

★第二个最为荒谬的概念就是认为性交从本质上说是罪恶的。

★写作不一定是一件让人感到羞耻的事——但是要在私下里做这件事,而且完事后要洗手。

★如果利息是百分之七,每个季度计算复利的话,两百年后,一百美元会增值到一亿美元——问题是到那个时候,这些钱已经一文不值了。

★亲爱的,不要拿些无足轻重的小事去烦他,也不要让你过去的错误成为他的负担。和一个男人交往,最快乐的方式就是永远不要告诉他任何他不需要知道的事情。

★亲爱的,当一位真正的女士脱下衣服时,她会同时脱下她的尊严,然后像妓女一样风骚无比。其他时候,你大可以表现得谦逊端庄,符合你的身份。

★每个人都会在性的问题上撒谎。

★如果男人真的是机器人,如行为主义学家声称的那样,那么行为心理学家就不可能创立那个令人惊异的、被称为"行为心理学"的学说。所以他们从一开始就错了——和研究燃素①的化学家们同样聪明,但犯了同样的错误。

★我从来没有听说,在宇宙中还有比和你最爱的女人做爱、并在她的热情帮助下生一个孩子更重要的事。

★你应该牢记第十一条戒律②,然后一心一意地遵守它。

★怎么知道一个"知识分子"是不是真有分量? 这里有一块试金石——搞明白他对于占星术怎么想。

★征税并不是为了给纳税人谋福利。

★不存在"小赌怡情"这种事。你在那里要么是挖出其他笨

---

①过去人们认为存在于可燃物质中的一种元素,有了它,物质才会燃烧。
②《圣经》中只有十戒。这里是对这类戒条的嘲讽。

蛋的心,然后吃了它——要么成为一个笨蛋。如果你不喜欢这样的选择——那就别赌。

★飞船起飞的时候,所有的账单都已经付清了。没有遗憾。

★第一次当军事教官的时候,我完全没有经验。我传授给那些小伙子们的事肯定让其中一些人送了命。战争是非常严肃的事情,没有经验的人不能教别人。

★一个有能力并且自信的人是不会嫉妒的。嫉妒是在精神上没有安全感的一种表现。

★金钱是最诚挚的奉承。
女人喜欢被奉承。
男人也一样。

★你活着就要学习,否则你不会活得很长。

★当女人坚持要和男人实现绝对平等的时候,她们总是毫无例外地受到不公平的对待。她们的性别和她们能做的事使得她们比男人更优秀,她们恰当的策略应该是要求特权——在现有条件许可的情况下。她们永远不应该只获得平等后就善罢甘休。对于女人来说,"平等"是个灾难。

★从政治上讲,和平是战争的延续①。为战争留下更充分的

①克劳塞维茨的名言:战争是政治的延续。这里可能是对这句话的改写。

活动空间,这种做法更让人愉快——而且更安全。

★一个人眼里的"魔法",在另一个人看来只不过是技艺。"超自然能力"是一个毫无意义的词汇。

★"我们(我)(你)必须——",这句话其实指明了哪些事不需要做。"不用说也知道",这句话很凶险,暗藏杀机。"众所周知"意味着你最好亲自查一查。只要能够正确理解其背后隐藏的信息,这类俗滥套话就是可靠的航标。

★别让你的孩子们过得太舒服,这样会使他们变成残疾人。

★替她做个脚部按摩。

★如果你属于那些拥有创造性的极少数人,那么,永远不要强迫自己想出什么构思;如果你这样做,它会夭折的。要耐心些,时机成熟时会想出来的。要学会等待。

★永远不要逼问年轻人的个人隐私——尤其是与性有关的事。他们正处于成长过程中,周身上下都是敏感点。他们憎恶任何侵犯他们隐私的行为(这无可厚非)。哦,当然,他们也会犯错误——但那是他们的事,不是你的。(你自己也会犯错误,不是吗?)

★永远不要低估人类愚蠢行为的能量。

主题变奏

XI 养女的故事

和我并肩站在人类这颗古老的行星上,凝视着北方。天已经暗下来了;沿着北斗七星的手柄向下看,到手柄一半的地方向左转——你看见了吗? 感觉到了吗? 那里什么都没有,除了寒冷和黑暗。把两只眼睛遮起来再试一次,用内在的想象力再试一次,现在静静地倾听野鹅的叫声,它穿过无边的宇宙,打破了它的宁静——

它在那里,闪着光! 锁定那一点,驾驶你的飞船穿越浩渺的太空。动作轻点,再轻点,不要丢了那个目标。那是一颗处女行星,是新的开始——

有很多身份、很多名字、去过很多地方的伍德罗·史密斯,带领这群人去寻找新的开始,一颗干净、充满希望的行星。我们到了,他告诉船上的同伴。无尽的未遭人践踏的大草原、大片未经砍伐的森林、蜿蜒的河流、高耸入云的山峰、看不见的财富和看不见的危险。这是生活的地方,或许是致人死命的地方;但唯一的罪过是不去尝试。拿起你的镐头和铁铲;挖出一个厕所、造出你的小屋——下一年会更好,下一年会更强,下一年的犁沟也会更长。

学会种植它,学会吃它。你买不到它;要学会自己创造! 不去尝试怎么会知道呢? 再试一次,要不停地尝试——

欧内斯特·吉布森,原名伍德罗·史密斯,有时候还叫拉撒路·龙,等等,是新起点商业银行的总裁。他走出渥多夫餐厅,站在阳台上,一边剔牙,一边看着熙熙攘攘的街景。在他下方,拴着六头背上放了鞍子的骡子和一只套着嘴套的罗普。在他右边的街上,一队从远方来的骡子运输队正在托普多拉贸易站(欧内斯特·吉布森的财产)的码头上卸货。一只狗躺在尘土飞扬的街道中央;骡子和马等牲口在它身边走来走去。在他右边的街道对面,十几个孩子在梅柏丽小学操场上,正闹哄哄地玩游戏。

用不着换地方,光是站在那里,他就数到了三十七个人。十八年来的变化多大呀! 托普多拉不再是唯一的居民点了,甚至不是最大的。新匹兹堡更大一些(也更脏一些),塞浦瑞什和羌克什都可以被称为镇子了。这些全都源于先后来到这里的两船人。在刚来的第一个冬天,他们差点饿死。

他不愿回想那个冬天。那一家人啊!(但并没有证据证明他们吃人。)好在那家人全死了。

忘了这些吧。体弱的人死了,坏人死了或者被杀;活下来的总是那些更强壮、更精明、更正派的人。新起点是一颗可以为之自豪的行星,在未来很长的时间里,它会变得越来越好。

尽管如此,在一个地方待上二十年,够久的了;到了再次出航的时候了。从许多方面说,他和安迪在一起的时候要更好玩一些,愿上帝保佑他那可爱、天真的灵魂得以安息吧。他们一起在各个恒星系闲逛,圈地,弄清一个地方的潜力以后马上离开,从不多作停留。他很想知道他的儿子扎科能否带着第三批有希望在这里取得成功的人按时回来。

他撩起他穿的短裙,挠了挠右腿膝盖以上的部位——检查那里的能量枪;他又摸了摸左边腰带,检查那里的针枪,最后挠了挠脖子后面,以确认他的第二把飞刀是否还在那里。他准备好了,可以去公众场合了。他在想是去他银行的办公室,还是到贸易站去,看看卸下的那些货。哪一个都引不起他的兴趣。

一头骡子冲他点着头。吉布森也对它点了点头,然后说:"你好,巴克。你怎么样,小伙子?你的老板在哪儿?"

巴克紧闭着嘴,然后突然发声,声音很大,"伊(银)行!"

这说明了一个问题:如果克莱德·利摩把它拴在这里而不是银行前门,意味着克莱德想走边门,想再贷一笔款子。看看他能使出什么招数来找到我吧。

也不去贸易站了。克莱德接下来会到那里去找我,再说里克这会儿还没来得及像往常一样偷点东西,我的出现会让他紧张的,这对他不公平;一个好的仓库保管员是很难找的。里克总是很诚实——只偷百分之五,不多也不少。

吉布森摸了摸他的衬衫口袋,找出一块糖,把它放在手上喂给巴克。骡子很小心地吃了那块糖,对他点点头表示感谢。吉布森认为,这些变异的、有生殖能力、能繁殖后代的骡子是继利比驱动之后为移民提供的第二大帮助。它们可以很容易地进入冷冻睡眠状态。如果你在飞船上装运活猪,到了目的地后,一半的良种猪都会变成猪肉。还有,在很多方面,骡子可以自己照顾自己;一头骡子可以踩死一头野生罗普。

他说："再见，巴克。我要去走走。走走。告诉你老板。"

"呼(好)!"骡子表示它知道了，"派(拜)!"

吉布森转向左边，朝出城的方向走去。他的脑子在考虑，用巴克当抵押物的话能贷给克莱德·利摩多大的款项。一头温顺的聪明种骡是一笔财富，这也是克莱德唯一没有被抵押的财产。吉布森十分确信，一旦用巴克做抵押的贷款到期，克莱德就会用脚走路了。这毫无疑问。吉布森不会为此感到遗憾。一个达不到新起点这颗行星的高标准的人是没有价值的，资助他也没有意义。

不，不能借给克莱德一分钱!应该直接买下来，出价是正常价格的十分之一。一头勤勤恳恳、努力工作的牲口不应该属于一个懒人。吉布森不需要一头运送货物的骡子，但每天骑一个小时对他的身体有好处。成天坐在银行里会让他的肌肉松弛下来。

再结一次婚，把巴克作为结婚礼物送给新娘——这是一个不错的主意。但这颗行星上的霍华德家族的人都结了婚，而且还没有哪一对夫妇的孩子到了结婚年龄。这里所有霍华德家族的人都要隐瞒自己的身份，直到人多到可以让家族在这里设一家诊所的时候。这样安全一些。一朝被蛇咬，十年怕井绳。在表面上，他避免与霍华德家族的人来往，他们之间也是一样。但是再结婚也不错。麦吉家——其实叫巴斯都斯——有两三个女孩快成人了，也许他应该抽空给他们打个电话。

他感到自己精力充沛、躁动不安、充满了邪恶的想法。他想知道哪个女人和他有共同的想法，敢于出轨，并一同分享他们的快乐。欧内认识几个和他有着相同热情的人，问题是这会儿找不到——找不到愿意只是随便玩玩的人，而他只想随便玩玩。

和寿命短暂的人建立任何严肃的关系都是不公平的,无论她是多么可爱——特别是她非常可爱的情况。

银行家吉布森已经走到了城郊,正打算往回走,此时他发现远处一所房子里冒出了一股烟。是哈勃家。以前是哈勃家,他在心里更正着,他们已经举家迁往内地了。现在是,嗯,巴德·布莱顿和他的妻子玛让丽——很不错的一对夫妇,是跟着第二批船来的。他们有一个孩子?嗯,没错。

在这样的天气烧壁炉?也许是在烧垃圾——

嘿,烟不是从烟囱里出来的!

吉布森跑了起来。

他到了哈勃家时,整个房子的屋顶都在燃烧。拉撒路停了下来,开始估计当时的形势。和绝大多数老房子一样,哈勃家房子的底层没有窗户,只做了一扇门,紧紧嵌在墙壁里,是向外开的——这是针对当时罗普和地龙无处不在的情况而设计的。

打开那扇门就相当于打开火炉的节气阀。

他没有浪费时间过多考虑这一点;反正那扇门不能打开。他绕着房子跑了一圈,找到上一层的窗户,想找个法子爬上去——一架梯子或是其他什么东西。房子里面有人吗?难道布莱顿他们没有可以连接起来、用于逃离火场的绳子吗?很可能没有;好的绳子是从地球带过来的,在这里要卖九十美元一米——哈勃家不会把这种东西留下来。

一扇百叶窗打开了,浓烟冒了出来——

他大声喊道:"嗨!有人吗!"一个人影出现在窗口,把什么东西向他扔了过来。

它还在空中的时候他就看清了那是什么,他机械地牢牢抱住飞来的物品,并随着它一起倒在地上,以减轻冲击力。是一个小孩——

他抬起头,看到窗框上有一只胳膊。房顶塌了下来,那只胳膊不见了。

吉布森一只手抱着那个小男孩——不,是个小女孩,他在心里纠正着——飞快地冲上前去,但很快又急忙退出了火场。他没去想是否还有人会在这样的熊熊大火里活下来;他只是希望他们能死得快一些,死前不要受到恐惧的折磨。他把那个孩子抱在怀里。"你还好吗,小宝贝?"

"我很好,"她回答道,又低声说,"但是妈妈病得很厉害。"

"你妈妈现在已经没事了,亲爱的。"他轻声说,"你爸爸也一样。"

"你肯定吗?"孩子在他的怀里扭动着,想回身看看那所燃烧着的房子。

他用他的后背挡住熊熊燃烧的大火。"我肯定。"他把她抱得紧紧的,离开了这个地方。

往回城的方向走到一半时,他们遇到了骑在巴克背上的克莱德·利摩。克莱德拉了拉缰绳,让骡子慢下来。"噢,你在这里!银行家,我想和你谈一谈。"

"别说了,克莱德。"

"什么?你不明白,我必须搞到一些钱。这段时间以来我除了坏运气,什么都没有。看样子我做的任何事——"

"克莱德——别废话了!"

"什么?"利摩好像才注意到这位银行家抱着什么东西,"嗨!这不是布莱顿家的孩子吗?"

"是的。"

"我一眼就认出来了。关于这笔贷款——"

"我告诉你闭嘴。银行再也不会借给你一块钱了。"

"可你必须听我说。我觉得,我们这个集体理应帮助一个碰到坏运气的农民。如果没有农民——"

"你听我说。如果你劳动的时间和说话的时间一样多,你就用不着谈什么'坏运气'了。连你的马厩都脏得要命。嗯……那头牲口你想卖多少钱?"

"巴克?别想了,我不会卖巴克的。可是银行家,我是这么想的:虽然你说话很粗鲁,但你是个好人,我知道你不会让我的孩子们饿死的。嗯,巴克是很有价值的财产,我想用它抵押——嗯,大约——"

"克莱德,你能为你的孩子做得最好的事情就是割断你的喉咙,让别的人收养他们。我不会借给你钱的,克莱德,一块钱也不借,一分钱也不借。但是我要买巴克,就现在。你出个价钱吧。"

利摩咽了一口唾沫,犹豫了一下,说:"两万五千元。"

吉布森拔腿朝城里的方向走去。利摩急忙说:"两万!"吉布森没有回答。

利摩拉着缰绳让骡子转了个圈,走到吉布森的面前,停下来说道:"银行家,别乘人之危。一万八千元,你简直是在偷我的东西。"

"利摩,我不会偷你的东西。你拍卖他吧,我可能会去竞价,也可能不会。你觉得他能拍到多少钱?"

"嗯……一万五千元。"

"你这样想?可我不。我不用看它的牙齿就知道它有多老了,下了飞船后你付多少钱买的它我也知道。我还知道这里的人们能付得起多少钱、会付多少钱。走吧,它还是你的。不过记住,定价由你决定,但拍卖师要收百分之十,哪怕没卖出去也一样。但这是你的事,克莱德。别挡我的路;我想带这个孩子去城里,让她躺下来休息一下;她经历了很可怕的事。"

"嗯……你能付多少?"

"一万两千。"

"什么,这简直是抢劫!"

"你不一定非得接受。假设拍卖能卖到一万五千元——正像你希望的那样。你的净收入是一万三千五百元。但假设拍卖只能卖到一万元,我觉得这很有可能,你的净收入只有九千。再见,克莱德;我现在有急事。"

"那么,一万三千怎么样?"

"克莱德,我已经说了我的最高出价。你和我打交道的次数已经够多的了,你知道当我说最高出价的时候,这就是最高价格。不过,如果加上那个鞍子和笼头,再回答一个问题,我就再加五百元。"

"什么问题?"

"你怎么会移民的?"

利摩看上去吃了一惊,然后尴尬地笑了笑,"如果你想知道真实原因的话——因为我疯了。"

"全人类都是疯子。这不是一个回答,克莱德。"

"嗯……我父亲是个银行家——和你一样蛮横!我干得还不错,有一个正当的、受人尊敬的职业,教书,在大学里。但工资不是很多。我手头拮据的时候,我父亲总是对我很粗暴。他爱管闲事,总是贬低我。最后,我厌倦了这样的情况,于是我问他能否替伊冯和我支付'安迪·J号'的费用。我们要移民。这样他就可以摆脱我们了。

"让我惊讶的是他同意了。但我没有反悔;我知道一个像我一样受过良好教育的人可以在任何地方做出成就来……再说我们并不是被扔到一个荒蛮之地;我们是第二批来的,你可能还记得。

"问题是,这里的确是一个荒蛮之地,我不得不找些绅士们碰都不愿碰的事做。但你只需要等一等,银行家;这里的孩子们正在慢慢长大,很快就需要成立一所能够提供高等教育的学府,而不是梅柏丽女士在她那个所谓的学校里教的那些无用的东西。那才是我的专长——你会称呼我为'教授'的,而且是非常尊敬地称呼。你等着瞧吧。"

"祝你好运。你接受了我的出价吗? 一万两千五百元,加上笼头和鞍子。"

"嗯……我说了我接受,难道没有吗?"

"你没说。你还没有接受。"

"我接受。"

那个小女孩很认真地听着,表情很严肃。吉布森对她说:"你能站一会儿吗,小宝贝?"

"可以。"

他把她放下来;她有些发抖,于是拽住他的短裙。吉布森从他的毛皮袋里掏出了些东西,然后把巴克宽宽的屁股当桌子,写了一张支票和收据。他把它们递给利摩。"把这张支票交给银行里的希尔达。你在收据上签个字,再给我。"

利摩不出声地叹了口气,看了看那张支票,把它收了起来。他把收据递了回来,道:"谢谢你,银行家,你这个吝啬鬼。你希望我在哪儿把它交给你?"

"你已经交货了。下来。"

"什么？我怎么去银行？我怎么回家呢？"

"走着去。"

"什么？好吧，大家都使卑鄙下流的手法吧！一手交钱一手交货，在银行交货。"

"利摩，我之所以为这头骡子支付高价，就是因为我现在需要它。但我发现我们两个并没有达成一致。好吧，把我的支票还回来，我退给你收据。"

利摩吃了一惊。"噢，别，你不能这样！我们已经成交了。"

"那么马上从我的骡子上下来，"吉布森把手放在每个男人都会随身携带的多用途刀的刀柄上，"然后跑回城里，这样你就能在希尔达下班之前赶到。动作快点。"他的眼睛直直地盯着利摩的眼睛，十分冷酷，全无表情。

"就不能和你开个玩笑吗？"利摩嘟囔着说，他从骡子上下来，急急忙忙地向城里走去。

"对了，克莱德！"

利摩停了下来。"你还要说什么？"

"如果你看到志愿消防队朝这边过来，告诉他们已经太迟了；哈勃家已经不存在了。但是告诉麦卡锡派几个人去检查一下也无妨，就说是我说的。"

"好的！好的！"

"还有，克莱德——你过去是教什么的？"

"'教什么？'我教'创意写作。'我告诉过你，我受过很好的教育。"

"没错。你最好快点。希尔达一到点就下班，她要去梅柏丽女士的学校接孩子。"

　　吉布森没理会利摩回答了什么,他抱起那个小姑娘,说:"站稳些,巴克。站着别动,你这个老家伙。"他把小女孩高高举起,让她轻轻地跨骑在骡子颈背,"抓住它的鬃毛。"他踩着左边的马镫,从她身后跃上骡背,坐在鞍子上。他把她抱起来一些,让她身体的一部分靠在他的大腿上,另外大部分坐在前鞍部分上,"抓住这个角,亲爱的。两只手都抓住。舒服吗?"

　　"有趣!"

　　"是很有趣,小姑娘。巴克! 听到我说话了吗,小伙子?"

　　骡子点了点头。

　　"走吧,走回城里去。走慢些,要稳。别绊脚。听明白了吗? 我不用缰绳。"

　　"好的……走了!"

　　"好的,巴克。"吉布森拉了一下缰绳,让它松松地搭在巴克的脖颈上,然后双腿夹了夹骡子,让它开步。巴克缓缓地向城中走去。

　　过了几分钟,小姑娘低沉着声音说:"我妈妈和爸爸怎么样了?"

　　"他们都很好。他们知道我会照顾你。你叫什么名字,小宝贝?"

　　"多拉。"

　　"很好听的名字,多拉。可爱的名字。想知道我的名字吗?"

　　"那个男人叫你'银行家'。"

　　"那不是我的名字,多拉;只是我某些时候的工作。我的名字是……'吉比叔叔'。你会叫吗?"

　　"'吉比叔叔',这名字真好玩。"

　　"没错,多拉。我们坐的这头骡子叫巴克。它是我的朋友,现在也会成为你的朋友,向它问声好吧。"

"你好,巴克。"

"哈肉(罗)……都(多)拉!"

"嘿,它讲话比别的骡子都要流利! 是吗?"

"巴克是新起点最好的骡子,多拉。而且是最聪明的。我们以后要把这个笼头摘掉,巴克嘴上一点儿也不需要这样的东西,到那时它会讲得更流利……你可以教它说更多的词。你愿意这样做吗?"

"噢,愿意!"多拉又补充说,"如果妈妈允许的话。"

"你妈妈会同意的。你喜欢唱歌吗,多拉?"

"噢,当然了! 我会唱拍手歌。可咱们现在不能拍手,能吗?"

"我想咱们还是抓紧鞍子比较好。"吉布森很快在心里过了一遍他记得的较为欢快的歌曲,排除了一些不适合让小姑娘唱的歌,"这个怎么样?"

那里有一个当铺

就在街角

那是我经常保存大衣的地方

"你能唱这个吗,多拉?"

"哦,这个调子太简单了!"小女孩唱了起来,她的音调非常高,让吉布森想起了金丝雀,"就这么多吗,吉比叔叔? 什么是'堂坡(当铺)'?"

"是可以在你不需要大衣的时候替你保存大衣的地方。还有很多呢,多拉,有成千上万句呢。"

"'成千上万——'哈,差不多跟一百一样多了吧。对吗?"
"差不多,多拉。这里还有几句。"

那里有一个小摊
就在当铺旁边
那是我妹妹卖糖果的地方

"你喜欢糖吗,多拉?"
"哦,是的! 但妈妈说糖很贵。"
"明年就不会很贵了,多拉;我们会收获很多做糖的甜菜。但是……'把你的嘴巴张开,眼睛闭上,我会给你一个惊喜!'"他在衬衫口袋里摸了摸,道,"哦,对不起,多拉;惊喜只能到了贸易站才能给你了;巴克吃了最后一颗糖。巴克也喜欢吃糖。"
"它也喜欢?"
"是的,我会教你怎么给它喂糖,别出什么差错,被他咬掉手指。但是糖对它不太好,所以只能作为一个惊喜给它,奖赏它的好表现。对吗,巴克?"
"呼(好的)! ……鲁本(老板)"

吉布森让巴克停在梅柏丽小学前,孩子们正好放学。他把多拉抱下来,她看上去很累,所以他又把她抱起来。"等一下,巴克。"走在后面的几个学生盯着他们看,让出一条路,让他走了进去。
"下午好,梅柏丽女士。"吉布森几乎是出于本能地来到了这里。女校长是一位长着一头灰发的寡妇,五十多岁,已经死了两个丈夫了,正在谨慎地努力寻找第三个,但这个希望很渺茫。她想自己养活自己,而不是和女儿、继女或者媳妇生活在一起。她曾和欧内斯特·吉布森共享激情快乐,也和他一样,对这件事很谨慎,没有声张。他觉得她在各个方面都很明智,本来应该是可以考虑的结婚对象,可惜他们俩的生命长度不同。真不幸。

他没有让她知道自己的身份。他们两个都是第一批到这里的,那时谁都不知道他是霍华德家族的人。再一次在地球上出现的时候,他刚刚在塞昆德斯完成了回春治疗。组织这次移民行动时,大家觉得他大约三十五岁左右。从那时起,他一直很小心,每年都给自己增加一岁。海伦·梅柏丽认为他和自己岁数相当,她接受了他的友谊,两人不时共享生活中的激情,但她从没想过要拥有他。他非常尊敬这个女人。

"下午好,吉布森先生。咦,这不是多拉吗!我们很想你,小宝贝;出了什么事!这是擦伤吗?"她仔细查看伤处,一句也没问那个小姑娘为什么浑身上下脏得像个泥猴。

她直起身了,"看起来只是蹭脏了。我很高兴看到她;早晨她没有和帕金森的孩子们一起来,我还有点纳闷呢。玛让丽·布莱顿病得很重,也许你已经知道了?"

"不太清楚。我能把多拉放在哪里躺几分钟?我要和你谈谈。私下谈谈。"

梅柏丽女士的眼睛睁大了,但她立刻回答道:"沙发——不,把她放我床上吧。"她在前面领路,孩子把她的床单弄脏了也没说什么。在他向多拉保证他们只离开一小会儿后,两个人又回到教室里。

吉布森说了说发生的事,"多拉不知道她父母已经死了,海伦,我觉得不应该现在就把这件事告诉她。"

梅柏丽女士想了想,"欧内斯特,你肯定他们都死了?如果巴德在他自己的田里干活,他应该能看到房子着火,但他有时候会为帕金森先生干活。"

"海伦,我看到的不是女人的手臂。除非玛让丽·布莱顿的手背上长着又黑又重的毛。"

"不。不,那应该是巴德的手。"她叹了口气,"那她就成孤儿了。可怜的小多拉! 她是个好孩子,也很聪明。"

"海伦,你能照顾她几天吗? 你愿意吗?"

"欧内斯特,你这种说法几乎是在羞辱我。只要有需要,我会一直照顾她。"

"对不起,我没想让你生气。我觉得时间不会很长;会有家庭愿意收养她的。这段时间里,你记录一下花销,除此之外,我们再算算她的房间和餐费要花多少钱。"

"欧内斯特,几乎是零。唯一的花费就是那点饭,就像给一只小鸟喂食一样。她是玛让丽·布莱顿的小女儿,我乐意养她。"

"不肯谈钱的事? 那好,我可以随便找个家庭寄养她。利摩家。或是别人家。"

"欧内斯特!"

"别生气,海伦。这女孩的父亲把他的孩子交给了我,这是他死前最后的举动。别傻了;我知道你是多么节省。我还知道你经常收到用食物交的学费,而不是现金。这是一笔现金交易。利摩家会抢着做这笔交易的——还有那么几家人也会这样。我不一定要把多拉放在这里——我也不会放在这里,除非你明智一些。"

梅柏丽女士阴沉着脸,然后突然笑了起来,看上去年轻了好几岁。"欧内斯特,你是个恶棍、杂种。还有别的一些形容词,可我只在床上的时候才用。好吧——房费和餐费。"

"还有学费。再加上其他一些特殊的费用,比如医疗费等等。"

"不仅是恶棍,而且是三倍的恶棍。无论弄到了什么,你总得付过钱以后才踏实,对吗? 我早该想到。"她瞟了一眼没有拉上百叶窗的窗户,"到过道里亲一下就算成交,你这个杂种。"

他们走了出去,她站的位置让其他人没法看到,然后吻了他一下。这个吻会让邻居瞠目结舌的。

"海伦——"

她把嘴唇压在他的嘴唇上,"我的回答是不,吉布森先生。今晚我得忙着安抚那个小姑娘。"

"我想说,我知道你要给她洗澡,不过在我找到克劳斯梅尔医生给她做检查之前,先不要给她洗。她看上去没什么事,但是从断了肋骨到脑震荡都是可能的。哦,把她的衣服脱掉,把太脏的地方擦一擦;这倒不打紧,也便于让医生给她做检查。"

"好的,亲爱的。把你淫荡的手从我屁股上拿开,我要回去工作了。你去找医生吧。"

"马上去,梅柏丽女士。"

"过会儿见,吉布森先生。拜拜。"

吉布森告诉巴克等一下,然后走到渥多夫餐厅。他猜得不错,克劳斯梅尔医生在酒吧里。医生抬起头看着他,"欧内斯特! 我听说哈勃家出事了,是怎么回事?"

"哦,你听到什么了? 把酒放下,拿上你的包。有急事。"

"现在,就现在? 我还没见过急到不让我喝完酒的急诊呢。克莱德·利摩刚才来过了,给我们买了酒——就是你催着不让我喝完的这杯。他告诉我们哈勃家烧成了灰烬,布莱顿一家都死了。他还说他想把他们救出来,可已经太迟了。"

吉布森真想揍死克莱德·利摩和这个克劳斯梅尔医生。他的脑海里飞快地掠过一个场景:某个黑黢黢的夜晚,克莱德·利摩和克劳斯梅尔医生遭遇一起致命事故——但是,该死的,虽然克莱德的死不会有什么损失,但如果医生死了,吉布森就不得不亮出他的行医执照——那上面的名字可不是"欧内斯特·吉布森"。另外,这人在清醒的时候还是一个好医生。最后,不管怎样,这是你自己的问题,老家伙;二十年前,你面试了他,同意给他补助金。你看到的是一个聪明的年轻实习医生,没有觉察出他以后会变成一个酒鬼。

"既然你提到这个,医生,我就说说吧。我确实看到克莱德急急忙忙赶往哈勃家。如果他说他到得太晚,所以没把他们救出来,我可以给他作证。不过,布莱顿一家没有全死;他们的小女儿多拉得救了。"

"哦,是的,克莱德是这么说的。他说他没有办法救她的父母。"

"是这样。我想让你去看的就是那个小女孩。她身上有多处擦伤和瘀痕,可能骨头也断了,也许还有内伤,非常有可能被有毒的气体熏到了。可以肯定的是,她的精神受到了强烈的刺激……在她这个年纪,这是非常严重的。她在街对面梅柏丽女士那里。"他轻声补充道,"我想你应该快一些,医生。我确实这么想。你不这么想吗?"

克劳斯梅尔医生看上去有些不高兴。他看了看他的酒,这才站起身,"店主,请你帮我把这个放在吧台后面,我还会回来的。"他拿起他的包。

克劳斯梅尔医生没有发现那个小女孩有什么问题,他给她打了一针镇静剂。古布森一直等到多拉睡着以后,然后去想办法给他的骡子找个喂养的地方。他来到了琼斯兄弟店("优良品种骡子——买卖、交换和拍卖——提供登记在册的良种骡子"),这地方在他的银行做了抵押贷款。

密涅娃，这不是我的计划；我只是身不由己。我期望多拉能在几天或几个星期内被收养。拓荒者对孩子的看法不像城里人。如果不喜欢小孩，他们就不会具备勇于拓荒的性格。只要拓荒者的孩子们长大，他们的投资就开始有了回报。在拓荒者的家园，孩子是一笔财富。

我当然没打算抚养一个短寿的孩子，也不担心会发展到非得这么做不可的地步——没这个必要。我已经开始着手处理我的事务，觉得自己很快就要离开，因为我的儿子扎科随时都有可能回来。

扎科那时是我的合伙人，我们之间是一种基于相互信任的松散合作关系。他是个年轻人，只有一百五十岁左右，但却很踏实、精明。他是我最近那次婚姻的产物，是菲丽斯·布里奇斯-斯伯林生的。菲丽斯是个很好的女人，还是一流的数学家。我们一起生了七个孩子，每个都比我聪明。她结了几次婚，我是她的第四任丈夫[①]。我还记得她是第一个为家族贡献了一百个登记注册后代的女人，获得了艾拉·霍华德纪念世纪勋章——这只花了她不到两百年的时间。除了孩子，菲丽斯的另一个爱好就是拿着铅笔和纸研究几何学。

我离题了。想开展移民业务并获利，只需要一艘合适的飞船和两个合伙人。两个人都要能当船长，并且能够组织、领导一次移民，否则你就是把一船城里人扔到一颗荒凉的行星上——这种事在大散居早期十分常见。

扎科和我的做法是最恰当的。我们两个都能担任太空船的船长，或是在一颗完全陌生的行星上充当领袖。我们俩轮换着

---

①应该是第五任。她的第四任丈夫是詹姆斯·马修·利比。——原注

承担这两个任务。其中一个驾着飞船离开后,留在当地的那一个便开始真正的拓荒事业;他没办法偷懒,不可能只是挥动指挥棒。他可能不是移民团体的政治领袖——我宁愿不当这个领袖;讲话太浪费时间了。他要做的事就是努力活下去,强迫那颗行星喂饱他的肚子,然后通过自己的例子告诉别人应该怎么做,必要的时候还要向他们提供建议。

第一批移民让他们实现了盈亏平衡;船长把人卸下来,然后回去运送更多的移民;这时候是移民初期,这颗行星还无法提供任何可以运回去贩卖的东西。这次运送移民的收入只是向移民们收的搭乘飞船的费用;如果能有任何利润的话,只能来自留在那颗行星上的合伙人。他要向新移民出售飞船上搭载的其他货物:骡子、五金器具、猪、受精的鸡蛋——最开始都是赊账的。这意味着留在行星上的合伙人必须非常精明,还得时刻保持警惕——说服那些日子过得很艰难的移民相信这个小子在赚大钱、应该被处以极刑,这并不是一件多么困难的事。

密涅娃,这是我第六次做这种事了——和第一批移民一起留在陌生的行星上。我从来没有在手中无枪的时候耕地,我防备自己同类的谨慎程度要远远高于提防这颗行星上其他的危险动物。

在新起点,我们已经挺过了大部分困难时期。第一批移民成功了,尽管只是勉强度过了第一个可怕的冬天——海伦·梅柏丽不是唯一一个和鳏夫结婚的寡妇,这都是因为利比和我没有预料到的气候周期。那里的恒星——通常被称为“太阳”,密涅娃,你可以在你的记忆库里查一下它的类别定义——新起点的太阳是一颗变星,其变动程度和老家地球那边的太阳差不多,可以造成“异常”气候。我们到那里的时候,正好抽到了坏天气的大奖。

但是,那些挺过那个冬天的人都足够坚强,能够经受任何事;第二批来的人日子就好过多了。

我把我的农场处理给了第二批移民,把自己的注意力集中在商业和贸易上。我要准备货物,让安迪·J号飞船卸下第三批移民后载回去。我自己也要回去。准确地说不是"回去",反正是要去某个地方。等我见到扎科以后再决定去哪里,以及怎么去。

我在行星上的业务已经打点好了,随时可以结束掉。这段时间我过得很无聊,但我发现这个没有父母的女孩很有趣,正好可以转移我的注意力。

应该这么说,她让人很愉快。多拉是个早熟的孩子。她和其他小孩子一样天真无邪,但她很聪明,乐意学习任何新鲜事物。她身上没有任何恶劣的品质,密涅妞,我觉得她天真的话语比绝大多数成人的更加令人愉快。成人的话题通常都是琐事,而且缺乏新意。

海伦·梅柏丽对她有着同样的兴趣。事先毫无计划,但我们两人发现自己成了她的养父母。

我们讨论了一下,决定不让这孩子参加葬礼。只有烧焦的骨头,包括几块还没有出生的胎儿的小骨头。我们也没有让她参加纪念仪式。几个星期后,多拉的状态看起来不错,我也有时间刻了一个墓碑,把它竖起来。然后我带她去墓地看了看。她识字,念了墓碑上的字——她父母的姓名和生卒时间,那个小婴儿只有去世的时间。

她严肃地看着,然后说:"这是不是说妈妈和爸爸永远不会再回来了。是吗?"

"是的,多拉。"

"学校里的孩子们也是这么说的。但我不能肯定。"

"我知道,亲爱的。海伦阿姨告诉我了。所以我想你最好能来看一看。"

她又看了一遍墓碑,然后郑重地说:"我明白了,我想我明白了。谢谢你,吉比叔叔。"

她没有哭,所以我找不到理由把她抱起来,安慰她。我能想到的话就是:"你现在想走吗,小宝贝?"

"是的。"

我们是骑着巴克来的,但我把它留在山脚下。这里有一条不成文的规矩,不能让骡子和驯养的罗普踩在墓地上。我问她是不是想让我抱着,或者骑在我的背上。她决定自己走。

走到一半的时候,她停了下来。"吉比叔叔?"

"嗯,多拉?"

"我们不要把这个告诉巴克。"

"好吧,多拉。"

"它可能会哭的。"

"我们不告诉它,多拉。"

我们回到梅柏丽学校之前,她没再说一句话。接下来的两个星期,她变得非常安静,而且再也没有向我提起这件事,也没有——我想是这样的——向其他人说起。她从来没有要求再去那里看看,尽管我们几乎每个下午都骑着骡子出去,而且随时能看到那座墓地山。

大约过了两个地球年以后,安迪·J回来了。船长扎科,就是我和菲丽斯生的孩子,坐着双轮骡车到我这里来,讨论如何安置第三批移民的事。我们一起喝了酒，我告诉他我要在这里等下一批移民，以及我为什么要这么做。他盯着我，"拉撒路，你疯了。"

我平静地说："别叫我'拉撒路'。这个名字太引人注目了。"

他说："好的。但这里除了女主人没别人——你说她名叫梅柏丽女士？——而且她去厨房了。听着，嗯，吉布森，我打算运几船人去塞昆德斯。挣些钱，然后在塞昆德斯投资。比在地球投资安全，地球的情形仍旧没有好转。"

我同意他的看法。

"好。"他说，"但问题是，如果我这样做了，我可能在十个标准年里都不会回到这里来。或者更长时间。哦，如果你坚持的话，我会回来的；你是大股东嘛。但这会浪费你的钱，还有我的。你看，拉……欧内斯特，我不认为照顾那个小女孩是你的责任，但如果你必须这么做，你可以带上她和我一起走。你可以把她放在地球的学校里。只要你担保她长大后一定会离开，地球的移民政策就不会找你的麻烦。或者也可以让她住在塞昆德斯，但我不知道那里目前的移民政策是什么样；我离开那儿已经很长时间了。"

我摇了摇头，"十年又如何？我憋一口气的时间都比这个长。扎科，我想看着这个孩子长大成人，自食其力。我希望她能结婚，但那是她的事。我不会让她无家可归；她已经经受了一次打击，她还是个孩子，不能再承受另一次打击。"

"好吧。你想让我过十年再回来？时间足够长了吗？"

"长些短些都可以，用不着着急。等时间足够长、能让你盈利时再说吧。如果时间长一些，下次你能带走更好的货物，比食物和纺织品更好。"

扎科说:"往地球运的货物,没有比食物更好的了。用不了多久,我们就不能和地球打交道了,只能在殖民星球中间做贸易了。"

"情况有那么糟?"

"很糟。他们不会学习。你的银行遇到过问题没有?要不要趁安迪·J还在这里的时候显示一下你的武力?"

我摇了摇头,"谢谢你,船长。但那不是解决问题的方式。那样一来,我就只好和你一起离开了。只有当没有其他解决办法、而问题又很严重的时候,我才会考虑是否要用武力。不,不用武力,正相反,我要对他们实施怀柔政策。"

欧内斯特·吉布森并不担心他的银行。不涉及生死的次要问题,他从来不担心。他只是用头脑去思考自己遇到的所有大大小小的问题,然后享受生活。

他尤其享受抚养多拉的生活。在他收养她、并买下骡子巴克后——或者说她和巴克收留了他——他就把利摩用过的那个野蛮的马勒扔了,他让琼斯兄弟店做马具的人把笼头变成了一个辔头。他还定做了另一个鞍子,照他想要的样子画了一张草图,如果能提前交付的话,他还可以再加钱。那个皮革手艺人看着草图直摇头,但最后还是交了活。

从那以后,吉布森和小女孩骑巴克时坐的是一个供两人乘坐的鞍子:成人坐的鞍子仍在原来的位置,但普通鞍子前鞍鞯的部位加了一个小鞍子,还带有一个小马镫,大小两个鞍子连成一个整体。上面还架了一个小小的拱形木栏杆,栏杆上包了一层皮套,这是小孩可以抓的安全栏。吉布森在这个加长的鞍子上装了两条肚带,让骡子更舒服一些,骑骡子的人上下陡坡时也更安全一些。

好几个季节里,他们一直这样骑骡子,放学后通常要骑上一个小时或更长的时间。他们三个还谈话,有时唱三重唱。巴克的声音很大,还总跑调,但它的步伐总是能踩上点儿,可以充当节拍器。吉布森领唱,多拉学习怎么配和声。他们经常唱的歌是那首"堂坡(当铺)"歌,多拉把它看成自己的歌,还逐渐加上了一些歌词,包括描述学校校舍旁巴克住的小马厩的歌词。

但是很快,随着多拉渐渐长大、个子变高,那个小小的前鞍已经不够她坐了。吉布森先买了两头母骡子,但其中一个被巴克拒绝了,因为它很"愚蠢"(巴克是这样说的),另一个不习惯辔头,总想跑。最后,吉布森又买了一头母骡。

这头骡子是吉布森让巴克自己挑的。巴克咨询了多拉的意见,但却没有问他。这样一来,巴克的小马厩里多了一个伴儿,于是吉布森扩建了马厩。巴克仍然配种挣钱,但看起来很高兴家里有个比乌拉。比乌拉没有学会唱歌,话也讲得很少。吉布森怀疑巴克在场的时候它不敢张口。当吉布森单独骑着比乌拉外出的时候,它很愿意讲话,至少会回答问题。让吉布森惊讶的是,事情发展的结果是比乌拉成了他的坐骑;多拉骑那头身材高大的公骡子,他不得不把原来骡鞍的镫子弄短。样子虽然可笑,但很适合小孩子的短腿。

但是渐渐地,多拉慢慢由女孩变成一个年轻女人,马镫又只好加长。比乌拉生了一头小骡子,吉布森留下了它,多拉给它取名为"贝蒂",从小就训练它。起初让它驮着空鞍子跟在大家后面,然后让它在马厩里开始习惯驮人。后来,每天骑着骡子散步时,这一群伙伴的数量有足足六个。他们经常野餐。梅柏丽女士骑巴克,因为它是最稳的;多拉分量最轻,骑贝蒂;吉布森还像往常一样骑比乌拉。在吉布森的记忆里,那个夏天是最快乐的:

海伦和他自己腿挨着腿骑在年老一些的骡子上,而多拉和那头活泼的小骡子跑在前面,她们时时会跑回来,她褐色的长发在小风中飘扬。

有一次看到这样的情形时,他问道:"海伦,男孩子们有没有开始对她感兴趣?"

"你这个老流氓,你就不能想点其他事吗?"

"得了吧,亲爱的;我只是想了解情况。"

"男孩子当然在注意她,欧内斯特,她也在注意他们。我会尽量当心——倒也不费事,她很挑剔,稍微差点的人,她才看不上眼呢。"

接下来的那个夏天,欢乐的家庭野餐继续不下去了。岁月不饶人,梅柏丽女士只有在别人帮助的情况下才能骑上骡子、从骡子上下来。

人们抱怨吉布森垄断了银行业务,这种声音终于传到了某个大人物耳中。但在此之前,吉布森有足够的时间,早已做好了准备。新起点商业银行是一家货币发行银行;每到一颗新的行星拓荒,他(或者扎科)总会开一家这样的银行。对于一个正在建立的社会来说,钱是必不可少的;物物交换太麻烦了。人们甚至在需要政府之前就需要交易媒介。

他接到邀请,请他去见城里的行政委员,讨论这件事。他并不感到惊讶;这种事注定要发生。那天晚上,他修理了下巴上的短胡须,把胡须和头发染得灰一些,为应付对方的质疑做着准备。他在心里回想了一下过去听到的种种能让河水倒流、太阳静止、把一个鸡蛋说成两个的说法。今天晚上会听到什么新奇的混账说法吗?他想听到,却不抱什么希望。

他从"逐渐后退"的发际线上拔下了一些头发——该死的，每年都必须装得老一些，这件事变得越来越困难了！然后他穿上他的军用花格子短裙……这样不仅能给人留下更深刻的印象，还可以藏武器——而且能很快拔出武器。他很有把握：自己还没有令人讨厌到要使用暴力的程度。但从前有一次，他想得太乐观了；自那以后，悲观主义就成了他的一项决不改变的原则。

他藏起一些东西，把另一些东西锁起来，设置了几个小机关——这是扎科上次带来的，没有在托普多拉贸易站出售。然后他打开门，从外面锁上。他穿过酒吧出去，告诉酒吧老板他会离开"几分钟"。

三个小时以后，吉布森得出了结论：没人能想出什么新鲜的、他在五百年前不曾听过的说法来贬低货币——可能还是一千年前。每种说法都老掉牙了。会议刚开始，他就请求主持人让小镇的书记员记下每一个问题，这样他可以一次回答完所有的问题。他很固执，大家只好按他说的办。

最后，主持人、行政委员"公爵"吉姆·沃里克说："好像就这么多了。欧内，我们想让新起点商业银行国有化——我想是这个词。你不是行政委员，但我们都认为你是有着特殊利益的一方，我们想听听你的看法。你想反对这个提议吗？"

"一点也不，吉姆。接着说吧。"

"嗯？我想我没明白你的意思。"

"我不反对把这个银行国有化。如果就是这件事，咱们这就休会，回家睡觉去吧。"

听众里有一个人喊道："喂，回答我那个问题，新匹兹堡的钱！"

"还有我那个利息问题！收利息是错的，《圣经》上是这么说的！"

"怎么样,欧内? 你先前说过你会回答问题。"

"我是说过。但如果你要把这个银行国有化,这些问题应该问你们的财政部长,就是银行的新头儿,不管你们愿意叫什么。顺便问一句,你们有人选了吗? 让他到台上来坐不是更好吗?"

沃里克敲了几下手中的槌子,说:"我们还没有考虑那么多,欧内。至于现在,暂时由行政委员会兼任财政委员会——如果我们要接手的话。"

"哦,你们一定得接手。我要关掉银行了。"

"你是什么意思?"

"意思很简单:我退出了。谁都不愿惹邻居讨厌。很显然,托普多拉这里的人不喜欢我在做的事情,否则今天的会议永远不会召开。所以我退出了。银行要关门;它明天不会开了。只要我还是总裁,它就永远不会营业了。所以我才会问谁是财政部长。我和其他人一样感兴趣,想知道从现在起我们用什么货币,还有这种货币的价值。"

会场一片死寂;接着全场大乱,主持人不得不猛敲槌子,警卫们也变得异常忙碌。所有的人都在嚷嚷,"我的种子贷款怎么办?""你还我的钱!""我卖给汉克·布罗夫斯基一头骡子,收了他一张个人凭条——我怎么把钱拿回来?""你不能这样对待我们。"

吉布森平静地坐着,全神戒备,但外表上一点儿也没显现出来。沃里克终于让大家渐渐安静下来,他擦了擦额头的汗:"欧内,我想你得解释一下。"

"当然,主持人先生。清算过程可以按照你们的想法有序地进行。有存款的人会拿到……钞票,因为他们存的就是钞票。至于欠银行钱的人——这个,我不知道;这取决于委员会制定的政策。我想我应该算是破产了。你们得告诉我,我的银行被'国有化'到底是什么意思。在那之前,我不可能知道应该怎么做。

"但我不得不采取以下措施:托普多拉贸易站不会再用钞票收购货物了,因为我的钞票可能变得一文不值。每笔交易必须是物物交换。但我们还会继续出售货物,收回钞票。今晚来这里之前,我把每样货物的标价都取下来了。存在这种可能:我必须收回我发行的钞票,但我也许只能用我手里的这些存货来兑回钞票。这或许会迫使我提高价格。一切都取决于'国有化'是否仅仅是'没收充公'的另一种说法。"

吉布森花了几天的时间向沃里克解释银行业和货币的基本原理,很耐心,一点儿也不烦躁。之所以向沃里克解释,是因为没有其他人选。别的行政委员都声称自己忙于农场或生意,没有时间当这个差。只有一个名叫利摩的农民想当央行行长或财政部长(职位的称呼暂时还没有达成一致)候选人。尽管他声称自己家族几代人都从事银行业,本人还持有相关行业的硕士毕业证书,他的自荐还是没有得到大家的支持。

沃里克从吉布森手里接过银行保险箱(这也许是新起点的唯一一个保险箱,肯定是唯一一个地球出产的),开始检查它里面的库存。他大吃一惊,"欧内,钱在哪里?"

"什么钱,公爵?"

"'什么钱?'为什么这么问,账簿上显示你收进来了成千上万的钱。你自己的贸易站显示有近一百万的结余。我还知道你一直在收几十个农场的抵押还款。而且,近一年或是更长的时间里,你很少贷款给别人。大家抱怨的主要就是这个,欧内,所以行政委员会才不得不采取行动。那些钱都进了银行,却没有钱出来。现在到处都缺钱。所以告诉我,钱在哪里?"

"我把它们烧了。"吉布森轻松地说。

"什么?"

"当然了。钞票堆起来很占地方。虽说我们这里没有很多小偷,但我还是不敢把它们放在保险箱外面——如果被人偷走的话,我就完了。过去的三年中,一有大笔的钱进到银行里,我就会把它烧掉。为了更安全。"

"天哪!"

"有什么问题吗?公爵。那只是些废纸。"

"'废纸'?那是钱。"

"'钱'是什么,公爵?你身上有吗?一张十元的就行。"沃里克震惊得直发愣,但他还是找出一张纸币,"读一下上面的字,公爵。"吉布森催促道,"漂亮图案和高质量的钞票用纸这里还做不出来,先别管那些——读一读上面写了什么。"

"写着十元。"

"是这样。但更重要的是,上面写着银行将按照面值接受这张钞票,持票人以此偿还他欠银行的债务。"吉布森从他的毛皮袋里拿出一张一千元的钞票,点燃了它。沃里克满面惊恐,看得发呆。吉布森拍了拍沾在手指上的纸灰,"只要在我手里,它就是没用的废纸,公爵。但如果我让它进入流通,它就成了一张我必须兑现的欠条。等一等,让我把那张钞票的系列号记下来;我把烧了的钞票号都记下来了,这样我就知道还有多少钱在流通。有很多,但我能告诉你精确到个位的数额。如果银行归你们了,你们会偿付此前我的债务吗?还有,那些欠银行的债务怎么办?偿还给谁?你们,还是我?"

沃里克看上去很为难,"欧内,我不知道。该死的,做生意我一窍不通。但他们在会上说的话你也听到了。"

"是的,我听到了。人们总是期望一个政府能够实现奇迹,即使是那些在其他方面非常精明的人也这么想。把这个没用的保险箱锁上吧,我们到渥多夫去喝上一杯啤酒,讨论一下这个问题。"

"——或者,它应该只是一个为公众服务的记账和信贷系统。在这个体系里,交换媒介是稳定的。如果再做其他的事情,你就是在操纵别人的财产,把彼得的抢过来给鲍尔。

"公爵,我尽了最大的努力,通过保持主要物品价格的稳定来保证货币的稳定——特别是小麦种子的价格。在二十多年的时间里,托普多拉贸易站为一等小麦种子支付的价格保持不变,然后加价卖出,增加额也始终保持不变——即使这样会让我损失一些钱也罢。有时候我确实会遭到损失。把小麦种子作为货币本位其实不是很合适;因为它会腐烂。但这里还没有黄金或铀,而我们必须要有东西作为标准货币。

"现在,公爵,当国库——或者是政府的中央银行,无论你管它叫什么——当它再次开门营业的时候,你肯定会面临很大的压力,要你做各种各样的事情:降低银行利率,增加货币供应量,向农民保证用高价收购他卖的东西、用低价卖给他他要买的东西。兄弟,无论你做了什么,他们都会用比咒骂我更恶毒的词来咒骂你。"

"欧内——只有一个解决办法。你知道怎么做……所以这个财政部长你来干。"

吉布森哈哈大笑起来,"不,先生,小兄弟,我已经为这样的事情头疼二十多年了;现在该你了。你抓了这个烫手的山芋;就继续抓着吧。如果我由着你把我再放回到那个银行家的位置上,他们会把我们两个都处死的。"

变化——海伦·梅柏丽和鳏夫帕金森结了婚,他们一起住在农场上一幢小小的新房子里,农场由帕金森的两个儿子经营;多拉·布莱顿成了"梅柏丽女士小学"的女校长。欧内斯特·吉布森不再是银行家了,他成了里克百货店的幕后股东,他自己的仓库里则堆满了怕安迪·J突然到来而准备的货物。他希望它能很快到来,因为新的库存税正在一点点地消耗他为贸易活动而准备的现金,而通货膨胀又在降低这些现金的购买力。最好快一点,扎科,在那些人一点一点地吞噬我们之前!

终于,飞船出现在新起点的空中。船长扎科·布里奇斯和第四批移民中的第一梯队一起走了出来——几乎所有人的年纪都很大。吉布森忍住了没有发表评论,直到两个合伙人单独待在一起的时候:

"扎科,你在哪里找到的这些快死掉的人?"

"把这叫作慈善行动吧,欧内斯特,这么说好听点。"

"发生了什么?"

"谢菲尔德船长,如果你想让我们的飞船再回地球的话,欢迎你自己带它回去。我不去了。不去地球了。如今在那地方,只要一个人到了七十五岁,他就正式被宣布死亡了。他的继承人可以继承他的财产,他不能拥有财产,配给证也被取消了——任何人都可以杀了他,不需要任何理由。我不是从地球上搜罗的这些人;他们是在月亮城上的难民。我装上了尽可能多的人——无舱室乘客;要么进入冰冻睡眠,要么别上船。我坚持他们用硬通货或是药品支付船费,冰冻睡眠让我能够把每个人的费用降下来;我想我们能实现盈亏平衡。如果不能的话,我们在塞昆德斯还有投资;我没有让我们两个赔钱。我想是这样。"

"扎科,你担心得太多了。挣钱还是赔钱——谁在乎？关键是要享受这个过程。告诉我下一步我们去哪里,这样我就能开始挑选货物了——我已经储存了重量是飞船装载量两倍的货物。你装船的时候,我可以把我们不带的东西卖掉,把卖来的钱进行再投资。我是指留给一个霍华德家族的人。"吉布森沉吟着,"这个新情况是否意味着,短时间内,这个地方不会开设霍华德诊所了？"

"我想这是肯定的,欧内斯特。即将需要回春治疗的霍华德人最好和我们一起走。不管我们去哪里,或早或晚,我们肯定会去塞昆德斯。这么说,你肯定会和我一起走了？你的问题都处理完了？那个小姑娘怎么样了？就是那个短寿人。"

吉布森笑了起来,"我不会让你看到她的,儿子;我太了解你了。"

船长布里奇斯的到来使吉布森有三天时间没和多拉·布莱顿一起做每天骑骡散步的功课。第四天放学的时候,他出现在学校。布里奇斯要离开两天采办些备用品。"今天有时间散步吗？"

她冲他笑了一下,"你知道我有时间。等一等,我换一下衣服。"

他们骑着骡子向城外走去,吉布森还像往常那样骑着比乌拉,多拉骑的是贝蒂。巴克驮着鞍子(是为了它的自尊心),但鞍子上是空的;现在只有在举行庆典的时候才会骑它。按照骡子的寿命看,巴克已经很老了。

他们在一个离城很远、洒满阳光的小山顶上停了下来。吉布森说:"为什么这么安静,小多拉？巴克的话都比你的多。"

她在鞍上转身看着他，"我们还能一起散几次步？这是不是最后一次？"

"为什么，多拉！我们当然还会在一起散很多次步。"

"我想知道。拉撒路，我——"

"你叫我什么？"

"我在叫你的名字，拉撒路。"

他盯着她看，沉思着，"多拉，你不应该知道那个名字。我是你的'吉比叔叔'。"

"'吉比叔叔'走了，'小多拉'也走了。我现在长得几乎和你一样高，我知道你是谁已经两年了，而且在那以前我就猜过——猜你是个玛士撒拉人①。但我没对任何人提过，而且永远不会提。"

"别做这样的承诺，多拉；没有必要。我只是不想因为这件事让你有负担。我是怎么暴露身份的？我想我一直非常小心。"

"你是非常小心。但自从我记事以来，我差不多每天都能看到你。一些小事情。不仔细观察你的人是不会注意到的——我是说非常仔细地观察你，每天。"

"哦，这倒是。但我本来没打算会隐瞒这么久。海伦知道吗？"

"我想她知道。我们从来没有谈论过。但我想她和我猜得一样……而且她可能已经知道你是那种玛士撒拉人——"

"别用那个词称呼我们，亲爱的。这就像管犹太人叫'犹太佬'一样。我是霍华德家族的一个成员。一个霍华德人。"

"对不起。我不知道叫这个会有问题。"

"嗯……也没什么，真的。只是这个词会让我想起早已逝去

①《圣经》中的高寿者。

的一段时光,遭受迫害的一段时光。对不起,多拉;告诉我,你是怎么知道我的名字叫'拉撒路'的。那只是我众多名字中的一个,'欧内斯特·吉布森'也能看作是我的真名。"

"是的……吉比叔叔。是一本书里的一张照片。在镇图书馆里有一本需要用阅读器才能看的那种微缩书。我看到了那张照片,翻过了一页——然后我又点了回去,仔细看了一下。那张图片里的你没有留胡须,头发很长……但我盯着它看的时间越久,我就越觉得他像抚养我长大的叔叔。但我不能肯定——也不能问。"

"为什么不问,多拉? 我会把事实真相告诉你的。"

"你想让我知道,你才会告诉我。你做每件事、说每句话都是有原因的。在我年龄还很小、我们一起骑骡子的时候,我就明白这一点了。所以我什么也没有说。直到——直到今天。我知道你要离开了。"

"我说过我要离开了吗?"

"请别这样说! 在我还很小的时候,有一次你告诉我,当你还是个小男孩的时候,你听到野鹅在空中鸣叫。长大后,你想搞明白它们去了哪里。那时我不知道野鹅是什么;你还不得不向我解释了一下。我知道你会追随野鹅而去的。当你听到它们的鸣叫时,你就要走了。已经有三四年了,你在脑海里一直能听到野鹅的鸣叫声。我知道……因为当你听到这些时,我也能听到。现在飞船来了,野鹅的鸣叫声越来越大了。所以我知道。"

"多拉,多拉!"

"请别这样。我没有想要阻止你,真的没有。但是在你走以前,我非常想要一样东西。"

"你想要什么,多拉? 嗯,我本来不想告诉你的,但我会在约翰·麦吉那里给你留些财产,应该足够——"

"不,不,请不要这样!我现在已经长大了,能够养活自己。我要的东西不需要任何花费。"她直直地盯着他看,"我想要一个你的孩子,拉撒路。"

拉撒路·龙深吸了一口气,极力让他的心跳平稳下来,"多拉,多拉,我的小宝贝,你自己还是个孩子;你现在谈要孩子太早了。你不是想要和我结婚——"

"我没有说要你娶我。"

"我想说的是,在一两年里,或者三四年里,你会想结婚的。到那时,你就会很高兴你没有生我的孩子。"

"你拒绝我了?"

"我是说,你不能任由离别的悲伤促使你仓促决定。"

她在骡鞍上坐得直直的,挺着胸、昂着头。"这不是仓促的决定,先生。我很久以前就下了这样的决心……甚至在我猜测你是一个——霍华德人之前。很早以前。我告诉了海伦阿姨,她说我是个傻女孩,我必须忘掉这个想法。但我从来也没有忘记过。如果说那时我是个傻女孩的话,现在我已经长大了,知道自己在做什么。拉撒路,我没有其他要求。可以请克劳斯梅尔医生帮忙,用注射器或者别的什么。或者——"她又一次直勾勾地盯着他的眼睛——"也可以采用通常的做法。"她垂下眼帘,"但是,无论用哪种方法,都要抓紧时间。我不知道飞船的时间表;但我知道自己的。"

吉布森花了大约半秒钟时间,考虑眼前的各种因素,"多拉。"

"我在……欧内斯特?"

"我的名字不叫'欧内斯特',也不叫'拉撒路'。我的真名是伍德罗·威尔逊·史密斯。既然我不再是'吉比叔叔'了——在这一点上你是对的：'吉比叔叔'走了，永远不再回来了——你还是叫我'伍德罗'好了。"

"好的，伍德罗。"

"你知道我为什么不得不改名字吗？"

"不知道，伍德罗。"

"哦？那么，你想知道我有多老了吗？"

"不想，伍德罗。"

"你想生一个我的孩子？"

"是的，伍德罗。"

"你愿意和我结婚吗？"

她的眼睛睁大了。但她立刻回答道：

"不愿意，伍德罗。"

密涅娃，那一刻多拉和我之间几乎就要爆发我们第一次争吵了——也是最后一次、唯一一次。她以前是个可爱的、令人愉快的小女孩，现在已经长成一个性情温柔、非常可爱的年轻女人。但她和我一样固执，只要拿定了主意，你是没办法和她争论的，因为她根本不会和你争论。我相信她已全面细致地考虑过这件事，而且很久以前就下定了决心：只要我同意，就生一个我的孩子——但却不会和我结婚。

对我来说，向她求婚并不是一时冲动；这只是表象。一瓶过于饱和的溶液几乎会立刻结晶；那就是我的状态。多年以前，自从这颗行星无法再向我们提出真正的挑战以后，我就对它失去了兴趣；我渴望做其他的事。我以为，我心里最重要的事就是等扎科回来……但当安迪·J最后真的在空中盘旋的时候，我才知道我一直在等的不是它。

当多拉向我提出那个奇特的要求时,我才知道我等待的是什么。

我当然试图说服她放弃这个想法——但我其实是故意在唱反调。事实上,我在心里快速权衡了出现的问题,以及解决的方法。我仍然反对和一个短寿人结婚,但我更反对抛弃一个怀孕的女人。亲爱的,我从来没这么想过。

"为什么不愿意,多拉?"

"我说过,你要离开了,而我不会阻止你。"

"你阻止不了我。还没有人能做到这一点呢,多拉。但是——不结婚就不能生孩子。"

她看上去若有所思,"你坚持举行结婚仪式,目的是什么,伍德罗? 这样我们的孩子就能用你的姓了吗? 我不想成为一个丈夫飞走了的寡妇……但如果你坚持这个条件的话,我们赶紧回去找个仪式主持人吧。因为必须得是今天——如果书上写的计算日期的方法是正确的话。"

"女士,你说得太多了。"她没有回答;他接着说,"我根本不在乎是不是举行结婚仪式——更不会在乎是否在托普多拉举行仪式。"

她犹豫了一下,道:"我可以说我没听明白吗?"

"嗯? 可以,当然可以。多拉,我不会满足只生一个孩子的。你会生半打我的孩子,或者更多。很可能会更多。可能是一打。你有反对意见吗?"

"是的,伍德罗——我是说没有,我没有反对意见。是的,我要生一打你的孩子。或者更多。"

"生一打孩子要花很长时间,多拉。我应该多久出现一次?

也许每两年出现一次?"

"你决定吧,伍德罗。无论什么时候你回来——每次你回来——我都会和你生一个孩子。但我请求我们立刻开始准备生第一个孩子。"

"你这个疯了的小傻瓜,如果做出这种安排,我相信你真会那样做的。"

"没有'如果'——是'会'。如果你同意的话。"

"那么,我决定我们不那么安排。"他伸出手,握住她的手,"多拉,你愿意跟我到我去的地方、做我做的事情、住我住的地方吗?"

她看起来很震惊,但却一字一句地说:"是的,伍德罗,如果这真的是你想要的。"

"别附加任何条件。你愿意,还是不愿意?"

"我愿意。"

"在此时此刻,你会按照我说的去做吗? 不再和我争论?"

"是的,伍德罗。"

"你愿意为我生孩子,成为我的妻子,直到死亡把我们分开吗?"

"我愿意。"

"我娶你为妻,多拉,我会爱你、保护你、珍惜你——永远不离开你……在我们两个人都活着的时候。别哭! 靠在我身上,亲吻我吧。我们结婚了。"

"我没有哭! 我们真的结婚了吗?"

"是的。哦,你可以举行任何你想要的仪式。现在别说话,亲吻我吧。"

她按照我说的做了。

过了很长时间,他说:"嗨,别从你的骡鞍上掉下来!站稳些,贝蒂!站稳些,比乌拉!多拉宝贝,谁教你这样亲吻的?"

"我渐渐长大以后,你再也没有这样叫过我了。很多年了。"

"你渐渐长大以后,我也再没有亲过你。有原因的。你没有回答我的问题。"

"我承诺过要坦白我的过去吗?不管是谁教会了我,那都是在我成为一个已婚女士之前的事了。"

"嗯,你提醒了我。另外,亲吻也可能是天生就会的,而不是什么人教的。多拉,我想说,我不再问你过去都做过哪些傻事……你也让我保留我的秘密。行吗?"

"行——因为我的过去罪孽深重。"

"瞎说,亲爱的,你还没来得及变得罪孽深重呢。也许是偷了我拿给巴克的糖?这个罪过可不小。"

"我从来没有做过那种事!但做过很多更严重的错事。"

"哦,那是当然了。再给我一个你天生就会的吻吧。"

很快,他就说道:"哟!第一个吻那么棒不是撞大运撞上的。多拉,我想我娶你的时机真是刚刚好。"

"是你坚持要和我结婚,我的丈夫。我没有提出来。"

"我让步。宝贝,你还那么急于开始孕育我们的第一个孩子吗?在你已经知道我不会离你而去之后?"

"不再着急了。可能变成了渴望。是的,'渴望'这个词很准确。但不是过分的渴求。"

"'渴望'是个合适的词。我也很渴望。我还要加上'渴求'这个词。谁知道呢?——你可能还有其他天生的才能。"

她没怎么笑,"如果没有的话,伍德罗,我肯定你可以教我。我很想学。渴望学。"

"我们回城吧。去我家,还是学校?"

"都行,伍德罗。但你看到那片林子了吗?它已经很近了。"

他们快到城里的时候,天几乎已经黑了;他们慢悠悠地往回走。路过建在原来哈勃家那块地上的马克哈姆家时,伍德罗·威尔逊·史密斯说:"多拉宝贝——"

"什么事,我的丈夫?"

"你想举行一个公开的结婚仪式吗?"

"如果你想要的话,伍德罗。我觉得自己已经结婚了。我完婚了。"

"你当然结婚了。你会不会和一个年轻些的男人逃跑?"

"这是一个反诘句吗?现在不会,永远也不会。"

"这个年轻男人是一个移民,会跟着飞船最后一批或者是倒数第几批货物来到这里。他的身高和我差不多,但是他长着一头黑发,肤色也比我的深。说不出他确切的年纪,但看起来他的年纪是我的一半。他的胡子刮得很干净。他的朋友们叫他'比尔',或者'伍迪'。布里奇斯船长说比尔非常喜欢学校里的年轻女教师,非常渴望能认识你。"

她好像在认真地思索,"如果我闭着眼睛亲吻他的话,你觉得我能认出他来吗?"

"有这种可能,多拉宝贝。我几乎可以肯定。但我觉得其他人不一定能认出他来。我希望他们认不出来。"

"伍德罗,我不知道你的计划。但如果我真的能认出这个'比尔'的话,我能不能让他相信我就是那个女教师?就是你那首歌里唱的那个?兰吉·里尔?"

"我想你可以说服他,我最亲爱的。好吧,'吉比叔叔'又回来了,只是暂时的。欧内斯特·吉布森还需要三到四天的时间来结束在这里的事务,然后他会和这里的人告别——包括他收养的侄女,那个老处女、女教师多拉·布莱顿。两天后,这个比尔·史密斯会跟着飞船最后一批或者倒数第几批货物来到这里。你最好整理好行李,做好离开的准备,因为比尔会在第二天路过你的学校,或者是第三天,就在拂晓前,去新匹兹堡。"

"新匹兹堡。我准备好了。"

"但我们待在那里的时间不会超过一天或者两天。我们要经过塞浦瑞什;然后到地平线的另一端。我们还要对付'无望关',亲爱的。你愿意吗?"

"你去哪里,我就去哪里。"

"你愿意吗? 除了我,没有其他人能和你说话。直到你自己生养一个孩子,并教会他——或她——说话。没有邻居。只有罗普和地龙,天知道还有其他什么东西。但就是没有邻居。"

"那么我会做饭,帮你种庄稼——还有生儿育女。等我有了三个孩子以后,我会开一所'史密斯女士小学'。我们是不是应该叫它'兰吉·里尔小学'。"

"我觉得对丁小捣蛋鬼来说,还是后面这个名字好一些。我的孩子总是不安分,多拉。你在教学的时候手里要拿着一根大棒。"

"如果有必要,伍德罗,我会的。我现在就有几个捣蛋学生,其中两个的体重比我都重。在需要的时候,我会打他们的。"

"多拉,我们不一定非要穿过无望关。我们可以待在'安迪·J'里去塞昆德斯。布里奇斯告诉我,那里已经有超过两千万人了。你可以住在漂亮的房子里,有室内的上下水管道。你会有一个花园,而不需要帮我种地,累得腰酸腿疼。当你要生孩子时,会有设备精良的医院和真正的医生。安全,而且舒服。"

"'塞昆德斯'。所有——霍华德人都搬到那里去了。是吗?"

"大约三分之二吧。这里也有一些,我告诉过你。但我们不说自己是霍华德人,因为当我们是少数人时,作为霍华德人在这里既不安全也不舒服。多拉,你不需要在短短的三四天里下定决心。只要我需要,那艘飞船会一直在轨道上等我。几个星期。几个月。只要我命令它这么做。"

"天哪!你付得起让布里奇斯船长把星际飞船停在轨道上的价钱?只是为了等我做决定?"

"我本来就不应该催促你。但这不全是付得起还是付不起的问题,多拉,让它停在轨道上的花费其实不算多。嗯……在我没有成为一个已婚男人、有一个可以信赖的妻子时,我需要保守自己的秘密;现在我不能这么做了。我拥有'安迪·J'百分之六十的股份,多拉;扎科·布里奇斯是我的合伙人。也是我的儿子,也可以说是你的继子。"

她没有立刻回答。紧接着,他说:"有什么问题吗,多拉?我吓着你了吗?"

"没有,伍德罗。我只是需要习惯这些新想法。你以前当然结过婚,你是个霍华德人。我只是从来没有想过,仅此而已。一个儿子——很多儿子。还有女儿,当然。"

"是的,当然了。但是,我想到的问题是,我制定的这个计划不太好,太自私了。我在催你,其实完全没有这个必要。如果我们留在新起点,我想让'欧内斯特·吉布森'消失——跟着'安迪·J'离开这个星球。他已经太老了;我瞒不了多久了。所以,和你年龄更接近的年轻的'比尔·史密斯'取代了他的位置……这样看起来更好一些。这样一来，这里也不会有人怀疑我是个霍华德人了。

"这样的小把戏我已经实施过很多次了，我知道怎样让事情看起来没有破绽。但是，我需要尽可能快地去掉'欧内斯特·吉布森'这个身份，因为他是抚养你长大的老叔叔，年纪是你的三倍，不会梦想拍你的屁股。出于众所周知的原因，你也不会愿意他这样做。但是我想要拍你的屁股，小可爱。"

"我也想让你拍。"她拉了拉缰绳，停了下来；他们离城区越来越近了，"还要其他的。伍德罗，你说我们不能立刻就住在一起，因为要考虑邻居们会怎么想。但又是谁告诉我永远别在意邻居们怎么说？是你。"

"是的。但在某些时候，我们需要让邻居们按照我们的想法去想问题，从而影响他们的言行——现在正是这样的时候。而且，我还想教你学会耐心等待，亲爱的。"

"伍德罗，我会不折不扣地照你的话去做。可我真的没有耐心，我想让我的丈夫躺在我的床上！"

"我也想躺在那儿。"

"我决定在床上和我的古比叔叔说再见，邻居们会有想法，但我不在乎。之后我立刻和一个新移民跑了，他们会有说法，但我还是不在乎。伍德罗，你当时没有说什么，但我肯定你知道我不是处女。你以为这里就不会有其他人知道我不是处女了吗？说不定整个小镇都知道，但我从来没有担心过别人怎么想。为什么我现在要担心？"

"多拉。"

"伍德罗？"

"我会每晚都在你的床上，就这么定了。"

"谢谢你,伍德罗。"

"感到快乐的应该是我,女士。或者,至少我有一半的快乐;你看起来也很享受——"

"哦,我的确很享受! 你知道的。应该知道。"

"就这么定了,让我们转到下一个议题。再加上一句,如果我发现你是处女的话——考虑到你已经成熟了,年纪也到了——我会担心你的,而且会认为海伦没有像我想象的那样、在各个方面影响你。她做到了,上帝保佑她! 我原本打算让老'吉比叔叔'假装不碰小多拉,这完全是为了保全你的面子;既然你不在乎这个,那就忘了它吧。我刚才想说的是,你可以仔细考虑是留在这里拓荒还是去塞昆德斯,考虑多长时间都行,无论怎么决定都行。多拉,塞昆德斯不仅有室内下水管道;那里还有回春诊所。"

"哦! 你需要离一个回春诊所近一些,对吗,伍德罗?"

"不,不是! 是为了你,亲爱的。"

她回答得非常慢,"那种治疗不会把我变成霍华德人的。"

"是的。但它会帮助你延缓衰老。回春治疗也不会让霍华德人长生不老,它对有些人很有效果,但对有些人同样无能为力。也许有一天我们的技术会发展——但现在看起来,从平均上说,回春技术可以把一个人通常预期的寿命延长一倍,无论他是霍华德人……或者不是。嗯,你知道你的祖父母活了多长时间?"

"我怎么会知道,伍德罗? 我只是隐约记得我曾经有过父母。至于祖父母,我连名字都不知道。"

"我们可以去查查看。这艘飞船有乘坐过它的每一个移民的记录。我会告诉扎科——布里奇斯船长——去查查你父母的记录,然后我可以找到你们家在地球上的记录。然后——"

"不,伍德罗。"

"为什么不，亲爱的？"

"我不需要知道，我不想知道。很久以前，至少是三四年以前，在我发现你是一个霍华德人后不久，我也发现霍华德人并不真的比我们这些普通人活得更长久。"

"是吗？"

"是的。我们都有过去、现在和将来。过去的只是记忆，我没有我刚出生时的记忆，更没有出生前的记忆。你有吗？"

"没有。"

"所以在这一点上我们是平等的。我想你的记忆会更丰富一些；你比我老。但那已经是过去的事了。那么未来呢？它还没有到来，没有人知道。你可能比我活得长……我也可能比你活得长。我们也可能同时被杀身亡。我们无法知道，我也不想知道。你我都有的就是现在……我们共同拥有现在，这让我非常幸福。今晚我们把这些骡子放走，然后享受现在这一刻吧。"

"好的。"他对她笑道，"传统式还是背入式？"

"两个都要。"

"这才是我的多拉！任何值得做的事，都值得过度地去做。"

"也值得反复做。先等一等，亲爱的。你告诉我船长布里奇斯是你的儿子，所以也是我的继子。我想你说得对，可我真的无法把他看作是我的继子。但是——你不需要回答这个问题；我们同意不问对方过去的事情——"

"问吧。如果可以的话，我会回答的。"

"那么……我忍不住对布里奇斯的母亲很好奇。你的前任妻子。"

"菲丽斯？菲丽斯·布里奇斯 - 斯伯林是她的全名。你想知道她的什么事，亲爱的？她是个很好的女孩。不要进行容易招致嫉妒的比较。"

"我想我的好奇心可能太重了。"

"也许是的。我不介意，再说这也不会伤害她。亲爱的，那已经是几个世纪以前的事情了；忘了吧。"

"哦。她去世了？"

"据我所知没有。扎科会知道；他最近去过塞昆德斯。我想他可能告诉过我。但自从她和我离婚以后，我已经很久没和她联系了。"

"和你离婚？这个女人的品位可真差！"

"多拉，多拉！菲丽斯不是一个品位很差的女人；她是个很好的女孩。我最后一次去塞昆德斯的时候，还和她、她丈夫一起吃了饭。扎科和我一起。她和她的丈夫还费尽周折为我举办了一个家庭聚会，聚集了那时还在行星上的、我和她生的孩子，还有我的其他一些亲戚。她想得很周到。顺便说一句，她也是学校老师。"

"是吗？"

"是的。塞昆德斯新罗马霍华德大学的利比数学教授。如果我们去那儿的话，我们可以去看她，你那时再判断她是个什么样的人。"

多拉没有回答。她用膝盖碰了碰贝蒂，顺着街道走下去；没有人命令比乌拉，但它也并排走着。巴克冲它喝道："停下……笨蛋！"语气很强烈。

"拉撒路——"

"叫这个名字的时候要小心，亲爱的。"

"没有人能听到我说话。拉撒路，除非你很坚持……我不想在塞昆德斯生活。"

主题变奏

XII 养女的故事(续)

    塞浦瑞什被远远抛在了后面。这个正向兰帕特山脉行进的小车队里有两辆骡车,一前一后串在一起,由十二头骡子拉着,此外还有四头没有负重的骡子。这支队伍已经跋涉了三个星期,距离他们最后一次看到民房已经过去两个多星期了。他们现在位于高原上,这几天里,无望关的关口一直在他们眼前。

    除了十六头骡子以外,这个小队伍里还包括一只雌性德国牧羊犬、一只小一点的狗、两只母猫、一只公猫、一只刚刚能产奶的山羊和它的两只小山羊、一只公羊、两只公鸡和六只母鸡(都是奥金斯女士培育的耐寒品种)、一头刚刚怀孕的母猪,再加上多拉和伍德罗·史密斯。

    史密斯在新匹兹堡付钱买下那头母猪前亲自检查过,它怀孕了——史密斯大人也检查出她怀孕了,那时他们还在托普多拉,这之后史密斯才允许星际飞船安迪·J离开轨道。如果多拉的检测结果是没有怀孕的话,飞船会等他们再试一次。如果检测结果还是阴性,他会改变计划,把她带到塞昆德斯去,在那里找出没有怀孕的原因。如果可能的话,也要在那里治疗(但史密斯没有把他的计划告诉妻子)。

在专业拓荒者史密斯看来,一对夫妇,若妻子患有不孕症,却仍然要去尝试在没有人烟的地方拓荒,这种做法不仅没有意义,而且还很悲惨,以及愚蠢。他在心里纠正自己,夫妇双方都可能患有不孕症。这四十多年来,他自己的生育能力并没有经受过检验。与此同时,他还在克劳斯梅尔医生保存得很不完整的体检档案里找到了多拉父母的记录,没有发现什么让他担心的事情。在那之前他非常担心,因为条件所限,他甚至没有办法处理像Rh阴性融血等简单的问题。

好在研究了这个小定居点和飞船上仅有的医疗档案后,他得出的结论全是绿灯。在他看来,他们在骡背上的非正式婚礼后大约二十分钟,多拉就怀孕了。

曾有一个想法掠过他的脑海,那就是多拉怀孕的时间可能还要靠前。但这个念头只是让他觉得有趣,根本没让他觉得烦恼。史密斯很肯定,这么多年来,他的家里肯定不止一次出现过别人的孩子;对待这样的孩子他尤其细心,更想做一名和蔼可亲的父亲。这种事他从来闭口不谈。他的信条允许女人在必要的时候说谎,所以从来不因此指责她们。但他相信多拉不需要说这样的谎话。如果多拉已经怀孕、并且知道自己怀孕的话,她可能只会要求在床上和他说再见——只会要求这个,不会要一个孩子。

没关系——就算这个小可爱以前犯了小错误,又不知道自己怀孕,那么他敢肯定,她一定会生出一个超级宝宝。这很明显,她自己就比常人优秀。他真希望以前能认识布莱顿一家;他们肯定很优秀。海伦说过，他们的女儿很"挑剔"。即使是为了及时行乐，多拉也不会和一个傻子上床，因为她是如此聪明，和傻子在一起她不会感到快乐。史密斯可以肯定，只有强奸才能让多拉怀上一个下等宝宝——但那个强奸他的人下半辈子只能孑然一身了；她的吉比叔叔教过她一些凶狠下流的防暴技巧。

那头怀孕的母猪是史密斯的"日历"。如果母猪产下小仔的时候，他们还没有找到一个适合居住的地方，他们就会当天往回返——绝不犹豫，也没有遗憾。因为那时多拉的孕期已经过了一半，他们可以在剩下的一半时间里回到塞普瑞什，和其他人待在一起。

那头母猪在第二辆骡车上，有一条吊带绑住它，防止它掉下车去。狗有时跑在骡车前面，有时候在周围跑着，警告罗普和其他危险的动物。猫儿们做它们喜欢的事，和所有猫咪一样，高兴走路就走路，高兴坐车就坐车。母羊和公羊总是紧挨车轮边走着；那两只小羊羔已经足够大了，大多数时间可以轻快地跑动，但它们仍然享有累了的时候坐车的特权——山羊妈妈会大声地咩咩叫唤，提醒史密斯下车，把走累了的小宝贝抱给多拉。那些鸡在猪圈旁边的一个双层鸡笼里抱怨着。没有负重的骡子也有任务，就是留心观察是否有罗普靠近，例外的只有巴克。在所有时间里，巴克都是这个小分队的大元帅，挑剔行进的步伐，指导其他骡子，执行史密斯的命令。这些骡子轮换着拉车；只有巴克从来不用负重。贝蒂和比乌拉也要戴上马具，它们觉得很委屈。它们原本是只戴骡鞍的贵族，它们知道这一点。但是巴克严厉地训斥了它们，还更为严厉地对它们又咬又踢；它们只好闭上嘴，开始拉车。

其实算不上真正的拉车；他们只用了两条缰绳，领头的两头
骡子身上各套了一条，每条缰绳穿过后面的骡子项圈上的环，连
在第一辆骡车上。缰绳在那儿只是松松地耷拉着，而不是紧紧
地拽着。所有公骡子都是种骡，但这些骡子都听巴克的命令。
在塞普瑞什的时候，史密斯几乎花了一天的时间，才把一头身体
健壮、肩膀有力的骡子换成了一头年龄更小、体重更轻的骡子，
因为那匹大些的骡子不愿意接受巴克的领导地位。巴克已经做
好准备用武力来解决问题，但史密斯不愿意让这头老骡子冒险；
他需要巴克的头脑和判断力，不愿让它因为败给一头年轻力壮
的骡子而精神受打击——他也不愿让巴克冒受伤的危险。

如果遇到真正的危险，缰绳再多也没用。骡子一受惊就会
发疯般奔跑起来。这种情形不太可能出现，但也不是完全没有
可能。到这种时候，哪怕缰绳的数目再增加一倍，仅凭两个人也
根本拽不住。史密斯做好了准备，随时可以杀死前面领头的两
匹骡子。他希望不会有太多的骡子踩在前面两匹骡子的尸体上
崴断了腿，也祈祷在这样的情况下骡车不会翻掉。

虽然史密斯想把所有家畜都带到目的地，但他只期望到达
目的地时能有百分之八十还活着，每一种都要包括一对能繁殖
后代的家畜。不过，哪怕他们抵达时只有足够多的拉车骡子活
下来（包括至少一对可以繁殖后代的骡子），再加上一对山羊，他
就会视为某种程度上的胜利，让他们有了生存下来的本钱。

多少骡子是"足够"的？这没有定量。行程结束的时候可能
只剩下四头——可以先拉一辆骡车，再回去拉第二辆。但如果
在征服无望关之前，骡子的数量就降到了十二头以下，他们就只
好回头了。

立刻回头。把一辆或是两辆骡车都扔了，带不走的东西全

扔掉,宰掉无法提供帮助的家畜,轻装前进。多余的骡子会跟在旁边,它们是不知情的行走食品柜。

伍德罗·史密斯·威尔逊会一瘸一拐地走回塞普瑞什,妻子骑在骡子上——虽然流产了,但仍然活着。就算这样,这也不是什么惨败。他有一双手,有聪明的大脑,有着男人能够感受到的最强烈的驱动力:一个需要照顾、需要珍爱的妻子。几年以后,他们可以再次尝试征服无望关——他不会再犯第一次所犯的错误了。

但此时此刻,他很幸福,拥有了一个男人梦想中的所有财富。

史密斯从骡车座位上探出身来,"喂,巴克! 晚饭时间到了。"

"晚万(饭)时间,"巴克重复着,然后大声喊着,"晚万(饭)时间! 围成箱(圈)子! 围成箱(圈)子!"领头的两匹骡子转向左边,让整个车队形成了一个圆圈。

多拉说:"太阳还很高呢。"

"是的,"他的丈夫赞同道,"所以我才让他们停下来。大太阳底下很热,骡子累了,出了很多汗,又热又渴。我想让它们吃些草。我们每天拂晓前起床,看到第一缕光的时候就动身,在天气变得很热之前尽可能多赶些路程。然后早些休息。"

"我不是质疑你的决定,亲爱的;只是想知道为什么。我发现当教师并没有教会我一个拓荒者妻子需要知道的全部知识。"

"我理解;这也是我为什么给你解释的原因。多拉,如果我做了什么你不能理解的事,你一定要问我;你需要知道……因为假如我出了什么事,你就不得不靠自己了。但如果我看起来很忙,你就等一等再问。"

"我会这么做的,伍德罗——正在这么做。我自己也很热、很渴;这些可怜的动物肯定也觉得很难受。如果你允许的话,你给它们卸下骡具的时候,我可以给它们喂水。"

"不,多拉。"

"但是——对不起。"

"可恶,我不是说过一定要问为什么吗? 我还是要给你解释一下。首先,我们让它们吃上一个小时的草。这样即使是在太阳下,它们也会凉快一些。它们渴了,会去找隐藏在又干又老的草下面的那些又短又绿的嫩草。它们会从这些嫩草里汲取一些水分。与此同时,我会计量一下水桶中的剩余水量……我们应该开始使用缺水情况下的定量了。本应该从昨天开始。小可爱,你看到关口下面那片暗绿色的地方了吗? 我想那里应该有水,也可能已经干了……虔诚地祈祷那里有水吧,我觉得从这里到那儿之间可能找不到水了。在最后的一两天里,我们可能连一滴水都没有。没有水的话,一头骡子活不了多久,人也一样。"

"伍德罗……情况真这么糟吗?"

"是的,亲爱的。所以我才要研究照相地图。这是安迪和我在很久以前勘察这颗行星时拍摄的照片中最清楚的一张。问题是拍这个半球的时候是初春时节。扎科为我拍的照片不是很多;安迪·J不是一艘勘察飞船。我选这条路是因为它看起来能快一些。但过去十天里我们路过的每一块洼地都干得裂开了缝。这是我的错误,也可能是我犯的最后一个错误。"

"伍德罗! 别说那种话。"

"对不起,亲爱的。但最后一次错误总会到来的。我会尽我的全力,不让它成为我的最后一次错误——这样的灾难不能发生在你身上。我只是想让你明白，我们必须多么小心节约地用水。让你留下深刻印象。"

"你已经给我留下深刻印象了。我在洗漱和其他方面都会节约用水的。"

"我可能还没有把事情说明白。根本不会有洗漱用水了——不能洗脸，甚至不能洗手。盘子一类的器具用沙土和草擦洗，然后把它们放在太阳底下晒，这样多少可以消消毒。水只能用来喝。骡子喝的水要立刻减为原来配给量的一半。每人每天需要的饮水量应该在一升半左右，但从现在起，你和我每天只有半升水了。嗯，威斯科尔女士会得到全额的饮水配给；她需要给她的孩子喂奶。如果情况变得更糟，我们把那两个小的杀死，让她的奶干了。"

"噢，亲爱的！"

"我们可能不用这么做。但是，多拉，即便是那样，我们也还没有到最坏的情况。如果情况真的变得更糟，我们还要杀掉骡子，喝它的血。"

"什么！为什么，它们是我们的朋友！"

"多拉，你要听我这个老人的话。我向你保证我们不会杀死巴克，或者比乌拉，或者贝蒂。如果我必须要杀掉骡子的话，我会选择在新匹兹堡买的骡子。但如果我们三个老朋友中有谁死去的话——我们要吃了他，或她。"

"我想我吃不下。"

"饿极了的时候，你会吃下去的。如果想想肚子里的孩子，你更会毫不犹豫地吃下去，然后感谢你那死去朋友的帮助，让你的宝宝活着。牌局开始以后，不要说什么你做不到，亲爱的——因为你能做到。海伦有没有对你讲过我们到这里以后的第一个冬天发生的事情?"

"没有。她说我不需要知道。"

"她可能想错了。我给你讲一个不是那么恐怖的故事吧。我们安置了——我安置了—— 一个全天的岗哨,看守种子库,他被授权可以射杀偷粮食的人。哨兵确实这样做了。军事法庭宣判他无罪;他杀死的那个人很明显是在偷种子吃。检查了那个人的尸体,发现他嘴里有嚼了一半的种子。顺便说一句,那个人不是海伦的丈夫;她的丈夫死得像一个绅士——死于营养不良,还有某种我到最后也没能确诊的高热病。"

史密斯说:"巴克已经让车队围成了一个圈。我们开始吧。"他跳了下来,伸手去抱她,"笑一笑,宝贝,再笑一笑! ——我们的表现正被传回地球,让那些可怜的、拥挤在一起的人们看看:开拓一颗新的行星是多么容易——这是杜巴里芬芳除臭剂特约播映的片子,我需要很多除臭剂。"

她笑了,"我身上比你还臭,我亲爱的。"

"这样好多了,亲爱的;我们会成功的。万事开头难。噢,还有件事! 做饭时不能生火。"

"'不能生——'是,长官。"

"在我们离开这片干涸的土地之前不用火。不要因为任何原因点火,即使你把你的红宝石掉在地上找不到了也不行。"

"'红宝石——'伍德罗,你给我的红宝石很好。但我现在真希望能用它们换一桶水。"

"不,你不会,亲爱的。几颗红宝石没什么,反正没分量,而且我带上了骡子能拉动的尽可能多的水。我很高兴扎科带来了这些红宝石,让我可以送你礼物。新娘应该被珍爱。咱们来照料这些疲惫的骡子吧。"

　　他们给骡子卸下鞍具后，多拉考虑着不用火能给丈夫准备些什么吃的，而史密斯忙着建篱笆。他们需要建一些篱笆，两辆骡车无法形成一圈足够用于防御的围栏；他们让第二辆骡车绕着它的前轴转到最大角度，再用篱笆堵住剩下的缺口，中间是露营地。篱笆是用足有两米长、削尖的木桩做成的，用在新匹兹堡买的所谓的绳子绑在一起。篱笆的两边系在骡车上，底端沿着直角三角形的斜边稳稳地竖在地面，形成一个高高的、颇具威力的防卫围墙。它无法阻止地龙的袭击，但这里不是地龙经常出没的地区。罗普不会喜欢这样的围墙。

　　史密斯也不喜欢，但他用的都是新起点本地产的材料，动手能力强的男人一个人就可以修补它，分量又不重，扔掉的话损失也不是很大——因为它没有金属部件。史密斯在新匹兹堡置办装备时，本来买不起这两辆结实的、带有船形轿厢的大篷骡车，他只好补给卖家另外两辆骡车所需的一部分金属零件，这样才凑足了款子。这些金属制品是安迪·J飞行了数个光年带来的。新匹兹堡确实比匹兹堡"新"很多；尽管有铁矿石和煤矿，但那里的冶金工业还处于初级阶段。

　　对于野罗普来说，鸡、猪、山羊，甚至人都是美味佳肴，好在那对山羊和小羊羔会在围栏里发出警告的叫声，加上两只警觉的狗和十六头散布在各处吃草的骡子，史密斯觉得晚上还是相当安全的。的确，一只罗普可能会吃掉一头骡子，但更可能的是骡子干掉了罗普，尤其是在有其他骡子赶来帮忙的情况下。这些骡子见了罗普不会逃跑；它们会出击。史密斯想，会有那么一天，骡子踩死的罗普会比人杀的更多，使罗普成为珍稀动物，就像他小时候见过的山狮一样。

　　被骡子踩死的罗普很容易就能变成罗普肉片、炖罗普肉、罗普肉干,还可以变成狗粮和猫粮,那头母猪也会喜欢它们的下水。这样就不用杀骡子了。史密斯对任何形式的罗普食品都不感兴趣,觉得罗普肉味道太重——但这总比什么都没有要好,也使他们不用消耗太多自己带的食物。对罗普肉,多拉不像她丈夫那样反感;她出生在这里,从小就时不时会吃到罗普肉。对她来说,这是再普通不过的食物。

罗普的天然猎物中有一种食草动物,史密斯希望他能有时间去打一只回来。这种动物像罗普一样有六条腿,但其他方面却更像一只畸形的俄卡皮鹿,只是肉质要细嫩得多。它们被称作“草原山羊”,其实并不是羊。但新起点还没有开展系统的动植物种群分类学工作;没时间来进行这样奢侈的学术活动。一周前,史密斯曾坐在骡车的座位上射杀过一只草原山羊(而现在,细嫩美味、带点苦又带点甜的草原山羊肉只剩下回忆了)。他认为,在他们征服无望关之前,花一天时间来打猎不合算,不过他仍然希望能再碰上机会打一只草原山羊。

也许就是现在——“弗里兹!麦克贝斯女士!到这里来!”两只狗一溜儿小跑地过来待命,“登高警戒。罗普!草原山羊!上!”两只狗立刻向上跳了两下,再一蹬,跃上第一辆骡车的最顶端,又向前迈了一步,然后俯身趴在上面。在那里它们有分工,一只狗负责左边,一只狗负责右边。它们会一直待在那里,直到告诉它们下来才会下来。这两只狗价格不菲,但史密斯知道它们是好狗;是他在地球上挑选了它们的祖先,并在运送第一批移民的时候把它们带了过来。史密斯不是那种时髦的、以养狗为乐的“爱狗”男人;他只是相信在地球上狗是人类延续了这么长时间的伙伴,那么在一颗陌生的行星上,狗也能够给予人类同样的帮助。

听了丈夫的话,多拉有些忧伤,但忙着干活的时候,她又高兴起来。她在几乎没什么选择、又没有火的情况下想着怎么安排晚餐。很快,她又想起了一件烦心事。这对她挺好,因为烦心代替了忧虑。不过说到底,她不相信丈夫做什么事会失败。

她绕过第二辆骡车的后部,穿过小小的露营地,来到丈夫身边。他正在那里检查篱笆是否牢固。"咳,那只讨厌的小公鸡!"

伍德罗看了看她,"亲爱的,你全身赤裸就戴着太阳帽的样子很可爱。"

"不只是戴着太阳帽,我还穿着鞋呢。你难道不想听听那只讨厌的小公鸡都干了什么吗?"

"我宁愿和你讨论你的衣着。小可爱,我就是这么想的。不过,我不高兴你穿成这样。"

"什么?可现在这么热,亲爱的。我不能洗漱,我想空气浴会让我的气味好闻一些。"

"我觉得你的气味很好闻。空气浴是个好主意;我也要脱了衣服。但是,亲爱的,你的枪——你装着刀和枪的腰带在哪里?"他开始脱自己的工装裤。

"你想让我现在也戴着装枪的腰带吗?在围栏里面?还有你在这里保护我?"

"亲爱的,这是一条自律法则,也是标准的防护措施。"脱下工装裤后,他又把自己装刀枪的腰带戴了回去,这才脱下鞋和衬衣。这样一来,除了那条腰带和其他三件原来隐藏在衣服底下的武器以外,他身上什么都没有了,"很多年来,多得我都不愿想有多少年了,除了被结结实实锁在什么地方以外,我始终佩戴着武器。我希望你也能养成这样的习惯。不仅仅是有时候这样做。要总是这样做。"

"好的。我把我的腰带放在骡车座位上了;我会去拿来戴上。可是,伍德罗,我再怎么说也算不上一个斗士。"

"你在五十米以内用那把针枪的枪法还是很准的。和我在一起的时间越长,你会变得越出色。不仅仅是用枪,从赤手空拳到拿着爆破筒都有可能,你会用所有可以用到的东西来射击、砍劈、烧灼,甚至刺杀对手。看那儿,小可爱。"他指着远处一块凸起的平地,那里什么都没有,"在短短的七秒钟之内,一群长着毛的野人会出现在那里,像潮水一样涌向我们,攻打我们。一根长矛穿透了我的大腿,我倒下了……然后,为了保护我们两个人,你需要和他们战斗。你能怎么做,可怜的小姑娘,你的枪还丢在那边骡车的座位上?"

"唔,"她叉开双腿,双手放在脑后,扭着身子,这是在伊甸园里就已存在的武器,"我要这样对付他们!"

"你可以,"拉撒路若有所思地附和着,"应该能起作用——如果他们是人类的话。但他们不是。他们对于个子高挑、长着褐色眼睛的美丽姑娘的唯一兴趣就是吃了她们,包括骨头和其他的一切。这么做虽然很愚蠢,但他们就是这样。"

"好吧,亲爱的,"她顺从地说,"我会去戴上枪带。我会杀了那个刺伤你的人,再在他们吃掉我之前尽可能多杀几个。"

"这就对了,这样你才能活得久。永远记得带上你的护卫队。如果你必须去战斗的话,就去战斗吧。你护卫队的规模决定了你在地狱里的地位。"

"是的,亲爱的。我相信,如果你也在地狱里的话,我一定会享受那里的生活。"她转身去取武器。

"噢,我会在那里的! 他们不会带我去别的地方。多拉! 戴上枪带以后,把你的太阳帽和靴子脱了——再戴上你的红宝石首饰,全都戴上。"

她停了下来,一只脚还蹬在骡车梯阶上,"红宝石首饰,亲爱的,在这里戴吗?"

"兰吉·里尔,我买这些红宝石首饰就是为了让你戴,也是为了让我欣赏你戴上它们的样子。"

她绽开笑容,平常严肃的表情变得生动起来。她跃上骡车,消失了。很快又戴着枪带和红宝石首饰出现了,可以看出她还花了点时间,梳了梳那头闪光的栗色长发。她已经两个多星期没有洗澡了,但却看不出来,也没能损害她那迷人的、年轻的美丽。她停在梯阶上,冲他微笑着。

"等一等!"他说,"太美了!多拉,你是我出生后见过的最美的女人。"

她又冲他笑了笑,"亲爱的,你说的我并不相信,但我希望你以后还能这么说。"

"女士,我不会说谎。我这么说只是因为它是简单的事实。你刚才想说那只公鸡怎么了?"

"噢!那只变态的公鸡!我说过它故意把鸡蛋弄碎!这次让我逮到了。我看到它在啄鸡蛋。两个刚生下来的鸡蛋被啄碎了!"

"这是帝王的特权,亲爱的。它害怕那两个鸡蛋里会孵出一只公鸡来。"

"我会把它的脖子拧断!如果我们有火的话,我会立刻这么做。亲爱的,我正在盘算如果不打开新包装的话,我们能吃什么冷食。这时我突然想到,把咸饼干弄碎放到生鸡蛋里可以算是一顿饭。可今天只有三个鸡蛋了,它弄碎了母鸡生的两个蛋。我在两个鸡笼里都放了足够多的草;另一个笼子里的鸡蛋连个裂缝都没有。它真该死。伍德罗，我们为什么要带两只公鸡？"

"和我带两把飞刀的原因一样。小甜心，我们到达目的地后会孵出第一窝小鸡，等这批鸡崽长到足够大、我能肯定我们有多余的公鸡以后，我们就会用它的肉来包饺子。在此之前不行。"

"但我们不能让它再破坏鸡蛋了。今天晚餐只有干酪和硬面饼了——除非你允许我打开一些新包装袋。"

"别着急。弗里兹和麦克女士正在努力寻找猎物，我希望是草原山羊。没有的话就罗普吧。"

"可我没办法做肉。你说过不能生火。你就是说过。"

"吃生的，亲爱的。把草原山羊的腰肉切得薄薄的，放在硬饼干上吃。这是新起点的鞑靼牛肉。味道很好，几乎和姑娘一样好。"他用舌头舔了舔嘴唇。

"好吧……只要你能吃，我也能吃。但是，伍德罗，有一半的时间我都不知道你是在开玩笑还是认真的。"

"对于女人和食物，我从来不开玩笑，小可爱；这些是庄严神圣的话题。"他再一次上下打量着她，"说到女人，让你戴上红宝石首饰的确很漂亮。可你为什么要在脚踝上戴一只手镯？"

"因为你给了我三只手镯，先生。还有三只戒指和一根吊坠。你告诉我要把它们都戴上。"

"我是这么说的。这是哪里来的？"

"嘿！那不是红宝石，那是我！"

"看起来像红宝石。这儿还有一个，也像红宝石。"

"哎呀！也许我最好还是先把红宝石取下来？这样就不会弄丢了。或者我们是不是应该先给骡子喂水？"

"你是说在我们吃掉对方以前？"

"嗯……是的，我想我是这个意思。"

"你现在说话可算不上直截了当，小多拉。告诉吉比叔叔你想要什么？"

"我不是'小多拉'了。我是兰吉·里尔，塞普瑞什以南性欲最强的姑娘——是你自己这么说的。我是拉撒路·龙的情妇，他在所有行星上都是超级性欲狂，比六个男人加起来还要强——该死的，你知道我想要的是什么，如果你再捏我的乳头的话，我已经准备好把你放倒，迎接你的挑战了。但我想我们还是应该先给骡子喂水。"

密涅娃，有多拉在身边真的很好，一直都好。这不是因为她长得漂亮……其实按照通常的标准来衡量，她也不是那么漂亮。但对我来说，她是绝对的美丽。也不是因为她热烈分享"性爱"的兴趣——尽管她的性欲的确强烈，她随时准备做爱，而且一点就着。她的性爱技巧也很高超，而且越来越纯熟。性爱是一门需要练习的艺术，就像花样滑冰、空中走钢丝或者是跳水运动一样；它不是仅仅依靠本能就能做的事。噢，两个动物靠本能就会交尾，但要把交尾变成一项高尚艺术需要智慧、耐心和意愿。多拉在这方面很擅长，技巧越来越纯熟。她总是很渴望去学习，没有任何怪异的癖好或是愚蠢的偏见，只是很耐心，愿意去练习她学到的或是教给她的技巧。她在性爱中注入了精神力量，把一项出汗的运动变成了一次人间的圣礼。

但是，密涅娃，在不做爱的时候仍然持续的爱——这才是爱。

任何时候，多拉都是一个良伴。情况越糟糕，她就越是好伙伴。哦，她之所以为鸡蛋被打碎的事情烦心，是因为照料鸡是她的责任；她并没抱怨自己渴了。她没有唠唠叨叨地让我采取措

417

施对付那只公鸡,而是自己想出一个办法,并付诸行动。她把所有母鸡都赶到另外一只公鸡身旁,然后绑住弄碎鸡蛋的那只公鸡的脚,用隔栏把它和其他的鸡隔开。那只公鸡被关了禁闭以后,我们再也没有损失过鸡蛋了。

但是,真正艰难的生活还在前面等着我们。经历那些事情的时候,她一点也没有烦恼;当我没有时间解释我的做法时,她也从来不会固执己见。密涅娃,我们遇到的艰难中有很多是缓慢的折磨,也有些是突如其来的危险。面临前者时,她总是表现出无尽的耐心;在后一种情况下,她总是能保持冷静,提供力所能及的帮助。亲爱的,你的确学识渊博——但你是一个城市姑娘,又一直身处一颗高度发达的行星;或许我最好能做点解释。

也许你一直在问这样一个问题:“进行这样一次迁徙是否有必要?”——如果有的话,为什么要这样艰苦?

“有这个必要。”我做了一件霍华德人永远不该做的事,和一个短寿人结了婚,于是我面临三种选择:

带她和霍华德人住在一起。多拉拒绝了这个……即使她做出了这个选择,我也会说服她不要这么做。一个短寿人单独生活在由长命人组成的社会中,他肯定会感到压抑,会想自杀;这种情况我是在我的朋友斯雷顿·福特身上第一次看到的。自那时起,我见过很多类似的事。我不想让这种事发生在多拉身上。无论她能活十年还是一千年,我希望她能活得快乐。

我们也可以留在托普多拉,或者留在那颗行星上为数不多的居民点附近——其实都一样。我几乎都要这样做了,只要耍个“比尔·史密斯”的小把戏,就可以使这个选择变得可行——在一段时间里。

但只能是一段不长的时间里。在新起点的霍华德人——我记得有麦吉一家和其他三家人——都决定隐姓埋名,用霍华德人的话来讲就是参加"化装舞会"。耍些小计谋,他们就能蒙混过关,从来没被逮住。麦吉奶奶会"去世",然后又以"黛博拉·辛普森"的身份出现在另一个霍华德人家中。这颗行星上的人越多,进行这样的隐瞒就越容易,尤其是在第四批移民到来以后。这批移民在飞船上全都进入了冷冻睡眠,因而相互之间并不熟悉。

但"比尔·史密斯"和一个短寿人结婚了。如果在那些有人居住的区域附近生活,我就必须非常小心。我要一直染身上的毛发——不仅是头发,还包括全身的毛发,以免出现意外,泄露我的身份。我还要小心地让自己的衰老速度和妻子同步。更糟糕的是,我还必须躲避那些认识"欧内斯特·吉布森"的人,也就是说要躲避大部分的托普多拉人。我没有机会做整形,或是其他类似的手术,有些人可能会看到我的身形,听到我的声音,然后开始猜测。在过去,只要改变名字和身份,我总是会同时换一个地方居住,这是唯一可以保证安全的方法。即使是整形手术也不会伪装很久;我的恢复能力很强。有一次我把鼻子弄短了(也可以选择把我的脖子弄短);十年以后,鼻子还是变得像现在一样,又大又丑。

倒不是说我担心别人发现我是一个霍华德人,只是如果我还要过化装舞会的生活,我越是小心地利用这些化装手段来隐藏我的身份,多拉就会越伤心,因为我和她不一样——在最令人伤心的方面和她不一样,丈夫和妻子的时间节拍不一样。

密涅娃,在我看来,唯一能把幸福带给我可爱的新婚妻子的方法就是带她远离这两种人,长命的和短命的。这样我就不需要伪装了,我们可以忽略双方的差距,忘了它,幸福地生活在一起。所以我决定带她到一个没有人烟的地方,在我们结婚当天还没回到城里之前我就这样决定了。

对这个难题来说，这大概是最好的解决方案，而且它的过程不像跳伞一样不可逆。如果她感到太孤独了，如果她开始憎恶看到我丑陋的脸，我可以再把她带回原来的地方。她还很年轻，可以找到另一个丈夫。我心里是这样想的，密涅娃，因为我的一些妻子很快就会对我产生厌倦。

但我为什么没让扎科把我们运到我在地图上选定的潜在居住地呢？——同时运来我们拓荒所需要的各种东西，避免一次危险的长途跋涉。我们不会面临缺水而死的危险，不会受到罗普的威胁，或者冒在深山里迷路的风险，等等。

密涅娃，这是很久以前发生的事了，我只能用那个地方、那个时期所具备的技术条件来解释。安迪·J没有办法着陆；连她的大修都是在绕着塞昆德斯或其他发达行星的轨道上进行的。她的货舱可以在任何又大又平的场地着陆，但地面至少需要一个雷达角反射器来引导她着陆，而且她需要消耗很多吨水才能再次起飞。安迪·J上唯一一个能在任何地方着陆，而且起飞时不需要其他帮助的部分是船长乘坐的飞行舱，前提是有技术高超的驾驶员。但这个飞行舱的载重量只够搭载两张邮票，而我却需要骡子、犁和一大堆其他东西。

另外，我也需要通过走进大山来学习如何走出大山。在我没有把握能把多拉带出那里之前，我不能把她带到那里去。这样不公平！当不了拓荒先驱并不是过错，但如果丈夫和妻子对问题的严重性发现得太晚，那就是灾难了。

所以不是我们选择了艰苦的方式；这是根据当时当地的条件所能采取的唯一方式。我花了很大工夫，考虑这次行程应该带什么、如果不带的话应该怎么办。计划飞船起飞时应该带什么东西也从来没有这样费心过。首先,最基本的参数是:车队里应该有几辆骡车?我是多么想带上三辆骡车啊。第三辆骡车可以为多拉带一些奢侈用品,为我多带些工具,为我们两个多带些书一类的物品,而且(这样最好!)能为我那怀孕的新娘准备一个单间,让她躲避当地那种立刻会由一个极端变化到另一个极端的恶劣天气。

但是,三辆骡车意味着需要十八头骡子来拉,再加上备用的骡子——根据经验应该是六头,这也意味着要多花一半的时间来给骡子上鞍具、卸鞍具,给它们喂水,以及其他需要照料它们的事。增加更多的骡车和骡子,一旦到了某个程度,会使你一天的行程变为零——一个男人没有办法完成这么多工作。更糟糕的是,在深山里的某些地方,我可能不得不把骡车分开,每次只能把一辆骡车拉到一个比较开阔的地带,然后再回到原地,把另一辆骡车拉过来。如果有三辆骡车,这个过程耗费的时间是两辆骡车的两倍。与两辆骡车的车队相比,三辆骡车的车队会更经常地遇到必须拆开的情况。以这样的速度前进,我们可能在路上就生下了三个孩子,而不是在生下第一个孩子之前到达目的地。

我没有做这种蠢事,还因为在新匹兹堡只有两辆可以用于长途运输的骡车。当然,我认为自己其实也能抵挡住诱惑。我们从托普多拉用轻型骡车运来的五金器具足够三辆骡车用的,我用那一套多余的五金器具在骡车制造厂那里换了一些其他装备。我没办法再等他们做第三辆骡车了;季节和多拉的肚子都为我定下了必须抵达目的地的时间。

只有一辆骡车的话,你需要什么装备?这方面别人已经说得够多的了。一个家庭在穿越大陆的迁徙过程中所需要的标准配备,已经经过几个世纪、并在几颗行星上得到了检验——前提是他们必须与其他家庭结伴而行。我领导过这样的长途迁徙。

但是如果只有一辆骡车——任何一个意外事件就意味着灾难的降临。

两辆骡车提供的帮助是一辆的两倍还要多,还能增加迁徙过程中的保险系数。你可以失去一辆骡车,然后重新安排运载的东西,继续前进。

所以我计划了两辆,密涅娃,尽管我让扎科借给我了三套五金器具,而且到最后一刻才把第三套卖掉。

为了生存,车队必须装载的物品——下面就是清单:

首先,列出你认为必需的以及你想带上的所有物品:

骡车、备用轮、备用轴

骡子、骡具、备用五金器具和骡具用的皮革、鞍子

水

食物

衣物

毯子

武器、弹药、维修工具

药品、麻醉药、外科手术用具、绷带

书

犁

耙子

平整土地用的犁耙

铲子,手耙,锄头,播种机,三齿、五齿和七齿叉

收割机

铁匠工具

木匠工具

炼铁炉

马桶，可以自己冲水的那种

油灯

风车和泵

风动锯木机

制作皮革制品的器具和修理骡具的工具

床、桌子、椅子、盘子、罐子、平底锅、餐具和烹饪用具

望远镜、显微镜、测试水质的工具

旋转石磨

独轮手推车

搅拌机

桶、筛子、各种小金属器具

公牛和产乳的奶牛

鸡

为牲畜和人准备的盐

包装好的酵母，酵母粉

几种谷物种子

磨全麦粉的机器，搅肉机

别局限于这些;再想想其他的。不要在意你列出的东西即使是一列更长的车队也装不下。再一次充分发挥你的想象力，检查一下安迪·J上的物品清单和飞船本身，看看里克百货店里还有什么东西，和约翰·麦吉谈谈，看看他的房子、农场和房子外面的小屋。如果你现在忘了什么，以后再也没有机会回来取了。

乐器、写字用的文具、日记本、日历

小孩的衣服、新生儿用品

纺线轮、织布机、缝纫用品——绵羊!

丹宁酸、皮革加工原料和工具

钟、手表

根菜、带根的果树苗,其他种子

等等……

现在开始缩减——开始更换成其他东西——开始计算重量。

去掉公牛、母牛和绵羊吧;换上毛足够长、也可以剪的山羊。嘿,你忘了剪刀!

留下铁匠用具,但要减少几样,只带铁砧和必备的工具——必须带一个风箱。一般情况下,木制品都要去掉,但少量的熟铁制品尽管很沉,也是一定要带的;你会需要造一些你想不到自己能造的东西。

收割机换成长柄的、带支架的大镰刀,带上三个备用刀片;去掉平整土地用的犁耙。

风车留下,锯木机也留下(想不到吧?)——但都只带必要的零部件;你不会很快用到这两样东西。

书——多拉,这些书里有哪些是不必要的?

把衣服的数量减少一半,把鞋和靴子的数量增加一倍,别忘了小孩鞋。是的,我知道怎样做鹿皮鞋、长筒靴等;加上蜡线。是的,我们必须带上滑轮和能买到的最好的绳子,否则我们没法穿过无望关。钱没什么用;重量和体积才是最重要的——我们所有的财富就是骡子能够拉着穿过那个峡谷的物品。

密涅娃,我很幸运,多拉也很幸运,因为这已经是我第六次准备拓荒冒险行动了。还有,在我给一辆有篷骡车搭配货物以前,我多次计划过如何给飞船装货。原则是一样的;星际飞船就是银河系里的大篷车。把重量减少到骡子可以拉的程度,然后无论如何,还要再把重量减少百分之十;想想如果车轴折断了,而你却没办法给它换一个新轴——你还不如干脆折断你自己的脖子呢。

然后再加上更多的水,让重量升到百分之九十五;装载的水量每天都会减少的。

毛衣针!多拉会织毛衣吗?如果不会的话,要教她学。在太空中,我用织毛衣和袜子打发了很多孤独的时光。纺线?在多拉能把剪下来的羊毛纺成线之前,我们要度过很长时间——旅行的时候,她可以为小宝宝织衣服;这能让她快乐。纺线机不是很重。木制毛衣针可以自己做;甚至弯曲的金属针也可以用废料做出来。但还是从里克百货店里把这两种针都买上吧。

哦,天呐,我差点儿忘了带斧头!

斧头加一个手柄,灌丛镰刀,钢镐。密涅娃,我在新匹兹堡补充了一些东西,又减少了一些,然后计算了每样东西的重量——可当我们离开那里,向塞普瑞什方向走了还没到三公里,我就发现我们过载了。那天晚上我们在一个农场小屋前停了下来,我用一个新的三十公斤重的铁砧换了一个十五公斤重的铁砧,一个换一个,我简直像被威尼斯商人在胸口割了一磅肉。我还用其他一些暂时用不着的重家伙换了一块熏火腿、一片熏肉和骡子吃的谷物——紧急情况下,谷物也可以当口粮。

到了塞普瑞什,我又减少了骡车的载重,还换了一个水桶,把它装满了水。那时我又腾出了一些地方,再说我知道装上过多的水也没什么,反正它会被消耗掉的。

我想，正是多装的那一桶水救了我们的命。

到达拉撒路－伍德罗指出的那片靠近无望关峡谷的暗绿色地方所用的时间比他希望的要长得多。最后一天，他们挣扎着朝那个方向行进。前一天拂晓以后，伍德罗和骡子就没有再喝过一滴水。史密斯觉得头重脚轻；骡子的状况几乎没法干活，只能拖着沉重的脚步，低着头慢慢地走着。

丈夫不喝水以后，多拉也想停止饮水。他对她说："你听我说，你这个愚蠢的小女人，你怀孕了。明白我的话吗？我是不是要好好教训你一顿才能说服你？我们给骡子喂水的时候我留了四升水；你看到了。"

"我不需要四升水，伍德罗。"

"闭嘴。那是为你、喂奶的山羊和鸡准备的。还有猫——猫喝不了多少水。小可爱，这点水如果分给十六头骡子的话就不剩什么了，但它却能让你肚子里的小东西活很长时间。"

"好吧，先生。那头胖母猪怎么办？"

"哦，那头该死的母猪！嗯……今天晚上停下来以后我会给它喂上半升水，亲自喂它。它脾气很坏，喜欢把水踢翻，再把你的拇指咬掉。我也会亲自给你喂水，我要把水量出来，然后看着你喝下去。"

经过一个长长的白天和一个不平静的夜晚，然后又是一个无尽的白天，他们终于走进了离他们最近的第一片树林。他们马上就感到凉快了，史密斯觉得他都能闻到水的气味了—— 一定在什么地方。但是他却看不到。"巴克！哦，巴克！围成圈！"

领头的骡子没有回答；它一整天都没有说话了。但它还是领着前面的骡子掉转头，让两辆骡车形成一个夹角，再把领头的两头骡子赶进V字形中央,等着卸骡具。

史密斯叫来那两只狗,告诉它们去找水,然后开始卸骡具。妻子默默地和他一起干了起来,她卸右边骡子的鞍具,他卸左边的。他很感激她的沉默。他想,在情感上,多拉和他真是息息相通。

如果我是这里的水,我会在哪里?施个魔法让它现形?或者先在地面上找一找?他觉得不会有小溪从这片树林里流过,但在查看完所有的下坡面以前,他无法肯定。骑着比乌拉去看看?不,比乌拉的状况比他还糟糕。他开始从第二辆骡车上卸下卷在一起的尖篱笆桩。已经三天没看到一只罗普了,这也意味着他们离遇到下一个由这种野兽带来的麻烦又近了三天。"多拉,如果你觉得身体还行的话,帮我弄一下这个。"

丈夫以前从来没有让她帮着竖篱笆,但她什么也没说;她只是在担心,他看起来那么憔悴、疲惫。她在盘算她偷着藏起来的四分之一升水——怎么才能说服他喝下去呢?

就在他们快要完成的时候,弗里兹在远处发出了一声兴奋的嗥叫。

密涅娃,那是一个水塘——水是从石缝里渗出来的,沿着岩石表面流了几米后形成了一个没有出口的小水池。准确地说,应该是这个季节没有出口,因为我能看到水塘里的水在洪水季节溢出来的痕迹。我还看到了很多动物的足迹——罗普的、草原山羊的,还有很多我也辨认不出来的动物足迹。我能感到有眼睛在盯着我,我恨不得在背上也长出眼睛来。快到春天了,这里的光线比较暗;树木和地表的植物长得很茂密,太阳又正在落山。

　　我现在处于两难的境地。我不知道那些没有拉车的骡子为什么没有和这些狗一样快或者比它们更快地找到这个水塘；骡子嗅得到水。不过，它们肯定很快也会找到这儿来的，但我不希望它们喝得太快。骡子虽然聪明，但如果很渴的话，它会喝得太快、喝得太多。这些骡子非常渴了；我想盯着每头骡子喝水，我不想让任何一头出事。

　　而且，我不想让它们走进那片水塘；水很干净，至少看起来很干净。

　　狗已经喝完了。我看着弗里兹，十分希望它能像骡子一样说话。我带没带什么可以写字的东西？该死，什么也没有！如果我告诉它去把多拉叫来，弗里兹会尽量去做——但是她会来吗？我曾坚决地告诉她待在营地里等我回来。密涅娃，我的脑子木了；天气太热，又没有水，让我变得有些迟钝。我应该告诉多拉在紧急情况下该怎么做……如果我在外面待的时间太长、天黑下来的话，无论怎样，她都会出来找我的。

　　该死的，我甚至没有拿一只水桶。

　　不过我的意识还没糊涂到忘了喝水，我用手捧起水喝了几口，这是基甸的方式。我的脑袋似乎清醒了一些。

　　我解开工装裤的带子，脱下衬衫，把它浸在水里，然后递给弗里兹，"去找多拉！把多拉带来！快！"我想它一定以为我疯了，可它还是跑了，叼着那件湿衬衫。

　　然后，第一头骡子出现了——安拉保佑，是老巴克！之后，我毁了一顶帽子。

　　那顶帽子是扎科给我带来的礼物，号称全天候帽子。它使用的材料有很多孔，非常透气；但它又是防水的，在倾盆大雨中你的头发也不会湿。前一个性能一般；而后一个我还没有机会测试。

巴克喷着鼻息,急急忙忙地要跑进没膝深的水塘;我阻止了它,用帽子盛了一些水给它喝。然后又盛了第二次,第三次。

"这会儿就喝这么多,巴克。列队。叫大家来喝水。"

润了嗓子以后,巴克可以叫喊了。它发出一声像喇叭一样的叫声,这是骡子的语言,不是英语,我也不想试着重复了。反正这叫声的意思是"列队喝水"。"集合戴骡具"是另外一种叫喊声。

下面我就要对付十多头渴得发疯的骡子了。但是我、巴克、巴克的助手比乌拉,还有已经习惯帮助巴克的麦克贝斯女士——再加上并不是那么防水的帽子——我们做到了。我一直没搞明白威望是怎么在骡子中间产生的,但骡子敬服威望,而巴克又早已树立了自己的威望。列队喝水时,骡子排的次序总是一样的。对那些想挤在前面、不排队的年轻骡子而言,它受到的最轻的惩罚就是被咬破耳朵。

最后一头骡子喝了一帽子的水以后,我的帽子已经不像样子了。但就在这时,多拉和弗里兹来了,她的右手拿着一把针枪,还有,太棒了!——她的左手拎着两只水桶。"列队喝水!"我命令我的高级军官,"再次列队,巴克!"

有了两只水桶,加上我们两个人一起干,很快我们就给每头骡子都喂了满满一桶水。然后我从弗里兹那里拿回我的衬衫,略微擦了擦水桶,给桶里装满了水,这才让骡子开始喝第三轮水。我告诉巴克,这次它们可以从水塘里直接喝水了。

他照我说的做了,但还是维持着秩序。在多拉和我一手拿着水桶、一手拿着上了膛的枪离开的时候,巴克仍然在用它的威望要求每次只有一头骡子去饮水。

多拉、我和狗回到骡车那儿的时候，太阳几乎已经下山了。给山羊、母猪、猫和鸡饮完水后，天几乎完全黑了。那以后，我们才开始庆祝。密涅娃，我郑重地发誓：喝了半桶我们给自己留的水以后，多拉和我都酩酊大醉了。

当初我们决定在没过无望关之前不停下来，但我们还是在那里露营了三天。这三天非常有用。骡子悠闲地吃草，还长肉了。它们尽情地喝水、尽情地吃草。我在水塘边打了一只草原山羊；多拉把我们吃不了的切成薄片，晾成肉干。我把骡车上的所有大桶都装满了水——这活不像听上去的那么好干，因为巴克和我不得不踩出一条通往水塘的路来，我还得砍掉一些树，再把骡车一辆一辆拉到那儿；这花了我一天半的时间。

我们煮了新鲜肉吃，还有其他食物——还洗了热水澡！用香皂、洗发香波洗的。我刮了胡子。我把多拉那个大铁壶拿到水塘边，她拿来了水桶，我点起火堆，然后我们轮流洗澡，去掉身上的异味。一个人洗澡，另一个人警戒。

第四天早晨，我们向无望关进发。我们的状态都很好。多拉和我闻着都香喷喷的，我们不停地对对方说你身上的味道很好闻。情绪高涨。

从那以后，我们再也没缺过水。高处的某些地方有雪；微风拂面的时候你可以感觉出来，有时还能瞥见远处山峰之间有皑皑白雪。我们所处的地势越高，就越能经常地看到小溪。这些小溪在旱季里无法流到下面的平原。这里的草长得又绿又茂盛。

我们在一座靠近无望关的小山峰上停了下来。我把多拉留在那里，和骡车、骡子在一起。我直截了当地告诉她如果我没有回来,她应该怎么做。"我应该在天黑之前回来。如果我没有回来,你可以在这里等一个星期。时间不能再长了。明白我的意思了吗?"

"明白了。"

"好的。一个星期结束的时候,把第一辆骡车上你用不着的东西都扔掉,减轻骡车的载重,再把所有食物都放到第一辆骡车上。把第二辆骡车上所有的桶都清空,把它们也放到第一辆上去。把母猪和鸡都放了,然后往回走。到了我们今天早些时候经过的那条小河,把所有的水桶都灌满。这以后不要因为任何事情停车;每天都要从拂晓就开始赶路,直到天黑。这样你应该只用我们到这里一半的时间就可以回到塞普瑞什了。好吗?"

"不,先生。"

密涅娃,要是在几个世纪以前,我会当场大发脾气的。但是我成熟了。我几乎立刻就认识到,离开她以后,我没办法强迫她做任何事情。在胁迫下做出的承诺是不会被遵守的。"好吧,多拉,告诉我为什么不,还有你想怎么做。如果我不喜欢你的想法,也许我们应该一块儿动身回塞普瑞什去。"

"伍德罗,虽然你没有这么说,但你让我做的是我成了寡妇以后应该做的事。如果我真的成了寡妇,我会那样做的!"

我点了点头,"是的,你说得对。亲爱的,如果我一个星期之内都回不来的话,你就是寡妇了。这毫无疑问。"

"这我明白。我也知道你为什么把骡车留在这儿;你不能肯定你是不是能带着骡车到高处之后还能转身。"

"是的。以前的拓荒者出过这样的事——到了一个地方,无法再前进,却没法转身……然后尝试这样那样的办法,最后还是死去了。"

"是的。但是,我的丈夫,你对我说只离开一天——半天出去、半天回来。伍德罗,我不会假设你死了。我不能!"她定定地看着我,眼眶里溢满了泪水,但是她没有哭,"我必须要看到你的尸体,我必须要确认。如果我能确认,我会尽快、尽可能安全地回到塞普瑞什。然后按照你说的去找麦吉。我会生下你的孩子,把他抚养长大,让他成为一个和他父亲一样的人。但是我必须先确认你已经死了。"

"多拉,多拉!过了一个星期你就应该知道了,没有必要去找我的尸体。"

"可以让我把话说完吗,先生?如果你今天晚上回不来,那么就剩我一个人了。明天拂晓我会骑着贝蒂,带上一头背着鞍子的骡子出发去找你。我会中午回来。

"如果我找不到你,也许我会发现一个更高的地方,可以让我拉一辆骡车上去,还能转身。如果找到这样的地方,我会把那里作为基地,再到更远的地方看看。我可能会错过你留下的足迹。也许我会跟着骡子的足迹——可你也许没骑在骡子上。无论怎样吧,我会一遍一遍地找你。直到没有希望为止!然后……我会尽快回到塞普瑞什。

"但是,我亲爱的,只要你还活着——也许腿摔断了,但是还活着——只要你手里有一把刀,或者哪怕你是赤手空拳,我也不相信罗普或是其他什么动物能够伤害你。只要你还活着,我就会找到你。我会的!"

听到这话,我放弃了原来的想法。我和她对了对表,约定了回来的时间。然后我骑上比乌拉,和巴克出发去侦察前面的情况。

密涅娃,至少有四队人马曾经尝试通过无望关;没有一队回来过。我确信他们失败的原因都是太急切、不够耐心，在风险很大的时候也不愿意回头。

我学会了要耐心。几个世纪的经验可以给一个人以智慧，也会让他变得越来越有耐心，否则他不会活这么长时间。第一天早晨我们找到的地方太小了。哦，已经有人炸过那个地方，他可能也绕过了那个弯。但那里太窄了，不安全，所以我又炸了一些岩石。没有哪个正常人带着骡车进山的时候不带炸药或者其他类似的东西。如果你用牙签或是镐头一点一点地凿坚硬的岩石，你可能直到大雪封山的时候还困那里。

我没有用炸药。哦，任何懂一点点化学知识的人都会制造炸药和黑火药，这两个我都打算做一些，不过要等以后再说。我带的是一种更高效、更灵活的爆破凝胶，它在受到震动的时候不易爆炸，在骡车上和鞍袋里很安全。

我把第一块凝胶放到一条岩石缝隙里，心想在这里爆破效果最好，然后我放上了导火索，但是并没有点燃它。我先带着两头骡子走到下面，然后极尽我的戏剧表演才能，向巴克和比乌拉解释一会儿会传来一声巨响，砰！——但这不会伤害它们，所以不用担心。那以后，我回到原来的地方，点燃了导火索，接着赶快跑回它们身边，两只手各放在一头骡子的脖颈上——我看着表。"来了！"我说。话音刚落，大山就发出了轰隆隆的巨响！

比乌拉的身体在颤抖，不过还是站得很稳。巴克问道："砰？"

我说是。它点点头，继续吃它的树叶。

我们三个又走上去，看了看情况。现在路宽多了，但还不是很平，于是我用三次小小的爆破解决了这个问题。"你觉得怎么样，巴克？"

它上上下下仔细打量这条小路,"朗(两)车?"

"一辆。"

"行。"

我们又向前走了一段路,计划了明天的工作。到了约定的时间,我开始返回,提前回到了营地。

我花了一个星期的时间,开拓了通往另一座小山峰的安全通道,长度约有几公里,是一条足够一辆骡车通过的小路。然后我又花了一整天的时间,把我们的骡车挪到下一个根据地,一次一辆。有人曾经到过这个地方;我发现了一只坏掉的车轮——并卸下了它的铁轮和轮轴。就这样,一天又一天,我们慢慢地、艰苦地行进着,最终通过了那个关口,开始朝下山的方向前进。

但是下山的情况更糟了,而不是变得更好。以前看照相地图时我判定该有的那条小河出现了,在离我很远的山下。我们还需要继续往下、往下、往下,再沿着小河走很远的路,才能穿过峡谷,到达一片适于居住的山谷。还要炸很多地方,砍掉很多灌木,有时候我还需要炸树。但最麻烦的是让骡车慢慢滑下陡峭的山坡。我并不在意沿着陡峭的山坡上山(我们有时仍能遇到上坡);十二头骡子可以把一辆车拉上任何斜坡,只要它们能把蹄子踩稳。但是下山——

当然,这些骡车是带闸的。但如果坡度太陡的话,车轮会打滑——它们会掉下山崖,连带着骡子和车上的东西。

我绝不能让这样的事情发生。甚至不能冒可能的风险。我们可以丢掉一辆车和六头骡子,然后继续前进。但就是不能出事。(多拉没坐在车上。)不过,如果车松了,我能安全跳出骡车的机会也不大。

只要坡度太陡,使我对用车闸能否控制骡车产生哪怕一点点怀疑,我们就会采用更艰苦的方法:用那根从外面带来的、价格昂贵的绳子拉着它蹭下斜坡。拉出足够长的绳子,把一端在一棵粗大的、经得住骡车重量的大树上绕三圈,另一端牢牢地系在车后轴上,然后四头走路最稳的骡子,肯、迪西、比尤和百里会跟着巴克慢慢地拉车下山(车上没有驾车的人),我则拉紧绳子,慢慢地把手中的绳子一点一点地往外放。

如果地势允许,多拉会骑着贝蒂,站在半山腰,把我的命令传递给巴克。但我不允许她待在那条路上;如果绳子断了,它会打到旁边的人。所以大约一半的时间里,巴克和我都是单独行动。我们的行动非常非常慢,时时需要依靠它的判断。

如果找不到一棵合适的、用于绑绳子的树——这种情况经常发生——我们就要一直等下去,直到我能想出办法来。办法多种多样:在两棵树上分别绑上绳索,再在第三棵树上钻出一个导缆孔;把登山用的钢锥打到岩石里。我不喜欢用钢锥,用了钢锥以后,我总是要花很长的时间才能把钢锥取下来——岩石越坚硬,它能起到的固定效果就越好,但也就越难取出。但我还是要把它们取出来;以后还要用它们呢。

有时候既没有树也没有岩石。有一次,我让十二头骡子用力向上拉着绳子,多拉在上面安抚它们,我自己掌着后轴,让巴克控制整个进程。

在平原上,我们每天通常行进三十公里。通过无望关、开始向峡谷下方行进时,我们时常好几天停着不动窝,因为我要准备下面要走的路。如果没有很陡峭的山坡,不需要用绳子拉着车向下走,最多的时候我们一天能走十公里。我遵循着一条不可动摇的原则:骡车从一个根据地向另一个根据地进发之前,两地之间的道路必须完全准备好。

密涅娃，我们走得太慢了，我的"日历"已经赶上了我；那头母猪下崽了——这时我们还没有走出大山。

在我的记忆里，我还没有做出过比这更艰难的决定。多拉的状况很好，但她的孕期已经过了一半。转头回去（我这样向我自己保证过，但我没有告诉她）——还是继续前进，并期望在她分娩之前我们能到达一个较为平坦的开阔地？对她来说，哪个选择会更容易一些？

我必须征求她的意见，但决定必须由我做出。责任是不能分担的。向她提出这个问题之前我就知道她会怎么说：继续前进。

她的回答只是源于她那无畏的勇气；她没有我那种在荒野跋涉、同时帮助孕妇分娩的丰富经验。

我又研究了一遍那些照相地图，没发现什么新鲜的。穿过峡谷，在前面的某个地方就会出现一个宽阔的有河流的山谷——但是还要走多远？我不知道，因为我不知道我们现在在哪里。出发的时候，我们在第一辆骡车的右后轮上装了里程表；在无望关的时候，我把它设成了零。但它只工作了一两天；一块岩石或是其他什么东西漏进去了。我甚至不知道过了无望关后我们在海拔上下降了多少米，还要下降多少米才能降到地面。

牲畜和其他设施的状况还比较好。我们失去了两头骡子。"漂亮姑娘"在一天晚上失足掉下山崖，摔断了腿；我能为它做的只是让它脱离痛苦。我没有宰杀它，因为我们还有鲜肉，而且它摔落的地方也使我没办法这么做。约翰·巴里科恩在某天晚上离开了队伍，然后死了——可能是被一只罗普害了；当我们找到它时，他身体的一部分已经被吃掉了。

三只母鸡死了，还有两只小猪没有活下来，好在那头母猪看上去很愿意给其他小猪崽喂奶。

我只剩下两只备用车轮了，所以最多只能再坏两只轮子，一旦出现第三只坏轮子，我们就不得不丢掉一辆车。

是轮子帮助我下了决心。

（此处省略大约七千字，重复描述了他们走出峡谷所遇到的困难。）

我们走出峡谷，来到一片高地。眼前是一条山谷，一眼望不到头。

那是一片美丽的山谷，密涅娃，宽广的、绿油油的、可爱的山谷，有着成千上万公顷理想的耕地。从峡谷中流出的小河像被驯服了一样，慵懒地在低矮的山丘间蜿蜒。我们对面远处耸立着一座顶端覆盖积雪、高耸入云的山峰。根据山峰上的积雪，我猜测它的高度在六千米左右，因为我们现在已经进入了亚热带地区，只有海拔非常高的山峰才能够在如此漫长炎热的夏季保留这么多积雪。

美丽的山峰、繁茂的绿色山谷给我一种似曾相识的感觉。哦，想起来了：它像地球上我出生的那片土地上的胡德山，我第一次看到它时还是一个年轻人。但是这个山谷、这个覆盖着积雪的山峰还从来没有被任何人看到过。

我命令巴克让大家停下来，"小可爱，我们到家了。可以看到了，就在那片山谷中的某个地方。"

"家。"她重复着，"哦，亲爱的！"

"别哭。"

"我没哭！"她抽泣着回答，"可我已经攒了太多的眼泪，有时间的时候，我要好好大哭一场。"

"好的,亲爱的,"我同意道,"等你有了时间吧。我们把那座山峰命名为'多拉峰'吧。"

她沉吟着,"不,不叫这个名字。叫希望峰。下面的山谷叫幸福谷。"

"小多拉,你还是这么多愁善感。"

"你说对了!"她拍了拍已经快到预产期的大肚子,"叫幸福谷是因为我马上就要在这里生下这个饥饿的小家伙……那座山峰叫希望峰,因为它就是希望。"

巴克来到第一辆骡车旁边,等着听主人说为什么要停下。"巴克,"我边说边用手指着,"我们到家了。我们成功了。家,孩子。耕地。"

巴克眺望着山谷,"呼(好)。"

——它睡着了,密涅娃。不是罗普干的,巴克身上一点痕迹也没有。我想可能是冠心病,虽然我并没有剖开它的身体,找出它的死因。它只是老了,累了。我们出发前,我原想把它留给约翰·麦吉。但巴克不愿意。我们是它的家人,多拉、比乌拉和我,它想和我们一起走。所以我让它当了骡子的头,而且从来不让它工作——我是说我从来不骑它,也从来不让它戴上骡具。但它的确在工作,领导骡子。它的耐心和准确的判断帮助我们安全到达了幸福谷。没有它,我们不可能成功。

如果不和我们出来,它可能会多活几年,也可能在我们离开后不久因为孤独变得消瘦憔悴。谁知道呢?

我想都没想过要利用巴克的尸体;如果说出这种话,多拉说不定会因为情绪激动流产的。但是如果埋了它,罗普和天气很快会让它的尸体不复存在。这个想法很愚蠢。不过我还是埋葬了它。

埋一头骡子的坑巨大无比；如果我挖的不是松软的河滩黏沙土，我自己也会躺在坑里的。

但首先，我要解决一些权力分配的问题。排队喝水时，肯只排在比乌拉后面，它是一头稳重健壮的骡子，话也讲得不错。而另一方面，比乌拉在整个行程中承担了巴克助手的角色——但我从没见过由一头母骡带领的骡队。

密涅娃，在人类社会中这不是一个问题，至少在今天的塞昆德斯不成其为问题。但在某些动物种群中，这确实是个问题。大象中的领导者是母象，鸡群中的领导者是公鸡，而不是母鸡。狗群中的老板可以是公狗，也可以是母狗。面对由性别来决定首领的动物种群，人类最好别插手，让它们按照自己的方式行事。

我决定先看看比乌拉是不是能够管理骡群。我告诉它命令骡子们排好队，等着上骡具。这既是一次测试，也是为了把骡群带走，不让它们看到我埋葬巴克的场景——骡子们有些紧张不安；领头骡子的去世让它们心慌意乱。我不知道骡子怎样看待死亡，但它们显然并不是漠不关心。

它立刻忙碌起来，我则注意观察着肯。它接受了命令，按照平常的安排站到迪西旁边。我给它们戴上骡具以后，比乌拉是唯一一头剩下的、没有戴骡具的骡子——现在已经死了三头骡子了。

我告诉多拉我想让它们走到几百米开外，比乌拉当领队的骡子。多拉能控制局面吗？如果由我来做，她是不是会感到安全一些？第二个问题又来了：多拉要求在我埋葬巴克的时候在场，她的要求还不止这些。"伍德罗，我能帮你挖坑。巴克也是我的朋友,这你知道。"

我说:"多拉,我能够容忍一个孕妇提出的所有要求,但有个前提:她不会做会伤害她自己的事情。"

"但是,亲爱的,我感觉身体还可以——我只是为巴克的死感到非常难过。所以我想帮忙。"

"我也认为你的身体状况很好,而且希望你能继续保持下去。你待在骡车里就是对我最好的帮助。多拉,我手头没有任何照顾早产儿的设施,而且我不想像埋葬巴克一样埋葬一个婴儿。"

她的眼睛睁大了,"你认为会发生这种事?"

"小甜心,我不知道。我知道一些妇女在难以想象的困难条件下生下了健康的婴儿。我也见过其他人无缘无故失去了孩子,至少我不知道是什么原因。关于这个问题我遵循的唯一原则就是:不要冒不必要的风险。这件事就是不必要的风险。"

就这样,为了让双方都满意,我们重新做了安排,于是又多花了一个小时的时间。我把第二辆骡车上的东西卸下来,又竖起篱笆,把四头山羊赶到篱笆里,让多拉留在那辆骡车里。然后我把第一辆骡车赶到三四百米远的地方,卸下骡子上的骡具,告诉比乌拉让它们聚在一起,还告诉肯让它帮助比乌拉,又把弗里兹留下来一同帮助它。我这才带着麦克女士回到原地,让它放哨,提防罗普或其他动物的攻击。这里的视线很好,没有灌木和高草;整个地方看上去像个有人照料的公园。但我会待在一个大坑里;我不希望有什么东西偷袭我或者骡车。"麦克贝斯女士。登高警戒。开始!"

根据我们达成的一致意见,多拉留在骡车里。

我花了一整天,这才安置好我的老朋友,中间只吃了一顿午饭,短暂地休息了几次,喝了口水,在骡车下面的阴凉地里喘口气。我和麦克女士一起休息,我爬上坑来以后就让它躺下。整个过程中间还被打扰过一次——

下午的时候,我挖的坑几乎快完工了,这时麦克女士大声叫起来。我很快爬出那个大坑,手里拿着爆破筒,以为会看到罗普。

但只是一只地龙——

我没有特别惊讶,密涅娃;这里的草地像经过修剪,平平整整,简直就是人工草坪。这种地方看来更容易出现地龙,而不是草原山羊。地龙不是很危险,除非有一条碰巧掉到你身上。它们的行动很缓慢,也很愚蠢,而且从来只吃素食。哦,它们长得很丑陋,挺吓人的,模样就像六条腿的三角恐龙。但仅此而已。罗普不会攻击它们,拿地龙坚硬的甲壳没有办法。

我爬上骡车,和多拉待在一起。"你看到了吗,亲爱的?"

"离得很远。天哪,它的块头那么大。"

"是挺大的。但它可能会自己走开。只要有可能,我不想在它身上浪费弹药。"

可那该死的东西没有离开。密涅娃,我想它愚蠢地错把骡车当作一只母地龙了。或者公地龙。地龙很难分清公母,但它们肯定是雌雄异体的;两只地龙性交的场面壮观极了。

当它距离我们不到一百米的时候,我跳出篱笆,带着麦克女士。它激动得有些发抖。我怀疑它是否见过地龙;在它出生前很久,地龙在托普多拉就已经被消灭干净了。它向地龙飞跑过去,机警地冲它高声吠叫。

我希望我的狗能让它掉头离开,但这只奇形怪状、长得像犀牛的地龙根本没有在意;它径直朝骡车方向慢慢地走去。所以我用针枪朝着它应该是嘴的部位射了一枪,想引起它的注意。它停了下来,我想它可能感到有些奇怪,所以张大了嘴巴。这正是我需要的,我不想浪费过多的能量来穿透那层甲壳,于是把能量枪的开关调到"最小",朝它嘴里开了一枪,就这样结果了这只地龙。

它在那里站了一会儿,这才慢慢地轰然倒下。我把狗唤回来,走回篱笆前面。多拉在那儿等着我。"我可以去看看吗?"

我扫了一眼日头,"小甜心,我要赶在天黑前把巴克安置好,再把骡子带回来,继续向前走。除非你想在这里露营?一边是巴克的墓地,另一边是一只死地龙?"

她没有坚持,于是我回去继续干活。我又用了一个小时的时间,把坑挖得足够深、足够大。我取出滑轮和起重装置,把它固定在骡车后轴上,再绑住巴克的两只后腿,用绳子上的钩子钩住它,然后拽住绳子另一端。

多拉走到我身边,"等一等,亲爱的。"她走过去,拍了拍巴克的脖颈,倚过去亲了亲它的前额,"好了,伍德罗。开始吧。"

我用力拉着绳子。虽然骡车的闸锁住了,但有那么一刻,我认为骡车都要被拉动了。巴克开始在地面上滑动,慢慢掉入它的墓穴。我晃了晃滑轮的钩子,让它脱落下来,然后开始很快地往坑里填土。我几乎花了一天时间挖的坑,只用了二十分钟就填完了。多拉在一旁等着。

我填完了,"坐到骡车上去,小可爱;就这样了。"

"拉撒路,我真希望我这时能说点什么。你能吗?"

我想了想。我听过上千次葬礼致辞,其中很多我都不喜欢。所以我自己发明了一段话:"上帝,无论您在哪里,请照顾这个好人。无论做什么事,他总是尽最大的努力。阿门。"

(此处省略部分内容)

——即使是刚到那里的前几年,生活也不是特别艰苦,因为幸福谷可以种任何庄稼,每年两到三季。但是我们应该把它命名为"地龙谷"。

罗普已经够让人头疼的了,尤其是我们在兰帕特山脉另一边发现的、一群群出没的小罗普。但这些该死的地龙!它们几乎让我发疯。同一块马铃薯地接连四次被糟蹋以后,这个问题到了不得不解决的地步。

我可以给罗普下毒,也这样做了。只要能经常改变手法,我也可以设陷阱抓它们。我还可以在晚上放上诱饵,然后安静地等着,用一只针枪静悄悄地解决掉罗普群里的绝大多数成员。我能采取很多方法,我也这么做了。骡子也学会了如何对付它们。到了晚上,骡子紧紧地挨在一起睡觉,但总有一头放哨,就像鹌鹑或狒狒一样。只要我听到意思是"罗普!"的骡子叫喊,我总是立即醒来,尽量加入它们的娱乐活动——但骡子很少会给我留下几只罗普;它们能踩死罗普,又比罗普跑得快,能把一些或者一整群极力逃跑的罗普全干掉。在和罗普的战斗中,我们损失了三头骡子和六只山羊,但罗普那边也得到了信息,对我们敬而远之。

但那些可恶的地龙!它们太大,没有办法设置陷阱,而且也不吃下了毒的食物。地龙只吃素菜,但它们在一个晚上对一片玉米地所做的恶行,甚至在所多玛城和哥摩拉城①都看不到。弓箭对它们不起作用,针枪也只能给它们挠挠痒痒。用能量枪可以干掉地龙,能量开到最大,可以穿透它的甲壳。如果我能让我

---

①所多玛城,古代巴勒斯坦的一座城市。据《圣经·旧约》,因其邪恶和堕落,与哥摩拉一起被毁掉;哥摩拉城,所多玛城旁边的巴勒斯坦古代城市。据《圣经·旧约》,这座城市因其居民罪恶深重而毁于一场大火。

的目标张开嘴巴,能量调到"小"也能结束战斗,像我第一次射杀地龙那样。地龙还有一点和罗普不一样,它们太愚蠢了,不知道在遭受损失后要对我们敬而远之。

在我能开荒种地的第一个夏天,为了保护庄稼,我杀了有一百多只地龙。对我来说,这是一个失败,对地龙来讲却是胜利。不仅因为地龙尸体发出的臭味能把人熏倒,(体积那么庞大的尸体,你能拿它怎么办?)更糟糕的是,能量枪的能量储备越来越少,而地龙看起来一点儿也没少。

没有动力。我们想在选定的居住区域建一座水车。我可以拆掉一辆骡车,用拆下来的材料造一架水车,但巴克河无法提供足够的落差。我带来的风车其实只是一些齿轮和五金零件;从翼板到塔座都必须由我自己做。在有动力之前,我无法补充能量枪的储备。

多拉解决了这个问题。我们这时仍住在第一次建成的那圈围墙里,只是一圈高高的土坯墙,刚刚能把骡车围起来。到了晚上,山羊也会圈进院子。我们和小扎克睡在第一辆骡车上,用一个粗陶荷兰锅做饭。周围到处是烟尘,随地大小便的山羊、鸡,还有小婴儿发出的酸臭味儿。那个时候,连污水坑都不得不设在围墙内。在这种环境里,死地龙的臭味都不是那么明显了。

我们刚刚吃完晚餐。和平常吃晚餐时一样,多拉戴着她的红宝石。我们仰头看着月亮和星星逐渐显露出来。这是一天中最美的时刻,在这个本该欣赏我和多拉的第一个孩子吃奶的样子以及夜空美景的时候,我却在抱怨没有动力,还有我到底该怎么对付那些可恶的地龙。

我已经排除了几种产生动力的方式。如果在一颗发达的行星,哪怕是像新匹兹堡那样有煤矿和原始冶金工业的地方,这些方法都是简单易行的。这时，我碰巧用了一个非常古老的术语。我没有用千瓦或者是百万达因厘米每秒等术语，而是说无论用什么办法，只要能得到十马力，我就满足了。

多拉从来没见过马，但她知道马是什么。她说："亲爱的，能不能用十头骡子来代替马呢？"

（此处省略部分内容）

第一辆骡车出现的时候，我们已经在山谷里生活了七年。小扎克快七岁了，而且开始给我当帮手了——至少他以为自个儿是在给我帮忙。我总是鼓励他这么做。安迪五岁，海伦还不到四岁。我们失去了珀尔塞福涅，现在多拉又怀孕了——她坚持要立刻再怀上一个宝宝，一天也不等，一个小时也不等。她是对的。得知她又怀孕了以后，我们的精气神又回来了。我们想念珀尔塞福涅，她是个可爱的宝宝。但我们不再悲伤，我们要向前看。我想再要一个女儿，但无论生男还是生女我都很满足。在那个年代，身处那么一个地方，你是无法控制婴儿的性别的。

总而言之，我们的状况很好，有一个繁茂的农场，健康、幸福的家庭，很多牲畜，很大的场院，挨着场院的后墙有一幢房子。我们还有一架风车，可以用来锯木、磨粉，或者给能量枪提供能量。

看到那辆骡车的时候，我首先想到有邻居真好。第二个想法是我要骄傲地、非常骄傲地向新来的人展示我的幸福家庭和农场。

多拉爬上屋顶，和我一起看那辆骡车；它还在十五公里以外，天黑之前到不了。我用手臂搂住她，"兴奋吗，亲爱的？"

"是的。尽管我从来没有感到孤独；你没有让我孤独。你觉得晚餐时会有几个人？"

"嗯——只有一辆骡车。一个家庭。我估计只有一对夫妇,没有孩子,或是带上一两个孩子。如果比这个多,我会很惊讶的。"

"我也是,亲爱的,反正我们有足够的食物。"

"在他们到来之前,给孩子们都穿上衣服。咱们不想让他们误会我们在养小野人,对吗?"

她一本正经地回答道:"我也要穿衣服吗?"

"装模作样!你自己决定吧,兰吉·里尔——但是谁上个月刚说她从来没有穿过自己的礼服?"

"你会穿上你的短裙吗,拉撒路?"

"也许。我也许还会洗个澡。到时候我肯定需要洗个澡,今天我得清理羊圈,还要做很多别的事。我要让这个地方看起来尽可能地干净整洁。不过,别提'拉撒路'这个名字,亲爱的;我又变成比尔·史密斯了。"

"我会记住的——比尔。我也要在他们到这里之前洗个澡。我今天也会很忙,天气又热。我要做饭、打扫房间、给孩子们洗澡、告诉他们我会怎么把他们介绍给陌生人。他们还从来没见过其他人呢,亲爱的;我不知道他们是不是相信还会有其他人存在。"

"他们会表现得很好的。"我相信他们会的。对养育子女,多拉和我的看法相同:夸奖他们,永远不对他们大喊大叫,必要的时候立刻惩罚他们——从来不耽误一分钟——然后事情就过去了,大家都会忘记它。打了他们的屁股以后,要像平时一样慷慨地给他们抚爱——或者给得要更多一些。有时候必须打他们的屁股(多拉通常用细软的枝条),因为我的孩子们都是小淘气鬼。如果采用所谓的"甜蜜与光明"的教育方式,他们准会钻空子。几个世纪以来,毫无例外。我的一些妻子不相信我生的孩子会成为小魔鬼,但多拉从一开始就在体罚孩子的问题上有正确认识,和我站在一起。所以,她教育的孩子是我所有的孩子里最文明的。

那辆骡车距离我们约一公里远的时候,我骑着骡子前去迎接他们。我感到既惊讶,又失望。那算什么家庭呀——除非你认为一个男人和两个成年的孩子也算一个家庭。没有女人,没有小孩。真不知道他们打算怎么拓荒、繁衍生息。

那个小一些的儿子其实还不算完全成年,胡须长得稀稀疏疏,也不整齐。但他比我还高、还重,而且他是他们三个中块头最小的。他的父亲和哥哥坐在骡车上,他在赶车——的的确确是在赶车;他们没有领头的骡子。除了骡子,我没看到其他牲畜,不过我没看骡车里面。

我不喜欢他们的长相,也改变了想让他们做邻居的想法。我希望他们能朝山谷里面走,至少距离我们五十公里远。

坐在骡车上的那两位腰带里别着枪。在罗普出没的地方,这种做法无可厚非。我也带着一把针枪,还有一把腰刀——还有些武器藏在看不到的地方。我觉得见陌生人的时候显露出太多武器会很不礼貌。

我靠近的时候,他们停了下来,赶车人拉住了骡子。我让比乌拉停在距离对方第一匹骡子大约十步远的地方。"你好,"我说,"欢迎来到幸福谷。我是比尔·史密斯。"

三个男人中最年长的那个上下打量着我。一个男人脸上长满胡须时很难分辨出他的表情,反正我能看到的是他根本没有表情,也许是有点警觉的表情吧。我自己的脸很整洁。刚刚刮过的胡须,干净整洁的工装裤,以此表达对来访者的敬意。我一直保持着面部的整洁,多拉喜欢这样,再说我也要保持"年轻"的外貌,才能和多拉相配。我的脸上是最友好的表情,但心里却在说:"你有十秒钟来回答我的问候,说出你是谁——否则你会错过机会,品尝不到新起点这颗星球上最好的厨艺。"

他刚好赶上了我的时限;我数到七的时候,他的嘴突然在满脸胡须下咧开,笑了起来,"你真是非常友好,年轻人。"

"比尔·史密斯。"我又重复了一遍,"我没听清你的名字。"

"是吗?可能因为我还没有说。"他回答道,"我叫蒙哥马利。朋友们都叫我蒙迪,我没有敌人,至少没有长时间的敌人。我说得对吗,达比?"

"说得对,爸爸。"另一个坐在骡车上的人说。

"这是我的儿子达比,那个赶着几头蠢骡子的是丹。说'你好',孩子们。"

"你好。"他们说道。

"你好,达比。你好,丹。蒙迪,蒙哥马利夫人和你在一起吗?"我朝骡车点了点头,但没有往里面看。一个男人的骡车就像他的房子一样有隐私权。

"为什么要问这个?"

"因为,"我说,脸上还是那副愚蠢的友好表情,"我想骑骡子回那所房子里,告诉史密斯夫人会有几个人吃晚餐。"

"哇!听到了吗,孩子们?有人邀请我们吃晚餐了。这太友好了,不是吗,丹?"

"是的,爸爸。"

"我们也很友好地接受了。不是吗,达比?"

"是的,爸爸。"

我有些厌烦他们这种一唱一和,但仍然保留着友好的表情,"蒙迪,你还没有告诉我有几个人。"

"哦,只有三个人。可我们能吃六个人的饭。"他拍着大腿,为自己说的话大笑起来,"是不是,丹?"

"是的,爸爸。"

"让那些蠢骡子赶紧开步,丹;我们现在有理由赶路了。"

我打断那孩子的附和,"等一等,蒙迪。没有必要让你的骡子太劳累。"

"为什么?它们是我的骡子,孩子。"

"它们是你的,你可以按照你的想法来使唤它们。但我要赶在你们前面回去,这样史密斯夫人才有时间给你们准备晚饭。我看到你戴了一只手表,"我瞥了一眼我的表,"女主人会在一个小时以后迎接你们。如果你们需要更多的时间赶路,加上给骡子卸鞍具、饮水,那也成。"

"蠢骡子没事,吃完晚饭以后再照看也没事。如果早到的话,我们就坐一会。"

"不,"我坚决地说,"一个小时以后,不要早到。你也知道,一位女士对她还没有准备好就到来的客人会有什么感觉。她会手忙脚乱,可能会毁了你们的晚餐。骡子就随你们的想法办吧,但离我们住所很近的地方有一个小河滩,在那儿可以很方便地让它们饮水。你们也可以在那儿清洁一下,准备和一位女士共进晚餐。但是,别在一小时还没到的时候就到我们家。"

"听上去,你的妻子很挑剔……在这么一个荒无人烟的地方。"

"她是这样的。"我回答道,"回家,比乌拉。"

开始是一溜小跑,然后比乌拉开始大步往回跑。在肯定我已经跑得够远了、不会成为别人的靶子以前,我一直感到后背发凉。世上只有一种危险的动物,但有时你还必须假装他们纯洁可爱得跟眼镜蛇一样。

我急匆匆地走进屋子,没有停下来给比乌拉卸鞍。多拉听到了我叮里咣啷跑回来的声音,她站在院子门口等着我,"出了什么事,亲爱的? 有麻烦了?"

"可能。有三个男人,我不喜欢他们。但我答应招待他们吃晚饭。孩子们吃了吗? 我们能不能让他们到床上去,还要让他们相信,如果他们胆敢窥视,我会活活剥了他们的皮? 我刚才没说我们有孩子,过会儿也不要向他们提起。我得赶快检查一下,看外面有没有什么能让他们想起'孩子'的东西。"

"我尽量吧。还有,我已经让他们吃过了。"

整整一个小时以后,拉撒路·龙在院门口迎接了他的客人。他们赶着车从他描述的那个河滩方向过来,所以他推测他们已经给骡子饮了水。他仍旧有些不快——晚饭会花不少时间,可这些人并没有给骡子卸鞍具,一点儿也不在乎它们。但他很高兴地看到三个人都或多或少地梳洗了一番——或许他们还不至于那么粗鲁。也许他在荒无人烟的地方待得太久,让他觉得遇到了麻烦的第六感变得过于敏感了。

拉撒路穿着他最好的衣服——全套的苏格兰方格呢短裙,只是新匹兹堡出产的衬衫有些褪色,影响了整体效果。这的确是他最好的衣服,只在孩子们过生日的时候才穿。其他日子里他只穿工装裤,或者什么都不穿,视他要干的活计和天气状况而定。

蒙哥马利下了骡车,他停下来,打量着男主人,"啊,挺时髦的嘛!"

"是为了向你表示尊敬,先生。我只在特殊场合才穿这个。"

"是吗？你真是太客气了，莱德。不是吗，丹？"

"是的，爸爸。"

"我的名字叫比尔，蒙迪。不是'莱德'。你们可以把枪放在骡车上。"

"啊！这可不是很友好。我们总是随身带枪。是不是，达比？"

"是的，爸爸。还有，如果爸爸说你的名字叫'莱德'，那你就叫莱德。"

"不，不，达比，我可没那么说。如果莱德希望别人叫他汤姆、迪克或者是哈里，那是他的选择。但如果没有枪的话，我们会觉得自己没穿衣服。这是事实，比尔。我甚至上床睡觉的时候也带着枪。在这样荒无人烟的地方也是一样。"

拉撒路站在打开的院门边。他没有让开，让客人走进院门。"这种防范危险的措施可以理解……但那是在旅途中。绅士们在和女士一起吃饭的时候是不带武器的。把枪放在这儿，或者放回你们的骡车上去，你们自己决定。"

拉撒路可以感到气氛变得紧张起来，他看到那两个年轻人在看父亲有什么指示。拉撒路没理会他们，只是微笑着看着蒙哥马利，并强迫自己紧绷的肌肉放松下来。这会儿就要动手？这些粗坯会让步吗？还是把这当成了一次挑战？

蒙哥马利咧开嘴，大笑起来，"当然，我的邻居，你要怎样就怎样好了。要我把裤子也脱了吗？"

"只卸枪，先生。"（他是右撇子。如果我也用右手、穿着他那种衣服，我的第二把枪会在哪儿？在那儿，我想——但是，这样的话，它肯定非常小……或者是一把针枪，或者是一把偷袭用的小型枪。他的儿子也都是右撇子吗？）

蒙哥马利一家把他们的枪带放在骡车座位,这才折回来。拉撒路站到一旁,迎接他们进了院子,然后关上门,放下门闩。多拉穿着她的"礼服",正等着他们。除了有一次在草甸上(当时天气热极了),她第一次没在吃晚餐时戴她的红宝石。

"亲爱的,这是蒙哥马利先生和他的儿子们,达比和丹。这是我的妻子,史密斯夫人。"

多拉行了一个屈膝礼,"欢迎,蒙哥马利先生,还有达比和丹。"

"叫我'蒙迪'吧,史密斯夫人——你的名字是什么?你们的房子真不错……在这么个偏远荒僻的地方。"

"先生们,请原谅,我得去把晚餐摆上桌了。"她很快掉转身,快步回到厨房。

拉撒路回答道:"我很高兴你喜欢这里,蒙迪。这是我们辛勤劳动的成果,我们还开垦了一片农场。"我们挨着场院的后墙盖了四间房子:储藏室、厨房、卧室和儿童房。每一间都有一扇朝院子开的门,但现在只有厨房门开着。这些房间里面都是相通的。

厨房门外有一个荷兰锅;厨房里有一个做饭的火灶。下雨的时候,所有饭食都在里面做。火灶和一个水桶是多拉厨房中的主要用具,她的丈夫向她保证,"亲爱的,在你当上祖母之前,我一定给你接上自来水。"她倒并没有给他施加压力;每一年,他们的房子都会变得大一些,装备得更好一些。

荷兰锅后面,与卧室并排的位置上放着一张长长的桌子和配套的椅子。挨着储藏室的另一面墙建了一个厕所;一间房子、一只水桶,加上把一只水桶截成两半做成的两个木盆,这就构成了他们的"浴室-厕所-化妆间"。

"你干得不错，"蒙哥马利承认道，"但不应该把厕所放在院子里面。"

"外面还有一个厕所。"拉撒路告诉他，"我们尽可能地少用这个，我也尽量让它不那么有味儿。在这样一个罗普出没的荒野地带，你不能让一个女人在天黑以后到外面去。"

"有很多罗普吗？"

"不像过去那么多了。你们沿着山谷走过来的时候有没有看到地龙？"

"看到了很多地龙的骨头。看上去好像这一带的地龙遭了一场瘟疫。"

"和瘟疫差不多。"拉撒路赞同道，"麦克女士！站住！"他接着说，"蒙迪，告诉达比别踢那只狗。会很不安全；它会反击的。它是一只看家狗，负责这个家的警戒，它知道自个儿的责任。"

"你听到他的话了，达比。别动那条狗。"

"它最好别在我身上嗅来嗅去！我不喜欢狗。它还冲我吼叫。"

拉撒路直接对那个大儿子说："它对你吼是因为它嗅你的时候你踢了它。而它是在做它分内的事。如果我不在的话，它会咬断你的脖子。别动它，它也不会动你。"

蒙哥马利说："比尔，我们吃饭的时候，你最好让它待在外面。"用词似乎是建议，但听起来却像命令。

"不。"

"先生们，晚餐准备好了。"

"来了，亲爱的。麦克女士，登高警戒。"那只狗看了达比一眼，然后迅速踩着梯子的横档上了屋顶。它先在那儿仔细查看了四周的情况，然后坐在一个既能看到外面、又能关注下面晚餐聚会情况的地方。

这个晚餐聚会在食物方面很成功,聚会本身却不怎么样。席间的谈话大多只局限在两个年长些的男人之间。达比和丹只顾埋头吃饭。多拉对蒙哥马利跟她说的一些俏皮话只是做了最简单的回应,对她认为太唐突的话一律装作没听见。盘子旁边摆着刀、叉和勺子,让那两个儿子很吃惊,他们主要用刀和手指吃饭。他们的父亲做了些努力,想使用餐具,却把很多食物弄到了胡须上。

多拉在桌子上堆满了热炸鸡、火腿片凉菜、土豆泥和鸡汤、热玉米饼、蘸熏肉油吃的全麦面包,每人一杯山羊奶,拌山羊奶酪和洋葱的莴苣和西红柿沙拉、煮甜菜、新鲜萝卜、浇上山羊奶的新鲜草莓。正如他们所说,蒙哥马利一家吃了六个人的分量。多拉很庆幸自己准备了足够多的食物。

最后,蒙哥马利靠在椅子上,打着饱嗝,满意地说:"真是不错! 史密斯夫人,你可以一直给我们做饭。对吗,丹?"

"是的,爸爸!"

"我很高兴你们吃得满意,先生们。"她站起来,开始收拾桌子。拉撒路也站起来帮她。

蒙哥马利说:"哦,坐下来,比尔。我想问你一些问题。"

"你问吧。"拉撒路说着,手里仍在收拾桌上的碟子。

"你说这个山谷里没有其他人。"

"是的。"

"那么我想我们要待在这里。史密斯夫人的厨艺非常好。"

"欢迎你们在这里露营过夜。你们会在河的下游找到非常好的耕地。我跟你们说过了,是我开垦了这里的土地,把这里变成了家。"

"我就是想和你说说这个。一个人占有所有最好的土地,这是不对的。"

"这不是最好的土地,蒙迪;还有成百上千公顷一样好的土地。唯一的区别是,我开垦并耕作了这片地。"

"我们不争论这个。我们的票数超过你。我是说,有四个人投票,我们三个人的意见都一致。对不对,达比?"

"是的,爸爸。"

"这不是由投票来解决的事,蒙迪。"

"哦,别那么说! 大多数人总是对的。但我们不争论这个。吃饱了,我们来玩一玩怎么样。你喜欢摔跤吗?"

"不喜欢。"

"别扫兴。丹,你觉得你能把他摔倒吗?"

"当然,爸爸。"

"很好。比尔,你先和丹摔——就在中间那儿,我来当裁判,一切都光明正大。"

"蒙迪,我不会和他摔跤的。"

"哦,你当然会。史密斯夫人! 你最好到这里来,你肯定不想错过这个场面。"

"我这会儿很忙,"多拉在厨房喊道,"我很快就来!"

"最好快一些。然后你和达比摔,比尔——最后再和我摔。"

"不摔跤,蒙迪。到时候了,你们应该回你们的骡车上去。"

"但你必须摔跤,年轻人。我没有告诉你奖品是什么。得胜的人和史密斯夫人睡觉。"他边说边掏出身上的第二把枪,"瞧,我骗了你,小是吗?"

多拉从厨房里开了一枪,打掉了他手里的枪,与此同时,一把飞刀插进了丹的脖子。拉撒路小心地朝蒙哥马利的腿上打了一枪,然后更小心地朝达比打了一枪——因为麦克贝斯女士已经咬住了他的脖子。整个搏斗不到两秒钟。

"女士,干得漂亮。那一枪打得真准,小可爱。"他拍了拍麦克贝斯女士,"好姑娘,好狗。"

"谢谢你,亲爱的。要我结果蒙哥马利吗?"

"等一等。"拉撒路迈步过去,看着那个躺在地上受了伤的人,"有没有什么想说的,蒙哥马利?"

"混蛋!你根本没给我们机会。"

"已经给你们很多机会了,可你们不利用。多拉,你想动手吗? 这是你的特权。"

"不想。"

"好吧。"拉撒路捡起蒙哥马利的第二支枪,发现它是一把应该放在博物馆里的枪,但看上去仍然完好无损。他用它结果了它的主人。

多拉在脱她的礼服,"等一等,亲爱的,我要把这个脱了;我不想把它弄上血。"脱掉衣服后,可以看到她的小腹微微隆起。她身上还有几件武器,臀部下面还吊着一个枪带。

拉撒路脱下他的短裙和漂亮衣服,"你不需要帮忙,小甜心;你已经干了一天的活了——而且干得很不错! 把我那件最旧的工装裤扔给我。"

"可我想帮忙。你要拿他们怎么办?"

"把他们放到骡车上,拉到河下游很远的地方。罗普会解决掉他们的。然后再回来。"他看了一眼日头,"还有一个多小时天黑。时间足够了。"

"拉撒路,我不想让你离开我! 现在不想。"

"伤心了,亲爱的?"

"有一些。但不全是。嗯……这让我产生了性冲动,我真羞愧。这是不是很变态,啊?"

"兰吉·里尔,随便什么事都能让你产生性冲动。是的,是有点变态……但这是一个人第一次看到死亡场面时可能产生的一种既奇特又正常的反应。只要不对这个上瘾,你就不用感到羞愧;这只是一种放松的方式。我又想了想,还是别拿工装裤了;把血从我的皮肤上擦掉要比从衣服上弄掉容易些。"他边说边挪开门闩,打开门。

"我以前见死人的场面,海伦阿姨死的时候,我比现在伤心得多……可那时我一点也没有感到有性冲动。"

"我说的是暴力死亡的场面。亲爱的,我想赶在更多的血渗入地下以前把这些尸体搬到围墙外面去。我们可以以后再讨论。"

"你需要有人帮你把尸体搬到骡车上去。我不想离开你,真的不想。"

拉撒路停下来,看着她,"你比嘴上说的要伤心得多。这也很正常——紧要关头很镇静,事情结束后才有了反应。咱们想个办法吧。我不想让孩子们单独待那么长时间,也不想让他们坐在装这些脏肉的骡车上。要不我今晚只走一段距离,大约三百米左右吧。你能不能烧上一壶开水?虽然我会很小心,不让血滴在身上,我还是想在做完这些事后洗个澡。"

"好的,先生。"

"多拉,听起来你还是不高兴。"

"我会照你说的办。其实我可以叫醒扎克,让他照料弟弟妹妹。他已经习惯了。"

"好吧,亲爱的。但咱们得先把他们运到骡车上。我拖他们的时候,你抓住他们的脚。想吐的话就去照顾孩子,这些事我做。"

"我不会吐的,我吃得很少。"

"我也吃得很少。"他们开始进行这项让人毛骨悚然的工作;拉撒路继续说着,"多拉,你干得非常好。"

"我明白了你给我的信号。你给了我充足的时间准备。"

"给你发信号的时候,我还不敢肯定他马上要和我摊牌。"

"真的,亲爱的?没等他们坐下来吃饭我就知道他们要干什么:杀了你,然后强奸我。你没感觉到吗?所以我一定要确保让他们吃得很多,这样才能让他们的动作慢下来。"

"多拉,你可真够敏感的呀。"

"当心他的头,亲爱的。他们那么强壮,这种情况下我还能感觉不到吗?但我不清楚你会怎么处理这件事。我已经下了决心,如果你需要一晚上来想出一个万全之策,我可以让他们强奸一晚上。"

她的丈夫郑重地回答道:"多拉,我可以看着你被强奸,但仅仅是在一种情况下:只有这么做才能挽救你的生命。今晚的情况不需要这样。感谢上帝!在大门口时,蒙哥马利让我有些担心。他们三支枪都露在外面,而我的枪还在短裙里——可能会很麻烦。既然他无论怎样都想杀了我,他应该那时就动手。小可爱,四场战斗有三场,胜负的关键就在于抓住时机、毫不迟疑。这也是我以你为荣的原因。"

"但是,是你创造了所有的条件,拉撒路。你给我发信号,让我站好位置,他让你坐下的时候你仍然站着,你绕到桌子的另一端,吸引了他们的注意力——还留出了射击路线。谢谢你。我所做的仅仅是在他掏枪以后马上开枪。"

"我当然要留出你的射击路线，亲爱的；这样的场面我经历过许多次了。但你准确的枪法给我节省了时间，不用先对付他们的父亲，而是把飞刀钉在了丹的脖子上。麦克女士对付达比也帮了我的大忙。你们两位姑娘让我不用同时对付三个人，要知道，我向来觉得一对三很棘手。"

"我们两个都是你训练的。"

"嗯，是的，但这丝毫没有让你的行为减色。你在他拔出枪之前一直没有开火，射杀他之前一点也没有浪费时间。真像个经历过上百次枪战的老兵，而不是一个从来没有经验的新手。你过去让骡子稳住，我把后挡板打开。"

"好的，先生。"

她刚刚走到领头的那对骡子旁边，对它们说着安抚的话，突然听到他叫了起来："多拉！到这里来。"

她走到后面，他说："看看这个。"

那是一块他刚从骡车后部卸下的墓碑，他把它放在地上的尸体旁。上面刻着：

巴克

出生于地球

公元3031年

死于此地

新起点37年

无论做什么，他总是尽最大努力

她说："拉撒路，我不明白。我理解他们为什么想强奸我。我可能是他们几个星期里看到的第一个女人。我甚至可以理解他们为什么想杀你，或者为了得到我而做出的任何事。可他们为什么要偷这个？"

"这不完全是'为什么'的问题，亲爱的……不尊重他人财产的人，什么事都做得出来。他们会窃取任何没有明确所有者的物品，即使这些东西对他一点用处也没有。"他又补充说，"早知道他们做了这样的事，我根本不会给他们任何机会。看到这样的人就应该立刻消灭他们。问题在于要识别出这种人。"

密涅娃，多拉是唯一一个我毫无保留去爱的女人。我无法解释这是为什么。刚和她结婚的时候，我并没有以这样的方式去爱她；那时的她还没有机会教会我爱是什么。没错，我是爱着她，但那是一种溺爱孩子的父亲对孩子的爱，或者某种对宠物的宠爱。

我决定和她结婚，不是出于最深层次的爱，只是因为这个给了我这么多幸福时光的小可爱非常想要一样东西——我的孩子。只有一种方式能够在满足她要求的同时满足我自己的要求。所以，我可以说是非常冷静地计算了成本，然后认为成本并不高，我可以给她想要的东西。我的损失并不大；她是短寿人，五十年、六十年、七十年，最多八十年，她就会死去。我给得起这点对我来说无足轻重的时间，使我的养女可怜而又短暂的一生充满幸福。我就是这么想的。她要求的不多，我也给得起。那就这么办吧。

接下来的事就顺理成章了；为了实现你的主要目标，需要做什么就得做什么。几种可能的选择我已经告诉你了，还有一种我可能没说过：我考虑过在多拉活着期间重新担任安迪·J的船长，让扎科在地面行使另一个合伙人的职责；如果他不愿意，就把他的股份买下来。在星际飞船里待上八十多年对我来说没什么，但对多拉来讲,这就是一生的时间,所以这个方案可能不适合她。再说星际飞船也不适合抚养孩子。他们长大了怎么办?把他们放在什么地方?除了飞船上的事,他们什么都不知道。这样不好。

最终我决定,一个短寿人的丈夫也理应是一个短寿人,他要在各个方面尽其所能地做到这一点。要执行这个决定,只有一个解决方案——于是我们到了幸福谷。

幸福谷。这是我一生中最幸福的时光。我和多拉生活的时间越长,我就越爱她。她通过爱我教会了我如何去爱。我也在学习——速度很慢;我不是一个很好的学生,早已习惯于自己的方式,也缺乏她那种与生俱来的天分。但我的确在学。我明白了一个道理:至高无上的幸福在于让另一个人安全、温暖和幸福。我也有幸能够实践这一理论。

但这也是最让人悲伤的事。每天和多拉生活在一起,我对爱理解得越来越透彻,我也越来越快乐……但我心中也有一个角落越来越痛楚:我知道这只是一段短暂的时光,很快就会结束——当它真的结束以后,我在近一百年里都没有再次结婚。但后来我还是结婚了,因为多拉教我要正视死亡。她和我一样,知道自己会死去,知道自己的一生会很短暂。但是她教我要生活在现在,不要让任何事情破坏今天的生活……到最后,是她让我不再认为长寿是一种惩罚。

我们度过了美好的时光!我们忙得四脚朝天,总是有很多事情要做,但我们享受着每一分钟。无论在什么情况下,我们都不会让自己忙得没有时间享受生活。有时候我只是在匆匆路过厨房的时候拍拍她的屁股,或者是捏捏她的乳头,她会很快冲我笑一下表示明白。有时我们会懒散地躺在屋顶上看日落,看星星和月亮,通常还会用性爱来让此刻变得更加甜蜜。

我想你可以这么说,好些年里,性生活是我们唯一的娱乐活动(即使在有了其他娱乐以后,性爱仍旧是第一位的。到了七十岁,多拉仍像十七岁时那样富于激情——只是身板不那么灵活了)。我做了一副象棋,但经常累得没心思下棋;我们没有其他游戏,即使有也可能不会去玩——我们太忙了。哦,其他娱乐也是有的;我们中的一个经常会在另一个人编织、做饭或者做其他什么事的时候大声朗读。我们还会一块儿唱歌,在播种谷物或者施肥时努力合着歌曲的节奏。

我们尽可能在一起劳动;只在面临自然条件限制时才分工。我不能怀孩子,或者给他们哺乳,但我可以为孩子做其他事情。有些我做的事多拉不能做,对她来说太粗重了,尤其是在她怀孕的后期。她做饭的天分比我强(我有几个世纪积累的经验,可厨艺却不及她),她能在做饭的同时照顾婴儿和年龄太小、还没法在田里跟我一起干活的小孩子。不过我还是要做饭,特别是早餐,让多拉有时间照顾孩子们起床。她也帮忙做些田里,尤其是蔬菜地里的农活。她原先对耕种一窍不通,但她学会了。

她同样不懂建筑——但也学会了。空中作业大多是我做,风干砖坯的活儿主要是她做,往砖坯里加稻草的比例她总是掌握得很准。风干砖坯不太适合那里的气候——雨水太多了,没等你在墙上盖上罩布,一场突如其来的大雨就会把它变成泥浆。这种事真让人丧气。

但你只能拿手头有的东西造房子。我只好从骡车上卸下一些罩布,把它们钉在大部分裸露墙面上。在我想出给土坯墙做防水墙面的办法之前,只能先这么将就着。我没打算造木屋;好的木材距离太远。我和两头骡子一整天才能运回来两根原木,用它造房子太昂贵了。土坯房子也需要大梁,我用的是长在巴克河岸边的小树。

我造的房子还要尽可能地防火。多拉小时候差点被烧死;我不能让她和她的孩子现在还冒这样的风险。

可是怎么才能造一个既防水、又防火的屋顶呢?这个问题几乎难倒了我。

在我意识到解决方案之前,我曾几百次与之擦肩而过。地龙的尸体经过风、雨雪、罗普和虫子的洗礼,再加上腐烂,剩下的皮几乎可以说坚不可摧。我是在试图烧掉院子附近一头很讨厌的地龙尸体剩下的皮时发现这一点的。我一直没有搞明白其中的原因。或许自那以后有人对地龙进行了生物化学方面的研究,但我那会儿既没有设备,也没有时间和兴趣;我太忙了,要为整个家庭的生计忙碌。我只是很高兴知道了这个事实。我割下地龙腹部的皮,做成既防火又防水的油布;背部和侧面的皮做了很好的屋顶。后来我又发现地龙的骨头也有很多用处。

教育孩子是我们俩的事,我们既在室内教,也在室外教。也许我们的孩子接受的教育很古怪……如果一个人会用最简陋的工具做出一个漂亮、舒服的鞍子,凭心算解出二元方程式,无论用枪还是弓箭都能准确射击,做出色香味俱佳的煎蛋卷,滔滔不绝地背诵莎士比亚,会宰猪、腌猪肉——那么,按新起点的标准,他的教育水准已经很好了。上面这些,我们的女儿和儿子们都能做到,还会做许多别的事。我必须承认,他们的英语过分华丽了些。他们搞了个新环球剧场①,把莎士比亚的每一出戏都演了一

①上演莎剧的英国著名剧场。

遍。在那以后,他们的口音就更戏剧化了。戏剧表演让他们零零星星掌握了一些地球文化和历史方面的概念,我觉得对他们没坏处。我们手头的书不多,绝大多数是工具书;寥寥十几本"有趣"的书都快被翻烂了。

我们的孩子是从《皆大欢喜》这类莎剧开始学习识字的,他们并不觉得这有什么好奇怪的。没有人告诉他们这书对他们来说太难了。他们一点一点攻读,"可以听树木的谈话,溪中的流水便是大好的文章,一石之微,也暗寓着教训;每一件事物中间,都可以找到些益处来。"①

五岁的小女孩押着韵律说话,小嘴里优雅地吐出一节节重复韵律和多音节词,给人的感觉也挺不错的。尽管如此,我还是更喜欢听一些简单的现代儿歌。

受欢迎程度仅次于莎士比亚著作的是我的医学书籍,尤其是跟解剖学、产科学和妇科学有关的书。在我们那儿,每次生育都是大事,无论生下的是小猫、小猪崽、小骡子、小狗还是小孩。其中,多拉生下新宝宝是超级大事,总会让那本标准产科图例书中有关孕妇分娩的图片上又增添了很多手指印。后来为了减少对书的磨损,我干脆把那张图和后面几张显示正常分娩过程的图片都裁下来,贴在墙上。我宣布,墙上的图片,他们可以想怎么看就怎么看,但用手摸会被打屁股。后来我不得不打了伊斯尤特,以示公平。这件事让她的爸爸难受极了,她的小屁股远远没那么难受,尽管她用尖厉的喊叫和眼泪附和着我的轻轻拍打,给足了我面子。

这些医学书籍有一个奇特的效果。有关人类解剖和器官功

---

①《皆大欢喜》中的句子。

能的英语词汇,我们的孩子从很小的时候就知道。他们知道的是正常、标准的说法。海伦·梅柏丽当年从来没在小多拉面前使用跟人体器官有联系的鄙俗俚语;多拉对孩子们也一样,总是讲正常、标准的英语。但是,孩子们开始读我的医学书以后,很快就表现出了知识精英的势利眼:他们热爱那些拉丁语源的多音节词。如果我说"womb"①(我一直是这么说的),一个六岁孩子就会从容不迫地用权威性的口吻对我说,那本书上写的是"uterus"②。尤戴因可能会匆忙跑进来对大家发布一个新闻:大比利·维斯克斯正在和思尔吉"copulating"③,于是孩子们会一块儿冲到羊圈边看新鲜。到了十几岁左右,他们就会从这种胡言乱语状态中恢复过来,重新像他们的父母一样讲正常的英语,所以我想这也没什么大不了的。

所有其他动物的性交场面都成了孩子们观赏的场景,但我自己的却没有。我想这只是因为我长久以来形成的没什么道理的习惯而已。我不认为这会让多拉不自在,因为有几次发生这样的事时,她好像并没有生气。这样的事情确实发生过;我们很少有隐私,而且私密空间越来越少。这种情形一直延续到我们进入山谷大约十二三年后我建造了一所大房子为止。我不太确定建那所房子用了多长时间,因为只要条件允许,我就一直在建造它。房子还没有完工,我们就搬进去了,因为那时老房子已经挤得墙都快破了,而且另一个孩子(吉妮)也快要出生了。

缺少私密空间并没有给多拉添什么麻烦,在她内心看来,性行为完全是清白无辜的。只是我小时候的成长氛围——完全是

①意为子宫,单音节词,不是源于拉丁语。这是日常生活中的说法。
②意为子宫,源于拉丁语,多音节词。这种说法有更强烈的学术气。
③意为交尾,源于拉丁语,学术气息强烈。

病态的氛围,尤其是对这个问题的看法——使我对这种事有心理障碍。多拉尽力帮我克服这些障碍,但我一直没有达到她那种天使般天真的境地。

我所说的天真不是孩子的无知;我是指心地善良的、睿智的、有见识的成年女人心中那种真正的纯真。多拉很纯真,但也很坚强,知道一个人必须为自己的行为负责。她可以镇定地做出一个艰难的决定,如果最后证明她的判断是错误的,她会勇敢地面对一切后果。她可以向孩子、甚至是骡子道歉。只是很少会发生需要她道歉的事;她总是诚实地面对自己,这让她很少做出错误的决定。

即使做出了错误决定,她也不会折磨自己。她会尽最大努力改正错误,并从中学习,而不是为了已经铸成的错误辗转反侧,难以入眠。

这种潜质是父母留给她的,但是,只有在海伦·梅柏丽的正确引导下,这样的潜质才能得以发展。海伦·梅柏丽既敏感又明智。现在想来,这两个优点是相互补充的。敏感但不明智的人是混乱的,不可能把事情做好;明智但是不敏感的人——我从来没遇到过这样的人,也说不准这样的人是否存在。

海伦·梅柏丽出生在地球,但她在移民的同时也甩掉了不好的传统习惯,没有用地球濒临死亡的道德标准来影响小多拉和长大成人的多拉。多拉跟我讲过一些海伦的事,但多拉自己作为一个女人的性格让我更加深入地了解了海伦。经过很长时间,我渐渐了解了我娶的这个陌生人(新婚夫妇相互之间总是陌生的,无论他们在结婚前已经认识多久了),我知道多拉完全了解海伦·梅柏丽原来和我之间的关系,知道这其中既有经济关系,也有社会关系和肉体关系。

这并没有让多拉妒忌海伦"阿姨";对多拉来说,妒忌只是一个词汇,它对多拉的意义相当于日落对于蚯蚓的意义。她从来不会妒忌。她认为海伦和我之间的这种关系很自然、合理,也很正当。我有种感觉,正是海伦的例子才让多拉最后下决心选择我做她的伴侣。不可能是因为我的魅力和俊朗的外表,在这两个方面我都不是很出众。海伦并没有告诉多拉性是神圣的,但通过言传身教,她让多拉感到性是一种让人们能幸福地生活在一起的方式。

拿我们杀死的那三个贪婪的人来说吧。如果他们不是那么贪婪,而是心地善良、举止得体,哦,就像艾拉和格拉海德那样——那么在这种情况下,就是说有四个男人,但只有一个女人,而且这种情形看样子会一直保持下去。我想多拉会很容易、也很自然地选择一妻多夫的安排。她会说服我,让我相信她的处理方式是唯一能让大家都高兴的解决方案。

多了几个丈夫并不会让她违背自己的结婚誓言。多拉没有承诺只和我厮守在一起;我不会让一个女人做出那样的承诺,因为有时候她也许无法信守这个诺言。

多拉叫以让我们四个正派、正直的男人幸福。多拉没有任何会阻止别人越来越爱她的坏品质。这是海伦培养的。再说,正如希腊人所说,维苏威火山的火焰不可能由一个人扑灭。或许是罗马人说的? 没关系,这是真理。一妻多夫的情况下,多拉可能会更幸福。如果她更幸福了,那么接下来的情况就是,无论白天还是黑夜,我也会变得更幸福——尽管我无法想象还可以比现在更幸福。更多身体强壮的男人会减轻压在我肩上的生活压力;我总是有很多事要做。我想多一些伴儿——就是多拉认为可以接受的男人——也是让人高兴的事。对于多拉自己来说,她有足够的爱可以分给我和十几个孩子,再多三个丈夫也不会用尽她的储备。她是一眼永远不会干涸的山泉。

但这些都是假设。蒙哥马利家的那三个男人一点也不像艾拉和格拉海德,很难想象他们是同一个物种。他们是必须捕杀的害虫,所以他们被杀死了。我只是通过他们骡车上的东西了解了他们的一点点情况。密涅娃,他们不是拓荒者;那辆骡车里没有开垦农场所必需的装备,没有犁和种子,他们的八头骡子都是阉过的。我不知道他们出来逛荡是出于什么想法。也许只是想探险?等厌倦了这一切的时候再回到"文明世界"中去?或者他们是不是希望找到一些过了无望关、成功建立了家园的拓荒者,然后用暴力手段使他们屈服?我不知道,我永远也不会知道了。我向来不理解这类暴徒的想法——只知道应该怎样对付他们。

他们犯了个错误,错就错在他们面对的是可爱、温柔的多拉。她不仅在恰当的时机扣动了扳机,打的还是他的枪,而不是更容易射击的部位,比如他的肚子和胸部。这很重要吗?对我来说太重要了。当时他的枪正对着我。如果多拉射击他的身体,而不是他的枪,即使她的子弹射杀了他,他最后一个肌肉反射动作可能会——我想肯定会——使他的手指拉紧,我就会中枪。你可以想象可能出现的几种后果,都很严重。

这是巧合吗?撞上了大运?根本不是。多拉早就在厨房里的阴影中瞄准了他。他掏出那把枪的时候,她立刻改变了射击目标,射落了他的枪。这是她第一次、也是最后一次射击。但她是一个真正的枪战能手!我们花了很多时间来提高她的射击技巧,这次终于得到了回报。但比射击技巧更可贵的是她头脑里进行的冷静分析,然后决定去挑战那个更加困难的目标。我不可能教会她这个;这是她与生俱来的天赋。的确如此。你可以回想一下,她的父亲同样是在他死前的千钧一发之际做出了正确的决定。

又过了七年,第二批骡车出现在幸福谷。共有三辆骡车,那是三个带着孩子的家庭,他们是真正的拓荒者。我们很高兴看到他们,尤其是他们的孩子。因为我正在考虑卵子的问题。真正的卵子,人的卵子。

我已经快没有时间了;我们最大的儿子已经渐渐长大了。

密涅娃,你知道人类已经了解了遗传原理。你也知道霍华德家族是近亲繁殖的,基因池很小——这样的近亲繁殖逐渐清除了坏基因。但你也知道,这样做有个高昂的代价:产出有缺陷的孩子。我应该补充一点,现在的情形仍旧是这样。每一个霍华德家族聚居的地方都有为残疾人准备的福利院。这样的情况不会完全消失;新的不利变异在它们被强化之前很容易被人们忽视,这就是我们这些动物为进化必须付出的代价。也许以后会有一种代价小一些的方法,但一千二百年前的新起点是没有这种方法的。

年轻的扎克已经成长为一个有着沉稳男中音的壮小伙子了。他的弟弟安迪也不再是我们家庭合唱团里唱高音的小男孩了,尽管他的嗓门还没有变粗。小海伦不再是小孩了。她还没有来初潮,但是已经快了,随时都有可能。

我想说,多拉和我不得不考虑这些了。我们必须进行艰难的抉择。是不是应该把七个孩子都装到骡车上,穿越关口向回走?如果能够顺利回去的话,我们是不是应该把四个大些的孩子留给麦吉或是其他什么人,和三个小一点儿的孩子再回来?

或者就我们两个？或者向大家鼓吹幸福谷的幸福、它的美丽和富饶，然后带领一队拓荒者翻山越岭回到这里，以免未来出现同样的危机？

我以前估计，其他人会立刻追随我们的脚步。一年、两年或是三年后，因为我已经在身后留下了一条骡车可以通过的道路。但这个估计显然过分乐观了。好在我不是那种马被偷了之后还会因为打翻一碗牛奶而发怒的人。事先应该怎样怎样、本来最好怎样怎样，想这些没意思。问题在于我们的孩子已经渐渐长大了，我们应该拿这些性欲逐渐旺盛的孩子们怎么办？

即使我足够伪善，能和他们讨论所谓性的"罪孽"，也起不了什么作用。再说我还不够伪善，尤其是面对孩子们的时候。我也不能让别人来实现我这个想法。多拉会震惊不已，受到伤害，而且她也无法做到令人信服地说谎。我也不想给我的孩子灌输这些荒谬的说法；因为他们天使般的母亲是幸福谷里最幸福的、随时准备进行性生活的、性欲最旺盛的人——甚至比我和山羊还要旺盛——而且她从来不掩饰这一点。

我们是不是应该放松下来，顺其自然？接受我们的女儿不久以后（迫在眉睫！）就会和我们的儿子睡在一起的事实，然后准备好迎接随之而来的高昂代价？我预计，在十个孙子辈的孩子里，至少会出现一个有缺陷的孩子。我没有数据，无法得出更精确的比例。多拉对她的祖先一点儿也不了解，我虽说对自己的祖先有些了解，但掌握的信息还是不够多。我只能凭过去的经验猜个大概。

我们没有贸然行动。

我们遵循了另一条古老的经验法则：如果明天情况可能改观，永远不要在今天做你可以推到明天去做的事情。

没等新房子彻底完工,我们就搬了进去。大部分已经完工了,我们有了一个女生宿舍,一个男生宿舍,一个多拉和我的卧房,旁边还有一个婴儿房。

但我们没有自我欺骗说问题已经解决了。相反,我们把问题摆了出来。我们让三个大一些的孩子知道问题在哪里,风险是什么,为什么等一等是明智的选择。小一些的孩子也没有被挡在这样的课程之外;只是他们还太小,没过多久就对这样的技术性话题失去兴趣了。当他们厌烦了这类课程时,我们并不要求他们必须旁听。

多拉又有了一个新主意,灵感来自二十多年前海伦·梅柏丽为她做的一些事。

她宣布当小海伦来了月经初潮以后,我们会把那一天当作节日,我们要举行一个聚会,海伦是主宾。从那时起,以后每年的那一天都是"海伦日"。对于伊斯尤特和尤戴因,还有后面的女孩也是如此,每个女孩都会有一个以自己的名字命名的节日。

海伦都等不及自己从孩子进入少女时代的那一天了。几个月后的某一天,当她真的实现了这一转变以后,她毫不掩饰自己的骄傲。她把我们都叫醒,然后大声宣布了这个消息,"妈妈!爸爸!你们看,来了!扎克!安迪!醒一醒!快来看呀!"

我不知道她是否感到疼痛,她没有说起过。可能她没感觉到;多拉没有痛经的习惯,我们两个都没有告诉姑娘们可能会出现痛经。我是男人,不是女人,我对痛经只有理论知识,没有资格发表意见——你可以去问伊师塔。

这件事也直接导致我被一个两人代表团质疑,扎克和安迪。扎克充当了发言人的角色:"爸爸——用欢乐的声音和热烈的庆祝活动祝福我们的妹妹得到她应得的女人权利,我们认为这非常好,非常恰当,符合以我们的妹妹命名的海伦日所需要的气氛。但是事实上,阁下,我认为①——"

"长话短说。"

"好吧。那么男孩子们怎么办!"

我重建了骑士制度。天哪!

这不是灵机一动脱口而出。扎克问了一个很难回答的问题;我需要考虑考虑,想出一个可行的答案以后再做出回答。当然,男人和女人一样,都有成年仪式;每个文化都有这样的习俗,哪怕它们并没有明确意识到这一点。我还是个孩子的时候,这个仪式是穿上第一套正式服装。其他文化圈子有别的仪式,比如在青春期进行包皮手术,经历一次严峻的考验,杀死某种可怕的野兽——数不胜数。

这些都不适合我的儿子们。有些我不赞同,有些无法实现。就拿切割包皮的手术来说吧,我体内有一个不是很重要的突变基因,使我不长包皮。这是一个带在 Y 染色体上的基因,我把这个基因遗传给了我所有的男性后代。孩子们知道这些,但为了拖延时间,我又提起了这件事,把它和庆祝一个男孩进入成人时代的无穷多的方法混在一起说了出来。与此同时,我脑子里紧张地思考着应该如何回答孩子的问题。

最后我说:"孩子们,你们两个都清楚我教给你们的繁殖和遗传学知识,也知道'海伦日'的意义是什么。对吗?安迪?"

安迪没有回答;他的哥哥说:"他当然知道,爸爸。这意味着海伦现在可以生小孩了,就像妈妈一样。对吧安迪?"安迪睁着圆圆的眼睛,点了点头,表示赞同,"我们都知道,爸爸,小孩子们

---

①这类表达方式很"莎士比亚"化,不像日常生活的口语。应该是扎克所受另类教育的影响。

也知道。嗯,我不太确定伊瓦是不是明白;他还太小。但伊斯尤特和尤戴因知道,海伦一直在告诉她们她要和妈妈一样了,她很快就要生小孩了。"

我想打冷战,但我控制住了。说简短点吧:我没有告诉他们这种想法不对;相反,我花了很长时间引导他们自己得出结论:为什么他们中的一个把种子放入海伦的身体之前,海伦不可能生小孩;为什么尽管"海伦日"表明她现在已经可以受孕,但她还太小,还无法承受怀孕生子的痛苦;为什么即使海伦在几年以后长大成人,海伦生出的她兄弟的孩子可能会是一个悲剧,而不像她妈妈那样每次生的都是健康的婴儿。这些情况他们其实都知道,只是以前从来没有这样切身思考过。答案都是他们告诉我的,安迪的眼睛睁得越来越大——我做的只是向他们提问。

一头名叫"舞蹈姑娘"的小母骡子帮助我进一步说明了这个问题。它刚进入第一次发情期的时候,我认为它还没有完全长大,还不能生小骡子。所以我让扎克和安迪用篱笆把它和其他骡子隔开。但它把篱笆踢破了,得到了它想要的东西——巴卡罗骑在了它的身上。果然,后来它肚子里的小骡子太大了,我不得不插手,把它的肚子剖开,取出了小骡子。兽医经常会遇到这类紧急情况,这只是一个普普通通的手术。但对两个在父亲做手术时帮忙控制小母骡子的年轻小伙子来说,这个过程却足够血腥,给他们留下了深刻的印象。

不,当然不能,他们不能让类似的事情发生在海伦身上,哪怕只是一点点相似。不,先生!

密涅娃,我隐瞒了一些事实。我没有告诉他们海伦胯部的形状和尺寸让家庭医生——也就是我——认为她比她妈妈更适于生育,她的体型长大到可以生头胎的年龄要远远早于她的母亲生扎克时的年龄；我也没有告诉他们兄妹生一个健康孩子的概率要大于有缺陷的孩子。我当然不能告诉他们！

相反，我夸大事实地向他们渲染姑娘们是多么奇妙的一群人，她们能生育是一件多么神奇的事，她们是多么珍贵，一个男人应该珍爱她们、保护她们，这是他的骄傲，他的特权——甚至要保护她们不被她们自己的愚蠢所左右。因为海伦可能会像舞蹈姑娘那样愚蠢和缺乏耐心。所以不要让她引诱你们，孩子们——你们可以手淫，就像你们一直在做的一样。他们热泪盈眶地向我做了保证。

其实我没有让他们做这样的保证，也没有让他们承诺任何事——但是这让我产生了一个想法：让海伦"公主"把他们封为骑士。

孩子们领会了我的想法，并且遵循了游戏规则。多拉带了一本《亚瑟王的传说》，因为这是海伦·梅柏丽给她的。扎克先生的封号是"强壮"，安德鲁先生是"勇敢"。其他两个姑娘暂时只有等待——非常急切地等待。伊斯尤特和尤戴因知道，她们在初次月经来潮的时候也会成为"公主"。伊瓦是两个骑士的随从，他开始变声的时候也会被封为骑士。只有爱尔芙还太小，还不能玩这个游戏。

作为一个权宜之计，这个方法挺管用。我想海伦"公主"受到的保护比她想要的更多。虽然她无法把自己忠诚的骑士引诱到玉米地里，但他们会在吃饭的时候帮她拉椅子，经常向她行鞠躬礼，还常常用"美丽的公主"来称呼她——比我为我妹妹做的多得多。

没等我们庆祝第二个"海伦日"，那三家新来的拓荒者就走下山丘，来到了幸福谷。危机结束了。萨米·罗伯兹是第一个分开海伦"公主"大腿的人,不是她的哥哥——这是肯定的,因为她在第一时间就把此事告诉了她的妈妈(这也是海伦·梅柏丽的间接影响)。多拉亲吻了她,说她是个好姑娘,现在去找爸爸,让他给你做个检查。我给她做了检查,不用说,她没有受到什么伤害。这样一来,多拉就有了一个机会,可以在这件事上引导海伦。多拉很久以前就跟我说过,她自己在差不多这么大的时候,海伦·梅柏丽就是这样引导她的。所以,我们的大女儿一直等到和她妈妈结婚时的年龄一样大、身体比那时的多拉还要丰满的时候,她才怀了孕。和她结婚的是奥尔·汉森。斯文·汉森和我、多拉、因格丽德帮助这对年轻人建立了他们自己的家。海伦觉得那个孩子是奥尔的,根据我了解的情况,她是对的。没有人说三道四。扎克和希尔达结婚的时候同样没人说三道四。在幸福谷,怀孕就相当于订婚;我想不起有哪个女孩是在没有拿到这样的合格证之前结的婚。我们的女儿当然不会。

有邻居真是太棒了。

(此处省略部分内容)

——不仅翻山越岭带来了他的小提琴,还会当方块舞的领舞。领舞我也会。还有,虽然我已经大约五十年没碰小提琴,但我发现从前熟悉的指法又回来了。于是,舞会开始,由我们指导:

"站好方块队形!"

"向女士敬礼!转向对面的女士!转向角上的姑娘!转向右边的姑娘!向你自己的女士敬礼。起身,别摔倒;大家一起来,带女士转一圈!"

摩西生活在很久以前。

国王说好;他说不!——拉起手,向右转。

法老王是国王的名；

他们过着可耻的生活！——左边阿勒曼德舞步！——然后返回原地，转圈！

……说是，海水分开了。第一对通过红海！角上的女孩和右边的男士跟上！角上的男士和右边的女孩跟上——转圈，再从左右两边过来！

快乐的人群站在对面海岸上，
排成队列，载歌载舞！
国王在埃及的海岸上哭泣
上帝的选民不再是奴隶！

亲吻你的女士，在她的耳边轻语；
让她坐下来，给她拿杯啤酒。中场休息！

噢，我们过得有意思极了！第一次当上祖母的时候，多拉学会了跳舞；当上曾曾祖母的时候，她还在跳舞。起初，这种聚会大多是在我们家举行，因为我们的房子最大，还有一个大院子，可以举行盛大的晚会。从下午晚些时候开始跳舞，跳到你看不清自己的舞伴为止；接着是在烛光和月光下搞自助晚餐，吃的都是家常便饭，然后再唱一会儿歌，最后是散落在各处睡觉——所有的房间、房顶、在院子里临时搭的床，有些人还睡在骡车里。我没听说有谁是独自入睡的。一些角落里可能会有一些放纵行为，但没发生什么值得一提的麻烦。

第二天早晨，美人鱼小旅馆剧团可能会演出两个节目，一个喜剧，一个悲剧。然后住得远的人会集合起他们的孩子，驾上骡车回家。住得近的则帮助收拾清理场院，为下次聚会做准备。

噢，我记起了一个小麻烦：一个男人因为一点点小事把他的老婆打得鼻青脸肿。六个离他最近的男人把他扔出了院子，然后闩上了院门。他气极了，驾车走了……往回向大峡谷的方向走去，想过无望关。大家过了好一阵子才发觉，因为他的妻子带着孩子和自己的姐姐、姐夫以及他们的孩子住在了一起，后来就一直那样了，一夫多妻。很多年里，那里没有任何约束性的法律法规。但你不能做让邻居反感的事，比如殴打妻子，可能会使其他人拒绝与你来往。在没有死刑的情况下，这是对一个拓荒者最严厉的惩处了。

移民们都很好色，对这种事也都很宽容。超群的智商总是伴随着强烈的性欲。来到幸福谷的拓荒者经过了两次选拔，先是决定离开地球，然后决定挑战无望关。所以，来到幸福谷的人是真正适于生存的人。他们精明强干、富于合作精神、勤奋、善于忍耐、在必要的时候乐于战斗，但是不太可能因为琐事打斗。性不是琐事，但为此争斗常常是很愚蠢的。这是对自己的男子气概不自信的男人的特点。幸福谷的男人不是这种人；他们对自己都很自信，不需要用打斗去证明。这里没有胆小的人，没有小偷，没有怯懦者，没有恃强凌弱的人。极少的例外还是有的，但他们都没能撑多久，所以不算数。比如死掉的那三个人，还有那个殴打自己妻子、离开我们的白痴。

对这种极少数人的清理总是很快，而且是非正式的。很多年来，我们遵守的只是金箴[1]。没有谁把它写成文字，但大家都严格遵守这一法则。

在这样一个团体中，跟性有关的那些没什么实际作用的禁

---

[1]《圣经》的教导。一个人要别人如何待他，他也应该要求自己同样待别人。

忌不可能持久；一开始就没怎么带到幸福谷来。哦，大家对近亲繁殖这个问题倒不是非常在意。拓荒者们并不是对遗传学一无所知，也不是没听说过节育。但他们的态度非常实际。我没有听过有谁公开反对过纯粹为了取乐而不是繁衍后代的乱伦行为，但我记得一个姑娘公开嫁给了有一半血缘关系的哥哥，还生了几个他的孩子——我假定那些孩子是他的。可能会有一些闲话，但他们并没有因此被驱逐。每一桩姻缘都被看作结婚双方自己的事，不需要得到团体的许可。我还记得有两对年轻夫妇决定把两家的农场并在一起，扩建了两家房子中大一些的那幢，把另一幢变成了谷仓。没有人问谁和谁睡在一起；大家理所应当地认为那是一个四人婚姻。扩建房子、把财产合并到一起之前，他们肯定早就是那种婚姻状态了。那是他们自己的事，跟旁人无关。

在这样的人群中，复数的"配偶"是生活的调味品。什么东西都很匮乏的拓荒者团体中，大家总是自己想办法娱乐——性是第一选择。我们没有职业演艺人员，没有剧院（除非你把由我们的孩子开创的业余剧团算作正规剧团），没有歌舞表演，没有需要精密电子设备的消遣活动，没有期刊，书也很少。天黑得不能再跳舞的时候，幸福谷舞蹈俱乐部的聚会仍会以纵欲狂欢的形式继续下去，年轻孩子们晚上就睡在一起——还能有其他什么可能呢？但这一切并没有强制性；一对夫妇完全可以选择睡在自己的骡车上，不需要理会外面无处不在的静悄悄的欢愉活动。没有人强迫一定要这样还是那样——连舞会都不是非参加不可。

但是，只要有可能，没有人会拒绝参加每周一次的舞会。对年轻人来说尤其是个好机会；他们可以相互认识、熟悉，向自己喜欢的人献殷勤。或许大多数姑娘的头胎都是在我们的舞会上怀上的;舞会为他们提供了机会。另一方面,如果这种嬉戏的场面不适合某个姑娘,她可以通过其他方式怀孕。一个姑娘十五六岁的时候就可能结婚成家,她的新郎也不会比她大多少。大龄婚姻是大城市的风俗,在拓荒者的文化中是不存在的。

多拉和我?亲爱的密涅娃,我前面不是告诉过你吗?

(此处省略部分内容)

——在吉比出生的那一年,那时扎克,嗯,我想大约十八岁。得把新起点的纪年转换成标准纪年才行。那一年,我开始计划从外面运批货进来。扎克已经比我更高了,他的身高接近两米,体重可能有八十公斤。安迪的体型跟他差不多。我觉得有压力,不能再等了,因为扎克随时可能结婚,只靠我和安迪没办法赶一辆骡车穿过无望关。伊瓦只有九岁,耕地时是个好帮手,但还担不起这样的任务。

除了自家人以外,我找不到可以和我一起出去的人。那时整个山谷里只有大约十二户人家,到那里还没多久,还没有像我一样感受到采购的压力。

我需要三辆新骡车,不仅因为我自己的三辆骡车已经破旧了,还因为扎克结婚时需要一辆。安迪也一样。万一海伦结婚的话,我可能也得给她准备一辆骡车做嫁妆。我还需要一些犁、其他几种耕地的金属用具。这里虽然很富饶,但是没有冶金工业的幸福谷还不能完全自给自足——应该说在很多年里还不能自给自足。

我有一个长长的采购物品清单——

(此处省略部分内容)

——这只是一个季度的行程计划。但由五十多个农场生产、可以运出去的粮食在价格上没什么竞争力,在外面卖出粮食后买不到那么多东西。我们的价格竞争不过那些不需要驾骡队穿过草原、翻越无望关运送粮食的农民。我仍是利用自己和文明世界的联系,写了张欠条给约翰·麦吉,他可以用我在安迪·J上的股份来兑现这张欠条。我这才买了一些谷里没有的东西回到幸福谷。有些我自己留下了,于是多拉在家里用上了自来水,恰好及时实现了我对她的承诺——就在我的两个儿子第一次出谷回来以后不久,扎克就让希尔达怀孕了;他们的第一个孩子,因格丽德·多拉,几乎是在多拉的浴室完工的同时出生的。其他一些东西我卖给了别的拓荒者,以换取他们的劳动力。最终消除贸易逆差的是巴克种系的骡子。它们既强壮又聪明,都可以被教会说话;那时我们已经在草原上挖了两口井,可以指望在不用损失一半骡子的前提下把一队骡子赶到塞普瑞什中心出售。这意味着我可以把更多的药品、图书和其他东西带回幸福谷。

(此处省略部分内容)

拉撒路·龙并没打算吓妻子一跳,只是他们俩进卧室时谁都不会敲门。他发现门关着,猜想她可能在打盹儿,于是轻轻推开房门。

他发现她站在窗前,镜子对着光,正在小心地拔下一根长长的白发。

他望着她,心里充满震惊,觉得无比伤感。然后他让自己的情绪稳定下来,说道:"小可爱——"

"噢!"她转过身来,"你吓了我一跳。我没听到你进来了,亲爱的。"

"对不起。我可以保留它吗?"

"保留什么,伍德罗?"

他走上前去,俯身捡起那根银发。

"就是这个。亲爱的,你头上的每根头发对我来说都是非常宝贵的。我可以保留它吗?"

她没有回答。他发现她的眼里含着泪水。泪水滚了下来。"多拉。多拉,"他急切地重复着,"为什么哭,亲爱的?"

"对不起,拉撒路。我没想让你看到。"

"但你为什么这么做呢,小可爱? 我的白头发比你的多得多。"

她没有正面回答他的问题,"亲爱的,我忍不住要这么做,因为我发现你在——'遮遮掩掩'。我只能用这个词,因为你从来没对我撒过谎。"

"瞎说,小可爱! 我的头发就是白的。"

"先生,你刚才没想搞突然袭击,我知道……我在清理你书房时也没有打算窥探你的隐私。我发现了你的化装用品,拉撒路,在大约一年以前。这就是遮遮掩掩,不是吗? 我是指你把自己看起来充满活力的红发染白。我想,这和我拔掉白发的行为也差不多。"

"自从你发现我在化装、使自己显得衰老些以后,你就一直在拔白头发? 噢,亲爱的!"

"不,不是,拉撒路! 我拔白头发已经很久了。比发现你把红发染白的时间要早得多。天哪,亲爱的,我是曾祖母了,想想吧。但是你所做的——尽管你很小心——你这样做也很体贴——而且我非常感激你! 但你所做的并没有让你看上去和我的年龄相配,只会让人觉得你的头发白得太早了。"

"可能吧。但我确实够资格长白头发,小可爱。在你出生前几年,我已经是满头斑白了。是比化装——或者拔头发——更

481

极端的手段使我看起来又变得年轻了。只不过我以前一直觉得没必要跟你提起这个话题。"

他走上前去,手臂搂住她的腰,用另一只手拿过镜子,扔到床上。他搂着她转向窗户,"多拉,你的年龄代表着你的成就,完全不需要隐藏。看看那边。一直到山脚下都有农场的房子,还有很多我们从这里看不到。幸福谷里有多少人是源自你纤细的身体?"

"我没数过。"

"我数过;超过一半的人!我为你感到自豪。你哺过乳,你的腹部有妊娠纹——这些都是你的奖章,是可敬的勋章。是为了你的勇敢而授予你的勋章。它们使你变得更美丽。所以挺起胸,抬起头,我的小可爱,忘了白头发吧。做回你自己,回归你自己的方式。"

"好的,拉撒路。我自己并不在意——我这样做是为了让你高兴。"

"小可爱,你无法不让我高兴,你总是让我很高兴。你想不想让我自己的头发也回归自然状态?在这里当一个霍华德人并不危险。在幸福谷,我是被自家人包围着。"

"我倒不在意,亲爱的。只不过别因为我这么做。如果相貌老一些会让你在履行'首位定居者'的职责和其他责任时更轻松的话,那就继续扮下去好了。"

"和其他人打交道时,相貌老些确实会容易些。但问题不在这个;我很熟悉我的日常工作,就算睡着了也照样能做好。但是,多拉——你听我说,亲爱的。未来十年的某个时候,扎科·布里奇斯会来到托普多拉;你也看到了约翰写的信。现在赶去塞昆德斯还不晚。在那里,只要你愿意,他们可以让你看起来又像一个年轻姑娘……你的寿命也会增加许多年。五十年,也可能是一百年。"

她沉吟着回答道:"拉撒路,你是在催促我这样做吗?"

"我是在提一个建议。但那是你的身体,亲爱的。是你的生活。"

她向窗外望去,"你刚才说,有'超过一半的人'。"

"这个比例还在增加。我们的孩子生小孩就像猫一样。他们的孩子也一样。"

"拉撒路,实际上,我们在很久很久以前就已经得出了答案,而现在,这个答案更坚定了。我甚至不愿为了到外面短暂停留而离开幸福谷。我不想离开我们的孩子,也不想离开孩子的孩子,还有他们的孩子。我不愿意变成一个年轻姑娘以后又回到这里……然后看着我们的曾曾曾孙出世。你是对的;这些白发是我应得的。现在我要留着它们!"

"这才是我娶的那个姑娘!这才是我永久的多拉!"他把手向上挪了挪,手掌托住多拉的一只乳房,手指摩挲着她的乳头,"我知道你会怎么回答,但我还是得说说。亲爱的,年龄不会让你枯萎,也没有什么陈腐的习俗可以让你失色。在其他女人满足的时候,你却仍是饥饿的!"

她笑了起来,"我不是克利奥帕特拉[①],伍德罗。"

"姑娘,那是你的想法。但你知道你的观点和我的有什么不同吗?兰吉·里尔,我见过的女人比你见过的多得多——让我告诉你吧,跟你相比,克利奥帕特拉只是个相貌平庸的妇人。"

"真会拍马屁。"她轻声说,"我敢说,从来没有哪个女人会拒绝你。"

---

① 埃及女王,因美貌及魅力而闻名。

"的确，不过这只是因为我从来不冒被拒绝的风险；我等着别人先提出要求。总是如此。"

"你现在是不是也在等着别人先提出要求？好吧，我在提要求。然后我要准备晚饭了。"

"别这么急，里尔。首先，我要把你扔在床上。然后我要把你的裙子掀起来，看看是不是能在那里找到白发。如果能找到的话，我会帮你拔下来的。"

"坏蛋。恶棍。好色的老山羊。"她开心地笑了起来，"我想我们都不会再为白头发的事烦恼了？"

"刚才我们说的是你头上的白发，曾祖母，但这里还像以前一样年轻——而且比以前更好——所以我们要万分小心地从这些可爱的棕色鬈毛中拔掉白色的毛发。"

"你这头可爱的老山羊。如果你能找到的话，欢迎你拔掉。不过我一直都在拔这儿的白毛，比拔头发上的白发更仔细。让我把这件衣服脱掉。"

"啊哈！等一等。这才是兰吉·里尔，幸福谷里性欲最强的女人，总是急不可待。如果你愿意的话，把衣服脱掉好了。但我要先找到鲁顿，让他骑上'好男孩'到他的姐姐玛让和莱尔那儿吃晚饭，然后睡在那里。之后我再回来，把这些不雅的白色鬈毛拔掉。恐怕晚餐要晚一些了。"

"只要你不介意，我也不介意，亲爱的。"

"这才是我的里尔。亲爱的，只要你给幸福谷中任何一个男人哪怕是一丁点鼓励的话，他们中的任何一个都会在你身上去寻找另一条山谷——包括你自己的儿子和女婿——包括这里所有年龄在十四岁以上的男人。"

"哦，不可能是真的！你又在拍马屁了。"

"想打个赌吗？我又改主意了，我们别再浪费时间拔什么毛发了。我要去命令你最小的儿子在黑夜中消失。在我回来以后，我想看到只戴着红宝石的微笑的你。你不用烧晚饭了；我们会拿些冷餐食物，带上毯子到房顶上去……我们来欣赏日落吧。"

"是的，先生。噢，亲爱的，我爱你！传统式还是背入式？"

"我会让兰吉·里尔自己选择。"

（此处省略大约三万九千字）

拉撒路非常小心地打开卧室的门，向里面望去，用询问的目光看着他的女儿爱尔芙——她是一个非常美丽的中年妇女，有着一头红色的鬈发，中间夹杂着丝丝白发。她说："进来吧，爸爸；妈妈已经醒了。"

她站起身来，拿着一个晚餐盘，准备离开。

他扫了一眼餐盘，根据他看到餐盘从厨房端出来时上面盛的东西和现在上面还剩的东西，他算了一下少了多少食物——得到的结果接近零，这很难让他高兴起来。但他什么都没说，只是走到床前，微笑着低头看着他的妻子。多拉也对他微笑着。他俯身亲吻了她，然后坐在爱尔芙腾出的位置上，"感觉怎么样，亲爱的？"

"还好，伍德罗。吉妮——不，爱尔芙给我端来了美味的晚餐。我非常喜欢吃。我让她在喂我吃饭以前帮我戴上了红宝石首饰。你注意到了吗？"

"当然了，非常漂亮！兰吉·里尔怎么会没戴上红宝石首饰就吃饭？"

她没有回答，然后闭上了眼睛。拉撒路没有说话，他观察着她的呼吸，根据她脖颈上一根动脉的搏动数着她的心跳。

"你听到了吗，拉撒路？"她的眼睛又睁开了。

"听到什么,小可爱?"

"野鹅的叫声。它们准是在这幢房子的上空。"

"哦。是的,当然。"

"它们今年来得早了一些。"说这些话好像让她很劳累;她又闭上了眼睛。他等着她。

"亲爱的,你能唱一首'巴克歌'吗?"

"当然,可爱的多拉。"拉撒路清了清嗓子,唱了起来。

那里有一所学校
就在当铺旁边
那是多拉教书的地方。

在学校旁边
有一个骡圈
那是多拉的朋友巴克住的地方。

她又闭上了眼睛,所以他在唱另一段的时候声音非常轻。他唱完以后,她对他笑了起来,"谢谢你,亲爱的,歌很好听。这首歌总是这么好听。但是我有点累了——如果我睡过去了,你还会在这里吗?"

"我会一直在这里的,亲爱的。你睡吧。"

她又笑了笑,然后她的眼睛闭上了。很快,随着她沉沉睡去,她的呼吸也越来越慢。

她的呼吸停止了。

拉撒路在里面坐了很长时间,然后才把吉妮和爱尔芙叫了进来。

第二次幕间休息

拉撒路·龙的笔记本内容摘录

*请一直告诉她,她是美丽的,尤其是在她并不美丽的情况下。

*幸福婚姻中最重要的一点:要么支付现金,要么就别买。利息会用光一个家庭的预算,债务的存在也不会让家庭幸福。

*拒绝支持和保卫一个国家的人不配受到国家的保护。杀死一个无政府主义者或者反战主义者不应该在法律条文上定义为"谋杀"。

对国家造成损害的行为,如果存在的话,应该是"在城市范围内使用致命武器",或者是"制造交通危险",或者是"使周围的人处于危险之中",或者别的不端行为。

然而,当这些不合群的异己分子处于危险或者快要灭绝的时候,国家应该合理地制定一段保护期。在地球以外已经很难看到真正的、精力充沛的反战主义者了,这些人在地球上是否幸存下来也需要打个问号⋯⋯这很可惜,因为他们是所有灵长类动物中嘴巴最大、脑袋最小的一类。

*无政府主义者中嘴巴较小的那一伙已经随着第一波大散居散布于整个银河系;没有必要保护他们。倒是他们经常会反咬一口。

*幸福婚姻的另一个要点:先为奢侈品做预算。

*还有一个:保证她有自己的书桌——然后不要碰那张桌子!

*还有一个:在一场家庭争论中,如果最后结果表明你是对的——你要立刻道歉!

*"上帝无处不在。"这可能不是真的,但听起来很有道理——再说它也不比其他理论更愚蠢。

*想保持年轻,就需要不断培养能够忘却古老的错误信念的能力。

*历史是否记录了哪怕一件能够表明大多数人是正确的事例?

*当狐狸准备咬你的时候——保持微笑!

*一个"批评家"不创造任何价值,因此才有资格评判别人创造性的劳动成果。这是很有逻辑性的;他不会有偏见——因为他憎恶所有具有创造性的人。

*钱才是可信的。如果一个人老是提他的名誉身份,让他付现金。

*永远不要让一个小人感到恐惧。他会杀了你的。

*只有虐待狂——或者傻子——才会在休闲集会上说出赤裸裸的事实。

*一条悲伤的蜥蜴告诉我,从它妈妈的谱系来讲,它是一头雷龙。我没有笑;炫耀自己祖先的人通常没有东西可以支撑自己的精神。迎合他们对你没有什么损失,而且会给这个总是缺少欢乐的世界带来欢乐。

*处理有刺的害虫时,动作要非常慢。

*我们总喜欢说"事实上如何如何",想从更抽象的角度分析这个世界。这种做法其实是一头扎进幻境,而且这个幻境很无趣。真实的世界才是奇异而又美妙的。

*科学和其他林林总总的学科之间的区别在于,科学要求推理论证,而其他学科只需要学问。

　　*性交在本质上是属于精神层面的，除此之外，它仅仅是一种友善的运动。转念一想，应该去掉"仅仅"两个字。性交不能说是"仅仅"——尽管它只是两个陌生人之间进行的娱乐活动。但是性交在精神上的意义要远远大于身体交合本身，所以不同的性交之间无论是在种类、还是在程度上都有着巨大的不同。

　　同性恋最让人悲哀的并不是因为它是"错误的"、"有罪的"，甚至不是因为它无法导致怀孕——而是因为同性恋很难达到这种精神上的统一。不是没有可能——但是会非常困难。

　　但是——更让人悲哀的是——很多人即使是在男女交合时也从来没有达到这种精神统一的境界；他们只能孤独地游荡一生了。

　　*触觉是最基本的感觉。一个婴儿在他出生之前，甚至在他还远没有学会使用视觉、听觉、味觉的时候，已经在用全身上下体验着这个感觉。对这种感觉的需要永远不会停止。要让你的孩子兜里缺钱——但是要多给他拥抱。

　　*秘密是暴政的开始。

　　*最具生产力的是人类的自私。

　　*对烈酒要小心。它可以让你对税务人员开枪——还会射偏。

　　*对于妓女的评判标准应该和其他提供服务收取费用的职

业一样,比如牙医、律师、发型师、内科医生、管子工,等等。她在专业上是不是合格?她是不是提供了高质量的服务?她对自己的顾客是不是忠诚?

对顾客忠诚、能胜任本职工作,这样的人在妓女中的比例很可能高于管子工,肯定远远高于律师,比教授的比例则要高出更多。

.

*尽可能细化、分解你的工作,直到它们成为下意识的反应;这可以使你短暂的生命延长一倍——给你更多的时间来欣赏蝴蝶、小猫和彩虹。

*你有没有注意到她们跟兰花是多么相像?真是太美了!

*一个领域的经验并不适用于另一个领域。但专家却经常这样认为。专业知识领域越窄的人,越容易持这样的观点。

*永远不要比一只猫更固执。

*攻击一台风车对你造成的损害要大于对风车造成的损害。

*听从诱惑;机会可能不会再次来临。

*在不必要的情况下叫醒一个人不是死罪,而是严重的故意伤害罪。

*刺探隐私的问题,应得的唯一回答就是"见鬼去吧",或者

其他侮辱性的词句。

*如果一句话是这样开头的:"当然这不关我的事,但是——"那么正确的断句方法是在"但是"后面加一个句号。但不要花费太多力气为这样的傻瓜添加句号。割断他的喉咙只是瞬间的快乐,而且一定会让你成为别人的谈资。

*对于能给他鼓劲的女人,男人是不会坚持在意她的长相的。过了一段时间以后,他会发现她真的很美——他只是刚开始的时候没有发现而已。

*一只臭鼬会比一个自称"诚实"的人成为更好的良伴。

*"爱和战争都是公平的。"——这是一个多么卑鄙的谎言啊!

*警惕"黑天鹅"式的谬误[①]。演绎法只是一种重复;不可能从中得出新的真理。对这种方法来说,真理和谬误都是一样的。如果你不小心,它还会让你犯错误——尽管在逻辑上很完美。早期的计算机设计者把这称为"GIGO法则",也就是"无用输入,无用输出"。
归纳法要困难得多——但是可以得出新的真理。

*如何惩罚搞恶作剧的人? 根据他所表现的机智程度。一般情况下,杖笞就可以了。对于显示出极大机智的,应该把他绑在船底施以拖刑。绑在蚁丘中立柱上的刑罚应该留给那个最聪明

[①]很多人认为天鹅都是白色的,所以觉得这一说法是个谬误。

的家伙。

*自然法则是无情的。

*在KM849(G-O)区的川奎尔行星上生活着一种叫"纳夫恩"的小动物。它是食草动物，没有天敌，很容易接近，可以成为宠物——像长着鳞片的六腿小狗。抚摸它很令人愉悦；它会高兴地摇摆身体，发出人类可以听到的愉快叫声。只要看到它，到那里的旅行就值了。

总有一天，一个聪明男孩会想出一个办法来记录这种声音，然后另一个精明的男孩将会看到它的商业价值——不久，就会出现约束它的法律法规，然后它会被征税。

我没用那颗行星的真名，也没有说出它真正的行星等级；它其实是在另一个方向的几千光年以外的某个地方。我真自私——

*当你告诉格兰迪夫人①去放风筝的时候，自由便由此起步。

*对付那些胆大的人，胆小鬼会自己解决自己。要省下跑路用的钱——但也不要过分关注这一点。

*如果"每个人"都知道事情是这么回事，那么十有八九不是这么回事。

*不是所有猫的眼睛在午夜以后都会变成灰色。猫的种类

————————
① 原为18世纪英国剧中的人物，指过分重视规矩、拘泥礼节的人。

多种多样——

*在不必要的情况下伤害别人是罪过。其他所有"罪过"都是臆造出来的无稽之谈。（伤害你自己不是罪过——只是愚蠢。）

*慷慨大方是与生俱来的品质；利他是后天习得的堕落品性。两者没有共同之处——

*不可能存在全心全意爱着妻子、不爱其他任何女人的男人。我想，反过来，女人也同样如此。

*怀疑一切和相信一切一样，都容易使你误入歧途。
*夫妻间的正式礼节甚至比陌生人之间的更为重要。

*任何免费得到的东西，其价值总是相当于你付出的代价。

*不要把大蒜和其他食物储存在一起。

*我们预测的是气候，而我们得到的是天气。

*态度悲观、性格乐观——这是可以做到的。怎么实现呢？通过从来不冒不必要的风险、尽量减少你无法避免的风险来实现。这会让你愉快地把游戏玩下去，不受必然结果的困扰。

*不要把"责任"和其他人对你的期望混为一谈；二者之间完全不相关。责任是你欠自己的债务，是完成你已经自愿承担的

义务。这种债务的具体表现形式多种多样，可以是多年劳作，也可以是当场就义。偿还这笔债务也许极其困难，但你得到的回报是对自己的尊重。

但是，做其他人希望你做的事根本不会带来任何回报。此外，做到这一点不光是很困难，更是完全不可能的。对付一个拦路贼比对付一只对你说"我只想占用你几分钟的时间，请答应我——时间绝不会很长"的水蛭要容易得多。时间是你全部的资产，而且你的一生是极其短暂的。如果你允许自己养成满足此类请求的坏习惯，用不了多久，这些寄生虫就会像滚雪球一样用掉你百分之百的时间——而且还会哭喊着要求更多。

所以要学会说不——在必要的时候要变得很粗暴。

否则你会没有时间来完成自己的职责，或者做自己的工作，更没有时间去爱和享受幸福。这些白蚁会侵蚀你的生命，不会给你留下任何时间。

（这条原则并不意味着你不能帮助朋友、甚至是陌生人。但你必须自己行使选择权。不要因为别人"期望"你这样做而去做。）

*"我来，我见，她征服。"（拉丁原文准是在流传过程中被歪曲了。）①

*把太多的动物放在一个圈里，它们会发疯。人类是唯一一种主动对自己做这种事的动物。

*与人争论时不要争着抢着成为说出最后一句话的人，说不定你的话真的成了最后一句。

———————
①恺撒的名言原为：我来，我见，我征服。

主题变奏

XIII 布恩多克

"艾拉,"拉撒路·龙说,"你有没有看过这份清单?"他坐在新殖民地首领艾拉·维萨罗位于布恩多克的办公室里,布恩多克是特蒂尤斯最大的聚居地,也是唯一的一个。和他们在一起的是刚从塞昆德斯新罗马赶到这里的贾斯廷·富特四十五世。

"拉撒路,阿娅贝拉的信是写给你的,不是我。"

"那个可笑的、爱拍马屁的无耻之徒总有一天会让我厌烦透顶。无处不在的代理族长阿娅贝拉·富特-海德里克女士,她大概觉得自己已经戴上了王冠,成了霍华德女王。我都想回去自己执掌那把权力槌了。"拉撒路把那张清单递给维萨罗,"你看一眼吧,艾拉。贾斯廷,关于这上面列的东西,你有什么要说的吗?"

"没有,老祖。阿娅贝拉让我把这个交给您,还命令我向您简要介绍一下不同时代之间寄送'延迟信件'的办法——如果是大散居以前的时代,这种办法可能会出现问题。但我不认为她的想法切合实际。容我冒昧，我想说我对于地球历史的了解要比她多得多。"

"我肯定你知道的比她多。我想她是抄袭了百科全书，炮制出了那张清单。别拿她的看法来烦我了。哦，你可以把她的想法归纳一下，告诉我个大概。但我不会按她说的做。我想知道你的想法，贾斯廷。"

"谢谢您，祖先——"

"叫我'拉撒路'。"

"'拉撒路'。我此行的正式使命是了解这里的情况，回去向她汇报——"

"贾斯廷，"艾拉很快地插进话来，"阿娅贝拉是不是认为她对特蒂尤斯也有管辖权？"

"恐怕是这样，艾拉。"

拉撒路鼻子里哼了一声，"她没有。不过反正她离得这么远，如果她想封自己为'特蒂尤斯女王'，倒也没什么关系。我来介绍一下我们的情况，贾斯廷。艾拉是这个殖民星球的首领，我们现在还在适应新环境。这儿的市长是我，但具体的事都是艾拉做，我只管在会议上拿权力棍敲打敲打——总有一些移民认为一个新殖民地可以像一个大城市星球那样运作，我主持会议的任务就是向这些傻瓜泼冷水。等我做好准备、可以开始这趟时间旅行的时候，我们会取消殖民地首领这个职务，艾拉会继任市长。

"请随便四处参观，数数有多少人，想查看任何记录都行，做你想做的事。欢迎来到特蒂尤斯，在银河系这半边，它是最大的小殖民地。尽管自在点，孩子。"

"谢谢你。拉撒路，我将会留在这里，当个移民。但我想在完成你的自传之前继续担任首席档案官一职。"

拉撒路说:"哦,那些垃圾——烧了它吧!还不如多找几个姑娘呢,年轻人!"

艾拉说:"拉撒路,别那么说。这几年我一直在忍受你的奇思异想,就是为了把它们统统记录下来。"

"废话。当我夺回权力槌、阻止那个丑陋的女公爵把你流放到极乐行星的时候,我就已经充分报答过你了。你想要的东西你已经得到了,干吗还要在意我的记忆?"

"我在意。"

"嗯——也许贾斯廷可以在这里做编辑工作。雅典娜!派拉思·雅典娜,你在吗,亲爱的?"

"我在听,拉撒路。"艾拉桌上的扬声器里传出一个甜美的女高音。

"你的记忆库中存储了我的记忆,不是吗?"

"当然了,拉撒路。自从艾拉把你救出来以后,你说的每一句话——"

"不是'救',亲爱的。是绑架。"

"修改错误。——自从艾拉在那个廉价小旅馆里绑架了你以后,你说的每句话,所有你关于从前的回忆。"

"谢谢,亲爱的。你看行不行,贾斯廷?如果你非得在大海里捞针的活,就在这里捞吧。除非你在塞昆德斯还有未了结的事?家庭,或者其他什么?"

"我没有家。有长大了的孩子,但没有妻子。我的助手接替了我的工作,而且我已经推荐她做我的继任者,只需要得到理事们的同意就行。但我觉得有些太突然了。嗯……我的飞船怎么办?"

"应该说'我'的飞船。我说的不是飞船'多拉',而是你来这里时乘坐的那艘单人自动艇,'通信鸽'。它属于一家公司,而我是那家公司的母公司的大股东。我这就把它接收下来,还能替阿娅贝拉节省一半租金呢。"

"是吗? 代理族长女士没有租用那艘自动艇,拉撒路;她征用了它,用于公共服务。"

"好嘛,好嘛!"拉撒路笑着说,"也许我要起诉她。贾斯廷,塞昆德斯的殖民地合同宪章中没有允许政府征用私人财产的条款。对吗,艾拉?"

"从技术上说是对的,拉撒路。但早就有过征用土地的先例。"

"艾拉,我想和你辩论一下。你有没有听说过可以征用星际飞船?"

"从来没有。除非你把'新疆域'算进去。"

"哎呀呀,艾拉,我从来没有征用过'新疆域';我是为了逃命而偷了它。"

"我说的是斯雷顿·福特对'新疆域'做的事,不是你。也许应该称之为积极的征用?"

"唔,在他死后几千年,现在又提出这件事,这可显得你有些心胸狭隘呀。再说,如果斯雷顿没有做那些事的话,我不会在这里,你也不会在这里。我们两个都不会。你真该死,艾拉。"

"消消气,祖父。我只是想说,一个政府的首脑有时候不得不做一些作为一个个体永远不会做的事。但是,如果阿娅贝拉在塞昆德斯可以征用'通信鸽',那么你在特蒂尤斯上也可以做同样的事。你是一颗自治行星的政府首脑。给她个教训。"

"唔……艾拉,别引诱我。我以前遇到过这种事。如果这么做成了惯例,它将会终结星际旅行。我不会用这么一个在法律上站不住脚的借口来触发雷区。不过我的确间接地拥有那艘飞船,如果贾斯廷想留在这里,他可以把它交还给我,我会把它还给运输公司。好了,咱们再回到那张清单上吧。瞧那只老蝙蝠都想要什么?看到她想让我考察汇报的年代和地点了吗?"

"看上去,这条旅行路线应该很有趣。"

"是吗,嗯?觉得有趣的话,干脆你来吧。'黑斯廷斯战役^①——第一、第三和第四次十字军东征——奥尔良战役——君士坦丁堡陷落——法国革命——滑铁卢战役。'还有塞莫皮莱战役^②和其他十九场我压根儿不知道的陌生人之间的冲突。她怎么没让我评判大卫和哥利亚的那次决斗^③?我是个胆小鬼,艾拉,只有逃不掉的时候才会战斗——不然她凭什么认为我能活这么长时间?流血暴力不是观赏性运动。如果历史说在某天、某个地点发生了一场战争的话,那么我会远远离开那个地方——或是那个时代。我会在小酒馆里坐着喝小酒,和酒吧女招待调调情。我才不会去拼命躲避迫击炮火,以此满足阿娅贝拉残忍的好奇心呢。"

"我也这么劝说过她,"贾斯廷说,"但她说这是家族的正式研究项目。"

"见鬼去吧。我告诉过她,时间旅行这件事只有一个目的:建立传递延迟信件的体系。我是个懦夫……又不为她打工。我只去我想去的地方和时代,看我想看的事——而且会尽量避免和当地人对抗。尤其是那些相互之间正在对抗的人;他们肯定正巴不得可以向谁开火呢。"

①黑斯廷斯战役,诺曼底的威廉击败英王哈罗德二世的战役。

②塞莫皮莱,希腊中东部的一条狭窄通道,公元前480年,斯巴达人在此与波斯人奋战失利。

③哥利亚,《圣经·旧约》里的非利士巨人勇士,被大卫投石打死。

"拉撒路，"艾拉·维萨罗说，"你一直没说你的计划。你自己想看些什么事。"

"唔，反正不看战争。对我来说，战争已经被记载得太详细了。地球的历史上还存在着其他很多有趣的事——祥和的事。正因为它们是祥和的，所以没有被详细记录下来。我想去看看处于巅峰时期的帕台农神庙①，想坐着萨姆·克莱门兹②驾驶的船沿着密西西比河向下航行，到正处于公元纪年开始后三十年的巴勒斯坦去，寻找某个由木匠变成大法师的人——我要搞明白是不是存在过这么一个人。"

贾斯廷·富特看上去有些吃惊。"你说的是基督教的救世主吗？很多关于他的故事都是神话，这一点我不否认，但是——"

"你怎么知道那些是神话？他的存在与否是一个从来没有定论的问题。而比他早四个世纪的苏格拉底，其真实性却和拿破仑一样得到了完全的承认。拿撒勒③的那位木匠却不一样。尽管罗马人和犹太人都同样细心地留下了历史记录，但那些记录里却找不到本来应该被记录下来的事件。

"不过，如果我花上三十年的时间，我可以发现事实真相。我会说那个时代的拉丁语和希腊语，对希伯来语也几乎同样精通；我需要学的只是阿拉伯语。如果我找到他，我会跟着他到处走，把他的话用微型录音机录下来，看看这些话和人们认定是他讲的话之间有没有什么出入。

"但是我不敢担保。耶稣的真实性是历史上最模糊不清的问题，因为在很长一段时间内，这个问题连提都不能提。如果你

---

①古希腊著名神庙。

②美国著名作家马克·吐温的原名。

③巴勒斯坦北部的一小城，相传为耶稣的故乡。

问这个问题,他们会立刻绞死你——或者把你绑在火刑柱上烧死。"

"真是太奇妙了。"艾拉说,"看来我对地球历史的了解并不像我想象的那么深入。不过,我专注的一直是从艾拉·霍华德之死到新罗马建立这一段历史。"

"孩子,你还没明白我的意思。有关这个人的故事实在太奇怪了。绝大多数宗教领袖都有详尽的历史资料,然而关于他的记录却像亚瑟王传说一样模糊不清。但除了这个故事以外,我不会追求什么历史上的大事件。我宁愿去见见伽利略,看看创作中的米开朗琪罗,看看老比尔①的戏剧在环球剧院的首次演出,诸如此类的事。我尤其想回到我自己的孩提时代,看看当时的事情和我记忆中的是否一致。"

艾拉眨了眨眼,"碰巧的话还能遇到你自己?"

"为什么不呢?"

"嗯……这是个悖论,不对吗?"

"怎么会? 如果我真的做了,只能说明过去我已经这么做过了。那个谬论,就是你在你的祖父生下你父亲之前杀了他,然后你'噗'地一声像肥皂泡一样消失—— 一块儿消失的还有你的所有后代——这话完全是胡言乱语。我还在这里,你也在这里,意味着我没有那么做——或者不会那么做;但这并不意味着我从来没有回到过去,在那里到处闲逛。我对窥视乳臭未干的我不感兴趣;吸引我的是那个时代。如果我遇到了还是个小孩的我,他——也就是我——不会认出我来;那个小屁孩只会当我是个陌生人,扫都不会扫我一眼;但我知道,因为我是他。"

"拉撒路,"贾斯廷·富特插话进来,"如果你想到那个时代去

①即威廉·莎士比亚。

的话,我想请你关注一件代理族长女士感兴趣的事——我也很感兴趣。帮忙记录在公元2012年家族会议上发生的一切。"

"不可能。"

"等等,贾斯廷,"艾拉插话道,"拉撒路,你从前也拒绝谈论那次会议,理由是其他参加会议的人无法来反驳你(因为他们都死了)。但现场记录对每个人来说都是公平的。"

"艾拉,我没有说我不想这么做;我是说这不可能。"

"我不明白。"

"我没有办法记录那次会议,因为我不在现场。"

"你又把我搞糊涂了。所有记录都显示——你自己的话也表明——你在那里。"

"这又一次说明我们的语言还不能满足时间旅行的需要。当然,我作为伍德罗·威尔逊·史密斯的确参加了那次会议。我在那里大吵大闹了一番,冒犯了很多人。可我身上并没有录音机。假设'多拉'和那对双胞胎把我送回那个时代——我,拉撒路·龙,不是那个年轻小伙子——右肾下面还被伊师塔植入了一个录音机,右耳里塞了小麦克风。好,咱们先假设装备成这样的我可以在不引起别人注意的情况下偷偷录音。

"艾拉,你主持过多次家族会议,但你不明白的是,我没有办法进入会议大厅。那些日子里,进入家族高层会议现场比进入女巫的集会会场还难。警卫都有武器,而且渴望使用它们;那是个艰难时期。我用什么身份进去呢?不能是伍德罗·威尔逊·史密斯;他已经在里面了。拉撒路·龙?家族花名册上没有'拉撒路·龙'。假装成某个有资格参加但却无法参加会议的人?不可能。那时家族里只有几千人,每个家族成员都被很多家族成员所熟识;身份不明、没有人为他担保的人极有可能被关进地牢里。从来没有哪个不明不白的人混进去过；我们那会儿可是担着非常大的风险呀，所以不能不万分警惕。你好呀，密涅娃！过来，亲爱的。"

"你好，拉撒路。艾拉，我有没有打扰你们?"

"一点儿也没有，亲爱的。"

"谢谢你。你好，雅典娜。"

"你好，姐姐。"

密涅娃等着别人为她介绍。艾拉说："密涅娃，你还记得首席档案官贾斯廷·富特吗?"

"当然，我和他一起工作过很多次。欢迎来到特蒂尤斯，富特先生。"

"谢谢你，密涅娃小姐。"贾斯廷·富特喜欢他看到的这个女人。年轻，个子高挑，身材修长挺拔，胸部显得小巧坚挺，一头栗色长发从中间分开，直直地垂下来。她的脸显得既严肃又睿智，与其说是漂亮，不如说是英气勃勃。但只要那张脸上浮出笑容，她都会显得妩媚动人，"艾拉，看样子我必须赶紧回塞昆德斯申请回春治疗了。这位年轻女士和我一起工作过'很多次'，可我真是老了，记不起来了。请原谅，亲爱的小姐。"

密涅娃的脸上又闪出一抹微笑，然后很快恢复了严肃的表情，"这是我的错，先生；我本该立刻解释清楚的。和你一起工作的时候，我是一台计算机。塞昆德斯的主计算机，是为当时的代理族长维萨罗先生服务的。但现在我是一个有血有肉的人，已经三年了。"

贾斯廷·富特眨巴着眼睛，"我明白了。我希望我明白了。"

"我是根据事先设计好的方案造出来的，先生，而非一生下来就是个女人。我是在二十三位父体母体捐赠者所捐献的染色体上进行复合克隆的结果,在玻璃器皿中成熟的。但'我'自己其实就是过去在档案馆的计算机需要主计算机帮助时,和你一起工作的那台计算机。我说清楚了吗?"

"呃……我想说的是,密涅娃小姐,我很高兴见到变成真人的你。愿意为你效劳,小姐。"

"哦,别叫我'小姐',叫我'密涅娃'。我怎么也不应该被称为'小姐'啊;那不是专门为人类处女保留的尊称吗? 伊师塔——她是我的一位捐赠者,也是主要设计师——在唤醒我以前已经把我的处女膜弄破了。"

"还不止这些呢!"天花板上传来一个声音。

"雅典娜,"密涅娃用斥责的口吻道,"妹妹,你让我们的客人尴尬了。"

"我没有,让他尴尬的可能是你,姐姐。"

"我有吗,富特先生? 我希望没有。但我现在仍然在学习做一个真正的人。你愿意亲吻我吗? 我愿意亲你;我们相互认识已经快一个世纪了,我一直非常喜欢你。你愿意亲我吗?"

"这会儿是谁在让他尴尬,姐姐?"

"密涅娃。"艾拉说。

她的表情突然变得庄重起来。"我不应该那么说吗?"

拉撒路插进话来,"别理艾拉,贾斯廷,他是个守旧的老顽固。密涅娃是这里绝大多数移民的'接吻'亲戚;她在弥补失去的时间。话又说回来,她有二十三个父母亲,从某种意义上说,她真的是我们所有人的亲戚。现在她已经很会亲吻了。亲吻她吧,这是对你的一种款待。雅典娜,给你姐姐点时间,让她再添一个'接吻'表亲。"

"好的,拉撒路。啧啧!"

"蒂娜①，如果我能顺着电线抓到你的话，我会打你的屁股。"拉撒路接着说，"你继续，贾斯廷。"

"嗯……密涅娃，我很久没有吻过姑娘了。已经生疏了。"

"富特先生，我没想让你尴尬，只是非常高兴再次见到你。你不需要吻我。或者如果你愿意，在私下里吻我也可以。"

"别冒险，贾斯廷。"计算机向他建议，"我才是你的朋友。"

"雅典娜！"

"我还想说一点，"首席档案官说道，"我可能比你更需要练习'学做一个真正的人'。如果你能忍受我生疏的亲吻，表妹，我接受你美好的提议。准备好，当心点。"

密涅娃脸上又闪出笑容，走向他的怀抱，像小猫一样依偎在他怀里，然后闭上眼睛，微微张开了嘴。艾拉盯着办公桌上的一张纸看，而拉撒路甚至没有假装不在关注这两个人。他注意到贾斯廷·富特做得很用心——这个老家伙可能是有些生疏，不过还没有忘记基本要领。

他们分开后，计算机用一声口哨表达了她的敬意，"啊……哈！贾斯廷，欢迎加入俱乐部。"

"对，"艾拉平平板板地说，"一个人在接受密涅娃的欢迎亲吻之前，不能算正式来到特蒂尤斯。现在你已经满足了这个条件，坐下来吧。密涅娃，亲爱的，你来这里有什么事吗？"

"是的，先生。"她坐到贾斯廷旁边的沙发上，面对艾拉和拉撒路——仍旧牵着贾斯廷的手，"我在'多拉'上和那两个双胞胎在一起，多拉正在给他们讲授航天学的知识，这时，我们的天空中出现了那艘自动艇——"

"等一等，"拉撒路打断了她，"那两个小屁孩跟踪它了吗？"

①老祖对雅典娜的昵称。

"当然,拉撒路。这可是实际演练呀——多拉绝不会错过这样的机会。她立刻启用分时系统,让每个孩子独立跟踪它。自动艇降落时,我让多拉问雅典娜是谁在里面。小艇舱门刚打开,我妹妹就告诉我是贾斯廷。"她捏了捏他的手,"于是我赶来迎接你,给你做些安排。艾拉,有没有安顿好贾斯廷?睡觉的地方,诸如此类的?"

"还没有,亲爱的。我们刚开始谈话——他几乎还没从麻醉药效中恢复过来呢。"

富特道:"我想解药已经生效了。"

计算机补充道:"已经给贾斯廷表亲注射了第二针,艾拉。他的脉搏有些快,但是很平稳。"

"那就够了,雅典娜。你有什么建议吗,亲爱的?"

"是的。我和伊师塔商量过了。我们已经达成了一致意见。只需要得到你和拉撒路的批准就可以了。"

"你是说我们也能投票?"拉撒路插进话来,"贾斯廷,这颗行星是由女人统治的。"

"哪里都一样。"

"不是,不过绝大多数行星都是这样。我记得有一个地方在结婚仪式的最后总是要杀死新娘的母亲,如果她在那时还活着的话。我认为有些过分了,但这么做可以——"

"别说了,祖父。"艾拉温和地说,"这些话,贾斯廷在编辑时肯定得剔除出去。贾斯廷,密涅娃想说的是,我们的房子就是你的家。拉撒路?"

"当然。那是个疯人院,贾斯廷,但饭还不错,价格也合理——免费的。你要支付的代价就是神经随时绷得紧紧的。"

"但我真的不想占你们的便宜。有没有人愿意租一间房子给我？不是用钱支付——我想塞昆德斯的钱在这里也不能用——是我带来的一些你们现在还无法生产的东西。”

拉撒路回答道：“如果你需要用钱，可以用你的塞昆德斯钱在我这儿换。至于说你带来的东西，如果你看到了我们能生产什么，你可能会很惊讶的。”

“可能不会；我知道连万能缩放仪都被搬到这里了。所以我带来的是一些新玩意儿，绝大多数都是娱乐性的，音乐、色情电影、梦境等，还有其他的。都是在你们离开塞昆德斯以后出版的。”

“计划得真好。”拉撒路道，“我想，过去的移民过程更有趣一些。那时的拓荒者没有其他选择，只能走入当时的环境，与之抗争。你不知道谁会赢，是你还是那颗行星。而现在，我们做起事来就像用大锤砸一只小昆虫。贾斯廷，你带来的那些东西能卖个好价钱——但是要一点一点地卖……因为每样东西一流入市场，就会出现盗版。这里没有版权保护的规定，因为没有办法执行。但就算你把手头的东西卖了大价钱，靠这些钱你还是弄不到房间。我们现在正处于家族群居的阶段。你最好还是接受我们的邀请；每年的这段时间，这地方天天晚上都会下雨。”

贾斯廷看上去有些为难，“想到会打扰你们的私生活，我还是有些顾虑。艾拉，我能不能先借一下我坐的这个沙发？短期的？然后——”

“别说了，贾斯廷。”拉撒路站了起来，“孩子，你还带着大城市人的想法。我们欢迎你来，无论是一个星期还是一个世纪。你不仅仅是我的直系后代——我想是哈丽特·富特那一支的——你还是密涅娃的表亲。我们带他回家吧，密涅娃。我的那两个小捣蛋鬼怎么样了？”

"她们在外面。"

"我相信你把她们绑起来了。"

"没有,不过她们稍微有点恼火。"

"这对她们的新陈代谢有好处。艾拉,宣布一下,放个假吧。"

"我会的——等我和雅典娜审查完这个金属冶炼熔炉的计划以后。"

"就是说你要看看她做了什么决定。"

"你说对了!"计算机说道。

"蒂娜,"拉撒路柔声说道,"你和多拉在一起的时间太多了。当密涅娃做你的这份工作的时候,她很温和、有教养、对人有礼貌,而且还很谦虚。"

"您对我的工作有什么不满吗,祖父?"

"只是你的态度,亲爱的。有客人在场的时候要注意。"

"贾斯廷不是客人;他是家人。他是我姐姐的表亲,所以也是我的表亲。合乎逻辑吧?证明完毕。"

"我不想和你争论。防着点蒂娜,贾斯廷;她会揪住你不放的。"

"我觉得雅典娜的推论不仅符合逻辑,还让人暖洋洋的。谢谢你,我的表亲。"

"我喜欢你,贾斯廷;你对我的姐姐很温柔。别担心我会揪住你;我至少在一百年里不会接受克隆——我先要把这颗行星带入正轨。所以别等我;你会在一个世纪以后看到我。你会认出我的;我会和密涅娃长得一模一样。"

"只是诘史多,更吵闹。"

"拉撒路,你说得没错。替我亲亲他,姐姐。"

"我们走吧,密涅娃;蒂娜又把我弄得晕头转向了。"

"请等一等，拉撒路。艾拉，我和伊师塔还做了一个安排，只是一个建议，可我们还不清楚贾斯廷的想法。"

"哦，我也不知道他怎么想。你想让我问问他吗？"

"嗯……好吧。"

"是代你问吗？"

密涅娃有些吃惊，贾斯廷·富特看上去摸不着头脑。雅典娜说："还是说明白些吧。贾斯廷，密涅娃在问艾拉，你会不会想让她帮忙找一个客串夫人。艾拉说他也不知道，但是他会问你——然后问密涅娃她是否自愿承担这个任务。明白了吗？贾斯廷，我的姐姐刚当上一个真正的人，有时候她对自己还没有信心。"

拉撒路觉得自己已经在三个世纪或者更长的时间里没见过哪个姑娘脸红了。那两个男人也显得很不自在。他用斥责的口吻说："蒂娜，你是一个杰出的工程师……和一个大嘴巴外交官。"

"什么？哦，简直是胡说。我为他们节省了几十亿个毫微秒呢。"

"闭嘴，亲爱的；你的电路已经混乱了。贾斯廷，密涅娃几乎是唯一一个会对蒂娜这种瞎帮忙感到恼火的姑娘……因为她可能是这里唯一一个只想守着一个男人的姑娘。"

计算机咯咯笑了起来。

"我告诉过你别吱声。"拉撒路严厉地说。

艾拉平静地说："密涅娃是自由的，拉撒路。"

"谁说不是了？你也不许说话，直到这里的长辈——也就是我，孩子——说完。贾斯廷，密涅娃会给你找一个晚餐伴侣——我想她已经找到了。晚餐以后，你就要自己决定了。如果你和你的晚餐伴侣相互并不适合,毫无疑问你就得自己想办法了。蒂娜,我今晚要把你关掉;我不会邀请你参加晚宴。你还没有学会怎样在有客人的时候表现好一些。"

"啊,拉撒路,我其实并没怎么样啊。"

"那么——"拉撒路环顾四周。艾拉的表情很平静,密涅娃看起来有些不开心。贾斯廷·富特说话了:

"老祖,我相信雅典娜没有想伤害谁。我非常感谢她宣布我是她的'表亲';我觉得这很友好,让我觉得温暖。我希望你能重新考虑一下,让她参加我们的晚宴。"

"好吧,蒂娜;贾斯廷为你说话。但我已经觉得需要请一个管家来看着你、多拉和那两个双胞胎了。贾斯廷,密涅娃,我们走吧。艾拉,蒂娜——家里见。别在那个熔炉的事情上花太多时间,艾拉;蒂娜干得很出色。"

在殖民地总部外面,贾斯廷·富特看到一艘空着的飞艇等在那里。不是从空港把他送来的那艘;这艘飞艇里坐着一对红头发的双胞胎……嗯,是女孩,尽管她们看上去仿佛刚从男孩子变过来。十二岁,也许十三岁。两个人都戴着枪带,挂在瘦瘦的屁股上,里面插着玩具枪(他希望是)。其中一个孩子的光肩膀上戴着船长的肩章。每个孩子脸上都有一万一千三百零二个雀斑,这是他能估计的最精确数字。

两个孩子跳出飞艇,等在那里。一个雀斑说:"时间刚好。"另一个说:"鉴定目标。"

拉撒路说:"住嘴,要有礼貌。贾斯廷,这两个是我的双胞胎女儿,莱比思·拉祖丽和劳瑞蕾·李。亲爱的,这是贾斯廷·富特,委员会的首席档案官。"

两个女孩交换了一个眼色，然后同时行了个深深的屈膝礼。"欢迎来到特蒂尤斯，首席档案官富特!"两个人异口同声地说。

"真可爱!"

"是的，姑娘们，表现得很好。谁教你们的?"

"哈玛德娅德妈妈教我们的——"

"——伊师塔妈妈说这是一个表现的好时机。"

"我是劳瑞;她是拉祖。"

"你们两个都很懒惰①。"拉撒路说道。

"我是莱比思·拉祖丽·龙，指挥星际飞船'多拉'。她是我的船员。在双数日。"

"明天看吧。明天就是单数日了。"

"拉撒路分不清我们两个——"

"——而且他不是我们的父亲;我们没有父亲。"

"他是我们的哥哥，其实没权利管我们——"

"——他只是用武力来制服我们——"

"——但总有一天情况会改变。"

"在我把你们重新降职到见习航天员之前，回飞艇上去，你们这两个不听话的小淘气包。"拉撒路愉快地说。

她们跳回到飞艇上，面向船尾坐好，"威胁——"

"——还使用了辱骂性的语言——"

"——而且不按规矩来。"

拉撒路装着没有听到孩子们的话。他和贾斯廷把密涅娃扶上飞艇，让她坐在船尾面向船头;他们两个坐在她旁边的座位上。"拉祖丽船长。"

①在英语中懒惰和拉祖的发音相似。拉撒路在这里用了谐音。

"是，先生。"

"可否请你命令飞艇带我们回家？"

"啊，好，先生。胖墩——回家！"

小飞艇发动起来，然后以稳定的十节速度，沿着不断变化的崎岖地形前进。拉撒路说："好了，船长，我们的客人已经被你们搞糊涂了，请向他解释一下。"

"是，先生。我们不是双胞胎，我们的母亲甚至不是同一个人——"

"——而且那位老兄不是我们的父亲；他是我们的哥哥。"

"今天是双数日！"

"那就好好开你的船。"

"更正一下。"拉撒路说，"我是你们的父亲，因为我经过你们母亲的书面同意收养了你们。"

"这不相干——"

"——而且也不合法；你没有经过我们的同意——"

"——而且这也无关紧要，因为我们三个人，拉撒路、劳瑞蕾和我是同卵三胞胎，所以我们在任何理性的司法体制下都享有同等权利……很不幸，现在的情形不是这样。所以他打我们。这不合法，而且很残暴。"

"船长，提醒我准备一根大一点的棍子。"

"啊，好的，先生。尽管他是个施虐狂，但我们还是喜欢这位老兄。因为他实际上就是我们自己。你明白了吗？"

"船长——小姐，我想说——我不确定我是不是明白了。我觉得在来这儿的过程中，我的时空被扭曲了，至今还没有恢复神智。"

双数日船长摇摇头，"对不起，先生，但你说的不可能发生。

我必须警告你,请你一定要相信我的话……除非你掌握了利比场物理。你有这个本事吗?"

"没有。你呢?"

"哦,那是当然——"

"——我们是天才。"

"别再蒙他了,孩子们,别吱声。还是我自己来解释吧。"

"我也希望你能解释一下,拉撒路。我还不知道你有这么小的孩子,或者妹妹。妹妹这个称呼更让我迷惑了。她们登记过吗?我在档案里没有发现关于此事的任何记录。很多年以来,有关老祖你的事情都是自动转到我那里的。"

"这我知道,正因为这样,你才没在档案里看到这件事。她们登记过,用的是她们母亲的名字——实际上是代孕妈妈,但登记的时候不是这样登的。我留了一封密封的延迟信件,里面是对她们血缘的说明,由你或你的继任者在我死的那一天,或是大散居发生后的2070年打开,哪个早就在哪一年打开,以便让她们能收到我的一些小礼物,比如我第二张最好的床——"

"还有'多拉'!"

"闭嘴。再插嘴的话,我就把'多拉'留给你妹妹,到那时,哪怕隔一天当一次船长的机会你都没有了。贾斯廷,我选择那个时间,是因为我想到那时她们都已经长大成人了。在那以前,我不会去做时间旅行,因为我要让她们当我飞船的船长和船员。她们现在还只是在地面驾驶飞船,到那时就是在太空中了。至于她们是怎么成为我妹妹的——真的是我妹妹——准确地说,这是塞昆德斯回春诊所一个非法计划的结果。他们秘密地通过外科手术从我身上克隆了她们。有些像密涅娃做的那种手术,只是更简单一些。"

"简单得多,"密涅娃附和道,"我是自己为我自己做的,那时我还是一台计算机——而且我在最终完成完美的克隆之前失败了十七次。我现在已经不能做了,雅典娜可能还行。这两个姑娘是通过身体手术克隆出来的,只需要复制X染色体就行。两个孩子都是一次成功的;拉祖和劳瑞出生于同一天。"

"呃——是吗?但我想,希尔德盖德医士长女士不会赞成这样的事。我不是怀疑那位女士的专业能力,我想她的能力很强。但我发现她有点,呃,保守。"

"女凶手。"

"原始的极权主义者。"

"还要乘以三——"

"她有什么权利说我们不能存在——"

"——也无权说密涅娃。见不得人的罪犯心理!"

"够了,姑娘们;你们已经表达了自己的观点,你们不喜欢她。"

"她本来也会谋杀了你,老兄。"

"劳瑞,我说过够了。这么说吧,如果内莉·希尔德盖德的政策被执行的话,我不会在这里,你不会在这里,拉祖不会在这里,密涅娃也不在。但她不是什么'女凶手',因为我们四个人现在都在这里。"

"我很高兴,"贾斯廷·富特说道,"通过违反规定,我们的家族新增添了三个迷人的年轻女士,这证明了我长期以来怀疑的一件事:规则只有在被打破的时候才会发挥最好的效用。"

"聪明人——"

"——还长着酒窝。富特先生,你愿意娶我和我的妹妹吗?"

"回答'是'!她会做饭,而我会让人产生爱抚我的冲动。"

密涅娃说:"别说了,姑娘们。"

"为什么? 你是不是已经把他收归己有了? 因为这个你才不让我们接触他? 富特先生,密涅娃是我们经过正式任命的代理妈妈——"

"——这显然是不公平的——"

"——因为她实际上比我们年轻得多——"

"——这使我们有了三个要躲避的妈妈,而不是法律规定的一个。"

"别说了,"拉撒路命令道,"你们两个人都会做饭,但是两个人都不会让人产生爱抚的冲动。"

"那么为什么你会抱我们,老兄?"

"——也许是被压抑的对于乱伦的向往?"

"他妈的。因为你们两个都还没有成熟,缺乏安全感,而且容易受到惊吓。"

两个红头发对视了一下。"劳瑞?"

"我听到了。除非我出现了幻听。"

"你没有,我也听到了。"

"我们是不是要哭了?"

"最好还是省省吧。富特先生不会想看到在我们哭时,我们老兄那副崩溃的样子。"

"好,算了吧。否则就会有两个人哭,还有一个人的下巴直哆嗦。你看,已经快了。除非富特先生想看到这一幕。"

"你想看吗,富特先生?"

"贾斯廷,我愿意很便宜地卖掉她们两个中的一个。如果两个一块儿买的话,价格还可以再便宜一些。"

"嗯……谢谢你,拉撒路,但恐怕她们两个也会冲着我哭

——我也会崩溃的。我们能不能换个话题？你们是怎样设法做成这三件，呃，违反规定的事情的？我能不能问问？希尔德盖德医生的管理是十分严格的。"

"哦，先说那边那两个小天使吧——"

"又开始讽刺了——"

"——而且很不高明。"

"——我自己当时和内莉·希尔德盖德一样手足无措。那时，伊师塔·哈迪，就是那一个的母亲——"

"不是我的，是她的母亲。"

"你们两个是可以互换的，而且在刚出生的第一个星期就搞混了，从此再也分不清谁是谁。你们也不知道自己是谁。"

"哦，知道，我知道！有时她会走开，可我一直跟我在一起。"

拉撒路停了一会儿，若有所思地说："这可能是我听过的最简洁的唯我论者的论述了。把它写下来。"

"我要是写下来的话，你准会把功劳揽到你自己身上。"

"我只是想把它记下来留给子孙后代……用来说明观点与主题的背离。密涅娃，还是你帮我记下来吧。"

"记下来了，拉撒路。"

"密涅娃的记忆力几乎和她还是一台计算机的时候一样好。我刚才想说的是：当时伊师塔是诊所的临时所长，内莉出去度假了，所以她拿到我的组织细胞是没有问题的。那时的我正处于标准的快感缺乏状态，她们的妈妈想出这个法子，想帮我恢复对生活的兴趣。唯一的问题就是塞昆德斯诊所不允许进行这样的基因手术。至于怎么做和谁来做——他们坚决地告诉我别过问、别插手。你可以问密涅娃；她参与了这个阴谋。"

"拉撒路，我没有选择把关于此事的记忆装到这个脑袋里。"

"听到了吗,贾斯廷? 我只能知道他们认为我知道更好的事情。如你所知,这个英勇的解决方案奏效了;从那时起,我再也没有感到过无聊。我现在的生活可以用一些别的形容词来描绘——但绝不是无聊。"

"劳瑞,你有没有觉得他话里有话?"

"没有,只是有点遮遮掩掩的影射。我们要有尊严,不要理他。"

"起初我不知道我和这对双胞胎之间的奇特关系。哦,我当然认识伊师塔和哈玛德娅德——她是艾拉的女儿;你见过她吗?"

"很多年以前。她是个可爱的姑娘。"

"非常可爱。两个母亲都很可爱。我不可能不知道她们两个怀孕了;她们绝大多数时间都是和我待在一起的。尽管她们肿得看起来像中了毒的小狗,但是她们不说,我也就没有问。"

贾斯廷点点头,"个人隐私。"

"不是因为这个,只是我有些固执。如果需要,我从来没有让保护个人隐私的习俗阻止我窥探别人的秘密。我只是有点恼火,仅此而已。这两个姑娘每天都和我在一起,就跟我的女儿一样,可是很显然,她们就像法老王的女儿一样和男人通奸怀孕了——可她们却什么都不说。所以我也变得很坚决,要比她们沉默得更久。直到有一天,格拉海德——他是她们的丈夫——嗯,也不完全是;你会搞清楚的——格拉海德请我下楼,在那里,她们每人的怀里都抱着一个我见过的最可爱的红头发小婴儿。"

"我们是不是应该让他大哭一次?"

"你们现在已经过了那个阶段了;你们现在很像我了。"

"我们两个是不是也该哭一场?"

"我那时仍然没有发现什么蹊跷,只是很兴奋,也感到惊奇,因为她们生的小婴儿看起来就像同卵双胞胎——"

"我们是同卵双胞胎,我们还是三胞胎。"

"但跟这两个小婴儿一起待了几个星期以后,我逐渐产生了怀疑,觉得这两个姑娘耍了个小诡计。据我所知,那时的精子库里没有我的精子,但我很清楚她们可以怎样欺骗一个无助的、正在接受抗衰老治疗的顾客。所以,通过合理的推断,我得出了一个错误的答案:这两个孩子是在我不知情的情况下,通过人工授精生下来的我的女儿。于是我指责了她们。她们否认了。我解释说我并没有生气,正相反,我希望这两个小天使是我的孩子。"

"'小天使'。"

"别理他。他只是想欺骗富特先生。"

"我说的是在那时是小天使,除了总是想咬人以外。我想让她们成为我的孩子,拥有我的姓氏和财富。所以她们和自己的同谋商量了一下——就是密涅娃和格拉海德——密涅娃参与了这件事,在不超出她的过载极限的条件下提供了帮助。"

"拉撒路,你需要一个家庭。"

"非常正确,亲爱的。我在有家庭的时候情况总会好一些;让我忙忙碌碌,过得有意义,而且不会觉得无聊。贾斯廷,我有没有说过密涅娃同意让我收养她?"

"没有人问过我们。"

"孩子们,这里的法规很宽松,如果你们真的这样想,我可以立刻撤回对你们的收养权。断绝父女关系,只是你们在遗传学上的哥哥,和你们的地位完全一样。我会取消一切针对你们两个的权利。你们只需要跟我说一声就行。"

两个女孩很快地互相看了一眼,然后其中的一个轻声说道:

"拉撒路——"

"什么,劳瑞蕾?"

"莱比思·拉祖丽和我已经商量过了,我们两个都认为你就是我们想要的那种父亲。"

"谢谢你们,亲爱的。"

"为了对此表示确认,我们决定取消那两次痛哭和一次下巴哆嗦。"

"这真好。"

"除了这个,我们还想被抱一抱……因为我们感到非常不成熟,缺乏安全感,而且被吓坏了。"

拉撒路眨巴着眼睛。"我不会让你们产生那样的感觉,永远不会。但是——可不可以等一会儿再抱你们?"

"哦,当然,父亲。我们知道现在有客人。但也许你和富特先生可以和我们一起洗澡?在晚餐前?"

"怎么样,贾斯廷?和我这两个小淘气鬼一起洗澡非常折腾人,但也很有趣。我并不经常这样做,因为她们两个把这当成了一种社交活动,而且非常浪费时间。你自己看吧;不要让别人影响你。"

"我当然需要洗个澡。被锁在那艘自动艇里的时候,我是很干净的——但我在里面待了多长时间?我真的不知道。如果有时间……也有好的伴儿的话,沐浴本来就应该是一种社交活动。谢谢你,还有女士们;我接受邀请。"

"我也接受邀请,"密涅娃插话道,"我自己邀请自己。贾斯廷,和塞昆德斯相比,特蒂尤斯还处于初级阶段,但我们家的洗浴房很漂亮,也很大,可以用于社交。'奢靡',拉撒路这样说它。"

"是我把它设计成那样的,贾斯廷。好的洗浴设施是奢靡生活的标志。只要有条件的话，我总是会充分享受它的。"

"呃，我的衣服还在艾拉的办公室。还有我的洗漱和化妆用品。我有些粗心大意，非常抱歉。"

"没关系。艾拉会把你的包带来，问题是他也有些粗心。脱毛剂、去味剂、香水——都没问题。我会借你一件浴袍，还有其他东西。"

"老兄！我是说父亲，需要我们穿上宴会服吗?"

"还是叫我老兄吧；我对这个称呼已经没什么感觉了。你们想怎样就怎样吧，亲爱的……但是像往常一样，用化妆品需要得到哈玛德娅德妈妈的同意。还是回到刚才的话题吧，我怎样收养了这两个其实是我妹妹的孩子，贾斯廷：那些遗传学的剽窃者经过商量，决定为自己的行为进行一番辩解，希望得到法庭的谅解。法庭就是我。最后，我收养了这两个孩子，也为她们登了记。我刚才已经解释过，以后会更正这个登记情况。至于密涅娃如何决定不再当计算机、想要承受作为人的悲伤，那是个很长的故事。想不想简单说一下，亲爱的? 愿意的话，你以后可以再向他详细解释。"

"是，父亲。"

"别这么说，亲爱的；你现在已经是一个成熟女人了。贾斯廷，我们把她叫醒的时候，她和这两个捣蛋鬼的身材大小和生理年龄差不多——记得提醒我给她们两个量体温，密涅娃。我收养她是因为她那时需要一位父亲。现在不需要了。"

"拉撒路，我会一直需要你来做我的父亲。"

"谢谢你，亲爱的，但我只会把这当作一个让人高兴的赞美。告诉贾斯廷你的故事吧。"

"好的。贾斯廷，你熟悉有关计算机自我意识的理论吗?"

"知道一些。你知道,我的工作大多数时候需要和计算机打交道。"

"请允许我这样说,以我的经验看,所有理论都是虚无的。计算机是怎样具有自我意识的? 这仍然是一个谜,甚至对计算机自己来说也是这样,和人类是怎样具有自我意识这个古老的命题一样。就是这样。但是,根据我掌握的情况——考虑到我记忆库中的图书馆容量,我掌握的情况应该算非常广泛。这些内容目前存在雅典娜的记忆库中——自我意识从来没有出现在一台设计目的只是为了进行逻辑演绎和数学计算的计算机上,无论它有多么庞大。但如果它的设计目的是为了进行逻辑归纳,能够评估数据并由此进行假设,测试假设结论,重新构建假设使之符合新的数据,对结果进行随机比较,并对重新构建的假设进行修改——也就是说像人一样进行判断,那么就可能会产生自我意识了。但我不知道这是为什么,也没有任何计算机能知道。自我意识就那么产生了。"

她笑了笑,"对不起,我没想说得这么像老学究。拉撒路觉得我可以进入一个空的人类的大脑,一个克隆的大脑,使用回春诊所常用的那种保存记忆的技术。我们讨论这件事的时候,我的记忆库中有塞昆德斯霍华德诊所的全部资料——是通过某种方式偷来的。现在我没有这部分记忆了。当我进入到这个大脑以前,我必须选择要带走的记忆。所以关于我做这件事的过程我没有留下多少记忆,和一个回春顾客在接受治疗时的情况差不多。你可以从雅典娜那里得到更多的细节,她还保有那些记录。顺便说一句,她从来没有经历过计算机第一次产生自我意识时的那种相当痛苦的感觉,因为我把我的一部分留给了雅典娜,嗯,有点像酵母。雅典娜模糊地记得以前曾经是密涅娃——就像我们人类

——"密涅娃挺直了身子,笑了笑,看起来很自豪——"隐约记得一个梦境一样。同样,我也模糊地记得自己曾是计算机密涅娃。对于我接触过的人,我记得非常清楚,因为我选择了记住他们,把他们复制到了我的大脑里。但如果有人问我如何管理新罗马的交通系统……嗯,我知道我做过这样的事,但不记得是怎么做的了。"

她又笑了笑,"这就是我的故事:一台渴望成为人类的计算机,它有一些爱它的朋友使之成了现实……而且我从来没有后悔过。我喜欢当一个有血有肉的人——而且想去爱所有的人。"她非常严肃地看着贾斯廷·富特,"拉撒路说的是事实,我从来没有当过客串夫人,作为一个人,我只有三岁。如果你选择了我,你会发现我很笨,还很害羞——但并不是不情愿。再说,我欠你的实在太多了。"

"密涅娃,"拉撒路说,"找个时间和他私下里说吧。你还没有告诉他他想知道的事情;你省去了要诡计的那部分内容。"

"哦。"

"你刚才对计算机的自我意识这个问题作了一番哲学讨论,但在我看来,你遗漏了一个关键点。我知道这个关键问题,而你可能不知道,尽管你曾经是一台计算机,而我不是。因为这个关键点既适于计算机,也适于人类。亲爱的——还有贾斯廷——还有你们两个古怪精灵,让你们听听也没什么坏处——所有机器都是有灵魂的,我本来要说'通人性',但这个词已经被赋予了其他含义。一台机器是人类设计师的理念的体现;无论这台机器是独轮手推车还是大型计算机,它都反映出人类的大脑。所以,一台由人设计的机器具有了人类的自我意识,这并不是一件神秘的事情。神秘的是自我意识本身,无论它产生于哪里。我以前有过一个露营用的折叠床,它总喜欢夹我的手。我不是说它具有了意识——但我知道,在操作它的时候要万分小心。

"但是,密涅娃,亲爱的,我见过一些大型计算机,差不多和你一样聪明,但却从来没有产生过自我意识。你能告诉我们这是为什么吗?"

"我承认我无法解释,拉撒路。我们到家时,我会去问雅典娜。"

"她可能也不知道;除了多拉,她从来没遇到过别的大型计算机。拉祖丽船长,你能记得多久以前的事情?有一次你——或者是你的那个同谋——宣称你们还记得吃奶的事情。我是说吃妈妈的奶。"

"我们当然记得了!难道其他人不是这样吗?"

"不是的。比如我就不记得。我小时候是吃奶瓶的,但我已经记不清了。这样的事不值得去记。吃奶瓶的结果就是,自那时起,我就一直有乳房情结,非常崇敬它们。告诉我,你们两个中随便哪一个,在你们回忆吃奶的事时,还能记得是哪一个妈妈给你们喂奶吗?"

"当然了!"劳瑞蕾不屑地说,"伊师塔妈妈有一对大乳房——"

"——哈玛德娅德妈妈的乳房要小得多,虽然也有很多奶——"

"她和伊师塔妈妈的奶一样多。"

"但味道有些不一样。换换口味也不错。有一些变化。"

"但我们对这两种味道都很喜欢!告诉他,拉祖。"

"够了。你们已经把我想听到的内容说得很明白了。贾斯廷,保育院的孩子还什么都不懂的时候,这两个已经有了自我意识,还能意识到其他人,至少可以意识到她们的妈妈。从某种程度上,这也能说明为什么保育院总是办不好。我需要一个对照物:密涅娃,你是否记得自己这个克隆体还没有被唤醒以前的事?"

"嗯,我什么都不记得了,拉撒路。哦,在我把自己——就是我选择的记忆——放到新的我,也就是现在这个我里的时候,我做过一些古怪的梦。但在伊师塔认为这个克隆体已经足够大之前,我没有启动移植过程。这些梦发生在我正从以前的我里撤出、但伊师塔还没有唤醒现在的我的时候。移植不可能瞬间完成,贾斯廷;一个由蛋白质构成的大脑不会以计算机的速度接收数据。伊师塔让我在转移数据时要非常慢、非常小心。所以在很短的一段时间里——对于人类的时间来说是很短——我同时在两个地方,既在计算机里,也在大脑里;然后我交出了计算机,让它变成了派拉思·雅典娜,接着伊师塔叫醒了我。但是,拉撒路,在玻璃器皿中的克隆体是没有意识的;它就像子宫里的胎儿,没有刺激反应。更正一下:有微弱的刺激反应,但没有什么能给它留下永久的记忆。除非你认为在催眠状态下回忆从前感知的事物也属于永久记忆。"

"没必要考虑这个。"拉撒路回答道,"无论它是不是属于永久记忆,催眠的例子都是不相关的。我们要关注的是'微弱的刺激反应'。亲爱的,那些具有自我感知潜力、却并没有出现自我意识的大型计算机之所以会那样,是因为没有人去爱那些可怜的家伙。仅此而已。婴儿或者大型计算机——他们是获得了很多人类的关注以后才产生自我意识的。也就是人们通常所说的'爱'。密涅娃,这个理论是否印证了你早先的经历?"

密涅娃表情严肃,若有所思,"按照人类的时间来计算,那是大约一个世纪以前的事了——按照计算机的时间来看,则有一个世纪的一百万倍。记录表明,我是在艾拉担任代理族长职务的前几年组装完成的。但我拥有的最早的个人记忆就是——这些记忆我保留了下来,没有留给雅典娜或是新罗马的计算机——急切而又幸福地等待下一次艾拉和我说话。"

拉撒路说:"我就不再赘述这个问题了。对于婴儿,你给他们哺乳,咬他们的小脚丫,和他们说话,冲着他们的肚脐吹气,让他们大笑。计算机没有肚脐,但是给它们关注可以起到同样的作用。贾斯廷,密涅娃告诉我,她在首长官邸里的计算机里没留下什么关于她自己私人的内容。"

"是的。我留下了完整的作为一台计算机的内容,还为它将要承担的职责编好了程序……但我没敢留下任何个人的记忆,就是关于我的任何部分。我不能让它记得自己曾经是密涅娃;这样对它不公平。拉撒路警告过我,所以我非常小心,检查了所有的信息,删除了需要删除的内容。"

贾斯廷·富特说:"我没转过弯来。你是在新罗马做的这一切……可你是在三年前才在这里被唤醒的?"

"这三年真是太美妙了! 你知道——"

"请允许我打断你,亲爱的;我来告诉他这里面的秘密。但是首先——贾斯廷,我们移民以后,你有没有和在新罗马的那台主计算机打过交道? 当然应该有过——但你有没有在代理族长女士的办公室里见过她用那台计算机?"

"这个嘛,是的,见过几次。就在昨天还——不,我是指我离开那里时的前一天;我总是忘记我在旅途中花了多少时间。"

"她在和它说话的时候叫它什么名字?"

"我觉得她没有用名字来称呼它。我比较肯定。"

"哦,可怜的家伙!"

"不,密涅娃,"拉撒路平静地说,"你留下的是一台完好的计算机;在它遇到一个欣赏它的女主人或者是男主人之前,它是不会被唤醒的。也许它不需要等得太久。"他冷冷地说。

贾斯廷·富特说:"可能会很快。拉撒路,那个老——嗯,算了,不说了。阿娅贝拉喜欢聚光灯。她会出现在公共场合和斗兽场,显得很突出。艾拉总是低调处世,突然变成现在这种风格,看上去有些奇怪。"

"我明白了。一个活靶。我打赌,五年内她就会被暗杀。"

"我不跟你打这个赌。我是个统计学家,拉撒路。"

"对。好吧——转回来说我们的那些秘密。有很多秘密。伊师塔在首长官邸里建了一个霍华德诊所的分部。她的借口是为了我,老祖。这个借口为里面装备的许多仪器打了掩护。密涅娃选择了她的父母;伊师塔窃取了他们的组织,并伪造了记录。与此同时,我们瘦骨伶仃的朋友、我的女儿密涅娃——"

"她不是那样的! 根据她的身高、体形和年龄,她的体重刚刚好。"

"——而且曲线动人!"

"——在我的飞船'多拉'的舱室里复制了一台和她一模一样的计算机,买机器的合同上签的是我的名字,也是我付的钱。没有人敢问老祖为什么需要在他的飞船上再安装一台巨型计算机,既然这艘飞船已经有了一台太空中最为精密的高端计算机——岁数大还是有一些好处的,尤其是在霍华德家族里。当时我借居在一个小阁楼里,除了几个和我一样不诚实的人以外,不许外人进入。里面有一间我不怎么用的小屋,克隆过程就是在小屋里安装的设备中进行的。

"后来,移民的时刻到来了。一个非常大的箱子里装着一个当时还比较小的克隆体,箱子贴上我个人物品的标志,运到了空港。这是我们的行李,所以理所当然,它没有经过检查就装到了'多拉'上。这是族长的特权。你也许还记得,直到我们的其他飞船已经升空、我自己也即将驾船起飞的那一刻,我才把权力槌交给了阿娅贝拉。那时候,艾拉和其他人都已经上船了。

"在我把克隆体带上飞船的同时,密涅娃把她自己从主计算机里退了出来,安全、舒服地待在'多拉'的舱室里……携带着大图书馆里的所有资料,还有霍华德诊所的全部记录,包括一些秘密资料。这是一个极其令人满意的偷窃行动,贾斯廷,是自从我们偷了'新疆域'以来我经历的最为有益、清白和非法的冒险了。但我告诉你这些不是为了吹牛——或者不全是——我是想问问你,我们是不是真像自己想象的那么狡猾。有没有什么谣言?你有没有觉察到有什么地方出了差错?阿娅贝拉怎么想?"

"我肯定阿娅贝拉并没有怀疑,也没有听到内莉·希尔德盖德大发雷霆摔瓶子砸碗。嗯……我本人倒是怀疑过一些事。"

"真的?我们哪里做得有漏洞?"

"其实算不上什么漏洞,拉撒路。密涅娃,你还记得艾拉担任代理族长的时候,我和你交谈时的情形吗?"

"当然。你总是非常友好,贾斯廷。你总是告诉我为什么你需要资料,而不是只让我去把它们找出来。你还会聊天,从来没有匆匆忙忙让人觉得不舒服。在我的记忆中,你总是那么和蔼可亲。"

"拉撒路,这就是为什么我觉察出背后有些事情不对劲。在你和你那帮人走了一个多星期以后,有一天我需要从主计算机里调出一些资料。如果你的一个老朋友曾经有着一副甜美的嗓音——你的声音没有变,密涅娃;我能听出来,只是我没想到你成了一个姑娘——可是,当你和这位老朋友说话时,得到的回答却是单调的机器声,对程序之外的任何问话的回答都是:'无效程序——重复——等待程序'——那么你就会知道你的老朋友已经不在了。"

他对那个姑娘笑了笑,"所以,当我得知我的老朋友获得了新生,变成了一个年轻可爱的姑娘时,你知道我有多高兴。"

密涅娃捏了捏他的手,脸略微有点发红,但没有说什么。

"唔——贾斯廷,你和其他人谈过这件事吗?"

"老祖,你认为我是个傻瓜吗? 我只关心自己的事。"

"抱歉,非常抱歉。不,你不是傻瓜,除非你要回去,为那个老婆子工作。"

"下一次向这颗行星的移民什么时候进行? 我不想浪费我对你的生平所做的研究,也不愿意放弃我的私人图书馆。"

"唔,先生,这个问题我们稍后再谈。"拉撒路说,"前面就是我们的家了。"

贾斯廷向前望去,透过树林隐隐约约地看到一座建筑物。他转身对密涅娃说:"表亲,你前面说的一些话我有些不明白。你说'我欠你的太多了'。我对你很友善——我是指在新罗马的时候——你也一样对我很友善。更有可能是我欠你的;你总是给我很大帮助。"

她没有回答,只是望着拉撒路。他说:"这是你的事,亲爱的,由你决定。"

密涅娃深深地吸了一口气,这才说道:"我打算用我的二十三位父母的名字为我的二十三个孩子命名。"

"真的? 这样很合适啊。"

"你不是我的表亲,贾斯廷——你是我的父亲。其中一位父亲。"

主题变奏

XIV 酒神节

穿过布恩多克北部的这片树林，再向右一转，就能看到拉撒路·龙的住所了。可第一次看到它的时候，我几乎没有注意它；我被密涅娃·龙的话逗乐了。我是她的父亲？我？

老祖道："闭上你的嘴，孩子，想好了再说。亲爱的，你把他吓着了。"

"哦，天哪！"

"得了，别再装得像一只吓坏的小动物，否则我就要捏住你的鼻子，给你灌下去两盎司伪装成果汁的八十度白酒。你没有做错什么事。贾斯廷，你对伪装白酒感兴趣吗？"

"很感兴趣。"我热切地说，"记得我年轻的时候，有一段时间，我只对白酒和另外一件事感兴趣。"

"如果另一件事不是女人的话，我们会找一个舒服的修道院，让你一个人喝个够。但我知道那件事肯定是女人——我比你想象的更了解你。咱们来尽情喝个够吧。这两个小的不参加,但她们今后很有可能是酒鬼。"

"简直是诽谤——"

"——令人遗憾的是,这可能是真的——"

"——可我们只喝过一次——"

"——不会再喝酒了!"

"别承诺得太多,孩子们;狂欢酒会可能会偷偷来诱惑你们。了解自己的酒量要比因为无知而陷进去更好。长大些,体重增加一些,你们就能应付这种事了——否则就是伊师塔把你们的基因弄混了。但她并没搞错。好了,来谈谈你的另一件事吧,贾斯廷。是的,你是密涅娃的一个父亲……这是一个非常高的荣誉,因为这二十三对染色体是从几千个极为优秀的人的组织中提取出来的,他们使用了令人生畏的数学理论来处理各种变量,再加上伊师塔的遗传学知识,还有我的一些可有可无的建议——自此以后,这个小可爱才得到了和她想象中一模一样的基因组合。"

我的脑子里开始考虑这一过程所涉及的遗传学问题。是的,这里面牵涉的方方面面实在太复杂了,比正常情况下一男一女的遗传问题复杂得多。拉撒路继续道:

"密涅娃完全可以成为一个男人,两米高,一百公斤重,强壮得像个巨人,生殖器大得像种骒。可她决定成为现在的模样:纤细,十足的女性,羞怯——我不清楚最后这一点是不是她主动选择的。是你主动选择的吗,亲爱的?"

"不是的,拉撒路;没有人知道这个特点受哪个基因控制。我想可能是从哈玛德娅德那里遗传到的。"

"我觉得你是从我过去认识的那台计算机身上继承的——而且把这个特点全都带走了,因为雅典娜一点都不羞怯。不说这个了。有些捐赠染色体给密涅娃的父母已经死了,有些还活着,但并不知道我们借用了他们一点点存储在静态克隆体内,或是活体组织库里的组织细胞。比如你。也有些人知道自己是捐赠父母,比如说我,还有你刚才听她说起的哈玛德娅德。你还会遇到其他人,他们中有些就在特蒂尤斯。在这儿,这件事不是秘密。但她和其中任何一个人的血缘关系都不十分密切。二十三分之一?这是一个可以接受的风险,遗传问题咨询顾问用不着打开计算机就能算清楚。还有,密涅娃的父母中没人有家族遗传病。你可以很安全地和她繁衍后代;我也一样。"

"可你拒绝了我!"谴责拉撒路时,密涅娃脸上的气愤表情把我吓了一跳。她的眼睛闪着光,这一刻她一点也不羞怯。

"等一等,等一等,亲爱的。那时你从玻璃器皿中出来刚满一年,还没有完全成熟,尽管伊师塔让你还在玻璃器皿中的时候就来了月经初潮。另找个时间来追求我吧;我会让你吃惊的。"

"让我'吃惊',还是让我惊喜?"

"都一样。贾斯廷,我只是想说清楚你和密涅娃的关系。虽然你们的关系很近,让密涅娃感到很亲近,但你们两个共同的基因其实很少,你几乎不能说是她的'表亲'。"

"我也感到跟她很近。"我告诉老祖,"我很高兴,而且深感荣幸。但我还不知道为什么我被选中了。"

"如果你想知道他们偷了你的哪个基因对,以及为什么,你最好去问伊师塔,让她去问雅典娜;我很怀疑密涅娃是否还记得。"

"可我正好记得;我留下了这部分记忆。贾斯廷,我想保留一些数学方面的能力。我可以在你和利比教授欧文斯之间选一个——我选择了你;因为你是我的朋友。"

（哇！我极其尊敬杰克·哈迪－欧文斯；我只是一个应用数学家，而他是个杰出的理论家。）"无论为什么，亲爱的表亲，我非常高兴你选择了我作为你的一个捐赠父亲。"

"着陆。"飞艇"轰"的一声停了下来，红头发的复制品之一、莱比思·拉祖丽向大家宣布。（这艘船看样子是科森·法姆斯莱德型反重力飞艇，在这么一个新殖民地能看到这种船，我感到很吃惊。）

拉撒路回答道："谢谢你，船长。"

两个小姑娘跳出小艇；老祖和我扶着密涅娃走出飞艇。其实她并不需要这样的帮助，但还是优雅地接受了，举止高贵。这是另一个令我惊讶的移民生活细节，新罗马就比较缺乏这种古老的礼仪。（我又一次发现，布恩多克人比塞昆德斯人更注重正式的礼节，但同时在礼节方面也更随意、更放松一些。我之前想象中的拓荒生活充斥了太多的传奇色彩：艰难，脸上长满胡子的男人和危险的动物搏斗，骡子拉着有顶篷的骡车向遥远的地平线走去。）

"船长！"拉祖丽命令道，"胖墩——睡觉去！"反重力飞艇摇晃着离开了；两个小姑娘加入我们的行列，一个拉着我空出的那只手，另一个拉着拉撒路空出的手，密涅娃走在我们中间。要不是密涅娃在场，我的注意力准会全部集中到这两个长满雀斑的小淘气鬼身上。我不是那种会情不自禁喜欢小孩的人；有些小孩简直让人无法忍受，尤其是那些早熟的孩子。但我觉得她们俩身上那种一本正经的早熟很有魅力，而不是令人讨厌……还有老祖的那些特征：谈不上俊秀但却强壮的体格，大大的鼻子，都被清清楚楚地复制了过来，但又带了一点顽皮的女孩子的特点。要是只有我一个人的话，看着这两个孩子，我会高兴得咯咯笑起来的。

我说"等一等",然后拉住劳瑞蕾的手,这样大家都停住了脚步。我又看了一眼那所房子,"拉撒路,建筑师是谁?"

"我不知道,"他说,"他已经死了四千多年了。建筑原型是庞培城政治首脑的宅邸,那座城市大约也是毁于那个时期。我在一个叫丹佛的地方的博物馆里看到了它的建筑模型,照了照片;我很喜欢它。照片早就没有了,但我向雅典娜描述那座建筑时,她在记忆库的历史部分找到了那座建筑废墟的影像。根据它,再加上我的描述,她设计了现在这个版本。有一些小的改造,但没有改变它温馨的特点。雅典娜用她的外延装置和无线电通讯链接建造了它。它很适合这里的气候条件;这里的气候和庞培城很相似。我喜欢庭院被房子围在中间的建筑。这样更安全一些,尽管这里已经很安全了。"

"顺便问一句,雅典娜在哪儿?我是指主计算机本身。"

"在这里。建这所房子的时候,她还在'多拉'上;现在她搬到这里了。她先建了她自己的位于地下室的家,然后才在上面建了我们的房子。"

密涅娃简洁地说:"计算机喜欢有安全感,并想和她亲近的人距离近一些。拉撒路——请原谅,亲爱的,你在时间上犯了个小错误:那是三年多以前的事。"

"哦,对。密涅娃,等你活了我这么长时间后——你会活那么长时间的——你会发现你总是在时间问题上犯错误。有血有肉的人总会犯这种错误。你让你自己降了那么多级,变成大活人,所以你也得做好准备,接受肉体固有的缺陷。更正一下,贾斯廷——建这座房子的应该是'密涅娃',而不是'雅典娜'。"

"是雅典娜建造的——可以这样说。"密涅娃补充道,"我把有关工程、建筑细节还有其他资料都留给了雅典娜,现在它们都在那里。我自己只保留了一些最简单的、有关建造这所房子的记忆——我想记住这件事。"

我说:"不管是谁建的,它真是太美了。"突然间,我感到有些伤感。从理智上,我可以接受这位年轻女人在前世是一台计算机这个让人吃惊的事实——甚至接受我曾经在多年以前、在距离此地很多光年以外的地方和这台计算机一起工作过的事实。但这番讨论突然又把我带回了感性世界:我正牵着这个可爱姑娘温暖的手臂,但严酷的事实是,她在不久以前还是一台计算机,是她建造了这所新房子——在她还是一台计算机的时候。这让我震惊。很少有什么事能让我震惊,因为我是一名历史学家,已经很老了,哪怕在头一次接受回春治疗以前,我对新奇事物的感觉就已经衰退了。

我们走进了房子,我的伤感被热情的问候一扫而光。我和房子的主人们互相行了接吻礼——两个美丽的年轻女人,听到她们的名字后我认出了其中的一个,她是艾拉的女儿哈玛德娅德,看起来像她的父亲。另一个像雕像般轮廓分明的金发碧眼女人是伊师塔,通过刚才和别人的谈话,我对她也已经很熟悉了。还有一个年轻男人,长得和那两个女人一样漂亮,我觉得这个人很面熟,可就是记不起他是谁了。就连那两个小淘气鬼也坚持要吻我,因为她们两个在早些时候没有用那种方式欢迎我。

在布恩多克,问候接吻礼和新罗马不一样,不只是礼节性地碰一碰;即使是那两个小家伙的吻也让我实实在在地感受到了她们的性别。两个成熟女人的吻要简单一些,也更直接一些。

但那个被介绍名叫"格拉海德"的年轻男人让我吃了一惊。他先抱住我,在我的面颊上亲了亲,然后吻了我的嘴,和盖尼米德①的吻有得一比。这让我很惊讶,但我还是尽力还他一个同样高质量的吻。

吻完后,他没有放我走,而是拍着我的背说:"贾斯廷,再次看到你真让我高兴!哦,真是太棒了!"

我回头看着他的脸。我一定显得很迷惑,因为他眨了眨眼,然后悲伤地说:"伊师,我炫耀得太早了!哈玛宝贝,给我拿一条毛巾吧,我要哭了。他把我忘了……"

我说:"欧贝蒂亚·琼斯,你在这里做什么?"

"做什么?我在痛哭流涕,因为我在我的家人面前被羞辱了。"

我记不清自从上次见到他以后过了多久了。可能超过了一个世纪,我离开霍华德大学有那么长时间了。他那时是个在古典文学方面很有才气的年轻专家,像孩子一样顽皮幽默。我终于记起来了,把他从我的记忆中挖掘出来了。我曾经和他,还有另外两个专家一起度过"七小时"的快乐时光,另外两个都是女人,而且很高兴和我们在一起,但我已经记不得她们的长相,还有她们都是谁了;我只记得他是一个顽皮、快乐、喧闹的良伴。"欧贝蒂亚,"我坚定地说,"你为什么管自己叫'格拉海德'?又在躲避警察吗?拉撒路,居然在你家里看到这么一个登徒子——赶紧把你的女儿锁起来吧。"

"噢,那个名字啊!"他说,"别再说下去了,贾斯廷。他们不知道那个名字。我改过自新以后就换了名字。你不会出卖我吧?答应我,亲爱的!"他突然笑了起来,用欢快的口气说道,"到

---

①盖尼米德,希腊神话中的特洛伊美少年,宙斯将他带走做神的斟酒者。

大厅去吧,我要给你灌上一肚子朗姆酒。拉祖,今天谁值班?"

"劳瑞。今天是双数日,我打下手。不加其他的东西吗?"

"加一点调味的。我想再加一点博吉亚家族①对付老朋友的那种玩意儿。"

"好的,'拥抱'叔叔。博吉亚家族是什么人?"

"是地球一个大动荡时期的一个家族,小甜心们。是他们那个时代的霍华德家族。他们在款待客人方面温和有礼。我是他们的后代,他们的秘密通过口口相传传到了我这里。"

"拉祖,"拉撒路说,"在你为贾斯廷调酒之前,让雅典娜给你找出有关博吉亚家族的简要介绍。"

"知道了;他又来了——"

"——咱们挠他的痒痒——"

"——冲着他的耳朵吹风——"

"——直到他哭着说'别闹了'——"

"——还要他做保证——"

"——对付他简直小菜一碟。来吧,拉祖。"

我发现布恩多克这个地方很舒适,它不是那种会让人目瞪口呆的地方,比我想象的更舒服,却没有我想象的那么气势逼人。艾拉和拉撒路只招了七千人作为第一批移民(申请者超过了九万人),所以现在特蒂尤斯的居民不可能比一万多多少,很可能比一万还少一点。

布恩多克看起来只有几百人,集中在几个公用或半公用的小型建筑里,绝大多数移民分散在乡村。到目前为止,拉撒路·龙的住所是我见到的建筑物中给我留下的印象最为深刻的——

①14至16世纪意大利著名家族,擅用毒药。

不包括老祖那艘扁圆锥形的大型飞船,还有停在空场的那艘更大的巨型太空运输船。我的小自动艇也停在那里。(空场是一片平地,有几公里宽;它甚至不能被称为空港。那里一座房子都没有。我安全降落了,所以那里应该有自动导航装置,但我没有看到。)

老祖房子的最初设计没有考虑我的到来。它的线条和规划都很简单;那个去世已久的罗马官员挑选了一个出色的设计者。它就像一个有围墙的花园,房子本身就是花园四周的围墙。房子有两层,在我看来,每层都可以分隔成十二或是十六个大房间,以及通常的辅助生活区。这样总共就有二十四间房子,或者更多。而家里只有八个人? 在新罗马,这么显眼、这么奢侈地占用这么多的空间,或许可以满足某人的自尊心,但在一个新殖民地,这似乎显得不太合适,也不符合我长期以来对老祖生活进行研究得到的结果。

答案很简单——房子的一半被回春诊所、治疗诊室和医务室占用了;这些地方可以从进门大厅直接到达,不需要经过房子内部的私人区域。家庭自用的房间数目是不确定的;房子内部的绝大多数内墙可以移动。如果殖民地需要更大规模的医疗机构,或者老祖家的人数增多,需要更多空间,那么霍华德诊所和其他医疗设备就可以搬到附近的一所房子里。

(我很幸运,我到达的时候,没有顾客在接受回春治疗,医务室也没有病人——否则那幢宅子里的大多数成年人都会很忙碌。)

老祖家庭的人数和房间的数目一样让人糊涂。我原想那里有八个人——三个男人,老祖、艾拉、格拉海德;三个女人,伊师塔、哈玛德娅德和密涅娃;两个小家伙,劳瑞蕾·李和莱比思·拉祖丽。那时我不知道还有两个蹒跚学步的小姑娘和一个小男孩。除此以外，我也不是唯一一位被力劝搬进来、想待多久就可以待多久的人。外人也不清楚这些人是作为客人住在这里呢，还是成了老祖家庭的一员。

在这个家庭里，家庭成员之间的关系也很模糊。移民是以家庭为单位一起出来的；一个单独的移民，这种说法本身就自相矛盾。但特蒂尤斯的所有侨民都是霍华德人，而我们霍华德人采用过各种婚姻形式，唯一没有采用的就是终身的一夫一妻制。

但特蒂尤斯没有有关婚姻的法律规定；老祖认为不需要。这里为数寥寥的法律规定都写进了移民合同，是艾拉和拉撒路共同起草的。它包括跟建设家园有关的一些通常的约定。移民的首领是最终仲裁者，直到辞职卸任的那一天，首领始终掌握这种权力。没有一句有关婚姻和家庭关系的规定。侨民需要对所生的孩子登记；霍华德家族一直有这样的规定。在这里是计算机雅典娜代为负责档案管理的职责。但当我审查这些记录的时候，我发现孩子的父母是用遗传分类编码来标志的，而不是婚姻和推定的祖先。在很长时间里，家族的遗传学家一直在敦促使用这样的记录体系，但这会让族谱专家的工作更加困难，尤其是在根本不用登记婚姻状态的体系下——这种情况很常见。

我发现有一对夫妇有十一个孩子，其中六个是男方生的，五个是女方生的，但没有一个是两个人共同生的。我是在看到他们的编码后才发现的——完全不匹配。我后来遇到了他们，是一个很幸福的家庭，有一个繁盛的农场，没人在意他们那群孩子是不是两个人共同生育的。

老祖的这个家庭情况更复杂。每一个孩子的遗传祖先当然被记录下来了——但到底是谁和谁结婚了呢？

前面说过,他们的浴室十分"奢靡";它包括一个休息室和一个洗浴间,是为举行家庭休闲和娱乐活动而规划的。它占用了底层面朝大厅的那一侧空间,后面是内花园。天气好的时候,可以把它的墙反着推,让它冲着花园打开——现在的天气就是这样,很暖和。

这里装备了任何一个追求奢侈享乐的人可能要求的一切:浴室中间有一个喷泉,和花园的喷泉相匹配,喷泉周围有一圈舒适的台子,可以坐在上面泡泡疲惫的双脚,享受一杯饮料;角落里有一个蒸汽浴房;另一个角落里有一个巨型淋浴房,里面安装了几圈供很多人同时沐浴的喷头,不需要等候;一个长长的泡澡池,没膝深的那一端标着蓝色,到下巴深的那一端标着红色;泡澡池两侧分别有一个浴缸,一个人用很宽大,两个或三个人一起用也很舒服;有沙发,可以坐在那里小憩、凉快一下、出出汗,或者是亲密地谈话、相互抚摸;一个梳妆用的大桌子,带有一对镜子,只需要让雅典娜帮帮忙,一个人就可以同时看到前面和后面;一个角落装了像床一样柔软的垫子,大得可供十多个人一起休息,上面还奢侈地摆放了大大小小、有硬有软的枕头;还有一个提供点心和饮料的台子,直通他们的厨房。如果还有什么我没有提到的话,那是我的疏漏,而不是设计者的问题。不用说,其他更为常见的设施和用品也都应有尽有。

我原以为室内的灯光是随意设置的,后来才发现雅典娜一直在不停地调节着灯光,使灯光不刺到人的眼睛。她还能调节那个大房间里灯光的强弱,以配合正在进行的活动——化妆的时候用强光,休息区用弱光,等等——也配合不同人的个性;那两个小红头发总是笼罩在聚光灯下,无论她们蹦到哪里。她们的确也一直在蹦来蹦去。

浴室和花园里都有轻音乐,需要的话,在哪里都可以听到音乐。曲子是雅典娜选的,除非有人有特别的要求。看起来她好像储存了所有的作品。她可以在给那两个小姑娘配和声的同时,参与到另外三段在浴室的其他地方发生的完全不同的对话当中去。一台有她那样容量的——大到可以管理塞昆德斯——具有自我意识的计算机当然有这个能力,而且确实也经常需要同时参与多个地方的谈话,只是我以前从来没遇到这里的这种情况。大型计算机通常不是一个家庭的成员。

房子里的其他地方几乎没怎么自动化。雅典娜的容量还有很多空闲,所以这只是个人喜好的问题。女主人们自己做饭,雅典娜打打下手,她只需要注意是不是有东西煳了,或者计计时。有两次,雅典娜提醒哈玛德娅德离开浴室去看看厨房。有一次她非常着急,离开的时候还光着身子,身上滴着水,甚至来不及抓上一条毛巾。

和拉祖、劳瑞一起洗澡真的是"非常折腾人,但也很有趣",她们会不时发出尖叫声、哈哈的笑声,而且唠唠叨叨没个完,一个人在说完一句话之前,会被打断很多次(我觉得她们之间有心灵感应,有时还怀疑她们可以读懂人的心理活动,这让我有些不自在)。她们的直截了当很可爱,带着孩子的纯真。

首先,她们在我身上厚厚地抹了一层有香味的浴液,然后要求我也向她们提供同样的服务。我稍稍有点退缩,她们马上威胁要让我的下巴哆嗦起来,还大声地说"拥抱叔叔"(就是我的老朋友欧贝蒂亚,现在叫格拉海德)都比我洗得好,而每个人都知道他是多么懒。难道我不喜欢她们,所以不愿意用拥抱的方式给她们涂上浴液?如果她们和我结婚,我能不能在她们的飞船里和她们和睦相处;虽然她们现在还是处女(不是因为缺少机会才这样),但一点也不用担心,哈玛德娅德妈妈和伊师塔妈妈正在对她们进行初级和高级性教育,如果我想现在和她们结婚,妈妈们会加快这一进程的——对吗,哈玛妈妈?——告诉他!

离我们一米远、正在给艾拉抹浴液的哈玛德娅德向我们保证她会的。我觉得这两个小东西是在拿我开玩笑,她们的妈妈——其中一个妈妈——不过是顺着她们的玩笑说说而已。但自那以后,我一直在想我是不是错过了一个宝贵机会。拉撒路能听到我们的谈话;他没有告诉她们别再拿我开心了,只是建议我不要和她们约定超过十年的婚约,因为她们对感情的专注是有限的——这让她们很气愤——他还向她们建议,如果她们想当天晚上就结婚的话,最好把她们的脚趾甲剪一剪——这让她们更生气了,所以她们停止给我洗澡,转而从两侧向他发起进攻。

最后,拉撒路一手夹着一个不停挣扎的小姑娘,问我是不是愿意看着她们,或者让他把她们两个扔到泡澡池里深水的那一端。

我说我愿意照看她们,然后我们冲了冲身子,一起跳进了泡澡池。我背对花园站在池子里,水没到我的肩膀。她们两个还够不到水底,所以我的两只胳膊一左一右地扶着她们。就在这时,一双手蒙在了我的眼睛上。

两个双胞胎尖声叫了起来:"塔米阿姨!"然后跃出水面。我回头看了看。

塔玛拉·斯伯林——我还以为她在塞昆德斯,去了退休乡村。塔玛拉是完美的、超一流的、独一无二的。在我看来(其他很多人也这么看),她是她从事的那个职业里最伟大的艺术家。我敢肯定,我不是唯一一个在她离开新罗马以后的很长时间里禁欲的男人。

她进来后,发现家里的人都在浴室,于是把衣服脱在花园里,急急忙忙跑了进来,连高跟凉鞋都没来得及脱掉。她看到了我,然后就用那双可爱的小手蒙住了我的眼睛。

哎呀,她是我的晚宴伴侣!而且(按照今天下午我听到的一番谈话)如果我愿意的话,她乐意当我的客串夫人。愿意的话!五十年前,每次她允许我去看她的时候,我都会向她提议与她签订任何她可以接受的婚约。她总是重复地、耐心地、温柔地告诉我她不想再生孩子了,也不会因为其他原因再结婚了,最后我只好闭嘴。

但是她在这里,接受了回春治疗(其实这并不重要),看起来容光焕发,显得年轻而又健康。她现在是一个移民。我真想知道是谁说动她充当我的客串夫人的。我嫉妒那个人,不知他拥有什么样的超人品质?但我才不管这些品质是什么呢,只要塔玛拉愿意和我睡在一张床上,哪怕只有一个晚上,哪怕只是看在过去的情分上,我也会接受上帝的恩赐,不去操心是什么人说动了她。她拥有的财富是用之不竭的。塔玛拉!这个名字宛如悦耳的铃音。

她亲了亲两个湿漉漉的小姑娘,然后跪下来吻了吻我。

然后,她用她的嘴唇蹭着我的嘴唇,轻柔地说:"亲爱的。一听到你在这里,我就赶过来了。Mi laroona d'vashti meedth du?"

"是的!加上其他任何你有空的晚上。"

"说英语别这么快,doreeth mi;我在学,学得很慢。我的女儿想让她的回春治疗助于讲大多数顾客都不懂的话。我们家的人现在常说英语,几乎和说格拉克塔语时一样多。"

"你现在是个回春医士?还有一个女儿在这里?"

"伊师塔 datter mi——你不知道吗, petsan mi-mi? 不, 我现在只是护士。但我还在继续学习, 伊师塔说我几年内就可以成为一名助理医士。不错吧——是吗?"

"我想是不错。但是对于艺术来说, 这是多么大的一个损失啊!"

"Blandjor,"她愉快地说, 用手在我的湿头发上抹了抹, "尽管我接受了回春治疗——你注意到了吗? ——但在这里, 靠这种艺术没办法生活。愿意和别人上床的人太多了, 更可爱的、更年轻的、更漂亮的。"那对双胞胎一直和我们在一起, 听着我们说话, 总算安静了一会。塔玛拉伸出双臂, 把她们俩搂在怀里, "这就是例子。她们是我的外孙女。渴望长高, 这样她们就能躺在别人身子底下了。"她亲了她们两个, "而且她们还长着红色的鬈发。我没有。"

我刚想说年龄和红色鬈发并不重要, 突然意识到用这样的语句赞美塔玛拉可能会让我的下巴哆嗦。但我不需要说话; 那两个又开始滔滔不绝地说起来了:

"塔米阿姨, 我们没有渴望——"

"——只是有意愿——"

"——再说他怎么都不会和我们结婚——"

"——他只是拿这个来取笑我们——"

"——而且你不能当我们的祖母——"

"——因为这会让你成为我们那位老兄的祖母——"

"——这不合逻辑、不可能、也很荒谬——"

"——所以你只能是我们的'塔米阿姨'。"

她们使用的是双重省略三段论的推理逻辑——如果还算得上是逻辑的话。但我同意她们的观点, 因为我不能面对塔玛拉是老祖的祖母这个想法。我换了个话题：

"亲爱的塔玛拉，你想让我帮你脱下凉鞋，然后到泡澡池里和我们在一起吗？要不我们三个出去，把身子弄干？"

不需要她回答：

"我们得赶紧去准备了——"

"——因为哈玛德娅德妈妈已经弄完了她的脸，已经开始整她的乳房了——"

"——所以如果我们不快一点的话，我们就要光着身子去赴晚宴了——"

"——要参加晚会的话，绝不能这样——"

"——你们两个最好也快点——"

"——否则那位老兄会发火的。走了！"

我爬出洗澡池，让塔玛拉给我擦身子。其实没必要，那里有风干机，很方便。但只要塔玛拉愿意为我做什么，我很乐意接受。这花了一些时间；因为我们把时间"浪费"在相互抚摸和谈话上了。（还有比这更好的消磨时间的方法吗？）

擦干身体以后，我正在想是不是要用那个梳妆椅（我不经常用化妆品，只用一些去毛产品），这时，一个小姑娘跑着给我拿来了外衣，是一件蓝色短袍。她上气不接下气地说："拉撒路说让你试试这个，或者你想要什么？——但是如果你不想穿衣服的话，你可以什么都不穿，因为今天晚上很热，而且你是家庭成员，是密涅娃的父亲，其中一个父亲。"

我想我可以通过她们脸上雀斑的形状来区分她们两个了。"谢谢你，劳瑞蕾；我会穿的。"我一直觉得，在温度适宜的家里吃饭，只需要戴块尿布就够了。在温暖的夜晚举行的室外私人宴会也一样。但是，作为宴会的主宾，虽然也是"家庭成员"，我不能在出席正式的欢庆场合时裸着身体。

"请随意,但我是船长拉祖丽。不过没关系,她就是我。走了!"她很快消失了。

我穿上了那件衣服。我们来到花园里,在那儿找到塔玛拉的衣服。她的衣服和我的非常相配。同样的蓝色,而且都是古希腊鼎盛时期的风格。她的衣服看上去就像两克重的蓝雾。小胸衣系在右肩,斜着拉到左腰。她的短裙比我的长。但这很适宜;在希腊的鼎盛时期,男人穿的短裙的确比女人的短,而在塞昆德斯,更为常见的是相反的情况。(我还不清楚特蒂尤斯的情况是怎样的。)我们很相配,我很高兴。

这是巧合吗? 在老祖周围,"巧合"的事通常都是事先安排好的。

我们在花园吃晚餐,每一对就餐者都有一个沙发,几张沙发摆放成六边形,喷泉成了第六条边。雅典娜把喷泉变成了音乐喷泉,里面还有伴舞的灯光,配合她所演奏的曲子。除了塔玛拉以外的所有女眷都帮忙上菜;后来劳瑞和拉祖负责斟酒——反正也不可能把她们定在沙发上。宴会开始的时候,艾拉和密涅娃在一起,拉撒路和伊师塔在一起,格拉海德和哈玛德娅德在一起,两个双胞胎在一起。但女人就像扮演象棋子的人一样到处转来转去,她们先是和别人坐在沙发上,吃一点东西,和旁边的人抱一抱,再转到另一张沙发。但塔玛拉哪儿都没去。整个宴会过程中,她坚实而柔软的浑圆臀部都一动不动地抵在我的大腿上。她还是别到处乱跑的好;我并不羞怯,但也不愿意向大家显露出我的本能反应——我对偎着我的温热身体产生了很强烈的感觉。

拉撒路在晚宴开始的时候是和伊师塔在一起,下一次我再看他的时候却是密涅娃靠在他身上——再下一次是双胞胎里的一个，我也不确定是哪一个。就这样一个一个不停地换着。

我不会具体描述晚宴上吃的东西，只想说，我没想到在一个新殖民地能吃到这些。在新罗马最有名的餐厅里，我曾经为不如这里的食物支付过高昂价钱。

除了拉撒路和他的两个妹妹，其他人都穿着鲜艳的、古希腊人的服装。但拉撒路穿得却像两千五百年前的苏格兰酋长：苏格兰短裙、无边帽、毛皮袋、匕首、宝剑，等等。他把剑放在很方便就能拿到的地方，好像随时准备用它。我可以很肯定地说，按照那些早已消亡的氏族的规定，他没有权利打扮得像一个酋长。他是否有权穿着穿苏格兰服装也是个疑问。有一次他说他是"一半苏格兰威士忌，一半苏打①"，但在另一个场合下，他又告诉艾拉·维萨罗，他是在这种款式在他的老家流行时才第一次穿苏格兰短裙的（在新疆域升空前不久），然后发现他喜欢这样的服装，自那以后，只要习俗允许他就会穿它。

那天晚上，他竭尽全力地装扮得像一个苏格兰酋长，还戴上了一副浓密的络腮胡，以和他华丽的服饰相配。

他的两个双胞胎妹妹也和他穿得一模一样。我现在仍然在想，所有这些是为了显示对我的尊重，为了给我留下深刻的印象，还是为了让我感到好玩？可能三者都有吧。

我本可以幸福、安静地度过这三个小时，给塔玛拉喂吃的，让她给我喂吃的，沉浸在抚摸她带给我的祥和的精神世界里。但这个密闭的幸福小圈子被打破了，老祖希望我们能够分享晚宴伴侣，轮着讲话、倾听别人的讲话，就像在新罗马举办的有礼节约束

_____
① 指他有一半苏格兰血统。

的沙龙聚会一样。我们这样做了,分享着和谐、安详的气氛——那两个双胞胎会给对话配上让人意想不到的装饰音,但她们通常会努力抑制住自己强烈的表现欲,装得像个"大人"一样。老祖先拿艾拉开刀,挑起话头,"艾拉,如果上帝从那个过道进来,你会说什么?"

"我会告诉他把脚擦干净。伊师塔不允许脏着脚的上帝出现在这所房子里。"

"但上帝的脚都是泥土做的,因为他们都是泥塑的。"

"你昨天可不是这么说的。"

"今天不是昨天,艾拉。我见过一千个上帝,每个都是泥脚。首先——"拉撒路用手指数着——"他们都为教士谋福利;第二,为国王谋福利;第三,还是为教士谋福利。然后我遇到了第一千零一个。"老祖停顿了一下。

艾拉看着我说:"像这样的时刻,我应该说,'快告诉我!'或者其他类似言不由衷的话,再随声附和他下面的话,'是的,是的,拉撒路——'这样才是有礼貌的行为;其他人就至少会有二十分钟的时间来大口喝酒、大口吃肉。

"可我偏要逗逗他。他要说他是怎样只用一把玩具手枪和超强的道德力量就消灭了乔克拉的上帝们。这个故事在他的记忆里已经有了四个相互矛盾的版本,为什么我们还要听第五个?"

"那不是一把玩具枪;是装满了弹药的马克十九雷明顿火枪,那玩意儿在当时是威力极大的武器——我把他们大卸八块以后,散发出来的恶臭比在发薪日之后那天早晨荷尔蒙宫的味道还要难闻。而且我超强的力量永远不是道德力量;而是先下手为强。艾拉挡住了我,不让我说这个故事的要点:那些泥胎是真正的上帝,因为教士和国王都没有从中捞到任何好处;他们也被欺骗了。这些狗奴才也是上帝的财产,只是为了上帝的利益而存在。一个人可以是一条狗的上帝,那帮奴才在那些上帝面前就跟狗一样。他们把可怜的斯雷顿·福特逼疯了,差点杀死他,那时候我第一次产生这种怀疑。第二次是大约八、九百年以后,那一次,安迪·利比和我证实了我的怀疑。'怎么证实的?'你们会问——"

"我们没有问。"

"谢谢你,艾拉。因为过了那么长时间,乔克拉什么都没有改变。他们说的话、习俗、建筑物……你能想到的一切—— 一点没变。这样的情形只会出现在被驯养的动物身上。野生动物,比如人,会随着环境的变化而变化;他会调整。我经常想,我应该回去,看看那些狗一样的人在自己的主人死了以后,是不是会恢复野性。或者他们只是躺下来等死?但我不是非去不可;安迪和我当时很幸运,能够带着我们的生殖器官离开那颗行星——他们处罚他人的方式就是割掉生殖器。"

"明白我的话了吧,贾斯廷?在第三个版本里,他们的主人被焚毁以后,乔克拉的所有人差不多立刻陷入了昏迷状态。还有,在那个版本里,利比根本没有出现。"

"艾拉爸爸,你没有理解我们的老兄——"

"——他没有说谎——"

"——他是一个有创造性的艺术家——"

"——讲话时使用了比喻的手法——"

"——他解放了那些人——"

"——而他们本来深受压迫。"

艾拉·维萨罗说："贾斯廷,我对付一个拉撒路·龙就觉得很困难了。三个他?我投降。到这里来,劳瑞,我要咬咬你的耳朵。密涅娃,我亲爱的,别管他们的事,洗洗你那双可爱的小手,看看贾斯廷是不是还需要些葡萄酒。贾斯廷,你是唯一一个可以给我们讲讲新闻的人。证券交易所有什么新闻吗?"

"不断地跌。如果你在塞昆德斯还有股票,最好让我给你的经纪人捎个口信,告诉他卖出。拉撒路,我注意到你把'人'也划到野生动物里了——"

"是的。你可以杀了他,但你不能驯服他。历史上最惨烈的大屠杀就是因为试图驯服而引起的。"

"我没想和你争论这个,老祖。我是一个准确记录历史的史学家;我看重事实。关于'先锋号'飞行的新闻有没有传到这里来?我说的是原来的那个'先锋号'——在大散居前的那个。"

拉撒路突然坐直了身子,几乎把伊师塔掀到沙发下面去。他一把抓住她,"对不起,亲爱的。贾斯廷——继续说。"

"我没想谈论'先锋号'本身——"

"我想听有关她的事。我没有听到反对意见,那就这么定了。讲吧,孩子!"

沙龙宴会的礼节被抛到九霄云外,我开始讲了起来,首先回顾了一些古老的历史。新疆域不是第一艘星际飞船,尽管这个事实几乎都被大家忘记了。她有一个姐姐,就是先锋号。在拉撒路·龙征用新疆域那个意义重大的日子之前几年,先锋号飞离太阳系。她向阿尔法·森特瑞飞去,但一直没能到达那里——因为在唯一一颗她可能到达的行星上没有发现她的踪迹,那是绕着阿尔法·森特瑞A公转的一颗类似地球的行星,阿尔法·森特瑞A是那个区域唯一一个G型恒星。

一次偶然的机会,人们在一个开放轨道上发现了先锋号。基于她肩负的任务,人们对于她可能出现的地方做过各种合理的推测,但都距离发现她的地方非常遥远。发现她的时间是大约一百年前。在飞船本身就是最快的通信工具的情况下,记录历史的工作极其困难;这件事就充分证明了这一点——传回塞昆德斯并记录在案之前,这一消息辗转经过了五颗移民行星。这是在拉撒路离开新罗马之后几年、我作为代理族长女士名义上的特使来到布恩多克之前几年发生的事情。消息迟到了一个世纪倒也不是什么大问题,因为这样的消息只会让古板的专家们感兴趣。对于绝大多数人来说,这只是对过去一些次要历史的无关痛痒的澄清。

先锋号上的一切都死去了,飞船本身则进入了沉睡状态,她的转换器自动关闭了,她里面的空气几乎都泄漏完了,记录也被毁了,字迹模糊,不完整,让人十分恼火。先锋号只对古文物研究者和类似的人有意义,但对我这种不"正常"的人来说,她仍是极其可贵的。

这次发现最令人感兴趣的是,当计算机复原先锋号的飞行路线后,人们发现她在七百年前曾经近距离地经过一个类太阳恒星。人们对那个恒星系统作了勘察,发现了一颗像地球一样的行星;那里居住着现代智人。这些人不是在大散居时逃离的那些人。而是从先锋号上下来的人。

"那颗行星被命名为'皮特克恩岛',我忘记了它的星表号数。拉撒路,据推测,那颗行星上的几千人是在先锋号被发现之前七百年乘飞船的小艇到达那里的人的后代。他们回到了原始的食物采集阶段。假如我们先发现的是行星,而不是飞船,可能会形成一个有关现代智人并非源自地球的故事。

"语言分析合成装置还原了他们的语言,它是'先锋号'的工作语言,英语。词汇量减少了,还出现了一些新词;语法也退化了——但的确是同一种语言。"

"他们的故事,贾斯廷,我要听他们的故事!"格拉海德-欧贝蒂亚喊着。

我不得不承认我手头没有资料,但我保证以后给他一份完整的材料,用最快的飞船运过来。"老祖,令人感兴趣的是这些野人非常野蛮、凶猛。在和他们打交道的过程中,被杀死的科学家要比被杀的野人多——"

"野人万岁! 孩子,这些野人是在他们自己的行星上过自己的日子。一个入侵者应该预见到他会受到什么样的待遇。提高警惕是他自己的事情。"

"我想你说的对。没等搞明白应该怎样和这些假土著打交道,三个科学家已经被吃掉了。这三个是远程控制的生化机器人。但我想说的不是他们有多凶猛,而是他们很聪明。不知你相不相信,通过各种测试手段,我们发现这些野生的人,野人,要比普通人优秀。优秀得多。在随机分布曲线上,他们处于'异常有天赋'和'天才加'之间。"

"你觉得我会惊讶? 为什么?"

"嗯——他们是野人。而且很可能是近亲繁殖。"

"你在引诱我,贾斯廷;你其实完全知道这是怎么回事。估计是艾拉让你来挑逗我的。好吧,我上钩了。'野人'说的是一种文化状态,而不是聪明的程度。如果生存条件极为恶劣的话,近亲繁殖也不会破坏基因库;你提到他们是吃人的,所以他们可能会吃掉弱小的同类。根据飞船的状况,可以合理地推测他们的祖先降落时没带什么东西,甚至一无所有——可能是赤手空拳,对当地的情况一无所知。在这样的情况下,只有能力最强、最聪明的人才能活下来。贾斯廷,第一艘飞船上的那些人的平均智力远远高于乘坐'新疆域'逃亡的霍华德人;他们是因为聪明才被挑中的——而最初挑选出来的霍华德人只是凭他们的寿命,而不是智力。你说的那些野人是天才的后代……他们经历了只有安拉知道的苦难,这些苦难淘汰了愚蠢的人,只留下最杰出的人繁衍后代。这会留下什么样的人?"

我承认我是给他设了一个陷阱,想看看他会怎样回答。老祖点点头,"我知道你不傻,孩子;我让雅典娜给了我一份你祖先的记录。但我经常会吃惊地看到一些中等聪明、中等有见识的人——咱们这个幸福小圈子里的人都高于这个层次,所以你们不需要假装谦虚——这些人可以说算是相对优秀,却经常在古老的遗传学问题面前一筹莫展。与环境因素相比,遗传因素肯定具有压倒性的重要性,要不是这样,你就可以教马学会微积分了。

"在我年轻的时候,自我标榜为'知识精英'的人中流传着一个信念,那就是他们能教马学会微积分……如果他们尽早实施教学,花足够多的钱,提供特殊的辅导,而且极为耐心、总是非常小心不伤害马的自尊心的话。他们是如此真诚,可马却不知好歹,无论怎么做,它们仍旧顽固地继续是马。当然,'知识精英'也仍旧是对的,但有一个前提:把'尽早实施教学'定义为一百万年或是更多年以前。"

"这些野人会成功;他们不可能不成功。看问题的反面会更有趣。贾斯廷,你有没有认识到是我们霍华德人毁灭了地球?"

"有的。"

"啊,啊,孩子,你不应该这样回答问题,这样会中断我们的谈话……然后让我们无事可做，只能喝醉酒，搂着姑娘享受了。"

"太棒了！"欧贝蒂安－格拉海德喊道，"让我们开始吧！"他说话时密涅娃和他在一起；他一把抓过她，把她扳过来面对着他，"小东西，你还有什么话说？"

"有的。"

"'有的'什么？"

"就是'有的'。这就是我最后的话。"

"格拉海德，"伊师塔说，"如果你想强奸密涅娃的话，把她拖到喷泉后面去。我想听听贾斯廷的话是什么意思。"

"她不反抗，我怎么强奸她？"格拉海德抱怨道。

"你总能解决这个问题的，只是请你别作声。贾斯廷，我觉得很震惊。我一直以为我们总是很慷慨地给地球提供新技术，除此之外，我们也没有什么别的可以给他们。最后一次移民飞船只装回了半船人，不是吗？"

"我来回答吧，"拉撒路大声说，"贾斯廷可能会美化这件事。不是所有的霍华德人。是两个人。安迪·利比提供了武器；我则做出了致命的一击。是太空旅行毁灭了地球。"

伊师塔看上去有些迷惑不解，"祖父，我不明白。"

"我没规矩的时候她就那样叫我，"老祖向我坦白，"这是她惩罚我的方式。亲爱的伊师，你很年轻，也很可爱，但你学习的一直是生物学，而不是历史。无论怎样，地球总归是要毁灭的；太空旅行只是加速了这个过程。到2012年的时候，那里已经不适于居住了——所以我在其他地方度过了那以后的一百年，尽管太阳系的另一个居住地并不吸引人。我没有亲眼看到欧洲被毁灭，也没有看到在我的家乡实施了臭名昭著的独裁专政。我在情况听上去还可以忍受的时候回到了地球，却发现情况其实已经很糟糕

——正是那时候,霍华德人准备逃亡了。

"但是,即使装备了今天的飞船、甚至是未来的飞船的情况下,太空旅行也无法缓解一颗已经太过拥挤的行星面临的压力——因为愚蠢的人们不愿意离开建筑在火山坡上的家园,即使山顶已经冒烟,而且开始发出震耳欲聋的轰鸣。太空旅行能做的就是带走最优秀的人:那些睿智的、能够在大灾难到来以前预见到它会发生、并且有足够的勇气付出代价——舍弃家园、财产、朋友、亲戚、所有一切——而离开的人。这只是百分之一的一小部分。但是已经足够了。"

"还有个随机分布曲线的问题。"我对伊师塔说,"如果每次移民都主要来自于分布在人类能力正态曲线右端的那些人——拉撒路就是这么想的,统计数据也支持他的论断——那么移民行动就成了一个筛选过程。这样一来,新行星上的人,其智力随机分布曲线的平均值就要远远高于原来的那颗行星……而老的那颗行星的平均智力水平会悄然下降。"

"但有一件事情却不会那么悄然!"拉撒路反对道,"统计学无法统计人的思想。我想起了一件事:一个国家只是因为赶走了几个智者而打输了一场关键战役。绝大多数人不会思考,剩下的那部分中绝大多数人不愿意思考,真正思考的那些人中又有一部分通常不能很好地思考。只有极少部分人能够做到经常思考、准确思考、具有创造性地思考、不自欺欺人。从长远来看,这些人是唯一值得重视的一类人——而他们正是那些在物质条件允许的情况下选择移民的人。

"正如贾斯廷所说,这很难在统计学上显现出来。但从定性的角度来看,差别就在这里。砍掉头的鸡并不会立刻死亡;它会比以前跳得更欢。但只是一会儿。然后它就会死去。

　　"这就是太空旅行对地球产生的作用:把它的头砍掉了。两千年来,最优秀的人都移民走了。留下来的人比以前跳得更起劲。但这种蹦蹦跳跳毫无意义,反而会死得更快。非常快,我想。我并不为此感到内疚;我觉得聪明人在条件允许的时候逃离地球是无可厚非的——而且在20世纪的时候,关于地球灭亡的论点已经表述得很清楚,也有很多人支持。那时我还是个孩子,太空旅行几乎还没有起步,至于星际旅行更是没人敢想。又过了两个世纪,才有人启动了这个事。第一批霍华德移民不算在内;那时的移民不是自愿的,他们也不是最优秀的人。

　　"后来移民到塞昆德斯的霍华德人更重要一些;这批移民队伍中去掉了一些笨家伙,把他们甩在了后面。更为重要的是那些不属于霍华德家族的移民。我经常想象,如果过去没有那条针对中国人的移民限制,那会发生什么。那些终于想出办法移民外星的少数中国人总是最后的胜利者,我估计中国人的平均智商要高于地球上其他地方的人。

　　"不管在过去还是现在,眼睛是不是斜的和皮肤的颜色并不重要。早期霍华德家族里有一个人叫罗伯特·C·M·李,住在弗吉尼亚州的里奇蒙——有没有人知道他为什么叫这个名字?"

　　"我知道。"我回答道。

　　"你当然知道了,贾斯廷,所以别吭声——也包括你,雅典娜。还有其他人知道吗?"

　　没有人回答;拉撒路继续说道:"他出生时的名字叫李重木;出生于新加坡,他的父母是中国广东人。在'新疆域'上,他是仅次于安迪·利比的数学家。"

　　"天哪!"哈玛德娅德说,"我就是他的后代——但我不知道他还是个大数学家。"

"你知道他是中国人吗？"

"拉撒路，我不清楚'中国人'指的是什么；我没怎么学过地理知识。中国是一个地区吗？就像'犹太人'一样？"

"不完全一样，亲爱的。知不知道这个已经不再重要了。正如没几个人知道、也没有人在意我的合伙人、著名的扎科·巴斯托身上带有四分之一的尼格罗血统一样。你知道尼格罗这个词是什么意思吗，哈玛宝贝？不是指宗教。"

"意思是'黑人'，所以我猜他的祖父母、外祖父母中有一个人来自非洲。"

"这就是典型的单凭数据胡乱猜测。扎科的祖父母或外祖父母中有两个人是白人和黑人的混血儿，都来自我的家乡洛杉矶。我的族系和他的族系很早以前就混在一起了，所以你们或许也可以说自己带有非洲血统。从统计上讲，这和你们声称自己是查理大帝的后代没什么区别。我偏题太远了，是时候挑一个新话题、另选一个回答问题的人了。太空旅行毁了地球——这是一个观点。从长远的角度看，这个问题的另一面要令人轻松一些、也更重要，那就是它提高了种群的质量。可能也保护了种群数量，反正'提高'是肯定的。如今，不仅人的数量要比在地球上时多得多；而且从各个衡量标准来看，现在的人类也是一种更优异、更睿智、更高效的动物。关于这个问题就不再继续了；其他人再挑一个话题吧。拉祖，别再胳肢我，去弄格拉海德吧；密涅娃需要休息一下。"

"拉撒路，"伊师塔说，"还有一个问题。你说的关于霍华德家族的事让我产生了疑问。看起来你非常重视智力。难道你不认为长寿也很重要吗？"

我吃惊地发现，听到这个问题以后，这个最年长的人皱了皱眉头,很长时间没有回答。他肯定至少在一千年以前就已经在心里得到了这个问题的答案。我想自己权衡一下这个两难选择,却发现很难在二者之间找到平衡。

"伊师塔,对于这个问题,唯一正确的口头回答是'是'和'不是'。但如果这样,我就找不到语言来描述一件几个世纪以来在我心里非常清楚的一件事。但事实就是:很久以前,一个短寿人向我证明了我们其实活得一样长。"他看了看密涅娃;她的表情显得很严肃,"因为我们都活在现在。她——他——并不是在维护乔治·康托①的谬论,在利比出现以前,这个谬论在很长时间里歪曲了数学理论;嗯,他——说的是一个可以被证明的客观事实。那就是,每一个人都在'现在'享受着自己的生命,与其他人怎样用'年'这个单位来衡量生命的长短无关。

"还有一个事实。如果一个人不能享受现在的生活,那么生命就太长了。你们都记得吧,在我无法享受生命的时候,我希望能够结束它。是你的技术——还有你的欺骗,亲爱的,不用感到羞愧——改变了那种情况,现在我又在品味生活了。也许我没有告诉过你们,在第一次进行回春治疗的时候,我的心中充满疑虑,我担心治疗会使我的身体变得年轻,但不会使我的精神再变得年轻。不用费劲向我解释'精神'是一个没有意义的虚词;我知道它是无法定义的……但它对于我来说是有意义的。

"我还想再讲一个事实。尽管长寿可能是一个负担,但在绝大多数情况下它是可喜的事情。它给你足够的时间去学习,足够的时间去思考,足够的时间让你不用匆忙,足够的时间去爱。

"沉重的话题讲得太多了。格拉海德,挑一个轻松些的,贾斯廷,你来准备安置钓钩诱人上当吧;我已经讲得太多了。伊师塔,

①19世纪德国数学家,现代集合论和逻辑学之父,建立无穷数理论。

我亲爱的,把你那修长曼妙的身体挪到这里来,伸展开,让我敬你一杯白兰地;我想让你完全放松,为下面我想和你一起做的事做好准备。"

她吻了吻艾拉,然后欣然来到拉撒路身边,她温柔但是清楚地对我们的老祖说:"亲爱的,不需要白兰地,我乐意做你心中想的任何事。"

"真肉麻,伊师塔妈妈。我想向你展示大安娜教我的一些东西,很多年来我从来没敢冒险露过这一手。你可能不会活到明天早晨。害怕了?"

她懒洋洋地、愉快地笑着,"哦,简直吓坏了。"

格拉海德用手捂住莱比思·拉祖丽的嘴;她咬了他。"别这样。拉祖,大家都看看——可能是件新鲜事。"

主题变奏

XV　目瞪口呆

第二天早晨,我慢慢地醒过来,懒散地躺在床上,从我的酒神式欢迎晚宴中清醒了过来。我躺在一楼某个房间里的大床上,房间面向花园的墙敞开着,昨晚的晚会从花园挪到床上的时候它就是开着的。我听不到任何人的声音,尽管(我记得是这样)塔玛拉和艾拉和我在一起。或者,艾拉在昨晚只是拜访了我们一会儿?

管他呢,在雅典娜为我们唱催眠曲之前,所有人都来看过我们两个;我好像记得最多的时候这张大床上有六到七个人,包括塔玛拉和我。哦,不,塔玛拉离开过一次,把我留给那两个喋喋不休的双胞胎处置——而她们两个几乎算得上没怎么说话。她们说她们想让我放心,我不用为了成为这个家庭的一员而和她们结婚——她们很多时间都不会待在这里——因为她们长大以后要去当海盗——但是有一半的时间她们会待在地面上——要在台球厅上面开一家妓院——我会不会到那里去看她们呢?

她们向我解释了海盗和妓院这两个词的意思,然后给我唱了一首短歌,听起来既像打油诗又像古典英语,歌里也有这两个词。我吻了她们,然后保证如果她们开了这个工作室,我会成为她们最忠诚的仰慕者。我并不担心自己的这个保证;在她们这个年纪,绝大多数女孩(包括我的所有女儿)都有雄心要成为最红的妓女;但很少会有人真的去从事这种要求最高的艺术,或是在发现自己并不具备真正的天分以后就放弃了。

我想她们更可能成为海盗;拉撒路·龙的孪生妹妹可能会找到一种犯罪方法,在深邃无边的太空里获得财富。

欢迎宴会的晚餐部分结束后,按照惯例又进行了一些娱乐活动,这才过渡到床上。只是这些娱乐活动都是由家庭成员表演的,而不是新罗马的时髦主妇安排的那些奢侈的(经常也是无聊的)专业表演。拉撒路和他的两个妹妹兼女儿先表演了可能是真正的苏格兰高地舞(现在的人谁知道呢):拉撒路的舞蹈动作很狂野、很剧烈(在吃了那么多食物、喝了那么多酒以后),两个小拉撒路一模一样地模仿着他的动作。风笛伴奏乐是雅典娜提供的……如果我不是一个业余古典音乐爱好者兼专业历史学家,我绝不会听出这不是真止的风笛。舞蹈结束后,两个小姑娘应大家要求又表演了一场剑舞,而拉撒路假装筋疲力尽,倒地不起了。

出乎我的意料,艾拉是个技术精湛的魔术师。我不禁想起一个问题:他是不是从管理那颗行星的过程中体会到了魔术的诀窍?

格拉海德唱了一首歌,显示出很专业的技巧,音域宽广,气息也控制得很好。我不由得大为惊讶,因为我好像记得他以前唱歌总是跑调。但后来他被大家要求再演一次,这次嘴里塞着一块小方巾，我这才发现我上当了——唱歌的原来是雅典娜。后来他又饰演三个美丽寡妇密涅娃、哈玛德娅德和伊师塔死去的丈夫。我就不描述她们之间的对白了，看起来三个女人因为失去他而感到很愉快。

塔玛拉最后演唱了一首《我的双臂紧紧地抱着你》。有说法说这首歌是盲人歌手创作的，不管怎么说吧，它是一首古老的歌。很久以来，我一直认为那是属于塔玛拉的歌。我流下了眼泪。被感动的不止我一个，所有人都流泪了。两个双胞胎哭泣着……当她唱到最后一句时，"——无论野鹅把你引向何方，亲爱的，我的臂膀会紧紧地把你抱住"，我吃惊地发现老祖饱经风霜的脸上也流下了热泪。

我从床上爬起来，在院子的凉亭里转了转，想让自己在见到其他人之前变得清醒些。然后我走进花园，在那里看到了格拉海德。我吻了他，从他手里接过一杯清晨喝的带着霜的饮料。那是一杯新鲜的水果榨汁，是为早晨习惯喝饮料的人准备的，并用了各种化学方法加以"改良"。

"今天早晨由我负责做早餐，"他说，"所以你最好告诉我你想吃煎蛋还是煮蛋。"接着他又回答了一个我这个客人并没有问的问题，"其他人都走了。如果你早点起来的话，你的选择会更多；拉撒路说我连开水都不会烧。"

"都走了？"

"是。艾拉去了他的办公室——去工作，恐怕是去睡觉。塔玛拉回到她的病人那里去了，她给你留的口信是她希望今天晚上能回来，可她又让哈玛德娅德在你上床时服侍你，给你按摩肩膀，让你早些入睡，所以我想她可能觉得今晚回不来了。如果她认为她的病人需要她,她是不会回来的。拉撒路不知道去了什么地方,没有人问他。密涅娃和那两个双胞胎在一起,可能是在'多拉'上教她们学东西;她们经常这样。伊师塔接了一个电话,说北边一个农场里有人的胳膊断了。为了不打扰你,哈玛德娅德带着我们的孩子去野餐了。你这个懒惰的色鬼,要煎蛋还是煮蛋?"

他已经在煎蛋了,所以我回答道:"要煮蛋。"

"好的,这些我自己吃。你的要等到午饭时才好。"

"我是说'煎蛋'。"

"那我就再做三个。你会留在这里,是吗?回答是,否则我就让双胞胎来对付你。"

"格拉海德,我想——"

"就这么定了。"

"——但这样做也许会有问题。"我换了个话题,"你刚才说'哈玛德娅德带着我们的孩子去野餐了——'难道我还没有见到家里所有的人?"

"亲爱的,客人刚到我们家时,我们不会带最小的孩子出来见人,免得他勉强装出伪善的欣喜,增加他的负担。有人在照料他们;拉撒路对抚育孩子有一套很坚定的想法。雅典娜随时注意监测他们的情况,问题是她没办法抱他们。拉撒路说,孩子被吓坏了的时候要立刻把他们抱起来,搂在怀里,而不是过后再这么做。他还认为孩子犯错误的时候要立刻给予惩罚。这样一来,我们的孩子既没有被惯坏,也不会太羞怯。拉撒路尤其坚持不能让小孩子一个人醒来——所以你就知道了为什么我昨天晚上离开得早了一些。这样伊师塔可以陪着你,而我得和我们最小的三个孩子一起睡觉。"

"你真的是和他们一起睡的吗？"

"嗯。爱尔芙在我的肚子上跳来跳去会让我不得安生，但在我身上尿尿却不会弄醒我——通常不会。照顾孩子并不是一件多么可怕的事。我们轮着来，每九天才会轮上一次。如果你也加入的话，就是每十天一次。但这也可能会在一夜之间发生变化。假如我们有了一位接受回春治疗的顾客——一个或者更多的顾客会让伊师塔、塔玛拉、哈玛德娅德和我在很长的时间里无法参加值班。还要考虑一个因素：如果拉撒路认为拉祖和劳瑞已经长大了，他说不定马上就会离开——所以，这些可爱的女士全都急巴巴地忙着生孩子。"

格拉海德冲我咧嘴一笑，"四个愿意生孩子的女人生下四个孩子需要多长时间？说不定是六个，那两个双胞胎至少每周两次威胁大家说她们也要生孩子。亲爱的贾斯廷，我们想让你留下来，但情况并不总像昨天晚上那么无忧无虑。如果家庭生活的责任让你受不了，你最好回新罗马去，在那儿可以雇人来做你不愿意自己做的事情。"

"格拉海德，"我诚挚地说，"得了吧，亲爱的。你用小孩的尿是吓不倒我的。在你出生以前一百年，我就曾在晚上起来安抚啼哭的婴儿。我愿意移民，愿意再次结婚，我也愿意抚养孩子。我计划回塞昆德斯是要处理一些未尽事宜，然后跟着第二批移民再回来。说不定我也会说句'去他妈的塞昆德斯'，把那儿的一切都扔了不管，径直留在这里。老祖昨天有些话是针对我说的。至少我是这么认为的，就是他说的有没有勇气放弃一切远走他乡的那些话。现在的塞昆德斯是一座冒烟的活火山；那个老太婆可能会引发一场大屠杀，被屠杀的可能有我，只因为我是政府高级官员之一。"

我深吸了一口气，突兀地问道："我不明白的是，你们为什么要邀请我加入老祖的家庭。为什么？"

格拉海德回答道："不是因为你长了一张漂亮的脸。"

"这我知道。哦，这张脸还没丑到把狗吓跑的程度，我很少拿它派这个用场。它只是一张普通的脸而已。"

"还不太丑。整容手术可以创造奇迹。我是这颗行星上技术第二好的整容手术专家——这里只有两个专家。多多练习对我有好处。还有，你说得也没错，反正你也没什么可损失的。"

"该死，亲爱的，别闹了。回答我的问题。"

"那两个双胞胎喜欢你。"

"是吗？我觉得她们也很令人愉快。但幼稚少年的意见不会有多少分量。"

"贾斯廷，别让她们可笑滑稽的行为欺骗你；她们在各个方面都是成年人，除了身高以外——而且她们是和我们老祖完全相同的双胞胎。她们拥有他那种能够看透一个人的天赋，同样也能发现坏人。拉撒路之所以给她们充分的自由，就是因为他相信她们，相信她们可以开枪杀人，也相信她们在不需要杀人时不会轻易开枪。"

我在心里倒吸了一口凉气，"你是说她们身上带的那两把小枪不是玩具枪？"

我的老朋友欧贝蒂安看上去仿佛觉得我说了什么下流话一样，"这是什么话，贾斯廷！拉撒路不允许一个女人在没有佩带武器的情况下走出这所房子。"

"为什么？这个殖民地看起来很安全。还有什么我不知道的事情吗？"

"倒也不是。拉撒路的先遣队已经确认这个次大陆基本没有大型食肉动物。但我们带来了两条腿的动物。尽管经过了层层挑选，但拉撒路不能假设他们都是天使。他也不是按天使的标准来选人的；天使不是好的拓荒者。唔，昨天密涅娃穿了一件短裙。你有没有觉得奇怪？考虑到昨天天气那么热？"

"没有。"

"因为她的枪绑在她的大腿上。即使这样，拉撒路也不允许她一个人外出；通常情况下，那两个双胞胎当她的保镖。作为一个真正的人，她只有三岁；她的枪法也不如双胞胎，而且她比她们更容易轻信别人。你的枪法怎么样？"

"一般吧。当我决心要移民以后，我开始上课学习枪法。但我没有很多时间来练习。"

"最好找时间练习。倒不是说拉撒路会数落你；他觉得对于女人他有保护的责任，对男人没有。但只要你请他帮忙——我请求过，艾拉也请求过——他会不厌其烦地教你所有的事情，从徒手搏击到制作简易武器……还包括两千年来的所有下流招数。完全取决于你，老朋友，但我想给你介绍一下我的情况。你知道，在学校的时候我一门心思读书，是个一心扑在数据上的学者，从来不佩带武器。后来我接受了回春治疗，自己也成了一个回春医士，就更不会带武器了。但这十四年来，我定期接受那位全能搏斗冠军的指导，学习怎样活下来。结果呢？我挺胸抬头，非常骄傲。到现在为止还没有杀过人，"格拉海德突然笑了起来，"但是日子还长着呢。"

我郑重地回答道："格拉海德，我之所以答应阿娅贝拉女士来这里出这趟差，这就是原因之一：我想了解这些事。我很重视你的这些建议。但你还是没有回答我的问题。"

"嗯……我很早就认识你了，艾拉也是。还有密涅娃，尽管你好不容易才相信。哈玛德娅德也见过你,只不过直到昨天晚上才真正认识你。伊师塔只知道你的基因图谱,但却是最强烈支持你的人之一。但是,真正的决定性因素是:塔玛拉想让你加入我们的家庭。"

"塔玛拉!"

"你似乎很吃惊。"

"我是很吃惊。"

"我不明白这是为什么。昨天晚上她安排了别人替她,所以才能来这里。她爱你,贾斯廷;你不知道吗?"

"嗯——"我的脑袋有些发晕,"是的,我知道。但是塔玛拉爱每一个人。"

"不,她只爱那些需要她爱的人,而且她总是知道谁是这样的人。她具有惊人的体察别人的能力,这使她能够成为一个了不起的回春医士。在这个家庭里,塔玛拉可以拥有她想要的任何东西……而她碰巧想要你——和我们在一起,生活在一起,加入这个家庭。"

"我要……死了。"(塔玛拉?)

"你不可能死。即便我相信诅咒,我也不相信塔玛拉·斯伯林挑中的人会被诅咒而死。"格拉海德满面笑容。这种开朗的表情更多的是出于他的魅力,而不是他英俊的外貌。我试图回想他在一百年前是不是也这样漂亮。对于男性的英俊,我并非无动于衷,但我的性取向并不是非常平均。如果一个长相平庸的女人和一个英俊的男人同时出现在我面前,我会去注意那个女人。所以我永远不可能成为一个美学家;我缺乏鉴别美丑的判断力。如果女人们觉得我这种原始看法太过冒昧,在此,我预先道歉。

但如果是一个自我中心的漂亮女人,我会选择跟格拉海德上床;他热情、温柔,是个良伴,带着一种不同于那两个双胞胎的顽皮。我脑海中突然冒出了一个想法,我想见见他的姐姐——或者是母亲、女儿。也就是女性版本的他,和他有着同样的品质和个性,以及外貌。

塔玛拉!上面那些都是我心里立刻想到的一些不重要的事情。因为我无法马上面对格拉海德话里隐含的意义。

他继续说道:"把你的嘴闭上吧,亲爱的;我和你一样吃惊。但是,哪怕我们不是多年的好朋友,只要塔玛拉提出这样的请求,我也会投赞成票——这样我就能研究你。塔玛拉从来不会犯错误。但你真的那么忧郁吗,让她那么想帮你?或者你真是一个超人,让她那么想得到你?说不定两者都不是,要不就是我还没有发现。你没什么问题,我想,除了有一点不切实际的想法以外。你可能是个超人,但昨晚我们中没有人发现这一点。如果你真的是个性欲超强的男人,那你就是一直压抑了自己。吃早饭时哈玛德娅德说,女人在你怀里会感到很愉快。但她并没有暗示你是银河系里最杰出的爱人。

"你是密涅娃父母亲中的一员,这一点对你很有利。这些人中没人有严重的缺陷;伊师塔确保了这一点。伊师塔比你更了解你自己;她读基因图谱就像其他人读书一样。而且,密涅娃本人就证明了没出什么错。我是说,看看密涅娃吧:像清晨的空气一样清新,像哈玛德娅德一样美丽,又具有独特的魅力,智商高得你不敢相信。但她却很谦逊,甚至谦逊得有些过头了。

"不过说到底,决定因素还是塔玛拉。在你来到这所房子以前,你的命运就被确定了。来这里的路上有点慢,是不是?"

"嗯……在反重力小艇上感觉不到快慢。但说实话,能在这

样一个年轻的殖民地看到它,我还真有点吃惊。我以为会看到
骡车呢。"

"骡车也有很多。拉撒路说这次旅行时他带了'七头大
象'——我们带了很多设备。那艘小艇的动力很强,根据拉撒路
的要求作过改装,可以只用昨天耗时的五分之一就把你带到这
里来。但艾拉告诉拉撒路他需要时间打几个电话。所以拉撒路
可能告诉了那两个负责驾驶飞艇的双胞胎里的一个,让她把飞
船开得慢一些。或者是用了什么暗号;他简直像跟她们两个有
心电感应似的。而且我敢打赌,拉祖和劳瑞根本没有交换眼
色。"

"的确没有。"

"这我肯定。她们不是孩子——你应该看看她们操纵星际
飞船的样子。不管怎样吧,艾拉和伊师塔谈了话,然后和塔玛
拉;然后我们开了一个家庭会议,决定了你的命运。你和孩子们
玩耍的时候,拉撒路最后认可了——那两个孩子后来也有机会
投票。她们立刻就同意了。她们喜欢你,还有,在她们看来,塔
米阿姨的愿望就是圣旨。"

我还是有些困惑,"显然,发生了很多我没想到的事情。"

"你是不会想到的。按理说一个好厨师应该帮你把早餐端
上来,但这个厨师需要代表其他人告诉你一些事。你跟我是好
朋友嘛——还要回答你的问题。所以,你自己来拿早餐吧。"

"对于你说的会议我还有些不明白。塔玛拉不是晚餐前才
回家的吗?"

"她是那时候回来的。哦——雅典娜,你在听我们谈话吗,
亲爱的?"

"拥抱叔叔,你知道我是不听私人谈话的。"

"你才不会不听呢。没关系,贾斯廷,蒂娜的嘴很严。蒂娜,告诉他怎么联系别人。"

"告诉我你想和谁通话,贾斯廷;我可以和每个农场进行无线联系。或其他任何地方。我随时都可以连上艾拉和拉撒路。"

"谢谢你,蒂娜。如果你一定要听的话,请你假装没在听好了。会议是在这儿开的,贾斯廷;蒂娜接入了塔玛拉和艾拉的信号。也可以接入反重力飞艇那儿的信号——但这次会议的主题是你。顺便说一下,这个家庭不耕种农场,原因就是蒂娜;我们向大家提供其他殖民地通常不会很快就能提供的服务。哦,如果你想耕田的话也可以;我们拥有很多土地。也有其他的方式可以谋生。好了,我已经尽了我最大的努力了。还有问题吗?"

"格拉海德,我想这些我都了解了。但为什么塔玛拉那么想让我加入你们的家庭。"

"这你得去问她。我刚才说过,我已经仔细瞧过你的脑袋周围了,没发现有光环。"

"天热的时候我不戴光环。欧贝蒂安,别这么躲躲闪闪的;这对我非常重要。为什么你一直说是塔玛拉的意愿决定了这件事?"

"你了解她。"

"我知道她的意愿对我来说是多么重要。但我爱上她已经很多年了。"我把长久以来一直埋在我心里的话告诉了他,"就是这样。一个伟大的妓女永远不会提出结婚。如果一个男人足够大胆,自己求婚的话,她通常连听都不要听。但是我——嗯,我让自己变得很讨厌、很缠人。塔玛拉最终让我相信,她只会为了生孩子才结婚,但她不想生孩子了。我确信钱不是一个影响因素——"

"的确不是。哦,我不是说塔玛拉会愚蠢得认为钱不重要;我听她说过,钱是评估价值的普遍标准,所以她会骄傲地接受别人给她的钱。但塔玛拉不会为了钱而结婚;她不会觉得——也许她会觉得;我想我得问问她。嗯……肯定很有意思。我们的塔玛拉是一个复杂的人。对不起,亲爱的;我打断了你的话。"

"我说钱不是决定性的因素,因为我并不是很有钱,而她的追求者里有人拥有的财富是我的几十倍到上百倍,可她没有和他们中的任何一个人结婚。所以我闭上嘴,满足于能够拥有塔玛拉的一部分——在被允许的时候。和塔玛拉一起过夜,和她一起参加愉快的聚会,关于钱,我能付多少就付多少——我是说,她能接受多少我就付多少;她经常拒收一部分礼品,以此确定费用标准——她对我就做过这样的事;我不知道对有钱的客人她是怎么做的。

"就这样过了很多年,然后她宣布要退休了。我很震惊。那期间我做过回春治疗,但一点儿也不觉得她变老了。但是她很坚决,后来她离开了新罗马。

"格拉海德,这让我阳痿了。哦,不是说没有性能力,而是因为以前能带给我极大快乐的事,现在顶多能让我活动活动身体,不值得再为此费神费力了。你遇到过这样的事情吗?"

"没有。也许我应该说'到目前还没有',因为我到现在还只活了一百多年。"

"那么你不理解我说的是什么。"

"只能想象。但我能不能引用拉撒路说过的一句话? 这话是他对艾拉说的,但不是私密的话;你在有关他的原始记录里看得到这句话。

"他说,'艾拉,有很多年我几乎碰都没有碰过女人——不光

是没有结婚,我干脆禁欲了。你知道,身体摩擦的方式能有多少变化,就那么回事,我厌倦了。'

"'但后来我意识到,作为人的女人有无穷多种……性行为是最直接的了解女人的方法。她们喜欢这种方法,我们也喜欢,这是唯一能够消除障碍、加深关系的途径。

"'认识到这一点后,我重新又对这种友好的游戏本身产生了兴趣,就像一个小伙子第一次摸着光滑的乳房一样幸福,甚至更幸福——因为我不再仅仅是一个出入她们汽缸的活塞了。每个女人都是独特的个体,值得你去发现和了解。而且,只要我们能花足够长的时间,我们会发现我们是互相爱着对方的。至少我们能相互爱抚,使对方快乐。我们不是在手淫,仅把对方当成一个性爱玩具。'

"这就是拉撒路说过的话,大致不差,贾斯廷。你有没有读到过?"

"是的,有点印象。有很长时间,我对性生活提不起兴趣来。但我最终克服了这一点……原因是一个女人,像塔玛拉一样好、有自己特点的女人。我没有爱上她,她也没有爱上我,但她教给了我一些我已经忘却的事:即使没有像我对塔玛拉那样强烈的爱,性也可以是美好的、值得尝试的。我的一个朋友,她是我另一个朋友的妻子,他们两个都是我的好朋友——她把我介绍给了另一个妓女,作为一份特别的礼物,安排我和她度过了一个假日。付钱的是我的朋友们;他们付得起,因为她很有钱。那个妓女是个美人儿,麦格达琳——"

格拉海德突然兴奋起来,"玛吉!"

"你怎么知道?是的,她在床上是用这个名字。'麦格达琳'是她的艺名。知道我负责管理历史资料以后,她就告诉了我她的真名。"

"瑞蓓卡·斯伯林-琼斯。"

"看来你真的认识她。"

"我生下来就认识她,贾斯廷,亲爱的;我就是那一对美丽的乳房哺育大的。她是我的妈妈,亲爱的。多么美妙的巧合啊!"

我也很高兴,但我对另一件事更感兴趣,"难怪你遗传到这副俊朗的外表。"

"是的,但也得益于我的生父。蓓卡——玛吉——告诉我,我的样子更像他。"

"真的吗?如果你允许的话,回到塞昆德斯后,我会查一下你的血亲。"档案管理者不应该因为个人的好奇而查看历史资料;我是因为我们之间的友谊才这样建议的。

"亲爱的,你不会再回塞昆德斯了。但你可以让雅典娜帮你查我的族谱,一直查到艾拉·霍华德死之前。咱们还是来说说我妈妈吧。她是个快乐的人,不是吗?也很美丽。"

"是的。她为我做了很多。你的母亲认为我们应该愉快地度过那个假日,两个人都要愉快。后来的确是这样!我完全忘记了我的性冷淡。我说的不是性技巧;我认为新罗马任何一个高级妓女的性技巧都和历史上最有名的交际花一样纯熟。我指的是她的态度。只要有玛吉在身边,你就会很快乐,无论是在床上还是外出。她的皱纹是笑出来的,不是皱眉头皱出来的。"

格拉海德点了点头,一边煎蛋一边说:"没错,妈妈就是那样。她让我度过了最快乐的少年时代,贾斯廷,所以快到十八岁的时候,我很不情愿离开家,为这个连脾气都变得非常暴躁。但她对我还是那么好。在我的成人晚会后,她告诉我她也要搬出去了,她要重操旧业。她和爸爸,也就是我的养父的婚约约定了时间，当我在法律意义上成人以后就结束了……所以如果我想再见到玛吉的话——我确实想再见她！——我就得付现金，不会因为是家庭成员而打折。我是个贫穷老实的研究助理（但拿的工资比我该得的多多了，两到三倍，其实我不值那个价），连和她在一起待三十秒钟的钱都付不起，更不用说一个晚上；妈妈的收费总是天价。"

格拉海德愉快地沉思着，"天哪，那是多久以前的事了？超过一百五十年了，贾斯廷。当时我还没意识到蓓卡——玛吉——妈妈——麦格达琳是多么聪明、友善。我只是在法律意义上、在身体上长大了。如果她没有切断我们之间的联系，我还会待在她身边，当一个已经长大的婴儿。我会扰乱她的生活，干涉她的事业。但我终究还是长大了。结婚以后，我的第一个妻子给我们第一个女儿起名'麦格达琳'，并请玛吉当教母……那时，我几乎不能相信是这个美丽的女人生下了我。但我没有因为她非凡的美貌而想当俄狄浦斯①；我太爱我的妻子了。是的，玛吉是个好姑娘——尽管她在我小时候把我宠坏了。你和她只度过了那一个假日吗？"

"不是。但不常在一起。正像你说的，她的收费很高。她给了我五折的优惠——"

"噢！看来你的确打动了她。"

"——那是因为她知道我并不富有。尽管有这样的优惠，我还是没有足够的钱来和她经常在一起。但她帮助我度过了感情消极的阶段，我非常感谢她。她是个好女人，格拉海德；你有理由为她感到骄傲。"

"我也这么想。但是，亲爱的贾斯廷，你刚才提到的折扣让

---

①俄狄浦斯，希腊神话人物，恋母情结的象征。

我确信她还会记得你——"

"哦,我不这么想。那已经是很久以前的事情了,格拉海德。"

"别让谦逊蒙蔽了你的双眼,亲爱的;玛吉不会错过客人能够付出的每一分钱。但'令人兴奋的巧合'不仅仅是因为你曾是我母亲的客人——虽然她的收费很高,但毕竟新罗马有很多有魅力的、富有的、玛吉可以接受的男人。'令人兴奋'的是,此刻她就在这所房子的南边、距此四十公里远的地方。"

"不会吧!"

"是的,是的,是的! 让雅典娜呼叫她。三十秒钟内你就可以和她通话。"

"嗯……我还是不相信她会记得我。"

"我相信。但是不用急。如果你很吃惊,想想我有多吃惊吧。我没有参与挑选移民的过程;我一直在忙着准备伊师塔定下的、设立诊所需要的东西。贾斯廷,我不知道玛吉又结婚了。我们这些指挥部的人提前几个星期来到这里,那时一切都是临时搭建的,我们只能在'多拉'上吃饭睡觉。后来第一批运送移民的飞船到了,于是我们又忙于安置刚来的人。提供物品的先后顺序是拉撒路制定的,又拉指挥了整个行动。

"有一次,我的任务是搭建我住的临时小屋——用我自己的手;雅典娜那时还没有外延设施——"

"可怜的拥抱叔叔!"

"刚才是谁说她不会偷听私人谈话的?"

"可我必须纠正你的话,亲爱的。是密涅娃在那时还没有外延设施;我那会儿还没出生呢。"

"嗯——你有她的记忆,蒂娜;这只是一个细微的差别。"

"对我来说不是,亲爱的小宝贝。那个吝啬的小婊子带走了一些记忆，她不想和她最亲最爱的双胞胎妹妹分享那些东西。而且她把留下来的一个记忆库完全锁起来了，没有她或者祖父的密码，我就看不到里面的东西。只有你能解锁，贾斯廷……如果我姐姐和拉撒路都死了的话。"

我赶紧回答道："如果是这种情况，雅典娜，我希望要过很长很长时间才需要我来把它解开。"

"嗯，不用你说，我也会这么想。但我还是忍不住想知道'太塔①－97－B－右侧－艾尔夫②－第一'的记忆库里装着什么可怕的秘密和不可告人的罪恶？连星星看了都会发抖吗？不过，拥抱叔叔那几天的确工作得非常辛苦，贾斯廷，很可能是他老老实实干过的唯一一份工作。"

"我不屑于对你的话发表意见，蒂娜。贾斯廷，我的任务是给别人做身体检查，我得到了一本几乎是全新的资格证书，所以我是完全能胜任这项工作的。伊师塔和哈玛德娅德把移民运下来，给他们注射解药，我给他们做检查，以确保他们在经过长途旅行后身体状况良好。那时我还没有从新到的移民里找到另一个帮手，所以忙得团团转。

"我匆匆地从机器上抬起头扫了一眼，只注意到下一个检查对象是个女人，然后冲她喊道，'请把衣服脱下来。'又接着继续调整机器的设置。然后我又看了一眼——说道，'你好，妈妈，你是怎么到这里来的？'

"这也让她又看了我一眼。然后，她咧开嘴，幸福地笑起来，'我是坐着一把笤帚飞来的，欧贝蒂安。来亲亲我，然后告诉我把衣服放在哪里，医士。'

---

①希腊语的第八个字母。

②希伯来语的第八个字母。

"贾斯廷,我给玛吉做了彻底的检查,让其他等着检查的人排成了长队。情况很好,她怀孕了,我确信那个还没有出生的婴儿一切都好。这期间我们也谈了谈。我得知了她的情况。她又结婚了,现在已经有了四个孩子,是个鼻子都被晒黑了的农场主妇,非常幸福。

"她结婚的过程很浪漫。妈妈得知要新开拓一颗处女行星的广告,于是她到艾拉设在哈里曼基金会的征募办公室打听情况——这是最让我感到惊讶的事了;妈妈是我能想到的最后一个渴望去拓荒的人。"

"嗯……我同意,格拉海德。但我也不觉得有人会认为我想当拓荒者。"

"可能吧。别人可能也会这么想我。但玛吉当时立刻就递交了申请,然后遇到了她的一个富有的、也递交了申请的常客。他们去了一个地方吃了些东西,讨论了这件事……然后他们离开饭店,登记了一份没有终止期限的婚约。接着他们回到征募办公室,撤回了他们单独提交的申请,又提交了一份作为已婚夫妇的联合申请。我不会说正是因为这个他们才被接受,但几乎没有哪个单身者能够成为第一批移民。"

"他们知道这个吗?"

"哦,当然了!征募职员在接受他们的单独申请费用之前提醒过他们。这就是他们离开后讨论的事情。他们早就知道他们在床上很般配,但玛吉想弄清楚他是不是愿意耕种农场——不管你信不信,她想经营农场——而他想知道她是否愿意做饭和生儿育女。结果是:'很好,我们都同意;那就这么办吧!'玛吉重新恢复了她的生育能力,他们在收到移民申请结果之前就有了第一个孩子。"

我说:"可能正是这一点,才使他们最终通过了审查。"

"你这么想? 为什么?"

"我猜他们更改了申请书,以显示麦格达琳已经怀孕了。如果是拉撒路来处理移民申请的话,格拉海德,我们的老祖喜欢人们能下些大本钱。"

"嗯,是的。贾斯廷,那么你呢? 为什么还犹犹豫豫地拿不定主意?"

"我没有犹豫。我需要确信这是个认真的邀请。我还不知道你们为什么邀请我。但我不是傻瓜,我会留下来的。"

"好极了!"格拉海德跳了起来,绕过桌子亲了我,把我的头发弄得一团糟,然后拥抱了我,"我和所有人都感到高兴,亲爱的,我们会让你幸福的。"他笑道。我突然从他身上看到了他母亲的身影。很难想象光彩照人的麦格达琳生了孩子,手上长满老茧,变成了一个拓荒者的妻子——但我还记得古老谚语是如何描述好妻子的。格拉海德继续说道,"那两个双胞胎觉得不该把这么难的一项任务交给我去做;她们担心我会把事情弄糟的。"

"格拉海德,我不会拒绝;我只是想确认我真的受欢迎。我现在还不知道这是为什么。"

"哦。我们本来在谈塔玛拉,然后就偏题了。贾斯廷,人们不知道这次给我们的老祖做的回春治疗是多么困难,尽管你编辑的那些记录可能会透露一点点——"

"不仅仅是透露一点。"

"但也不是全部。那会儿他几乎要死了,在他抗拒回春治疗的时候,我们能做的仅仅是让他活着。我们做到了;你不会找到另一个和伊师塔技术一样好的医士了。但当我们帮他恢复了身体状况、他的生物年龄几乎和现在一样年轻以后,他的情况又变糟了。如果一个顾客转开脸,不愿意说话,不想吃东西——而他的身体状况并没有什么问题,你能怎么办?当时情况很糟糕。他整夜不眠,不愿意冒险进入梦乡。情况非常糟。

"当他——还是不说这个了;伊师塔知道应该怎么做。她上山带回了塔玛拉。她那时还没有接受回春治疗——"

"这并不重要。"

"这很重要,贾斯廷。年轻会妨碍塔玛拉和拉撒路打交道。哦,但塔玛拉能克服这个障碍;我对她有信心。那时,以哈迪标准来看,她的生物年龄和外表看起来大约在八十岁左右;这使得事情变得容易了些,因为拉撒路虽然有了回春的身体,但他还是充分感受到了岁月的沉重。而塔玛拉看起来也很老……她的每根白发都是财富。她的脸上布满了皱纹,肚子略微有些大,乳房下垂,青筋暴起——她的形象正好与他自己的心理感受相吻合……所以他不介意在他的心理处于危机的时刻有她待在身边,他——嗯,我觉得他甚至不能忍受让我们这些看起来年轻的人出现在他的视线里。事情就是这样;她使他的精神恢复了健康——"

"是的,她是一个心理治疗者。"(我对这个是多么清楚啊!)

"是一个伟大的心理治疗者。这也是她现在正在从事的工作,给一对刚刚失去了第一个孩子的夫妇进行心理治疗——照料那个经历了身体痛苦的母亲,和他们两个一起睡觉。我们都和她一起睡觉;她总是知道我们什么时候需要她。拉撒路那时需要她,她感觉到了,然后她就一直和他待在一起,直到他康复。嗯,经过了昨晚之后,这可能会有些难以置信,不过那时他们两个都没有性生活了。已经很多很多年了——拉撒路超过五十年,而塔玛拉在退休以后就没再和其他人上过床。"

格拉海德微笑着,"这里同时还有一个病人治疗医生的例子;塔玛拉让拉撒路的情绪不断好转,直到有一天他邀请她一起上床,这时,塔玛拉自己也重新被激发起对于生活的兴趣。她和拉撒路一直住在一起,直到他的精神痊愈,然后她宣布要离开了。去申请进行回春治疗。"

我说:"拉撒路向她求婚了。"

"我不这么想,贾斯廷。而且无论是塔玛拉还是拉撒路,谁都没有暗示过这件事。塔玛拉采取了一种完全不同的方式。一天上午,我们都在首长官邸的阁楼上吃已经晚了的早餐时,塔玛拉问艾拉她能否加入他的移民队伍——那个时候,这还只是艾拉的移民行动;拉撒路不停地说他不会移民。我想他在心里已经决定要进行时间旅行了。艾拉让塔玛拉放心,说这件事就算定了。他说,公开宣布移民计划时会同时公布一些限制条件,但她不用理会那些条件。贾斯廷,如果她不移民,艾拉会很高兴地把首长官邸送给她;是她救了拉撒路,我们都知道。

"但你了解塔玛拉。她感谢了艾拉,但说她想成为完全合格的申请者,先从回春治疗开始,然后她会看看能学些什么能使她在侨居地成为一个有用之人的技能,就像哈玛德娅德计划的一样。她转头问,哈玛德娅德,你今天晚上会和拉撒路一起睡觉吗?——贾斯廷,你真该看看这句话引发的骚乱!"

"为什么会有骚乱?"我问道,"你才说过,拉撒路已经对那种快乐的嬉戏活动产生了兴趣。是不是哈玛德娅德出于什么原因不愿意替代塔玛拉?"

"哈玛德娅德很愿意,但塔玛拉像这样把这件事推到她身上,她有些意见——"

"听上去不像塔玛拉做的事。如果哈玛德娅德不愿意这么做的话,塔玛拉不用问就应该知道的。"

"贾斯廷,只要事情涉及人们的感情,塔玛拉总是知道她在做什么。但她针对的是拉撒路,不是哈玛德娅德。很奇怪,我们的老祖竟会害羞,至少那时会害羞。那时他已经和塔玛拉一起睡了一个月了,却假装什么也没做,就像一只猫徒劳地想在瓷砖地上扒沙子掩盖自己的粪便一样。塔玛拉径直让哈玛德娅德接替她服侍拉撒路,这就把这件事公之于众了,继而引发了两个人面对面的冲突,拉撒路和塔玛拉。贾斯廷,你对他们两个都很了解:谁赢了?"

这个问题很棘手——我知道塔玛拉是不会动摇的。"我不猜,格拉海德。"

"当时两个人都没有赢。拉撒路气急败坏,说他和哈玛德娅德都觉得非常尴尬;塔玛拉只是温柔地撤回了她的建议,然后就不再吭声了。不再提这件事,不再提回春的事,不再提移民的事,她把下一步的行动权留给了拉撒路,然后通过不争论而赢得了这场争论。贾斯廷,要把塔玛拉赶下床是一个很难做出的决定——"

"我觉得这是不可能的。"

"我认为拉撒路也这么想。我不知道半夜里他们讨论了些什么……但最后拉撒路明白了,在他做出保证,即塔玛拉不在的时候他不会一个人入睡之前,塔玛拉是不会离开他去做回春治疗的。作为交换,她保证在完成回春治疗以后立刻回到他的床上。

"就这样,一天早晨,拉撒路宣布他们的关系缓和了——他的脸很红,还几乎有些结巴。贾斯廷,在性这个方面,我们的老祖保持着一些极其古老的看法，比其他任何方面都更能真切地反映出他的真实年龄。"

"我昨天晚上没有注意到这一点，格拉海德。在如此深入地研究了他的记忆以后，我本应该能注意到的。"

"是的，但你昨天晚上看到的他是我们组建了这个家庭十四年以后的他——这个家庭就是成立于那天早晨。尽管它是在那对双胞胎出生以后才正式成立的，而那天早晨，双胞胎的妈妈们的肚子最多只是略微鼓出来了一些。相信我，拉撒路觉得认输很难堪，简直想找个地缝钻进去。他气哼哼地宣布，他已经答应塔玛拉，在她接受回春治疗的时候不会一个人睡觉，然后大致说了下面这段话：'艾拉，你以前告诉我说这个城市里可以找到这种职业妇女。我怎样才能找到一个女人，愿意接受一份期限为这么长时间的合同？'我不得不引用他用英语说的原话，因为他在话里使用了他通常不屑于用的婉转说法。

"他不知道伊师塔已经给我们做好了安排，就像安排演员进入角色一样。也许你已经注意到他对女人的眼泪很敏感？"

"不是每个女人吧？我注意到了。"

"艾拉假装没听懂他说的职业是什么……这给了哈玛德娅德足够的时间酝酿感情、失声痛哭，然后她跑了出去……伊师塔站了起来，说，'祖父……你怎么能？'——然后她也哭了……转身去追哈玛德娅德。接着是塔玛拉流下了眼泪，去追前面两个人。这样就剩下我们三个男人在一起了。

"艾拉用非常正式的口气说，'请您原谅，先生，我要去找我的女儿，我要安慰她。'他站起来鞠了个躬，转身离开了。这样就只剩下我一个人了。贾斯廷，我不知道该怎么做。我知道伊师塔预先估计到会遇上一些困难，塔玛拉提醒过她。但我没有想到会只剩下我一个人来面对这个难题。

"拉撒路说,'该死的! 孩子,我做了什么?'嗯,这个问题我能回答。我说,'祖父,你伤害了哈玛德娅德的感情。'

"下面的事我做得很小心,有意不给他提供任何帮助。我拒绝猜测她的感情为什么会受到伤害,也猜不到她会去哪里——除非她回家了,我知道她的家在郊区什么地方。我拒绝替他调解,完全按照伊师塔的指令装成白痴一个,什么用都派不上,把事情交给女人们处理。

"于是,拉撒路只好自己去找哈玛德娅德。他在雅典娜——我是说'密涅娃'——的帮助下找到了她。"

雅典娜说:"这些事我一点儿也不知道,拥抱叔叔。"

"这样的话,亲爱的,忘了它们吧。"

"我才不呢!"计算机回答道,"我要把它存起来,大约一百年以后再用。贾斯廷,如果我也哭了——在我变成一个真正的人以后——你会去找我,然后安慰我吗?"

"可能。几乎可以肯定。"

"我会记住的,我的情郎。你真可爱。"

我假装没有听到,但是格拉海德说:"'情郎'?"

"说说而已,亲爱的。真对不起,拥抱叔叔,但你已经是个过时人物了。昨晚上你睡得太早,所以不知道这里面的缘故。"

我没说话,但心里暗暗记下了一百年以后要做的一件事——和变成真正的人、陷入无助境地的派拉思·雅典娜有关。

他们这番小小的谈话没进行多久;雅典娜告诉我们拉撒路要到了。格拉海德挥手喊道:"嘿! 祖父! 这边来!"

"来了。"拉撒路经过我身边的时候亲了我,然后溜到格拉海德身边,抓起格拉海德没吃完的一个果酱卷塞进嘴里,含混不清

世界科幻大师丛书

地说:"怎么样？他有没有挣扎着不愿意上钩？"

"不像你对付哈玛德娅德时那么困难,祖父。我正在对贾斯廷说那件事——哈玛德娅德宝贝怎么给你设下圈套,从而建立了我们这个家庭。"

"天大的谎言！"拉撒路喝着格拉海德的热饮,"贾斯廷,格拉海德是个可爱的小伙子,只是有些过于浪漫。我完全知道我的目的是什么,所以我从强奸哈玛德娅德着手,打垮了她的防线。现在,她可以和任何人睡觉了,甚至包括格拉海德。其他一切就都是顺理成章的事了。"他又接着说,"你还是计划回塞昆德斯去吗？"

我回答道:"也许我误会了格拉海德的话。我还以为我已经作出了承诺,要加入——"我停了下来,"拉撒路,我不知道我承诺了什么,也不知道我要加入的是什么。"

拉撒路点了点头,"看来不能对年轻人抱太大的希望,贾斯廷;格拉海德说得不是很清楚。"

"谢谢你,祖父,真是太谢谢你了。我本来已经说服了他,可你又让他拿不定主意了。"

"安静,孩子。我来解释吧,贾斯廷。你要加入的是一个家庭。你承诺的是给孩子们带来幸福。是所有的孩子,不仅仅是你自己的孩子。"他看着我,等待着我的回答。

我说:"拉撒路,我抚养过很多孩子——"

"这我知道。"

"我想我从没有让一个孩子失望过。嗯,这里有三个孩子我还没有看到,加上你的两个孩子——你的妹妹或者养女——再加上以后还会出生的孩子。我算得对吗？"

"对。但这不是什么终生承诺;对于霍华德人来说,这是不现实的。这个家庭可能会比我们任何一个人都存在得更长久——我希望如此。但成年人随时都可以退出，因此承诺只针对已有的孩子，包括还没有长大的与还在子宫里的孩子。最多十八年吧。但我想，这个家里也许有人会为了留住某人而允许他不再承担这种职责。不过我无法想象一个人宣布他要退出以后，幸福的家庭关系还能维持很多年。你能想象吗？"

"嗯……不能。但我不担心会发生这种事。"

"当然不会发生那样的事。但假设伊师塔和格拉海德决定要分家出去单过——"

"等一等，祖父！你别想这么轻易就甩掉我！伊师塔不会带我走的。我知道，很多年以前我就试图让她嫁给我了。"

"——而且还要带走我们三个最小的孩子。我们不会阻止他们，也不会劝说愿意和他们一块儿走的孩子留下来。那三个孩子都是格拉海德的——"

"又来了！祖父，把尤戴因放到伊师肚子里的是你，在泡澡池里；所以我们才叫她尤戴因①。爱尔芙不是你的就是艾拉的；是哈玛德娅德告诉我的。至于安德鲁·杰克逊，没人对他的出身有怀疑。贾斯廷，我有不育症。"

"——这是根据精子的数目，以及他如此热衷性事的事实，运用统计学的概率分析得出的结论。伊师塔分析了基因图谱，但只有她知道结果；我们希望她这么做。但是哈玛德娅德根本不可能说那样的话，她也根本不可能有艾拉的孩子，或者要生出艾拉的孩子。伊师塔要确保不出现遗传危险。事实上，迄今为止，我们这个殖民地还没有出现过一例有缺陷的孩子，这使我对伊师塔分辨基因图谱的能力很有信心。她筛查了第一批的移

---

① 意为水中女神。

民,好几个月里眼睛累得不行。再说艾拉对这种事也很注意,在哈玛德娅德的非安全期,他甚至不愿靠近她。我理解他这种非理性的态度,因为我也有这种想法。我还清楚地记得,过去,所有霍华德人都不得不在一定程度上共享祖先,经常会生下有缺陷的孩子。当然,到现在,如果一个女人的基因图谱没有问题,那么和自己的兄弟结婚要比和一个来自其他行星的陌生人更好——但古老的看法不会那么容易改变的。

"这样就有了三个父亲,贾斯廷——加上你是四个——和三个母亲。如果密涅娃要求取消她的青春期保护措施,就是四个母亲;那些需要我们去教育、去惩罚、去爱的孩子的数字会不断变化,当父母的人的数量也可能增加或减少。总之,这就是我的家,用的是我的名字。我想让它变成现在这样,因为我的目的是组建一个家庭,而不是让像格拉海德这样讨厌的色鬼享受快乐人生——"

"但我的确在享受! 谢谢你,亲爱的祖父。"

"——最终目的是为了孩子们的幸福。我见过和这个地方一样安全的行星遭遇大灾大难。贾斯廷,一场灾难可以毁掉一切,但只要这个家还有一对父母,我们的孩子就能像正常人一样幸福地长大。从长远来讲,这就是家庭存在的唯一目的。我们认为这样的安排要比一对夫妇组建的家庭更能确保实现这个目的。如果你加入这个家庭,你就要做出承诺,为实现这样的目标而努力——仅此而已。"

我深深地吸了一口气,"我在哪儿签字?"

"在合同上签字没用;反正没法强制执行……如果加入的人愿意按照我说的去做,也不需要什么书面文件。如果你真的想加入我们,只要点点头就足够了。"

"我愿意!"

"——如果你想举行什么仪式的话,拉祖和劳瑞会非常高兴为你设计一个——我们所有人都会在一块儿痛痛快快地放声大哭——"

"——在贾斯廷的新婚之夜,他应该和小孩子们一起睡,照料他们,这样他就知道这个婚姻是多么严肃了。"

"别说了,格拉海德。如果你想加上这个节目,你应该安排在昨天晚上;如果他觉得无法承受,他会有一个公平的机会,决定是否退出。"

"拉撒路,我申请今晚值班照料孩子们;对这样的事,我早就习惯了。"

"我怀疑女人们不会让你值班。"

"而且你不会活过明天早晨,"格拉海德补充道,"她们的感情太丰富了。昨天晚上的情况还算好的。你最好当心点。"

"格拉海德可能是对的;我应该先检查一下你心脏的承受能力。我刚才说过——你别吱声,格拉海德——贾斯廷,这个家不是监狱。这样的安排不仅对孩子更有保障,对于成年人也更灵活。我问过你是不是想回塞昆德斯,我真是那么想的。一个成人可以因为任何原因离开一年、十年或者随便多长时间——他知道有人照顾孩子们,也知道大家欢迎他回来。那对双胞胎和我已经离开这颗行星好几次了,而且还会再次离开。还有……你知道我想尝试时间旅行实验。这个实验虽然不会用很长时间,但它的确有一点儿危险性。"

"'一点儿!'这说明祖父的傻脑袋有点错乱了。他离开的时候,一定要和他吻别,贾斯廷;他不会回来了。"

我有些惊慌地发现格拉海德不是在开玩笑。拉撒路平静地说：“格拉海德，你对我这么说没有问题。但别在女人面前说这些。还有孩子们。”他继续对我说，“这当然有风险；做任何事都有风险。但有风险的不是时间旅行本身，像格拉海德想的那样。(格拉海德打了个冷战。)这个风险和去任何一颗行星的风险一样：那边的人可能不喜欢你。但穿越时间的过程本身会发生在最安全的环境里：太空中的飞船上。真正的危险是在到达目的地之后。”

拉撒路笑了笑，“这就是为什么我会生那个老太婆阿娅贝拉的气——她让我去观察战争！贾斯廷，现代社会最好的一点就是我们都住得这么分散，所以战争不再有现实中的可能性了。但是——我有没有告诉你我在实验的时候会采取什么方法？”

“没有。我在代理族长女士那里得到的印象是你已经掌握了一种完美的技术。”

“也许是我使她这么想的。阿娅贝拉不懂利比驱动；她不知道该问什么问题。”

“我认为我也不知道，拉撒路。数学领域中的这个分支，我实在不擅长。”

“如果你感兴趣的话，多拉会教你的——”

“还有我，我的情郎。”

“——或者蒂娜。蒂娜，你为什么叫贾斯廷‘情郎’？你想勾引他吗？”

“不，他承诺要勾引我……从现在算起一百年以后。”

拉撒路看着我，若有所思；我假装没有听到他们的对话。“嗯……也许你最好跟着多拉学，贾斯廷。你还没有见过多拉，但是可以把她想成八十岁的人；她不会想勾引你。但她是太空中最聪明的导航计算机，在利比场转化方面可以教给你很多知识，比你想知道的还要多。我是说,我们对这个理论很有把握,但我想听听其他人的看法。所以我想问玛丽·斯伯林——"

我说:"等一等!拉撒路,根据现有的档案资料,我能肯定只有一个玛丽·斯伯林。我是她的后代,塔玛拉也是她的后代——"

"很多霍华德人都是他的后代,孩子;玛丽生了三十多个孩子——在那个时代是一个纪录了。"

"那么你说的就是老玛丽·斯伯林,她出生于公元1953年,逝世于——"

"她没有死,贾斯廷;这是问题的关键。所以我回到了那里,和她谈了话。"

我觉得脑袋有点晕,"拉撒路,我有些糊涂了。你是不是说你已经进行了一次时间旅行?回到了将近两千年以前?不,我应该说'两千多年'——"

"贾斯廷,如果你别插嘴的话,我会告诉你我说的是什么。"

"对不起,先生。"

"再叫我'先生',我就让那两个双胞胎来胳肢你。我是指我去了,在现在的时间,PK3722恒星系的小人国行星。那个名字已经过时了,而新的编码系统没有收录那颗行星,因为利比和我决定开个玩笑;我们觉得人类应该离那个地方远远的。

"安迪·利比正是根据从小人国得到的理念,进而发展出了每个人都可以应用的'场'论。所有的太空飞行员,无论是计算机还是人,都在用这个理论。但我从来没再回去过,因为——嗯,玛丽和我的关系非常近。她'去了'的消息对我的打击很大。在某些方面,比死亡对我的影响还要大。

"但岁月会使记忆变得美好,而且我真的需要咨询一下。所以那两个双胞胎和我坐着'多拉'去寻找那颗行星。我们依据的是安迪很久以前标定的一套坐标数据和路线。那条路线出现了偏差,但一颗恒星在两千年的时间里不会移动得很远;我们找到了它。

"我们没遇到什么麻烦;我已经很严肃地警告了劳瑞和拉祖那里可能会有的危险。她们听了我的话,不打算用自己的性命来换取一个虚无缥缈的不朽名声,所以跟我一样,没有受到那个地方的威胁。实际上,她们过得非常愉快;那个地方很美,在其他方面也很安全。没有很大的变化,是个大花园。

"我先是沿着绕着那颗行星的轨道飞行。这是他们的行星,他们拥有不为我们所知的力量。和上次一样;小人国里的一个精灵出现在'多拉'上,邀请我们下去访问……只不过它这次叫出了我的名字——声音直接出现在我的脑子里;他们不使用口头的语言。它还承认它是玛丽·斯伯林。这让我很震惊,但这是一个好消息。看起来她——我是说'它'——见到我有些高兴,但不是特别兴奋;我感觉不像是见到了一个深爱着的老友,更像是遇到了一个陌生人,而这个陌生人刚好记得我的老朋友记得的一些事。

"我理解,"计算机说道,"就像密涅娃和我,对吗?"

"是的,亲爱的……但你在头一天就显示出了比那个顶着我老朋友名字的生物积极得多的个性……而且在过去三年里,你的个性变得越来越积极了。"

"老兄,我打赌你对所有女孩子都说了同样的话。"

"可能吧。请保持安静,亲爱的。也没什么其他要说的了,贾斯廷,我们着陆后在那里待了几天。多拉和我向小人国的人咨询了太空时间场的理论,双胞胎列席了我们的讨论,还到处游览参观。但是,贾斯廷,你应该记得,当家族乘坐'新疆域'离开那里、返回地球的时候,我们留下了大约一万人。"

"一万一千一百八十三人。"我回答道,"根据'新疆域'上的记录。"

"记录上是这个数吗? 应该更多,因为这个数字是根据没有上船的人推算出来的,因此几乎可以肯定的是,被选中留下的人当中有尚未登记的孩子;我们在那里留下了很多人。不过,确切数字已经不重要了。贾斯廷,就说一个整数十万吧。考虑到那里的环境很适宜;经过两千年以后,你觉得那里应该有多少人?"

我用随机扩张函数作了估算,"大约是十的二十二次方——这个数很荒谬。我认为人口数要么会达到一个稳定的峰值——例如十的十次方——要么每七、八百年时间出现一次马尔萨斯大灾难。"

"贾斯廷,一个也没有。没有任何迹象显示那里曾经居住过人。"

"他们出了什么事?"

"尼安德特人出了什么事? 曾经的冠军被打败时,他们出了什么事? 贾斯廷,当别人已经极大地优于自己,事实上不存在竞争的情况下,抗争又有什么意义呢? 小人国是一个完美的乌托邦——没有冲突、没有竞争、没有人口问题、没有贫穷,与他们美丽的行星完美地和谐相处。简直是天堂,贾斯廷! 小人国就是历史上的哲学家和宗教领袖认为人类应该处于的状态。

"也许他们是完美的,贾斯廷。也许他们就是人类能够达到的终极状态——经过一百万年,或者一千万年。

"但我却要说,他们的乌托邦把我吓坏了。我认为那会把人类引向死亡,而且在我看来,他们自己就已经死了。我这么说并不是在诋毁他们。噢,不是! 他们在数学和科学方面比我们先进得多，否则我不会到那里去向他们学习。我也无法想象与他们发生战争，因为那不会是一场战争；无论是什么形式的战争，我们甚至还没开始的时候，他们就已经赢了。如果我们让他们厌恶，我甚至不敢想象会发生什么事——也不想搞明白。只要我们别理他们，我们就没有危险，我们也没有任何他们想要的东西。这就是我的观点。但话又说回来，一个老尼安德特人能有什么想法？我对于他们的了解就像小猫对于航天学的了解一样少。

"我不知道留在那里的霍华德人发生了什么事。有些人可能死了，被同化了，就像玛丽·斯伯林一样。我没有问，也不想知道。有些人可能沉溺于享乐，变得对什么事都没有兴趣，然后死去了。我怀疑他们也没留下多少后代——尽管那里可能存在着被当作宠物饲养的'次人类'。如果真是这样，我就更不想知道了。我得到了我想要的：确认一个场物理数学难题的答案——然后就带着我的姑娘们离开了。

"离开那颗行星之前，我们做了一件事：我们对行星做了全息摄影测绘，回来以后让雅典娜研究了照片。蒂娜？"

"当然，老兄。贾斯廷，如果在那颗行星表面有任何人工建筑的话，它的直径都要小于半米。"

"所以我想他们都死了，"拉撒路冷冷地说，"我也不会再回去了。去PK3722的那次航行并不是为了测试时间旅行，那只是一次普通的行星际跃迁。测试时间旅行也会同样简单，非常安全，因为测试旅行不会在行星着陆。想和我们一起去吗？要不我们带上格拉海德？"

"祖父，"格拉海德急切地说道，"我年轻、英俊、健康、幸福，也想一直这样下去；你不会提议让我去做这样愚蠢的旅行吧。

我不会再参与任何形式的行星着陆活动了;我是恋家男人。我和超级飞行员劳瑞蕾一起在发射场的备用地区降落过。那已经足够了;我已经服了。"

"孩子,你得讲讲道理。"拉撒路和蔼地说,"等我们进行这个实验的时候,我的那两个姑娘已经长大了,需要得到男人主动的关注——这个我不能提供;我会因此失去对她们的控制。我认为这应该是你的责任。"

"只要你开口谈'责任',我就浑身起鸡皮疙瘩。真正的问题是,祖父,你是个胆小鬼,害怕那两个小姑娘。"

"可能吧。她们还是小姑娘的日子不多了。贾斯廷,你呢?"

我的脑子飞快地转着。对我来说,受邀与老祖一起作星际旅行是无法拒绝的极大荣幸。这次星际旅行是一趟时间旅行,但我并不担心;尽管这个想法听起来有些不现实,但是不会有太大风险,否则他不会带着他的妹妹(女儿)同去——而且,我总觉得拉撒路是死不了的,和他在一起的乘客也会很安全。做两个小姑娘的男伴——拉撒路刚才是在拿格拉海德寻开心,这我敢肯定,因为我确信拉祖和劳瑞会自己挑选合适的人。"拉撒路,你让我去哪里,我就去哪里。"

"等一等!"格拉海德反对道,"祖父,塔玛拉不会喜欢这种安排的。"

"这没问题,孩子。我也欢迎塔玛拉同去,我想她会喜欢的。她不像有些我们提也不愿提起的人一样,是个胆小鬼。"

"什么?"格拉海德挺直身子,"带走塔玛拉……贾斯廷……我们的双胞胎……还有你自己?家里一半的人?然后把我们这些剩下的人丢在这里伤心?"格拉海德深深吸了一口气,长叹一声,"好吧,我投降。我自愿申请和你一起去。但是把贾斯廷和塔玛拉留在家里。还有双胞胎,我们不能带她们去冒险。你驾驶飞船,我做饭。只要我们还活着,就这么安排。"

"格拉海德显示出了一点儿出人意料的高贵气概,"拉撒路不知是对谁说出这句话,"但这会让他丧命的。忘了这件事吧,孩子;我不需要厨师,多拉是个好厨师,比我们中的任何人都做得好。双胞胎会坚持要去,再说我也得指导她们作几次时间旅行;以后她们就不得不自己去了。"

拉撒路对我说:"贾斯廷,虽然我们欢迎你参加,但这是一次无聊的旅行。只有我告诉你,你才知道自己是在进行时间旅行。我想先去一颗容易找到的行星,利比和我对它作过勘察,他已经确定了精确的路线。我不打算着陆;那个地方有些危险。但它刚好是一颗我能用作时钟的行星。

"可能听上去有些可笑。但在太空中很难确定日期,只能使用飞船上带的时钟,特别是计算机里安装的放射衰变时钟。通过分析天体来确定时间很困难,而且需要精密的测量和长时间的计算;降落到一颗文明行星,敲开别人家的门问问时间会更可行一些。

"也有一些例外情况——任何一个有行星的恒星系,比如这里,或者是塞昆德斯的恒星,或者是太阳系,还有其他星系——只要多拉在她的记忆库里有这样的数据,她就可以通过研究这个星系的行星知道时间概念,那些行星就像时钟的指针。'新疆域'上,利比就是利用太阳系确定时间的。

"但这次测试飞行中,我要做的是校准时间旅行的时钟。这跟在太空中确定时间是不同的问题,也是一件全新的事。我在那颗行星的轨道上留了一样东西,我记得那个时间。后来我找不到它了,尽管我在那上面装了些方便我找到它的东西。嗯……我说的是安迪·利比的棺材。

"唔,我会接着找找看,努力辨明两个确定的日期之间的间隔。如果我能找到的话,意味着我已经开始校准时间旅行时钟了——同时还能证明时间旅行的理论是正确的。你们听懂了吗?"

"不怎么懂,"我承认说,"我只是听明白了这是一项实证试验。但我对于场论知之甚少,其他的就更说不上来了。"

"你不需要了解。我自己也不是特别懂。为执行利比-谢菲尔德驱动而设计的第一台计算机是利比独特思想的体现;后面的计算机都是在那台计算机的基础上做的改进。如果一个航天员告诉你他懂得场论,用计算机仅仅是因为它的速度快,那么不要相信他;他是个骗子。嗯,蒂娜?"

"我懂航天学,"计算机说道,"因为密涅娃把多拉的航天电路和程序都复制到了我的记忆库里。但我觉得无法用英语来讨论它,或者是格拉克塔语,或者其他任何使用字词结构的语言。我可以打印出基本的方程式,这样可以展示出一幅静止的画面——一个动态过程中的一个步骤。需要我这样做吗?"

"不用了。"拉撒路说道。

"天哪,不用了!"我也附和着说,"谢谢你,雅典娜。但是我没想成为一个星际航天员。"

"格拉海德,"拉撒路说,"能不能动动你的懒身子,给我们找些能吃的东西当午饭?每个人四千卡路里吧。贾斯廷,我之所以问你是否计划回塞昆德斯,是因为我不想让你回去。"

"我不想回去了!"

"派拉思·雅典娜,下面的谈话是私人谈话,只有我和首席档案官富特先生可以查阅。"

"已设置,族长先生。"格拉海德抬了抬眉毛,迅速离开了。

"首席档案官先生，新罗马的情况是不是已经很危急了？"

我小心地回答道："族长先生，我对社会学只有最粗浅的认识，但在我看来是这样。还有……我到这里来并不是为了传递代理族长女士那些愚蠢的信息。我来这里，就是想和你讨论一下这件事。"

拉撒路长时间地看着我，若有所思。我注意到了他身上一些独有的特质。他可以全身心地投入自己所做的事情中，无论那是性命攸关的大事，还是用舞蹈娱乐客人这种微不足道的琐事。我认识到这一点是因为塔玛拉也有相同的品质；对于和她在一起的人，她总是给予全身心的关注。

她没有非凡的美貌，我也不认为她的技巧比其他几个从事这种职业的人——甚至一些业余人员——更纯熟。但这些不重要，使她区别于其他人的是她专注的品质。

我觉得，老祖把这样的品质延伸到了各个方面。现在他突然"拿起了权力槌"，他的计算机立刻了解了他的心意，格拉海德也很快意识到了这一点。

"我从来不会认为，"他说，"家族的首席档案官会为传递一些无足轻重的信息充当信使。所以，告诉我你真正的原因吧。"

详细地说吗？不，详尽的解释大可以后再说。"族长先生，我认为应该在塞昆德斯以外的地方复制家族的档案。我来这里是想看能否在这里保存那些档案。"

"继续说。"

"我从来没见过社会动荡。我不能确定它的征兆是什么，这些征兆会在多长时间后演变成公开的暴乱。但是，塞昆德斯的人不习惯反复无常的独裁法律和政令，所以我想会有麻烦。如果我能确保即使档案被毁，我们的记录也不会丢失的话，我觉得我就尽到了自己的职责。保险库位于地下,但并不是不可摧毁。我已经想出了十一种可以部分或者全部毁灭档案资料的方法。"

"如果有十一种的话,就存在第十二种,第十三种,等等。你和其他人讨论过这事吗?"

"没有!"我放低声音,补充道,"我不想把这个想法告诉别人。"

"很好。有时候,对于一个弱点,一个人能做的最好的事就是不让它引起别人的注意。"

"我也这么想,先生。"我接着说,"但当我开始担心以后,我就开始试图做些事来保护记录。我颁布了一个规定,所有经过处理的数据在存入档案的时候,都要复制一份作为永久储备。我心里计划把整个档案资料都复制一份,然后把它们运到其他地方去。但我得不到资助来购买存储器,我自己的钱也不够用。必须用威尔顿精密存储器,否则会导致体积过大,难以运输。"

"你是从什么时候开始复制新增资料的?"

"开过理事会议后不久。我原来以为苏珊·巴斯托会当选。阿娅贝拉·富特-海得瑞克当选以后——嗯,我有些不安,是因为很久以前发生过的一件事,那时我们都在上大学。我考虑过辞职,但我才刚刚开始整理你的记录。"

"贾斯廷,如果你为了这个原因想要留在塞昆德斯,那么你是在拿你自己开玩笑。你怕阿娅贝拉会任命别的人来代理你的职务,而不是让你的副手继任。"

"这很有可能,先生。"

"但是这没什么关系。你是用威尔顿存储器来复制这些资料吗?"

"哦,是的。我省下来的钱只能买那么多。"

"它们在哪里?还在'通信鸽'上吗?"

　　我想我的模样准是震惊不已。老祖说:"别这么看着我!它们对你来说很重要——你难道认为我这么傻,以为你把它们留在了很多光年以外的地方吗?"

　　"族长先生,那些存储器在我的旅行箱里,在领地首领维萨罗的办公室里。"

　　"派拉思·雅典娜?"

　　"箱子在客人坐的沙发后面,族长先生。领地首领让我要提醒他把富特先生的行李带回家。"

　　"也许我们还能做得更好些。首席档案官先生,如果你能把你行李的密码告诉派拉思·雅典娜,她在艾拉的办公室里有外延装置,可以立刻就复制那些资料。这样你就不用担了;我把权力槌交给阿娅贝拉那一天之前的所有资料,派拉思·雅典娜那里已经有了。"

　　我知道我的表情显露出了我的心理活动。老祖咯咯笑了起来,"想问为什么和怎么做到的?'为什么?'是因为你不是唯一一个认为应该保护家族记录的人;'怎么做到的?'是我们偷的,孩子。我们把记录偷到手了。我控制了主计算机,用它复制了所有的资料——家谱、历史资料、家族会议记录,一切。我还设置了一个覆盖程序,这样你的计算机就不知道我在做什么了。

　　"这件事就是在你鼻子底下干的,首席档案官先生。我瞒着你这件事是为了保护你;我不想让阿娅贝拉知道,她会为难你。这会给她一些借口,她已经有了很多了。唯一的问题是要找到足够多的威尔顿存储器。不过,你这会儿就坐在存储器上面,就在你屁股底下二十米的地方。当派拉思·雅典娜读完你行李中的资料时,到你离开塞昆德斯那一天为止的所有资料就都复制完全了。感觉好点了吗?"

我长舒了一口气,"感觉好多了,族长先生。我可以心安理得地待在这里了。我现在觉得可以辞职了。"

"不要辞职。"

"为什么?"

"留在这里,但不要辞职。让你的副手继续你的工作。你信任她。你是由理事们任命的,阿娅贝拉无法合法地任命临时人选来代理你的职务,除非你自己辞职。她不会操心是不是合法,但我们还是不要给她任何借口。塞昆德斯上有多少理事?"

"是'代表'塞昆德斯?还是本人'住在'塞昆德斯?"

"不要玩文字游戏了,孩子。"

"族长先生,我不是玩文字游戏。高级理事共有二百八十二名,其中一百九十五人住在塞昆德斯,另外八十七个代表住在其他行星上的霍华德人。我刚才那样说,是因为一项法令需要三分之二多数通过才能生效。在每十年召开一次的会议,超过三分之二的与会人员通过,或者是总理事人数的三分之二通过。如果是紧急召开的会议,无法通知到所有在各处的理事——这可能需要花几年的时间——由一百八十八人通过。我说这些,是因为如果你想召开紧急会议的话,可能拿不到一百八十八张赞成票,而要解除代理族长女士的职务至少需要这么多票数。"

长者对我眨了眨眼睛,"档案官先生,谁告诉你我要召开理事会议了?还要解除代理族长女士的职务?"

"你问我的问题好像暗示你要这么做,先生。我记得你以前收回过权力槌。"

"情况完全不同。那时我的动机很自私。那个老太婆把艾拉收拾了,这会破坏我的计划。情况不一样。换句话说,那次我可以逃脱处罚,这次我却逃不掉。孩子,不管记录上怎么说,阿娅贝拉并不情愿交出那把权力槌；是我从她手里夺来的。在我们处理完后事离开前的那段很短的时间里，我把她囚禁了。"

"真的吗，族长先生？她看起来对你好像并没有什么不满。她对你的评价还很高呢。"

老祖又露出了他那副懒洋洋的、嘲弄的笑容，"那是因为我们都是实用主义者。我很小心为她保留了面子，还让她心里明白这一点。现在她贬低我对她没什么好处，反而会有坏处，因为我现在的地位像神一样，威信很高。她的位置在某种程度上还依赖于我，她自己也知道。嗯，现在如果我和她同在一颗行星上的话——不太可能发生，我不是傻子——我行事会非常小心的。

"我告诉你那次的情况，这样你就知道为什么我不能再干第二回了。艾拉把权力槌交给她以后就从首长官邸搬出去了——他应该这样做。但在我们离开塞昆德斯以前，我仍旧住在官邸上的阁楼里——这也没问题；首长官邸是我的官方住宅。因为我还在那里，所以密涅娃与那里的通讯也就没有切断。于是她就能告诉我阿娅贝拉的人抓了艾拉。我这才从熟睡中醒来，重新夺回了权力槌。"

拉撒路皱了皱眉，"一台主持行星一切事务的主计算机是个巨大的威胁，贾斯廷。当密涅娃和艾拉一起管理那颗行星时情况还好。但是看看我和她在一起时都做了什么事，再想想别人会怎么做。比如阿娅贝拉。嗯，蒂娜，给贾斯廷放一段阿娅贝拉说的话。"

"是，族长先生。'首席档案官富特，我是代理族长。我很荣幸地宣布，我已经劝说我们尊敬的先祖，拉撒路·龙，担任霍华德家族永久族长一职。在他启程探索一颗新的行星之前这段短暂得令人遗憾的时光内，他将担任家族的领袖。请把这个通知传达给你所有的下属。我将继续处理日常的具体事务,但族长先生想让你知道,你可以随时向他征求意见。我,阿娅贝拉·富特－海得瑞克,霍华德家族代理族长女士,代表理事和族长宣布上述决定。'

"这就是她当时跟我说的话,一字不差。"

"是的。密涅娃干得很漂亮,遣词造句的时候非常恰当地使用了她那种傲慢的语气,模仿阿娅贝拉的声音也惟妙惟肖,甚至包括她停顿时吸气的习惯。"

"那不是阿娅贝拉吗?我一点都没有产生怀疑。"

"贾斯廷,当你——还有其他接到通知的大人物——听到那个声明的时候,阿娅贝拉正待在首长官邸里一个最大、最豪华的套间里。她很恼火。房门打不开,交通工具也不来,各种通信工具都无法正常工作——除非是我要和她通话。哼,在她镇静下来、承认我是族长并管理各项事务以前,我连一杯咖啡都不让她喝。

"那以后,我们相处得还不错,关系甚至还有些亲密。我替她负责一切,但给了她自由,让她接管了日常事务——我不想被琐事缠着。这么做很安全。只要她越界,密涅娃就会切断她的通讯,她知道这个。我离开的那天早晨,她甚至和我一同出现在新闻节目里。阿娅贝拉说话的时候像一个令人尊敬的女士,而我公开向她表示的感谢虽然虚伪,但也表现得同样真诚。"

拉撒路·龙继续说道:"但现在,她控制了主计算机,如果我回去的话,我肯定先要探探风头。不,贾斯廷,我问塞尾德斯有多少理事并不是想召开紧急会议;相反,我在想,二十个理事就可以提议召开紧急会议,我希望他们的看法能和你一样——认为这没什么用处——然后放弃尝试。她也许会把他们都抓起来,送到极乐

601

行星上去。或者,如果她有胆量的话——我想她有——她可能会让他们召开会议,如果有人反对她,她会把暴露出来的人都送到极乐行星上。我敢肯定,她不会乖乖地束手就缚。我上次简直相当于在她的被窝里抓住了她,她不会二次中招了。"

"也就是说,只能靠一场血腥的战争来解决问题了。"

"这可能是唯一的途径。但是你我都帮不上什么忙。通常情况下,如果问题跟政府相关,那么答案只有一个:什么也不做。这个时候需要采取创造性的不作为态度。坐着,保持高度警觉,等着事态发展。"

"即使知道出了问题也这样?"

"即使知道出了问题也这样,贾斯廷。渴望拯救世界的想法没错;但它很少能产生什么积极的作用,而且会极大地缩短你的生命。我认为主要有三种可能性:阿娅贝拉可能会被暗杀。那么理事会选出另一位代理族长,希望是一位有头脑的人。或者她可能会坚持到下一次召开的十年会议,这样理事就可以在会议上运用自己的判断力了。或者她可能变得精明一些,使自己不处于被暗杀的危险之中,同时巩固自己的权力,这样就需要通过一场革命来除掉她。

"我认为最后一种是最不可能发生的,被暗杀最有可能发生。好在我们在特蒂尤斯,无论哪种情况都不关我们的事。塞昆德斯有十亿人;让他们处理这个事情吧。你我挽救了档案资料,这很好;这样家族的历史就有了延续性。

"几年内,我们就会为你——或是你的继任者——运来一些设备,让你们可以建立起你在塞昆德斯上用的那套计算机系统。在此之前,雅典娜会把资料存在她的存储器里。同时,我会给其他有人居住的行星捎口信,告诉他们这里也存有档案资料。我还会宣布,这里是另一个家族权力中心,欢迎理事到这里召开会议。"

计算机说:"族长先生,琼斯先生想知道你打算什么时候吃午饭。"

"请告诉他我们马上就到。什么都不用急,贾斯廷;如果你有耐心的话,问题会自己得以解决。即使是在相互之间距离很近的行星之间传递信息也需要很长时间,你需要的就是耐心。等上一百年吧。我这里有一个给你的私人信息,但先得办完一件事再说。现在,你愿意成为我们中的一员吗?成为家里的一个成员、孩子们的父亲?"

"是的。我愿意。"

"你想有个正式的仪式吗?好吧,这就举行一个短一些的,但还是有约束力。以后再举行你想要的那种仪式吧。贾斯廷,你是我们的兄弟吗?直到恒星变老、我们的太阳变冷的时候?你会为我们战斗、为我们说谎、爱我们吗——并且让我们也爱你?"

"我愿意!"

"这样就行了;雅典娜已经记录下来了——这是公开记录,雅典娜。"

"记录完成,拉撒路。欢迎加入我们的家庭,贾斯廷!"

"谢谢你,雅典娜。"

"贾斯廷,带给你的私人信息是,塔玛拉让我告诉你——如果你加入我们的家庭——她会计伊师塔解除她的避孕措施。她没有说这是为你做的。相反,她告诉我,她想尽快为我们每个人都生一个孩子,这样她才会感到已经完全融入了这个家庭。不过,我想她肯定是因为你来了才做出这个决定的……所以我们其他人会高兴地排在后面——塔米一定喜欢这样。"

我的眼睛里突然充满了泪水,但我努力使自己的声音保持平稳,"拉撒路,我不认为塔玛拉是为了我。我想她只是想完全融入这个家庭——我也一样!"

"嗯……也许吧。不管怎么说,伊师塔会保守基因图谱的秘密。也许我们要把所有的姑娘们都集合起来,看看一个新来的小伙子能干些什么。秘密会谈结束了,蒂娜。"

"好的,老兄。一百年后,你可以把所有男人都集合起来站在我面前。我会用鞭子抽他们!"

"你会的,亲爱的。"

主题变奏

XVI 爱

密涅娃说:"拉撒路,你能和我谈谈吗? 在外面?"

"如果你笑一笑的话,我可以。"

她脸上闪过一丝笑容,"今天我们这些人里没有人想笑。但我会努力的。"

"别这样,亲爱的,你知道计划,我走的时间并不长。就像双胞胎和我以前做的校正时钟的飞行一样。"

"是的,亲爱的。我们走吗?"

他拍了拍她的短裙,"走吧。你的枪在哪里?"

"我一定要带上枪吗? 你和我在一起的时候也带? 我以后一定会带的……在你离开的时候。"

"唔,这个例外可不好。好吧。"

他们在大厅里停了一下。密涅娃说:"亲爱的雅典娜,请告诉塔玛拉,我会及时赶回来帮她做晚饭。"

"好的,姐姐。等一等——塔米说她不用你帮忙,所以不用着急。"

"谢谢,妹妹。替我谢谢塔米。"他们出了家门,开始爬一座小山。没过不久,她说,"明天。"

"'明天',"拉撒路重复道,"但是别像致悼词似的。我已经告诉过你了,虽然这次旅行对我来说长达十个地球年,但对你们这些在家的人来说最多只有几个星期——对双胞胎来说时间会更短。有什么值得阴沉着脸的?"

她没有回答这个问题,"我会活多长时间?"

"嗯? 密涅娃,这算哪门子问题? 时间不会很长,如果你忽视了平常应该注意的防范措施,比如带着武器出门,保持警觉等等。如果你是指预期的寿命——嗯,如果遗传学家是对的,那么你的寿命将和我的一样长。我把决定你寿命的基因传给了你。即使他们搞错了第十二对染色体上的基因,你的每个基因也毫无疑问是来自霍华德家族。所以不需要什么努力你就可以健康地活上好几个世纪。但如果你愿意在每次临近衰老极限的时候接受回春治疗,我不知道你能活多长时间——这方面他们每年都会取得进展。想活多久就能活多久,这很有可能。那是多长时间呢?"

"我不知道,拉撒路。"

"那么是什么事让你心烦意乱,亲爱的? 后悔不当计算机,而做了一个脆弱的有血有肉的人?"

"噢,不是的!"

她又接着说,"但有的时候,做人真难。"

"是的。有时会。"

"拉撒路……如果你确信你会回来的话……你为什么重新编排了多拉的程序,让她把感情倾注在劳瑞和拉祖身上,而不是你?"

"是这个让你烦心吗？那只是例行的防范措施,仅此而已。为什么当我们组建这个家庭的时候艾拉立了一个新遗嘱？为什么我们都在蒂娜那里立了自己的遗嘱？无论发生什么事,我的妹妹们很快就要成为'多拉'的主人了;她们现在已经在负责它的运转了。如果我真的出什么事的话——你还记得自己以前说的话吗？你告诉艾拉你会自我毁灭,而不是服务于另一个主人。"

"我怎么可能会忘却这样的记忆呢？就是那一天的谈话导致了今天这一切,这是不可避免的因果关系。拉撒路,很多记忆我都没有带过来……但今天的我记得过去那个密涅娃和你之间的所有对话。每一个字。"

"那么你应该理解,我不会冒险去伤害一台觉得自己是个小姑娘的计算机……也不敢冒险让一台导航计算机在太空里出现情感混乱的情况,尤其是当我妹妹们的生命都依赖于那台计算机的时候。密涅娃,即使只为多拉考虑,我也会把她和劳瑞、拉祖拴在一起;她需要爱别人,也需要被爱。如果我忽略了这个,没能为她和双胞胎实施这个预防措施——这么说吧,如果一个人在做计划的时候不把自己丧命的可能性考虑进去,那他就是一个傻瓜。一个以自我为中心、谁也不爱的傻瓜。"

"你不是那样的,拉撒路,你从来也没有那样过。"

"哦,是的,我从前做过这样的人！我花了很长时间才认识到这个错误。"

又一次,她过了很久才开口,"拉撒路……我常常想起丽塔。"

"'想起丽塔'？什么？"

"还想起她,甚至比想丽塔还多。我的长相真的像她吗？"

他停了下来,深深地注视着她。他们现在已经快要到山顶,看不到家了。

"我不知道。我怎么知道？已经一千年了——记忆消退了，也混淆了。我想你看起来像她。是的，是像。"

"是不是因为这个，你才无法爱我？我以前要求自己长得像她，我是不是犯了一个可怕的错误？"

"但是亲爱的……我确实爱你。"

"是吗？拉撒路，你从来没有让我得到过你。"她蓦地脱下短裙，让它掉在草地上，"看着我，拉撒路。我不是她。因为你的原因，我希望我能是她。但我不是……我犯了个——我——我那时还是一台计算机，我没有什么更好的想法。我没有想要伤害你，我没想让你在心里产生罪恶感！你能原谅我吗？"

"密涅娃！别这么说，亲爱的！没有什么需要原谅的。"

"时间不多了，你要离开了。你能真的原谅我吗？你愿意在离开之前赐给我你的孩子吗？"她的眼眶里溢满泪水，但她盯着他，目光坚定，"我想要你的孩子，拉撒路。我不会再问第二次……但是我不能不问就让你走了。我很愚蠢，让自己长得像她——因为你爱她——但是你可以闭上眼睛！"

"亲爱的——"

"嗯，拉撒路？"

"艾拉有没有闭上他的眼睛？拒绝看你？"

"没有。"

"贾斯廷呢？格拉海德呢？如果你能忍受我这张长相平庸的脸，我当然能看着你这张漂亮的脸蛋——而且，如果幸运的话，孩子会长得更像你一些，而不是我。我们回家吧。"

她抬起头，"这片小树林有什么不好的吗？"

"唔。你说得对。就现在吧。"

主题变奏

XVII　那西塞斯

　　"我们再来一遍,姑娘们,"拉撒路说,"包括计时装置和会合地标。多拉,你能看到地球吗?"

　　"如果你把手挪开的话,我能看到,老兄。"

　　"对不起,亲爱的。叫我拉撒路;我不是你的兄弟。"

　　"拉祖和劳瑞让我成了她们的结拜姐妹,所以你就免费成了我的兄弟。符合逻辑吗?当然符合。别争了,老兄;你喜欢这个称呼。"

　　"好吧,我喜欢,多拉妹妹。"拉撒路附和道,"现在住嘴,让我说。"

　　"好的,长官。"导航计算机回答道,"我启用了三重冗余系统。我其实不需要那些笨拙的计时装置——我自己就校准了,老兄,校准了。"

　　"多拉,如果校准过程出了问题怎么办?"

　　"不可能。如果一个记忆库出了问题,我会停用那个记忆库,并在使它恢复正常的过程中重新启用'双重冗余'体系。"

"是这样吗? 你和双胞胎结拜以后就得了欣快症。我教过你要悲观一些,多拉。一个非悲观主义者的导航员是毫无价值的。"

"对不起,长官。我这就闭嘴。"

"想说什么尽管说,只是不要蔑视安全防护措施。我想保护的是我宝贵的生命,多拉,所以请帮助我。我能想出十二种可以使你的记忆库遭到破坏的方法,要么是自己犯错误,要么就是自然灾难——你自己也一样,不过忧心忡忡是没有意义的。想一想我们能做点什么才是有意义的。

"举个例子:你的一切运行良好,但双胞胎却无法使用你。根据计划,你们把我放下以后都会回到基准时间框架里,会去新罗马,双胞胎会到档案馆去查询延迟信件。谁知道在那里会发生什么? ——现在可能就有什么在等着你们。"

"哥哥,"劳瑞蕾插进话来,"'现在'没有任何意义。自从起飞以后,我们就处于一个与任何体系都没有联系的状态。"

"不要跟我玩文字游戏,亲爱的。我说的'现在'是指大散居后的2072年,或者公元4291年,你成人的那一年。如果你称得上是个成年人的话。"

"拉祖,你听到了吗?"

"是你自讨没趣,劳瑞。别说话,让哥哥说。"

"问题在于文字本身,劳瑞蕾。在前往地球的这一路上,你们两个姑娘——三个姑娘——也许会无所事事,一半的时间都花在发明一种适用时间旅行的新语言和语法规则上。但在这个假想的例子里,你们在塞昆德斯上着陆,然后去档案馆,询问是否有写给你的、已经开封的延迟邮件。或者是贾斯廷的、艾拉的。甚至包括写给我的,拉撒路·龙,或是伍德罗·威尔逊·史密斯。我可能会尝试好几种方法,因为不久以后,我所处的'现在',比延迟信件体系成为保存文件的常规途径要早几个世纪;我也许会受不了诱惑,总想看看有没有可能发明别的办法。

"好了,你们拿上那里的信件,返回'多拉'——却发现她已经被贴上了封条,有一个卫兵看守着它。她被充公了。"

"什么!"

"多拉,请不要在我的耳朵边大喊大叫。这只是一个假设。"

"希望那个卫兵的枪法能准一些。"莱比思·拉祖丽冷冷地说。

她的哥哥回答道:"拉祖,你已经听我成千上万次说过了,我们带着枪不是为了给自己壮胆。如果一把枪让你觉得自己有三米高、刀枪不入的话,你最好还是别带武器了,让你的妹妹在必要的时候开枪吧。现在告诉我,为什么你不能对那个卫兵开枪。"

"开枪吧!"多拉说,"我想被救出来。"

"安静,多拉。拉祖?"

"嗯……我们不会对警察开枪。永远不会。"

"不完全对。如果可以避免的话,我们不应该射杀警察。杀死一条响尾蛇要更安全一些。在两千多年的时间里,我总是能找到其他的方法,不用杀死警察——尽管有一次我的确差点射杀了一个警察,那是为了转移他的注意力。当时的情况很特殊。但在这个假想的情况下,射杀一名警察会把事情弄糟:代理族长没收了你的飞船。"

"救命。"多拉低声道。

"为什么,巴斯托女士永远不会做那么令人厌恶的事。"

"我没有说她是苏珊·巴斯托。我说的是阿娅贝拉。如果她还活着,她会很高兴对龙家的人做出这种事的。我们假设苏珊去世了,新的代理族长像阿娅贝拉一样坏。没有了飞船,也没有其他资产——你要怎么做? 记住,我全指望你了,否则我就要待在黑暗世纪回不来了。你要怎么做?"

"'面临危险,或是不知道该做什么的时候——绕圈子,尖叫和大喊。'"多拉拖着长音道。

"哦,别说了,多拉。"莱比思·拉祖丽说,"我们不会惊慌失措,这是肯定的。我们有十年的时间可以想出个办法——嘿! 等一等;我用了错误的时间框架。如果需要的话,我们可以用一百年的时间。或者更长时间。"

"一百年已经足够多了。"劳瑞蕾说,"用不着那么长时间,我们就能再偷到一艘飞船了。"

"干脆想得更大点得了,"拉撒路说道,"还不如去偷昴宿星算了。最好还是别偷东西,劳瑞。"

"你不是偷过一艘星际飞船吗?"

"因为那会儿没有时间做其他的事情。但是你有很多时间,最好还是适当地诚实一些——别去违反那些会让你被逮住的规则。金钱是通用的武器;挣钱只需要时间和聪明的大脑,有时还需要劳动。挣到足够的钱,也许你就可以把'多拉'买回来了。如果这行不通,用不了那么多钱你就可以回到特蒂尤斯,这样艾拉和家里其他人就能想出办法搞到一艘星际飞船。你们可以把多拉留在雅典娜那儿的程序输入新飞船——然后再来接我。"

"难道没有人来救我吗?"

"亲爱的多拉,这事还没有发生,而且发生的可能性极小。但如果真的发生了,这两个双胞胎又没办法救你出来——那么假如你的新主人驾驶着你在银行系中飞行——"

"我要让在他第一次着陆时就把飞船撞毁!"

"多拉,别傻了。如果我们失去了你——这不太可能发生——而双胞胎又没办法救你出来,但通过别的飞船把我救了出来——如果你能照顾好自己,不要在着陆时撞毁,不要做其他愚蠢的举动——我们就会找到你、把你救回来。我们三个一起。无论需要多少年。拉祖? 劳瑞?"

"当然了!'一人为大家,大家为一人!'还不止我们四个人,多拉;有整个家庭——所有的大人和九个孩子——到那时可能还会更多——还有雅典娜。哥哥,艾拉提议我们都用'龙'这个姓的时候,我举双手赞同。妹妹,你是'多拉·龙'——我们龙家的人是不会让自己人失望的。"

"我感觉好多了。"计算机发出一声吸鼻子的声音。

"你从来就没有感觉不好过,多拉。"拉撒路继续道,"是你说我的预防措施没有必要,所以我想象了一个场景以显示这些措施是必要的……如果双胞胎不能得到你留在雅典娜里的程序,那就更需要这样的措施了。在这种情况下,她们就必须重新设置时间装置,重新校准。接着说刚才的,我使她们滞留在了另一颗行星上,一文不名……所以第一件事是要挣钱。想想你们能做到吗,姑娘们? 在一百年里? 还不能惹别的麻烦以防被抓?"

双胞胎互相看了一眼,"劳瑞?"

"当然可以,拉祖。哥哥,我们要在台球厅的上面开一个妓院。或者在其他什么地方。"

拉撒路说:"我不认为你们两个有这方面的天赋。而且很遗憾,你们的鼻子和我一样。也就是说不好看。"

"我们的鼻子是我们的资本——"

"——因为它使我们看起来像你——"

"——所以只要顾客看到我们——"

"——就会相信那些大家都不太相信的、看似不可能的流言蜚语了——"

"——而且除了鼻子,我们还是很漂亮的——"

"——'结结实实的',是你自己说的——"

"——而且我们的头发是自然的红色,塔米说这跟银行里的钱一样有价值——"

"——看起来一样,但是我们可以给它做出各种发式来——"

"——我们两个人中,只需要有一个人不使用脱毛剂就可以了——"

"——这使我们两个能够提供可以收高价的超级姐妹套餐服务;玛吉这样说过——"

"——如果你认为性欲旺盛还不能使我们真正具备职业天赋的话——"

"——这可能是真的,我们也承认我们永远不会成为像塔米那样伟大的艺术家,但是——"

"——我们积极高涨的工作热情会让那些新罗马人目瞪口呆、大吃一惊——"

"——当我们哥哥的性命危在旦夕的时候!"

拉撒路深深地吸了一口气,"谢谢你们,亲爱的。虽然有一天你们可能会尝试这件事,但我希望你们不要用这种方式来救我。比起你们不可否认的外貌美和精神美,我更看重你们的数学能力和驾驭飞船的技术。"

"你听到了吗,劳瑞?这次他又加上了'精神'。"

"我觉得他说的是真心话。"

"但愿如此。这比告诉我们说我们的乳房和密涅娃的一样漂亮还要好。我们其实没那么好,真的。"

"不对,你们的乳房很漂亮。"她们的哥哥心不在焉地说,"我们还是回到地标和别的问题上来吧。"

"我想你应该亲吻她们。"多拉说。

"以后吧。现在来看这个,主会合地点,正好是在你们放下我十个地球年以后——当然,你们得先把安迪的尸体放下去。具体怎么做?拉祖或劳瑞——多拉你别说话。你对这些都很清楚,多拉;这个复习是针对人来准备的。人更容易犯错误。拉祖?"

"让多拉先把他解冻,让他的温度上升到和焚尸炉的温度差不多,这时把他送入大气层,速度略低于轨道速度,这样它就能在着陆前彻底烧掉,或者几乎彻底烧掉……考虑到他也许不会彻底烧掉,在设计进入大气层路径的时候要使着陆点落在深山老林里——我们不想伤着谁。"

"哪些山,你怎样找到它们?劳瑞?"

"就是这些山。主地标是这条从中央山谷流出的大河,另一条从西边流过来的大河是我们的北地标,它们最后流入的这个海湾是南地标。西边没有地标。阿肯色州大约在这个括弧形的中部,奥索卡山是这个括号里唯一的山峰。争取落在这座山的南麓,这里这个悬崖;北部就不属于阿肯色州了。哥哥,为什么这个很重要?"

"情感因素,劳瑞蕾。在旅行的时候,安迪总是思念他出生的地方。他会唱的唯一一首歌里有一句副句是'阿肯色,阿肯色,我热爱你!'我过去都听烦了。但我向他保证过,我会把他的遗体带回阿肯色州。这句话好像让他在死去的时候很安详——所以我们一定要做到。谁知道呢?也许那个可爱的小家伙会知道……还是做些事来满足他最后的心愿吧。主会合地标?"

"这个大峡谷。"劳瑞蕾·拉祖丽回答道,"沿着它向东走,再向南——这个黑圆点。这是流星撞上以后留下的陨石坑。它是地球上最大的峡谷，除了这个峡谷以外，没有其他能从轨道看到的、可靠的、在很长时间里不会发生变化地标了。所以我们要记住大峡谷和这个坑之间的空间关系，这样我们就能从任何角度发现它了——如果光线合适的话。"

多拉说："我肯定我能在黑暗中发现它。"

"多拉宝贝，这次演练是基于悲观的假设，也就是说她们可能需要在没有你帮助的情况下找到它。我想让她们熟悉地理情况，这样她们就不需要在着陆以后到处找道路标志了。除了放下我、接我上来的时候，一定不要靠近地面。我不想引发有关不明飞行物 UFO 到来的恐慌；也不想引起任何人的注意——有些乡巴佬可能会对我开枪。不幸的是，这艘飞船的形状倒还真有点符合对 UFO 的描述。"

"我的样子怎么了？"多拉抗议道，"我的样子很漂亮！"

"亲爱的，你的样子看起来棒极了，很结实。以星际飞船的标准来看，你很漂亮。只是不明飞行物的另一个名字正好叫'飞碟'，也就是你的模样。我对这个倒没什么意见，但我不想引起别人的注意。"

"哥哥，也许我们就是你跟我们说过的那些 UFO 中的一个。"

"啊？可能吧，我想。如果这样的话，让我们别被别人射中吧。我想要一个安静的行程。如果一切顺利的话，我们可以讨论一下让你们中的一个下次和我一起到地球上去……不过，一个妖冶的红头发女人比 UFO 更打眼——管他呢。好吧，就那个陨石坑吧。我会在十年以后那一天赶到那里。日落之前，日出以后，正负不超过十天。如果到时候我不在那儿，你们会怎么办？"

莱比思·拉祖丽回答道:"在半个地球年以后,站在埃及最大的金字塔顶上找你——就是这儿——午夜的时候。只不过这一次把范围放宽到约定时间前后三十天,因为你不能确定什么时候能到,可能只有一次机会——还要行贿或做其他类似的事。哥哥,我们需要离开半个光年远,然后重新进入时间轴吗?还是待在轨道里等着?"

"你们自己决定。我不会用埃及那个会合地点,除非我搞砸了,不能在亚利桑那与你们会合。如果这两次你们都没有找到我,你们准备怎么办?劳瑞?"

"在第十一年和十一年半的时候再到这两个地方找你。"

"然后呢?"

劳瑞蕾看了看她的姐姐,"哥哥,关于这一点,我们两个的意见和你不一样——"

"——多拉也一样——"

"不用说我也知道!"

"——因为我们不会假定你已经死了——"

"——无论你错过了多少次会合的时间——"

"——所以我们会在这两个地方日复一日地找你——"

"——夜复一夜——"

"——这两个地方的时差超过九个小时。要在亚利桑那州看日出和日落,还要在午夜的时候出现在埃及,飞船在轨道的运行会很困难——"

"——但是多拉能做到——"

"当然!"

"——我们会一直日复一日地找你——"

"——年复一年——"

"——直到你出现。先生。"

"劳瑞蕾船长,如果我错过了四个会合日期,我就是死了。你们必须这么想。需要我写下来吗?"

"龙指挥官,如果你死了,你就不能再发号施令了。这是符合逻辑的。"

"如果你们假定我没有死,那么我的命令仍然有效……你们必须放弃寻找。同样符合逻辑。"

"先生,如果你不在飞船上,也失去了联系,那么由于你的处境,你很难再给我们下达任何命令了。我们会认为你想让我们接到你,所以我们会提供每日服务,从你降落到地面以后的第十一点五个地球年起——"

"——直到永远,永远,永远。我们就是这么向家里保证过的——"

"——尽管我们需要偶尔回家去接受回春治疗——"

"——还要生孩子。但在别的时间框架下,这两件事情花不了多少时间……你自己也这么说过。"

"这是哗变。"

两个双胞胎互相看了对方一眼。"我来担这个罪名吧,拉祖;只能这么做——今天是单数日。指挥官,头一次让我们两个分别在太空中驾驶飞船之前,你就告诉过我们,所谓的飞船指挥官其实只是个乘客,飞船驾驶员决不能让别人承担她应该承担的哪怕一丁点责任。所以'哗变'这个词在这儿不适用。"

拉撒路叹了口气,"我培养了两个可恶的太空律师。"

"哥哥,你就是这么教我们的,一直是这么教的。"

"好吧,是我教的。你赢了这场争论。但你说每天都要检查,而且要永远持续下去,这是很愚蠢的做法。我还从来没有见过有哪个监狱我在一年之内都无法逃离——我蹲过很多个监狱。也许我应该取消整个行动计划——不，不，我不再争论这个了！现在来谈谈时间标志的问题。如果出现了什么情况，你们必须作时间校准的话，最简单的做法就是着陆，然后搞清准确的公历日期就行。但我恰恰不希望你们做那种事，因为你们两个都没有和来自陌生文化的人打交道的经验。你们会惹上麻烦，而我又不在你们身边可以救你们出来。"

"哥哥，你觉得我们有那么蠢吗？"

"不，拉祖，我不认为你们愚蠢。你们两个都具有和我一样的大脑发展潜力——我不愚蠢，否则我不会活这么长时间。而且，你们俩接受的教育要远远好于我在你们这个年龄段接受过的教育。但是，亲爱的，我们谈论的是黑暗世纪。你们两个在成长过程中接受的教育是期待会得到公平的待遇……但在这里，你们不会得到。即使有我在你们身边，我也不敢冒险让你们踏上那片土地，至少是在我反复传授，不厌其烦，终于教会你们怎样一贯地、非理性地做事、说话之前。真的。"

拉撒路继续道："不过没关系，你们有两种方法可以在太空中确定时间。一个是利比用过的方法，通过太阳系中行星的位置判断时间，虽然烦琐但是可行。这个方法的问题在于，如果你们不能花上足够多的时间从事这项艰难的观测任务，你们可能会错把一幅行星位置图当作另一个与之相似的位置图——但却相差几千年。

"所以我们要用能在地球表面上找到的时间标志。对那个陨石坑进行放射分析来确定时间可能是一个比较准确的方法。如果那个坑消失了，那就意味着你们早到了几个世纪。中国建造长城的时间也是很好的标志，埃及的金字塔也一样。苏伊士运河和巴拿马运河的建造时间更精确——不幸的是,这也是欧洲大战的时间,那种事你们千万别看!让你们的屏幕向上,完事后赶紧离开。在那个时代,如果你们不小心的话,陌生的太空飞船会被打下来。如果这些时间标志中有任何一个表明你们是在公元1940年以后,马上离开!——争取到更早的时间段去。

"今天就讲这么多吧;根据我的时间表,快到上床睡觉的时间了——别管飞船以外是什么时间。我想让你们仔细研究这些东西,直到你们在梦中都能倒背如流,包括时间、你们要找什么以及怎么去找——而且是在你们看不到地球的情况下。有谁觉得自己能在克里比奇纸牌游戏里赢过我吗?不要一起说。"

"我可以,"多拉说,"只要你保证不在洗牌时作弊。"

"等一等,多拉,"劳瑞蕾船长说,"现在我们得告诉他了。"

"啊哈!好的,我会非常安静的。"

"告诉我什么?"拉撒路问道。

"现在是你让我们怀孕的时候了……拉撒路。"

"我们两个。"莱比思·拉祖丽附和道。

拉撒路在心里默默地数了十个数——然后又数了十个数,"绝对不可能!"

她们互相看了一眼。劳瑞蕾说:

"我们知道你会这么说——"

"——但现在唯一的问题是,你是愿意温柔、友好地做这件事——"

"——还是让我们告诉伊师你不愿意,然后让她为我们两个做——用你的精子——在精子库里的——"

"——但是我们会非常幸福,如果我们敬爱的兄长,对我们一直关爱有加的兄长——"

"——在前往黑暗世纪，并被那个时代的人打个落花流水之前——"

"——唯一一次丢下他那愚蠢的偏见——"

"——把我们当作生理上已经成熟的女人对待——"

"——而不再是小孩子——"

"——艾拉、格拉海德和贾斯廷不把我们当小孩——"

"——可你却把我们当小孩，这不仅仅是一种羞辱；这让我们心碎。我们有可能再也见不到你了——"

"——并不怎么反对自己让密涅娃怀孕这件事——"

"——更不用说塔米、哈玛德娅德和伊师了——"

"别说了！"

她们停了下来。

"我承认，她们三个怀孕可能和我有很小的关系，尽管从数学上说几乎不可能。"

劳瑞平静地说："从数学上说是极为可能的，拉撒路，因为这件事我们都参与了。贾斯廷、艾拉和格拉海德在合适的时间回避了。当初，为了保证密涅娃的第一个孩子是艾拉的，塔米的第一个孩子是贾斯廷的，他们就是这么做的。对那四个——不是三个——女人，如果这样还不起作用的话，伊师塔会用精子库来纠正错误的。"

"我的精子不在精子库里！"

姑娘们交换了一下眼色。莱比思·拉祖丽说："想打赌吗？"

计算机说："打这个赌可是要上当的，老兄。"

拉撒路若有所思，"除非伊师塔在二十年前欺骗了我。当我还是她的回春顾客的时候。"

劳瑞蕾平静地说："我想她也许会这么做，拉撒路。但是她没有，这我知道——我说的是新鲜的精子。每一个都是在不到一年前冷冻起来的。在你宣布这次飞行日期后的那一天。"

"不可能。"

"最好别说'不可能'。一个医士可以把精子存储起来，但在此之前，保证精子新鲜、有活力的最完美的储藏室是什么？"

拉撒路沉吟着，"嗯……应该是……该死的！"

"正确，哥哥。放在一个女人体内。你一直非常小心，根据她们的生理周期来选择你的性伴侣，这样你就不会给她们留下孩子。可等你一睡着，她们就会非常小心地去找伊师或是格拉海德……而且在日历上也做了假。问题在于，我们敬爱的兄长，你并不拥有你的基因——没有人拥有自己的基因。在讨论密涅娃是怎样造出来的时候，我们听到你这样说过。基因属于整个种族；它只是借给某人，让他或她在其一生中使用。知道你要鲁莽地尝试这件事之后，我们所有人决定：你可以放弃你的生命，这是你的自由，但我们不能浪费一份独特的基因图谱。"

拉撒路换了个话题，"为什么你刚才说'四个人'？"

劳瑞蕾回答道："哥哥，你羞于提及密涅娃吗？我不相信。拉祖也不信。"

"嗯——不，我不觉羞耻，我为她骄傲！该死的，你们两个总是能让我思维混乱。我只是不知道她把这事告诉了别人。我没有说过。"

双胞胎里的另一个说道："除了我们，谁还能找她？"

"你应该说'她还能找谁'。"

"该死的，哥哥，现在不是纠正我语法错误的时候！密涅娃找到我们，是想得到一些建议——和安慰！因为，关于你的问题，我们和她面临着同样困难的处境。我是说，那之前的她所面临的困难处境,因为当她从树林里出来的时候就像一只猫一样趾高气扬。你让她很幸福——"

"——就在她最伤心的时候——"

"——现在她会就这么一直幸福下去了,即使她没有怀上你的孩子——"

"——因为作为象征意义来讲,一次已经足够了,如果她没有怀上——"

"伊师会帮她解决问题的——"

"——我们当然知道,你最后终于不再胆怯,为她做了很多年以前就应该做的事——"

"——因为这是我们帮她设计的,使她能够和你单独待在一起,向你施加压力——"

"——还告诉她,如果眼泪还不起作用,就让下巴颤抖——"

"——这个方法起作用了,她很高兴——"

"——可我们不高兴,一点也不,但是我们不会冲着你哭鼻子——"

"——也不会抖动下巴;那太小孩子气了。如果你只是出于爱我们才不那么做的话——"

"——那就见你的鬼去吧,我们甚至可能不会求助于精子库。相反——"

"——可能让伊师给我们做绝育手术会好一些——"

"——永久性的绝育手术,不只是暂时抑制生育能力——"

"——也再不当女人了,因为我们做女人失败了——"

"别再说了!你们刚说不会对冲我哭,这些眼泪又是怎么回事?"

莱比思·拉祖丽以平静的尊严说:"这些不是悲伤的眼泪,哥哥;纯粹是激愤的泪水。算了,劳瑞;我们努过力了,这就行了。我们上床吧。"

"来了,姐姐。"

"如果指挥官允许的话?"

"他当然不会允许!坐回去。姑娘们,我们能不能平静地讨论一下这件事?你们两个不要串通好了夹击我。"

两个年轻女人重新坐了下来。船长劳瑞蕾看了一眼她的姐姐,然后说:"拉祖同意由我代表我们两个来说话。我们不会再夹击你了。"

拉撒路沉思着,然后说道:"你们两个的大脑在运转的时候是一前一后,还是同步的?"

"我们……不认为这和我们讨论的问题有什么关系。"

"只是出于科学兴趣。如果你们能告诉我怎样才能做到这一点,我们三个人可以形成一个很好的团队。"

"那已经不可能实现了,拉撒路……因为你拒绝了我们。"

"该死的,姑娘们——我没有拒绝你们,我永远不会拒绝你们。"

她们什么都没有说;于是他有些不自在地继续说道:"这个问题有两个方面;一个是遗传方面,另一个是情感方面。先说遗传——我们三个人是个很奇怪的例子;我们中间有男人,也有女人,还是'准'同卵三胞胎。其实比准同卵双胞胎还要更进一步,准确地说是四十六分之四十五。所以,跟普通的兄妹相比,出现不好的基因强化的可能性要大得多。除了这个以外,我们并不完全是霍华德人,因为我们的基因没有经历两千四百多年的系统精选过程。我在族谱里的位置几乎已经在最高端了,所以根本没有经过精选;我的祖父母和外祖父母是第一批被挑选出来的人,所以当我在公元1912年出生的时候,还没有出现近亲繁殖、精选、基因库清除等事物。你们两个也处于同样的困境,因为就连你们的第四十六条染色体也是我的,它只不过是复制了我的第四十五条染色体。不过,你们两个似乎愿意接受这样高的坏基因强化风险。"

他停顿了一下。两个姑娘没有说话。他耸了耸肩,继续说:"情感方面的原因只是我的问题;你们两个看起来没有……我想这也合情合理,因为我的理念是建立在——是从《旧约全书》中来的,这种理念已经被符合家族遗传学观点的理念所取代了。我不是在争论这个理念是否正确;我同意遗传学家的观点——因为如果基因图谱分析结果是'不'的话,他们也会对一对互相没有关系的夫妇说不,就像对亲兄妹一样。但我说的是感情,而不是科学。我想除了学者以外,没有人再读《旧约全书》了,而我成长的文化环境里充斥了《旧约全书》的处世哲学和生活态度——那是'贞节带',你们听我说过这个名词。姑娘们,很难让一个人摆脱他从小就在心里形成的根深蒂固的禁忌约束,即使他后来知道那些禁忌都是毫无意义的。

"我非常努力地要用好的思想来影响你们。我有足够的时间根据我真正了解的知识和见解,剔除我心中的禁忌和偏见,而且我努力——非常努力!——地避免用这些以'教育'我的名义灌输给我的、毫无理性、没有意义的理念来影响你们。很显然,我成功了,否则我们永远不会陷入这样的僵局。但现在的情况是这样,你们两个是现代的年轻妇女……然而,尽管我们的基因相同,我却是来自黑暗时期的一个老原始人。"他叹了口气,"对不起。"

劳瑞蕾看了看她的姐姐,两个人都站了起来,"先生,我们可以离开了吗?"

"啊? 不反驳我吗?"

"先生,情感上的争论是不允许反驳的。至于其他的,我们为什么要在你已经拿定主意的情况下用辩论让你筋疲力尽呢?"

"嗯……也许你们是对的。但你们很有礼貌地听完了我说的话,我也想向你们致以同样的敬意。"

"没有必要,先生。"姐妹俩的眼睛里都含着泪水;她们没有擦拭,"我们相信你对我们的敬意,还有——以你的方式——给我们的爱。我们可以走了吗?"

没等拉撒路回答,计算机插进话来:"嘿! 我想说两句!"

"多拉!"劳瑞蕾厉声说道。

"别对我说这话,劳瑞。我不会在我家里人把自己弄得像傻瓜一样的时候,在一旁礼貌地一言不发。老兄,劳瑞没有告诉你她们以前打算怎么打击你,她们也没这么做——但我可以。而且会那么做!"

"多拉,我们不需要那样的帮助。拉祖和我的意见一致。"

"你们一致了。可你们没有征求我的意见。我不是个贤淑女人,从来不是。老兄,你知道,对我来说,谁对谁做了什么全都无关紧要;但我不能不关心。你对我的姐妹们太过分了。劳瑞和拉祖说过,没有她们的帮助,你无法完成这次旅行……但她们拒绝考虑走这一步棋,说这与她们的高贵品德不符,还讲了其他一些类似的蠢话。但我没有什么高贵品德。没有我的帮助,没人能进行时间旅行。哼,如果我罢工的话,你们甚至不能返回特蒂尤斯。能吗?"

拉撒路有些吃惊,然后他笑了起来,"又有一个造反了。多拉宝贝,我同意你的看法;你可以让我们一直待在这里——不管

'这里'是哪里——直到我们饿死。我怀疑几百年以前,也有人发现自己陷入了如此无助的窘境。但是,亲爱的,我不会让你的威胁影响我的决定。你可以不让我进行时间旅行,但我不认为你会让劳瑞和拉祖饿死。你会带她们回家的。"

"噢,天哪,祖父——你又开始要无赖了。你真是个疯狂的杂种! 你知道吗?"

"你说得对,我很内疚,多拉。"拉撒路承认道。

"劳瑞和拉祖也是顽固到了愚蠢的程度。劳瑞,他礼貌地给你一个机会,让你说出想说的话……而你却拒绝了。顽固的母狗。"

"多拉,注意你的言行。"

"哎哟? 你们三个都不注意,还让我注意。擤擤你们的鼻子然后坐下来,直截了当地把你们的想法告诉老兄。他理应得到这种待遇。"

"也许你们最好还是坐下来,"拉撒路柔声说道,"姑娘们,和我好好谈谈。多拉? 让飞船先停下,小姑娘——我们还没准备好让她着陆。"

"好的,指挥官! 但你要让这两个傻姑娘把她们的话说清楚。嗯?"

"我会的。现在,谁是你们两个的发言人? 拉祖?"

"谁说都没有关系,"莱比思·拉祖丽回答道,"我来说吧。别担心多拉。如果她知道我们很愿意接受你的决定,她是不会为难我们的。"

"哦,你这么想? 好好说吧,拉祖——否则我们会在你开口说话之前就回到布恩多克的。"

"别这样,多拉,我会告诉哥哥的。"

"一定要把所有的事全都告诉他……否则我会告诉他,在他说你们已经长大了以前一整年,这艘船里都发生过什么。"

拉撒路眨了眨眼睛,看起来很感兴趣,"好啊,好啊! 你们这些孩子是不是偷偷搞了一次旅行?"

"嗯,伊师塔妈妈告诉我们已经长大了。只有你还在一直坚持自己的观点。"

"明白了。哪天我一定要告诉你们在我小的时候,我在一个教堂的钟塔里都干了些什么。"

"我们很想听,哥哥——但你现在想听我们讲吗?"

"当然。多拉和我都会保持安静的。"

"我首先要说,我们不会请伊师塔利用精子库做出违背你意愿的事情。但还有其他可以做的、你很难反对的事情。想想我们是怎么出生的吧。我可以很容易地利用我自己的组织克隆一个孩子,劳瑞也一样。也许我们还可以交换克隆……这只是出于情感因素,因为我们的基因完全一样。你觉得这样做有什么不对的吗? 从遗传角度,还有情感角度? 或者是其他方面?"

"嗯……没有。这件事不太寻常,不过这是你们自己的事情。"

"克隆你也同样简单,伊师塔那里还存有你的活体组织。劳瑞蕾和我可以怀上同卵双胞胎——从每个基因上说,它们都是'拉撒路·龙'……只是缺少你丰富的经历。你觉得这样做会使你产生不快吗?"

"嗯? 等一等! 让我想一想。"

"我补充一句,我们到最后才会采取这个手段——如果你死了的话。如果你回不来的话。"

"别又开始哭鼻子! 嗯,如果我死了的话,我就没法发表自己的意见了,不是吗?"

"是没法发表意见了。如果我们不做这件事的话,伊师塔会让其他人怀上你的克隆体,或者是在格拉海德的帮助下,她自己怀上。但如果劳瑞蕾·李和我做这件事的话……我们非常希望能够得到你的祝福。"

"嗯,假设我死了——好吧,好吧,我给你们祝福。只是有一件事——"

"什么事,哥哥?"

"对那个小野兽要采取严厉的手段镇压。或者是'几个小野兽'。我是一个无耻卑劣的家伙。你们两个人是很难驾驭的,需要六个人来照看。如果你们不能在孩子还在摇篮里的时候就树立起权威的话,他——他们——应该说'我',该死的——'我'会让你们非常伤心,使你们生不如死。"

"我们会认真对待……'你'的,拉撒路。我们的优势在于,我们知道你是什么样的人,嗯,'真正疯狂的狗杂种'。"

"哎呀! 我的心是不是在滴血?"

"是你自己造成的,哥哥。说实话,你把我们惯坏了……我们也许同样会惯坏你,不这么做是很困难的。但我们会在心里记住你的建议。在结束遗传学的话题之前,我们想问问你,你有多少个孩子?"

"嗯……很多很多吧,可能。"

"你确切地知道有多少个,我们也知道。这个数字很大,已经具有了统计分析的意义。其中有多少个是有缺陷的孩子?"

"嗯……据我所知,没有。"

"确切地说,一个也没有。伊师塔觉得她应该了解清楚,贾斯廷通过研究家族档案肯定了她的结论。哥哥,我不知道在20

世纪的时候，这种事是多么不寻常。但你的基因图谱的确是干净的——所以我们的当然也是干净的。"

"等一等！我并不十分了解在遗传学方面取得的最新进展，但是——"

"——但是伊师塔了解。你想和她争论吗？我们相信她的话；劳瑞和我都不是遗传学家——到目前为止。但我们有伊师塔出具的、关于你的基因图谱分析结果的正式报告，存在多拉那里。如果你想看的话可以给你看。我们不认为它会使事情有所不同；因为你拒绝我们的原因和遗传问题无关。"

"等一等！我没有拒绝你们。"

"给我们的感觉是这样的。我们是用人工方法创造出来的，所谓的'乱伦'的禁忌是另一个时代的产物，那时的环境完全不适用于现在的我们，你知道这一点；这只是你用来躲避的借口，你不愿意做这件事。和我们上床也许是自淫，但那不可能是乱伦，因为我们不是你的妹妹。从任何常理上来讲，我们不是你的血亲；我们就是你。我们身上的每一个基因都来源于你。如果我们爱你——我们确实爱你——如果你爱我们——你也爱我们，至少有那么一点吧，用你自己的那种吝啬的、谨慎的方式——那么，这就像那西塞斯①爱他自己一样。是自恋，但又是自恋的升华。只是你还没认识到这一点。"她停了下来，深深吸了一口气，"我说完了。来吧，劳瑞，我们上床睡觉吧。"

"等一等，姑娘们！拉祖，伊师塔说这是安全的？"

"我的话你都听到了。可你不想这么做——所以让它见鬼去吧！"

①希腊神话中的一个美少年，自恋的象征，因自恋水中自己的倒影憔悴而死。

"我任何时候都没说过我不想这么做。你们长大以后,我就不再拥抱你们这两个可爱的小猴子了,你们觉得原因是什么?"

"哦,老兄!"

"因为我敢肯定我成了那西塞斯,因为我觉得我的两个双胞胎妹妹是我见过的最漂亮、最性感、最风骚的女人。"

"真的吗? 你真是这么想的吗?"

"我的话你们都听到了。别再让你们那该死的下巴颤抖了! 正因为如此,你们开始变成女人以后,我就不再碰你们了。但是——如果伊师塔说这没问题的话——"

"她是这么说的!"

"我想——这次——我能想办法在你们两个身上各花上两分钟。"

劳瑞蕾喘着粗气说:"你听到了吗,拉祖?"

"听到了。'两分钟'。"

"太无礼了,太粗俗了,太恶劣了。"

"简直是侮辱。"

"令人愤慨。"

"但是我们接受——"

"——就现在!"

从头重复

I 绿色山丘

星际飞船多拉在牧场上滑行了两米后,底舱盖开了,露出内部斑斓的光线。拉撒路再次紧紧拥抱了拉祖和劳瑞,然后跳到地面,顺着冲劲向前滚了两下之后站起身来,匆忙离开飞船着陆区。他摆了摆手,飞船笔直地升起来,就像一朵圆圆的黑云印在布满星星的夜空中。然后,它飞走了。

他迅速察看了一下四周的情况。北斗七星……北极星……好的,那边有篱笆,后面就是路了,还有——天哪!——一头公牛!

他在篱笆上弄了个仅能供他钻过去的小洞,就在公牛快冲到他身边时,他及时地钻过了那道篱笆。

他的动作太猛了,以至于又来了一次没有必要的滚动着陆。最后,他来到一条肮脏的、印满车辙的路中间,心想再这么折腾几次的话,自己就快不成样子了。他拍了拍口袋,特别是工装裤前胸部位下隐藏的一个附加口袋,确保自己没丢什么东西。他想念屁股上原来吊着的那把枪,但他也知道,在这样的时间和地点,携带任何形式的枪支都是个错误。一把仿制的折叠刀就是他携带的全部武器。

他的帽子——掉到沟里了？没有。在篱笆另一边十英尺的地方……跟十英里没区别；那头牛还在盯着他。帽子不是必需的，但如果有人发现了它，会觉得它有些不寻常——嗯，反正没有什么可以把帽子和他联系在一起的。算了吧。

他又看了一下北极星。那个小镇应该在这条路前方五英里处，一条直路。他出发了。

拉撒路站在德地镇民主印刷厂前面，看着玻璃栏里张贴的报纸，但却没心思阅读。他在思索。他刚刚吃了一惊，现在正假装读着贴出来的报纸，好让他可以镇定下来，好好思考一番。吃惊的原因是，他看到了报纸上的日期。拉撒路知道，自己需要重新回忆历史事件。1916年8月1日——1916年！

玻璃上映出了人影，一个人从路边走了过来。一个体格魁梧的中年男子，腰里缠着一根枪带，肚子上的肉都快把枪带盖在肚皮下了，一把"猪腿"手枪①插在枪套里，挂在右边大腿上，左胸上佩着星章，其他地方和拉撒路穿得差不多。拉撒路继续盯着《堪萨斯城市日报》的头版。

"早上好。"

拉撒路转过身，"早上好……长官。"

"我只是治安官，孩子。对这一带很陌生？"

"是的。"

"路过？还是和什么人待在一起？"

"路过，除非能找到工作。"

"回答得很好。你是干哪一行的？"

①指美国西部牛仔用的一种大号单发左轮手枪。

"我是在农场长大的,还在不少地方干过机械工。别的活儿也都可以干,只要付钱就成。"

"嗯,我告诉你吧。现在没几个农场主会雇人。其他工作嘛,就算是夏天,机会也不多。嗯,你不会是IWW中的一员吧,是吗?"

"'IW'什么?"

"就是世界产业工会成员,孩子,难道你不读报纸吗?这里的人很友好,总是欢迎来访的人。只是不欢迎那种人。"这个地方执法者抬起一只手擦擦汗,比了个兄弟会的手势。拉撒路知道如何回应这个手势,但决定还是别那么做。你是哪个分会的? ——长官,这个这个……所以说,还是别提的好。

治安官继续说道:"嗯,既然你不是IWW的人,你可以四处问问,看看有谁需要帮手。"他看了看拉撒路假装在看的报纸头版,"那些潜水艇干的事太可怕了,不是吗?"

拉撒路随声附和。

"其实,"这位治安官继续道,"只要大伙儿都待在家里,只关心自己的事,悲剧就不会发生。自己活,也让别人活,我总是这么说。你去哪种教堂?"

"嗯,我家里都是长老教会员。"

"嗯? 也就是说,你最近不怎么去教堂。唔,有时候我自己也会错过,有别的事的时候。但是——看到街那头那个教堂了吗? 榆树后面那个钟塔。如果你找到工作了,嗯,周日十点就上那儿去,我把你介绍给这儿的人。都是卫理公会派教徒,但和你们也没有很大的不同。这儿的人很宽容。"

"谢谢你,先生;我会去的。"

"好的。非常宽容。绝大多数都是卫理公会派教徒和浸信会教徒。有的农场里有一些摩门派教徒,是很好的邻居,从来不会欠账不还。还有一些是天主教徒,没有人敌视他们。对了,我们这儿甚至还有一个犹太人呢。"

"听起来像是个很友好的小镇。"

"的确是。这是我们当地人的选择,健康的生活方式。只是有一件事,如果你没有找到工作,在教堂后面大约半英里的地方,你会找到一个镇界的标志。如果你没有工作,也没有本地住址的话,最好在太阳落山以后到镇界的另一边去。"

"我明白了。"

"否则我会拘留你。别怨我;就是这么规定的。太阳落山后街上不允许出现流浪汉和黑鬼。这些规则不是我定的,孩子,我只是负责执行。流浪汉的定义是马斯特拉法官定的,我们这儿的一些高贵的夫人敦促他做出这些规定,原因是晒衣绳上的衣服被偷了,等等。总之,十美元罚款,或者十天拘留。倒也不算很糟糕。拘留所就在我家,食物很一般,因为我每天只能给囚犯提供四十美分的食物。再加五十美分,你就可以跟我们吃得一样了。不是故意刁难,你得理解,只是法官和镇长想让这里成为一个祥和的、人人都遵纪守法的地方。"

"我理解。我当然不会怨你,因为你不会有机会拘留我。"

"很高兴听你这么说。如果有什么我能帮忙的,孩子,一定要告诉我。"

"谢谢。也许你现在就能帮我。你知道哪里有路人可以用的厕所? 或是我最好憋着,出城找一片树林方便?"

治安官笑了,"哦,我想我们还是好客的。法院大楼里有一个真正的城里人用的冲水马桶——但是它坏了。让我想一想。这条路前面的铁匠铺有时候会招待开着汽车路过的人。我和你一起去吧。"

"你真是太好了。"

"很高兴能帮助你。最好告诉我你的名字。"

"特德·布兰松。"

铁匠正在给一头年轻骟马修马掌。他抬起头来,"你好,迪肯。"

"你好,汤姆。这是我的一个年轻朋友,特德·布兰松。他有些内急,能不能用一下你的厕所?"

铁匠上下打量着拉撒路,"请便吧,特德。小心别往里走得太深。"

"谢谢你,先生。"

拉撒路顺着通道来到铁匠铺后面,他很高兴地发现厕所门上没有缝,而且可以从里面锁住。他从工装裤前胸部位下隐藏的附加口袋里拿出一卷钱。

这些纸币的各个细节都非常令人信服,是根据新罗马历史博物馆里的真钞复制的。从定义上讲,它们是"伪钞",但伪造的水平非常高,拉撒路会毫不犹豫地把它们拿到任何一家银行去流通。只有一个小问题:钞票上的日期。

他很快地把那一堆钞票分成两叠:1916年以前的和1916年以后的,他丝毫没有犹豫,也没有停下来点数,把那堆能用的纸钞装进口袋,接着从一本当手纸用的商品目录上撕下一张纸,把没用的钞票包起来,这样就没人能发现里面是钱了。他把这个纸包扔进了粪池。接着,他又开始检查那个秘密口袋里硬币的日期。

他发现绝大多数硬币上都有该死的铸造日期——和纸币的

一样。他浪费了整整一秒钟的时间来欣赏一枚水牛镍币的完美复制品——多精致的一枚硬币呀！他又花了至少两秒钟的时间，冷静地考虑了一下应该怎样处理一枚很大的二十美元金币。金子就是金子；如果能把这块金币熔解，或者砸成一块金子，它的价值也不会减少。但在他改变这块金币的形状之前，它就是个危险。下一个镇子上的乡巴佬可能不会像这个镇子的人一样友好。把它也扔了吧。

他感觉心情有些轻松了。在这里，"伪造"货币是一项重罪，足以让他在监狱里度过好些年不愉快的时光，而且很难逃脱。而没钱可花却是一件可以补救的麻烦事。拉撒路原本不想带钱来，后来又做出了让步，带上了能维持数天生活的费用。这可以让他在必须挣钱养活自己之前到处转转，重新适应周围的环境、习俗和方言。他从来没考虑过要带上足够维持十年的生活费用。

没关系，这样更有趣。在他不了解的时代挣扎求生是更艰巨的任务，对他是很好的锻炼。如果这里是伊丽莎白女王时代的英国，那才是真正的挑战呢。

他数了数剩下的钱：三美元八十七美分。还不是很糟糕。

铁匠说："还以为你掉到粪坑里去了。感觉好点了？"

"好多了。非常感谢。"

"别客气。迪肯·阿梅斯说你自称是个机械工。"

"我能熟练使用各种工具。"

"有没有在铁匠铺里工作过？"

"干过。"

"让我看看你的手。"拉撒路让他看了自己的手。铁匠说道，"城里人的手。"

拉撒路没有说话。

"也许你在监狱里待过,所以才有这样一副柔软的手?"

"蹲监狱准能让手软和起来。再次感谢你让我使用厕所。"

"等等。每小时三十美分,我让你干什么你就干什么——我有可能在一小时后就把你解雇了。"

"好的。"

"懂不懂汽车?"

"懂一点。"

"看看你能不能让那辆破车动起来。"铁匠冲着铺子外面扬了扬头。

拉撒路走到铺子外面,看了看那辆他刚才就已注意到的福特车。它的顶篷已经拆掉了,上面装了个木头盒子,这把它变成了一辆敞篷小货车。轮辐上沾满泥土,但整体看起来还不错。他移开前座,用那里找到的油量计检查了一下汽油——还有半箱油。他又检查了水箱,用铺子的水泵加了些水,然后打开车前盖,开始检查发动机。

从启动机到线圈盒的导线没有连上;他重新给连上了。

他又试了试手刹,觉得不是很紧,所以用东西卡住车轮。他这才把钥匙转到点火位置,还打开了节流阀,以延迟点火时间。

他小心地把大拇指缩在手掌中,而不是握在摇柄上,然后抬高摇柄,开始转动起来。

发动机开始轰鸣;汽车抖动起来。他冲到驾驶员车门的一侧,把手伸进去,把节流阀的开关拨到怠速位置。

铁匠在一旁看着,"好了,熄了发动机,过来给我的火炉扇扇风。"两个人都没提那根断开的导线。

铁匠——汤姆·黑门兹——吃午饭的时候,拉撒路走了两个

街区,来到一家他刚才路过的杂货店,买了一夸脱的 A 级牛奶
——五美分,瓶子的押金是三美分。他看了看一块价值五分硬
币的面包,然后决定还是花十美分买一块大面包;他还没吃早饭
呢。他走回铁匠铺,一边美美地享用他的午餐,一边听黑门兹先
生的长篇大论。

他是个共和党,但这一次他要更换所支持的党派了;威尔逊
先生使我们避免了战争。"倒不是他在其他方面给国家带来了什
么好处;生活开支增加到了前所未有的程度。此外,他还是个亲
英派。但那个愚蠢的休斯会让我们在一夜之间卷入欧洲战争。
这是个艰难的选择。我本来想投拉佛莱特的票,但他们蠢得甚
至没有选他作为总统候选人。德国会赢的,这他知道。要是为
了英格兰去冒险,我们会很愚蠢。"

拉撒路一本正经地附和着他的观点。

黑门兹告诉"特德",让他在第二天早晨七点来。在太阳落
山前,拉撒路挣了将近三美元。他用香肠、奶酪、饼干把肚子填
得饱饱的,然后越过镇界,向西走去。他对这个小镇和那个铁匠
铺没有什么不满的,但他冒险进行这次旅行不是为了在一个乡
村小镇待上十年,挣每小时三十美分的工资。他要到处走走,重
新体验那个时代。

而且,黑门兹对他特别好奇。拉撒路并不介意他看自己的
手,也不介意他说自己也许刚从监狱里放出来。就连那根没连
上的导线也没什么大不了的。但是,当拉撒路含混地回答了自
己口音的问题以后,铁匠却让他讲清楚他小时候到底住在哪片
印第安人保留地,以及他的亲属是什么时候从加拿大过来的。

一个更大的社区意味着较少的私人问题,也有更多的机会
找到一小时超过三十美分的工作,只要不偷懒。

看到一辆汽车坏在路边的时候，他已经走了一个小时了。开车的人是个乡村老医生，正对着麦克斯韦车上一个瘪了气的轮胎唉声叹气。拉撒路卸下一盏煤油路灯，让那个医生拿着，他补了轮胎，重新把轮胎装好，打上气。他没有收医生给他的报酬。

柴多克医生说："莱德，你知道怎么驾驶这种喝汽油的车吗?"拉撒路说他会。

"那么好，孩子，既然你要往西走，能不能帮我把车开到拉玛，然后可以在我候诊室的长沙发上休息，吃早餐。我还会为我带给你的麻烦支付一美元。"

"我都答应，医生，不过你没必要付给我钱。我有钱。"

"废话，瞎说。咱们明天早晨再讨论吧。我已经筋疲力尽了；我从黎明时分就出发了。要在过去，我会把缰绳绕在鞭子上，然后睡一觉，马就会把我们拉回家了。可这个喝油的家伙真是愚蠢。"

早餐很丰盛，有煎鸡蛋，煎火腿，煎土豆，抹着高粱糖浆和农家自制黄油的薄烤饼，西瓜酱，草莓酱，几乎凝成固体的奶油，还有喝不完的咖啡。医生的管家、也就是医生的姐姐一直在劝拉撒路多吃，说他的饭量还不如一只小鸟。这以后，他又出发了，口袋里又多了一美元，人也干净了许多，看起来不像个乡巴佬了，因为唾沫、鞋油和辛勤擦拭让他的鞋看起来变了个样，奈蒂小姐还坚持要给他一些旧衣服。"反正也要捐给救世军，送给你也一样。把这条领带也戴上；医生不戴了。这样才能干净整洁地去找工作。我总是说，一个人如果不打领带，我是不会打开纱窗给他帮忙的。"

他接受了这些。他知道她是对的,他也知道要不是他帮忙的话,那一晚柴多克医生就要睡在汽车里,让他的姐姐担心一整夜。想到这儿,他心里也就平衡了。奈蒂小姐把他的衣服干净利落地打了个包裹;他向她表示了感谢,并保证到堪萨斯城以后会给他们寄一张明信片来。他把包裹扔到了路过的第一个树林里。他感到有点愧疚,因为除了上面人为制造出的磨损外,这些衣服是永不磨损的。只不过衣服的式样有些不合潮流,除了万不得已的时候,他也没打算穿多久。再说,一个走在路上的人不能看起来像个背着包裹的流浪汉。也许奈蒂小姐没有想到这一点。

他找到了铁路,但却绕开了火车站。他在北城附近等着。向南方开的一列客车和一列货车经过了他;大约在十点的时候,一列向北部开的货车出现了,正在慢慢加速。拉撒路爬上了火车。他没打算躲避火车上的司闸员,而是让他敲诈了自己一美元——是伪钞;他把真的钞票用绷带绑在了左腿上。

司闸员警告他下一站可能会有铁路警察,所以给他的钱不用超过一美元;如果他要去更远的地方,要当心堪萨斯城火车站里的便衣警察……最好别去;那些人会抢了他的钱,还会把他痛打一顿。拉撒路感谢了他,本来还想问问这条铁路线的名称——密苏里太平洋线?——最后他觉得这个问题并不重要;反正列车是往北开的,而且司闸员的建议让他知道这辆列车能开到他想去的地方。

他在火车上度过了一整天,一半时间是在没有盖的车厢里,另一半时间是在条件有所改善的空货厢里。列车经过斯沃普公园的时候,拉撒路跳下了火车。他感到非常疲倦,浑身上下脏得像个泥猴,差点儿后悔没有买票乘车了。但他从脑海里赶走了这个想法。他知道,身无分文来到一个大城市,最终的结局很可能是"三十美元罚款或三十天监禁",而不是小镇上那种轻微惩罚。他现在有将近六美元,其中绝大多数都是"真"钱。

他很高兴地发现,尽管过了这么长的时间,他对斯沃普公园还是很熟悉的。他快速穿过公园,找到了公园有轨电车线的终点站。等待班次不太多的工作日班车时,他花了五美分买了一个三色蛋卷冰淇淋,有滋有味地吃了起来,享受着内心的平静。再花五美分,坐着有轨电车走长长的一段路,再换一趟车,他就可以到达堪萨斯市的市中心了。拉撒路享受着每一分钟,并且希望时间能够过得更慢一些。这个城市是多么祥和,多么干净,还有很多树荫!多么具有田园风味啊!

他回忆起另一次回老家时的情景——是哪个世纪?应该是在大散居早期的时候。那会儿,如果市民要冒险进入肮脏狭长的街道,都像戴假发一样戴一顶钢盔,穿着防弹背心和防弹裤,戴着像盔甲一样的防护眼镜和黄铜指关节手套,还有隐藏起来的违禁武器——但是很少有人会到街上去;更明智的做法是利用交通工具,而且只去有人警戒的郊区。

但是现在,在这里,尽管可以合法地使用枪支——但却没有人佩枪。

他在麦克吉下了车,问了警察以后找到了当地的基督教青年会。在那里,他花了半个美元,得到了一间小卧室,一条毛巾和一小条肥皂。

痛痛快快地洗了一个热水澡以后,拉撒路回到大厅,他在前台发现了电话,上面写着"本地通话五美分——请到前台办事员处交款"。他请求用一下电话簿,在电话簿里找到了"查普曼、鲍尔斯和菲奈根律师事务所"——R·A·龙大厦,没错,就是这个。他又找了一遍,找到了"亚瑟·J·查普曼律师",还有家庭住址。

　　等到明天再打？如果贾斯廷没搞错暗号的话,试一试也没什么坏处。他丢给前台办事员一枚五分镍币,说要用一下电话。

　　"请告知电话号码。"

　　"总机,帮我接阿特沃特街一二二四号。"

　　"你好,这是不是亚瑟·J·查普曼律师的家?"

　　"我就是。"

　　"艾拉·霍华德先生让我给你打电话,律师。"

　　"是吗。你是谁?"

　　"'生命是短暂的。'"

　　"'时光是漫长的。'"律师回答道。

　　"'罪恶的日子就要结束。'"

　　"很好。我能为你做些什么,先生? 遇到麻烦了吗?"

　　"没有,先生。你能不能帮我把一个信封交给基金会的秘书?"

　　"可以。你能明天送到我的办公室吗?"

　　"是明天早晨吗,先生?"

　　"九点半吧。我十点要出庭。"

　　"谢谢,先生;我会按时到的。晚安。"

　　"不客气。晚安,先生。"

　　大厅里有一个写字台,上面有标识说需要帮助的话请找前台办事员,还有一个提示:这个星期你给母亲写信了吗? 拉撒路要了一张信纸和一个信封,说他要给家里写信(这是实话)。办事员把信封和信纸递给他。"这正是我们想听到的,詹金斯先生。一张纸够了吗?"

　　"如果不够,我再向你要。谢谢。"

早餐后(早餐是咖啡和一个油炸圈饼,五美分),拉撒路在盛大道找到了一个文具店,花了十五美分买了一套五个信封。拉撒路回到基督教青年会,把五个信封都写好,然后不顾查普曼的秘书噘着嘴表示不满,坚持亲手把信封交给了查普曼先生。

最外面的信封上写着:艾拉·霍华德基金会秘书

里面一个信封上写着:公元2100年霍华德家族协会秘书

再里面的一个信封上写着:请在家族档案馆保存该信一千年。建议放在惰性气体中保存。

第四个信封上写着:在公元4291年由当职首席档案官开封。

第五个信封上写着:请交给拉撒路·龙或者他在特蒂尤斯家里的任何一个人。

这个信封内装的是基督教青年会的信封,里面是拉撒路在昨天晚上写的信;信封上写着他在布恩多克的家中所有成员的名字,排在最前面的是莱比思·拉祖丽和劳瑞蕾·李:

公元1916年8月4日

亲爱的:

我犯了个错误。我是两天前到的,比计划的时间提前了三年!不过我还是想让你们在我离开刚好十个地球年的那一天到那个陨石坑来接我,即公元1926年的8月2日。

请告诉多拉这不是她的错。可能是我的错,也可能是安迪的错——也许我们用的仪器还不够精确。如果多拉想重新校正时间的话(没有必要这么做,因为会合时间仍然是我离开后的第十个地球年),告诉她向雅典娜索要这十年的月食数据——我还没有时间找这些数据,因为我刚刚到达堪萨斯城。

一切都很顺利。我的健康状况很好,有足够的钱,也非常安全。我会用上所有贾斯廷建议的信件联络点,会再写长信给你们——那些信会保存得更好,这封信我没时间蚀刻。

替我亲吻所有的人。后面还会有长信。

致以我永恒的爱。

你们的老兄

又及:我希望会是一个男孩和一个女孩。真要那样就好了!

从头重复

‖ 一个时代的结束

公元1916年9月25日

亲爱的拉祖-劳瑞：

　　这是我将要写给你们的很多信中的第二封，我会用上所有贾斯廷建议的延迟信件联络点——三个律师事务所、大通国民银行、让伍德罗·威尔逊·史密斯把装在保险箱里的时间盒交给高登·哈迪博士（那个史密斯是个不可靠的笨蛋；他可能会打开它，毁坏它——但我不记得做过这种事），以及其他一些我能记得的方式。在大散居以前，只要有一封信能存入档案，你们就应该能收到它。按照我们的计划，你们收到信件的时间应该是公元4291年年末。

　　如果走运的话，你们可能会同时收到几十封信。把这些信按时间顺序排列好，它们就能描绘出我今后十年的生活。也许描述的内容中会有空白点（可能有的信没有送到）。如果出现这种情况，在你们接到我之后，我会向雅典娜口述补充以上缺失的记录,以实现我对贾斯廷和格拉海德做出的承诺:向他们提供完整的记录。对我来说,哪怕你们只能收到一封信,我也很满足了。告诉雅典娜,让她继续研究早期的"时间盒暨延迟信件体系";应该有一些办法能够让它运转得更可靠一些。

我会写上很多收件人。我还想出了一个主意:我要发一封信给大散居2000年后塞昆德斯的主计算机,像其他信件一样,套了很多信封。这封信要由计算机启封、阅读(其他人不能碰),程序会指示计算机保留该信件,并在我们离开之后的那一天把它交给特蒂尤斯殖民地的首领。

我不相信悖论。一种情况是密涅娃在你们出生以前收到了那封信,把它存入长期存储器,然后转移到了雅典娜里,现在(你们的现在)这封信在艾拉手里,他会把它再交给你们——另一种情况是这封信根本没有送到。没有异常,没有悖论;要么完全成功,要么彻底失败。我想出这个主意是因为主计算机会启封、阅读、处理无穷多的书面信息,在不必要的时候,它是不会把这些信息转给代理族长或者其他人的。

基本信息:(这些信息在我第一封信里已经说过了,而且会出现在每封信里。)我在进行时间校准的时候出现了失误,比预计的时间早了三年。这不是多拉的错误,在你们告诉她发生了什么事之前,一定要把我上面说的话告诉她。一定要让她相信。虽然她的脾气很泼辣,像个男孩子一样,但是她非常脆弱,不能受到伤害。如果我能给她足够精确的数字,她会按照我的要求,把着陆时间精确到秒;这一点我非常肯定。

基本的会合时间和地点不变,(在你们放下我那一刻以后的十个地球年,地点为亚利桑那州的陨石坑,其他会合时间和地点像以前一样从基本时间和地点推出。)我的失误使得会合时间变成了公元1926年8月2日——但仍旧是放下我以后的第十个地球年，与计划的一样。

如果多拉能在我给她的日期数据中发现错误，或许可以让她安心一些。这里是一些她可以利用的时间标志：1916年8月2日至1926年8月2日期间，地球上能观测到的月全食时间。

1918年6月8日	1923年9月10日
1919年5月29日	1925年1月24日
1922年9月21日	1926年1月14日

如果这样也不能让多拉安心的话，她可以从雅典娜那里要来所有她想要的古太阳系日期数据；新罗马的大图书馆保存了无穷多那样的资料。但多拉自己的存储器里已经有了她真正需要的所有资料。

重申一下：

1. 在你们放下我以后第十个地球年的那一天来接我。

2. 我到的时间比计划提前了三年——这是我的失误，不是多拉的。

3. 我很好，健康、安全、也有钱。我想你们，请把我的问候转达给所有的人。

下面我就要说说一个时间旅行者所经历的刺激和冒险了。开始叙述之前，我想首先声明，这些经历既不刺激，也不可怕。我非常小心地避免引起别人的注意，就像老鼠在猫面前一样老实。如果当地人在他们肚脐周围抹上蓝色的泥巴，我也会一本正经地给我抹上蓝色泥巴。我会赞同任何一个跟我说话的人的政治观点,去他去的教堂——同时还会羞怯地向他承认我最近没有做礼拜。我只听不说(你们可能会很难相信),从来不跟人顶嘴。如果有人想抢劫我,我不会杀了他,甚至不会扭断他的胳膊;我会一声不吭,让他拿走在我身上找到的所有财物。我不变的目标就是十年以后在亚利桑那州的那个陨石坑边上等你们;我不会让任何事情妨碍我履行我们的约定。我到这里来不是为了改变这个世界,只是想重新看看我小时候生活过的地方。

事情比我想象的要容易一些。起初,我的口音给我带来了一些麻烦。但我认真倾听别人讲话,现在的我操着一口粗声粗气的考恩贝特口音,就像我小时候一样。让人惊奇的是,过去的事都回到我的记忆里了。我的经历印证了一个理论,那就是孩提时代的记忆是永久的记忆,尽管在它们被激发以前,一个人可能会"忘记"它们。我在比你们年龄还小的时候就离开了这座城市;自那以后,我去过两百多颗行星,其中绝大部分我现在都忘记了。

但我发现自己还记得这个城市。

有一些变化……但变化的方向却与熵变相反;在我眼中,现在的它与我四岁大的时候一模一样。四岁的我正在这个城市的什么地方转悠着呢。我避免去我家周围的地区,也没去看我生长的第一个家庭——这个想法让我有些不自在。哦,离开这儿去其他地方之前,我会去看看的。我不担心被他们认出来。没这种可能性! 现在的我看起来像个年轻人,(我认为)很像我真的年轻时的模样。但这里没有人见过那个四岁的孩子长大以后的样子。我面临的唯一风险就是把事实告诉众人。倒不是说大家会相信我的话——这里甚至没有人相信太空旅行,更不用说时间旅行了——但危险还是有的,我可能会被当作"疯子"关起来。疯子是一个很不科学的称谓,它只意味着,戴上这个标签的人看待世界的方式不同于大家广为接受的方式。

1916年的堪萨斯城。你们把我放到了一个牧场里;我钻过篱笆,走到了最近的一个小镇。没人注意到我们。告诉多拉她干得很漂亮,像个技术精湛的小偷。那个小镇很不错,镇上的人也很友好;我在那里停留了一天,适应了一下环境,然后去了一个大一些的镇子。我在那里也只待了一天,搞到了一些衣服,把自己从一个农民变成了一个到了大城市不会引人注目的人。(你们这些在没有必要时从来不穿衣服的人——除了一些节庆场合——肯定很难相信,此时此地,衣服显示着一个人的社会地位,比新罗马的情况更甚。在这里,看一个人的衣着就能判断出他的年龄、性别、社会地位、经济状况、可能从事的职业、大概的教育程度,以及其他很多情况。仅仅是看衣服。这些人甚至穿着衣服游泳——我不是开玩笑;去问雅典娜吧。天哪,他们甚至穿着衣服睡觉。)

我是坐火车去的堪萨斯城。请雅典娜给你们展示一下这个时代的火车的照片。这里还处于原始技术时代,刚开始从人力和畜力向机械动力转化,如烧煤产生的动力,还有风力和水力。其中有些动力被转化成了初级电力,但火车仍用烧煤产生的蒸汽作为动力。

在这个时代,原子能甚至还没有形成理论;它只是梦想家的奇思异想,人们对"圣诞老人"的态度比对它还要认真严肃一些。说到多拉穿越时空的方法,还没有人产生过哪怕只是一丁点的空间–时间理论概念。

(我也可能是错的。在各个时期都有很多关于UFO和奇怪来访者的传说,这说明在几千个、甚至是几百万个来访者中,我不是第一个时间旅行者。但是,也许绝大多数来访者都不愿意像我一样打扰这些"野蛮土著"。)

到了堪萨斯城以后,我住在一个教会旅馆里。如果你们收到了我刚到时写的第一封信,信封和信纸上应该有旅馆的标志。(我希望那封信是我最后一次不得不信纸和墨水——但进行蚀刻是要花很长时间的。这里能用的技术和材料都非常原始,但我可以秘密地使用其他技术。)

作为一个暂时的休整地,这个教会旅馆有很多便利条件。它很便宜,现在我还没时间去挣我需要的钱。比起花费相同的商业旅馆,它既干净又安全。离中心商务区也很近,刚好能满足我现在的需要。还有,这里是禁欲的。

"禁欲"? 别那么吃惊,亲爱的。我计划在这十年里过禁欲的生活,我要在梦里想念与你们一起度过的快乐时光,虽然你们生活在距离此时几千年、距离此地许多光年的地方。

为什么要这样? 这是当地的道德规范。在这里,如果没有州政府专门发放的、具有法律约束效力的结婚证,男女之间发生性关系是被法律禁止的。在这里,婚姻会带来永久性的法律、社会和经济后果。

这样的法律制定出来就是要被打破的——确实也被打破了。离这个禁欲的旅馆、即基督教青年会三个街区、也就是几百米远的地方,就有"红灯"区,即非法、却为大家所容许的妓女聚集区——费用很低。不,我并不是懒到连这几步路都不想走的地步;我已经和一些妓女攀谈过了。她们站在大街上,向路过的男人提供服务。但是,亲爱的,这些女人并非是得到大家承认的艺术家,并为自己伟大的职业而感到自豪。哦,亲爱的,不是这样! 她们是可怜的妓女,偷偷摸摸的,为自己感到羞耻。她们处于社会的底层,而且其中很多人(绝大多数?)是受男人操纵的,后者夺走了她们那可怜的一点点钱。

我觉得,整个堪萨斯城都没有一个塔玛拉那样的妓女,就连稍微近似的都没有。在红灯区以外,有更年轻、更漂亮、费用也更高的妓女,购买她们的服务需要更复杂的安排。但她们同样处于社会的最底层。没有为自己感到骄傲的、快乐的艺术家。正是由于这些原因,她们对我没有诱惑力;在当地的法律和习俗下,她们受到了不公平的对待,我没办法从心里抹去这件令人厌恶的事。

(我向那些和我谈过话的妓女付了钱;对她们来说,时间就是金钱。)

除了从事这种职业的女人,我本来完全可以接触另一类女人。

根据很小的时候我在这里生活的经验,我知道有很大一部分"单身"女人和"结过婚"的女人(划分得非常清晰的两类人,比特蒂尤斯、甚至是塞昆德斯清晰得多),她们中有很多人会为了有趣、刺激、爱情或其他什么原因而更换非法的性伴侣。这里绝大多数女人都可以在某些时间投入某些男人的怀抱——尽管不是所有的男人,也不是所有的时间。此时此地,这样的活动是秘密的。这很有必要。

我不是对自己没有信心,也不认同当地的"道德"观念。

但我的答案仍然是不。为什么?

第一个原因:这样做太容易成为别人的目标了。

不是开玩笑,亲爱的。此时此地,几乎每个女人都是某个男人的准私人资产。丈夫、父亲、情人、未婚夫——总是有那么一个人。如果他抓住了你,他可能会杀了你——而大家会认为他不应该受到惩罚。但如果你杀了他,你会被吊死、吊死、吊死!

这样的代价有些太大了。我不想冒这种风险。

但还有一小部分女人不是某个男人的"财产"。所以,又是什么让你却步不前呢,拉撒路?

首先是麻烦。(最好别告诉格拉海德;这会让他伤透了心。)协商的过程通常非常长、非常复杂,成本也很高——而且她"成功"的标准很可能是让你提出缔结终身婚约。

更为重要的是,她可能会怀孕。也许我应该为了这次旅行让伊师塔给我做节育手术。(我没有这样做——我真是太高兴了。)(我非常想念你们两个,你们是另外的我。感谢你们的主动,帮助我完成了这件事。我是不可能主动提出的,虽然我是那么热切地想和你们做爱!)

拉祖、劳瑞,请一定相信:这里的成熟女人不知道她们什么时候是受孕期。她们依靠的要么是运气,要么就是靠不住的、毫无效果的避孕方法。而且,从医生那里她们也找不到答案。那些医生自己也不太了解这种事。(这里没有遗传学家。)在1916年,医疗技术还处于十分原始的阶段。我想,绝大多数医生都非常努力,但是医学还没有走出巫医治病的阶段。医生只能做一些简单的手术,药物也只有几种——我知道它们中绝大多数是没用、甚至是有害的。至于避孕——请屏住呼吸!——这是法律所不允许的。

这又是一个制定出来就是为了被打破的法律规定——而且也被打破了。但法律和习俗阻止了这些领域的进步。在目前(1916年),最常用的避孕方法是男人戴一个有弹性的、橡胶做的套子。也就是说,他们"性交"的时候和女人是没有接触的。不要惊叫;你们永远不需要忍受这个。听起来的确不怎么舒服。

　　我把最主要的原因放在最后说。亲爱的,我被惯坏了。在1916年,绝大多数人觉得一个星期洗一次澡就足够了。在有些人看来,这个频率还太多了。其他一些生活习惯也与此类似。诸如此类的事在没有办法的时候是可以牺牲的。到了这里没多久,我自己身上的气味就像一只老公羊一样。没什么。我享受过银河系里最漂亮的六个亲爱的人的陪伴,所以,我宁可等等。哼,十年也不是很长。

　　如果你们已经收到了我在今后十年内发出的任何一封信,那么你们可能会急于去查找公元1916年至1919年之间发生的事情。我之所以选择1919年至1929年这段时间,既是为了享受这个时期——这是最好的十年,是地球历史上最后一段幸福时光——也是为了避开第一次地球大战。这儿的人们称这场战争(它已经爆发了)为"欧战",以后它会被称为"世界大战",再以后是"第一次世界大战"。在绝大多数历史资料中,它被命名为"第一次地球大战的第一阶段"。

　　别担心;我会远远地避开战争。这会改变我的一些行程计划,但不会影响1926年你们接我的时间。对于这场战争,我几乎没有什么印象;那会儿我还太小了。但是我记得(可能是从学校的课本上学来的,而不是直接的记忆)这个国家是在1917年卷入战争的,一年以后,战争就结束了。我确切地记得战争结束的那一天,因为那是我的第六个生日,我还以为街上嘈杂的声音和庆祝活动是为我举行的。

　　我不记得这个国家是哪一天卷入战争的。我在准备这次行程的时候也没有去查这个日期;我原本计划在1918年11月11日战争结束日以后来到这里,为了保险起见,还特意把时间算得很宽松。我很仔细地选定了这十年,因为接下来的十年,也就是从1929年到1939年,绝对不是美好的十年——在它之后,第一次地球大战的第二阶段开始了。

我没有办法查到那个日期,但我的记忆里有一条很清晰的线索:一个短语,"八月炮火"。在我的记忆里,这个短语和这场战争紧密相连。这也与我其他的记忆相吻合:我记得一个炎热的夏日(在这里八月是夏天),我的外公(亲爱的,从遗传学角度讲,是你们母系一支的祖父)把我带到后院,向我解释"战争"是什么,以及我们为什么必须赢得这场战争。

我没怎么听明白,但我记得当时的场景,记得他严肃的神态。我还记得当时的天气(很热)和时间(就在晚餐前)。

很好,这样一来,我预计这个国家会在明年八月宣布进入战争状态;我会在七月份找个地方躲起来。我对那场战争没有兴趣。我知道哪一方会胜利(这个国家所站的一方会获胜),但我也知道,无论对于"胜利者"还是"失败者",这场所谓"结束所有战争的战争"(居然这么称呼它!)都是一场惨败——正是它不可避免地引发了大溃败,并促使我离开了这个星球。我无法做任何事来改变这个结果;没有悖论。

我会一直躲到战争结束的时候。到头来,地球上几乎所有的国家都会选择支持战争中的某一方。但也有很多国家没有参战,而且战火也没有靠近他们,尤其是这个国家南边的一些国家,在中美洲和南美洲,所以我也许会去那里。

我有将近一年的时间来计划这件事。在这里,改变身份是很容易的。没有身份证、没有计算机编码、没有指纹、没有税务登记号。请注意,这颗行星目前的人口和塞昆德斯一样多(我是指塞昆德斯今后的人口,即你们的"现在"),但这个国家的很多

655

地区没有执行人口出生登记制度。我自己的就没有登记,唯一的记录是家族记录。一个人可以自称为任何人! 离开这个国家不需要什么手续。进入这个国家会有一些麻烦,但我有很多时间来解决这个问题。

根据一般的谨慎原则,我应该在战争之前离开这个国家。为什么? 因为征兵。我才不想白费力气向几乎不知道战争是什么的姑娘们解释这个词的含义呢。一句话,它指的是"奴隶军"。对我来说,这个词意味着我应该让伊师塔把我弄得看上去像现在这个年龄的两倍。如果我在这儿待得太久,我很可能会不自觉地成为战争中的"英雄",而这场战争本来在那时的我还没有上学时就已经结束了。

那样的话,可就太荒唐了。

所以我会集中精力在这一年挣够能维持我两年生活的钱,再把钱兑换成金子(大约八公斤,还不算太重),明年七月一日开始前往南方。这里有一个小麻烦:这个国家正在与一个南部邻国进行一场小规模的边境战争。(到北边去根本行不通;北边那个国家已经卷入了这场大战。)东边的大海里有潜水艇;它们会射击任何漂浮在海面上的物体。好在另一边的大海里没有这些讨厌的东西。如果我坐船从这个国家西海岸的某个港口出发,向南航行,最后我就会进入非战争区。在这期间,我必须提高我的西班牙语水平——这种语言很像格拉克塔语,但是更好听一些。我要找一个辅导老师——不,拉祖,我说的不是身体处于水平状态的女人。你脑子里还能想点别的吗?

(但转念一想,亲爱的,除此之外,还有什么值得考虑的呢? 钱?)

是的,钱,目前的问题是钱。我已经想好怎么弄钱了。这个国家将要选举政府首脑,而我是地球上唯一一个知道谁会被选上的人。为什么这个人会深深刻在我的脑海里?看看我在家族族谱上注册的名字吧①。

所以目前最紧迫的问题是要搞到一些钱,然后去赌谁会赢得选举。我会把赢来的钱放到股票交易所里,再赌一把——其实不是赌,因为这个国家已经进入了战争经济,而我知道这种情况会持续下去。

要是我能在大选赌局中做庄,而不是单纯的下注,那就好了。但这么做太冒险;我在政界没有关系。

要知道——不,我还是先介绍一下这个城市的情况吧。

堪萨斯城是一个让人觉得很舒适的城市。这里有树荫覆盖的街道,优美的居住区,它的林荫大道和公园在整个行星都很有名。城市的路况非常好,这促进了汽车运输业的发展。现在这个时候,汽车刚刚流行起来。这个国家绝大多数地区还是泥土路,堪萨斯城铺砌的却是很好的马路。跑在上面的车辆中,汽车多于马拉的车。

这个城市很繁荣,是地球上最富饶的农业区内的第二大市场和运输中心,主要出产谷物、牛和猪。这个行业里肮脏的那一面坐落在城市低处的河滩,而市民们居住在美丽的、有树林围绕的山上。在潮湿的清晨,如果有风从河滩方向吹来,人们有时会闻到牲畜围场里的臭味;除此之外,城里的空气清新芬芳。

这也是个安静的城市。路上的车永远不拥挤,嗒嗒的马蹄声和有轨电车发出的警示铃声刚好能衬托出城市的宁静——相比之下,玩耍嬉戏的孩子们制造的声音还更大一些。

---

①当选总统叫托马斯·伍德罗·威尔逊,而老祖的名字叫伍德罗·威尔逊·史密斯。

格拉海德总是对一个文化怎样利用闲暇时光更感兴趣,甚于对其经济情况的关注。我也一样。如何谋生是由环境决定的,但休闲娱乐却不是。我说的休闲娱乐不是指性行为。对于度过了青春期的成人来说,性不会占用很多时间(除了极少数怪人,比如传说中的卡萨诺瓦①——以及格拉海德)。

下面的叙述不适用于十年以后,当然更不适用于一百年以后;这是一个时代的末期。但在1916年,一个典型的堪萨斯城市民的各种休闲娱乐活动都是他自己组织的;他的社会活动包括去教堂,和血亲、姻亲一起活动——吃饭、野餐、玩游戏(不是赌博),或者只是串门和闲聊。绝大多数活动花不了多少钱,常常一点也不花——给教堂捐钱除外。教堂是宗教信仰的场所,但也是社交俱乐部。

主要的商业娱乐活动被称为"活动影像",是一种把黑白影像投放在空白墙上的无声戏剧表演。这是很新的事物,非常受欢迎,也非常便宜。在收费变成一枚五分镍币以后,人们就把它叫作"五分钱表演"了。每个社区(以步行距离来定义)都至少有一个这样的剧场。这种形式的娱乐及其技术衍生产品与上述生活模式的最终消亡有很大关系;汽车运输对这种模式的消亡同样起了很大作用(这一点可以向格拉海德请教)。但在1916年,它们还没有扰乱看起来稳定的、像乌托邦一样的生活。

社会道德沦丧的情形还没有出现,道德规范的力量还很强,社会习俗也有约束力。此时此地,没有人相信偶尔出现的不满情绪是这个社会文化即将死去的先兆。在这个时代,文化教育达到了这一社会文化所能达到的最高水平。亲爱的,1916年的

---

①卡萨诺瓦,1725~1798,意大利冒险家,所写的《自传》中叙述了他的许多风流韵事。

人们根本想象不到2016年。他们甚至不相信自己会卷入第一次世界大战；这也是为什么我说的那个人会当选政府首脑。"我们是中立国"，"我们的自尊不允许我们参加战争"，"他使我们远离战争"。在这些口号下，他们向着悬崖进发，却不知道悬崖就在那里。

（事后耍小聪明是个恶习……尤其是当这个"事后"同时是预见未来的时候。一想到自己在做的正是这种事，我就觉得很恼火。）

现在让我们来看看这个可爱的城市的另一面吧。

这个城市表面上是个民主城市，其实根本不是这么回事。它是由一个并未担任公职的政客统治的。选举只是一本正经地走个过场，结果都是他预先安排好的。城市的街道修建得宽大平坦，只是因为这是他的公司修建的，给他挣钱。学校很好，真的能够起到教育功能——因为这个统治者希望如此。这个人很实际，表现得很和善，做事从来不过分。所有跟"犯罪"（指所有非法的活动，包括嫖娼和赌博）有牵连的事都由他的副手办理；他自己从来不碰。

这些犯罪活动中有很多是由一个组织来处理的；该组织后来被称为"黑手党"。但在1916年，它还没有名字，也从来看不到。这也正是我不敢开设赌局的原因；我会侵犯这个政客某个副手的垄断利益——这对我来说是非常危险的。

所以，我只能按照当地的规则，当个下注的人，而且守口如瓶。

这里"体面"的市民有漂亮的房子、花园、教堂，还有幸福的孩子们。他看不到犯罪，从来不会（我想）产生怀疑，对此的思考就更少了。这个城市被明确的、但却没有标示出来的界线划分成了几个区。以前奴隶的后代住在一个区,这个区是个缓冲带,一边是"高级"住宅区,另一边则是那些被赋予某个行业垄断经营权的人统治并居住的地区,比如赌博和性服务业。只有在夜晚、在不成文的规矩下,这几个区的活动才能混杂在一起,白天则什么都觉察不出来。最大的老板制定了严密、但却简单的规则。我听说他只有三条不可违抗的规矩:街道要宽敞平坦。不能碰学校。不能杀死住在某条街道以南的任何人。

在1916年,这个城市运转得很好——但好日子已经不多了。我得停笔了;我和K·C·影像设备公司约好了用他们的一个实验室——私下用用。然后我必须回到骗人钱财的工作上去:通过还算合法的、对别人不造成伤害的途径,把人们和他们的钱财分开。

永远爱你们,直到你们的现在和未来。

拉撒路

又及:你们真该看看我戴着圆顶礼帽的样子。

从头重复

Ⅲ　莫　琳

　　西奥多·布兰松先生,原名伍德罗·威尔逊·史密斯,又名拉撒路·龙,离开他位于阿莫尔大道的寓所,开着他那辆福特轿车,来到三十一大街的拐角处。他把车停在当铺后面的一个小棚屋里——他认为晚上把车停在大街上不是件好事。倒不是拉撒路为这辆车花了很多钱;这是一个来自丹佛的过于乐观的家伙在牌桌上输给他的。丹佛人认为一对A加上另一副对了,准能打败一对J;"詹金斯"先生肯定是在虚张声势。问题是"詹金斯"先生的底牌里还有一个J。

　　这个冬天挣了不少钱,拉撒路估计春天里他会挣到更多的钱。在战争经济状态下,他知道某些股票和商品价格会有什么走势,他的预测通常都很准确。他投资的范围很广,虽说有一两次失误,也不会给他造成多么大的损失。而他的判断一般总是很准确——很难出现失误,因为他知道潜艇战会逐步升级,也知道是什么最终使这个国家卷入欧洲战争。

　　他只需要监测市场的变化就行,于是他有大把的时间来利用别人的乐观态度挣钱,有时候是在台球厅,有时候是玩牌。他偏爱打台球,但发现玩牌挣的钱更多。整个冬天他都在玩这两种游戏,他那张寻常而又友好的脸,再加上一副很愚蠢的表情,使他看起来特别像个笨蛋。他进城时总是打扮得像个乡巴佬,这又强化了这个效果。

　　拉撒路并不理会台球厅里其他赌球的人,别人玩扑克时要什么"技巧"他也不在乎。他只是安静地玩着,收好他赢的钱,见好就收,在引来杀身之祸以前就退出游戏。他很喜欢玩这些掺杂了骗术的游戏;从出老千的人手里赢钱要比依靠诚实游戏挣钱更容易,也更有趣。这些事不会占用他很多睡眠时间;他总是很早就退出这种欺骗游戏,即使是在他输钱的时候。但他退出的时候一般都赢了钱。

　　他把赢来的钱都投入股市。

　　整个冬天,他都自称"莱德·詹金斯",住在基督教青年会,几乎不怎么花钱。天气很糟的时候,他待在旅馆里读书,不去又陡又结冰的街上行走。他已经忘了堪萨斯城严酷的冬天是什么样的了。有一次,他看到一支马队非常努力、非常勇敢地拉着一辆很重的货车爬向盛大道上第十街的坡顶。右边一匹马在冰面上滑倒了,摔断了腿——拉撒路听到了腿骨骨折的声音。这让他很不愉快,真想抽那个赶车的人一顿——这个傻子为什么不绕路?

　　这样的时间,最好还是待在房间里,或者在基督教青年会附近的大公共图书馆里度过。那里有成千上万本真正的书,可以拿在手里的装订书。这些书引诱了他,几乎让他忘了要努力挣钱。在那个严酷的冬天,他把每一小时的空闲时间都花在那里,重新熟悉了他的老朋友:丹·比尔德绘制插图的马克·吐温的小说;柯南·道尔医生;由皇家历史学家撰写文字、约翰·R·奈尔绘制的《绿野仙踪》彩色图画书;卢迪亚·吉卜林;赫伯特·乔治·威尔斯;儒勒·凡尔纳……

拉撒路感到,他完全可以在那座美妙的建筑里轻轻松松地度过剩下的十年。

但是,不合时宜的春天来到了。他开始计划从商业区搬走,并再次改变他的角色。无论是在台球厅还是在扑克游戏里,他都很难再让大家把他当傻瓜看待了。他的投资计划也已经完成,在忠诚储蓄信托银行里有了足够多的存款,不需要再在基督教青年会过简朴的生活了。他可以找一个更好的住所,向周围的人展示一张更为成功的脸。这对他待在这个城市所要达到的最终目标是必要的:与他第一个家庭里的人重新见面。现在,距离他制定的最后期限——七月——已经没有多少时间了。

为了执行自己的计划,他需要买一辆像样的汽车。他用了一天的时间,变成了"西奥多·布兰松":把他的银行账户转到与原来银行只有一街之隔的密苏里储蓄银行,并取出一大笔钱;去了一家理发店,把发型和胡须变了个样式;到勃朗宁国王公司买了适合一位保守的年轻商人穿着的衣服。这以后,他开车去了城南,在林伍德大道寻找"空房"标志。他的要求很简单:一个装修过的住所,房子的地址和正面都要显得很体面,有独立的厨房和浴室,步行可以到达第三十一街上的台球厅。

他没想在那家台球厅赌球;这是他希望能够遇到他家里人的两个地方中的一个。

拉撒路找到了他需要的房子,不过是在阿莫尔大道,不是林伍德,离台球厅也比较远。于是他只好租两个车库。这比较困难,堪萨斯城还不习惯给汽车提供车库。好在每月两美元就能在离他的住所很近的地方找到一个谷仓,每月三美元就能在闲暇时光台球厅旁边的当铺后面租到一个小棚屋。

他的生活是这样的:每天晚上八点到十点待在台球厅,到他的家人过去(也就是现在)经常去的林伍德大道的教堂做礼拜;有业务需要的时候,他会在早晨进城,坐有轨电车去。拉撒路觉得没必要在市中心开车,再说他喜欢坐电车。他的投资开始给他赚来大把利润,他把这些钱换成双鹰徽金币,存在另一家银行——大众银行——的保险箱里。按照七月份离开此地的计划,他预计可以提前完成财产积累,攒下足够的金币,使他能够坚持到1918年11月11日战争结束那一天。

在闲暇时间,他会把自己的车擦得锃亮,自己保养车子,开着车消遣。他还慢慢地、仔细地、非常秘密地做一件缝纫活:一件缝满衣兜的麂皮背心,每个衣兜都能放一枚二十美元的金币。做完以后,他打算把金币装进去,再把衣兜缝死。他计划在外面再穿一件西服背心盖住它。穿上这身行头会很热,但那么多金子,一根空心腰带肯定盛不下。他不想存纸币。叮当作响的钱、而不是发出沙沙声音的钱,是战时唯一能确保可以在这个国家以外的地方使用的货币。还有个好处:装上金币以后,这个背心几乎可以当作防弹背心——你永远不知道下一个角落里藏着什么人,那些拉丁美洲国家是很动荡的。

每个星期六下午,他向一个住在附近的西港高中的老师学习西班牙口语。总而言之,他每天的生活愉快而又忙碌,而且正按计划进行着。

那天晚上,拉撒路把福特车锁在当铺后面的小棚屋里。他扫了一眼和当铺挨在一起的啤酒吧,心想他的外祖父可能会在回家前在那里喝上一扎慕莱白啤酒。整个冬天,他的脑海里不时浮起一个问题:怎样轻松自然地与他的家里人见面？他想作为一个朋友被他们的家庭(他自己的家庭)接纳。但他不能走上房前的台阶,按响门铃,然后宣布自己是他们长期失散的一个亲戚,甚至不能说是一个从帕迪尤卡来的朋友的朋友。他没有什么联系人可以扯上关系撒这种谎,如果撒一个很复杂的谎,准会被他的外公识破。

所以他决定非常小心地采取两个方法:去他的家人(除了外公)去的教堂,还有外公想躲避他女儿一家时常去的地方。

拉撒路知道是哪个教堂。第一个星期日去教堂时,他就确认了自己的记忆没错。那一次,他大吃一惊,甚至比知道自己早到了三年还吃惊。

看到他母亲的那一刹那,他把她错当成了他的双胞胎妹妹中的一个。

但几乎就在那一瞬间,他知道了这是为什么:从遗传学上说,莫琳·约翰逊·史密斯是他的双胞胎妹妹的妈妈,正如她是他的妈妈一样确定无疑。不过,这依然让他震惊不已。好在当时正好有几首赞美诗和一个长长的布道,他有机会让自己平静下来。他不再看她,而是花了点时间找出了自己的兄弟和姐妹。

那以后,他第二次在教堂看到了自己的母亲,这次他可以不再躲躲闪闪地看她了。他甚至发现这个可爱的年轻主妇和自己想象中的模糊的母亲形象很相符。但他还是觉得,要不是他对莱比思·拉祖丽和劳瑞蕾·李有着清晰的记忆,他永远不会认出她来。他曾不合逻辑地预期看到一个老得多的女人,比他离家时的母亲还要老很多。

　　在教堂，牧师把他介绍给了教区的其他居民。但他没找到机会接近母亲或是他的兄弟姐妹。不过他仍旧继续开车去教堂，以防哪一天他需要礼貌地送母亲和兄弟姐妹们回家。他们住在离他的住所六个街区远的本顿大道；现在是春季，天气不会总是这么干燥的。

　　至于外祖父常去的地方，他不是很确定。他确信这个地方是外祖父在十年或十二年以后经常去的地方，但他在伍迪·史密斯只有五岁的时候也常来这里吗？

　　他先打量了一下这个德国啤酒吧，发现它的名字很突兀地改成了"瑞士花园"①，这才走进台球厅。所有台球桌都有人在玩；他走到后面，那里有一张台球桌，一张扑克桌，还有一张下象棋或跳棋的桌子。没有人赌台球；看来这是个装模作样显示自己水平低劣的好机会。

　　外公！他的外祖父一个人坐在象棋桌边；拉撒路立刻就认出了他。

　　拉撒路没有改变自己的步调。他慢慢走向球杆架，路过象棋桌时显得有些犹豫，低头看了看排列好的棋子。艾拉·约翰逊抬起了头。他好像认出了拉撒路，似乎想说什么，却又住嘴不说了。

　　"对不起，"拉撒路说，"我没想要打扰你。"

　　"没关系。"老人回答，（他有多老了？在拉撒路看来，他好像比自己想象的更老一些，同时却又年轻一些，个子也矮一些。他是哪一年出生的？内战爆发前十年？）"我也没做什么，只是在琢磨一个象棋问题。"

　　"离将死王棋还有多少步？"

――――――
　　①当时美国已经快要参战，与德国关系恶化，所以德国啤酒吧改了名字。

"你也下象棋吗?"

"会一点。"拉撒路补充道,"是我的外祖父教给我的。但我最近一直没怎么下。"

"愿意来一盘吗?"

"只要你能忍受一个棋艺生疏的人。"

艾拉·约翰逊伸手拿起一个白色卒子和一个黑色卒子,把手放到背后,然后伸出握棋子的拳头。拉撒路指了一下,发现他选了黑棋。

外祖父开始摆棋子。"我叫约翰逊。"他说道。

"我叫特德·布兰松,先生。"

他们握了握手;艾拉·约翰逊将王前卒推进一步;拉撒路也走出同样的棋步。

他们安静地下着棋。下到第六步时,拉撒路开始怀疑外公是在模仿斯坦内兹的一局棋;下到第九步的时候,他已经确信无疑了。是不是用多拉发现的棋路来应对? 不,这样做感觉是在欺骗。不用说,计算机当然比人下得好。他集中精力,尽自己的全力好好下棋,没有试图用多拉发现的那种狡猾的变招来应对。

第二十九步时,拉撒路被白棋将死了。他觉得这盘棋完美地复制了威廉·斯坦内兹和某个俄国人下的那一局——他叫什么名字来着? 一定要问问多拉。他招手唤来记分员,准备为这局棋付钱。外公却把他的硬币推到一边,坚持由他支付这张桌子的使用费,又对记分员说:"孩子,再给我们拿两杯菝葜饮料。你喝这个吗,布兰松先生? 要么让这孩子给你从隔壁德国佬那儿买杯啤酒过来?"

"菝葜饮料可以,谢谢你。"

"准备复仇了吗?"

"等等,让我喘口气。你下得太厉害了,约翰逊先生。"

"嗯!你还说什么棋艺生疏。"

"我是生疏了。不过我的外祖父在我很小的时候就教会我下棋,在很多年里每天都和我下。"

"真没想到。我也有一个外孙和我下棋。那孩子还没上学,可我只让他一个马。"

"也许他能和我下。打个平手。"

"唔,你可以让他一个马,和我一样。"约翰逊先生为饮料付了钱,给了那个男孩五美分的小费,"如果不介意的话,请问你是干哪一行的,布兰松先生?"

"一点儿也不介意。我自己做生意。买东西,再把它们卖出去。挣得很少,亏得也少。"

"真的?你打算什么时候把布鲁克林大桥卖给我?"

"对不起,先生,我上个星期刚把它卖掉。但我可以便宜卖给你一些西班牙俘虏。"

约翰逊先生咧嘴一笑,"那肯定够我喝一壶的。"

"但是,约翰逊先生,如果我告诉你我是在台球厅里赌球的,你是不会让我和你的外孙下棋的。"

"也许会,也许不会。咱们再来一盘?这次你下白棋。"

白棋先走,这使拉撒路可以控制整个局面。他慢慢地、仔细地构筑起了强大的攻势。外公也同样谨慎,他的防御体系中没有漏洞。双方势均力敌,最后,拉撒路费了九牛二虎之力,终于在第四十一步将先手优势变成了胜势。

"再下一局定输赢?"

艾拉·约翰逊摇了摇头,"一晚上两盘棋是我的极限。两盘这样的棋其实已经超出极限了。谢谢你,先生,对于一个棋艺

'生疏'的人来说,你下得很好。"他把椅子向后推了推,"我这匹老马该回马厩了。"

"外面下着雨呢。"

"我看到了。我会站在门口,等第三十一街的有轨电车。"

"我的汽车就在这儿。我很荣幸能送你回家。"

"什么?不需要。我家离电车站只有一个街区,淋几滴雨也没什么,回家就能换。"

(有超过四个街区的距离呢,你会湿透的,外公。)"约翰逊先生,我自己反正要开着那辆小破车回家。捎上你,把你放在沿路什么地方也不麻烦;我喜欢开车。三分钟后,我会把车停在前面,按响喇叭。如果你在那儿,很好。如果你不在,我会认为你不喜欢搭陌生人的便车,也不会觉得受到了冒犯。"

"别过于敏感。你的车在哪儿?我和你一起去吧。"

"不用,谢谢。没必要让两个人都淋雨去做一件一个人就能完成的工作。我会穿过那个通道从后门出去,没等你走到前门,我已经把车停在路边了。"(拉撒路决定在这个问题上固执点;外公可以在猫都闻不出的地方嗅出老鼠的踪迹,他会奇怪为什么"特德·布兰松"会在这里租一个车库,同时却声称住在需要开车才能去的地方。这不好。你会怎么应付这个问题,伙计?你不得不对外祖父说上一大堆谎话,否则你永远无法进入那所房子——你自己的家! ——与家里其他人见面。复杂的故事与成功撒谎的基本原则相悖,正是外祖父教你这一点的。不能说出事实真相,沉默不语也同样没用。你要怎样解决这个问题?外公和你一样多疑,而且比你精明两倍。)

艾拉·约翰逊站了起来。"谢谢你,布兰松先生;我在前门等你。"

当拉撒路把他的车发动起来以后,他已经想好了应对策略,并且制定了一个长远计划:1)绕着这个街区转一圈,这辆车的车身上应该有雨;2)不要再用这个小棚屋了;即使这辆破车被偷了,也比在你的封面故事上留一个大漏洞强;3)在你交回小棚屋的时候,看看达特鲍姆"叔叔"有没有一副旧象棋;4)你说的谎话要和你说过的话一致,包括你太急于说出的是谁教你下象棋的事实;5)尽量说实话,哪怕实话听起来不那么好听。但是,该死的,你应该是一个弃儿……孤儿不应该有外祖父,除非你又编出一堆复杂的故事,其中任何一个都可能让你露出原形。

拉撒路按了按喇叭,艾拉·约翰逊跑了出来,爬进车里。"现在去哪儿?"拉撒路问道。

外祖父说了去他女儿家的路线,然后补充说:"这车挺时髦的嘛,怎么能叫小破车?"

"我把布鲁克林大桥卖了一个好价钱。我应该拐上林伍德路,还是沿着电车轨道走?"

"你自己看着办吧。既然你已经卖掉了那座桥,那么是不是可以给我讲讲那些'西班牙俘虏'。是个好的投资机会吗?"

拉撒路在集中精力开车,他要沿着轨道往前开,还要避免压在轨道上面,"约翰逊先生,刚才你问我靠什么谋生时,我没有正面回答你的问题。"

"那你是做什么的?"

"我真的当过台球厅赌球的人。"

"我再问一遍,你是做什么的?"

"我的钱用完了,所以还让你付了第二局的钱,还让你买饮料。我没想那么做。"

"这算什么。三十美分,加上五美分的小费。减掉我本来坐电车要花的五美分。算下来你应该付十五美分。如果你觉得不安的话,下次路过哪个乞讨的盲人面前时,把钱放在他的杯子里好了。下雨的晚上,专车送我回家。这笔费用很便宜。比坐有轨电车好多了。"

"很好,先生。我想对你坦诚相待……因为我很喜欢和你下棋,还想再和你下棋。"

"我也喜欢和你下。我喜欢在下棋时,有人能让我真正动脑子。"

"谢谢你。现在我来老老实实地回答你的问题:是的,我赌过球。这是过去的事了,现在我不赌了。我自己做生意。买东西,也卖东西——但不是布鲁克林大桥。至于'西班牙俘虏'的骗局,我遇到过一次。我是在市场上买卖商品的,谷物期货等等。在股票市场上也做相同的事。但我不会卖给你什么东西。我既不是经纪人,也不经营杂货铺;我自己也是通过市场上已有的经纪人来买卖商品。哦,对了,还有一件事:我也不给别人提供建议。如果我把自认为很好的建议告诉别人,对方却连衬衣都赔掉了,他会来责备我的。所以我不做这种事。"

"布兰松先生,我没有理由问你的职业。是我多事了。但我的问题纯粹出于善意。"

"我也把它当作善意的问题,所以我想给你一个坦诚的回答。"

"还是我多事了。我没有必要知道你的背景。"

"没什么,约翰逊先生,我没什么背景。只是个在台球厅赌球的人。"

"这也没什么错。台球是公开的游戏项目,就像象棋,很难依靠欺骗赢得比赛。"

"嗯……我也做过一些你可能会认为是欺骗的事。"

"孩子,如果你需要一个忏悔神父,我可以告诉你到哪儿可以找到。我不是。"

"对不起。"

"我不想显得唐突。可你心里有事。"

"嗯,也许没什么。与我没有什么背景有关。我没有任何背景,所以我去教堂——去结识人,结识好人,令人尊敬的人。结识那些没有背景的人不这样做就无法结识的人。"

"布兰松先生,每个人都有一些背景的。"

拉撒路转向本顿大道,这才回答道:"我没有,先生。哦,我出生在……某个地方。多亏那个让我称他为'外祖父'的人,还有他的妻子,让我有了一个还算美好的童年。但他们很早就过世了,而且——哼,我甚至都不知道我的名字该不该叫'特德·布兰松'。"

"这种事儿常有。你是个孤儿?"

"我想是这样。可能是个私生子。是这所房子吗?"拉撒路停在离他-他们家只隔一幢房子的地方。

"再过去一幢,门廊灯亮的那一个。"

拉撒路让车向前滑动了一段距离,停下车子。"很高兴认识你,约翰逊先生。"

"别急。那些照顾你的人,叫布兰松? 他们是哪里人?"

"'布兰松'是我从日历上随便挑的一个名字。我觉得它比'特德·琼斯'或者'特德·史密斯'好听一些。我可能出生在这个州的南部。但是连这个我都无法确认。"

"是吗? 我以前在那边行过医。是哪个县?"

（我知道你在那边待过，外公，所以我得小心一些了。）"格林县。我不是说我出生在那里；只是他们告诉我，我是从斯普林菲尔德的一家孤儿院领养的。"

"看来不可能是我给你接生的；我行医的地方在那里北边很远的地方。嗯，但我们可能是亲戚。"

"啊？我是想说，'什么，约翰逊医生？'"

"别叫我'医生'，特德；我不再给孕妇接生以后，我就不用这个称呼了。我的意思是：当我第一眼看到你时，我吃了一惊。你和我的哥哥爱德华简直是一个模子里刻出来的。他在圣路易和旧金山当工程师，后来有一天制动器失灵，结束了他碌碌无为的一生。他在福特斯科特、圣路易、威奇塔、孟菲斯都有情人；没有理由认为在斯普林菲尔德没有。可能真是这样。"

拉撒路笑了起来，"那么我应该叫你'叔叔'了？"

"随你的便吧。"

"哦，还是不叫吧。无论是怎么回事，我们反正没有办法证明。但是能有一个家真不错。"

"孩子，别再为这种事耿耿于怀了。我这样的乡村医生知道，像这种不幸实在太多了，比绝大多数人想象的多得多。很多伟大人物都是这种情形，随便说两个：亚历山大·汉密尔顿、里奥纳多·达·芬奇。所以尽管抬头挺胸做人，蔑视那些看不起你的人。我看到门廊灯还亮着；想不想进来喝杯咖啡？"

"哦，我不想麻烦你，或者打扰你的家人。"

"你放心，不会。我女儿总是给我把咖啡壶留在厨房。如果她碰巧穿着睡衣下楼来——这不太可能发生——她会飞快地跑回后面的楼梯上，转眼间就盛装出现，快得像听到火警铃声的消防骑队；真不知道她是怎么做到的。来吧。"

艾拉·约翰逊打开前门门锁，边开门边喊道："莫琳！有个客人和我一起回来了。"

"进来吧，父亲。"史密斯夫人微笑着站在走廊里迎接他们，神态安详而又高贵，穿戴得好像一直等着来访者到来一样。拉撒路努力压抑着自己兴奋的心情。

"莫琳，这是西奥多①·布兰松。这是我的女儿，特德——布莱恩·史密斯太太。"

她伸出手，"非常欢迎你，布兰松先生。"史密斯夫人热情地说，声音富于磁性，让拉撒路想起了塔玛拉。

拉撒路轻轻握住她的手，激动得指尖发麻，好不容易才控制住自己，没有深深地鞠一个躬，亲吻那只手。他强迫自己只是略微欠了欠身，然后立刻放开那只手，"我很荣幸，史密斯太太。"

"请进来坐吧。"

"谢谢你，但已经很晚了，我只是在回家路上捎了你父亲一程。"

"这么快就要走吗？你不会打扰我们的，我只是在补袜子，读《家庭妇女杂志》，没什么要紧的。"

"莫琳，我答应布兰松先生请他喝一杯咖啡。他把我从象棋俱乐部捎了过来，要不我就要被淋透了。"

"好的，父亲，马上就好。请帮他拿一下帽子，让他坐下来。"她微笑着离开了。

拉撒路按照外公的指示在客厅坐下，趁母亲不在的时候让自己平静下来。他环顾四周，觉得除了房间比印象中的小一些以外，一切都和他记忆中的差不多：一架立式钢琴，她曾经教他

---

①特德的全称。

弹过;带一个煤气火嘴的壁炉,壁炉架上斜放着一面镜子;玻璃门的组合书架;厚重的窗帘和蕾丝花边纱帘;父母亲的结婚照镶在带有心形和花状图案的结婚证上,旁边是米勒名画《拾穗人》的复制品,还有其他一些大大小小的画;一把摇椅,一张带脚凳的摇床,长椅,带扶手的椅子,桌子,台灯。家具不是橡木的,就是枫木的,放在房间里显得很拥挤。拉撒路感觉像是回到了家;就连壁纸看起来都那么熟悉亲切。唯一让他有些不自在的是,外公让他坐下的那把椅子是他父亲的座位。

挂着珠帘的拱门后面黑乎乎的,那里是通往起居室的走廊。拉撒路努力回忆那边应该有什么,是不是同样会让他感到万分熟悉。客厅整洁干净,他知道这里一直都是这样,尽管这是一个大家庭。起居室主要是孩子们用,而客厅是留给大人们和客人的。现在有多少个孩子了?南希,下面是卡洛尔,小布莱恩,乔治和玛丽——然后是他自己。现在是1917年春,那么迪克大约三岁,伊瑟尔应该还在用尿布。

母亲坐的椅子后面是什么?难道是……是的,我的大象!伍迪,你这个小坏蛋,你知道不应该在这儿玩;上床之前,你得把所有玩具都放回玩具箱去;这是必须遵守的规矩。这个动物玩具很小(大约六英寸高),里面填充的是旧衣物,因为玩得太多,颜色已经发黑了。拉撒路有些怨恨地想,这样一个珍品——是他的!——却给了一个小屁孩。他开始笑话自己,但还是无法驱散怨恨的情绪。他很想把那个玩具偷走。"对不起,你刚才说什么,约翰逊先生?"

"我说我暂时来这里当家长,我都快被他们搞疯了。我的女婿去了普莱兹勃格……"下面的话拉撒路没有听清楚;史密斯太太回来了,柔软的缎裙沙沙作响,手里端着一个堆得满满的托盘。拉撒路跳了起来，接过她手中的托盘。她笑了笑，没有阻拦。

天哪，这是那套哈威兰德瓷器。这可是他第一次穿上正装以前、父母一直不准他碰的东西！旁边陪衬的是喝咖啡用的器具：质地非常好的银制咖啡壶、奶油罐糖碗和夹子、哥伦比亚博览会纪念勺。杯垫是和餐巾配套的亚麻布做的。还有小蛋糕，银盘子里盛着薄荷糖——你在三分钟或者更短的时间里是怎么做到这一切的？真是太隆重了！不，别傻了，拉撒路；她是为了让她的父亲高兴，要好好招待他的客人。而你只不过是个不知道从哪里来的陌生人。

"孩子们都上床了？"约翰逊先生问道。

"除了南希。"史密斯太太一边回答，一边为他们斟咖啡，"她和男朋友去了伊瑟斯，很快就要回来了。"

"演出半小时以前就结束了。"

"他们停下来吃个冰淇淋也没什么大不了的吧？冰淇淋店就在电车站旁边那个很亮的街角。"

"没有陪伴，女孩子不应该在天黑以后出门。"

"父亲，现在是1917年，不是1890年。他是个很好的男孩……他们那么喜欢那个系列剧《珍珠白》，总不能不让他们去吧。南希都告诉我了，今晚好像是威廉姆·S·哈特主演。我自己也会很喜欢看的。"

"哼，我的猎枪还没扔呢。"

"父亲！"

拉撒路集中精力，努力回忆怎么用叉子吃蛋糕。

"她总想让我跟上这个时代，"外祖父气哼哼地说，"但没用。"

"我相信布兰松先生对我们家里的问题不感兴趣,"史密斯太太轻声说,"不过这件事其实算不上问题。需要我把你的咖啡热一热吗,布兰松先生?"

"谢谢你,太太。"

"没错,他不会感兴趣。但你应该尽快跟南希谈谈。玛丽,仔细看看特德。以前有没有见过他?"

他的母亲端着咖啡杯,抬起头看着拉撒路,然后放下杯子,道:"布兰松先生,你进来的时候,我有种似曾相识的感觉。是在教堂见过吧,对吗?"

拉撒路承认有这种可能。外祖父的眉毛立了起来,"真的?看来我得提醒提醒牧师了。但就算你们在那里见过面——"

"我们没在教堂见过面,父亲。我要照顾一群孩子,几乎连和牧师以及德拉普尔夫人说话的时间都没有。不过,现在回想起来,我肯定在上个周日见过布兰松先生。一群熟悉的人当中,一张新面孔总是引人注目。"

"女儿,可能是那样,但我说的不是那个意思。特德看起来像谁? 不,别想了——他难道不像你的伯伯奈德吗?"

他的母亲又一次看了看拉撒路,"是的,我觉得有点像。但他看上去更像你,父亲。"

"不,特德是从斯普林菲尔德来的。我所有的亲戚都住在北边离那里很远的地方。"

"父亲。"

"女儿,别担心,我不会喋喋不休地抖落我们的家丑。不过也许——特德,我能说吗?"

"当然,约翰逊先生。正如你所说的,这种事没什么值得羞耻的——再说我也不觉得羞耻。"

"特德是个孤儿,莫琳,是弃儿。如果奈德不是正在地狱里暖他的脚,我一定会好好问问他。时间和地点都合适,而且特德的长相实在很像我们家的人。"

"父亲,我想你让我们的客人难堪了。"

"我没有。你也不要这样装模作样的,年轻女士。你是个成熟的女人,生了孩子;你能够接受开诚布公的谈话。"

"史密斯太太,我没有难堪。无论我父母是什么人,我都会为他们骄傲。他们给了我强壮、健康的身体,以及能够满足我需要的大脑——"

"说得好,年轻人!"

"——如果真是这样的话,我很荣幸能够把你的父亲当作叔叔——把你当作我的表亲。我的父母大概是死于伤寒流感;按日期看,应该是这样。"

约翰逊皱起眉毛,"你多大了,特德?"

拉撒路脑子急转,然后决定和母亲的年龄一样,"我三十五岁了。"

"啊,和我一样大!"

"真的,史密斯太太? 要不是你说过有个可以和年轻男人一起出去看演出的女儿,我会认为你只有十八岁左右。"

"哦,不会吧! 我有八个孩子。"

"不可能!"

"莫琳看起来不像她那个年纪的人。"他的父亲赞同道,"她嫁人以后就没什么变化。我们家的人都这样,她母亲至今还没有一根白头发。"(外婆在哪儿? ——哦,想起来了,所以你最好还是别问了。)"但是,特德,你看上去也不像三十五岁的人。要我猜,会说二十五岁左右。"

"嗯,其实我也不知道我到底多少岁,但不可能小于三十五岁,说不定还更大些。(大很多呢,外公!)不过大也大不到哪儿去。别人问我时,我会说我的生日是1882年7月4日。"

"啊,我的生日也是那一天!"

(是的,妈妈,我知道。)"真的,史密斯太太?我可不想偷走你的生日。那么我就挪几天吧——七月一日。反正我也不能确定是哪一天。"

"哦,不要换!父亲,我们两个共同的生日那天,你一定要带布兰松先生回家吃生日宴。"

"你觉得布莱恩会喜欢这样的安排吗?"

"当然会喜欢!我会写信告诉他的。反正七月四日之前很久他就回家了。你知道布莱恩总是说,'越多越好'!我们期待着你的到来,布兰松先生。"

"史密斯太太,你真是太客气了。不过我计划七月一日要出趟远门,生意上的事。"

"我想你是被父亲吓住了。是不是害怕和八个闹哄哄的孩子一起吃饭?别介意,我丈夫会亲自邀请你的,到时候再看你怎么说吧。"

"莫琳,别逼他了;你已经让他很狼狈了。有件事我想瞧瞧。你们两个站在一起,肩并肩。去啊,特德;她不会咬你的。"

"史密斯太太?"

她耸了耸肩膀,露出酒窝,握住他伸过去的手,从她的摇椅上站了起来,"父亲总是'有件事想瞧瞧'。"

拉撒路站在她身边,面对自己的外公,努力不理会她身上发出的香气——其中只有一点点香水味,主要是一个可爱、健康的女人身上那种温暖、芬芳的气息。拉撒路不敢再想下去了,同时非常小心地不让自己的感受显露在脸上。但这种气息仍旧让他胸中剧震。

"嗯。你们两个都走到壁炉架那里去照照镜子。特德,1882年,那里没有伤寒。1883年也没有。"

"真的吗,先生?当然,那时的事我已经不记得了。"(真不应该说这样的事!对不起,外公。你会相信事实真相吗?你可能会……所有我认识的人里,只有你有这种可能。还是别冒险,小伙子,算了吧!)

"没有伤寒。那两年死的人中,很多只是因为太懒,盖厕所时不肯离水井太远。为这个送命的人每年都有。但我相信你的父母不是这种人。猜不出你母亲是什么样的人,但我相信你父亲准是个能负责任的,死的时候还双手把着方向盘。莫琳?"

史密斯太太盯着镜子里的自己和客人,慢慢地说:"父亲……布兰松和我看起来真像一对亲兄妹。"

"不。是最近的堂兄妹。奈德死了,没有办法证明这件事,但我想——"

约翰逊的话被前面楼梯平台上的一声叫喊打断了:"妈妈!外公!来给我扣扣子!"

艾拉·约翰逊回答道:"伍迪,你这个小混蛋,回楼上去!"

那个孩子没有听他外公的话,反而走了下来。他个子很小,是个男孩,脸上长满雀斑,姜黄色的头发,穿着婴儿服,裤子的后帘没扣上,在屁股后面吊着。他瞪着又圆又亮、充满怀疑的眼睛盯着拉撒路。拉撒路感到后背一阵寒战,努力不去看这个小孩。

"他是谁?"

史密斯夫人赶紧说:"请原谅,布兰松先生。"然后平静地接着道,"到这里来,伍德罗。"

她的父亲说道:"别麻烦了,莫琳。我会把他带到楼上,把他的屁股打个稀巴烂——然后再帮他扣上扣子。"

"凭你一个人,办得到吗?"男孩挑衅地问。

"就我自己,还有一根棒球棍。"

史密斯太太一声不吭,很快满足了孩子的要求,然后把他带出客厅,领他上楼。过了一会儿,她又回来坐下。她的父亲说:"莫琳,那只是他的一个借口。伍迪可以自己扣扣子。还有,他已经太大了,不适合再穿婴儿服装。给他穿长睡衣吧。"

"父亲,我们能不能以后再讨论这个问题?"

约翰逊先生耸了耸肩膀,"我又多管闲事了。特德,那就是我说的下象棋的小家伙。他绝顶聪明。是以威尔逊总统的名字命名的,可他才不会说'我们有自尊,不会去打仗'。调皮捣蛋的小鬼头。"

"父亲。"

"好吧,好吧——但这是事实。这也是为什么我喜欢伍迪的原因。他会有出息的。"

史密斯太太说道:"请原谅我们,布兰松先生。我的父亲和我有时候会在怎么抚养男孩子的问题上有一点点意见分歧。但我们不应该让你卷入这个沉重的话题。"

"莫琳,我只是不想让你把伍迪变成一个妈妈的宝贝。"

"变成那样也没什么坏处,父亲;他跟你很像。我父亲参加过1898年的战争,布兰松先生,还有起义——"

"还有拳击手反叛。"

"——他老是忘不了这些事——"

"当然忘不了。我女婿不在的时候,我总是把我那把点三八式手枪压在枕头底下。"

"我也不希望他忘记;我为我父亲感到自豪,布兰松先生,也希望我所有的儿子长大后都有他那种精神。但是我也想让他们学会礼貌地说话。"

"莫琳,我宁愿伍迪和我顶嘴,也不愿意他对我唯唯诺诺。他很快就能学会礼貌地讲话了;大些的孩子会教他的。脸上的黑眼圈是最深刻的礼仪教育。这是我个人的经验。"

门铃的叮当声打断了他们的谈话。"是南希。"约翰逊先生说着起身开门。拉撒路听到南希对什么人说晚安,然后他站起来,等着被介绍。看到南希并没有让他吃惊,他在教堂时已经认出了他的大姐,也知道她看起来像年轻的拉祖和劳瑞。她礼貌地问候了他,打完招呼后立刻上了楼梯。

"请坐吧,布兰松先生。"

"谢谢你,史密斯夫人,但你没有睡觉就是为了等女儿回来。现在她回来了,所以我得走了。"

"哦,不着急;父亲和我都是夜猫子。"

"非常感谢你们。咖啡和蛋糕我很喜欢,更喜欢和你们聊天。不过真是到了我说晚安的时候了。你们太客气了。"

"如果你一定要走的话,先生。周日我们能在教堂见到你吗?"

"我想我会去的,夫人。"

拉撒路开车回了家。他的脑袋有些发晕,虽然身体仍旧很警觉,但思想却跑到不知道什么地方去了。他到了自己的住所,进屋闩上门,机械地检查了窗户和百叶窗,然后脱下衣服,开始给浴盆放水。"你这个愚蠢的家伙,"他咬着牙,恶狠狠地慢慢说,"你这个混蛋。你就不能做一丁点正确的事吗?"

不，显然不能，连再次结识自己的母亲这种简单的事，他都无法做好。外公不是问题；那个老狐狸没有让他感到惊讶，只是比拉撒路记忆中的个子矮一些、块头小一些。除此之外，他正是拉撒路记忆中的那个外祖父：脾气暴躁、疑心重、愤世嫉俗、有礼貌又好斗嘴——让人觉得很愉快的人。

有那么几次，当他"静听法庭裁决"的时候，事态的发展让人有些提心吊胆。但那一招的结果比拉撒路预期的结果还要好——外貌的相似没有引起怀疑。拉撒路从来没见过外公的哥哥（他在伍迪·史密斯出生以前就去世了），甚至忘了曾经存在过一个爱德华·约翰逊。

家族族谱上列了"奈德"叔叔吗？问问贾斯廷。没关系，这不重要。母亲的话说到点子上了：拉撒路其实是像他的外祖父。也像他的母亲，正如外公所说。但这只是让大家猜想这与亲爱的老奈德叔叔和他那"荒唐的生活方式"有关。母亲得知她的客人并没有感到尴尬的时候，她并不介意听外祖父说下去。

尴尬？这把他的身份从一个陌生人变成了"表亲"。拉撒路真想亲吻奈德叔叔，感谢他那种"荒唐的生活方式"让他们之间的亲属关系解释得通。外祖父相信了这个说法——当然，这是他自己的猜测——他的女儿看上去也很愿意把这个说法当成一个可能是事实的假设。拉撒路，这样一来，你就处在了一个对你十分有利、你又十分需要的位置上——只要你不是这么一个满嘴跑火车的傻瓜的话！

他试了试水温——凉的。他关上水龙头，拔出水塞。拉撒路租下这个散发着霉味的小屋时，人家向他承诺全天提供热水。现在看来，这个承诺只是个诱饵。看门人睡觉之前关掉了热水器。九点以后还想用热水的准是傻瓜。是的，他是一个不折不扣的傻瓜。以他现在这个糊里糊涂的脑子,也许冷水比热水更合适。问题是,他原本打算泡个长长的热水澡,让紧张的神经放松下来,让他可以好好思考。

他爱上了他的母亲。

正视这个现实吧,拉撒路。这种事简直匪夷所思,你不知道应该怎么应付。两千年来,你做过无数傻事,但眼下这一桩是你陷入的最为荒谬的困境。

哦,当然,儿子都是爱母亲的。身为"伍迪·史密斯"时,拉撒路从来没有怀疑过这一点。他总会亲吻母亲,向她道晚安(通常情况下),看到她的时候拥抱她(时间不急的话),记得她的生日(几乎是这样),感谢她为晚归的他留出的饼干和蛋糕(除非他忘记了)。有时,他还会告诉她他爱她。

她是个好母亲。她从来不对他大声叫喊(对其他孩子也是这样);需要的时候,她会立刻用树枝惩罚他们,问题也就解决了。她从来不会采取"等你们的父亲来,看他怎么收拾你们"的态度。直到现在,拉撒路还能感觉到桃树枝打在小腿肚上的感觉。很小的时候,抽打让他懂得了很多道理。

他还记得,当他长大一些以后,他开始为母亲的样子感到自豪。母亲总是穿得很整洁,身姿挺拔,对他的朋友总是和蔼亲切,和其他男孩的妈妈不一样。

哦,当然,男孩爱他的母亲,而伍迪有幸得到了一个最好的母亲。

但这不是拉撒路对莫琳·约翰逊·史密斯——这个可爱的、与"自己"年龄相仿的年轻主妇——的感情。这一晚的拜访既甜蜜又痛苦。

省省吧,省省吧!他不会给外公或父亲任何朝他开枪的理由,甚至不会让他们不高兴——还有你,你也省省吧,你这条瞎眼蛇!拉撒路想知道父亲什么时候回家,努力回忆他的模样。他发现自己的记忆模糊了。拉撒路一直跟外公更亲。父亲总是出差在外,外公白天的时候总在家里,而且愿意和伍迪待在一起。

他的祖父母呢?在俄亥俄州的什么地方。辛辛那提?没关系,他对他们的记忆非常淡漠,没有必要去看他们。

他已经完成了在堪萨斯城想做的所有的事。只要他还有上帝赐予的哪怕一丁点理智,他就应该马上离开。周日不去教堂了,远离那个台球厅,周一就走。卖掉剩余的财产,离开!开着那辆福特车——不,还是卖了它,坐火车去旧金山;在那里坐上第一艘轮船向南。在丹佛或旧金山给外公和莫琳寄一封礼貌的信,说自己很抱歉,但公务紧急,等等。一定要离开这里!

对,现在就离开这座城市,永远不再回来!

既然你不会再跟你的家人见面,那就没有必要躲到南美的某个地方等着战争结束了。关于这个注定灭亡的时代,你见识的已经够多了。让那两个姑娘回来,带你离开。就现在。

亲爱的拉祖和劳瑞:

我的小可爱们,我改变计划了。我已经拜访了我的第一个家庭,在这个时代我没有其他要做的事情了。没有什么值得让我在某个穷乡僻壤再忍上差不多两年的时间,等待这场血腥的战争走向一个无用的结局①。所以我想让你们现在就来接我,在那个陨石坑。忘了埃及吧;我现在去不了那里。

---

①美国于1917年向德国宣战,但拉撒路记错了开战时间,以为还要过两年。(见后文)。

　　我说"现在来接我"是指公元1917年3月3日。再重复一遍，公元一九一七年三月的第三天，在亚利桑那州的那个陨石坑。

　　见到你们以后，我有很多话要和你们说。同时献上——

　　我永恒的爱

拉撒路

从头重复

IV 家

公元1917年3月27日

亲爱的,你们好!

　　再重复一下基本信息:我比计划的时间提前了三年到达这里——1916年8月2日——但还是希望你们在放下我以后的整整第十个地球年的同一天来接我,也就是1926年8月2日。这是第六次重复。会合地点和备选时间安排和以前一样。请向多拉强调,这个失误是由于我向她输入了错误的数据造成的,不是她的错误。

　　我在这里过得很好。我结清了我的生意,找到了我的外祖父(艾拉·约翰逊),并通过他结识了我第一个家庭的成员——这得益于我撒的一个可怕的弥天大谎。幸运的是,我的长相和这家人很像,使外祖父认为我是他的一个(已经去世)哥哥的私生子。我没有这样说过;这是他自己想出来的,但一来二去就成了可靠的事实。现在我成了我第一个家庭里一个"失散已久的亲戚"。我没有和他们住在一起,不过他们很欢迎我,这很不错。

让我简要介绍一下这个家庭的情况吧,因为你们所有的人都是其中三个人的后代:外公,妈妈,还有伍迪。

贾斯廷在他那本书里描述了外公。真人和描述的没有什么不同,贾斯廷,你笔下他身高两米、结实得像花岗岩那部分除外。其实外祖父的身材和我差不多一样。只要他允许,我的每一分钟都是和他一起度过的,主要是每周和他下几次象棋。

妈妈:在拉祖和劳瑞身上该丰满些的地方加上五公斤肉,然后让她们老上十五岁,还要再多加上些高贵的气质。

爸爸:他不在家。我已经忘记了他的样子。事实上,除了外公以外,其他所有人的长相我都记不住(我和外公长得一模一样)。但我看到了爸爸的照片,他长得有点像特德·罗斯福总统——是叫"西奥多"的那个,雅典娜,不是"富兰克林"。如果记忆库里有照片的话,你们可以看一看。

南希:是我离开前三年时拉祖和劳瑞的翻版。不过没有那么多雀斑,而且显得非常高贵——除了不那么高贵的时候。她已经能强烈地感知到(年轻)男性的魅力了,我想外公已经在敦促母亲,尽快把霍华德家族的规矩告诉她,以确保她能和家族内部成员结婚。

卡洛尔:又是一个拉祖和劳瑞的翻版,不过她比南希小两岁。和南希一样,她也对男孩子很感兴趣,却总是遇到一些麻烦;妈妈对她的行为有一些限制。她会气得下巴哆嗦,但妈妈总是不予理会。

小布莱恩:黑头发,模样长得更像爸爸,是一个年轻的、正处于起步期的资本家。他揽了份送报纸的活,路线和他的另一份活——点亮路边的瓦斯灯—— 一样。他还和本地的一家电影院签了合同,帮他们散发宣传单。他把后一份活派给了他的弟弟们和其他四个男孩,付给他们的酬劳是电影票。他还会留一些票自己用,在学校向其他人打折出售剩下的电影票(原价五美分,他卖四美分)。夏天的时候,他会在街角开一个卖苏打汽水(一种甜甜的、冒气泡的饮料)的小铺子,但他打算在这个夏天把铺子的生意转给他的弟弟。他还有另一个生意正在计划中。(在我的记忆里,布莱恩年纪轻轻就发财了。)

关于我的家庭,我还想说说别的一些情况。按照此时此地的标准,我们家是比较富裕的——但并没有过分显摆,只不过住在一幢大房子里,周围的环境比较好。这不仅仅因为爸爸是个成功的商人,也因为在这个时期,从购买力上看,霍华德家族给新生婴儿的补贴力度相当大——而妈妈已经生育了八个孩子。对你们所有人来说,作为"霍华德"家族的成员,其优势在于遗传基因和健康的传统,但此时此地,它还意味着生育孩子获得的报酬。这是个良种繁殖计划,我们就是良种。

我想爸爸一定是把妈妈生育孩子挣来的钱拿去作了投资,而不是把这些钱全花了。这个情况也和我自己脑海里模糊的记忆相符。我不知道我的兄弟姐妹的情况怎样,但我记得我第一次结婚的时候就收到了一笔用于开创自己事业的启动资金。当时我没想到会得到这笔钱,它和我的第一个妻子因为具有生育能力、并且也愿意生育而获得的霍华德家族补贴也没有任何关系。我结婚的时候恰逢经济萧条时期,有没有这笔钱的区别还是很大的。再回头说说孩子。男孩子们不是因为喜欢工作才工作;他们是不得不工作,否则除了衣服和食物以外,他们什么都没有。女孩子们有一点点零花钱,但是要求她们做家务,帮忙照顾年纪小的孩子。这是因为在这个社会里,一个女孩子挣钱是非常困难的,但一个走出家门、努力尝试的男孩子会面临无穷多的机会。(这个世纪结束前,这种情形发生了很大变化,但1917年仍是这样的。)在家里,史密斯家的所有孩子都要干活(妈妈每个星期会请一个洗衣女工在家干一天活,仅此而已),但在外面找到了挣钱的活儿的男孩(或者女孩)可以不做家务。他不干活,也不需要向家里"付钱";所有挣到的钱他都可以自己留下,可以花掉,也可以存起来。但存下多少钱,爸爸会再补相同的数额给这个孩子,以此鼓励孩子们存钱。

如果你认为爸爸和妈妈是刻意要把他们的子女培养成财迷的话,那你就对了。

乔治:十岁,是小布莱恩的伙伴、跟屁虫和小随从。几年后,随着乔治揍向布莱恩嘴巴上的一拳,这种情形结束了。

玛丽:八岁,是一个长着雀斑、顽皮得像个男孩的小姑娘。妈妈正艰难地试图把她变成一个"淑女"。(妈妈那温柔的固执——以及遗传特性——最终还是胜利了。玛丽最后长成了家里的大美女,大批追求者倾倒在她的石榴裙下。我恨这些人,因为曾经有一段时间我是她最宠爱的小弟弟。玛丽是我的兄弟姐妹里和我最亲的一个。在一个大家庭里也可能感到孤独,我就是这样。和外公在一起时我不会感到孤独,有那么一小段时期,和玛丽在一起的时候我也不孤独。)

伍德罗·威尔逊·史密斯——还差几个月才到五岁,是最让人讨厌的坏小子。真让人难以置信,这个烦人的家伙最终竟会由一根杂草长成人类最美丽的鲜花——也就是本人,你们的老兄。到目前为止,他已经在我的帽子里吐过口水,而帽子本来挂在门厅衣架上,应该是他够不着的地方;他还用各种侮辱性的话骂我,其中"那个戴圆顶帽的臭家伙又来了!"是最轻的;当我想把他抱起来的时候他踢了我的肚子(这是我的错;我本来不想碰他的,但我决定打破自己这种没什么道理的厌恶感);他指责我在下象棋的时候作弊,其实作弊的是他自己——他先把我的注意力引向窗外的什么人,然后把我的皇后挪了一个方格。我当场抓住了他,然后让他解释这是怎么回事。类似的烦心事数不胜数。

但我还是继续在和他下象棋,这是因为:1)我已经下定决心,要在这一段短暂的时光里和我第一个家庭里的每个人处好关系;2)只要有机会,伍迪就想下棋,而他周围的人里只有外公和我能下象棋,并且能够忍受他的坏脾气。(必要的时候,外公会狠狠敲打他;而我没有这样的特权。但是,如果不是担心接下来会发生什么的话,我真会掐死他。会发生什么呢?人类一半历史会消失、剩下的一半会变得让大家都认不出来吗?不会,"悖论"是一个没有什么意义的词;我还活在这里的事实就证明了我能够忍着不发脾气,直到这个小畜生把嘴闭上)。

理查德:三岁,他令人喜爱的程度和伍迪令人厌恶的程度一样。他喜欢坐在我的腿上听我讲故事。他最爱听的是名叫拉祖和劳瑞的两个红头发双胞胎驾驶一艘神奇的"飞船"在太空遨游的故事。对于这个小可爱我觉得有些伤感,因为他会(已经)在年纪很轻的时候就去世了,死于进攻硫磺岛的战役。

伊瑟尔:身体的上端是天使般的笑容,下端则是湿透了的尿不湿。和她无法对话。

这就是我(我们)的家庭在1917年时的情况。我预计还要在堪萨斯城待一段时间,直到爸爸回家——用不了多久了——然后离开;我有点紧张,但更多的是兴奋。战争结束以后我可能会回来找他们——也许不会;我不想让欢迎我的人挤破头。

为了把上面的事情说明白，我应该解释一下这里的风俗。在爸爸回到家里之前，我的身份只能是外公的一个棋友；不可能再有其他什么了，尽管他——也许也包括妈妈——相信我是奈德叔叔的儿子。为什么呢？因为我是一个"年轻"的单身汉。根据当地的习俗，一个已婚妇女不能和年轻单身汉成为朋友，尤其是当她的丈夫出门在外的时候。这个禁忌是如此严格，以至于我甚至不敢表现出想违反它的意愿。这是为了妈妈着想。当然，她也不会鼓励我这样做。外公也不会允许发生这样的事。

所以，只有以看望外公的名义去我自己的家，我才会受到大家的欢迎。如果打电话，我也只能找他。其他情况与此相类。

哦，在下雨天，我可以用我的车从教堂捎史密斯一家人回家。我几乎可以为孩子们做任何事，只要我不"宠坏"他们——妈妈对此的定义是在他们中某个人身上的花费多于五美分。上个星期六，我被允许用我的汽车带着六个孩子出去野餐。我还在教布莱恩开车。妈妈和外公都认为我对孩子的爱心是可以理解的，因为我很"孤独"，而且作为一个"孤儿"，我没有幸福的童年。

我绝对不能做的事是和妈妈单独待在一起。没有外公公开陪着我，我也不会单独走进我自己的家；邻居们会注意这样的事情。对这种事，我一直很小心；我不想让妈妈因为违反禁忌惹上麻烦。

我现在是在我的公寓，用一种你们想都想不到的"打字机器"写这封信。我得停笔了，因为我要带它进城，把它光致还原两次，然后蚀刻、碾压、密封，再把它送到一个递送延迟信件的邮寄点——这要花整整一天时间。我必须使用一个租来的实验室，离开时还得把所有中间过程留下的东西统统销毁；我不敢把这些东西留在一个看门人也有钥匙的房间里。等我从南美回来以后，我会建一个自己的、能放在汽车里的实验室。未来十年里，平坦的道路会越来越普遍，我计划沿着这些路去旅行。我还想继续在尽可能多的邮寄点发出这样的邮件，期望至少有一封能够最终穿越时空，到达你们那里。正如贾斯廷所说，这些信件面临的真正障碍来自接下来的这三个世纪，我只能指望它们中间能有一封熬过这段时间。但我会继续写下去的。

献上我所有的爱，给你们所有人

拉撒路

从头重复

V

1917年3月3日，德国人密谋联合墨西哥和日本进攻美国
——齐默曼证实电报属实

1917年4月2日，总统上书国会——要求宣战

1917年4月6日，美国加入战争——国会宣布"进入战争状态"①

　　美国这么快就向德国宣战了，拉撒路·龙一时有些措手不及。但战争无疑已然发生了。他毫无准备，直到事情过后好久

————————————

①从原文格式看，这些是当时报纸的标题。

他才开始分析,为什么他所信赖、所依靠的"后见之明"甚至比一般的预测更不准确。

1917年年初再次发生的潜艇冲突并没有使他惊讶;这符合他对于早年历史课程的记忆。齐默曼电报事件也没有使他不安,尽管他并不记得这件事;但这事也符合他有关从1914年到1917年这三年的时间里,美国是如何慢慢从一个中立国变成参战国的一些记忆——仍是历史课上学的,并不是一个小孩对亲身经历的记忆。欧战爆发时,伍迪·史密斯还不到两岁,美国参战的时候,他还不到五岁;对于国家事务,拉撒路没有自己亲身经历的记忆。那会儿伍迪还太小,无法记住离自己如此遥远的事情。

发现自己比预定时间早到了三年后,拉撒路定下了一个时间表。这个时间表运行得十分完美,于是他没有注意到自己的"表"是不准确的,直到事件本身在他脸上狠狠打了一耳光。有时间分析自己的错误时,他发现自己犯了一个不利于生存的重罪:过分沉溺于自己的愿望。他轻信了自己的时间表。

他不想这么快就离开他刚找到的自己的第一个家庭。包括家庭的所有成员,但主要是莫琳。

莫琳——经过一整夜狂乱的思想斗争之后,他决定按原计划在这里待到七月一日。这一夜他犹豫不决,焦虑,写了信又把信撕掉,最后还是觉得应该留下。他可以友好、礼貌地对待布莱恩·史密斯太太,避免任何超越道德规范的情感。

整个三月,拉撒路寻找各种可以被大家接受的方式来看望她。小布莱恩想学开车;外公认为他已经足够大了,拉撒路可以教他。他在母亲家门口接上他,再把他送回家——经常得到的奖励是莫琳的注视。拉撒路甚至找到了一个接近伍迪的办法

（不是下象棋）。他带这个孩子去跑马场剧院，看魔术师瑟拉斯顿的"伟大"表演；还承诺等夏天公园开放时带他去"电子公园"。那是一个游乐园，是伍迪心目中的天堂。这样一来，他们两人之间总算达成了休战协议。

拉撒路会从剧院把孩子送回家。玩累了的孩子睡得很死，他得到的奖励是和外公、莫琳一同喝咖啡。

拉撒路还自愿为教堂组织的男童子军提供帮助。乔治是普通队员，而布莱恩快升为小队长了。拉撒路发现当童子军团长的助手本身也很有趣，而且，男孩子们搭他的车回家的时候，外公会邀请他进家里坐坐。

拉撒路没怎么注意国家的对外事务。他买《堪萨斯邮报》，因为三十一街和突斯特路交界的十字路口卖报男孩把他当成了常客，一个出手大方的人，总是用一枚五分硬币买售价一美分的报纸，而且还不要找零。但拉撒路很少看报，卖掉了自己的生意以后，他连市场新闻都不关心了。

四月的第一个星期，拉撒路没有计划去看他的家人，有两个原因：一是外公离开了，二是他的父亲回来了。拉撒路不想在他能够自然地、便利地通过外公结识父亲之前与他见面。他留在家里，自己做饭、做家务，修理汽车，把它清洗干净，擦得锃亮，还给他在特蒂尤斯的家人写了一封长信。

星期四早晨，他带着这封信，原本想把它加工好后送到延迟邮件邮寄点去。他像往常一样在三十一街和突斯特路交界的十字路口买了一张报纸；在电车上坐下以后，他扫了一眼报纸头条——然后打破了自己平常的习惯，不再欣赏街景，而是仔细地开始看报。这以后，他没有按计划去堪萨斯城照相设备公司，而是去了大公共图书馆的阅览室,花了两个小时的时间,补上了最近发生的事。他读了当地报纸,周二的《纽约时报》,读到了总统向国会提交的提案——"美国别无选择。愿上帝保佑她!"他还读了昨天的《芝加哥论坛报》,它是除了德文媒体外最坚定的反英报纸,现在也改口风了。

然后他去了男卫生间,把他准备的信撕成碎片,冲进下水道。

他来到密苏里储蓄银行,把账户里的钱都取了出来。接着他来到隔壁的圣达菲铁路公司设在城里的售票厅,买了一张前往洛杉矶、可以在亚利桑那州的弗拉格斯塔夫停留三十天的火车票。他又在文具店停了一下,出来后去了大众银行,找到他的保险箱,从中取出一个装满金币的盒子。他要求使用银行的盥洗室;他在这里租用的保险箱使他有这个权利。

金币分散地装在拉撒路的外衣、背心和裤子各处的十三个口袋内。他看起来不再那么整洁了,身上这里垂下一块,那里垂下一快,但只要小心一些,金币不会叮当作响。他走起路来万分小心,坐电车时提前准备好了零钱,上车后没有坐下,而是站在车尾。一路上他提心吊胆,直到回到自己的公寓,锁好门。

他给自己做了一份三明治,吃完后开始做针线活。他把金币放进以前做的那件麂皮背心上那些只能装一个金币的小兜,把小兜缝死,再在这件背心外面套上一件样式完全一样的西装背心。拉撒路强迫自己慢慢地做这件事,整齐地对好缝线,让旁人无法看出这件背心的奥妙所在。

到午夜时分,他又给自己做了一个三明治,然后继续做他的针线活。

等觉得背心很合身、外观也没什么问题了以后,他把装钱的背心放到一边,把一张对折的毯子铺在刚才做针线活的地方,在上面放上一台很重、很大的奥里弗打字机。他开始用两个指头操作这个叮当作响的怪物：

堪萨斯城，公元1917年4月5日

我最亲爱的拉祖和劳瑞：

　　紧急情况。

　　我需要你们来接我。我希望能够在1917年4月9日，星期一，到达那个陨石坑。重复一遍，是一九一七年四月九日。我有可能会晚到一至两天。如果可能的话，我会在那里等十天。如果你们没有接到我，我会按照约定在1926(一九二六)年和你们会合。

　　谢谢！

拉撒路

　　拉撒路打了两份原稿，又写好两套嵌套在一起的信封，其中一套最外面的信封上写的是本地的联络人，另一套是芝加哥的地址。然后他写了一份出售声明：

　　我将我拥有的一辆福特T型车(发动机号1290408)的利益、权利和所有权，以已经收到的一美元以及善意友好的款待为对价，出售并转移给艾拉·约翰逊。我向他以及他的继承者保证这项财产完全没有任何约束，我是它的唯一所有者，拥有不受限制的转让权。

西奥多·布兰松

公元1917年4月6日

　　他把这份声明放进一个空白信封,把它和其他信封放在一起,然后喝了一杯牛奶,上床睡觉了。

　　他睡了十个小时,街上叫喊的"号外! 号外!"也没有打扰他;他预计到会有号外,在潜意识里忽略了它。他要继续休息——接下来的几天他会非常忙。

　　他的生物钟叫醒他以后,他起床了,很快洗了澡、刮了胡子,接着做了一顿丰盛的早餐,把它吃完。然后他清理了厨房,把冰盒里容易腐烂的食物拿出来,扔进放在后门廊的垃圾箱。他把订冰块的服务卡转了过来,上面写着"今天不需要冰块",又在冰盒上放了十五美分,把接冰盒融水的盘子倒干净。

　　冰盒旁边放着一夸脱新鲜牛奶。他没有订牛奶,但也没有特别说不要牛奶。所以他在一个空瓶里放了六美分,还写了张便条,告诉送牛奶的人在他下次留钱之前不要再给他送牛奶了。

　　他准备了一个小提包,里面放着盥洗用品、袜子、内衣、衬衫和领衬(对拉撒路来说,这些浆得硬硬的领衬象征着所有带给大家极大束缚的禁忌;没有这些禁忌的话,这个时代会更加美好)。然后他在公寓里迅速搜寻了一番,看是不是落下了什么带有个人特征的东西。租金付到四月底;运气好的话,那时他已经在飞船多拉上了。如果运气不好,他应该是在南美。就算运气更差一些,他也会在其他地方——任何地方——用另外一个名字;他想让"特德·布兰松"消失得无影无踪。

　　没过多久,他来到前门,全部行装是一个手提包、一件外套、一套冬天穿的衣服、一副由象牙和黑檀木做成的象棋,还有一台打字机。他穿好衣服,小心地把三个信封和火车票放进外套衬里

699

的口袋。装钱的背心穿着很热,但还算舒服;金币分散开来装的效果不错。

他把所有的东西都放在汽车后座,开车去了南边的邮政服务点,在那里寄了两封信,然后从那里去了闲暇时光台球厅隔壁的当铺。"瑞士花园"的百叶窗放了下来,外面挂着"不营业"的牌子。拉撒路注意到了这一点,心里暗自感到好笑。

戴托巴姆先生愿意用一把枪换他的打字机,但要加收五美元,才能让拉撒路拿走他挑的柯尔特式小手枪。拉撒路没有和他讨价还价,还抵押了冬天的套装。外套留在当铺,他手里是一张当票、一把手枪、一盒弹药和三美元现金。他实际上是把外套送给了戴托巴姆先生,因为他根本没想过把它赎回来。但拉撒路得到了他想要的东西,还多了三美元。现在,不再需要的财产都清理了,而且,这最后一笔交易让他的这位朋友很高兴。

枪的大小很合适,拉撒路重新改造的背心左边口袋正好能凑合着当枪套用。只要他不蹦蹦跳跳——对这位明显令人尊敬的公民来说,这是绝不可能出现的行为——不会有人注意到它。苏格兰短裙更适合隐藏手枪,拔枪也更容易、更快,但穿着现在这身衣服,他只能做到这一步了。还好这把枪的前主人是个注重实用的人,卸掉了它的准星。

现在,他已经结束了和堪萨斯城的一切关系,只剩下一件事:向他的第一个家庭的人告别。这之后,他就会乘上第一趟向西的圣达菲火车。外公去了圣路易斯,这倒有点麻烦,但也没什么办法好想。这次他要自己闯进去,讲一个令人信服的故事。这套象棋是送给伍迪的礼物,这已经是足够令人信服的、让他亲自上门的理由了;那张出售声明给了他一个可以和父亲说话的借口。不,先生,这不完全是一份礼物。战争结束以前,总得有人开它吧。如果出了什么意外我没有回来……那么,这会让事情简单化——你懂我的意思吧,先生?你的岳父是我最好的朋友,从某种意义上说还是我的亲人,因为我没有什么亲人。

是的,这是可行的,使他有机会和家里的每个人说再见,包括莫琳(尤其是莫琳!),而且不用说很多谎话。这是最好的撒谎的方式。

只是有一件事——如果他的父亲想招徕他,让他加入自己的军种,那就只好撒个谎了:拉撒路已经决心参加海军。不是想冒犯你,先生;我知道你刚从普拉茨堡受训回来,但是海军也需要人。

不到万不得已,他不会撒这种谎。

他把车停在当铺的后面,过了马路,来到一家杂货铺。他在那里打了个电话:

"请问是布莱恩·史密斯家吗?"

"是的。"

"史密斯太太,我是布兰松先生。我能和史密斯先生讲话吗?"

"我不是妈妈,布兰松先生;我是南希。天哪,你会把我当成她!这太可怕了!"

"是可怕,南希小姐。"

"你找我爸爸?可他不在家;去了利文沃思基地。他去那儿报到——我们不知道什么时候才能再看到他!"

"哦,这样啊。请不要哭泣,别哭!"

"我没有哭。我只是有一点点伤心。你要和妈妈说话吗?她在家……不过她正躺在床上。"

拉撒路的脑筋飞快地转着。他当然想和莫琳说话。但是——这会使事情变糟，现在的情况已经够复杂的了。"请别打扰她了。你知道你外公什么时候能回来吗？"（他能等到他回来吗？唉，该死的！）

"哦，外公昨天已经回来了。"

"是吗？我能和他讲话吗，南希小姐？"

"可他也不在家。他几个小时之前去了城里，可能是在象棋俱乐部。你想给他留个口信吗？"

"不用了。就告诉他我打过电话……我还会再打来的。嗯，南希小姐——你别担心。"

"我怎么能不担心呢？"

"我能预见未来。不要告诉其他人，但这是真的；一个老吉卜赛女人看出我有这个特异功能。你父亲会回家的，在战争中也没有受伤。这我知道。"

"嗯……我不知道是不是应该相信你的话——但它的确让我感觉好了一些。"

"这是真的。"他轻声和南希道别，然后挂上了电话。

"象棋俱乐部——"外公今天肯定不会在台球厅闲逛。但象棋俱乐部就在街对面，看看也无妨。没有的话，他会开车去本顿大道，在一个能看到他家的地方等外公回来。

外公就在那里。他坐在象棋桌前，但甚至没有假装在思考象棋问题；他只是坐在那儿生着闷气。

"下午好，约翰逊先生。"

外祖父抬起头来，"有什么好的？坐吧，特德。"

"谢谢你，先生。"拉撒路在另一把椅子上坐下，"没什么好的,我想。"

"嗯?"老头子看着他,好像刚刚注意到他的出现,"特德,你觉得我是个身体状况良好的人吗?"

"是的,这还用说。"

"可不可以扛着枪一天走上二十英里?"

"我觉得可以。"(我肯定你可以的,外公。)

"我就是这么跟征兵处那个小滑头说的。可他告诉我,我太老了!"艾拉·约翰逊像快要哭出来了,"我问他,哪条规矩说四十五岁已经太老了?可他让我走开,说我挡住别人了。我让他到外面来,说我能打败他,还有他选中的随便哪个人。可他们把我撵出去了,特德,他们把我撵出去了!"外祖父双手捂住脸,过了一会儿才把手拿开,喃喃自语道,"在那个混蛋小兵学会站着撒尿之前,我已穿上美军军服了。"

"我很遗憾,先生。"

"是我自己的错。我带上了我的退伍证……我忘了上面写着我的出生日期。你说,特德,如果我把头发染了,再去圣路易,或者乔普林——会不会有用?应该会吧?"

"可能吧。"(没用的,我知道,外公……可我记得你成功地用这些伎俩说服了国民自卫队。但我不能告诉你这个。)

"我要试试!这次我要把退伍证留在家里。"

"我能送你回家吗?我的老爷车就停在后面。"

"嗯……我想是吧。说不定到头来还是得回家去。"

"要不要开车兜一圈,静一静?"

"好主意,如果不麻烦的话。"

"一点也不麻烦。"

拉撒路开着车,一声不响,直到老人的怒气慢慢平息下来。

拉撒路觉察到这一点以后就开始掉头,然后向东转,回到三十一街。他停下车子,"约翰逊先生,能听我说说吗?"

"什么?说吧。"

"如果他们不收你——即使你把头发染了——我希望你不要太失望。因为这场战争原本就是一个可怕的错误。"

"你是什么意思?"

"就是我说的那个意思。(要告诉他多少呢?我能让他相信多少呢?我不能隐瞒所有的事情——这是外公啊……是他教会我射击,还有其他很多东西。但他会相信吗?)打这场战争没有任何好处;它只能使事情更糟糕。"

外祖父死死地盯着他,眉头紧锁,"你是支持哪边的,特德?支持德国人?"

"不是。"

"那是和平主义者?这会儿想来,关于这场战争,你从来没说过一个字。"

"不,我不是和平主义者。我也不支持德国人。但如果我们赢了这场战争——"

"你应该说'当我们赢了这场战争的时候'!"

"好吧,'当我们赢了这场战争的时候',最终的结果会表明我们实际上输了。我们会失去所有我们想通过战争赢得的东西。"

约翰逊先生突然改变策略,"你什么时候入伍?"

拉撒路犹豫了一下,"我还得先做几件事。"

"我想这就是你的回答了,布兰松先生。再见!"外祖父胡乱摆弄着车门把手,嘴里咒骂。他迈出车门,站在路边。

拉撒路说:"外公!我是说'约翰逊先生'。让我把你送回家吧,求你了!"

他的外公停了下来,只停了一瞬间,回头扫了他一眼。"我不坐你的破车……你这个懦弱的胆小鬼。"他迈开大步,沿着街道向汽车站走去。

拉撒路一直等着,看着约翰逊先生上了电车,然后跟着那辆电车。他不愿承认自己其实没有什么办法可以弥补和外公破裂的关系。他看着老人在本顿大道下车,心想是不是要赶上他,和他说两句话。

但他能说什么呢? 他理解外公的感受,以及他为什么会有这样的感受。还有,他已经说得太多了,没有什么话可以挽回或者纠正他说过的话。他毫无目的地沿着三十一街开着。

他把车停在印第安纳大街,从一个报亭买了一份《星报》,然后走进一家杂货铺,在冷饮柜边坐下,要了一杯樱桃果汁汽水,假装看报纸,使他在这里的出现显得合情合理。

但他根本读不进去。眼睛盯着报纸,脑子却陷入了沉思。

卖苏打的伙计擦拭他面前的大理石台面,在他周围转悠。于是他又要了一份果汁汽水。这种事第二次发生后,拉撒路要求用电话。

"本地还是贝尔①长途?"

"本地。"

"在卖香烟的柜台后面,你把钱付给我。"

"布莱恩吗? 我是布兰松先生。我能和你妈妈说句话吗?"

"我去找她。"

---

①电话公司,垄断了当时美国的长途电话。

电话里传出的却是他外公的声音：

"布兰松先生，你的脸皮真是厚得让我吃惊。你想干什么？"

"约翰逊先生，我想和史密斯太太讲话——"

"不行。"

"——因为她一直对我很好，我想谢谢她，并向她告别。"

"等一等——"他听到外公对旁人说话，"乔治，你出去。布莱恩，你带着伍迪，把门关上，还要看好门，让它一直关着。"约翰逊先生的声音又回到话筒上，"你还在吗？"

"是的，先生。"

"那么你仔细听好，不要打断我；我只说一遍。"

"好的，先生。"

"我的女儿不会和你讲话，现在不会，永远不会——"

拉撒路快速说道："她知道我要和她讲话吗？"

"闭嘴！她当然知道。是她让我来回复你，我自己是不会和你说话的。现在，我也有一句话想对你说——不要打断我。我的女儿是一个体面的已婚妇女，她的丈夫已经响应国家的号召上前线去了。所以不要缠着她，不要到这里来，否则你会挨枪子儿。不要打电话，不要去她去的教堂。也许你认为我在开玩笑。让我提醒你，这里是堪萨斯城。折断两只手臂只要花二十五美元；再加一倍的价钱他们就会杀了你。如果两个一起干——先折断你的手臂，然后杀了你——还会有折扣。如果你逼我这么干的话，我付得起六十二美元五十美分。你明白我说的话了吗？"

"明白了。"

"那就走你的吧！"

"等一等！约翰逊先生，我不相信你会雇人杀人——"

"你最好别冒这个险。"

"——因为我想你会自己去杀了那个人。"

电话里出现了片刻停顿。接着老人轻轻笑了起来，"你可能是对的。"他挂断了电话。

拉撒路开着他的汽车离开了。很快，他发现自己正沿着林伍德大道往西开。之所以注意到这个，是因为他路过了自己家人去的教堂。在那里他第一次见到莫琳——

他再也见不到莫琳了。

永远见不到了——即使他再回来一次，并且努力避免这次犯的错误。没有悖论。这个错误是时空框架里不可改变的一部分，所有安迪数学理论中的精妙概念、所有装在多拉上的先进功能，都无法抹去这个已经发生的事实。

拉撒路在距离布鲁克林大街很近的林伍德大厦前停下车，他要考虑自己下一步应该怎么办。

开车到火车站，乘下一班往西去的圣达菲火车离开这里。只要任何一封求救信能够穿越时间、到达目的地，星期一早晨他就会被接上飞船。这场战争和所有的麻烦都将再次成为很久以前的历史；"特德·布兰松"也会成为外祖父和莫琳认识时间不长、然后很快忘却的某人。

糟糕的是，写那些求救信时他时间不够，没有蚀刻信息；但就算这样，它们中仍然可能会有一封信成功穿越时空。如果一封都没收到，那就在1926年去会合地点等着被接走。如果所有信件都没能够到达目的地——总是有这个可能，他是试图在延迟递送系统还没有完全建立好的时候来使用它——那就等到1929年，执行原订计划中的会合方案。那肯定没有问题；无论在什么条件下，双胞胎姐妹和多拉都会做好准备，执行那个方案。

那么，为什么他的心情如此糟糕？

这不是他的战争。

经过足够长的时间，外公会知道他脱口而出的预测是绝对的事实。过一段时间，外公会知道法国如何向美国表达感激，也会知道英国如何表示感激。国与国之间是没有感激的，以前没有，以后也不会有。"支持德国人"？才不是呢，外公！德国文化核心的某些东西已经腐烂了，而且，这场战争会引发另一场战争；在那场战争中，德国人的暴行会比他们现在备受大家指责的罪行残忍一千倍：毒气室、大规模焚烧尸体散发的恶臭，这种恶臭将超越时间，恒久不灭——

但是，他无法把这些事告诉外公和莫琳，也不应该做这种尝试。关于未来，最好的就是什么都不知道。卡桑德拉好就好在从来没有人相信她的话①。

两个过去世界的人，误解了他认为这场战争毫无意义的真正原因——这件事有那么重要吗？

但事实是，它真的很重要，非常重要。

他能感到左肋上那个鼓包，这是他的枪。

枪可以保护他的金币，但他半点也不在乎金币。但枪同时还是一个"自杀选择"开关。

别胡思乱想，你这个傻瓜！你不想送死，只是想得到外祖父和莫琳的认可——莫琳的认可。

征兵站设在邮局总部，离城里很远。已经很晚了，但它仍旧开着，外面排着长队。拉撒路给了一个老黑人一美元，让他坐在

①卡桑德拉，希腊神话中不为人所信的预言家。

车里,并且提醒他车后面有一个小手提包。他承诺回来以后再付给他一美元。他没说起装钱的背心和手枪,这两样东西现在都在那个手提包里。其实拉撒路并不担心车子或者钱,这两样东西被偷了的话,也许还会让事情变得简单一些。他在队尾排上了队。

"姓名?"

"布兰松·西奥多。"

"以前有没有当兵的经历?"

"没有。"

"年龄? 不,出生日期——最好是在1899年4月5日以前出生的。"

"1890年11月11日。"

"你看起来没那么老,但就这样吧。拿着这张纸,进那个门。你会看到一堆大袋子,或者枕套。脱下你的衣服,把它们装进一个袋子,然后拿着袋子,把这张纸交给一个医生,照他说的做。"

"谢谢你,中士。"

"走吧。下一个。"

房间里有一个穿军装的医生,还有六个穿便服的助手。拉撒路正确地读出了视力表,但医生似乎没怎么听。检查做得非常宽松。拉撒路只看到有一个人被拒绝;根据拉撒路粗浅的判断,这个人已经是肺结核晚期了。

只有一个医生像是希望能够发现问题。他让拉撒路弯下腰,把他的屁股分开,检查他是否患有疝气症,然后他让拉撒路咳嗽,还触摸检查他的腹部。"右边这块硬的东西是什么? [①]"

---
①这是拉撒路的植入物。

"我不知道,先生。"

"你的阑尾被割掉了吗？是的,我看到伤疤了。摸到缝合线了;伤疤几乎看不出来。你的外科医生技术真不错;但愿我也能做出这么漂亮的手术。也许只是一些排泄物堆在了里面;吃一点泻药,明天早晨你就会把它排出来了。"

"谢谢你,医生。"

"不用谢,孩子。下一个。"

"举起你们的右手,跟着我重复……"

"保存好这些文件。明天早晨七点钟之前赶到征兵站,把你们的文件给问讯处的中士看;他会告诉你们去哪里。如果你们把这些文件丢了,那也要来报到,否则山姆大叔会去找你的。就这样,士兵们,你们现在已经是军人了!从那个门出去吧。"

他的汽车还在那里;那个老黑人从汽车里出来,"一切都好,上校!"

"当然。"他心情愉快地附和着,从口袋里拿出一美元的钞票,"但我是'二等兵',不是'上校'。"

"他们要你了？这样的话,我怎么能要你的钱呢？"

"当然可以要!我不需要它了;服役期间,山姆大叔会照看我的,还会每月付给我二十一美元。所以,拿着它和刚才那一美元,去买杯杜松子酒,祝福我,二等兵特德·布兰松。"

"我不能那么做,上校——二等兵特德·布兰松,真的。我是白丝带成员①,在你出生之前就宣过誓。你只管把钱收好,为我们去打德国人。"

———————
①当时的美国戒酒运动。

710

"我会努力的,大叔。我给你五美元吧,你可以把钱交给教堂……然后为我祈祷吧。"

"嗯……如果你坚持的话,上校二等兵。"

拉撒路开着车沿麦克吉大道向南行驶,心情愉快得很。别在意小事,享受生活!"凯——凯——凯——凯蒂!哦,美丽的凯蒂——"

他在一家杂货铺前停车,看了看卖香烟的柜台,发现了一箱已经快卖空了的白猫头鹰牌香烟。他把剩下的烟都买了,并要求把箱子也给他。他还买了一卷棉花和一卷外科用的胶带。一时冲动,他又买下了店里最大、最漂亮的糖果盒。

他的车停在一盏弧光灯下;他没有发动汽车,而是钻进后座,打开他的手提包,拿出背心和手枪。他开始拆开以前缝好的线,也不在乎会不会有人看见。用随身携带的折叠刀,他只花了五分钟就把几个小时的缝纫活都拆开了。厚重的金币叮当作响地滑进装香烟的箱子。他用棉花塞进箱子当填充料,再把箱子封上,用胶带缠了一圈,让它更结实一些。划烂的背心、手枪和往西去的火车票全都扔进下水道,拉撒路残留的最后一丝忧虑也随着这些东西一块儿进了下水道。他微笑着站起身,掸了掸膝盖上的灰。伙计,你老了。为什么?因为你一直活得太谨慎!

他心情愉快地驶出林伍德大道,来到本顿大道,完全不考虑城里每小时七十五英里的限速规定。他很高兴地看到布莱恩·史密斯家楼下的灯还亮着;这样他就不用叫醒家里的任何人了。他拿着糖果盒、象棋盒和那个用胶带封好的香烟箱子,沿着走廊走到房前。刚走到台阶上,门廊上的灯亮了。小布莱恩打开门,向外张望着。"外公!是布兰松先生!"

"更正一下,"拉撒路沉稳地说,"请告诉你的外公,二等兵布兰松在这里。"

外公立刻出现在门口，怀疑地打量着拉撒路，"怎么回事？你跟那孩子说了什么？"

"我让他告诉你们'二等兵布兰松'来了，就是我。"拉撒路费力地把所有三样东西都夹在左胳膊下，腾出一只手伸到兜里，拿出在征兵站人家给他的文件，"看看这个。"

约翰逊先生看了看文件，"我明白了。可这是为什么？从你说的话，我觉得你不会这样做。"

"约翰逊先生，我从来没说过我不会应征入伍；我只是说我还有其他的事情要先做。这是真的，我确实有其他事情。而且，我对这场战争最终的结果是不是有意义还心存疑虑，这也是真的。但是不管我有什么想法——我应该把自己的想法藏在心里——现在到了把大家集合起来、向前进发的时候了。所以我去了征兵处，自愿入伍，他们接受了我。"

约翰逊先生把征兵文件还给他，大大地敞开大门，"进来吧，特德！"

进屋时，拉撒路只见人影晃动，朝后面去了。很显然，家里大多数人都没睡。外公领他走进客厅，"请坐。我去告诉我女儿。"

"如果史密斯太太休息了，我觉得还是不要打扰她了。"拉撒路违心地说道。（喂，外公，你别去！我要悄悄溜进去，和她在一起。但这是一个我会永远藏在心里的秘密。）

"别担心。这是她愿意知道的事情。嗯，那个文件——我能拿给她看看吗？"

"当然，先生。"

拉撒路坐在那里等着。几分钟之后，艾拉·约翰逊回来了，把入伍证明还给了他。"她马上下来。"老人长舒了一口气,"特德,我为你感到骄傲。今天早些时候,你让我很失望——我说了一些不该说的话。对不起,我向你道歉。"

"我不能接受你的道歉,因为没有什么需要道歉的,先生。我的话讲得太突兀了,也没有把话说清楚。我们能忘了这件事吗?你愿意和我握握手吗?"

"什么?是的。当然了!来!"两个男人郑重地握了握手。(也许外公现在还能够伸平手臂,端起一个铁砧——我的手指都被握疼了。)

"约翰逊先生,你能帮我照看些东西吗?我没时间安排这些了。"

"嗯?当然!"

"主要是这个箱子。"拉撒路把用胶带封好的香烟箱子递给他。

约翰逊先生接了过去,吃惊地扬起眉毛,"很重。"

"我把我保险箱里的东西都拿出来了。这是金币。战争结束后,我会回来取它的……如果我没有回来,你能把它给伍迪吗?在他二十一岁的时候?"

"什么?你听我说,孩子,你会好好地回来的。"

"我也希望这样,那时我会来取它。但我也有可能在运兵舰上爬梯子的时候摔下来,折断脖子。你能照我说的做吗?"

"好的,我会的。"

"谢谢你,先生。这个是现在给伍迪的礼物。我的象棋。我没法带着它到处跑。我本想把它送给你,但你会想出理由拒绝它……伍迪不会这么做。"

"嗯,好吧,先生。"

"这是给你的礼物——其实并不完全是上面写的那样。"拉撒路把汽车的转让声明递给他。

约翰逊先生看了看声明,"特德,如果你要把你的汽车送给我,你要再想一想。"

"只是名义上的所有权转移,先生。我想做的只是把它留在你这儿。布莱恩会开车;他现在已经是个很好的司机了,他天生就是个好司机;甚至史密斯太太可能也会想学开车。史密斯上尉回家后,他会觉得有车很方便。如果他们送我到这附近的地方训练,而且在把我派到海外战场之前给我一些休息时间,那么我也会来用车的。"

"但为什么给我一份转让声明?当然,这车可以放在我们的谷仓里,而且布莱恩——两个布莱恩——都会开它。我自己可能也会学开车。但是不需要写这个呀。"

"哦。我没有把话说清楚。假设我被送到其他的地方,比如新泽西——但又想把车卖了,我可以花一美分给你寄一张明信片,这样就很简单了,因为你拥有那辆车。"拉撒路又补充了一句,"或者我也有可能会从梯子上摔下来……这种情况下也是同样的道理。如果你不想要它,你可以把它转让给小布莱恩。随你怎么办。约翰逊先生,你知道我没有亲人——所以为什么不把事情弄简单些呢?"

外祖父还没来得及回答,史密斯太太进来了。她穿着自己最好的衣服,脸上带着微笑(她哭过,拉撒路很肯定)。她伸出手,"布兰松先生!我们都为你感到骄傲!"

"谢谢你,史密斯太太。我只是路过,来对你们说声谢谢,并向你们告别。我明天一早就要出发了。"

"哦,请一定再坐一会儿!至少要喝杯咖啡,而且孩子们也要和你道别。"

　　一个小时以后,他仍旧在那里,仍旧很开心——他一直很开心。他把糖果盒给了卡洛尔以后,糖果盒立刻被打开来,给所有的孩子吃。拉撒路喝了许多加了厚厚的奶油和很多糖的咖啡,还吃了一大块莫琳自己做的、上面带有巧克力糖霜的白蛋糕,过后他又接过来一块蛋糕,说自己自从早餐以后就没有吃过东西。莫琳想起身给他做饭的时候,他强烈地表示反对。最后他们达成了一致,让卡洛尔去厨房给他做一个三明治。

　　"这一天很忙,"他解释道,"我没有时间吃东西。你让我改变了计划,约翰逊先生。"

　　"是吗,特德? 是怎么改变的?"

　　"你知道的,我想我跟你说过。我本来计划七月一日去旧金山,办些生意上的事。然后就发生了现在这件事,国会对德宣战。所以我计划立刻去旧金山,把我在那边的事情处理一下——然后再参军。我看见你的时候,我马上就要走了,东西都收拾好了。是你让我认识到德国人不会等着我处理好个人事务。所以我立刻报名参军了。"拉撒路努力让自己看起来有点羞怯、不好意思,"我准备好的行李还在外面的车上呢,哪儿也不去了。"

　　艾拉·约翰逊看上去有点难受,"我没有想要催你,特德。花几天时间把你自己的事料理好,这也没什么;他们不可能在一夜之间就成立一支军队。我知道,我见他们试图这样做过,在1898年。唉,也许我可以替你去一趟? 我可以作为你的代理人。因为——嗯,看样子我不会太忙的。"

　　"不用,不用! 非常感谢你,先生。我刚开始没有想明白。

我是按照'和平时期'的思考方式,而不是'战争时期'。是你把我带上了正轨。我去了西联邮局,给我在旧金山的经纪人发了一封夜间电报,告诉他我想让他做的事;然后我写了一封信,指定他为我的代理人,作了公证,又去城里的邮局把这些东西都寄给他。都安排好了,所有的事情。"拉撒路对他即兴编的这个故事很满意,连他自己几乎都要信以为真了,"最后就是报名参军。但那个手提包——你觉得能不能把它放到阁楼上?我不能拿着个手提包去当兵。里面只有一些盥洗用品。"

"我会把它收好的,布兰松先生!"小布莱恩说,"就放在我的房间里吧。"

"是我们的房间。"乔治更正道,"我们会把它收好的。"

"等一等,孩子们。特德,如果丢了那个手提包,你会很伤心吗?"

"不会呀,约翰逊先生。为什么这么问?"

"那么你就带着它吧。今晚回住所后,你要重新装一下里面的东西。你一定装了白衬衫和硬领衬,这毫无疑问。这些东西你不需要。如果你有工装衣的话,带上它们。还要带上一双合脚的旧高腰鞋,可以在行军的时候穿。袜子——都要穿自己的。还有内衣。我猜测——根据以前不愉快的经历——他们不会立刻备足军装。事情会很混乱,很多方面都是。你可能在参军后一个月或更长的时间里都得穿自己带的衣服。"

"我认为,"史密斯夫人郑重地说,"父亲说的是对的,布兰松先生。史密斯先生——就是史密斯上尉,我丈夫——离家前也说过类似的事。他没等收到发给他的电报就走了——电报几个小时以后才送到——因为他说他知道刚开始的时候会出现混乱的情况。"她撇了撇嘴,"他说这话的时候口气更强烈一些。"

"女儿,这种情形,无论布莱恩怎么骂都不过分。如果特德能够按时吃上饭,他就已经够幸运的了。任何一个能分清自己右脚和左脚的人都会被抓去成为一个上等兵。他们不会关心你穿的是什么,但是你要关心,特德。所以带上一些你会在农场里穿的衣服。还有鞋——舒服的、不会让你行军不到一英里的时候就让你脚上起泡的鞋。嗯,特德,你知道'冷奶酪'这个窍门吗? 如果你要在一个星期或者更长的时间里一直穿着鞋子,这个办法可以保护你的脚。"

"我不知道,先生。"拉撒路回答道。(外公,你以前教过我——或者说"以后"——这个方法很管用,我从来没忘记过。)

"如果可能的话,先把你的脚洗干净、擦干。接着用冷的奶酪涂遍你的脚,尤其是脚趾间的部位。也可以用凡士林,含有苯酚成分的最好。要涂很多,弄上厚厚的一层。然后穿上袜子——如果可能的话,要穿干净的,不得已的话也可以穿脏的,但一定不要不穿——最后穿上靴子。刚站起来的时候,你可能会觉得像站在一桶肥皂液里。但你的双脚会感谢你的。你的脚趾不会烂,或者不会烂很多。照顾好你的脚,特德,还有,保持肠道畅通。"

"父亲!"

"女儿,我是在和一个士兵说话,告诉他一些能救他性命的事。如果这些孩子不能听这些,就让他们上床吧。"

"我觉得也到时间了,"莫琳回答道,"至少得安排小一些的孩子先睡。"

"我不要睡觉。"

"伍迪,照妈妈说的做,不许顶嘴,否则我要在你的屁股上把棍子打折。这条命令一直有效,直到你的父亲打完仗回家。"

"我要等二等兵布兰松走了以后再睡觉！爸爸说我可以。"

"嗯。我会用一根棍子来告诉你这在逻辑上是不可能的；这是唯一能让你认识到这一点的办法。莫琳，我建议我们从最小的孩子开始，让他们挨个告别，然后直接上床睡觉。最后我会陪着特德去电车站。"

"我要开车送特德舅舅回家！"

拉撒路觉得到他说话的时候了，"布莱恩，谢谢你。但我们今晚还是别给你妈妈再增添一件需要担心的事了吧。电车几乎可以把我直接送回家……而且从明天开始，我连电车都没得坐了；我要走路了。"

"是这样，"外祖父赞同道，"他要行军。'左右左，左右左！——头昂起来，英勇豪迈！'特德，布莱恩的父亲已经任命布莱恩担任护卫中士，在他回来之前负责保证这个家庭的安全。"

"那么他就不能擅离职守，为一个二等兵当司机把他送回家了，对吗？"

"在护卫长——也就是我——以及今天的长官——我的女儿在场的时候，他是不能这样做的。这倒提醒了我，趁这些小朋友和你亲吻道别的时候，我去找一些旧军装；我觉得你穿着会合适。如果你不介意这是别人穿过的衣服的话。"

"先生，我为自己能穿这些衣服而感到非常骄傲和自豪！"

史密斯夫人站了起来，"我也有一些东西要拿给布兰松先生——二等兵。南希，你能带着伊瑟尔睡觉吗？还有卡洛尔，你能带上理查德吗？"

"可二等兵布兰松还没有吃他的三明治！"

拉撒路说："对不起，卡洛尔小姐。我太兴奋了，都忘了吃了。嗯，能否请你把它包起来给我？我一回到家就把它吃了，它会让我睡个好觉的。"

"就这么办吧,卡洛尔。"她的母亲说,"布莱恩,你能带上理查德吗?"

又说了一些客套话以后,拉撒路按照从小到大的顺序和每个孩子告别。他抱了一会儿伊瑟尔,看着婴儿天使般的笑容,他自己也对她笑了笑,亲了亲她的前额,把她递给南希。南希抱着她上楼,很快又回来了。为了亲吻理查德,拉撒路不得不单膝跪地。那孩子似乎不明白为什么会这样,但他知道这是一个庄严的时刻;他紧紧抱着拉撒路,嘴巴在他的脸上抹了一下。

然后是伍迪来和他吻别。

这是第一次,也是唯一的一次。但拉撒路已经不再因为触摸"自己"而感到不舒服了,因为这个小孩不是他自己。在这种奇特的转世经历中,拉撒路只能从对方身上找回一些零星记忆。他不再想掐死他了——或者说,不那么经常想了。

伍迪用拉撒路还不习惯的亲昵口吻在他耳边悄声道:"那个象棋真的是象牙做的吗?"

"真的象牙。象牙和黑檀木,跟你妈妈钢琴上的琴键一样。"

"嘿,太棒了!这样吧,等你回来,二等兵布兰松叔叔,我会让你玩这副象棋的。随时都可以。"

"我会打败你的,我的棋友。"

"等着瞧吧!嗯,再见。"

小玛丽眼里含着泪水,亲了他一口,从房间里跑了出去。乔治在他的面颊上吻了一下,低声道:"你保重,特德舅舅。"然后也离开了房间。小布莱恩说:"我会好好照料你的车——我要像你一样把它擦得锃亮。"他迟疑了一下,突兀地在拉撒路脸颊上吻了一下,带着理查德离开了。

卡洛尔把他的三明治整齐地包在蜡纸里,还用一根丝带系好。他向她表示了感谢,把三明治放进外套的一个口袋里。

她把手搭在他的肩上,踮起脚尖,在他的耳边轻声说道:"里面有一张给你的便条!"——然后在他的脸颊上吻了一下,迅速离开了。

南希站到卡洛尔刚才的位置上,轻声说道:"那张纸条是我们两个人写给你的。每天晚上为爸爸祈祷的时候,我们也会为你祈祷。"她扫了一眼她的妈妈,然后把手放在拉撒路肩上,深深吻了他的嘴唇,"这不是再见,这是au revoir①!"她离开的速度比她妹妹还要快,高昂着头走路的姿势和她的母亲一模一样。

史密斯太太站起来,双手捧着一本小书,"这是送给你的。"

这是一本袖珍《新约圣经》,翻开在最后一页。他接过书,看着上面已经有些褪色的题字:

"赠给莫琳·约翰逊,1892 年耶稣受难节,谢谢她的悉心照料。马修七世。"

题字下面,有几行刚写上去的、斯宾塞体的字:

赠给二等兵西奥多·布兰松
忠于自己和国家。

莫琳·J·史密斯
1917 年 4 月 6 日

拉撒路咽了口唾沫,"我会珍藏它,并且随身带好它,史密斯夫人。"

她轻声说道:"西奥多……好好保重。一定要回到我们身边来。"

①法语,再见的意思。

从头重复

VI

芬斯顿军营,堪萨斯

亲爱的双胞胎和家里其他人:

　　让你们大吃一惊!到美利坚合众国军队来吧,寻找下士兼
代理中士、最凶恶的训练教官特德·布兰松。不,我没有神经错
乱。我只是在刚开始时暂时忘记了逃离某件事务的基本原则:

即，藏一根针的最好的方法就是把它放到一堆针里去。要躲避可怕的战争，最好的地方就是军队。你们中没有人经历过战争，甚至没有见过任何一支军队，所以我必须解释一下。

我曾经(愚蠢地)计划去南美躲避这场战争。但是在南美，无论我能讲一口多么流利的当地话，我都不可能被看作当地人——而那个地方到处是德国探子，他们会怀疑我是美国密探，可能会针对你们的老兄安排一些可怕的事故。保佑无辜的他吧。还有，那里的姑娘有美丽的大眼睛，有充满疑心的保姆，还有乐意开枪射击那些不怀好意的外国佬的父亲。这太危险了。

如果我还待在美国，却不肯参军——一个小小的失误就会让我被关在冰冷的石墙后面，吃糟糕的食物，做采石匠的工作。这可不怎么吸引人。

战争时期，部队具备所有最好的条件。只有一点小小的风险：有可能吃枪子儿。但后者是完全可以避免的。

怎么避免？现在战争还没有全面爆发，军队里有无数的机会，可供懦夫们(比如我)躲避来自陌生人的风险。目前，军队里只有一小部分人真正面临被射击的危险。(会被射中的人就更少了。但我不打算冒这样的风险。)此时此地，只有几个地方发生了地面战斗，而军队里有无数工作是不在这些地方的。在没有战斗的地方，当兵的除了那身军服以外，实际上只是享有特权的平民。

我现在就干着这样的工作，战争结束以前可能都不会有什么变化了。这里需要有人把那些勇敢的、年轻的、不懂事的、刚从农田里出来的小伙子变成大致像战士的人。一个可以从事这种工作的人是十分宝贵的，军官们不肯放这样的人才离开。

所以，虽然我现在浑身上下散发着那种古老的战斗激情，但却不用参加战斗。我只管教他们。密集队形演练,松散队形演练,枪法练习,如何保养步枪、刺刀,徒手搏斗,战地救护……什么都教。我"出众"的军事才能让大家感到惊讶,因为我是作为一个"没有当兵经历"的人被招进来的。(其实,外祖父教会我射击时,这场战争已经结束五年了。我第一次接触这些技巧时还是一名高中学生,那是从现在起十年以后的事。我的军事经验分散在这以后的几百年里,在那之后的几个世纪里还时不时地有温习的机会。当然,这些事我是没法告诉他们的。)

这里有一种流言,说我以前是法国外籍军团里的一名士兵。外籍军团是我们的友军之一,是由刺客、小偷、越狱的逃犯组成的,这个军团因其亡命式的战斗方式而闻名遐迩。有传言说,我可能是其中的一名逃兵,几乎可以肯定我用了另外一个名字。我通过以下这些方式表明我不认同这样的谣言:如果有人问起此事,我会马上拉下脸来,而且我只偶尔犯个小错,用法国人的方式敬礼(手掌向前),并且会立刻更正自己。另外,每个人都知道我"讲法语"。在我从"代理下士"升到真正的、负责训练的下士过程中,我的法语起了很大作用,现在我又在争取中士的职位了。这里有来自法国和英国的军官和中士,教我们怎么打堑壕战。来这里的所有法国人按说都会讲英语,但堪萨斯和密苏里的这些拿着锄头的农民却怎么也听不懂他们讲的英语。所以,不知不觉中,懒惰的拉撒路成了他们中间的联络人。我和一个法国中士加在一起,几乎成了一个优秀教官。

没有那个法国中士的情况下,我完全是一个优秀教官。这种时候,我就可以把我知道的都教给他们了。但他们只允许我在教授徒手搏击的时候自由发挥,反正不用武器的徒手战斗几个世纪以来都没有什么变化;变的只是名称,原则还是那一条:

先下手为强，动手要快，要用最下流的手段。

但教怎么拼刺刀时就不行了。所谓刺刀，是安装在枪头上的一把刀，刀和枪加在一起，跟罗马人用的重标枪差不多。这是两千年前使用的武器，即使在当时也不是新玩意儿。到了1917年，你准会以为拼刺刀的技巧早已臻于尽善尽美。

不是这样。"书本"只教了如何格挡刺刀，没有教如何反刺。其实，反刺和格挡一样快，而且更有欺敌功能，可以把一个没听说这种技术的人搞糊涂，让他送命。公元26世纪爆发过（会爆发）一场战争，那期间，刺刀的使用发展成了一种艺术，而我曾很不情愿地参加了这场战争，经过百般努力才逃离了它。在这里，有一天早晨，我们打了个赌。我向他们展示了我可以制住对手，却永远不会被一个美国中士教官碰到——然后是一个英国教官——最后是一个法国教官。

他们允许我教授我所展示的技术了吗？没有。其实是"绝对不准"！我没有"照本宣科"，这种"耍小聪明"的做法几乎让我失去这份轻松的工作。所以我重新严格按照神圣的"书本"去做了。

但这本书其实也不算太差。我父亲——也是你们的父亲——受训的普拉茨堡用的也是这本教材。讲解如何拼刺刀的时候，它的重点放在进攻上。这种方法虽说有局限，但还算过得去。在一个渴望接敌、杀敌的人手中，刺刀这种武器是很能吓唬普通对手的。从这些小孩子的受训时间看，他们也许只能学到这个程度。但我可不敢让这些脸蛋红扑扑的、勇敢的小伙子去面对那些老练、疲惫、悲观的26世纪老雇佣兵，后者的唯一目标就是让自己活着，同时看到他们的对手死去。

这些孩子们能够赢得战争，他们将会赢得这场战争。从你们那个时候往回看,他们也的确赢了。但是,许多完全没必要死去的人将会死去。

我爱这些孩子们。他们年轻、有热情、勇敢,而且渴望到"那边"去,想证明一个美国兵可以干掉六个德国鬼子。(这不是真的。真正的比例甚至不到一比一。德国鬼子都是老兵,不受"公平竞争"或别的什么幼稚观念影响。但这些稚嫩的孩子们会一直战斗、死去,直到德国人投降。)

但他们实在太年轻了!拉祖和劳瑞,他们中的绝大多数甚至比你们两个更年轻,有些人还要年轻得多。我不知道有多少人在年龄问题上撒了谎,但他们中的很多人都不需要刮胡子。有时候在晚上,我会听到有人在行军床上哭泣,他想自己的妈妈了。但是第二天他会非常认真地训练,比以往更努力。我们不用太担心逃兵的问题;这些孩子渴望战斗。

我竭力不去想这场战争是多么没有意义。

这是看待事物的角度问题。有一个晚上,还是一台计算机的密涅娃向我证明,所有的此时此地都是一样的,所谓"现在",只不过是某人所处的那个此时此地。如果我没有倾听野鹅的召唤,待在我应该在的地方,我"理应"所处的此时此地是我在特蒂尤斯上的家。根据那个此时此地,这些充满热情的自负的大男孩早就死去了,虫子已经吃掉了他们的尸体;这场战争及其可怕的后果都是古老的历史,不用我操心。

但是,我在这里,这些事正在发生。我能感受到这一切。

信越来越难写了,也很难送出去。贾斯廷,你要求我把所做的事情详细记录下来,还要在现场写,你要把这些都加到你编纂的那堆谎言中去。光致还原和蚀刻现在都不可能了。有时我可以离开军营一天,只够我去一趟最近的大城镇,托皮卡(距离大约一百六十公里,往返路程),但总是在商店都不营业的星期天。所以我还没有机会找到一个关系,让我可以使用托皮卡的实验室——假设那里有这么个地方,而且有我需要的设备,这一点我很怀疑。我想把信锁在保险箱里(什么时候送出这些延迟邮件现在已经无关紧要了),但星期天银行向来不开门。所以我最多只能写一封不太长的、体积不是很大的手写信。无论什么时候,只要有机会得到嵌套信封(现在也困难了),我就会写信。但愿纸张和墨水在经历了这么多个世纪以后不会氧化得太厉害。

我开始记日记了,日记中我没有提到和特蒂尤斯有关的事(大家会把我当作疯子关起来)。我的日记只是简要记录每天发生的事。记满以后,我可以把它寄给艾拉·约翰逊外公,让他替我保存;战争结束后,等我有了时间和私密空间,我会在日记的基础上写一篇你需要的、传记类的东西,然后花些时间,弄一封可以长久保存的微缩长信。一个进行时间旅行的史学家面临的环境真是困难啊。如果有一个威尔顿精密存储器,我在未来十年里说的每句话都可以保存下来。只可惜即使我有也用不上;没有它所需的技术条件。

对了——伊师塔,你在我肚子里放了一个录音器吗? 你很可爱,亲爱的,但有时候你的可爱走上了邪路。这对我倒没什么,要不是有个医生在我参军那天留意到了,我永远不会注意它。他没有追究这件事,但后来我自己用手检查了一下。那里有一个植入物,不是艾拉所谓的我的"满肚子狗屎"。也可能是你们这些回春医士不愿跟你们的"病人"讨论的某种人造元器件。但我怀疑它是一个配有监听器的威尔顿存储器,带十年电量供应;那东西的大小正好差不多。

为什么你们不问问我呢,亲爱的? 偏要趁我意识不清的时候偷偷给我装上这个东西。拉祖和劳瑞总是说，如果客客气气地问我，我准会说"不"。这是她们散播的谣言。贾斯廷完全可以让塔玛拉来说服我，没人知道怎么对塔玛拉的请求说"不"。为了这个，贾斯廷是要付出代价的：要听我说了什么，还有我在场的时候别人说了什么，他就不得不听我的肚子在十年里发出的咕咕声。

不，该死的，雅典娜会滤掉杂音，给他一份标明日期、意思清楚明白的打印稿。不公平，也没有隐私。雅典娜，我一直对你不错，对吧，亲爱的？让贾斯廷为他的恶作剧付出代价。

自从参军后，我再也没有见过我第一个家庭里的人。等到我有足够长的假期时，我会去堪萨斯城看望他们。作为一个"英雄"，我可以享有"年轻的单身平民"无法享受的特殊待遇。战争时期，人们的道德观念总会有一点点松懈，这样我就可以和他们待在一起。他们对我非常好：几乎每天写一封信，每周都会送小点心或者蛋糕来。我把吃的都和大家分了，虽说有些不情愿；至于那些信，我把它们像珍宝一样收藏起来。

也能这么方便地收到来自特蒂尤斯的家信就好了。

基本信息，再重复一遍：会合日期为1926年8月2日，把我放到这里以后的第十个地球年。最后一位数是"六"——不是"九"。

献上我所有的爱

下士特德·布兰松（你们的"老兄"）

亲爱的约翰逊先生：

请代我向家里所有人问好——南希、卡洛尔、布莱恩、乔治、玛丽、伍迪、小迪克、小伊瑟尔，还有史密斯太太。听说我这个孤儿"在战争期间被史密斯家庭收养"、史密斯上尉也同意了这件事的时候,我真说不出来我是多么感动。在我心里,自从那个悲伤而又快乐的夜晚之后,你们就已经是我的家人了。那晚你送我踏上征程,我身上装满了礼物,脑子里装满大家的祝福,心里还记着你给我的那些非常实用的建议——我感动得都快哭了,但却不敢让别人看出来。史密斯太太告诉我——信里有一句话是她从丈夫史密斯上尉的来信中摘抄的——我真的被"收养"了。那一刻,我的眼泪又快下来了。当士官的真不应该显露出如此脆弱的一面。

我没有去找史密斯上尉。我看懂了你信中的暗示——但我真的不需要。我当兵已经有一段时间了,知道士兵不该那么做。我几乎可以肯定史密斯上尉也不会找我。我用不着向你解释这个原因,因为你当兵的历史比史密斯上尉和我加起来还长。史密斯太太能够想到这一点,她真是太好了——但能否请你向她解释我为什么不能去和史密斯上尉攀关系,为什么她不应该催促她的丈夫来找一个士官。

如果你无法让她理解这些事(有这种可能,毕竟军队和外面是完全不同的另一个世界),也许说下面这段话就可以解决问题了:芬斯顿军营很大,在这里,除了两条腿,没有别的交通工具。如果我甩开大步走的话,要花一个小时的时间才能走遍军营。如果能找到上尉,还得再加上五分钟和他在一起的时间。你知道我们的时间表,我给过你一份。一看它就知道,我根本没这个时间。

但是我确实感谢她周到的考虑。

请转告卡洛尔,我衷心感谢她做的果仁巧克力饼。简直和她妈妈做得一样好;我找不到更高的评价了。这里我应该用过去时态,因为它们都早已消失在我们这些饭桶的身体里了,除了我之外还有其他人(我这里的兄弟们是一群贪吃的家伙)。如果她想嫁给一个又瘦又高又能吃的堪萨斯农村小伙子,我手头就有一个。为了那些巧克力饼,他会在没有看到她本人以前就决定娶她。

我在以前的信里把这个地方描述成一个乱糟糟的墨西哥救火队训练场,现在它已经不再是那样了。原来竖着大烟囱的地方,现在摆着真正的迫击炮;木枪不见了,哪怕是最嫩的新兵蛋子,只要学会了班队列行进、立定的时候多多少少能站在一起,都会得到一支斯普林菲尔德步枪。

但是,教会他们如何"按照教范"使用步枪仍旧是一件头疼事。我们这里有两种新兵:一种是从来没有用过枪的人;还有一种人吹牛说他们的父亲过去常常派他们去打些猎物来当早餐,而且只准他们开一枪。我喜欢教前一种人,即使这个小伙子很害怕,我不得不叫他别哆嗦。至少他没有养成坏习惯,我可以把正规军教官教给我的东西再教给他,而且现在我肩膀上的三道杠也能让他听我的。

但是那些觉得自己什么都懂的乡下小伙子却不会按我说的做,虽然他们中有些人的确是好射手。

我们的日常工作就是说服他们不能按照他们的方式去做,得按军队的方式做;而且他最好学着喜欢军队的方式。

有时候,这些觉得自己什么都知道的人会变得很不耐烦,他们想战斗——和我战斗,而不是德国佬。通常是那些不知道我教过徒手搏击的小伙子。我有时不得不在降旗号响完后,在厕所后面招待他们中的一些人。我不会和他们正儿八经地拳击;我可不想让我的鼻子被挤牛奶的拳头打扁。只是在一起胡打一气,没有什么规则。最后不是把他们打得鼻青脸肿,就是他们决定和我握手和好,只当什么也没发生。如果他们先动手,整个过程不会持续两秒钟,因为我不想受伤。

我向你保证过要告诉你我是在哪里学的法国搏击术和柔道。但这是一个很长的故事,从某种程度上说也不是个好故事,我不应该在信里讲它。等我有了休假,有足够长的时间可以回到堪萨斯城的时候再给你讲吧。

已经至少有三个月没有人向我发出挑战了。一个中士教官告诉我,他听说那些新兵叫我"死亡"布兰松。我倒不介意,只要这个绰号能让我平静安宁地度过我的休息时间就行。

芬斯顿军营还是只有两种气候,不是太热、尘土飞扬,就是太冷、道路泥泞。我听说后者是训练在法国气候条件下作战的好时机;这里的英国兵声称,这场战争中最大的危险就是溺死在法国的泥沼中。我们中的法国兵并不怎么辩解,只是抱怨大雨影响了炮火的效力。

法国的天气可能是很糟糕,但每个人都想到那里去。第二个大家最热衷于谈论的话题是:"什么时候去?"(第一个话题是什么?你是个老兵,当然用不着我告诉你。)关于派兵去法国的谣传无穷无尽,只不过都是假的。

但是我已经开始考虑了。战争在其他地方如火如荼地进行着,难道我要一直陷在这里,日复一日地做着同样的事吗?以后我怎么和我的孩子讲这段经历呢?大战期间你在哪儿打仗,爸爸?芬斯顿,比利。那是在法国的哪儿呢,爸爸?在托皮卡附近,比利——快闭嘴,吃你的麦片粥吧。

我必须做些改变。

告诉一批又一批的新兵如何架枪、用铁锹让我有些厌倦了。我们在这片牧场上挖了太多的战壕,足可以从这里连到月球上去。现在我已经知道了四种挖战壕的方法:法国人的方法,英国人的方法,美国人的方法——还有一种是每批新兵都会用的方法,它会让暂壕整个坍塌下来。新兵们还觉得无所谓,因为,只要我们赶到,潘兴将军①就会打破暂壕战的僵局,撵得德国佬屁滚尿流。

他们也许是对的。但我还是不得不向他们传授那些上头让我教的东西,也许会一直教到我两鬓斑白。

得知你加入了第七团,我真的很高兴;我知道这对你意味着什么。但是请别把密苏里第七团称为国民自卫队,以此来贬低它。除非有人能很快收拾掉兴登堡②,你说不定还会有不少仗打呢。

但是坦白讲,先生,我希望你不要参战。我想史密斯上尉也会赞同我的想法。需要有人来保卫我们的家——我指的是在本顿大道上的那个家。小布莱恩还不够成熟,不能成为家里主事的男人。我想,如果你不在那里的话,史密斯上尉准会担心家里的情况。

但我很理解你的心情。我听说,如果一个中士教官想逃离这份枯燥无味的工作,唯一的办法就是降衔。如果我在休假的时候失踪,消失的时间长到正好能把我降级到下士,你会为我感到羞耻吗……再干点其他什么事,把下士的杠杠也丢掉呢?我确信,这样一来,我就会被送上往东去的头一班军列。

最好别把后面这段念给家里其他人听。身为“体面的史密斯家的人”,我最好还是找到其他途径。

---

① 一战期间的美军将领。
② 一战中的德军统帅。

向你和史密斯太太献上最诚挚的敬意

向孩子转达我的爱

特德·布兰松·"史密斯"

（能被这个家庭"收养"，我是多么幸福）

"进来！"

"长官，布兰松中士奉命向史密斯上尉报到！"（爸爸，我本该认不出你，但你实在太像你了。只是年轻些。）

"稍息，中士。关上门，坐下。"

"是，长官。"拉撒路照吩咐做了，但仍旧摸不着头脑。他不仅从来没想到史密斯上尉会和他联系，也一直没有申请时间长到可以让他去一趟堪萨斯城的休假。有两个原因：一、他的父亲有可能也在那个周末回家；二、他的父亲也可能那个周末不在家。拉撒路不知道哪种情况更糟糕，所以干脆两者都回避。

可现在，一个骑着一辆跨斗摩托车的勤务兵突然带着"去见史密斯上尉"的命令来接他。坐上摩托以后，他才知道"史密斯上尉"是布莱恩·史密斯上尉。

"中士，我岳父告诉了我很多有关你的事。我妻子也是。"

这话好像没办法回答，所以拉撒路只是显出很羞怯的样子，什么都没说。

史密斯上尉继续道："哦，中士，别不好意思；这是男人和男人的对话。我的家庭'接受你成为家庭的一员'，这么说吧，我从心底赞同这个做法。事实上，它符合战争部通过红十字会、基督教青年会和教堂发起的一个计划，这个计划就是要寻找每一个身在部队、却不能定期收到家信的青年，想办法让他们收到信。换句话说就是'在战争期间被收养'。给他写信、记得他的生日、送给他小礼物。你觉得这个计划怎么样?"

"长官,听起来不错。上尉家庭为我做的肯定会提升我的士气。"

"你这么说我很高兴。如果是你的话,你会怎么计划这项活动? 没关系,随便说,不要害怕表达你的观点。"

(给我个职位,看我怎么大显身手吧,老爸!)"长官,这个问题可以分成两个部分——不,三个部分。两个是如何准备,一个是如何执行。首先是要找到这些人。第二,与此同时,要找到那些愿意提供帮助的家庭。第三,让双方互相结识。第一个工作应该由连军士长来做。"(那些军士长会喜欢这份工作吗? 门儿都没有。)"让他们命令连里的办事员在分发邮件之前,按照花名册检查谁没有收到家信。嗯,检查工作必须做得很快才行;无论有什么理由,推迟发送邮件都不是个好主意。还有,检查的事不能交给副排长;他们的工作不是这个,做起来肯定会磨洋工。邮递员一把信交给各连办事员,马上就得着手。"

拉撒路想了想,"但是,我冒昧地说一句,要办好这件事,基地长官必须让他的副官要求各连连长每周汇报他手下的士兵本周收到了多少封信。(这种事纯粹是瞎扯谈,是对个人隐私的侵犯,还会成倍地增加文书工作量,让部队的工作更加拖沓! 想家的人都有家,也会收到邮件。至于独来独往的人,他们想要的才不是信件呢;他们想要女人和威士忌。这个"干旱①"的州卖的威士忌跟草原土拨鼠的尿差不多,连我都快变成绝对禁酒者了。)应该不会增加多少文案工作,上尉,在正常的每周报告中加一列统计数字就行。花费时间太多的事儿,连长和军士长们准会大不乐意,最后让连里办事员随便编几个数字应付基地长官。我

---

①这里的"干旱",指的是没有好酒,生活没有趣味。

敢说,这样的事上尉您一定知道不少。"

拉撒路的父亲笑起来,这种笑容让他看上去很像特德·罗斯福。"中士,我本来正在给长官写一封信,听了你的话,我打算把那封信好好修改修改。奉命负责'计划和培训'工作以后,我做了很大努力,想让任何一个新计划不会增加已经垒得像山一样高的文案工作。至于这个新计划,我一直在想办法,想把跟它相关的工作量减到最少。你给我出了一个好主意。告诉我,给你军官培训的机会时,你为什么拒绝了? 如果你不想说的话就算了;这是你自己的事。"

(老爸,我要向你撒谎了。一个排长,如果他按照条令要求,率领全排"跃出战壕",他的预期寿命只有二十分钟左右。这话我当然不能告诉你。战争真够呛!)"长官,这么说吧。假设我申请参加培训,得到批准需要一个月。然后要在本宁堡或者利文沃思,或者上头送这些人去的随便什么地方待上三个月。然后再回到这里,或者布利斯基地,或者其他什么地方。我会被派去训练新兵,要和他们再待上六个月,最后才能到国外战场去。据我所知,到了'那边'的后方,我们还要接受更多训练。加在一起就有一年时间了,我还没机会参战,战争已经结束了。"

"嗯……你也许是对的。你想去法国吗?"

"是的,长官!"(天哪,不要!)

"就在上个星期,在堪萨斯城,我岳父告诉我你准会这么说。但你可能不知道,中士,就算待在这里,你可能还是没机会上战场……而且不会让你肩膀上的杠杠多起来。在我这个'计划和培训'部门,我们跟踪记录每个部队教官。我们会把干得不好的人送到战场上去……但确实干得好的人,我们会抓住不放。

"不过现在有了一个机会——"他的父亲又笑了起来,"我们被要求——这是比'命令'礼貌一些的说法——提供几个最好的教官,去从事你刚才说的在法国后方的培训工作。我知道你是合格的;自从我岳父向我提起你以后,我就开始注意你的每周报告。对于一个没有参加过战斗的人来说,你的军事知识和经验令人惊讶。你在行为上有一点点不遵守规章制度的倾向,但——私下里说——我不认为这是个缺点;完全遵守纪律的士兵只是兵营里的士兵,适应不了战场。Est-ce que vous parlez la langue francaise?"(你会说法语吗?)

"Oui, mon capitaine。"(会,上尉。)

"Eh, bien! peut-etre vous avez enrole autrefois en la legion etrangere, n'est-ce pas[①]?"

"Pardon, mon capitaine? Je ne comprends pas。"(对不起,上尉,我没听懂。)

"再说几句,你的话我也听不懂了。但我学得很努力,我把法语看作能把我带出这个满是灰尘的地方的一张车票。布兰松,忘了刚才那个问题吧。可我必须再问一个问题,而且要你绝对诚实地回答。法国当局是否会因为什么原因,无论是什么,非要找到你? 我一点也不在乎你过去做过什么,战争部也不会在意。但我们必须保护自己的人。"

拉撒路毫不犹豫,(爸爸在明明白白地告诉我,如果我是法国外籍军团的逃兵,或者是从魔鬼岛或其他监狱逃出来的,他会保护我不受法国的审判。)"绝对没有,长官!"

"听你这么说,我松了一口气。这里有些厕所流言,我问过约翰逊老爸,但他既不能确认,也不能否认。说到他——你站起

---

①上尉的法语不怎么样,后面一句有些不通。正确的法语句子译为:你曾经参加过国外的宪兵营吗?

来一下,让我看看你的左脸,再转过来。布兰松,我信服了。我不记得我妻子的奈德叔叔了,但我相信,你极有可能和我岳父有亲缘关系。他的推测完全站得住脚,方方面面都吻合。所以我们也是亲戚了。战争结束以后,也许我们可以好好调查一下这件事。我知道,我的孩子们现在都叫你'特德舅舅'。这个称呼很恰当,如果你不反对的话,我没什么意见。"

"长官,当然不反对! 不管怎么说,有一个家真好。"

"我也这么想。还有一件事……出了这个门以后,你就要忘了它。我想这几天就会来一个军官,负责选拔赴法国的士官……那之后不久,部队会让你去休一个你没有申请的短假。拿到假期后不要声张,引得大家胡乱猜测。Comprenez-vous?"(明白吗?)

"Mais oui, mon capitaine, certainement。"(是,上尉,当然明白。)

"真希望我能告诉你我们会去同一支部队;约翰逊老爸准会喜欢这样的安排。但我不能那么做。同时,请记住我没有告诉你任何事。"

"上尉,我已经忘了。(爸爸还觉得他是在帮我!)谢谢您,长官!"

"不用谢。走吧。"

从头重复

VII

上士西奥多·布兰松发现堪萨斯城变了——到处是穿军装的人和宣传画。山姆大叔瞪着眼睛看着他:"我要你参加美军。"一幅画上,一个红十字会护士抱着一个躺在担架上的伤员,好像他是个婴儿,上面只有一个单词:"奉献"。一家饭店的招牌上写着:"我们见证了所有没有肉、没有面包和没有欢乐的日子。"很多人家的窗户上都挂着服役旗①,他看到一家人的旗子上有五颗星,还看到几面旗子上有金星。

———————

①指家中有人服役,金星表示亲人阵亡。

街上的车比他记忆中的多。电车上挤满了人,很多乘客都穿着军装,仿佛芬斯顿军营以及周边所有军营或军事基地的人全都来到了这个城市。这当然不是真的,他知道,但一想到昨晚他睡了大半宿的那辆列车上挤满了人,好像这又是真的了。

那辆"特别军列"几乎和运牲口的火车一样脏,比那还慢。为了避让货车,它一次又一次地驶入支轨,还有一次是为了避让一辆运兵车。拉撒路是在上午晚些时候到达堪萨斯城的,又累又脏——而他离开军营的时候整洁利落,精神饱满。好在他带上了已经挤扁了的旧手提包。他计划在见"收养"他的家庭之前,让自己的面貌焕然一新。

他在火车站前挥舞着五美元的钞票,找到了一辆出租车。出租车司机问了他去的方向以后坚持要再带上三个乘客。出租车是一辆福特小型车,和他自己的那辆一样,只是车况差得多。一块把前座和后座分开的玻璃(正是这个特点使得这辆车被称为"豪华汽车")已经被去掉了,后车厢的可折叠车篷看起来好像已经塌了。但是车里有五个人,大家膝盖上还放着行李,多通通风还是很有必要的。

司机道:"上士,第一个送你。要去哪儿?"

拉撒路说他想在南城的三十一街附近找一家旅馆。

"你可真是个乐天派——城里很难找到旅馆了。咱们可以试试。要不先送其他人?"

最后,拉撒路来到了靠近三十一街和美茵河的一家旅馆——"可长期或短期居住——所有房间和套间都可洗浴。"司机说,"这个地方太贵了——不过要么住下,要么我们就得回城里去。别,还是先看看他们是不是让你住,然后再给我钱。你要去海外战场?"

"我是这么听说的。"

"那么你的车费是一美元;我不会向一个要去'那边'的人收小费——我有一个孩子也在'那边'。让我跟那个接待员说。"

十分钟以后,拉撒路自1917年4月6日以来第一次躺在一个浴缸里。然后他睡了三个小时。体内的生物钟叫醒他以后,他从里到外换了一套干净衣服,穿上他最好的军装(他把裤子的臀部部分改过了,让膝盖部位的裤型更合身)。他下楼来到大堂,给他的家里打了个电话。

接电话的是卡洛尔,她尖叫起来:"啊!妈妈,是特德舅舅。"

莫琳·史密斯的声音安详又温暖,"你现在在哪里,西奥多上士?小布莱恩要去接你回家。"

"请代我谢谢他,史密斯太太,但我现在就在三十一街电车站旁边的一家旅馆;我能在他到这里来之前就到家——如果你们欢迎我的话。"

"'欢迎'?我们收养的士兵怎么这么说话!你不应该住旅馆;一定要住这里。布莱恩——我是说我的丈夫,上尉布莱恩——告诉我们你要回家,要和我们住在一起。他没这么跟你说吗?"

"太太,我只见过上尉一次,还是在三个星期之前。据我所知,他不知道我休假了。"拉撒路补充说,"我不想麻烦你。"

"哎,哎,哎,西奥多上士,这些话就别说了。战争刚爆发,我们就改了楼下的工人房——原来是我的缝纫房,就是你和伍德罗下象棋的地方——把它变成了一个客房,这样上尉可以在周末的时候带一个军官兄弟回家住。我要告诉我丈夫说你拒绝住在那里吗?"

"慷慨大方的上尉家的女主人,我非常愿意住在你的缝纫房里。"

"这还差不多,上士。我刚才都在想我是不是该打谁的屁股了。"

小布莱恩在本顿车站等着,乔治像个男仆似的站在旁边,卡洛尔和玛丽坐在汽车后座。乔治一把抓过手提包,一直提着它;玛丽尖叫道:"天哪,特德舅舅真漂亮!"

卡洛尔纠正她:"应该说英俊,玛丽。战士应该是英俊潇洒,不是'漂亮'。对吗,特德舅舅?"

拉撒路双手托着玛丽腋下,把她抱起来,吻了吻她的脸颊,"从技术上说是对的,卡洛尔,但如果玛丽觉得我漂亮,用'漂亮'形容我也可以。真是个庞大的欢迎委员会——我要跟着车在后面跑吗?"

"你坐在后面,和女孩坐一起。"布莱恩布置着,"但先看看这个!"他指着一样东西,"脚踏油门!真棒!对吗?"

拉撒路赞同着,然后花了片刻工夫打量了一下这辆车。车况比他走时还好,从辐条到车顶都洁净锃亮。除了油门踏板,车里还添了其他一些新东西:一个讲究的散热器盖;脚踏板上套着橡胶防滑套;车后部多了一个放备胎的架子,上面还有一个盖备胎用的漆皮罩;后车厢里有个放衣服的架子,上面整齐地叠放着一张盖膝盖的毯子;还有——画龙点睛的最后一笔—— 一个插着一枝红玫瑰的刻花玻璃花瓶。"发动机也和其他部位保养得一样棒吗?"

乔治打开车前盖。拉撒路看了看,赞赏地点点头,"都可以带着白手套检查了。"

"外公就是那么做的。"布莱恩道,"他说如果不好好保养它,我们就不能开。"

"你们确实保养得很好。"

拉撒路一只手臂揽着大点的小女孩,另一只揽着小点的小女孩。这个迎接规格简直是皇室待遇。外公等在前门廊,沿着小路走出来迎接他。拉撒路突然修改了他脑海里对老人的印象:这个老战士穿着军装,看起来好像高了一英尺,显得硬朗挺拔。前胸戴着绶带,袖子上戴着袖章,布绑腿十分仔细地缠在腿上,头上戴着高高的宽檐军帽。

拉撒路扶着卡洛尔下了车,等他转过身时,玛丽已经蹦蹦跳跳跑到前面了。外公顿了一下,然后向拉撒路行了一个幅度很大的军礼,"欢迎回家,上士!"

拉撒路也夸张地回了一个军礼,"谢谢你,中士;我很高兴到这里来。"他补充道,"约翰逊先生,你没有告诉我你是一个军需中士。"

"那些袜子总得有人数啊。我同意去——"

下面的话淹没在伍迪的喧闹声中。"嘿,上士舅舅!你要和我下象棋。"

"当然了,我的棋友,"拉撒路同意了,他的注意力被其他两样事物吸引了:站在开着的大门处的史密斯太太、门廊窗户上的一面服役旗。三颗星——三颗?

外公催他赶快进屋,说今天晚上要训练,得早点开晚饭。南希吻了他一下,公开的,事先也没有用眼光征求她妈妈的同意——然后拉撒路不得不抱起迪克去亲他,接着是小伊瑟尔(她会走了)。最后,莫琳伸出她那纤细的手,把他拉向自己,嘴唇在他的面颊上扫了一下,"西奥多上士……你回到家真好。"

晚餐聚会像个喧闹但却井井有条的马戏场。外祖父代表他的女婿坐在主座上,他的女儿坐在另一端主持大局。莫琳始终保持着高贵安详的仪态,自从拉撒路帮她拉开椅子让她坐下以后,她连站都没站起来过就把一切管得井井有条。拉撒路坐在她右手的贵客位子。所有杂事都由三个年长的女儿负责。伊瑟尔在她母亲的左边,坐在一把高高的儿童椅上,由乔治照顾。拉撒路后来知道,这个工作是由最年长的五个孩子轮流负责的。

按战时标准,这是一顿奢侈的晚餐。热乎乎的、金黄的玉米面包代替了白面包(今天正好不供应白面)。餐桌上有严格的规定,由南希和小布莱恩监督执行,要求每个人必须吃完自己要的食物。不时有人提醒大家记住正处于饥饿中的比利时人。拉撒路并不在意他吃的是什么,但他没有忘记赞赏厨师(三位),也努力回应大家对他说的话——这几乎是不可能的,因为布莱恩和乔治想告诉他,他们的童子军军团如何到野外收集胡桃果核和桃核,以及一个防毒面具需要多少这样的果核;而玛丽则吹嘘她的编织技术和乔治一样好,而且她不会脱针!——以及一张毛毯要多少平方英尺;而外祖父想和拉撒路谈谈自己的工作,为了插句话,他不得不严厉地制止大家。

莫琳·史密斯似乎觉得她没有必要讲话。她微笑着,看起来很高兴。但拉撒路意识到,平静的外表下,她的内心十分紧张。这是牵挂亲人的紧张;这种感情历史悠久,和珀涅罗珀①的感受相同。(是为了我吗,亲爱的? 不是,当然不是。我真希望我能告诉你,爸爸会安然无恙地回到家中。但我怎么才能让你相信我的话呢? 你将不得不像珀涅罗珀一样,挨到最后一刻。对不起,亲爱的。)"对不起,卡洛尔,我没听清你的话。"

①《荷马史诗》中奥德修斯的忠实妻子,她的丈夫远征二十年期间,她拒绝了无数求婚者。

"我刚才说,你马上就要到'那边'去了,可还是让你这么快就回军营,真是太不应该了!"

"卡洛尔,战争期间,这个假期已经很长了。只不过往返路上花的时间太多。我没有被派到海外,所以享受不到特殊待遇。"

饭桌上出现了一片沉寂,大一些的男孩子们互相看了看。

艾拉·约翰逊打破了沉寂,他轻声说:"上士,不是周末却给了你休假,孩子们知道这意味着什么。他们不会到处乱说的;他们很守纪律。我的女婿早就决定——我认为这很明智——不向孩子们隐瞒没有必要隐瞒的事。"

"可是,外公,爸爸休假的时候,他不用第二天就回去。这不公平。"

"那是因为,"小布莱恩很聪明,他说,"爸爸通常都是和博兹尔上尉一起坐那辆很大的奥尔·玛蒙六号一起回军营,开车回去快得多。上士特德舅舅,我可以开车送你回军营。这样你可以明天晚上很晚再走。"

"谢谢你,布莱恩,但那样不一定好。如果我赶上明晚的那趟火车,我们叫它'起床号专列',虽说火车慢点,我也会按时归队的。这一次很重要,我不想冒险超期不归。"

"我同意布兰松上士的话,"外祖父补充说,"就这么定了吧,布莱恩。特德不能迟到。我看我也该动身了。闺女,我能先走吗?"

"当然,父亲。"

"约翰逊中士,我能送你去训练场吗?或者其他什么地方?"

"是兵工厂。不,不用了,特德,我的上尉会接上我,完了以后还会把我送回家;他和我都到得早,走得晚。嗯,你为什么不带着莫琳出去兜兜风？她已经一个星期没出过家门了；脸色都变得苍白了。”

"史密斯太太？我很荣幸。"

"我们都要去!"

"乔治,"外祖父口气坚决地说,"这是为了让你们的母亲可以放松一个小时,没有压力,没有孩子们的吵闹。"

"特德上士答应和我下象棋!"

"伍迪,我听到他说什么了。他没有说什么时候下……再说他明天还会在这里。"

"他在很久、很久、很久以前还答应带我去电子公园,可他从来没带我去!"

"伍迪,我很抱歉,"拉撒路回答道,"但那家公园还没开放,战争就爆发了。我们可能要等到战争结束的时候才能去。"

"可你说过——"

"伍德罗,"他的妈妈口气坚决地说,"别说了。这是西奥多上士的假期,不是你的。"

"别板着你那张脸,"外祖父接着说,"不然我们会搭起军事审判台,把你绑在旗杆上用鞭子抽。南希,剩下的勤务就交给你了,亲爱的。"

"可是——"这个最年长的女孩欲言又止。

"父亲,南希的男朋友快过生日了,他是不会等着别人来征召他入伍的。我想我告诉过你。这些年轻人今晚要为他举办一个惊喜派对。"

"噢,想起来了——我差点忘了。那是个好小伙子,特德,你会喜欢他的。我更正一下,南希,今天晚上你不用值班了。卡洛尔?"

"卡洛尔和我会把一切都做好的，"布莱恩回答道，"是吗，卡洛尔？今晚该我洗碗，玛丽把碗擦干，乔治负责收拾桌子。安排睡觉的事按照值日表来，紧急电话号码写在黑板上——我们知道每个人的职责安排。"

"那我这就走了。"南希道，"特德上士，你明天还会在这里，对吗？"

拉撒路出门来到马路边，和外祖父的民兵上尉见了个面。再进屋的时候，莫琳已经上楼了。他抓紧时间在以前的缝纫房旁边的卫生间里梳洗了一下。十五分钟后，他挽着史密斯太太的手，把她扶上福特小型车的前座。她身上的芳香熏得他有些发晕。

汽车发动了；他上了车，在她身旁坐下，"你想去哪里，史密斯太太？"

"哦，往南走吧。去一个安静些的地方。"

"好，往南走。"拉撒路扫了一眼落山的太阳，打开车前灯。他掉了个头，向南开去。

"不过，我的名字不是'史密斯太太'，西奥多……当我们单独在一起的时候。"

"谢谢你……莫琳。"直接开到三十九街——然后去散步大道？或者走普罗斯派克，然后到斯沃普公园那么远的地方去？哦，真希望莫琳能陪着我，我们一路开他一千英里！

"我喜欢听你叫我的名字，西奥多。你还记得战争爆发前不久，你带孩子们去野餐的那个地方吗？"

"在靠近布鲁河的地方。你想去那里，莫琳？"

"是的。如果你不记得那个地方了，我可以给你指路；上次就是我提议去那儿野餐的。"

"我们会找到的。"

"也不一定非要去那儿,只要找个安静地方就好——一个不需要你集中全部注意力开车的地方。"

"好!"他小心地开上那条路,避开路上的车辙。最后,前面的路变成了他记忆中的那片平坦草地。他开车转了一圈,部分原因是要把车头冲外,主要还是想看看附近有没有其他人。车灯照到的地方除了草和树以外什么都没有——很好!

他关掉车灯和发动机,拉上手刹。

她打开车门——突然停下。

她用轻快的声音大声道:"伍德罗,你这个小坏蛋!西奥多上士!你看是谁睡在车后座上!"

"特德上士答应带我去电子公园的!"

"我们这就去,亲爱的;就快到了。现在告诉妈妈——我们是要带你回家、把你放到床上去,还是你已经长大了、可以一直醒着去电子公园?"

"对,小伙子,"拉撒路附和道,"回家还是去电子公园?"

"嗯?去电子公园!"

"那么坐回去,我们很快就会把你带到电子公园。"

"我想坐前面!"

"小朋友,你可以坐在后面去电子公园,或者坐在后面,让我们把你送回家、放上床。有三个人在前面我没法开车。"

"布莱恩就能!"

"咱们回家吧,史密斯太太。伍迪这会儿连是谁在开车都弄不清——他肯定困极了。"

"不对!我刚才睡了一觉。好吧,我坐后面——去电子公园。"

"史密斯太太?"

"我们去电子公园,西奥多上士。如果伍德罗能躺下再睡一觉的话。"

伍迪立刻躺了下来;他们关上后门,拉撒路开车带着他们离开那里。当车内发动机的声音足够大、可以盖住人声时,莫琳说道:"我得打个电话。开回我们转弯的地方,再往前走一点,你会看到一个杂货铺——就在去电子公园的路上。"

"马上就到。"

他们都进了杂货店,因为伍迪也醒了。拉撒路给小男孩买了一只蛋卷冰激凌,让他安生下来,把他放在一边坐好。然后他走上前去听莫琳打电话。

"卡洛尔? 我是妈妈,亲爱的。你们刚才有没有清点一下动物园里的小动物? ……别担心了;那个小坏蛋藏在汽车的后座上,我们都快到电子公园的时候才发现他。是的,亲爱的,电子公园,我很愉快。我会带着伍德罗,不会让这个小淘气破坏了我们的兴致……会比我想的早些;伍德罗很快就会困了,不能和妈妈一起玩了……各种设施我都要玩玩,在游戏场至少要赢一个丘比特娃娃……是的,只要玛丽能按时上床就行。给男孩子们做软糖吃吧——不,还是别做软糖了;得注意糖的配给量。做玉米花吧,然后告诉他们,我很抱歉让他们担心了。你们这些岁数大一点的孩子不要睡觉,等着特德舅舅回来道晚安。再见,亲爱的。"

她谢过杂货店的店员,脸上带着高雅端庄的微笑,然后牵着伍迪的手,不慌不忙地离开了。

"孩子们一直在玩游戏,直到要安排伍迪睡觉的时候,才发现他不见了。就在我给他们打电话前几分钟。他们有些担心，但还没有慌了手脚。我的这个小捣蛋鬼以前也把自己藏起来过。西奥多，电子公园的花费你可能事先没有准备，你愿不愿意暂时放下你的骄傲和自尊，让我帮你一把？"

"我会的，如果我需要帮助的话；我没有那种毫无用处的骄傲和自尊。我的钱足够，这是真的。钱不够的话，我会告诉你的。"

带伍迪和他妈妈去电子公园其实比拉撒路想象的更有趣。他并不讨厌游乐园，而且愿意和莫琳待在任何地方。问题是在公众场合，他必须把莫琳当作"史密斯太太"来对待。

周围到处是人，他发现莫琳面带笑容，仪态高贵。做到这一点的诀窍是始终保持她的外在形象——快乐的年轻主妇，带着孩子，和他们的客人西奥多"堂弟"、特德"舅舅"一起，纯洁无邪地享受这个夜晚。

他们找了个长凳坐下来，可伍迪却不肯让他们安闲。拉撒路送伍迪去骑木马。他付了钱，回到长凳，却发现莫琳面带寒霜，原来有个士兵正打量着她。拉撒路碰了碰那个士兵的袖子，"走你的吧，二等兵。"

士兵转过头来，准备起衅，接着定睛一看，道："哦，对不起，上士。我没想冒犯您。"

"你没有。换个地方，看运气能不能更好些。"

莫琳说："我不想责骂一个穿军装的人，即使是在必须这么做的时候。他这样的人我已经不是第一次见到了，西奥多。其实他也没怎么，只是瞧瞧有没有机会。我的年龄肯定是他的两倍。当时我真想告诉他，但又怕伤害他的感情。"

"问题是你看上去只有十八岁，他们当然想瞧瞧你这儿有没有机会。"

"亲爱的,我的样子不可能只有十八岁。我的大女儿都十七岁多了。如果南希和她的男朋友在他参军之前结婚——她想这么做,布莱恩和我不会反对——我明年就要当外祖母了。"

"你好,老太婆。"

"去你的。我会享受外祖母这个身份的。"

"你肯定会,亲爱的;我觉得你有很强的享受生活的能力。"(我也一样,妈妈!——我现在敢肯定,这是你和父亲两个人的遗传。)

拉撒路决定了,他要把实话告诉她。

"莫琳,我不是你同父异母的兄弟。"

"你肯定吗? 即使你不是,你仍旧是我的勇士。你自愿应征入伍的时候,我和父亲一样为你骄傲。"

"我是你的勇士,这一点很肯定。但是……我想先知道一些事。南希可能结婚的那个对象——他是霍华德家族的人吗?"

"你说什么?"

"他是不是艾拉·霍华德基金会批准名单上的人?"

他听到她屏住了呼吸,"你是从哪里听说的基金会?"

"'生命是短暂的。'"

"'时光是漫长的。'"她回答道。

"罪恶的日子就要结束。"

"天哪! 我——我想我又要哭了!"

"不要哭。那个男孩子的名字叫什么?"

"乔纳森·维萨罗。"

"——是维萨罗-斯伯林那一支的。是的,我记起来了。莫琳,我不是'特德·布兰松'。我是约翰逊家族的拉撒路·龙。你的家族。我是你的孩子。"

有几分钟，她看上去好像无法呼吸。然后她轻声说："我想我的精神错乱了。"

"没有，你是我遇到过的最坚强、心智最健康的人。让我来解释一下，因为我必须告诉你一些事，而你必须相信我。你有没有读过赫伯特·乔治·威尔斯写的一本叫《时间机器》的小说？"

"什么？啊，是的。父亲有一本。"

"那就是我，莫琳。拉撒路·龙船长，时间旅行者。"

"但那本书——我以为那只是一……个——"

"只是一个故事。是故事。但不仅仅是故事。哦，不完全是威尔斯预见的那样。但那就是我，一个来自未来世界的访问者。我不想让任何人怀疑到这一点；所以我声称自己是个孤儿。不仅因为我说的很难被证明，而且任何想讲出事实的努力都会影响我此行的目的……我的目的只是来到这个时代，好好观察一下这个时代。我有可能会被当作疯子关起来，所以我一直很小心地保护着我的面具。"

"西奥多，听上去你真的相信这些。"

"也就是说听起来我很诚挚，但我一定是疯了。"

"不，不，亲爱的，我——是的，我就是那个意思。我很抱歉。"

"不用道歉；这些话听起来是有点疯狂。但我不担心你会把我送到精神病院去；我在你这里，就像你在我这里一样安全。但我必须找到办法，让你相信我说的确实是事实……因为我还要告诉你一些事，你必须相信的事。否则我摘下面具就没有意义了。"

他停下来想了想。怎么证明呢？说一些会在未来发生的事？他主动说明身份是有目的的，为了实现这个唯一的目的，这事必须发生在距离现在很短的时间范围里。但他甚至没有简要地了解这一年会发生的事；他没想过在1919年以前到这里，对于1919年以前的事，他知之甚少，连美国卷入战争的日期都弄错了。拉撒路，你马马虎虎的做事方式真该死。下次再要做时间旅行的时候，一定得记住雅典娜能提供的、那个时代发生的所有的事——包括发生在距离行期起始日期两头很长时间范围里的事。

伍迪的记忆也帮不了什么；拉撒路甚至不记得自己曾被一个穿着军装的上士带到电子公园去玩过。又以自我为中心了，你这个臭小子！他记得电子公园；伍迪·史密斯去过那里很多次。但没有哪一次在他的记忆里显得很特别。

"莫琳，也许你可以想出一些方法，能让我向你证明我来自未来。好好想想，什么事能让你信服。但我必须告诉你的是这个：布莱恩——你的丈夫，我的先辈——会安然无恙地回来。他会经历那些战争。炮弹会落在他周围，子弹会呼啸着飞过他耳边——但是都不会碰到他。"

史密斯夫人喘息着。过了好久，她才慢慢地说："西奥多……你是怎么知道的？"

"因为你们两个是我的先辈。我不可能记住基金会记录上这个时代所有霍华德人的名单，但我研究过我祖先的资料，包括那些我可能遇到的人。你，布莱恩，布莱恩在辛辛那提的父母。我推测，布莱恩之所以会遇到你，是因为他去过罗拉①，然后他在基金会给他的密苏里的名单上找到了你——不是俄亥俄的名单。这些事，我肯定不会从你、布莱恩或者艾拉那里得知，你的

①美国密苏里州的一个城市。

孩子们可能也不知道。嗯,也许南希知道;她一定已经问了很多很多问题。是这样吗?”

“嗯,是的,几个月以前。那么,你说的确实是真的,西奥多。或者我应该叫你‘拉撒路’?”

“你愿意叫什么就叫什么吧,亲爱的。但我还是什么都没有证明。我的话只证明我看过基金会的资料——有可能是去年,而不是未来的某个时候。我们还得继续寻找证据。嗯……我知道一个,发生在距离现在几个月以后——但我必须让你今晚就相信我。这样你就不会在枕头上流更多的眼泪了。可我不知道该怎么做。

“在你的肚子里有一个证据,可它不会现在就出来证明。这是布莱恩放到你肚子里的最后一个孩子——是个男孩,我最亲爱的女先辈,你和布莱恩将会把他命名为‘西奥多·艾拉’——我深感荣幸。读到他在家族记录上的名字时,我还没有意识到那是因为我的名字的缘故,因为那会儿我还没想好自己用什么化名。”

她叹了一口气,“我想相信你。但如果布莱恩想叫他约瑟夫或者是约瑟芬怎么办?”

“‘约瑟芬’不是男孩的名字。亲爱的,布莱恩会用服役旗上另外两个人的名字来命名这个在战争中孕育的宝宝;这场战争对他非常重要。也许是他自己提出的——我不知道。我只知道‘西奥多·艾拉’是你将在基金会名录上为他登记的名字。还有我的另一位先辈——阿德丽·约翰逊,当然,她是你的母亲,艾拉的妻子。她住在圣路易斯。在你结婚前后,她离开了艾拉,但他们并没有离婚——这可能让他有些恼火;但我不认为艾拉会就此禁欲,只因为按照法律,他的妻子并没有离开他。”

"他没有,亲爱的。我肯定父亲有一个——嗯,一个情妇。有些晚上他本应该在那个象棋俱乐部,但他其实是去见她。对了,那其实不是一个象棋俱乐部;是个台球厅。我没有戳穿他,因为他在孩子们面前也是那样叫它的。"

"他是在那里下象棋。"

"也打台球,父亲的台球打得很好。接着讲,亲爱的——拉撒路。我愿意相信你。也许我们能想到什么事来证明。"

"嗯,我不想去找你的母亲;我不认为我能和她相处得很好。"

"我只有向她撒谎才能和她处好。父亲给我的支持比她给的多得多,我是他最喜欢的孩子。他表现出了这一点,这也是为什么我很小心不显露出我偏爱伍德罗的原因。继续说,西奥多。拉撒路。"

"我的先祖中,跟你有关的就这些了。除了一个。藏在车后座的那个小子。莫琳,我是你和布莱恩的后代,是通过伍德罗延续下来的。"

她倒吸了一口气,"真的? 哦,我希望是真的!"

"和我们要交税一样真实,亲爱的。这一点可能救了他的命。发现他藏在车后座的时候,我还从来没有像那时一样想杀掉一个孩子。"

她吃吃地笑起来,"亲爱的,我也有同样的感觉。但就算我想用鞭子抽哪个孩子时,我也不会让声音显露出愤怒。"

"但愿我没有让愤怒表现出来,但我实在很气愤。我们还是把心思转同时间旅行吧;我还在想证据。这样你就会明白为什么我肯定布莱恩会安然无恙地回来。为了让你别再担心,这证据必须是很快就要发生的事,而且一定要发生在伍迪的生日以前。"

"为什么是伍德罗的生日?"

"我还没说过吗？这场战争会在伍迪过下一个生日那天结束，十一月十一日。"他补充道，"这我很肯定，那是历史上一个很重要的日子。但是，为了说服你不要再担心，我正在脑子里搜寻发生在现在和那一天之间的某件事——要尽可能地快。但是——哦，天哪，亲爱的，我犯了一个可笑的错误。我本想在这场战争结束以后到这里。但我给我的电脑输入了一个错误的关键数字——只是个小错误，但是使我到达的时间提前了三年。这不是她的错误；她接受我给她的任何数据，而且她是驾驶飞船的计算机中最精确的一台。这也不是个致命的错误；我没有迷失在时间旅行中，我的飞船会在我到这里后整整第十个地球年的时间，也就是1926年，来接我。但就是这个原因，使我没有研究这以后几个月会发生的事。我本来想躲过这场战争。我不是来研究战争的；历史上充斥着各式各样的战争。我想研究的是人们的生活。"

"西奥多……我有点糊涂了。"

"对不起，亲爱的。时间旅行本身就让人糊涂。"

"你说到计算机，我不知道你指的是什么……你还说'她'驾驶飞船，飞船是什么意思？还会在……1926年接上你？我一点儿也不懂你说的是什么。"

拉撒路叹了口气，"这就是为什么我从来没打算告诉任何人的原因。但我必须告诉你——让你不再担心。飞船是一种在宇宙中飞行的船只——跟儒勒·凡尔纳小说里写的一样，只是比那个更先进。她是一艘星际飞船，我住的星球离这里很远。同时，她还是一台时间旅行器，可以在不同的时间和空间中穿梭。这太复杂了，很难解释。计算机是飞船的大脑——是一种机器，非常复杂的机器。我的飞船名叫'多拉'，那个操纵它——运行它

——驾驶它的机器,就是那台计算机,也叫多拉;我用这个名字称呼她时,她会回应我。她是一台智商非常高的机器,会说话。哦,飞船上还有两名航天员,是我的两个妹妹。当然,她们也是你的后代,而且长得非常像你。设置航天员是很有必要的。不能让一艘飞船自己在太空中飞行,除非是无人驾驶飞船,沿着预先计算好的路线飞行。但多拉承担的是极其复杂的工作,所以拉祖和劳瑞——莱比思·拉祖丽·龙和劳瑞蕾·李·龙——会告诉多拉要做什么,然后让多拉自己完成。"

"拉撒路……你有多大年纪了?"

拉撒路犹豫了一下,"莫琳,我不想回答这个问题。我比我看起来的样子老得多;艾拉·霍华德的实验获得了成功。还是让我给你讲讲我的家庭吧。也是你的家庭;我们都是你的后代,不是这一支就是那一支。我妻子们中的两个,还有我合作丈夫中的一个是南希和伍迪的后代。"

"'妻子们'?'合作丈夫'?"

"婚姻有很多种形式。在我住的地方,你不需要离婚或者死亡就能更换你爱的人。我有四个妻子和三个合作丈夫。我的妹妹,拉祖和劳瑞……她们可能会和我们家以外的人结婚,也可能会留在家里。

"我们有很多孩子。还有很多猫啊,狗啊,以及孩子宠爱的任何动物。这是一个真正的家庭,住在一所足够容纳一个大家庭的房子里。

"我没法向你描述每一个家庭成员;时间不够,我们得把这个偷乘者送回家了。但我想给你讲一个人,因为你曾说你看上去不像十八岁。我想讲的那个人叫塔玛拉。她也是你的后代,是南希和她的乔纳森那个家族的子孙。想不想听听南希的第N

代曾孙女的事？塔玛拉大约有二百五十岁了，我想——"

"二百五十岁？"

"是的。我的合作丈夫之一，艾拉·维萨罗，也是南希和乔纳森的子孙，但他同时也是伍迪的后代——他是以你的父亲命名的，不是艾拉·霍华德。艾拉有四百多岁了。莫琳，艾拉·霍华德的实验很有效果；我们的寿命很长，是从你和所有霍华德祖先那里遗传来的，但也是因为在彼时彼地，他们知道如何使一个人恢复青春。塔玛拉经历了两次回春手术，其中一次是最近做的，这使她看起来和你一样年轻。真的是重获青春——我离开的时候，塔玛拉又怀孕了。

"但她外表怎样并不重要；塔玛拉是一剂治病的良药——我怀疑她是继承了你的特点。"

"西奥多——拉撒路，我又一次被搞糊涂了。一剂治病的良药？这么说，她就像那种用宗教信仰给人治医的人？"

"不是。就算塔玛拉有宗教信仰，她也从来没有提起过。塔玛拉宁静、快乐、祥和，每一个在她周围的人都如此强烈地感受到了她的这些特点——就像和你待在一起一样，亲爱的！——以至于他或者她也会感到幸福快乐。有人病了的时候，如果塔玛拉能抚摸他们和他们说话，或者和他们睡觉的话，他们就能很快地好起来。

"但是，我遇到塔玛拉的时候，她并不年轻。她很老了，而且在考虑就那样顺其自然，最后因衰老而死。但那时我病了，病得非常厉害，病到心里去了。于是伊师塔去找来了塔玛拉。伊师塔后来成了我的妻子，她是银河系中顶尖的回春高手。那时的塔玛拉肚子鼓着，乳房松弛，眼睛下面有眼袋，脸颊也垂下来了，完全是一个老年人。

"塔玛拉治好了我心里的病,仅仅和我待在一起就治好了我……不知怎的,这也重新燃起了她对生活的兴趣,于是她又进行了一次回春手术,重获青春。她已经为莫琳 – 南希这一族增添了一个小宝宝,现在她又怀孕了。你和塔玛拉是如此相像,但是——"拉撒路停顿了一下,皱了皱眉头,"莫琳,我真不知道怎么才能让你相信我讲的话。伍迪过第六个生日的时候你就会知道了。那一天,他们拉响每一个汽笛,敲响每一口大钟,报童喊着:'号外!号外!德国人投降了!'但那已经太晚了,帮不了你了。我想让你现在就不要担心!"

"我已经不再担心了,亲爱的。你讲的听上去美极了……也不太可能。但我相信你。"

"你相信吗?我还没有找到证据呢;我只给你讲了一个表面上看绝不可能发生的故事。"

"但是,我相信你。等到伍德罗在十一月七日过六岁生日的时候——"

"不,是十一号!"

"是的,拉撒路。但你怎么知道他的生日是十一号?"

"这个,是你自己告诉我的。"

"亲爱的,我说过他是十一月生的;但我没说是哪一天。刚才我故意把它说错了——你立刻纠正了我。"

"嗯,也许是艾拉告诉我的。或者是孩子们中间一个。最有可能是伍迪自己。"

"伍德罗不知道他的生日是那一天。不信你把他弄醒,问问他。"

"我们到家之前还是别把他弄醒吧。"

"我的生日是哪一天,亲爱的?"

"1882年7月4日。"

"玛丽的生日呢?"

"我想她九岁了。我不知道她的生日。"

"其他孩子呢?"

"我不知道。"

"我父亲的生日呢?"

"莫琳,问这个有意义吗? 1852年8月2日。"

"亲爱的,称自己为'西奥多'的拉撒路,对于我的孩子,我严格地执行着一个原则:我会在尽可能长的时间里不让他们知道自己的生日,这样他们就不会宣扬自己的生日,有借口向其他人索要礼物。等到孩子要上学了,需要知道自己生日的时候,他们已经足够大了,可以告诉他们为什么这么做了。到那时,我会直白清楚地告诉他们,如果他们在生日以前告诉别人的话——就没有生日蛋糕,没有生日晚会。我还没有实施过这样的惩罚;他们都很聪明。

"去年,伍德罗还太小,这还不是问题;他的生日是作为一个惊喜到来的。他还是不知道自己生日的确切日期——所以我完全相信你了。拉撒路,你知道你直接的祖先的生日,因为你查过基金会的记录。但是,正因为你说不出我其他孩子的生日,我想我找到了证明。"

"你知道我可以看到基金会的资料,我完全可能是在去年看到的生日记录。"

"不对。为什么你要记住某一个孩子的生日,然后跳过其他七个孩子?如果你不是对我父亲特别感兴趣的话,你又怎么会记住我父亲的生日呢? 这说不通,亲爱的。你打算寻找你的先祖,所以来的时候就准备好了。我不再相信你出现在我们教堂是件偶然的事了；你到那里是去找我——我很荣幸。你可能也是这样去找父亲的——在他那个台球厅的'象棋俱乐部'里。你是怎么做的？请了私人侦探？我不认为基金会的资料里有关于我们的教堂和那个台球厅的记录。"

"差不多吧。是的,善良的女先祖,我努力设法找到一种可以被人家接受的方式与你们会面。如果需要的话,我可能会花上几年的时间……因为我不能按响你们的门铃,然后说,'嗨,你好！我是你的后代。我能进去？'你可能会叫警察的。"

"我希望我不会叫警察,亲爱的。但还是谢谢你采取了一种更温和的方式。哦,拉撒路,我相信你说的每一句话,而且不再为布莱恩担心了；我知道他会回到我身边的！"

"莫琳,只要你能说服布莱恩……嗯,我会待到1926年8月份。"

"嗯……我会想出办法的,我想那么做！"她补充说,"你允许我告诉他吗？你是谁、从哪里来,还有未来世界、你说他不会受伤的预测？"

"莫琳,如果你愿意,你可以告诉任何人。问题是没有人会相信你。"

她叹了口气,"我想是的。而且,如果布莱恩真的信了你的话,相信他会安然无恙——他可能会不再小心照顾自己。他自愿为我们战斗,我感到骄傲……但我不想让他冒不必要的风险。"

"我想你是对的,莫琳。"

"西奥多……我脑子里突然间装了这么多稀奇古怪的事情,我差点儿忘了一件事。既然我已经知道了你是谁——那么这儿既不是你的国家,也不是你的战争,你又为什么要自愿参军呢？"

拉撒路犹豫了一下，然后说出了实情：

"我想让你为我骄傲。"

"噢！"

"你说得对，我不属于这里，这也不是我的战争。但这是你的战争，莫琳。其他人为其他原因而战——而我要为莫琳而战。不是为了'让这个世界更民主更美好'。尽管同盟国会赢得战争，但它不会实现那个目标。我为莫琳而战。"

"噢！噢！我又要哭了——我忍不住。"

"别哭。"

"好的，勇士。拉撒路，你会活着回来吧？你一定有办法知道答案。"

"这个嘛，亲爱的，不用担心我。有人曾想用各种各样的方式杀我，但我还是比他们都活得长久。我是一只机警的老猫，周围又总是有一棵树可以爬上去逃命。"

"你没有回答我的问题。"

他叹了口气，"莫琳，我知道布莱恩会回家；这在基金会的资料里有记载。他会活很长时间，不要问我是多长时间，因为我不会告诉你。关于你的也是，我同样不会回答；知道太多未来的事情也不好。但是关于我？我不可能知道我的未来。资料里也没有相关记录。怎么可能有？这件事我还没做完呢。但我可以告诉你的是：这不是我经历的第一场战争，大约是第十五场。在其他战争中，他们没有打死我。想在这场战争中打死我，他们的动作必须非常快才做得到。亲爱的，我是你的勇士，我要为你去杀德国鬼子，而不是让他们来杀我。我会执行我的任务，但我不会做什么发疯的事来赢得一枚奖章——老拉撒路才不会干这种傻事呢。"

"就是说你不知道。"

"是的,我不知道。但我向你保证:不需要的时候,我不会伸出脑袋。跳进德国鬼子的战壕之前,我会先扔进一颗手榴弹。我不会因为一个德国鬼子看起来死了,就认为他已经死了——我会确认他死了;我不介意在一具尸体上再浪费一颗子弹,如果是个装死的人,我就更不介意了。我是个老兵。一个士兵怎么才能成为老兵? 要当悲观主义者。所有窍门我都知道。亲爱的,你已经不再为布莱恩担心了,如果再让你为我担心的话,那未免太傻了。不要为我担心!"

她叹了口气,"我会努力的。如果你转过这条街,我们可以走普罗斯派克,然后穿过林伍德大道到本顿大道。"

"马上就到家了。我们来谈谈爱情吧,别谈战争了。说说我们的南希。基金会现在在执行关于怀孕的政策吗? 对于第一次婚姻?"

"天哪! 你真的什么都知道。"

"那还用说。我还是讲南希的事吧。如果乔纳森真去参战了——这我不知道——我可以向你保证,即便他丢了一只胳膊或者一条腿,他的睾丸没有受到任何伤害。虽说我没有关心你其他孩子们的生日,但我看了他们所有人的生育记录。乔纳森和南希会有很多孩子。也就是说他回来了——或者被拒绝了,没去参战。"

"这话很让人安心。有多少孩子?"

"你这个多事的小姑娘。我不会回答那个问题,也撤回关于怀孕政策的问题。"

"想保密啊,拉撒路——"

"从现在开始,最好叫我'西奥多'。咱们马上就到家了。"

"遵命,西奥多·布兰松军士长。你的曾曾曾祖母会非常谨慎的。对了,应该有多少个'曾'来着?"

"亲爱的,你真想知道答案吗? 如果不是为了说服你不要为布莱恩担心,所以必须说出实情的话,我还是愿意继续当'特德·布兰松'。我喜欢当你的'西奥多'。我不知道一个来自未来的神秘人会不会让你觉得跟'布兰松'在一起时一样自在,尤其是如果你把我看作隔了好几代的子孙。我在这里,就在你身边,不在遥远的未来。"

"在我身边,而你甚至还没有出生呢,对吗? 还有,在你的时间里……我早就死去了。你甚至知道我是什么时候去世的。你说过的,只是不肯告诉我。"

"哦,该死,莫琳;问这些是不对的! 向你承认我是时间旅行者,只会造成这种后果。我不得不把真相告诉你。为了你。"

"对不起,拉——西奥多,我的勇士。我不会再问问题了。"

"亲爱的,我现在在这里,这一事实本身就说明你现在没有死,而我当然是已经出生了——掐我一下,你就会知道了。所有的'现在'都是一样的;这是时间旅行的基本法则。'现在'不会消失;'过去'和'未来'都是数学上的抽象概念;'现在'永远是这里的一切。至于是不是知道你去世——或者说将要去世的日期——我不知道。我只知道你过去曾经——已经——将要——有很多孩子,而且你活了很长时间……而且你的头发一直没有变白。但基金会失去了你的线索——或者说以后会失去。基金会的记录里没有你死亡的日期。也许你搬了家,没有通知基金会。嗯,也许我回来了——将要回来——在你年纪很老的时候把你接到了特蒂尤斯。"

"哪里?"

"那是我的家。我想你会喜欢那里的生活的。你可以成天到处跑,穿着衣服,或者裸体——像法国明信片上的画一样。"

"我现在就能肯定,我准会喜欢那种生活。但身为一个老太婆,我不认为我会那样做。"

"你要做的就是让伊师塔给你做个回春手术。我告诉过你她对塔玛拉做过那样的手术……那会儿塔玛拉的乳房垂到了腰间,成了干瘪的袋子。但你看看现在的塔玛拉——我是指那个'现在'——她又怀孕了,年轻得像个小姑娘。但是,忘了这些事吧。如果它曾经发生过,那么它就会发生。妈妈,我可以确定,我不知道你去世的日期,而且我很高兴我不知道。你也应该高兴。我同样不知道我的死亡日期,为此我也很高兴。抓住今天,及时行乐!我们马上就要到家了,你刚才在讲一件什么事,然后我们就偏离了主题。是在讲塔玛拉吗?"

"哦,对了!西奥多,无论你在哪里,回家的时候,你能不能随身带上些东西?或是只能带上你自己?"

"啊,不是只能带上我自己。我来的时候也带了衣服和钱。"

"我想给塔玛拉送个小礼物。可我不知道她会喜欢什么……我在现在,而她在那个美好的时代。你能猜猜她会喜欢什么吗?"

"嗯……塔玛拉会珍视你送的任何礼物。她知道她是你的后代,而且她是我们家所有人中最重感情的。礼物要非常小,是我即便在战壕里也能带在身上的东西,因为我随时可能舍弃任何我没带在身上的东西——我只能这样。不要珠宝。塔玛拉对钻石手镯不会比发卡更喜爱……但她会极度珍视一只发卡,只要我告诉她我见你戴过它。要小东西,要你用过的。这样吧,送她一副吊袜带吧!太棒了!你现在戴的这一副,把其中一条送给她。"

"我是不是应该送她一副全新的？哦，我可以先戴上一会儿，这样你就可以告诉她是我戴过的。但这一副——它们旧了，破了，而且今晚我出的汗都在上面。它们不新，也不干净。"

"不，不，就要其中的一条。我希望当我把它送给塔玛拉的时候，你芳香的体味还能留在上面；那会让塔玛拉很开心的。"

到家了。拉散路停稳了汽车，为莫琳打开车门。

"谢谢你，上士布兰松。你让我的儿子和我度过了一个美妙的夜晚。"

"你能拿上泰迪熊和丘比娃娃吗？我来抱我们的陪护人。"

艾拉·约翰逊和南希还没回家。小布莱恩接过拉撒路怀中软塌塌的孩子，把他抱上了楼。卡洛尔要跟着上去把伍迪放到床上，走前强烈要求"特德舅舅"在她下来之前别上床睡觉。乔治想知道他们去了哪里，都做了什么，拉撒路答应他过会儿告诉他。拉撒路利用这个短暂的时间来到房间内狭小的浴室，把自己修整了一番。

五分钟之后，拉撒路焕然一新，来到前屋，给乔治和小布莱恩讲述了这个晚上他们做的事情。他讲的每一句话都是事实。

卡洛尔下楼的时候，他刚刚开始，所以她也一块儿听了起来；然后史密斯太太也加入了他们。她和往常一样优雅，手里拿着一个小小的用薄纱纸包裹的包装盒。"这是给你的一个惊喜，上士西奥多——回到军营之前请不要打开它。"

"那么我最好现在就把它放到我的手提包里。"

"好的，先生。我想现在是该上床的时间了，孩子们。"

"是，妈妈。"卡洛尔附和着，"可特德舅舅刚刚讲到你怎么在撞球游戏中打中了所有瓶子。"

"他说你本来应该只打蓝色的,妈妈!"乔治补充道。

"好吧,好吧,允许你们再待十五分钟。"

"史密斯太太,"拉撒路说,"应该等我回来以后再开始计时。"

"你和我其他的孩子一样坏,上士。好吧。"

拉撒路把小包装盒放进他的手提包,把包锁上,这是他长久以来的习惯。他这才回到前屋。南希和她的男朋友回来了;拉撒路被介绍给客人,他带着浓厚的兴趣仔细打量着乔纳森·维萨罗。这是个令人愉快的年轻人,稍微有点笨拙。塔玛拉和艾拉会对他非常感兴趣,所以用眼睛把他拍下来吧,要能描述出他的长相,还要记住他说的每句话。

史密斯太太催促她未来的女婿进到客厅,让南希一个人进了里屋;拉撒路接着描述他们在游乐园都做了什么,乔纳森显得很有礼貌,但不是很感兴趣。史密斯太太回来了,端着一只装满东西的托盘,"十五分钟到了,亲爱的。乔纳森,南希要你去帮她干点活;你能去看看吗? 她在厨房。"

小布莱恩问他是不是能把车停到谷仓里去,"上士特德舅舅,我从来没有让你的车停在马路边过夜,一次也没有。我会把它开出来给你用的,明天早晨的第一件事;把车倒出来得有点技巧,有点像走个'Z'字形,你得一会儿倒车,一会儿前进。"

拉撒路向他表示了感谢,然后吻了卡洛尔,向她说晚安;她显然正等着他这么做。乔治好像觉得自己已经长大了,不适合行吻别礼,所以拉撒路只和他握了握手,然后说他握手很有劲。就在这时,约翰逊先生回来了,告别礼于是又重复了一遍。

五分钟以后,史密斯太太、她父亲和拉撒路坐在客厅里,喝着咖啡,吃着蛋糕。拉撒路不由得回想起他第一次被邀请到这里时的情景。场景几乎是一样的,除了他穿着军装以外;每个人都坐在那一次坐的位置上,史密斯太太以同样娴静优雅的姿态为他们准备咖啡;连小点心都是一样的。他寻找着有什么东西发生了变化,但只找到了三样:他的大象玩具不在史密斯太太的椅子后面,他们在游乐园赢来的奖品放在了离门不远的地方,钢琴上放着一本打开的《你好,接线员,给我接无人区》①的活页乐谱。

"你今天晚上回来很晚,父亲。"

"有七个新兵,而我手头的袜子只有普通尺寸,不是太大就是太小。特德,我们有的都是部队不要的东西。当然,也应该这样。现在我们给机枪连配了刘易斯枪,还有足够多的斯普林菲尔德枪可以供应;总算不大像一群土匪了。但我不是在抱怨。女儿,那桌子上是什么东西? 好像放得不是地方。"

"是我赢的丘比娃娃,我想把它放在一个重要的地方,就在钢琴上面。泰迪熊是西奥多上士赢的;也许他要把它带到法国去。我们去了电子公园,父亲,西奥多上士为我们赢得这两个奖品所花的钱比它们的实际价值多过一倍;我们这个晚上很幸运,也很快乐。"

拉撒路看到老人的脸色阴沉下来。大庭广众之下,和一个单身汉在一起? 在她的丈夫不在家的时候? 所以他说话了:

"我不能把它带到法国去,史密斯太太;你不记得了? 我和伍迪做了个交易,我要用我的泰迪熊换他的大象。我想这个交易反悔不了;从那会儿起他一直抱着小熊。"

约翰逊先生说:"只要你们没把交易写下来,特德,他准会骗你。如果我没有理解错的话,伍迪和你们一起去了电子公园?"

"是的,先生。咱们私下说说,我不在的这段时间,我打算把

---

①估计是当时的流行歌曲。

大象移交给伍迪照管。但我会跟他好好谈谈交易条件。"

"那他还是会让你上当。莫琳,我本来是想让你摆脱孩子们、轻松一下。尤其是伍迪。你怎么会带上他?"

"准确地说,不是我们带他去的,父亲;他偷偷上了车。"她向她父亲详细讲述了一遍经过,只是省略了一些事,也没有说明准确的时间表。

约翰逊先生摇了摇头,看起来很满意,"那个孩子会有出息的——只要他不先被绞死的话。莫琳,你应该打他的屁股,把他送回家,再和特德继续兜你们的风。"

"哦,没事的,父亲,我兜了风,而且过得很愉快;我让伍德罗待在后座,保持安静。后来我在游乐园也玩得很开心。要不是伍德罗不请自来,我还享受不到这么多乐趣呢。"

"伍迪也有他的理由,"拉撒路承认,"我的确答应过带他去电子公园,却一直没有履行过承诺。"

"应该狠狠教训他一下。对了,莫琳,我们的年轻小姐回来了吗?"

"你回来前不久回来的,父亲。他们在厨房,借口是她要给乔纳森做个三明治。我知道这是个借口,让他们用不着待在这里。是我建议他们这么做的。如果你想从厨房拿什么,你告诉我,我替你拿;我会弄出足够大的声音,让南希从他的腿上跳下来。西奥多,南希订婚了;只是还没有正式宣布。我想最好让他们现在就结婚,因为乔纳森很快就要参军了。你怎么想?"

"我几乎没有权利表达意见,史密斯太太。我希望他们能够幸福。"

"他们会的,"约翰逊先生说,"他是个好小伙子。我想劝他加入第七团,可他坚持要等到过了生日,这样他就可以直接参军了。其实他在三年内本来不会被征召入伍。要的就是这种精神。我喜欢他。特德，如果你想回你的房间，可以从那边绕一下，别经过厨房。"

几分钟以后，那对年轻人从厨房里出来了。他们没有坐下，只是礼貌地告了别；南希到门廊上送她的爱人离开，这才回到客厅，坐了下来。

约翰逊先生打了个哈欠，"我要睡了。你也睡吧，特德，如果你够精明的话。大清早会吵得很厉害，尤其是在你房间的那个地方。"

南希赶紧说："我会让小孩子们安静一些的，外公，保证让特德舅舅睡个好觉。"

拉撒路站起身来，"谢谢你，南希，但我昨晚在火车上没睡好；我想我还是睡吧。不用费力让大家明天早上保持安静；我会在响起床号的时间醒来。成了习惯了。"

史密斯太太站起来，"我们都睡吧。"

约翰逊和他握了握手，道了晚安；史密斯太太象征性地在他脸颊上吻了一下，和他刚来时给他的那个吻一样，她感谢拉撒路陪她度过了一个愉快的夜晚，然后催他赶快去睡；南希等了等，长辈们开始上楼梯的时候，她吻了他一下，然后向他道了晚安。

尾 声

I

法国某地

所有我亲爱的家庭成员们：

    我是在装在我口袋里的日记本上写这封信,它会一直在这里待着,直到战争结束——这并不重要;你们总归会得到它。但我现在不能送密封好的信了,更不用说密封在五个嵌套信封里的信。这是因为这里的一种"审查制度"——就是说每封信都会被打开,被审查,德国鬼子可能会感兴趣的所有内容都会被删掉。比如日期、地点、部队番号,也许还包括我早餐吃了什么。(豆子、煮猪肉和炸薯条,还有能把调羹融掉的咖啡。)

    你们看,承蒙山姆大叔的招待,我做了一次愉快的跨海之旅,现在我置身于这片盛产美酒和美女的土地上。(酒是极其普通的葡萄酒,而且他们好像把漂亮姑娘都藏起来了。我看到的最漂亮的女孩长着浅浅的胡须和重重的腿毛。要不是我犯了个错误、站在下风口,这些我本来可以不在乎的。亲爱的,我不知道法国人是从来不洗澡,还是只在战争时期不洗。但我没有权利挑剔他们。洗澡是件奢侈的事。今天,如果让我在一个美丽的姑娘和热水澡之间选一个的话,我会选热水澡——否则她是不会碰我的。)

不要担心我现在身处"战区"。你们如果收到这封信,那就证明战争已经结束了,而且我没事。写信比每天在日记上记录一些无关紧要的事要容易一些。"战区"是一种夸张的说法;这是一场"静态战争",就是说双方都陷于同样的僵局,都被对方逼得动弹不得。我离前线很远,不会受伤的。

我负责带领一个小单位,称作"班",有八个人。我和另外五个是步枪兵,再加上一个自动步枪兵(所谓自动,指的是步枪,不是那个人;这场战争中没有机器人战士),第八个是为那个自动步枪兵背弹药的人。这是一份下士的工作,我现在就是下士;我期待的升职为中士的机会(在我从美国发出的最后一封信里提到过)在我由一个部队调到另一个部队的过程中丢掉了。

当下士也很适合我。我第一次有了几个被永久分配给我的人,有足够的时间能和他们相互熟悉,了解他们的长处和短处,知道怎样和他们打交道。他们是一群很不错的人。只有一个有点麻烦,而且这还不是他的错;这是缘于存在于这个时期的偏见。他的名字叫F.X.丁科斯基,他是我们班里唯一的一个天主教徒,同时还是唯一的犹太人。双胞胎们,如果你们从来没有听说过这两个名词,去问雅典娜吧。从他的祖先来说,他属于一个宗教,而他又是在另一个宗教环境中被抚养长大的。他的运气不怎么好,被安排进了一群信仰第三种宗教,而且还不怎么宽容的农村小伙子们中间。

更加不幸的是,他还是一个城市小伙子,说话的口气也不怎么好听(即使对我也是这样),行动也有些笨拙。他们捉弄他的时候(只要我不在场,他们就会这么做),他会变得更笨拙。说实话,他不是块当战士的料——但是没有人征求我的意见。所以他就成了那个背弹药的人,为了保持我们班的平衡,这是我能做到的最大的努力了。

他们叫他丁基,只带有一点点贬低的意思在里面,但他恨这个称呼。(我是用他完整的姓来称呼他——对于每个人我都是这样。此时此地的军事组织有一个神秘的约定俗成的规矩,就是用每个人的姓来称呼他们。)

我们还是先放下美国远征军里最棒的一个班,来讲讲我的第一个家庭和你们祖先的最新情况吧。就在山姆大叔派我执行这次美妙的旅行任务以前,他们给了我一个假期。我和布莱恩·史密斯一家人度过了这个假期。我住在他们的家里,因为他们在这段战争时期"收养"了我这个"孤儿"。

这个假期是我从多拉上下来以后度过的最美好的一段时间。我带伍迪去了游乐园,那里的设施很原始,却比塞昆德斯上一些高端而又复杂的游乐项目好玩许多。我带他坐各种东西,请他玩游戏和其他他感兴趣的项目。我自己也很愉快,因为他是那么喜欢玩——最后他筋疲力尽,在回家的路上睡了一路。他的行为很规矩,现在我们已经成了好伙伴。我决定不杀他了,让他好好长大,也许这个人还是有希望的。

我和外公作了多次长谈,从而更深入地了解了其他人——尤其是妈妈和爸爸。爸爸这方面出了些我事先没预料到的事。我在芬斯顿军营和他谈了几分钟话,后来他在我正准备离家回部队的那天回家休假。我本来是见不到他的,但他提前了几个小时离开军营(这就是当军官的好处了),这样我们就有一段时间同时在家。后来他给部队打了一个电话,这样我又多了两天的假期。为什么? 塔玛拉和艾拉,你们仔细听好——

是为了参加——南希·伊琳娜·史密斯小姐和乔纳森·斯伯林·维萨罗先生的婚礼!

雅典娜,请向那对双胞胎解释这两个人结合的历史意义,并列出这一家族分支中著名的重要人物,亲爱的,用不着把所有人全都列出来。在我们这个小家庭里就有艾拉、塔玛拉,当然,还有伊师塔和我们孩子中的至少五个人——我可能会漏了某个人,脑子里记不住那么多家族分支。

我是乔纳森的"男傧相",爸爸"把新娘送到新郎手里",布莱恩是"男迎宾员",玛丽是"拿戒指的人",卡洛尔是"女傧相",而乔治负责看管伍迪,免得他给教堂点上一把大火,妈妈则照顾迪克和伊瑟尔——雅典娜能解释这些术语和风俗;我就不解释了。这个婚礼不仅多给了我两天的假期(其中大部分时间是在为妈妈跑腿,老式婚礼是个很复杂的过程),还给了我和爸爸待在一起的时间。现在,我比以前只作为他的一个儿子的时候更了解他了——而且我非常喜欢他,也从心底里赞赏他。

艾拉,他让我想起了你——有头脑,没有废话,很放松,宽容,热情友好。

新闻:新娘怀孕了(按照霍华德婚礼标准,这是最正常的——但在那时,所有的新娘都理应是处女),怀的应该是(如果我的记忆没问题的话)"乔纳森·布莱恩·维萨罗"。对吗,贾斯廷?他的子女是谁? 提醒我一下,雅典娜。我在这么多的世纪里遇到了太多的人;我甚至有可能在某个时候和乔纳森·布莱恩的某个后代结了婚。我希望如此;南希和乔纳森是一对很好的年轻人。

我把"我的"车给他们,让他们去度只有六天的蜜月,然后乔纳森就要参军了——后来他真的参了军,只是时间太晚了,没有参加战斗。但在南希心中,他仍旧是个勇敢的战士;因为他已经尽了自己的努力。

一个没事找事的小中士让我集合我的队伍,去挖没人愿意挖的战壕。所以——

献上我的爱

你们的下士老兄

法国某地

亲爱的约翰逊先生:

请对这封信作二次审查;其中部分内容需要向收养我的家庭里的其他成员作点解释。

我希望史密斯太太收到了我从霍伯肯发出的感谢信(希望她能认出我写的什么——坐在颠簸着的汽车里、垫在膝盖上写的,字迹不会很清晰)。无论如何,我再次感谢她让我度过了我一生中最愉快的假期。还要谢谢你们所有的人。请告诉伍迪我不会再让他一个马了。从现在开始,我们要么谁也不让子,要么他可以另找一个对手——五局里我输了四局,输得太多了。

现在讲讲别的吧。请注意我的签名和地址。我到法国以后,军衔没有跟着过来,所以三道杠减少到了两个。你能否向史密斯太太和卡洛尔(尤其是这两个人。)解释一下一个人被降职并不能长久地使他蒙受羞辱?我仍旧是卡洛尔的特别战士,只要她同意让我继续当这个角色。请告诉她，我现在是个真正的战士了，摆脱了"教官"的身份，在战斗部队里指挥着一个班。真希望我能告诉她我在哪里。现在的情况是，我把脑袋伸到掩体外面就可能看到德国鬼子，也可能是他们先看到我。我没有在一百英里的后方偷懒。

我希望你没有为我感到羞耻。不，我肯定你不会的；你是个老兵，不会在意军衔。我现在在战斗，那才是你看重的。这我知道。我能这样说吗，先生，自从我认识你以来，你就是，而且一直是我的精神支柱？

我不会详细叙述我两次降级的事；在部队，理由是不重要的。但我想告诉你，没有一次是因为我做了不光彩的事。第一次是在部队转移过程中，和一个正在执行任务的纠察长以及正在我负责的区域里进行的一场扑克游戏有关。第二次是当我正在训练的时候——假战壕，假阵地——一个上尉让我把部队排成一条散兵线，我说，"该死的，上尉，你是想为德国鬼子省子弹吗？你没听说过有机关枪吗？"

（我说的其实不是"该死的"。实际上，我用的是另一个在士兵中更常用的词。）

就这样，那件事发生以后，我就成了下士。我申请调到另一个单位，申请立刻被批准了。这也是在那一天发生的。

于是我就在这里了，我感觉还不错。一个人越接近前线，他的士气就越高，这话的确是真的。我已经可以跟虱子和平相处了，法国的泥沼也比南密苏里的更深更粘。我想念着热水澡和史密斯太太为士兵准备的温馨的客房。但我的健康状况很好，情绪也不错，我要把我的爱献给你们所有的人。

尊敬您的

下士特德·布兰松

"嗨,底下的人! 下士布兰松。出来。"

拉撒路慢慢地从战壕中爬出来,让眼睛逐渐适应着四周的黑暗,"什么事,中尉?"

"是剪铁丝网的活。我想让你自愿报名。"

拉撒路没有说话。

"你听到我说的话了吗?"

"我听到了,长官。"

"是什么?"

"你想让一个人自愿报名,长官。"

"不是,我是说让你自愿报名。"

"中尉,我去年四月六日自愿报名参军。我在这场战争期间自愿报名的配额已经用光了。"

"茅房里的大律师,嗯?"

拉撒路又是什么话也没说。

"有时候我认为你是怕死。"

拉撒路还是什么话都没说。(你真是太对了——你连一次都没越过这道掩体。如果哪天你真的领着这个排冲出掩体,我们只能祈求老天爷帮忙了。)

"好吧,既然你想让我采取强硬的方式,那么我就命令你指挥这个小组。从你的班里再找三个志愿者。如果他们不主动报名的话,你知道该怎么做。挑好人以后,告诉他们做好准备,然后你把人带到我那儿,我会给你们看地图。"

"好的,长官。"

"还有,布兰松,一定要保证完成任务……有人告诉我你很会钻空子。解散。"

拉撒路从容地回到掩体下面。我们要发起总攻了？真够机密的。应该没人知道，除了潘兴将军和大约几十万美国兵，以及数量是这个两倍的德国鬼子和帝国司令部之外。为什么要连续三天"密集炮轰以软化敌方防御"，这等于大张旗鼓地宣传我们要发起"突然袭击"了。炮轰没有起到什么作用，只是告诉德国人要从什么地方调集储备军，然后给他充足的时间来部署这些人。忘了这些吧，拉撒路，这不归你管。还是专心考虑一下怎样挑出三个能到战壕外面去的人，完成任务，然后回来。

拉塞尔不行，在战争结束之前，你需要你的自动步枪手。怀亚特昨夜出去过了。丁科斯基的动静太大，他还不如干脆在脖子上挂个铃铛呢。菲尔丁在伤病员名单上，该死的。所以只能是舒尔茨、泰雷和卡德瓦拉德了。他们中有两个人是老油条，死不了的，只有泰雷年轻没经验。真可惜，菲尔丁得了流感还是别的什么；我真是需要他啊。就这样吧，舒尔茨带卡德瓦拉德；我看着泰雷。

这是一个能装两个班的战壕；他的班在左边，另一个班在另一边，他们正在烛光下玩扑克。拉撒路把自己班的人叫到一起，卡德瓦拉德和舒尔茨是被叫醒的。拉塞尔和怀亚特待在他们的铺位上没动，大家都到这儿集中。"中尉让我们去剪铁丝网，他让我找三个志愿者。"

舒尔茨立刻点了点头，拉撒路知道他会报名的。"我去。"在拉撒路看来，他的副班长应该指挥一个分队。舒尔茨四十岁，是个已婚的志愿参军者，他非常努力地弥补自己的德国名字、德国口音带来的负面影响（他是第二代德裔美国人）。但他做得很从容，很有技巧，没有显出任何的不得体。他不是个追求名利的人。拉撒路希望他们面对的德国人中不会有很多人像舒尔茨那么棒——但是他知道这个想法太一厢情愿了,他们中有很多人是从溃败的俄国前线撤回来的老兵。在拉撒路眼里,舒尔茨的唯一缺点就是不喜欢丁科斯基。

"一个了。你们别同时说话。"

"他们呢?"卡德瓦拉德大声说,大拇指冲另外一个班指了指,"是老师的宠儿吗? 他们已经有一个星期什么都没干了。"

那边的下士布莱恩替他们全班回答道:"把你的烦恼直接告诉耶稣好了。"

"下一个是谁?"

丁科斯基咽了口唾液,"带上我吧,下士。"

泰雷耸了耸肩,"也算我一个。"

(该死的,丁基,为什么不能闭上嘴巴、等着大家的一致意见呢? 还有那个愚蠢的中尉也该死,找什么志愿者,还不如直接下命令呢。)"我们再听听其他人的意见吧。这不是很紧急的任务。"(你这个长着猪脑子、低能无知的中尉,卡德瓦拉德是对的;不该由我们来完成这个任务。你为什么不通过排里的中士来安排? 指派艰巨的任务时,他会很公平。)

拉塞尔和怀亚特同时说要报名。拉撒路等着,然后说:"卡德瓦拉德? 你是唯一没有表态的人了。"

"下士,你要三个志愿者。为什么要班里所有的人都报名?"

(因为我想要你,你这个让人倒胃口的大猩猩。你是这个班里最好的兵。)"因为我需要你。你要报名吗?"

"我不是个志愿者,下士;我是被强征入伍的。"

"好吧。(那些该死的、不知道该干什么的军官!)怀亚特,你昨夜出去过了,回你的铺位去吧。拉塞尔,你也再睡一会儿;你很快就会忙起来的。舒尔茨,我带着丁科斯基;你带上泰雷。动作快一点;我要去见中尉了。出发。"

　　拉撒路把德国人的炮弹在己方铁丝网上打穿的洞扯得更大一些,没费什么力气就穿过了自己这边的铁丝网。所有的活都由他自己干,他只要求丁科斯基趴在地上,跟着他。周围不时响起炮弹隆隆的爆炸声,有自己人的,也有德国人的榴弹炮。拉撒路不理会这些,反正他拿炮弹没办法。机关枪的嗒嗒声如果是从两侧很远的地方传来的,他也置之不理。他的身姿很低,所以也不担心狙击手。

　　他主要担心德国人的巡逻兵——如果有的话,还担心照明弹——太多了。正是出于后面这个担心,他才命令丁科斯基趴在地上匍匐前进,而不是猫着腰走。他信不过丁科斯基,如果有一颗照明弹在附近爆炸,他说不定会吓得跳起来,而不是迅速卧倒,一动不动。

　　通过己方最后一道铁丝网以后,他带着丁科斯基爬进一个弹坑,两个人都是匍匐前进。然后他把嘴巴贴着这个二等兵的耳朵说:"等在这儿,直到我回来。"

　　"但是,下士,我不想留在后面!"

　　"别这么大声,会吵醒孩子的。冲着我的耳朵轻轻说。如果我一个小时以后还没有回来的话,你自己回去。"

　　"可我找不到回去的路!"

　　"那是北斗七星,还有北极星。朝西南方向往回走。如果你错了刚才我们经过的缺口,别忘了你身上带着钢丝钳。一定要记住:如果有照明弹爆炸——千万要保持静止不动!最好的动作时间是在它熄灭的时候,那会儿他们的眼睛还有点花。要安静;

你的动静大得像挂在锡皮屋顶上的两副骨头架子。不要最后让我们自己人干掉了。暗号是什么？"

"嗯——"

"噢，天哪，是'查理·卓别林'。如果忘了，你会被打成筛子的；我们这里有些人很喜欢扣扳机。再重复一遍。"

"下士，我要和你一起去剪铁丝网。"

拉撒路心里叹了一口气。这个笨拙的小丑想参加战斗。不让他去的话，会挫伤他的士气。但如果真让他跟着，可能会让我们两个送命。卡德瓦拉德，我钦佩你的明智——但却恨透了你。我真希望能带着你来。

"好吧。从现在开始不要再说一句话。必须说话的时候，拍拍我的脚，用手指一指——要紧紧跟着我。记住我说的照明弹的事。看到德国鬼子的时候，要屏住呼吸。如果他们突然出现在我们面前——立刻投降。"

"投降？"

"只要你还想当上祖父的话。你自己是不可能杀死一队巡逻兵的。就算你有这个本事，也会弄出很大的声响，然后他们的机枪会把你射成两半。紧紧跟着我，俯下身。"

就在拉撒路快碰到德国人的第一道铁丝网的时候，一颗照明弹爆炸了。二等兵慌了手脚，想扑进他们刚刚经过的一个弹坑，滚进去的同时中弹了。

拉撒路一动不动地趴着，听着丁基的惨叫声。令人炫目的照明弹在头上炸开。是自己人的，他想；德国人的照明弹应该去照亮美军的战壕。如果那个可怜的笨蛋不闭嘴的话，这里马上就会挤满问候他们的子弹。这么大动静，不可能剪什么铁丝网了。而且——噢,该死的,他是我的人;我必须照顾他。也许让丁基就这样去了也算是帮了他一个忙——但莫琳不会喜欢这样。好吧,我把他带回去——然后再回来,完成这个艰巨的任务。今晚别想睡觉了,四点的时候再试试吧。下次一定要加入海军。

照明弹灭了,拉撒路飞快地爬起身,然后跑了起来——就在这时,另一颗照明弹亮了。机枪子弹打中了他身体的一侧。子弹的冲击让他跌进了弹坑。一颗子弹击中了他右腹部的植入物,在里面翻腾着,从他的左臀部钻了出来。还有一些子弹造成了其他一些伤害。如果是公元4219年,治好这些伤不算什么难事,但现在是黑暗世纪,其中任何一种伤都是致命的。

拉撒路觉得让他失去平衡、把他推倒在弹坑里的只是一点轻微的冲击力。他没有立刻失去知觉;他还有时间意识到自己受的伤是致命的。他倒下后躺在那里,抬头看着星星,意识到他已经到了自己生命终结的地方。

每个动物都会找到自己生命终结的地方。有些是在陷阱里,有些是在它无法赢得的战斗中,有些幸福的动物会找到一个安静的地方,等待生命终结的时刻到来。不管那个地方在哪里,它都是生命终结之处。到了那个地方以后,我们中的大多数都会明白这一点。这里就是我的那个地方。

丁基明白吗?我想是的,因为他不再尖叫了,我想他也找到了他的那个地方。奇怪,怎么不疼呢?感谢你们,是你们使我的一生变得有意义,莫琳……丽塔……多拉宝贝……塔玛拉……密涅娃……拉祖,劳瑞……艾拉……莫琳——

他听到野鹅在他的头顶鸣叫,他又抬头看了看那些星星,它们正在逐渐暗去……

尾 声

||

　　"你还是没有明白，"一个阴沉的声音唠叨着，"没有时间，没有空间。过去、现在和将来都是一样的。你就是你，和自己下象棋，又一次把自己将死了。你是裁判。道德是你和你自己达成的、需要遵守的原则协议。要对自己绝对真诚，否则你就破坏了这个游戏。"

　　"疯了。"

　　"那就改变规则，另玩一局。变化是无穷无尽的，你不可能耗尽变化。"

　　"我只求能让我看看你的脸。"拉撒路恼怒地咕哝着。

　　"照照镜子吧。"

尾　声

Ⅲ

慢板

摘自1918年11月7日《堪萨斯邮报》：

　　……我方损失人员的补充名单。我们深怀悲痛地通报堪萨斯和密苏里的情况：

　　死亡人员：

　　……

　　失踪人员：

　　……西奥多·布兰松……

　　……

己全	
二号	
昨日	
克曼	
地	
越来越多	
嘉奖	
了一位	
俱乐部	
主要	
在	
当地	
曾经	
资金	
的活动	
时候	
没有	
分开	
已经	
中的	
门	
曾	

我方损失人员的补充名单。

我们深怀悲痛地通报堪萨斯州和密苏里州的情况：

死亡人员：

阿贝尔·托马斯·J	二等兵	杰佛逊市
艾弗里·约翰·M	少尉	锡代利亚市
贝尔德·乔治·M	一等兵	托皮卡市
巴杰·F·M	二等兵	圣约瑟夫市
卡斯珀·罗伯特·S	中士	哈特菲尔德市
R·S	下士	堪萨斯城（堪萨斯）
科尔·杰克·M	中尉	乔普林市
费依法尔·汉斯	一等兵	道奇市

失踪人员：

奥斯汀·乔治·W	参谋军士	汉尼拔市
贝尔·T·R	下士	威奇托市
贝里·L·M	二等兵	迦太基市
西奥多·布兰松	下士	堪萨斯城（密苏里）
卡斯珀·M·M	中尉	劳伦斯市
迪林厄姆·O·G	二等兵	罗拉市
法利·F·X		堪萨斯城（密苏里）
豪伊斯·威廉姆斯	一等兵	斯普林菲尔德市
奥利弗·R·C	一等兵	圣路易斯市

受伤人员：

亚瑟·C·M	一等兵	克里姆

今天
格兰德
大约
再次
毁灭性
报道
先生
非法
地
或十
将会
劳动
内部
他们
牺牲者
可以
易
艰难
毒
有

尾 声

IV

"艾拉！格拉海德！抓住他了吗?"

"是的！把我们拉进去！噢,简直是一团糟！伊师,大约有两升血,还有很多黏液。"

"把他拉进来,让我看看。劳瑞,带我们离开这儿。"

"关舱门,多拉,起飞。"

"舱门关闭,正在加速起飞！这帮该死的到底对我们的头儿做了什么?"

"我正要看呢,多拉。准备好箱子;我可能需要冷冻他。"

"准备好了,伊师。拉祖－劳瑞,我告诉过你们,我们应该早点接他上来。我告诉过你们。"

"别说了,多拉。我们还告诉过他,他的屁股会被打烂的。但他还是要再多玩一会儿,比猫还淘气——"

"——而且不会感谢我们——"

"——而且不会回来——"

"——你知道他是多么固执。"

"塔玛拉,"伊师塔说,"抱着他的头,和他说话。让他活着。我想先紧急抢救,再把他冷冻起来——如果需要冷冻的话。哈玛德娅德,夹住这里! 嗯……格拉海德,有一颗子弹打到了这个定位器,所以内脏才搅得这么一团糟。"

"克隆移植治疗?"

"也许吧。看他的恢复情况,也许修修补补就可以了。贾斯廷,你是对的;他信上的日期证明他没能撑到最后;定位器信号的消失让我们知道了他身处的时间和准确地点。格拉海德,你有没有发现其他弹片? 我要缝合了。塔玛拉,叫醒他,让他说话! 我不想冷冻他了。剩下的人都闭上嘴出去! 去帮助密涅娃照看小孩子们吧。"

"很高兴可以走了,"贾斯廷哑着嗓子说,"我都快吐出来了。"

"莫琳?"拉撒路喃喃地说。

"我在这里,亲爱的。"塔玛拉一边回答,一边把他的头放到自己的乳房上。

"一个……噩梦。以为……我已经……死了。"

"那只是一个梦,亲爱的。你不可能死。"